中国出版集团
東方出版中心

图书在版编目（CIP）数据

匕首之路 /（美）乔丹（Jordan，R.）著；李镭译. —上海：东方出版中心，2012.1（2021.10重印）

（时光之轮. 8）

ISBN 978-7-5473-0443-3

Ⅰ. ①匕… Ⅱ. ①乔…②李… Ⅲ. ①长篇小说－美国－现代 Ⅳ. ①I712.45

中国版本图书馆CIP数据核字（2011）第260619号

上海市版权局著作权合同登记：图字 09-2008-012 号
THE PATH OF DAGGERS (Book 8) by Robert Jordan (THE WHEEL OF TIME SERIES)

责任编辑　刘　琼（284424934@qq.com）
封面设计　布谷工作室　高　蕾
版式设计　一步设计
地图绘制　苗　伸

匕首之路

作　　者　罗伯特 · 乔丹（Robert Jordan）
译　　者　李　镭

出版发行　东方出版中心
地　　址　上海市仙霞路345号
邮政编码　200336
电　　话　021-62417400
印 刷 者　山东韵杰文化科技有限公司

开　　本　710mm × 1020mm　1/16
印　　张　30.75
字　　数　500千字
版　　次　2012年1月第1版
印　　次　2021年10月第4次印刷
定　　价　50.00元（上、下册）

各界赞誉

甫一出版即登上纽约时报畅销排行榜冠军。《时光之轮》系列不仅在销售成绩上获得肯定，作者罗伯特·乔丹恢弘的笔触更让全球四千万读者为之疯狂。

《时光之轮》被誉为“正统奇幻”及“剑与魔法”的最佳典范，该系列每一部都是一段独特的冒险，又相互交织成宏大的故事情节，作者通过巧妙的构思，将带你进入一个完全不同的史诗世界。

“《时光之轮》……在英语世界，极少有其他的奇幻传说能与它相提并论，能超越它的就更是微乎其微了。”

——芝加哥太阳报

“宏大的、令人敬畏的、丰富多彩的故事情节，让人不由得想起托尔金的作品。”

——出版人周刊

“罗伯特·乔丹开始统治由托尔金一手开创的世界。”

——纽约时报

“《时光之轮》系列是惟一一部我致以崇高敬意的作品，与之相比，几乎每一部我读过的其他奇幻作品都黯然失色……这个系列有可能会成为有史以来最伟大的奇幻著作，时间将会说明一切。”

——Abby Goldsmith（评论家）

“罗伯特·乔丹写下了关于光明和黑暗的鲜明形象，有时又有孩子气的惊奇，这里面虽然有着淡淡的托尔金风味，但他也创造了鲜明的自我写作风格。”

——Pittsburgh Press

“《时光之轮》兼具文字的优美和情节的丰富，其中包含着格林兄弟的天真与魅力；赫胥黎的《勇敢新世界》的社会道德精神。这一切，再加上有血有肉的人物、隐秘晦涩的譬喻、趣味性的调剂、生动优美的自然风景，还有那种关于永恒的迷人感觉。作者借助一种语言创造了一个文学世界和这个世界可能具有的一切真实性。”

——布鲁斯特·米尔顿·罗伯森，默特尔海滩太阳报

“全方位感觉的史实。”

——星期日时报

“一场幻梦般的景象。”

——SFX（英国著名大型幻想综合网站）

“那些读奇幻的人可以欣喜若狂了，这是真正的艺术！”

——John Lee（奇幻作家）

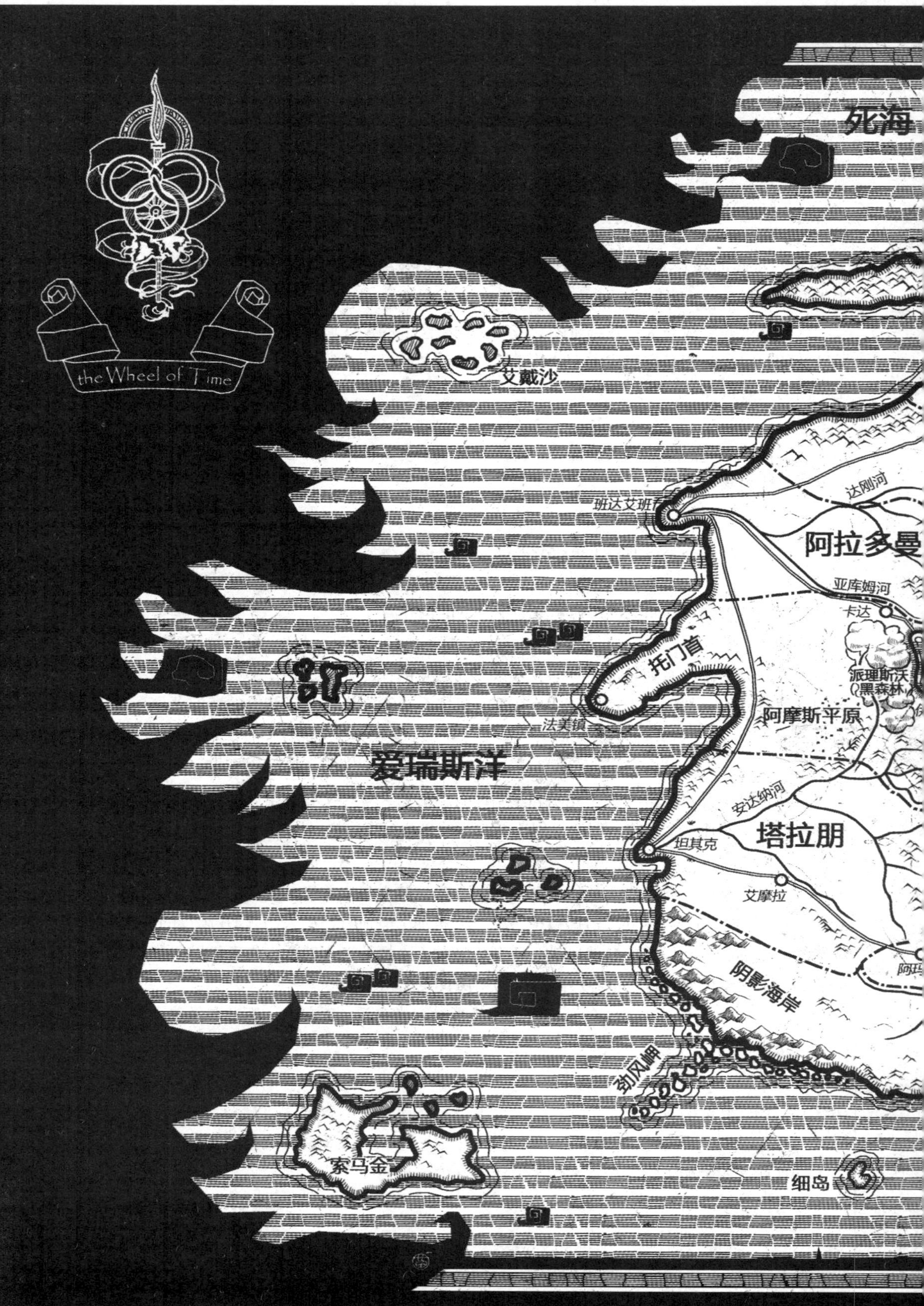
the Wheel of Time
死海
艾戴沙
班达艾班
达刚河
阿拉多曼
亚库姆河
卡达
托门首
派理斯沃
黑森林
法美镇
阿摩斯平原
爱瑞斯洋
安达纳河
塔拉朋
坦其克
艾摩拉
阴影海岸
劲风岬
索马金
细岛

妖境
煞妖谷
废地
世界尽头
末日山脉
塔文隘口
夏纳
坎多
马兰登
查辛
艾拉非
法达拉
戴亚
枪矛平原
索比拉
法莫兰
奈亚隘口
弑亲者之匕山脉
艾伊尔
荒漠
伊乌河
黑丘
塔瓦隆
亚林河
鲁安河
龙山
澳夫迈河
海文河
柘林河
凯瑞安
卡拉兰草原
章嘉隘口
凯瑞安城
布雷姆
森林
尔伦
两河流域
安多
世界之脊
四王镇
白桥
凯姆林
亚林吉尔
加林之墙
艾拉河
思塔恩河
罕那
曼埃瑟兰河
卢加德
金塔拉丘陵
艾瑞尼河
莫兰迪
法麦丁
哈登莫克
卡利河
迪西
商台聚落
艾达河
沙力达
阿特拉
马瑞多平原
提尔
亚河
提尔
哥登
沉溺之地
伊利安
龙指
艾博达
伊利安城
梅茵
凤暴海
辛达琴
至海民列岛

主要人物表

暗帝：邪恶之源，创世时被封印在煞妖谷，现欲重回世界，逐步削弱封印。

兰德·亚瑟：来自两河流域伊蒙村的牧羊人，现在被宣称是转生真龙。

麦特·考索恩：来自两河流域伊蒙村，兰德好友，目前带领红臂队军队。

佩林·艾巴亚：来自两河流域伊蒙村，兰德好友，一名时轴。

艾雯·艾威尔：来自两河流域伊蒙村，目前被沙力达两仪师推举为新玉座。

奈妮薇·爱米拉：来自两河流域伊蒙村，已成为两仪师，擅长医疗。

伊兰·传坎：摩格丝女王的女儿，已成为两仪师，擅长制作法器。

柏姬泰：传说中能应瓦力尔号角召唤而来的英雄，后意外成为伊兰的护法。

明：一名拥有判读人类周遭灵光能力的少女，目前跟在兰德身边。

艾玲达：塔戴得艾伊尔苦漠氏族的枪姬众，目前正与伊兰一起进入安多。

菲儿：沙戴亚元帅达弗朗·巴歇尔之女，原为号角狩猎者，嫁给了佩林。

史汪·桑辰：前任玉座，后遭废黜与静断，现管理流亡两仪师的情报网。

爱莉达：白塔新任玉座，曾任摩格丝的顾问，拥有不稳定的预知能力。

奥瓦琳：白塔新任撰史者，现在已知她是一名黑宗两仪师。

埃拉娜·摩斯凡妮：一名绿宗两仪师，约缚了兰德。

凯苏安·梅莱丁：在世最年长的两仪师，属绿宗，在两仪师中具有传奇地位。

索瑞林：在世最年长的艾伊尔智者，几乎没有导引能力，但具有很高的威信。

亚岚·人龙：马吉尔的无冕王、大将，原为沐瑞的护法，现娶奈妮薇为妻。

摩格丝：安多女王，后出逃，据传已死亡，其实化名为麦玎，为佩林所救。

莉妮：伊兰及摩格丝幼时的保姆，相当善解人意，现陪伴摩格丝流亡。

加雷斯·布伦：被摩格丝女王驱逐的大将，现为流亡的两仪师统领军队。

马瑞姆·泰姆：一名伪龙，目前帮兰德训练殉道使，被称为米海峨。

贝丽兰：梅茵之主，拥有绝美容貌和强悍意志，也是很有手腕的统治者。

蕾耐勒：亚桑米亚尔大船主的寻风手，为风之碗而与两仪师订立契约。

黎恩：十名现存的女红社家人之一，在艾博达家人中最年长，称为长姊。

亚莱丝：家人农场的管理者，具有出色的组织与协调能力。

莫瑞笛：也许是被暗帝从墓穴中唤醒的已死弃光魔使，力量强大。

目录

时光之轮8：匕首之路（上）

大事记

时间之初

创世主创世：

同一瞬间，暗帝撒丹被封印在煞妖谷，他是所有邪恶的源泉。他许诺谁若帮助他获得自由，他将给予曾服侍他的人难以想象的力量和财富，以及永生。

此时，在这个世界上，还有极少数能够操控至上力的人，他们可以利用至上力施行常人仅能够想象的巨大能力和奇迹，这些人被称作两仪师。他们成立了自己的组织，分为男性两仪师和女性两仪师。

两仪师中有些人因为追求永生和力量，成为暗帝撒丹的崇拜者，试图将暗帝从牢狱中拯救出来，他们和暗帝的其他追随者被称为暗黑之友。

传说纪元时期（起始时间不详，结束于世界崩毁之后）

大约三千年甚至更久以前，暗影战争爆发：

这是暗黑之友为拯救暗帝撒丹而发动的，又称作至上力之战。暗黑之友中最强大的十三个叫做背弃者。

同时，暗帝创造出兽魔人——一种人类跟野兽混血的扭曲种族，它们和暗黑之友一起进攻人类。

就在暗黑之友几乎快要成功时，男性两仪师路斯·瑟林·特拉蒙带领一百位男性两仪师（百盟团，传说纪元中力量最强大的战士），到煞妖谷重新封印了暗帝和那些背弃者，并制造了七片心灵之石，放置在暗帝囚禁之处的七处焦点上，一旦毁坏了这些心灵之石，暗帝就能被重新释放。

暗影战争结束之后，疯狂之年代开始：

在暗影战争中，当暗帝被路斯·瑟林·特拉蒙等男性两仪师封印时，他也发出了还击，用邪恶污染了真源男性的那一半，使得所有从真源获取力量的男性引导者都变得疯狂。

被称为“真龙”的两仪师路斯·瑟林·特拉蒙就找出了他所有的亲属，

一个不留地全部杀死了，因此他得到了“弑亲者”的称呼。他最后毁灭了自己，但根据真龙预言，真龙将会在人类最危急的时刻转生，以拯救人类，不过转生真龙将会再度造成世界的崩毁。这段时间就被称为疯狂之年代，其确实长度无人知晓，但据信几乎延续了将近一百年，直至最后一名男性两仪师死亡。

疯狂之年代结束时，世界崩毁：

在疯狂之年代中，男性两仪师因为陷入疯狂而开始了毁灭世界的举动，这个世界的许多疆域因此而不宜人居，幸存者如同风中的沙砾一般四散飘零。这段大毁灭的经过被以“世界崩毁”之名记载于故事、历史和传说中。

世界崩毁之后，传说纪元结束。

灭后纪元时期（元年不详，大约是世界崩毁之后数百年，结束于兽魔人战争之后）

灭纪300年左右，十国联盟形成：

这是在世界崩毁、国家再度形成后所组成的联盟，他们的目的是摧毁暗帝。

灭纪335—336年，出现伪龙罗林·灭暗者。

灭纪1000—1300年左右，兽魔人战争期间：

这是持续了超过300年的一连串战争，在这段时间里，兽魔人的军队在全世界到处肆虐，他们的领袖是魔达奥，也是暗帝创造的生物。最后，大多数兽魔人都被消灭或者赶回妖境中。

在这漫长的战争中，有许多国家被彻底破坏，甚至还有些国家的疆域完全变得不宜人居。十国联盟也在兽魔人战争中被破坏，曼埃瑟兰就是在这场战争中灭亡的。

这段时间的历史都毁于战火，剩下的只有断简残篇。

灭纪1300—1308年，出现伪龙尤瑞安·石弓。

自由纪元时期（始自兽魔人大战之后，至百年战争结束）

自由纪351年，出现伪龙达维安。

自由纪939—943年，第二次龙之战争：

这是一场对抗伪龙桂尔·亚玛拉桑的战争。在这场战争中，一位名叫亚图的年轻国王有着非常突出的表现，即后来的亚图·鹰翼。

自由纪 943—994 年，亚图·鹰翼统治时期：

这名传奇君王的帝国包括了世界之脊西方的全部疆域，甚至远达艾伊尔荒漠以外的一些区域。他还于自由纪 992 年派出大军横渡爱瑞斯洋，期冀完成世界与民族的统一。但在他过世之后，这些远征军的联系就全都断绝了，而因为他的过世造成的权力虚悬，则直接引起了随后的百年战争。

自由纪 994—1117 年，百年战争：

这一连串战争的起源都是由于亚图·鹰翼的去世所造成的权力结构转移和变动所致。它们造成了巨大的破坏，爱瑞斯洋和艾伊尔荒漠之间的土地大都荒废，从风暴海到妖境之间的人群几乎全都被牵扯进去，历史纪录几乎全部被毁灭。亚图·鹰翼的帝国也在战争中分崩离析，之后，近代各国才陆续建立。

百年战争期间，圣光之子组织建立：

其目的是对抗日益猖獗的暗黑之友，它在随后的战争期间演化成一个完全的军事组织，痛恨两仪师，并且将所有支持或是与两仪师友好的人们视作暗黑之友。

新纪元时期（百年战争后直至目前）

新纪 976—978 年，艾伊尔战争：

新纪 972 年，安多王女提格兰的兄弟路克消失于妖境之后，提格兰随即也跟着失踪，这一意外引发了安多的继承之争，从而间接导致了艾伊尔战争。凯瑞安的国王雷芒死于这场战争中。

新纪 997 年，出现伪龙洛根。

新纪 998 年，出现伪龙马瑞姆·泰姆。

新纪 998 年，真龙现世：

在两河流域的小乡村伊蒙村，三名年轻人——兰德、麦特和佩林——遭到黑骑士和兽魔人的追杀，开始了对抗暗帝、拯救世界的旅程。转生真龙原来就是牧羊人兰德，他和他的朋友们，又会有怎样的传奇历险呢？

前情提要

时光之轮旋转不息，岁月来去如风，世代更替只留下回忆。在第三纪元，遥远两河一个叫做伊蒙村的地方，三个本应过着平凡生活的乡下少年兰德、麦特和佩林，因为传说中的暗影生物隐妖、兽魔人的追捕而逃离了家乡。原来，他们是可以改变并拯救世界的时轴。一番冒险后，他们来到妖境，在绿巨人的帮助下找到了“世界之眼”。身为转生真龙的兰德更是在“世界之眼”旁与暗帝展开了战斗。

兰德等人从“世界之眼”带回了传说中可以让历代死去的英雄重生，成为世界主宰的瓦力尔号角。可是不久，号角即被暗黑之友帕登偷走，于是，围绕号角的争夺战又拉开帷幕。最后，麦特在法美镇吹响了瓦力尔号角，历代逝去的英雄们瞬间重生，佩林竖起了真龙旗，他们向着霄辰军队冲去。此后，夏纳的战士目睹了兰德与暗帝在天空展开的战斗，聚集在了他的真龙旗下。在流散的真龙预言中，获取“禁忌之剑”凯兰铎，提尔之岩陷落，都是真龙转生的迹象。因缘的线索在提尔之岩编织交汇，兰德成为了提尔的统治者。

而在能号令天下的两仪师们聚集的白塔，此时却发生了变故。红宗两仪师爱莉达策动政变，静断了当时的玉座史汪·桑辰和撰史者莉安，一部分两仪师被迫出走沙力达，白塔由此分裂。两仪师沐瑞指引着兰德，带领众人前往三绝之地，寻求大家在时光之轮中的因缘变化。进入鲁迪恩中心的兰德双臂上出现了龙形印迹，这也是艾伊尔人传说中随黎明而来之人的徽记。随后在冷岩堡，兰德的地位得到了艾伊尔部族首领们的承认。圣光之子与兽魔人侵入两河，搜寻转生真龙的踪迹，佩林带着菲儿潜回家乡，率领大家抵抗，最后成为了两河的领主。

凯瑞安城前，兰德与未归顺他的提尔人库莱丁展开决战。轻敌的库莱丁最后被麦特杀死，而麦特杰出的作战能力也开始令所有人惊讶无比。进入凯瑞安城的兰德迅速平衡了提尔人和凯瑞安人的地位，赢得了他们的遵从。然而弃光魔使的追踪如影随形，兰飞儿对转生真龙更怀着复杂的情感。为保护兰德，沐瑞舍身将弃光魔使兰飞儿推入从鲁迪恩带来的门型特法器，两人消失在未知的世界中。沐瑞的护法亚岚·人龙也从此失踪。错以为伊兰之母摩格丝已死的兰德率领艾伊尔人通过信道来到安多王宫，遭到弃光魔使雷威辛的伏击。困境中，兰德使出了禁忌的招数——烈火，将雷威辛彻底消灭，抹去了他在因缘中的轨迹。

在安多，兰德暂停了征服世界的脚步，积蓄力量，等待伊兰的到来。他希望伊兰继承安多王座，巩固自己的后方。这时，伪龙马瑞姆·泰姆找到兰德，他要为兰德训练能够导引的男性，建立起一支男性两仪师的队伍——其中优秀的男性两仪师叫殉道使，而他们的所在地，被叫做“黑塔”。在沙力达，奈妮薇无意间发现了静断的治疗方法，治愈了史汪与莉安，让所有的两仪师震惊无比。因为沙力达的召唤，留在艾伊尔当智者学徒的艾雯冒险肉身进入梦境，来到沙力达。因为她和兰德的关系，她随即被流亡的两仪师们推选为新玉座，奈妮薇与伊兰被艾雯提升为两仪师。于是，分裂的两仪师阵营分别开始了对转生真龙的怀柔与博弈。其中，先有两仪师埃兰娜冒险约缚了兰德，后来兰德更是不慎被白塔派来的十三个两仪师屏障劫持。从两河返回的佩林发现兰德失踪后，立即率领众人尾随营救，当他们就要赶上押送兰德的两仪师时，沙度艾伊尔人出现，混战开始。此时，兰德终于自己挣脱了束缚，发出了转生真龙的报复，殉道使也迅疾赶来，杜麦的井成为血与火与灰的所在。最后，在古代两仪师的旗帜下，在场的塔瓦隆和沙力达的两仪师都被迫向转生真龙兰德宣誓效忠。盖温身为白塔的护卫，带领着残存的青年军搜寻着逃脱的两仪师，返回白塔复命。

另一方面，为了改变该死的天气，艾雯命令麦特保护奈妮薇与伊兰前往艾博达，寻找能够操控天气的碗形特法器。白塔的玉座爱莉达则越来越受到撰史者奥瓦琳束缚，她不知道奥瓦琳其实是黑宗领袖，并受命于潜伏在白塔的麦煞那。白塔内部的混乱日益加剧。沙度艾伊尔首领瑟瓦娜曾谎称智者迪赛恩被两仪师谋杀，煽动沙度智者们支持自己，加入攻击两仪师的战斗，但在杜麦的井一战中溃不成军，被迫逃离。逃离的瑟瓦娜使用召唤匣，召唤来了凯达和一个叫麦西亚的女人，却不知道他们是沙马奥与古兰黛，而这一切都被监视者赛夷魅·哈朗看在眼中。沙马奥交给瑟瓦娜一根能够控制两仪师的短杖，又驱使沙度部族通过通道前往世界各地战斗。软禁了摩格丝的圣光之子的最高领袖指挥官培卓·南奥，意外被属下埃布尔玳刺杀，此人是圣光之子名义上的间谍主管。圣光之子艾拉蒙随即将埃布尔玳杀死，并与至高裁判者拉丹姆达成协议，篡取了圣光之子的领导权。然而阿玛迪西亚遭到的霄辰人的攻击，摩格丝一干人乘乱逃离。

兰德和佩林率领两河人、梅茵人、凯瑞安人、艾伊尔人、两仪师和殉道使等回到凯瑞安，发现克拉瓦尔乘兰德被劫持之机加冕为王，获得了太阳王座，而菲儿别有目的地成为了克拉瓦尔的近侍。菲儿和梅茵之主贝丽兰的资政两仪师安诺拉揭发了克拉瓦尔暗杀马林金大人和麦朗大君的事实，兰德剥夺了克拉瓦尔的财产和爵位，将她流放农场做工，但克拉瓦尔选择了自杀来面对她的新命运。佩林因为不愿意做攻击伊利安军队的统帅，被兰德驱逐，前往海丹。

在从沙力达前往塔瓦隆的途中，艾雯发现被她们秘密控制的弃光魔使魔格丁逃脱，一时无法查明真相。在焦虑中，新晋两仪师瑟德琳和芙芮恩主动向艾雯宣誓了效忠。兰德被白塔俘虏的谣言漫天飞，护卫沙力达两仪师的加雷斯担心谣言动摇军心，艾雯带领史汪与麦瑞勒跟随加雷斯到远离营地的地方，果断许诺派出两仪师加以澄清，这一举动赢得了加雷斯的尊重与忠诚。返回途中，艾雯发现麦瑞勒的异样，迫使她交代出了一件被隐瞒了很久的秘密：原来沐瑞决定与兰飞儿同归于尽前将与岚的约缚转移给了她，因为麦瑞勒是几个世纪来唯一拯救过失去两仪师的护法生命的人。她把岚藏匿在了营地外，知情的还有黄宗的妮索。艾雯要求麦瑞勒暂时把岚借给奈妮薇后，就派遣岚前往艾博达保护奈妮薇，同时胁迫麦瑞勒和妮索向自己宣誓，并让她们接受史汪的指挥。重获自由的魔格丁受到了暗帝的惩罚，她被施予了精神枷锁，交给了一个叫莫瑞迪的男子，随后她被派往艾博达。

在艾博达，通过和海民的交流，伊兰与奈妮薇知道了要寻找的特法器叫风之碗，她们与海民签署了合作协议。麦特发现了艾博达的白袍众使者贾西姆与暗黑之友有接触，开始留心贾西姆的行踪。一直不乐意麦特跟随左右的伊兰和奈妮薇，迫于伊兰的护法柏姬泰的压力，同意接受麦特的保护，麦特也因此搬入艾博达王宫。不料艾博达女王泰琳喜爱上了麦特，热情似火，麦特不胜其扰。伊兰凭借自己强大的实力成为艾博达两仪师的主导。在寻找“风之碗”的过程中，伊兰与奈妮薇偶然接触到一个叫做“家人”的组织，其成员由“野人”和未通过白塔三誓的女子组成。这个庞大隐秘而不乏纪律性的组织由此出现在人们的视野中，她们的规模和力量都令人惊讶。

奈妮薇在前往海民船上的途中遭到魔格丁的伏击落水，被从沙力达赶到的岚救下，喜出望外的奈妮薇当晚与岚结婚。伊兰等人确定风之碗等诸多法器被“家人”收藏，然而在去取法器的过程中，他们被黑宗两仪师伏击，还遭遇了传说纪元中专门对付两仪师的暗影生物古蓝，多亏麦特奋力抵抗，救下伊兰，夺得了风之碗。就在麦特与海民达成契约，将众人送去安全的地方，自己去寻找失踪的小孩奥佛尔时，霄辰人来袭。

获得两仪师效忠宣誓后的兰德，不得不继续在权力和战争的漩涡中艰难跋涉。在孤独的战斗过程中，兰德完全接受了明的爱。

为了应对霄辰人，兰德也与海民展开了谈判。谈判中，兰德作为时轴发挥了巨大的作用，海民承认他是真玳预言中的克拉莫。随后兰德带着明找到了安多的反叛军首领卡莱琳·达欧崔和托朗姆·瑞亚丁，忽然，一片神秘的浓雾席卷而来，叛军被雾气中的暗影生物瞬间瓦解，帕登·范从雾中现身，用煞达罗苟斯红宝石匕首割伤了兰德。兰德生死一线之际，殉道使达莫用神奇的手法将匕首伤与圆形疤痕旧伤从兰德身上隔离，让伤口中的两种黑暗互相战斗。兰德醒来后，意识到弃光魔使沙马奥的异动，率领沙戴亚军队前往伊利安，又只身追击沙马奥来到煞达罗苟斯。危机时刻，兰德被一个陌生男子救下，并在他的提示下用烈火消灭了沙马奥，扫除了征服世界的又一障碍，但也杀死了之前失落在这里的枪姬众莉艾。征服伊利安的兰德被加冕为王，获得世界之王的称号，而他头上的伊利安月桂王冠从此被叫做“剑之王冠”。

接受强大力量之人只能在匕首之路上攀爬。

——在拓梵枢机团最后的日子里留下的史籍手稿

（据信这些手稿记录了亚图·鹰翼时代的史实）

页边空白处留下的笔迹，留笔人不详

高处的道路都是匕首铺成的。

——古代霄辰谚语

序　言

欺骗的外表

艾森勒看着这片被称作黑丘的低矮丘陵，这些掺杂着大块岩石的土堆，陡峭崎岖的羊肠小路在其间盘曲环绕。这些山丘不算高峻，但它们组成的地形相当复杂，有些小路只有山羊能够通过。在这些干枯的树林和棕褐色的草甸上走三天未必能看见一个人影，也许只是半天的路程却有七八个避世隐居的村落。黑丘适于耕种的平坦土地并不多，也远离商道，而且，现在的黑丘比以往更加荒芜了。在距离她和她的武装护卫不到四十步的地方，一头憔悴的老虎消失在陡峭的山坡后面。西方，一群秃鹫在空中盘旋着。血红的太阳周围没有一丝云彩，只有热风袭来时带起的大片尘埃。

艾森勒漫不经心地任由坐骑缓步前行，身后跟着五十名她最优秀的部下。与她近乎传奇的祖先苏莱莎不同，她不会因为自己拥有风云王座，就以为天气会随着自己的意愿而改变。至于说匆忙……所有信件都用密码写成，而且经过了严格的保密手段，确保不会泄露。他们通过这些信件，就进军的命令达成共识，而且每个人都同意，在行动中不能引起任何注意。这不是一个轻松的任务，有人甚至认为这个任务不可能达成。

艾森勒皱皱眉头。已经走了这么远，却还没有杀死一个路人，她的运气的确不错。沿途的一两个巨森灵聚落也不必担心，巨森灵从不关心人类的事情，或者应该说，他们只关心早已过去很久的事情。至于那些村庄……它们都非常小，不可能有白塔的眼线，或者是那个自称为转生真龙的眼线（也许他真的是转生真龙，只是艾森勒还无法确定这是否能让局势更好一点）。不过总会有小贩经过这些村落，小贩携带着商品，也携带着同样多的流言。而流言像一条永远不断分出支流的河川，会将黑丘发生的事情带到全世界去。只是几句话，一个与世隔绝的牧羊人就在五百里格外的地方点燃了火焰。他的火焰已经蔓延过森林和草原，蔓延过一个个城市，甚至国家。

“赛莱拉，我的选择是不是正确的？”刚说完这句话，艾森勒就紧皱了一下眉头。她不是小孩子了，但不多的几根灰发仍然无法让她彻底管住自己的舌头。不管怎样，她已经做出了决定。

艾森勒的首席咨政一踢自己的褐色母马，靠近了女王皮毛光洁的黑色阉马。赛莱拉有一张平和的圆脸，黑色的眼睛流露出思虑的神情。她的样子很像一名穿着贵族骑装的农妇，但那张满是汗水的平凡面孔之后，却有着不输任何两仪师的精细头脑。“其他的选择只会导致不同的风险，绝不会更加安全。”她不动声色地答道。虽然有一副矮壮的身材，但她在马鞍上的姿态如同出席舞会般优雅从容。赛莱拉总是这样不动声色，不是装腔作势，而是完全波澜不惊。“无论真相为何，殿下，白塔显然已经分裂，并因此而瘫痪了。当您还在努力监守妖境的时候，世界却已经在您的背后崩溃。因而您应当肩负起自己的责任。”

必须采取行动，这就是她来到这里的原因？是的，如果白塔不愿，或不能担负起责任，那就必须有人去担负。如果世界已经崩溃，看守妖境又有什么用？

艾森勒看了一眼另一侧身材瘦高的男子。斑白的鬓角映衬着他高傲的面容，蒂露坎之剑插在装饰华丽的剑鞘中，倚在他臂弯上。这把剑被称为蒂露坎之剑，那位传说中的亚朗玛战士女王可能真的使用过它，它是一件古物，传说是用至上力打造出来的。依照传统，那把剑的双手握柄一直朝着艾森勒，但艾森勒不会像那些火爆的沙戴亚女人一样舞刀弄剑。女王的职责是思考、领导和命令，想要当一名士兵的女王不会对她的军队有任何好处。“你说呢，执剑官？现在你有没有想到什么问题？”

身穿刺绣天鹅绒和软皮外衣的巴狄瑞爵士，从镶金马鞍上回头看了一眼身后的旗帜，然后用有些矫揉造作的语气说：“我不喜欢隐藏自己的身份，殿下，全世界很快就会知道我们，以及我们的行动。我们或者会一命呜呼，或者会名垂青史，或者两者兼而有之。那样的话，后人最好知道他们应该在史籍上写下些什么名字。”巴狄瑞有条毒舌。表面上，他对于音乐和服饰的关心超过任何事物，譬如，他这身剪裁良好的蓝色外衣已经是他今天换过的第三套。但像赛莱拉一样，这也只不过是他的表象而已，这位风云王座的执剑官所肩负的责任，远远重于他手中的长剑和镶珠嵌宝的剑鞘。自从艾森勒的丈夫在二十多年前去世之后，巴狄瑞就一直是坎多军队的统帅，艾森勒的大部分士兵都愿意追随他直到煞妖谷底。巴狄瑞并不是世人公认的名将，但他知道什么时候应该作战，以及应该如何取得胜利。

“会面的地方一定就在前面。”赛莱拉突然说道。此时，巴狄瑞派出的斥候兵也回来了——一名头盔上装饰着狐狸头、名叫罗莫斯的士兵立马在前方的山丘顶端。他一手斜持着长枪，另一只手打着“目的地已进入视野”的手势。

巴狄瑞转过胯下高大的枣红色阉马，命令卫队止步（*如果他想的话，他的声音可以雄浑又宏亮*）。他接着掉头追上了艾森勒和赛莱拉。这次他们要见的人是他们长久的盟友，但是当他们经过罗莫斯身边时，巴狄瑞向这名窄脸部下发出了“保持绝对警惕”的命令。也就是说，罗莫斯随时可以发出讯号，让卫队冲过来援救他们的女王。

看到赛莱拉点头赞同这个命令，艾森勒只是微微叹了口气。虽是长久的盟友，但时间会孕育猜疑，就如同粪堆会孕育苍蝇；当有人去搅动粪堆的时候，本来藏在暗处的大群苍蝇就会轰然而起。过去一年里，已经有太多南方君王死亡或失踪，这让艾森勒也感到自己的王冠不再安稳。太多国家成了废墟，也许兽魔人能做到的也不过如此。无论这个叫亚瑟的家伙到底是什么人，他一定得对此有个交代。

走过罗莫斯身边，他们面前出现了一小片称不上山谷的洼地。零星分布的几株羽叶木、蓝杉、三叶松和橡树上还残留着最后一点绿色，其他树上只能看见枯叶和秃枝。更往南的地方，立着一座醒目的尖碑，也是他们选择在这里见面的原因——一根细长的尖碑，如同一条闪耀的金色缎带斜倚在山坡上，除了被埋在土中的一段，它在树梢以上的部分足有两百尺高。黑丘地区所有可以自己跑出家门的孩子都知道它，而距离这里最近的村庄也在四天路程以外。没有人愿意走进这个地方的方圆十里之内。关于这个地方的传说充满了疯狂与死亡——行走于世间的死亡，因为碰触这座尖碑而导致的死亡。

艾森勒不认为自己是个容易幻想的人，但她还是微微打了个哆嗦。妮安说，这座尖碑是传奇时代的残迹，而且是完全无害的。运气好的话，这位两仪师不会回想起多年以前的那场谈话。死人在这里并不能重新行走于世上，这有点可惜。在传说中，蒂露坎曾经亲手砍了一名伪龙的头，却为另一个能够导引的男人生了两个儿子。或者，这两个男人也许根本是同一个人。也许，蒂露坎能够知道怎样才能活着度过眼前的危机，并完成任务。

如同预料，艾森勒首先要见的两个人正等待着她，他们也各带了两名随从。

培塔·奈齐曼曾经如同星光一样英俊，虽然初遇这位长者的时候，她早已褪去了所有青春气息，但她立刻就像小女孩一样被他迷住了。现在，这个当年俊美无俦的男人多了许多皱纹，减了不少发丝，剩下的头发也大半变成了灰色。大概也是因为这样，他剪去了艾拉非风格的辫子，留起了短发，但他仍然挺直腰杆坐在马鞍上。他穿着带刺绣的绿色丝绸外衣，艾森勒能看出，那件外衣里面显然没有垫肩的衬托。他肯定还能精力充沛地使用腰间的那柄佩剑。方脸的埃沙·托吉特剃光了头，只留下头顶的发丝，结成顶髻。他穿着古铜色的外衣，比艾拉非国王矮一个头，身形也略显单薄；但培塔与他相比，却显得柔和多了。夏纳的埃沙脸上并没有任何凶恶的表情（虽然他眼睛里似乎蕴含着一点挥之不去的哀伤），而夏纳国王，艾森勒怀疑他是用与他背后大剑相同的材料铸成的。艾森勒信任这两个人，也希望他们的家族关系有助于坚定这种信任。婚姻一直像共同对抗妖境的战争一样巩固着边境国家的盟约，艾森勒的一个女儿嫁给了埃沙的第三个儿子，一个儿子娶了培塔最喜爱的孙女为妻，另外，她还有一个弟弟和两个妹妹分别和这两个家族联姻。

两名国王的随从就像他们的国王一样相差甚远。一如往常，伊师迦·忒莱西安仿佛刚刚从酒宴的烂醉中醒过来一般，艾森勒从没见过任何像他一样胖的男人还能骑在马背上。他优质的红色外衣上满是皱褶，眼神迷蒙，胡子也没有刮。与之相反，高瘦整洁的齐瑞尔·西恩里如果擦去脸上的汗水和尘土，就和巴狄瑞一样优雅了，他的靴腰、手套和长辫子上都缀着银铃，脸上永远都是不可一世的表情，大概只有面对着培塔的时候，他才不会越过那突出的鼻尖看人。的确，西恩里在许多方面都是个傻瓜——艾拉非国王并不常听取咨政们的意见，他们更喜欢和他们的王后交流各种想法，但西恩里也绝不像表面那么简单。而爱格马·加加得比埃沙更显壮硕，这个穿着质朴的男人完全是用钢铁和岩石打造的，身上的武器比巴狄瑞的还要多——他自身就是一件致命的武器。窈窕俊美的艾莉桑·褚灵和粗壮平实的赛莱拉形成鲜明的对比，那件手艺精致的蓝色丝裙穿在她身上非常合适。她火热的眼神也和赛莱拉的静如止水形成了同样鲜明的对比，但同赛莱拉一样，只从表面来判断她绝对是个错误。“和平与光明眷顾你，坎多的艾森勒。”埃沙用粗糙的嗓音对勒住马的艾森勒说。与此同时，培塔也朗声说道：“光明庇护你，坎多的艾森勒。”

培塔的声音永远会让女性的心跳加速，不过艾森勒知道，梅努蒂一生中不曾有过任何嫉妒，身为培塔的妻子，她知道，她的丈夫从头到脚都是属于她的。

艾森勒简短地响应了他们的致敬，然后说道：“我希望你们一路上没有被其他势力察觉。”

埃沙“嗯”了一声，靠在鞍尾上，神情严峻地看着艾森勒。他是个刚硬的男人，但在失去妻子十一年后的现在，仍然为他的爱人哀恸。艾森勒读过他因为思念亡妻而写下的诗篇。任何人都不像表面上那样简单。“如果我们被发现了，”他低声说道，“我们现在也许已经回去了。”

“你不是已经说过要回去吗？”西恩里一边说，一边甩了一下带穗的缰绳，他语带轻蔑，但里面算是还有足够的礼貌，让这句话还不至于成为一个挑衅。即使这样，爱格马冰冷的目光已经落在他身上，同时在马鞍上稍微动了动身体。古老的联盟串起了与妖境的无数次战斗，但已经有新的疑虑盘旋其中了。

艾莉桑的坐骑轻踏了两步，这匹灰色的母马像战马一样高，黑色长鬃中的几缕白丝似乎也竖了起来。她的眼神让人很难相信夏纳女人并没有接受战斗的训练。她的头衔只是夏纳王室的纱塔扬，但任何知道内情的人都不应该相信纱塔扬的影响只限于厨师、仆役和供粮队。“莽撞不代表勇敢，西恩里爵士。我们丢下妖境，无人看守，如果我们失败了，即使我方取得胜利，我们之中一些人的头颅也会被放到矛尖上去。也许那是我们所有人的下场，即使亚瑟不那样做，白塔也不会放过我们。”

“妖境似乎已经休眠了，”忒莱西安嘟囔着，一边摩擦肥胖的面颊，发出刮蹭胡髯的声音，“我从没有见过它如此平静。”

“暗影从不会休眠。”加加得平静地说。忒莱西安点点头，仿佛在考虑爱格马的话。爱格马是他们之中最优秀的将军，也是这个世界上最优秀的将军之一。但忒莱西安之所以能站在培塔身边，绝不因为他仅是个好酒伴。

“只要兽魔人战争不再重演，我留下的力量已经能够监守妖境，”艾森勒坚定地说，“我相信你们也是这样。不过这没有关系，有人真的相信我们现在还能回头吗？”她的口气是不容质疑的，不应该有人响应她的话，但还是有人说话了。

“回头？”一名年轻女子清亮的声音在她身后响起。沙戴亚的泰诺比正策马飞驰而来，她猛地一拉缰绳，胯下的白色阉马扬起前蹄，长嘶一声。她穿着深灰色的紧身骑裙，袖子上缀着一串大珍珠，细腰和浑圆的乳房处绣着大片金红色的螺旋花纹。她是一名身材高大的女子，如果不是鼻子过大，她就是一个标准的美女了，一双深蓝色的凤目中闪耀着自信的火焰。如同艾森勒预料的，沙戴亚女王的身边只带着卡力安·拉姆辛，她众多的叔舅之一。这名头发花白的男人有一张鹰隼般的、带着伤疤的面孔，厚重的髭髯一直绕过了嘴角。但泰诺比·卡扎笛只会听取战士们的意见。“我不会回头，”她继续用强硬的语气说道，“无论你们怎样做。我会派遣我亲爱的叔父达弗朗，前去为我拿来伪龙马瑞姆·泰姆的头颅。如果我能相信所听到的半数传闻，现在他和泰姆都向那个亚瑟效忠了。我带来了将近五万人，无论你们怎样决定，我不会回头，直到我的叔父，以及亚瑟，明白是谁在统治沙戴亚。”

艾森勒与赛莱拉、巴狄瑞交换了一个眼神，而培塔和埃沙已经在向泰诺比表明，他们同样会继续行进。赛莱拉用最轻微的动作摇了一下头，耸了一下肩；巴狄瑞则不加掩饰地翻了翻眼睛。艾森勒从没有想过泰诺比会置身事外，但这个女孩确实让情况变得更糟糕。

沙戴亚人都很奇特（艾森勒经常感到奇怪，她的妹妹爱诺妮在嫁给泰诺比的另一位叔父之后，怎么还能够和自己的丈夫相处得那么好），而泰诺比则将沙戴亚的奇特推向了巅峰。当然，沙戴亚人喜欢炫耀美貌，但泰诺比会让阿拉多曼人吃惊，让阿特拉人显得呆板迟滞。沙戴亚人的脾性相当火爆，泰诺比的脾气更如同强风中的野火；而任何人都不知道自己是否提供了点燃火的火星。艾森勒从没有想过要说服这个女人改变意志，这一点大概只有达弗朗·巴歇尔曾经做到。而且，泰诺比还有一个婚姻问题。

泰诺比依然年轻，但也早已过了谈婚论嫁的年纪。婚姻是王室成员的责任之一，对于国王，这份责任就更重——他们要以此确立盟约，并为国家提供继承人。不过艾森勒从没有想过要让自己的儿子娶这个女孩，成为她的丈夫：泰诺比对于丈夫的要求标准完全是艾森勒无法接受的。那个男人要一次能杀死十只以上的魔达奥，同时又能够弹奏竖琴和写诗；要能够骑着骏马从陡峭的山坡上飞驰而下（或者是飞驰到山顶），又能够与学者达人谈古论今；要对她百依百顺（毕竟，泰诺比是一位女王），但有时候又要能毫不在意地把她从肩膀上摔过去。所有这些条件，这个女孩都不允许打丝毫折扣！艾森勒希望光明能保佑选择娶这个女孩的男人。泰诺比从没有直接明说这些条件，但任何有脑子的女人都能从她平时关于男人的闲聊中轻易地把这些条件拼凑出来。泰诺比这一辈子估计是找不到丈夫了，这意味着继承王位的将是她的叔父达弗朗，或者是达弗朗的继承人。

艾森勒听到几个词，立刻转向右侧，她不应该让脑子里有那么多胡思乱想，毕竟现在已经到了最危急的时刻。“两仪师？”她厉声问道，“什么两仪师？”除了培塔以外，他们的白塔咨政在得知白塔出事以后都离开了。艾森勒的咨政妮安和埃沙的爱丝琳，更是没有留下任何讯息就消失得无影无踪。如果两仪师得悉了他们的计划……是的，两仪师总是有她们自己的计划，一直都是。艾森勒不喜欢看到自己同时将双手伸进了两只黄蜂巢里。

培塔耸耸肩，脸上显出一丝尴尬，这对他来说已经是很强烈的表情了，他像赛莱拉一样是喜怒不形于色的人。“你不能期望我就这样丢下科莱妲，艾森勒，”他用圆润动听的嗓音说道，“即使我能向她隐瞒我们的准备。”艾森勒没有这样的期待。培塔心爱的妹妹是两仪师，这让艾拉非国王对于白塔有着深厚的好感。但艾森勒的确曾经希望培塔能够更谨慎一些。“科莱妲有访客，”培塔继续说道，“一共是七个人，在这种情况下，我认为带着她们应该是比较谨慎的选择。幸好她们没有向我要求任何解释。”

“光明照耀我们的灵魂，收容我们的灵魂！”艾森勒喘了口气。赛莱拉和巴狄瑞似乎也说了同样的话。“八位两仪师，培塔？八位？”现在，白塔一定已经对他们的一举一动洞若观火。

“我还有五个，”泰诺比插话的口气仿佛在说她有了一双新软鞋，“她们在我离开沙力达之前找到了我。我相信我们是偶然相遇的，因为她们显得像我一样吃惊。知道我的目的之后，她们就跟着我了，我现在还不明白她们是怎么知道的。而且我本以为她们在知道以后，会立刻去找梅玛拉的。”她紧皱起眉头，眼睛中闪过一道犀利的光芒。爱莉达想派出一位两仪师镇住泰诺比，这实在是她巨大的误算。“实际上，伊蕾欣和其他两仪师似乎比我更关注这次行动的保密性。”

“即使这样，”艾森勒坚持说，“十三位两仪师，现在所差的只是她们其中之一想办法送出讯息，一个写了几行字的纸条，让受到胁迫的士兵或仆人带出去。你们认为自己都能阻止这种事发生吗？”

“骰子已经滚到了骰盅外面。”培塔说。他的意思是做过的事情无可挽回，艾拉非人几乎像沙戴亚人一样古怪。

“继续向南前进吧。”埃沙说，“也许将十三位两仪师带在身边也不错。”众人陷入短暂的沉默，大家都在回味这句话所代表的意义，但没有人想把它们说出来。这和对妖境作战完全不同。

泰诺比突然发出一阵令人吃惊的笑声，她的坐骑似乎也受到了惊吓，但立刻被她稳住。“我要以最快的速度向南进发，不过，我邀请你们所有人今晚在我的帐篷里共进晚餐。你们可以与伊蕾欣和她的朋友们交谈，看看你们的判断是否和我一样。也许明晚，我们都可以去培塔的帐篷，向他的科莱妲的朋友提出我们的问题。”这个建议是这么合理，如此有必要，立刻得到了全体人员的一致同意。然后，泰诺比又像刚想起来一样说道：“艾森勒，如果你允许我的舅父卡力安今晚坐在你身旁，他一定会非常高兴，他已经仰慕你很久了。”

艾森勒向卡力安·拉姆辛瞥了一眼——这个男人一直安静地立在泰诺比身后，似乎连呼吸都没有。她只是瞥了他一眼，那头鬓发斑白的鹰立刻低垂下眼睛。片刻之间，艾森勒看见了自从她心爱的布瑞死后再没有出现过的情景——一个男人看着她，不是看着一位女王，而是看着一个女人。惊讶的情绪让她不由得停止了呼吸。泰诺比的目光从她的舅父移到艾森勒身上，嘴角似乎流露出一丝满意的微笑。

愤怒涌上艾森勒的心头。即使是卡力安的眼神也无法像这个微笑一样，让这件事变得如同春天的泉水一样透彻。这个小丫头想让这个男人当她的丈夫？这个小丫头以为……突然间，悲伤代替了愤怒。艾森勒在更年轻的时候，就曾经为她寡居的姊姊耐泽丽安排过婚事，当时那样做是为了国家的需要。不管耐泽丽一开始怎样反对，她还是爱上了伊斯米克爵士。长久以来，她也安排过其他许多婚姻，这甚至让她觉得婚姻不再是什么神圣的事情了。她又看了卡力安一眼，这次是相当长久的注视。他满是皱纹的脸已经恢复了庄重的神情，但那种眼神还没有褪去。她的伴侣一定要是个刚强的男人。她可能没怎么照顾她的亲族，但至少她一直在为她的孩子们争取能够享受爱情的机会，而且她也绝不会亏待自己。

“与其在闲聊中浪费时间，”艾森勒仍然不能完全抑制住自己的喘息，“不如现在就开始我们要做的事情。”光明烧了她的灵魂吧！她是个成熟的女人，而不是第一次遭遇求婚者的女孩。“好吗？”她问道。这一次，她的语气变得足够严厉了。

他们已经在秘密信函中就各种问题达成了共识，一切计划也要等到他们向南进军，依照情势的变化再做调整。这次聚会的真正目的只有一个——边境国简单而古老的仪式。自从世界崩毁以来，这个仪式史籍所载只有七次——当其他人纷纷退却的时候，边境国的君主们将团结在一起，策马向前。

艾森勒吸着凉气，用匕首划过左手掌。泰诺比带着笑意割破了自己的手心。培塔和埃沙的脸上自始至终都轻松如常。四只手紧紧握住，从心脏里流出的血汇聚在一起，然后落在地上，融入岩石般的硬土之中。“永为一体，直到死亡。”埃沙说。他们全都随着他说道：“永为一体，直到死亡。”这是他们以鲜血和大地立下的誓言。现在，他们必须去找兰德·亚瑟，去做他们必须做的事情，无论要付出什么样的代价。

确认图兰娜可以不需帮助就能在软垫上坐稳之后，维林便站起身，离开了这个颓然垂首、喝着水或者是在尝试要喝水的白宗姊妹。图兰娜的牙齿一直在银杯的边缘颤抖，这一点并不令人吃惊。帐篷的入口非常低，维林不得不弯下腰才能走出去。疲倦立刻像锤子一样插进了她的腰椎。维林不害怕自己背后这个穿着黑色粗羊毛长袍的女人，她紧紧地握持着这个女人的屏障，而且以图兰娜现在的状况，即使维林放开屏障，她在几个小时之内大概也很难导引出一个火星，更不可能有足够的力气站起来，从背后偷袭维林，即使她可能有这种不可思议的念头。这并不是白宗的思维方式。

艾伊尔人的营帐覆盖了围绕凯瑞安的大片山丘，低矮的土色帐篷之间，只看见不多的几株孤树，空气中悬浮着淡薄的尘埃。但炎热、尘土和头顶喷着怒火的太阳，都无法对艾伊尔人造成任何困扰，他们在营帐之间为了各种事情来回奔忙，让这里仿佛变成了一座都市。在维林的视野中，到处都有男人在屠宰牲畜、修补帐篷、打磨刀具和制作他们穿的软靴。女人们在篝火上烘烤或烹煮食物，制作女红，一边照看着小孩子们。到处都有穿白袍的奉义徒来回奔忙，运送物品、拍打地毯、照顾驮马和骡子。当然，这里没有小贩和商铺，也没有牛车马车。与其说是一座都市，不如说是上千个村庄聚集在一起。男人的数量远超过女人，除了用力锤击铁砧的铁匠以外，所有没穿白袍的男人都带着武器，大多数女人也是如此。

这里的人口数量肯定比得上一座大型都市，几名遭囚的两仪师根本不可能从这里逃出去。维林看见在距离她不到五十步的地方，有一名穿黑袍的女人正蹒跚而行，她拖着一块牛皮，堆在牛皮上的岩石几乎和她的腰一样高。兜帽遮住了她的脸，但在这里，除了那些被俘虏的姊妹以外，没有人会穿黑袍。一名智者在那黑袍女子旁边来回踱着步，她的周身有至上力的光晕，旁边还有两名枪姬众。每当那名姊妹脚步迟缓的时候，她们手中的鞭子就会立刻抽过去。维林不知道艾伊尔人是不是故意要让她看到这一幕。今天早晨，她已经看见柯尔伦·希尔丹睁大了双眼，汗流满面地背着一个盛满沙砾的大篮子，在一名智者和两名高大的艾伊尔男人的看押下，踉跄地爬上一道山坡。昨天她看见的是萨伦妮·耐姆达，艾伊尔人让她从一个皮桶里用双手舀起水，倒进另一个皮桶里。他们用鞭子抽她，催赶她加快速度，但如果她洒出一滴水，立刻就会招致更凶狠的鞭打。萨伦妮曾经偷偷问维林，为什么要让她们做这些事，但她显然没有期待维林给她答案。维林还没有来得及对她说话，枪姬众们已经又在抽鞭子了。

维林压抑住一声叹息，因为她不可能乐于见到姊妹们被这样对待，无论出于什么样的原因或需要；也是因为相当数量的智者们想……她们想要什么？想让她知道两仪师的身份在这里不值一钱？荒谬。但这一点在多日以前，她们就已经清楚地向她表明了。也许她们认为她也应该被套上一身黑袍？至少现在她还是安全的。智者们的许多谜团还有待她逐一去破解，其中最不重要的，就是智者内部的等级划分。也许这一点是最不重要的，但它关系着所有智者们的行为和思考方式。刚才还在发号施令的智者，往往在另一件事上又会对自己之前所命令的智者俯首帖耳，维林却看不出这种转变的任何征兆和原因。不过，一直没有人向索瑞林发出过任何命令，维林大概能确信这一点。

想到此，维林心中不自禁地涌起一阵满足感。今天早晨，在太阳宫中的时候，索瑞林要求知道对湿地人最大的羞辱是什么。科鲁娜她们不明白，她们并没有认真观察这里发生的一切，也许她们是在害怕自己可能知道的信息，害怕那些赤裸裸的事实会考验她们刚立下不久的誓言。她们仍在努力向自己证明，她们被命运推动而走上的是正确的道路。而维林已经有了走上这条路的理由和目的。她的口袋里有一份清单，她准备在单独面见索瑞林的时候交给她，不需要让其他人知道这件事。有一些俘虏她还没有见到，但她相信自己已经总结了大部分信息。这份清单上列出了索瑞林正在寻求的那些女人的弱点，这些穿黑袍的女人将要面对更加困苦的生活了。如果运气好的话，她的努力将起很大作用。

两名魁梧粗壮的艾伊尔人坐在帐篷外面，肩头各倚着一柄大斧。他们似乎一直在专心地玩着翻绳游戏，但是维林从帐篷里探出头的时候，他们就已经在注意她了。那个叫柯郎姆的大汉站起身的时候，动作灵活得好像从树梢弹起扑食鸟雀的毒蛇。叫蒙儋的那个人收好翻绳，也随之站起。维林站直的时候，头顶还够不到这两个人的胸口。当然，她能同时把这两个人倒提起来，好好摔打他们一番，如果她敢这样做的话。在这里，维林总是会有这样的念头。他们是她的向导，也负责保护她，避免让她与这里的人发生误会与纷争。毫无疑问，他们会将她的一言一行向智者们报告。出于某些原因，维林更想让托马斯陪她，但她对此并不坚持。向自己的护法保守秘密比向陌生人保守秘密要困难得多。

"请告诉珂琳达，我对图兰娜·诺瑞尔要做的已经结束了。"维林对柯郎姆说，"再请她让嘉德琳·亚鲁玎来见我。"维林想要先对付没有护法的姊妹。柯郎姆一言未发，只是点点头就转身跑走了。这些艾伊尔人不太讲究礼貌。

蒙儋蹲下身，用蓝得惊人的眼睛看着她。无论她说什么，他们之中总会有一个人留下来看着她。蒙儋的额头上系着一条红布，上面绘着古代两仪师的标志。像其他有这样装束的男人和所有枪姬众一样，他似乎在等待着维林犯下错误。在维林的一生中，他们并不是第一批有这种企图的人，对于维林而言，这远远算不上是危险。维林犯下的最后一个严重错误，是七十一年前的事情了。

她给了蒙儋一个含混的微笑，然后缓步向帐篷中走去。当她在帐门前弯下腰的时候，她眼角的余光瞥见了什么东西，她全部的注意力立刻被吸引了过去。如果那个艾伊尔人现在要割开她的喉咙，她也完全不会注意到。

就在距离她不远的地方，有九或者十名女人正跪成一排，在扁平的石板上滚动着石碾，就像所有那些偏远的农庄中一样。另一些女人用篮子运来谷物，再带走粗面粉。磨面的女人们穿着暗色的裙子和白外衫，用头巾将头发系住。她们之中只有一个人的头发没有垂到腰际，而且那个人的身上甚至没有一条项链或手镯。这时那个人抬了一下头，她的脸被阳光晒成了赤红色。当她碰巧与维林对视的时候，维林从她眼中看到了强烈的恨意，而且，这份恨意在她看到维林的时候，变得更加凶恶。但只是短短的一瞬，她已经低下头，继续工作。

维林用最快的速度钻进了帐篷，但还是感觉到肠胃一阵阵地抽搐。伊尔甘属于绿宗，或者可以说，曾经属于绿宗，在兰德·亚瑟静断她之前。两仪师被封闭的时候，与护法的约缚会被削弱、模糊，而如果是静断的话，约缚会彻底被切断，如同死亡时一样。伊尔甘的两名护法之一，在她被静断时立刻死亡了；另一个则死在和艾伊尔人的搏杀里。伊尔甘很可能也希望死在那个时候。静断。维林将双手按在胸口上。她不会为此而感到恶心，她的境遇曾经比被静断的女人更可怕，更可怕得多。

“没有希望了，对不对？”图兰娜用沙哑的声音说道。她无声地啜泣着，眼睛望着在手中发抖的银杯，目光却似乎落在某个遥远而恐怖的东西上：“没有希望了。”

“只要努力，总有出路，”维林不经意地拍了拍她的肩膀，“但你必须努力去找。”现在维林的脑子里思绪翻涌，却没有任何一条与图兰娜有关。伊尔甘的静断，让她觉得自己仿佛吃了一整罐腐臭的油脂。只有光明知道这是什么样的感受。但那个女人为什么会在这里打磨谷粒？还穿得像是个艾伊尔女人！她也是被迫在那里工作，好让维林看到的？真是愚蠢的问题，虽然几里以外就有兰德·亚瑟那样强大的时轴存在，但维林能忍受的巧合也是有限度的。不过，有时候细微的错误同样会造成致命的结果。如果索瑞林决定打垮她，那么她能坚持多久？可能只会是一段短得可怜的时间。索瑞林绝对是她遇过的最强悍的人之一，而且她找不出任何能够阻止索瑞林的事情。不过，这是可以搁到明天再去担心的问题，过多的烦恼肯定是没有益处的。

维林跪下身，花了一些力气想要安慰图兰娜，但成效不大，就连她自己也觉得那些安慰的话空洞得可怜。图兰娜的眼睛里只有惨淡的阴霾。除了图兰娜自己，什么也改变不了图兰娜的状况，她必须从自己的内心找出力量来。但这名白宗姊妹只是哭得更加悲苦，虽然没有哭声，但肩膀不停地颤抖着，泪滴接连不断地从她的面颊落下。直到两名智者和两名年轻的艾伊尔男人走进帐篷（在这样的矮帐篷里，艾伊尔男人根本直不起腰），维林才感到一阵轻松。她站起身，流畅地行了一个屈膝礼，但那些艾伊尔人对她没有丝毫兴趣。

戴维娜是一名绿眼、黄头发的女人；洛赛恩的眼睛是灰色的，暗褐色的头发只能在阳光下看见几缕红色。这两个肩膀超过维林头顶的女人，都表现出一副恨不得让别人代替自己完成这肮脏任务的神情。她们两个的导引能力都很弱，甚至不足以单独屏障图兰娜，但她们已经连结在一起，就如同她们从出生时就这样连结着一样。她们虽然是两个人，阴极力的光晕却融为了一体。维林强迫自己露出微笑，以免双眉紧皱起来。她们是从什么地方学到这个的？维林愿意用自己的一切打赌，就在几天以前，她们还不知道这种技巧。

艾伊尔人的行动迅速而流畅，艾伊尔男人弯下身，将图兰娜架起来。银杯从图兰娜的手中落下，杯子已经空了，这对图兰娜是一件幸运的事。图兰娜没有反抗，反抗也没有用。这两个人都能把她像一袋谷子一样放在手臂下挟走，但图兰娜还是张开嘴，发出一声无力的哀哭。艾伊尔人并没有留意她的反应。戴维娜集中起连结的力量，接过了屏障。维林马上放开了真源。艾伊尔人不信任她，不会容忍她没有原因地握持阴极力，不管她曾经立下过什么样的誓言。艾伊尔男人把图兰娜向帐篷外拉去，图兰娜的赤脚在地毯上拖曳着，智者们也跟随她走了出去。维林能为图兰娜做的一切都已经做了。

维林呼出一口气，颓然坐倒在一块亮色的穗子软垫上。一只精致的金质绳纹托盘放在她身边的地毯上，里面放着另一只银杯和一只锡 酒罐。当然，这些东西本不是一套的。维林提起酒罐，将那只银杯斟满，深饮了一口。她感到口干舌燥，疲惫不堪，距离天黑还有几个小时，但她觉得仿佛已经背着一只沉重的箱子走了二十里山路。她将杯子放回到托盘里，从腰带的荷包中拿出那个皮封的小册子。无论她向艾伊尔人提出什么要求，总要等上一段时间才能得到响应，她正好趁着这段时间，研读一下自己的笔记，或者做一些新的记录。

俘虏们没有什么新的信息值得记录，但凯苏安·梅莱丁在三天以前突然出现，这是非常值得关注的事情。凯苏安的目的是什么？那个女人的同伴不算什么，但她本身却是一个传奇。即使排除这个传奇中所有不可信的部分，她也是非常危险的；危险，而且不可预料。维林从身上的木制书写匣中拿出钢笔，又伸手去拧墨水瓶的塞子。而另一名智者在此时走进了帐篷。

维林急忙站起身，笔记本都掉在了地上。亚爱隆完全没有导引能力，但维林向这个灰发女人行了一个比刚才深得多的屈膝礼。她本来打算用裙子遮住自己的笔记本，但亚爱隆先伸出了手。维林站直身体，平静地看着这个高个子女人用拇指将这个小本子一页页翻过。

一双天蓝色的眼睛终于望向维林，那是冬日的天空。“一些漂亮的素描，大量关于植物和花卉的笔记，”亚爱隆冷冷地说，“我看不出这和你被派来要问的问题有什么关系。”她将那个本子递向维林。

“谢谢您，智者。”维林恭顺地说着，将笔记本放回到腰间的荷包里，然后又行了一个深深的屈膝礼。“我习惯记录下我所看到的一切。”总有一天，她会完整地写出她用在笔记中的密码，只有那样，她在白塔图书馆上方房间里那些满箱满柜的纸张才会有价值，但她希望那一天不要太早到来。“至于……嗯……那些囚犯，至今为止，她们以不同的口吻陈述着相同的观点：卡亚肯应该留在白塔，直到最后战争。他遭到……嗯……虐待，是在他试图逃跑之后。不过您一定已经知道这些事。当然，不必担心，我相信我会了解更多信息的。”一切都是事实，虽然未必是全部事实。维林见过太多的姊妹冒着风险想要将其他人送进坟墓，却因为没有很好的理由，反倒害得自己送掉性命。最关键的问题是，要确定风险将来自何处。绑架年轻的亚瑟，尤其是做出这种事的，是一个应该向亚瑟表达敬意的使团，这一点激怒了艾伊尔人，让他们恨不得杀掉所有俘虏的姊妹。现在维林将此称之为“虐待”，应该不会进一步激怒他们。

亚爱隆调整了一下肩上暗色的披巾，黄金和象牙手镯随之发出一阵轻微的碰撞声。她盯着维林，仿佛是要读出维林的思想。亚爱隆在智者中的位置似乎相当高，维林曾经看到她褐色的面颊上流露出温暖轻松的微笑，不过她对两仪师从没有过这样的表情。*你将是失败者，对此我们从没有怀疑过*——她曾经用有些阴沉的语气这样对维林说。这样的话不需要解释。两仪师没有荣誉可言。*让我有一丝怀疑，我会亲手用鞭子把你抽到站不起来，再让我多一丝怀疑，我会把你钉在外面，让你成为秃鹫和蚂蚁的食物。*维林冲亚爱隆眨眨眼，竭力做出坦诚的样子，还有恭顺，绝对不能忘记恭顺，要温良服从。她不觉得害怕，她遇到过更加凶狠的瞪视，有女人的，也有男人的，而且那些人都很想结束她的生命，并且不会对此有丝毫悔恨。

不过，她能来这里和那些被俘的姊妹对话是耗费了许多努力的结果，她不能让这些努力付诸东流。她只希望这些艾伊尔人能将更多的情绪表露在脸上。

维林忽然发觉帐篷里又多了别人，两名亚麻色头发的枪姬众带着一名穿黑袍的女子走了进来。这个女人比她们矮了一个拳头，两名枪姬众差不多是把她架进来的。她们身旁还站着提娅琳。这个瘦高的红发女子面色冰冷，身上闪耀着至上力的光晕，显然是她在屏障着这个穿黑袍的人。这位姊妹汗湿的发卷一直垂到肩头，粘着缕缕发丝的面颊上覆盖了厚厚一层尘土，以至于维林第一眼没有认出她是谁。她的颧骨略高于常人，鼻子也有些尖峭，一双褐色的眼睛，眼角微微上翘……柏黛恩，柏黛恩·尼拉姆，维林曾经给这个女孩上过初阶生课程。

“我能否问一下，”维林谨慎地说，“为什么被带来的是她？我要见的是另一个人。”柏黛恩虽然是绿宗，不过也没有护法，她在三年前刚刚得到披肩，而绿宗在选择第一名护法的时候，往往是非常谨慎的。维林觉得自己今天还能再处理两名姊妹，但必须是两名没有护法的姊妹。当然，维林不认为艾伊尔人会任由她选择询问的对象。

“嘉德琳·亚鲁玎昨天晚上逃走了。”提娅琳恶狠狠地说。维林吸了一口冷气。

“你们让她逃脱了？”未经思索的话脱口而出，维林很疲倦了，但这并不能成为这一莽撞行为的借口。而且，维林完全没有住嘴的意思。“你们怎么会如此愚蠢？她是红宗！红宗的人无论在精神还是力量上都很强！卡亚肯正处在危险之中！为什么不在这件事发生的时候立刻通知我们？”

“这件事直到今天上午才被发现，”一名枪姬众怒不可遏地说，她的眼睛如同一双经过抛光的蓝宝石，“一位智者和两名苛代雷被毒死了，为他们送去饮料的奉义徒被发现时，已经被割断了喉咙。”

亚爱隆向那名枪姬众冷冷地挑起了眉：“她是在对你说话吗，卡莱珲？”两名枪姬众立刻把全部精神集中到被她们架着的柏黛恩身上。亚爱隆只是向提娅琳瞥了一眼，那名红发智者立刻低垂目光。维林是下一个受到她注视的人。“你对兰德 · 亚瑟的关心，表明了你的……荣誉，”亚爱隆很有些不情愿地说，“他将受到严密护卫，你对此不需要知道太多。”突然间，她用更加严厉的口吻说：“但学徒不能用这种语气对智者说话，两仪师维林 · 玛瑟雯。”说到“两仪师”这个词的时候，她的语气中露出明显的冷笑。

压制住叹息的冲动，维林又行了一个深深的屈膝礼，她有些希望自己能像刚到白塔时那样苗条，这些躬身低头的动作完全不适合她现在的体型。“请原谅我，智者。”她谦恭地说。逃走了！一切都已经昭然若揭，虽然这些艾伊尔人可能还不明白。“担忧蒙蔽了我的心智，”之前没能在一场意外中让嘉德琳失去性命，现在她对此感到非常可惜，“以后我会尽全力记住这一点。”亚爱隆甚至连睫毛都没有闪动一下，所以维林也无从得知她是否接受了自己的道歉。“现在我能否接过她的屏障了，智者？”

亚爱隆没有看提娅琳就点了点头。维林迅速拥抱了阴极力，接过被提娅琳放开的屏障。在艾伊尔人之中，不能导引的女人可以如此轻易地命令能够导引的女人，这一点一直让维林感到惊诧和奇怪。提娅琳在至上力上并不比维林弱多少，但她看着亚爱隆的神情，几乎像那些枪姬众一样小心翼翼。亚爱隆一摆手，两名枪姬众立刻跑出了帐篷，只剩下柏黛恩一个人摇摇欲坠地站在原地。提娅琳也跑了出去，只是比枪姬众们慢了一步而已。但亚爱隆并没有挪动步子。“不要对卡亚肯说起嘉德琳 · 亚鲁玎的事情，他有太多事情要关注，不应该让这种琐事打扰他。”

“我绝不会对他说的。”维林立刻表示遵从。琐事？像嘉德琳那么强大的红宗绝对不是琐事。也许应该把这件事记录下来，留待以后做进一步思考。

“一定要管住你的舌头，维林 · 玛瑟雯，否则你就要用它大声嚎哭了。”

对于这一点，她似乎已经不需要再说些什么了，所以维林只是表现出恭顺的样子，又行了一个屈膝礼。她的膝盖真的很想呻吟。

亚爱隆离开的时候，维林才松懈地叹了口气。她一直害怕亚爱隆会留下来，她们用了很大努力才让索瑞林和艾密斯允许她们与被俘的姊妹接触；获得能够和被俘姊妹单独交谈的许可，则耗费了她们更大的力气，更是依靠一些与白塔有特殊关系的人从中斡旋才达成的。如果智者们知道她们受到了诱导……当然，这也是可以等到明天再去担心的事情。维林已经不知道这样的事情还有多少。

“至少，这里有足够的水可以让你洗净手和脸，”她温和地对柏黛恩说，“如果你愿意，我会为你治疗。”和她交谈的每一名姊妹身上都有或多或少的鞭痕。只有在囚犯将水泼溅到地上，以及不遵从命令的时候，艾伊尔人才会拷打她们。即使一名囚犯用最粗鲁的话向艾伊尔人挑衅，换来的也只会是一声冷笑。但艾伊尔人对待穿黑袍的人就像对待牲畜一样——要用鞭打让她们知道何时该前进、转弯或停步，如果她们的反应太慢，就要用更严厉的鞭打催促她们。为这些姊妹治疗是出于维林的好意，当然，也能让维林的任务更容易一些。

满身尘泥和汗水的柏黛恩如同风中的苇叶一般颤抖着，用力掀动着嘴唇。“我宁愿流血至死，也不要让你治疗！”她喊道，“也许我会愿意看着你向这些野蛮人匍匐跪拜，但我从没有想过，你会向他们泄露白塔的秘密！这是背叛，维林！是叛逆！”她轻蔑地一哼，“我想，如果就连这样也无法让你惭愧，那你可真是肆无忌惮了！除了连结以外，你和其他那些人还教给她们什么？”

维林恼怒地一啧舌，完全不在意这个年轻女人的瞪视。因为要一直仰视艾伊尔人，她的脖子早已酸痛不堪（但即使是柏黛恩也比她高出了一拳），她的膝盖因为行了太多的屈膝礼而疲软脱力，这些女人应该明白一点事理，但她们只是盲目而愚蠢地向她抛出侮蔑和傲慢。有谁能比两仪师更清楚，任何姊妹都会用许多不同的面孔对待这个世界。威吓与胁迫并不是永远适用，而且，与遭受惩罚相比，身为一名初阶生当然要好得多，通过惩罚能得到的只有痛苦和羞耻。就连科鲁娜也已经明白这一点。

“在你还没有摔倒之前先坐下来吧，”维林又调整了一下用辞，“让我猜猜你今天做了什么。从你身上的泥土来看，你应该是在挖坑吧。她们是让你用两只手挖的，还是给了你一只勺子？你自己清楚，当他们认为坑已经挖好的时候，他们会让你重新把它填实。现在，让我看看，你身上的所有地方都肮脏不堪，但这件袍子是干净的，那么，他们在你挖坑的时候，没有让你穿衣服。你确定不想接受治疗？顽固带来的只有痛苦。”她在另一个杯子里倒满水，用风之力将它悬停在柏黛恩面前。“你的喉咙一定已经干透了。”

年轻的绿宗两仪师不安地盯着那只杯子。突然间，她双腿一软，颓然坐倒在软垫上，脸上露出一丝苦笑。“他们……经常给我水，”她又笑了，但维林看不出她在笑什么，“只要我想，只要我能把那些水都喝光。”她用愤怒的眼神盯着维林，停了一下，然后又用干涩的声音说：“你穿的这身衣服看起来很合身。他们烧了我的衣服，我看见他们那样做。他们偷走了我的一切，除了这个。”她碰了碰左手食指上的黄金巨蛇戒，在满手泥污中，它仍然闪耀着金光。“我想，他们还没有足够的胆量这么做。我知道他们的目的，维林，他们不会得逞的，我不会让他们如意，我们之中的任何人都不会！”

柏黛恩仍然充满了戒心。维林将杯子放到她身边的地毯上，然后拿起自己的杯子吮了一口，才说道：“哦？他们想要什么？”

这一次，柏黛恩的笑容显得苦涩而又凶恶：“搞垮我们，你知道的！让我们向亚瑟发誓，就像你们那样。哦，维林，你们怎么能那样做？竟然会向白塔以外的人发誓效忠！而且，还是对一个男人，对那个男人！虽然你们会背叛玉座猊下，反抗白塔……”听她的语气，仿佛这是同一件事。“……但你们怎么能这样做！”

片刻之间，维林考虑了一下兰德·亚瑟的时轴洪流到底是益处更大，还是害处更大。这些被囚禁在艾伊尔营地中的人们和她一样，都只是在这股洪流中飘摇的木片。她们全都开始变得口无遮拦，说话不假思索。当然，不能出口的话她仍然绝对不会说出来（时轴不会逼你坦白一切），但原先她可能只用一个词表达的意思，现在却不吝啬用千言万语去强调。不，她们一直在激烈地争论这样立下的誓言是否应该遵守，而现在关于该如何遵守这些誓言的争论还在继续，但总比之前好多了。维林不经意地摩挲着口袋里一块坚硬的物件，那是一枚小胸针，一块半透明的石头，被雕刻成一朵有太多花瓣的百合花。维林从没有戴过它，但将近五十年的时间里，它从没有离开过维林的手边。

“你是歹藏，柏黛恩，你一定已经听过这个称呼。”不需要柏黛恩点头向她表示赞同，这是艾伊尔法律的一部分，如同一种污辱性的宣判。不过这几乎是维林对此仅有的了解。“你的衣服和一切物品都要被烧掉，因为没有艾伊尔人会保存曾经属于歹藏的东西。不能烧掉的也要砸碎，就连你佩戴过的首饰也要深埋在茅厕下面。”

“我的……我的马呢？”柏黛恩焦急地问。

“他们不会杀害马匹，但我不知道你的马到哪里去了。”也许正在城里受到某个人的役使，或者是给了某个殉道使，但这样告诉她只能对她造成伤害。维林想起柏黛恩是个非常喜欢马的女孩。“他们让你保留这枚戒指，是要让你记得你是谁，并增加对你的羞辱。我不知道如果你向他们哀求，他们是否会允许你向亚瑟先生发誓。虽然你可能很难相信这一点。”

“我不会的！绝不！”但这句话显得很无力。柏黛恩的肩膀沉了下去，她动摇了，但还不足够。

维林的脸上露出温暖的微笑。曾经有人对她说，她的微笑让他想起了自己亲爱的妈妈，维林希望至少这不是一句纯粹的谎话。没过多久，那个人试图将匕首插进她的肋骨，维林的微笑应该是他眼中最后的情景。“当然，我也不认为你将向他发誓。你的未来也许只有这种毫无意义的劳动。这对他们而言是一种羞辱，纯粹的羞辱。当然，如果他们发现你并不这样看待这一点……哦，光明啊，我打赌你不喜欢全身一丝不挂地挖坑，即使看守你的是枪姬众。但如果换作是……比如说，让你赤裸身体站在全都是男人的帐篷里？”柏黛恩哆嗦了一下。维林还在若无其事地唠叨着，唠叨对她而言几乎已经成了一种异能。“当然，他们只会让你站在那里。歹藏不能做任何有意义的事情，除非是迫不得已。而且艾伊尔男人宁可抱住一头腐烂的死羊，也不会……嗯，这不是一个令人愉快的想法，对不对？不管怎样，你的将来很可能就是这样。我知道你会竭尽全力抵抗下去，但我不知道你要抵抗什么。他们并不想从你的嘴里逼问信息，或者是做任何其他人会对战俘做的事。他们不会释放你，至少在他们确信你的心中除了羞耻以外已经别无他物之前，绝对不会，即使因此要关押你一辈子。”

柏黛恩的嘴唇无声地动了动，不过维林能从她的唇形看出她要说的话。我的一生。她在软垫上动了动身体，似乎感到不舒服，面色也变得严峻起来。当然，晒伤、鞭痕和劳作的辛苦都会让她不舒服。“我们会得到援救的，”最后，她说道，“玉座猊下不会丢弃我们……我们会被救出去，否则我们就……我们会被救出去的！”她抓住身边的银杯，一扬头，将杯中的水猛地灌了下去，然后伸出握紧银杯的拳头，要维林再给她倒一杯。维林将锡罐飘过去，让那名年轻女子可以给自己倒水。

“或者你会逃走？”维林问。柏黛恩满是泥土的手颤抖了一下，杯中的水也被泼了出来。“确实，这样做成功的可能性，应该不会比等待救援更大。你被一支艾伊尔军队包围着。很显然，亚瑟能随时召集上百名殉道使追捕你。”柏黛恩又颤抖了一下，维林自己也差一点打了个哆嗦。混乱应该在刚有苗头的时候立刻被遏止。“不，恐怕你必须为自己想出办法。依照他们做事的风格，你将只能孤身一人，我知道他们不会让你和其他人接触。你将只有孤身一人。”她叹了口气。柏黛恩瞪大了一双眼睛盯着她，仿佛她是一条红奎蛇。“不需要让自己的境遇变得更糟，让我为你治疗吧。”

维林不等柏黛恩可怜兮兮地点下头，已经跪在了她身边，用双手捧住了她的头，年轻女子则尽量配合着维林。维林敞开自己，吸收进更多的阴极力，编织出治疗的能流。绿宗姊妹立刻张大了嘴，开始颤抖。刚刚倒了半杯水的杯子从她的手中滑落，一条抖动的手臂碰倒了水罐。现在，可以继续下一步了。

所有接受治疗的人都会有一段晕眩的时间，当柏黛恩还在眨着眼睛，尽力想要恢复过来时，维林开始使用口袋中那枚花朵样的法器。这不是一件很强的法器，但也足够了，她需要这朵花能够提供的每一点至上力。不再是治疗的编织，魂之力成为了主体，风、水、火、地之力全部要引入其中（对于地之力，她确实很不擅长）；魂之力被一再细分，复杂的结构会让任何技艺高超的地毯匠人头晕。即使现在有一名智者偶然钻进了帐篷，她也不一定拥有异能，可以识别出维林所做的事情。当然，她要尽力掩饰自己的行为，也许这是艰难甚至痛苦的，但只要不被发现，一切她都可以忍受。

“怎么……”柏黛恩昏昏沉沉地说。如果不是维林捧住她的头，她一定已经倒在地上，她的眼皮几乎已经要阖上了。“你……做了什么事？”

“你不会受伤害的。”维林安慰她。这个女人也许会在一年之内死亡，或者是在十年之内，但这个编织本身并不会伤害她。“我向你保证，即使对一个婴儿，这样也是安全的。”当然，这要看怎样去对待它。

维林要让能流一根一根到位，交谈也许能有助于她的工作。太长时间的沉默，很可能会引起帐篷外监守者的怀疑。她不时向那只还在滴水的锡罐瞥上一眼。柏黛恩不会将她想要的答案给她，她询问的所有姊妹都不会主动告诉她，即使她们真的知道。这个编织的一个附属效果，就是让承受的人放开自己的思想和舌头，它不亚于任何草药的效果，而且效果很快。

维林用耳语继续说道：“那个叫亚瑟的男孩似乎认为他在白塔内有支持者。当然，她们的身份一定是隐匿的。”即使真的有人将耳朵贴在帐篷壁上，也不可能听清她在说些什么。“告诉我你对此知道的一切。”

“支持者？”柏黛恩喃喃地说着，表情仿佛是要皱紧双眉，却又做不到。她动了动身子，话语却显得虚弱空洞。“他的？在姊妹中？这不可能。只有你们……你怎么能那样做，维林？为什么你不反抗？”

维林焦急地啧了一下舌，不是因为柏黛恩愚蠢的建议。那个男孩似乎对此很笃定，为什么？她继续压低声音道：“你就没有过任何怀疑吗，柏黛恩？你在离开塔瓦隆之前，有没有听到过什么谣言？人们私下里的议论？就没有人在无意中提到与亚瑟有关的话题吗？告诉我。”

“没有人。有谁能？没有人……我曾经是那么敬佩科鲁娜。”柏黛恩昏沉的话语中，流露出遗恨的意味，泪水溢出她的眼眶，在泥污的面颊上留下两道痕迹。维林仍试图用力支撑住她的身体。

维林的编织还在继续，她的目光在柏黛恩和帐篷帘之间来回，她觉得自己仿佛也要出汗了。索瑞林也许会派人来帮她进行审问。也许支持兰德的姊妹就在太阳宫里。而如果现在她的行为被姊妹们知道，她的下场很可能是遭到静断。“那么你们是要将他清洗干净，梳理平整之后再交给爱莉达了？”她用稍大一些的声音说道，帐篷里的寂静已经持续了太久，她不想让那两个艾伊尔人向智者们报告她正在和囚犯密谈。

“我不能……违背盖琳娜，她领导……是玉座猊下的命令。”柏黛恩又动了动，不过仍然很虚弱。她的话语仍然如同梦游，但其中已经显示出激动的情绪。她的眼皮也在不断颤动。“他必须……服从命令！必须！不应该……遭到那么严厉的对待。就像……对他进行……拷问。错误。”

维林哼了一声。错误？不如说是一场灾难，从一开始就是场灾难。现在那个男人看待任何两仪师就像那个亚爱隆一样。但如果她们真的将他带到了塔瓦隆？一个像兰德·亚瑟那样的时轴进入白塔？这个念头让维林不寒而栗。不管怎样，即使是“灾难”这个词，也无法形容这次行动所导致的恶果。作为补救措施，在杜麦的井付出的代价实际上已经很小了。

维林继续用正常的声音提出问题。这些问题的答案大多她已经知道了，所以对于自己的提问和柏黛恩的回答她都没有太多留意。她的全副精神都集中在了持续进行的编织上。

在以往的岁月里，有许多事情吸引过她的兴趣，其中一些并没有经过白塔的严格核准。对于前往白塔接受训练的野人，有些姊妹总是抱有错误的认识，她们之中有一部分并不是真正的野人，只是一些天生拥有很强的能力，在不自觉之中就接触了真源的女孩。野人是一些已经开始自我训练的人，她们往往都摸索出一两个技巧，而这些技巧几乎只属于两个范畴——监听别人的交谈和操纵别人的行为。

对于第一个范畴，白塔并不很在意。即使是能够在相当程度上控制自己的野人也很快就会发现，只要穿上初阶生白袍，她就只能在有姊妹或见习生在场的情况下才能碰触阴极力。在这种情况下，想要偷听是不可能的。但另一种技巧与被禁止的心灵压制非常相似。也许野人们只是用这种技巧让父亲给她们买些漂亮衣服和小饰品，或者让母亲赞同她和某个男孩交往，但白塔会以最有效率的手段根除这种技巧。维林接触过的许多女孩和女人都无法再进行那种编织，更不要说使用它们。其中有相当数量的人甚至已经记不起来那是怎样的编织。但根据这些搜集来的记忆残片，维林构造出一个从白塔建成起就一直被禁止的技艺。一开始，这只是出于她的好奇。好奇，她一边继续着对柏黛恩的编织，一边带着些讽刺的意味想，*不知道我因为好奇爬进了多少腌菜罐子*。但一切总会有用的。

“我想，爱莉达是要将他放在那些牢房里。”维林用交谈的口气说。从有白塔的那一天开始，那些铜墙铁壁般的牢房就被用来关押能够导引的男人，自称为两仪师的野人和其他所有必须被监管、并且要远离真源的人。“对于转生真龙，那不是一个舒适的地方，也无法保证他的任何隐私。你相信他是转生真龙吗，柏黛恩？”这一次，维林停下来，认真倾听柏黛恩的话。

“是的。”听得出，柏黛恩咬紧了牙，她向维林翻动着满是恐慌的眼睛。“是的……但他必须……保证……安全，这样……世界……才会安全。”

有趣。她们都说只有他安全，世界才会安全。那些认为他需要保护的人也这样说。而当这句话出自某些人口中的时候，维林着实感到惊讶。

在维林眼中，她刚刚做出的编织仿佛是一团闪着微光、半透明的丝线，正杂乱无章地缠绕在柏黛恩的头上。四根魂之力的丝线从那一团混乱中延伸出来，两两相背。维林拖动偏向一端的两根，那团混乱的丝线似乎有些要坍塌的样子，向柏黛恩的头部收紧，一直到达了命令的边缘。柏黛恩猛地睁大眼睛，茫然地盯着远方。

维林用低沉又尖锐的声音下达了命令，或者说，是以命令的方式提出了一些建议。

如果编织成功，柏黛恩会为自己找到理由遵循这些命令。随着最后几句话，维林开始拖动另外两根魂之力丝线。编织进一步收紧，但这次的收缩表现出清晰的秩序，一个极为精确、复杂和完整的模式，周而复始，开始的波动也表现在最终结束的时候。持续的收缩让编织一直进入了柏黛恩的头部。柏黛恩的四肢又开始抽搐，一双赤脚不停地拍打着地毯。维林尽量用轻柔的动作扶住她来回摆动的头。再过不久，只有做出最细致的分析编织，才有可能发现柏黛恩的身体被动过手脚，但即使是通过分析也不可能辨识出这个编织。维林曾经小心地对此进行过测试，事实上，她本人就是白塔中最精于分析异能的人。

当然，这个编织和史籍记载的心灵压制异能并不相同。它是用许多不同的技巧拼凑成的，整个编织的过程缓慢得令人痛苦，而且，接受编织的人最好精神已经脆弱到相当程度，更重要的是，这个人必须绝对信任施加编织者，只要有丝毫的怀疑，编织就不会成功。这一点让这种编织对于男人几乎毫无用处，很少有男人会不怀疑两仪师。而且，即使不考虑怀疑的问题，男人也往往很难接受这种编织。这让维林百思不得其解——实际上，那些野人女孩们感兴趣的对象，往往是她们的父亲或其他男人。似乎男人的个性更强，所以他们即使服从了编织中包含的命令，也会对自己的行动产生疑问，而有的男人甚至会把那些命令都忘掉。或者这也和男人对两仪师的怀疑有关。这个问题牵扯太多也太复杂，维林只是认定，不能再在男人身上冒这样的险。

柏黛恩的抽搐终于开始减轻，然后停止了。她用一只泥手捂住了头。“出……出了什么事？”她的声音几乎微不可闻，“我晕倒了吗？”遗忘是这个编织的另一个优点，毕竟，任何女孩都不想让父亲记得自己曾经买过一条昂贵的裙子。

“这里实在是热得厉害，”维林帮她坐起来，“我自己每天也会有一两次头重脚轻的感觉。”维林不会说假话，不过她的头重脚轻是因为疲劳，而不是炎热。操控这么多阴极力会耗尽一个人的全部精神，特别是在一天之内连续这样做过五次之后，而在其中使用法器当然无法让人感到更舒服。维林只觉得自己也很需要人搀扶。“我想，这样应该是够了。如果你感到晕眩，也许他们会为你找一些不必见到阳光的工作。”这句话没有让柏黛恩显示出任何欢愉的神色。

维林一边按摩着腰，从帐篷口探出了头。柯郎姆和蒙儋又一次停下了翻绳游戏，看不出他们曾经偷听了帐篷里的对话，但维林愿意用自己的生命打赌，他们一定这样做了。维林告诉他们，自己和柏黛恩的交谈已经结束了，又想了一下，她请他们再拿一罐水来，因为柏黛恩打翻了水罐。两个艾伊尔人褐色的面孔立刻变得更暗了。智者们会知道这件事，这将有助于让智者做出决定。

太阳和地平线之间还有很长一段距离，但背部的酸痛告诉她，该是停止的时候了。她还可以处理更多姊妹，只是如果那样的话，明天早晨，她全身的所有肌肉都会酸楚不堪。她的视线落在伊尔甘身上，现在那个女人正用篮子将谷物送到手磨那里。维林的心里一直有一个疑问——如果自己不是永远都充满了好奇心，又会过着怎样的生活？那样的话，她会嫁给艾德芬，留在法麦丁，而不是前往白塔。她也会在很早以前死掉。但她一定能拥有几个她现在永远也得不到的孩子，还有孙儿。

维林叹了口气，转回头看着柯郎姆：“等到蒙儋回来以后，是否可以告诉珂琳达，我还想见见伊尔甘·费塔墨？”和将水打翻的柏黛恩要承受的痛苦相比，明天她肌肉的酸痛将只是小事一桩。当然，她坚持到这个时候不是因为伊尔甘受的苦比她更多，更不是因为她的好奇心。她还有任务要完成。至少，她必须让少年兰德活下来，直到他应该死掉的时刻。

这里很像是一座华丽的宫殿，只是宫殿中既没有窗户，也没有门。金色大理石壁炉中燃烧着火焰，却没有释放出丝毫热量。炉火中的那些原木也丝毫没有耗损的迹象。在金银丝线织就的地毯中心，一张镏金腿的桌子旁边坐着那个男人。他不在乎身上穿着这一纪元的衣饰，身体总要穿上衣服，如此而已。实际上，仅仅是他的存在，就足以吓倒最刚硬骄傲的人。他称自己为莫瑞笛，虽然肯定没有人能比他更有资格自称为死亡。

时不时地，他会无聊地摆弄一下用银链挂在脖子上的两个精神枷锁。随着他的碰触，血红色水晶一般的柯索弗拉脉动着，没有尽头的旋涡如同心脏跳动。他真正的注意力则集中在桌上的棋局。三十三颗红子和三十三颗绿子放在纵横交错、各十三道的棋盘上，这是以前某著名棋局的复盘。最重要的一颗子——像棋盘一样为黑白两色的渔夫仍然停在棋盘中心的方格里。这是一种复杂的游戏，在至上力战争更久以前，它曾经有沙若、车兰、诺理等多种形式；而现在，只剩下了简单的“棋”。每种形式的拥护者都认为它包涵了所有生命的微妙变化，但莫瑞笛一直都喜欢沙若。现在还活下来的人里，只有九个人还记得这个游戏。它比车兰和诺瑞都更加复杂。它的第一个目标是捕获渔夫，这样才能使游戏真正开始。一名仆人出现在他的视野里——一个身材苗条、举止优雅的年轻男子，穿着一身白衣，容貌俊秀得令人难以置信。他弯下腰，奉上手中托着水晶高脚杯的银盘。他微笑着，但黑色的眼睛里没有丝毫笑意，那是一双比死亡更加缺乏生气的眼睛。普通人如果被这样一双眼睛看到，一定会非常不舒服。莫瑞笛自然地拿起那只高脚杯，挥手示意仆人离开。这个时代的酿酒师酿出了一些极好的葡萄酒。但他的嘴唇并没有去碰触那只杯子。

他的注意力全在渔夫上，它诱惑着他。其他棋子也有复杂的步法，但只有渔夫会根据所在位置的不同而改变属性。在白格里，攻击力软弱，但敏捷，可以实现远程逃离；在黑格里，攻击力强大，但速度缓慢，易受攻击。此种高手的对局中，渔夫在结束前会多次易手。棋盘边缘的红绿色棋位对于任何其他棋子都是危险的，只有渔夫能够移动到那上面。并非是它在这样的位置里有安全的保障，渔夫从不会安全；而是因为得到渔夫的棋手可以将渔夫移动到属于自己颜色的棋位中，便能取得胜利。这是最容易的取胜方法，但不是唯一的。当你的对手控制渔夫的时候，你可以让他别无选择，只能将渔夫移动到你的棋位里。只要渔夫处在红绿色棋位旁边，控制渔夫就会比不控制它更加危险。不过，还有第三种取胜的方法，或者这更像是个陷阱——在血腥的格杀中歼灭所有敌人。莫瑞笛曾经这样试过一次，那是充满了绝望的斗争。他的尝试失败了，充满了痛苦。

怒火突然在莫瑞笛的脑海中燃起。他抓住真力，黑色的斑块游过他的眼睛。涌入体内的真力愈多，他就愈迷醉于其中，直到电击一般的痛苦遍布他的全身。他的手握住了那两个精神枷锁，而真力则握住了那颗渔夫，将它提起在半空，再多一丝力量，它就会被碾成粉末，化为虚无。莫瑞笛手中的高脚杯被捏碎了，他也很想将胸前的两个柯索弗拉捏碎。萨埃如同黑色的暴风雪卷过他的双眼，但它们并不会遮挡他的视觉。渔夫总是会被雕刻成一个男人的样子——被绷带封住双眼，一只手按在肋下，几滴血从紧按的指缝间渗流出来。为什么被雕成这样，其中的原因也像“沙若”这个名字的由来一样，已经遗失在时间的迷雾里了。莫瑞笛想到这一点，就会感到困扰、愤怒。时光之轮的转动都带走了哪些知识？他需要知识，他有权利得到知识。他有这个权利！

他缓缓地将渔夫放回到棋盘上，柯索弗拉也缓慢地离开了他的手指。不需要做这样的毁灭，现在还不需要。在眨眼间，冰冷的镇静取代了狂怒；血和红酒从他的掌心流出，并没有引起他的主意。也许渔夫真的来自于一些兰德·亚瑟的模糊回忆，现在那只是埋藏在阴影中的阴影了。

这没关系。莫瑞笛发觉自己在笑，他没有停止自己的笑声。棋盘上，渔夫仍然在等待着，但在一场更大的棋局中，亚瑟已经在按照自己的意愿行动了。很快，就是现在……当你在操控双方棋子时，很难会输掉棋局。莫瑞笛大笑起来，笑得泪水从面颊上滚落，但他并没有察觉到。

第 1 章

遵守协约

时光之轮旋转不息，岁月来去如风，世代更替只留下回忆；时间流淌，残留的回忆变为传说，传说又慢慢成为神话，而当同一纪元轮回再临时，连神话也早已烟消云散。在某个被称为第三纪元的时代，新的纪元尚未到来，而旧的纪元早已逝去。一阵风在末日山脉刮起。这阵风并非开始，时光之轮的旋转既无开始，也无结束。但这确实也是一个开始……

风掠过索马金，向东飞驰。在索马金岛上，皮肤白皙的埃玛雅人正在耕耘他们的田地，制作精美的玻璃和瓷器。他们追随水之道的和平方式，在偏远的岛屿上过着遁世隐居的生活。水之道教导他们，这个世界只是幻像，是心灵思维的映射，但还是有人在看着这阵裹挟着尘土和暑热的风。寒冷的冬雨迟迟没有到来。他们记得从亚桑米亚尔那里听到的故事，关于外面世界的故事，还有那些预言。一些人将目光转向一座山丘。那座山丘顶上，有一只突出在地面上的巨大石手，那只手中握着一颗比他们的房子还要大的、纯净无瑕的水晶球。埃玛雅人也有他们自己的预言，那些预言中提到了这只手和这颗水晶球，还有一切幻像的终结。

风吹进风暴海，在灼热的太阳下一直向东，越过被云抛弃的天空，抽打着绿色的海浪，和南风、东风搏斗着，在起伏不定的水面上翻腾、冲刺。冬天已经过去了一半，应该从严冬的心脏中吹出的暴风却仍然没有出现，甚至连夏末应有的大风暴也一直躲藏着。而现在的海风和洋流恰好可以让船只继续来往于世界之尾和梅茵之间的环大陆航行。风向东吹去，在它下面，巨大的鲸群从翻滚的海面中浮起，发出阵阵悠长的歌声。飞鱼展开胸鳍，以一跃六尺甚至更远的距离前进。风转向东北，从浅海处一队队拖网渔船头顶吹过。一些渔夫正站直身体，惊讶地瞪大了眼睛，双手漫无目的地拉扯着渔网。在他们目光所及之处，无数艘大小不一的船只鼓满了风帆，疾速前行。高大的船首将一层层海涛撞得粉碎，细窄的船头则如同利刃一般将波涛切开。在那些船飘扬的旗帜上都绘着一只用利爪握住闪电的金鹰，洪流般的旗帜如同汇聚的风暴。风继续吹向东北，终于到达了海岸，这里是船只遍布的艾博达。数百艘海民船停泊在这里，就像在其他港口一样，他们等待着克拉莫——被选中者的讯息。

风吼叫着闯过港湾，撼动着大大小小的船只，越过城市本身。在强烈的阳光下，这里呈现出一片耀眼的白色。四周是尖塔、墙壁和镶嵌着彩色环箍的圆顶。街道和运河中挤满以勤奋工作而著称的南方人类。风绕过泰拉辛宫闪耀圆顶上的细长尖塔，携带着海盐的气息，扬起在红蓝底色上绣着两头金色老虎的阿特拉旗帜，以及代表统治家族密索巴的白底绿色剑与锚之旗。风暴还没有到来，但这的确是风暴的先兆。

艾玲达感觉到肩胛的皮肤一阵麻痒。她正走在宫中的走廊里，在她脚下是由十几种色彩鲜艳的瓷砖铺成的地板。她的同伴都跟在她身后，她有一种被监视的感觉。上一次有这种感觉的时候，她与枪矛的婚姻还没有结束。*这只是想象。*她告诫自己，*因为你知道这里有你无法对抗的敌人，你才会有这样的想象！*就在不久以前，这种令人悚然的感觉意味着有人想要杀死她。死亡不值得害怕，所有人都会死亡，在今天或是另一天。但她不想死得像一只掉进陷阱的兔子，她还有义务要履行。

仆人们贴着墙快步走过，行经她们身旁的时候，都会向她们鞠躬或行屈膝礼。这些人都低垂着眼，仿佛真的明白他们的生活方式有多么羞耻。肯定不是这些人让艾玲达有颤栗的感觉。艾玲达曾经强迫自己去正视这些仆人，但就算是现在，当她颈后一阵阵发冷的时候，她的视线仍然会不自觉地从这些仆人身上滑开。这种感觉一定只是想象，是因为她的紧张。这是令人神经紧张、胡思乱想的一天。

和那些仆人不同，富丽堂皇的壁挂、镀金灯架和吊灯总是吸引着艾玲达的目光。壁龛里和搁架上纸一样薄的瓷器闪耀着红、黄、绿、蓝各色光彩，和它们放在一起的还有金、银、象牙、水晶的碗、瓶、小匣和雕像，她只来得及观赏那些最美丽的。无论湿地人怎样认为，美丽的价值远远高过黄金本身。这里有许多真正具有价值的精品，艾玲达丝毫不会介意从这座宫殿里取走五分之一的战利品。

她皱起眉头，心中升起一阵躁怒——在一个为她提供阴凉和清水的屋檐下竟然会有这样的想法，这是不荣誉的。这座宫殿本不必对她以礼相待，它对她没有负债，没有血脉关系，没有钢铁的冲突，也没有对她的需求。但即使是这个不荣誉的想法，也好过想到一个小男孩正孤身陷在这座腐败的都市里。所有都市都是腐败的——艾玲达已经见识过四座都市了，而艾博达对那个孩子而言，肯定是最危险的。她不明白的是，为什么对奥佛尔的担忧总是会不由自主地涌上心头。这个男孩和她对伊兰、对兰德·亚瑟的义务都没有关系。沙度的长矛夺走了男孩的父亲，饥饿和苦难夺走了他的母亲，但即使是艾玲达亲手杀死了他的双亲，这个男孩仍然只是一名毁树者，一个凯瑞安人。为什么她要为了一个流着那种血的男孩受折磨？为什么？艾玲达试图将精神集中在她正在进行的编织上，她已经在伊兰的监督下将这个编织练习了一遍又一遍，她甚至在睡觉的时候也能做出这个编织，但奥佛尔那张生着大嘴的小脸不停地闯入她的脑海。柏姬泰甚至比她还要担心那个男孩，柏姬泰的胸膛里有一颗对小男孩格外柔软的心，特别是丑陋的小男孩。

艾玲达叹了口气，不再强迫自己故意忽略身后同伴的对话。那些对话也给她带来一阵阵愤怒，如同焦热的闪电落在头顶，但这也比为一个毁树者的孩子担忧要好。那些背弃誓言的人，如果没有了他们的下贱血脉，这个世界只会变得更好。那个男孩与她无关，她不需要为他而担心，不需要！不管怎样，麦特·考索恩会找到那个男孩的，他什么都能找到。而倾听身后同伴的对话也终于让她平静了下来，颈后的刺麻感也逐渐消失了。

“我一点也不喜欢这样！”奈妮薇嘟囔着。这场争论在她们仍在房间时就已经开始了。“一点也不，岚，你听到我说话了吗？”她至少已经有二十次宣布了她的不快，而奈妮薇绝不会因为一时的失败就放弃的。她黑着面孔，向前迈着大步，将蓝色裙裤踢得猎猎作响。她一只手向一直垂到腰间的粗辫子伸过去，却又被她用力地按了下去。当岚在身边的时候，奈妮薇就会严格地约束自己的愤懑和怒气。她已经成为岚的妻子，这显然让她非常骄傲，但也让她显得有些混乱。她的上身穿着装饰黄色缎带的丝绸骑装，披在外面的绣花紧身蓝色外衣没有系扣子，这让她像许多湿地人一样，露出了太多的胸部，也露出了那个用细链挂在她脖子上的沉重金戒指。“你没有权力承诺像这样照顾我，亚岚·人龙，”她继续用激烈的口吻说道，“我又不是一件瓷器！”

岚走在她身旁，他是个体型标准的男人，胸口超过了奈妮薇的头顶，那件能扭曲目光的护法斗篷披在他的背上。他的面孔仿佛是用岩石雕刻而成；他的眼睛没有放过任何一名走过他们身边的仆人、任何角落和壁龛；他的体内蕴涵着随时能彻底爆发出来的力量，如同一头潜伏在草丛中，即将扑向猎物的狮子。艾玲达从小身边就尽是危险的男人，但没有一个人能比得上安奈伦（独行客的意思，艾伊尔人对岚的称呼）。如果死亡会化作人身，那就一定是他。

“你是两仪师，我是护法，”岚用浑厚而不带感情的声音说，“照顾你是我的责任。”他的音调其实很温柔，和他棱角分明的面孔、阴沉而没有一丝变化的眼睛形成了鲜明的对比。“而且，照顾你是我心中的愿望，奈妮薇。你可以向我提出任何要求和命令，但我绝不允许你因为我的疏忽而死去。你死的那一天，我也会死。”

最后这句话，岚以前从没有说过，至少艾玲达没有听到过。而奈妮薇仿佛被一拳击在肚子上，她瞪大了眼睛，双唇无声地颤动着。不过像往常一样，她的表情很快就恢复了镇定。她装模作样地整理着帽子上蓝色的羽毛（那簇羽毛真的很可笑，就像有一只奇怪的鸟立在她的头顶上），然后她从宽帽沿下瞥了岚一眼。

艾玲达早就在怀疑奈妮薇，她经常会用沉默和故作深沉的眼光掩饰自己的无知与惊愕，她甚至怀疑奈妮薇在对付一个男人上并不比男人们知道得更多——就像艾玲达自己一样。用匕首和枪矛对付男人，远比爱一个男人容易得多。女人怎么可能和男人结合？艾玲达迫切地想要学习这个知识，却又不知道该从何处着手。奈妮薇与安奈伦结婚才只有一天时间，但她光是在控制自己的脾气上就已经改变了许多。她似乎也在为自己的改变惊讶不已。还有一些时候，她仿佛是在做白日梦，为一些琐碎的问题而脸红。而且……她一直在极力否认这些变化，即使这些变化就清晰地呈现在艾玲达眼前。她还总是毫无缘由地就傻笑起来。从奈妮薇身上根本就什么都学不到。

“我想，你又要向我讲解护法和两仪师的关系了，”伊兰冷冷地对柏姬泰说，“至少，你和我没有结婚。我希望你守卫我的背后，但我不会让你在我背后向我许下什么诺言。”伊兰像奈妮薇一样衣衫暴露，她穿着绣金线的艾博达绿丝骑装，虽然是高领衣服，却在胸前有一大片椭圆形的开口，露出了她的乳沟。湿地人总是对出汗帐篷和在奉义徒面前脱衣服大惊小怪，而她们自己却在公众场合半裸着身子，让任何陌生人都可以看到。艾玲达不介意奈妮薇会怎样，但伊兰是她的姊妹，而且，她希望她们还会有更亲密的关系。

柏姬泰穿着一双高跟靴子，这让她比奈妮薇高了一个拳头，虽然她还是比伊兰和艾玲达要矮。她穿着深蓝色外衣和宽松的绿色裤子，像岚一样保持着高度的警觉，只是她的样子显得比岚更加轻松自然，如同一头豹子卧在山岩上，表现出一副慵懒的样子。她迈着悠闲的步子，嘴角带着微笑，手中的长弓并没有扣上箭，但在任何人眨一下眼之前，羽箭就会从她腰间的箭袋里跃出。任何人射出一枝箭的时间，她可以射出三枝箭。

她向伊兰撇嘴一笑，摇了摇头，让她脑后的金色辫子甩动起来，那根辫子像奈妮薇的黑色辫子一样粗，一样长。“我是在你面前向你承诺，而不是在你背后。等你学习了更多之后，我就不必再向你讲解护法和两仪师的关系了。”伊兰哼了一声，傲慢地扬起下巴，用两只手整理起了帽子的缎带。她的帽子上插着比奈妮薇的帽子更长、也更糟糕的绿色羽毛。“也许你还有许多要学，”柏姬泰说，“你正在弓弦上打另一个结。”

如果伊兰不是艾玲达的姊妹，艾玲达一定会因为涌上伊兰面颊的红晕而笑起来。让一个趾高气扬的人突然绊倒总是非常有趣的事，即使只是在旁边看着，也很值得笑一声。但艾玲达只是冷冷地瞪了一眼柏姬泰，她在告诉柏姬泰，这一次她已经记下了。艾玲达喜欢这个女人，虽然她有许多秘密，但一名朋友和一位姊妹的区别是湿地人无法理解的。柏姬泰只是微笑着，眼神在艾玲达和伊兰之间转来转去，低声说了些什么，艾玲达听到了一声“小猫咪”。更糟糕的是，柏姬泰的声音里全是宠爱的意味。其他人一定也都听到了，一定是!

“你怎么了，艾玲达？”奈妮薇一边问，一边用一根手指戳戳她的肩膀，“你要站在这里脸红一整天吗？我们的时间很紧迫。”

直到此时，艾玲达才意识到自己的面颊是多么热，她的脸一定像伊兰的一样红。而且，当她们要加快速度的时候，她却像石头一样呆呆地站着。几个字就能让她变成这样，她简直变回了一个刚刚与枪矛结合、还没听过枪姬众之间各种调笑的小女孩。她差不多已经二十岁了，却还像个第一次玩弄弓箭的小孩。这让她的面颊更热了。就在这种混乱的心情中，她转过一个弯，结果差一点撞上苔丝琳·巴拉登。

艾玲达笨拙地在红绿色地板上向后滑了几步，幸亏被伊兰和奈妮薇扶住才重新站稳。至少现在她的脸没有那么红了，但她心里只有更加惭愧。她让自己蒙羞，也让她的姊妹蒙羞了。伊兰总是那么镇定，无论发生了什么事。幸运的是，苔丝琳·巴拉登的样子也好不了多少。

那个尖脸的女人连连后退几步，惊讶地张大了嘴，然后又恼怒地耸了一下双肩。她的面颊憔悴，高耸的鼻子完全破坏了两仪师无瑕的面容，她穿着一件装饰黑蓝色缎带的红裙子，这身穿着只是让她更加显得骨瘦如柴。不过她很快就恢复了部族顶主妇的镇定，一双深褐色的眼睛如同岩洞深处的阴影一样冰冷。每一次遇到这些两仪师，她们都会不屑地走过艾玲达身边；对岚完全视而不见，仿佛他只是一件没用的工具；而对于柏姬泰，她们都会狠狠地瞪上一眼。大多数两仪师都不赞成让柏姬泰成为护法，但她们只能刻薄地嘟囔几句“有悖传统”之类的话，却拿不出任何足够有力的理由来反对，然后，她们还会瞪一眼伊兰和奈妮薇。现在，艾玲达只觉得苔丝琳·巴拉登的表情简直比昨天的风还要复杂。

“我已经告诉了茉瑞莉，”她带着浓重的伊利安嗓音说，“但我也许应该知会你们一声。对于你们的……小把戏，我和裘丽恩不会干涉，但我会注意你们。如果你们希望这样，那爱莉达也许永远也不会知道这些。不要这样对我张着嘴，孩子们，”她的脸上露出嫌恶的表情，“我既不聋，也不瞎，我知道这座宫殿里有海民的寻风手，还有你们和泰琳女王的秘密会见，和其他事情。”她抿紧了两片薄嘴唇，一双阴沉的眼睛里燃烧着怒火，但她的声音仍然保持着平静：“不过，你们要为另一些事情付出沉重的代价——你们和那些允许你们冒充两仪师的人，只是我现在还可以将这件事先放一边，赎罪和忏悔可以等到以后再进行。”

奈妮薇挺直脊背，高昂起头，手紧紧地攥住了辫子，她的眼睛也在喷射出火焰。如果换一个地方，艾玲达也许会同情一下那个与奈妮薇对峙的人，因为她肯定会被奈妮薇铺天盖地的痛斥所淹没，奈妮薇的舌头比刺如牛毛的茜葭更多刺、更锋利。艾玲达冷静地审视这名似乎是在寻衅闹事的女人。智者不能自降身份挥舞拳头，但艾玲达还只是一名学徒，也许让这个苔丝琳·巴拉登带一点伤不会损害她的仪节。她开口想要提醒这名红宗两仪师注意保护自己，奈妮薇也在同时张开了嘴，但说出话的是伊兰。

“苔丝琳，我们要做的事情，”伊兰用寒冰一样的声音说，“与你无关。”她也挺直了身子，双眼如同蓝色的冰。从高处一扇窗子里射进来的阳光洒落在她的金色卷发上，让它们仿佛燃起了金色的火焰。此时此刻，即使是一名顶主妇与伊兰相比，也只能像是一个灌了太多奥苏咖的牧羊人。这是一项经过伊兰执意磨练的技艺。她如同一尊水晶雕像，用掷地有声的话语，将冰块一样的辞句掷在红宗两仪师的脸上：“你没有权力干涉我们的任何行动，任何姊妹都没有这样的权力。你最好把你的鼻子从我们的外衣里面抽出去。你这个夏天的火腿，你应该庆幸我们没有追究你支持篡位玉座的行径。”

艾玲达困惑地瞥了一眼她的姊妹。将她的鼻子从她们的外衣里抽出去？至少，她和伊兰都没有穿外衣。夏天的火腿？这又是什么意思？湿地人经常会说一些特别的话。但其他女人看上去也都像她一样不明所以。只有岚，斜睨着伊兰，似乎是明白伊兰的话，而他竟然显得……惊讶，甚至还有些愉快。这很难判断，安奈伦对表情控制得很好。

苔丝琳·巴拉登哼了一声，将面孔绷得更紧了，她几乎是咆哮着说：“我不会去管你们这些蠢孩子的事情！但你们也要小心，不要让你们的鼻子再被揪住。你们已经犯了错误，不要再犯下更大的错误！”艾玲达正在努力地只称呼这些人的名字，就像伊兰那样（当她用全名称呼这些人的时候，她们只会认为这是因为她的无知和不安）。但艾玲达无法想象自己能够和苔丝琳·巴拉登如此亲近。

红宗两仪师以堂皇的姿势拢起裙子，转身准备离开，奈妮薇抓住她的手臂。湿地人经常会让情绪流露在脸上，而奈妮薇现在满脸都是矛盾与冲突，仿佛正在恼怒地挣扎着，想要打破已经下定的决心。“等等，苔丝琳，”她不情愿地说道，“你和裘丽恩也许正在危险之中。我警告了泰琳，但我想她也许害怕告诉其他任何人。至少，她不愿意谈论这件事，任何人都不会愿意谈论这种事。”她长长地深吸了一口气。如果奈妮薇对这件事心存恐惧，她也是有原因的，感到恐惧并不羞耻，只有表露出自己的恐惧才是羞耻的。当奈妮薇继续说下去的时候，艾玲达的肠子也禁不住抽动了几下。“魔格丁已经到了艾博达，她也许仍然在这里，也许这里还有另一名弃光魔使。他们还有一只古蓝，那是一种至上力无法触及的暗影生物。它看上去就像一个男人，但它是被制造出来的，制造它的目的是杀死两仪师，钢铁似乎也无法伤害它，它能从老鼠洞中钻过去。这里还有黑宗，而且有一场风暴即将到来，一场可怕的风暴，不是气候造成的风暴。我能感觉到它，这是我的技能，也许是一种天赋。巨大的危险正奔赴艾博达，那将比任何强风、暴雨和闪电更加可怕。”

“弃光魔使，一场不是风暴的风暴，以及一些我从未听说过的暗影生物。”苔丝琳·巴拉登带着嘲讽的语气说道，“更不要说，还有黑宗。光明啊！黑宗！也许还有暗帝本尊？”她扭曲的微笑显露出剃刀一样的刻薄，她轻蔑地将奈妮薇的手从袖子上拉开。“当你回到白塔，穿上素白色的裙子，回归你应在的位置上时，你要学会不要把时间浪费在胡思乱想上，更不应该用各种离奇的故事恐吓姊妹们。”她的目光扫过众人，又一次故意略过了艾玲达，然后她响亮地哼了一声，快步向走廊远程走去。沿途的仆人都急忙跳到一旁，为她让开道路。

“这个女人倒真有胆量！”奈妮薇用混乱的语调说着，死死地盯着红宗两仪师离开的方向，双手将辫子拉得笔直。“等我完成了我的……”她差不多是窒息了一下，才继续说道，“好吧，我努力过了。”听她的声音，她对自己的这种努力感到很后悔。

“是的，你努力了，”伊兰用力点了一下头，“她不应该得到这种好意。竟然否认我们是两仪师！我再不会容忍这个了！我不会！”她的声音刚才像一块冰，现在则像一块冰冷的钢。

“这样的人可以信任吗？”艾玲达喃喃地说，“也许我们应该确保她没有能力干涉我们。”她看了一眼自己的拳头，苔丝琳·巴拉登会知道它们的威力。那个女人只配成为暗影的俘虏，被魔格丁或另一个暗影灵魂捉住。蠢人应该得到他们愚蠢行为所带来的报应。

奈妮薇显然是在考虑这个提议，但她只是说："如果我只是个普通人，也许我会以为她准备脱离爱莉达了。"她气恼地一啧舌。

"想要理清两仪师的政治乱流，确实会让人晕头转向，"伊兰并没有直说奈妮薇现在应该有这样的能力了，但她的语气确实表达了这一点，"即使是红宗的人也有可能会转而反对爱莉达，其中的原因也许是我们无法想象的。或者她是想要我们放松警惕，那时她就能诱使我们将自己交到爱莉达手中，或者……"

岚咳嗽起来。"如果弃光魔使盯上这里，"他的嗓音就像抛光的岩石，"他们随时有可能出现在这里，还有那只古蓝也是。不管怎样，它最好是在别的地方。"

"和两仪师打交道总需要一点耐心，"柏姬泰喃喃地说着，听口气好像是在引述什么，"但寻风手却好像没有任何耐心。所以你们也许应该暂时忘记苔丝琳，先想一想蕾耐勒。"

伊兰和奈妮薇转过身盯着这两名护法，她们冰冷的眼神足以让十名岩狗众止步不前。不管怎样，伊兰和奈妮薇不会喜欢因为暗影灵魂和古蓝而逃跑，即使她们也知道很可能别无选择；她们也肯定不喜欢被提醒要尽快去和寻风手会面。艾玲达一直认为，自己应该认真研究一下这两个女人的眼神，毕竟她不能再用枪矛和拳头表示威胁了。她要像智者们那样，用一个眼神或者一句话，就有与枪矛和拳头同样的作用，甚至还要更有力。但这一次，这两个女人的目光对于她们的护法似乎没有发挥任何效果。柏姬泰笑着瞥了岚一眼，岚带着一点无可奈何的神情向她耸耸肩。伊兰和奈妮薇显然是放弃了。她们从容不迫，但确实是没有必要地将目光落在自己的裙子上，然后，她们各挽起艾玲达的一只手臂，继续向前走去，甚至没有瞥一眼护法们是否跟在后面。当然，护法一定会跟着她们的，伊兰已经和柏姬泰约缚在一起，安奈伦的约缚虽然还不属于奈妮薇，但是他的心已经像他的戒指一样，挂在奈妮薇的胸前。伊兰和奈妮薇努力做出悠闲的样子，不愿意让柏姬泰和岚看出她们的匆忙，但事实上，她们走路的速度比平时快了许多。

仿佛要证明自己的镇定自若，伊兰和奈妮薇故意有一搭没一搭地聊起天，而且她们选择的尽是一些琐碎的话题。伊兰说她很后悔没机会真正见识一下两天以前的飞鸟节，仿佛她完全不在意人们在那个节日里穿着有多么暴露。奈妮薇也摆出一副毫不在意的样子，不过，她很快又提到了将要在今晚举办的灰烬节。一些仆人告诉她们，会有一些流亡于此地的照明者在这个节日里施放焰火；有几个旅行马戏团已经来到艾博达，带来了许多异国动物和精彩的杂技表演。伊兰和奈妮薇都对杂技团很感兴趣，她们两个都曾经参加过这样的杂技团演出。她们还谈到了艾博达的裁缝，以及这里花样繁多的缎带花饰，能买到不同质料的丝绸和亚麻。

当她们开始评论艾玲达穿上这身灰丝骑装有多么好看的时候，艾玲达发觉自己很高兴地和她们聊在一起。她们又说起泰琳·青泰拉送给艾玲达的其他衣服——那些精美的羊毛和丝绸长裙、长袜和衬裙，还有珠宝。伊兰和奈妮薇也各得到了一份华贵的礼物。她们三个人的礼物足足装满了好几个箱子，现在这些礼物已经和她们的行李一起被仆人送去了马厩。

“为什么你要这样闷闷不乐的，艾玲达？”伊兰问道，她微笑着拍了拍艾玲达的手臂，“别担心，你已经了解了那种编织，你会做好的。”

奈妮薇将头靠过来，向艾玲达耳语说：“等我有机会，我会给你煮一杯茶。我知道有几种茶能够让你的胃舒服一些，它们对解决女人的烦恼很有效。”她也拍了拍艾玲达的手臂。

她们不明白，安慰的话语和茶都无法治疗让她苦恼的事情——她竟然喜欢谈论缎带和绣花！艾玲达不知道是应该厌恶地皱起眉头，还是绝望地呻吟，她已经变得软弱了。在她以前的日子里，她观察一个女人衣着的唯一目的，就是确认衣服里的哪个部位能够隐藏武器。她从没有注意过什么颜色和剪裁，更不要说去想象把一件衣裙穿在身上会是什么样子。而即使她现在离开这座城市，离开所有湿地人的宫殿，也已经晚了。很快，她的脸上也会有那种傻笑。她从没有见过伊兰和奈妮薇那样傻笑过，但所有人都知道，湿地女人都会那种傻笑。她一定会变得像那些奶白色的湿地人一样软弱。她们手挽着手，一边还在谈论着花边缎带！如果这时有人攻击她们，她怎么可能及时抽出腰间的匕首？一把匕首也许无法对抗她们现在的敌人，但她在知道自己能够导引以前，就已经拥有了钢铁的意志。如果有人想要伤害伊兰和奈妮薇（*伊兰最重要，但她已经向麦特·考索恩承诺过要保护她们两个，她的诺言与柏姬泰和安奈伦的诺言绝对没有任何差别*），她要做的就是将钢刃插进那些恶人的心脏。缎带！艾玲达的心在为自己的软弱而流泪。

这座宫殿中最大的马厩在三面都有双扇大门。门廊处有许多穿绿白色制服的仆人。他们身后，骏马被拴在一排排白色的石砌畜栏里。它们的背上已经上了鞍子，或者是驮上了柳条筐。海鸟在天空中盘旋、鸣叫，这让艾玲达想到附近有多么大的一片水，心中不由得又是一阵不快。那些白色的石板路面看上去都在热浪中微微晃动，而紧张的气氛更让空气如同一块石板压在艾玲达身上。在艾玲达的记忆里，许多比这里更加轻松的场合也曾经鲜血四溅。

蕾耐勒·丁·考隆穿着红黄两色的丝衣，傲慢地将双臂横抱在胸前。在她身后站着另外十九名赤脚，手上有刺青，外衫、裤子和长腰带同样色彩鲜艳的女人。她们黝黑的面孔上微微闪着汗光，但这丝毫没有减损她们的庄严肃穆。她们之中有一些人将挂在脖子上的雕花黄金小匣放在鼻子前嗅着，从很远的地方都能闻到那种匣子里散发出来的香料气息。蕾耐勒·丁·考隆的两只耳朵上都穿着五个粗大的金环，一条细链挂在一个耳环和鼻环间，横过她的左侧面颊，上面挂着许多黄金徽章。紧跟在她身后的三名女子双耳只有八个耳环，细链上的徽章也要少一些。这些是海民女子的位阶标记。她们的领袖自然是蕾耐勒·丁·考隆，亚桑米亚尔大船主的寻风手。但即使是站在最后面的那两名穿暗色裤子和亚麻外衣的学徒也都戴着黄金饰品。当艾玲达一行人出现的时候，蕾耐勒·丁·考隆故意看了一眼已经过天顶的太阳，然后她将视线转向艾玲达，双眉慢慢挑了起来。在白色鬓角的映衬下，她的一双黑眼睛显得格外阴森。现在她就差没大声喊出对她们的迟到所感到的气愤了。

伊兰和奈妮薇停下脚步，同时也拉住了艾玲达，她们在艾玲达两边交换了一个担忧的眼神，然后深深叹了口气。艾玲达不知道她们该如何脱出这场困境。责任束缚了她的姊妹和奈妮薇的手脚，她们自己又紧紧地将这个结勒死了。

“我要去看看女红社。”奈妮薇低声嘀咕着。伊兰的声音总算更大了一些：“我要确定那些姊妹是否也准备好了。”

她们放开艾玲达的手臂，提起裙子，朝另一个方向快步走去，柏姬泰和岚跟在她们身后。现在，只剩下艾玲达一个人单独面对蕾耐勒·丁·考隆。这名有一双鹰眼的寻风手显然明白自己所处的优势地位，而且没有要放弃这种优势的意思。幸运的是，大船主的寻风手很快又转向了她的同伴们，她的黄色长腰带也随着她转身的动作被甩了起来。寻风手们纷纷聚集在她周围，和她低声交谈了起来。艾玲达知道，只要朝这名寻风手打一拳，就会把一切搞砸。她只好竭力不去瞪她们，但她的目光仍然总是不由自主地转回到这群人身上。她们没有权力用叉棍叉住她姊妹的脖子，这些带鼻环的家伙！这时，蕾耐勒·丁·考隆·蓝星用力捻了一下面颊上的细链，脸上立刻现出一副完全不同的表情。

在马厩场院的另一端聚集着另一群人——矮小的茉瑞莉·辛德文和另外四名两仪师，也在看着这些寻风手。两仪师冷漠的表情并不能完全掩饰她们的烦恼，就连身材高大、满头白发的范迪恩·纳梅勒和与她一般无二的首姊妹艾迪莉丝也不复往日的静若止水。她们不时会调整一下身上的亚麻防尘薄斗篷，或者掸一掸丝绸裙裤。这里确实会有一阵阵微风带来一些尘土，吹动五名护法的变色斗篷，但这一点风肯定不是让两仪师们如此躁动不安的原因。只有赛芮萨守卫着一只碟形的白色大包裹，一动也不动，但她也紧皱着眉头。茉瑞莉的女仆珀尔愁容满面地站在她们身后。她的两仪师主人极度不赞成她们和亚桑米亚尔签订的协约。正是这份协约让这些海民离开了她们的船，在这里用苛刻而不耐烦的眼神盯着这些两仪师们。但这份协约绑住了两仪师的舌头，让她们无法发泄自己的恼怒。她们在竭力掩饰轻浮的情绪，对于湿地人而言，她们也许已经成功了。这里的第三组女人在院子的最里面紧紧地聚成了一团，两仪师的目光同样紧盯着她们。

黎恩·柯尔力和另外十名现存的女红社家人都在这高压环境里流露出不安的情绪。她们不停地用刺绣手绢擦着脸上的汗水，调整她们的宽边彩色草帽，抚平羊毛裙的裙摆。她们的羊毛裙都很朴素，裙摆的一侧掀起，露出里面色彩鲜艳的衬裙，丝毫不亚于海民的衣饰。令她们心神不宁的有两仪师的目光，有对弃光魔使和古蓝的恐惧，还有另外一些事情。她们的窄开胸高领裙子仿佛也在说明她们的心情。这些女人大部分脸上都已经有了皱纹，但她们却像是一群被捉住正的在玩耍、投坚果面包的女孩。在她们之中，只有桑珂是个例外。她将双拳撑在肥大的屁股上，用瞪视迎着两仪师的瞪视。她们之中有一个人身上环绕着至上力的光晕——珂丝蒂安，她不停地回头瞥着。她苍白的面孔看上去只是比奈妮薇老了十岁而已，让她在那一群老妇人中间显得很不协调。每次和两仪师的目光相遇，她的脸色都会变得更白。

奈妮薇已经走到了家人组织的领袖们面前，她的脸上焕发着激励的光彩。女红社们都露出了和缓的微笑，不过，她们又开始用看到一匹狼的眼神偷偷瞥着岚。能够让桑珂不像其他人那样害怕两仪师的人正是奈妮薇。奈妮薇已经发誓会教训她们，这让她们仿佛是有了主心骨——艾玲达并不完全明白这件事——任何智者都不可能支持其他人反对智者。而本身就是两仪师的奈妮薇，却在支持外人和两仪师作对。对于其他的两仪师，女红社保持着带有提防性质的尊敬，但对于奈妮薇，就连桑珂也难免会表露出一点奉承的神情。而让女红社也莫名其妙的是，像伊兰和奈妮薇这样年轻的女孩，竟然能对其他两仪师发号施令，那些两仪师竟然也会服从她们。艾玲达对此同样感到困惑。每个人能掌握的至上力天生有强弱之分，这怎么可能会比人生岁月中取得的荣誉更加重要？而看样子，两仪师正是以前者区分地位高低，却不是后者。不管怎样，年长的两仪师们的确在服从奈妮薇，对于家人们而言，这就足够了。爱伊恩，几乎像艾玲达一样高，像海民一样黝黑，奈妮薇每看她一眼，她都会回报以恭顺的微笑；迪玛娜的浅红色头发中能看到一缕缕白色，奈妮薇看她的时候，她一直都低着头；黄色头发的茜贝拉总是用一只手遮住嘴，发出低微而紧张的笑声。尽管她们都穿着艾博达风格的衣裙，只有橄榄色皮肤、身材瘦削的泰玛拉是阿特拉人，而她也肯定不是这座城市的人。

当奈妮薇走近她们的时候，她们自动向两侧分开，露出一个跪在地上、手腕被绑在身后的女人。一个皮袋子套住了她的头。她身穿的衣裙相当华贵，现在却已经被撕烂，沾染了许多泥土。像茉瑞莉紧皱的双眉和弃光魔使一样，她也是让女红社感到不安的原因之一，也许她更让女红社感到害怕。泰玛拉拉下了她头上的袋子，露出这个将头发结成许多细辫子，上面缀满小珠的女人——伊丝潘·舍法尔，她竭力想要站起身，却只是笨拙地向前方跌过去，于是只好又坐回到自己的脚跟上，眨眨眼，傻笑了几声。汗水从她的面颊上滑下来，几块伤肿破坏了她不受岁月侵蚀的面容。艾玲达知道，与她的罪行相比，她受到的待遇已经很温和了。

奈妮薇给她强灌下去的草药仍然在抑制她的智力和体力，但珂丝蒂安已经聚集起能够掌握的所有至上力，将她屏障了——不能给暗影跑者任何逃跑的机会。珂丝蒂安的力量和黎恩一样强大，比艾玲达见过的大多数两仪师更强。即使是这样，桑珂也紧张地扯了扯裙子，竭力避免去看那个跪着的女人。

“现在肯定应该将她交给两仪师了，”听黎恩尖细不安的声音，仿佛她才是那个被珂丝蒂安屏障的黑宗两仪师，“两仪师奈妮薇，我们……我们不应该监……嗯……看管一位两仪师。”

“是的，”桑珂急忙插话，她的声音里也充满了焦虑，“现在应该把她交给两仪师了。”茜贝拉也出言附和，家人们都在点着头，低声表示同意。她们从骨子里相信，她们的地位远比两仪师要低。与拘禁两仪师相比，她们很可能更愿意监守兽魔人。

伊丝潘·舍法尔的脸一露出来，院子另一边的两仪师们立刻改变了神色。赛芮萨·托玛瑞斯刚刚得到褐色流苏披肩几年时间，脸上还不能算光洁无瑕，她用极度厌恶的目光盯着五十步以外的伊丝潘·舍法尔，仿佛这个距离内就能用她的目光剥掉这名暗影跑者的皮。艾迪莉丝和范迪恩用双手攥紧了裙子，显然是在克制对这个背叛姊妹的憎恨。但两仪师们盯着女红社的目光并没有变得更加友善，她们也笃定地认为家人的地位要远比她们低下。不管怎样，那名叛徒曾经是一位两仪师，只有两仪师才有权力处置她。艾玲达也同意这一点，背叛枪之姊妹的枪姬众不会得到干脆的、毫无羞耻的死亡。

奈妮薇用力将袋子套回到伊丝潘·舍法尔的头上。“你们做得很好，你们还要继续做下去，”她的口气不容置疑，“如果她有清醒的迹象，就再给她灌一些那种酊剂，这会让她像一头肚子里灌满啤酒的山羊。如果她不想把药吞下去，就捏住她的鼻子。如果被捏住鼻子，并且被威胁要打耳光，即使是两仪师也会把药喝下去的。”

黎恩睁大了眼睛，下巴耷拉了下来，她的同伴也一样。桑珂极为缓慢地点点头。以前家人说到两仪师的时候，几乎就和说起造物主一样。想到要捏住一位两仪师的鼻子，即使是一名暗影跑者，女红社的脸上都浮现出了恐惧的神情。

而两仪师们的眼球几乎已经凸出到了眼眶以外，她们肯定更不喜欢奈妮薇的这些话。茉瑞莉盯着奈妮薇，张开口——但就在此时，伊兰走到她面前，灰宗两仪师便将注意力转到她身上，同时还不忘向柏姬泰皱一下眉。茉瑞莉一直是一个谨慎冷静的人，但现在，她却因为激动而提高了声音："伊兰，你一定要和奈妮薇谈一谈。那些女人已经因为迷惑和畏惧而失去了头脑，如果她继续那样困扰她们，对任何人都不会有好处。如果玉座真的会允许她们进入白塔……"她缓慢地摇摇头，仿佛是要否认这一点，以及其他许多事情。"如果她真的要这样做，那么她们就必须先认清自己的立场，还有……"

"玉座的确要这样做，"伊兰打断了她，同样是不容置疑的语气，由奈妮薇说出来就好像是在对方鼻子底下挥舞拳头，而在伊兰口中则显示出充分的镇定沉着，"她们可以得到再试一次的机会，即使她们失败了，也不会遭到遣送。能够导引的女人再也不会被切断与白塔的关系，她们全都会是白塔的一部分。"

艾玲达不经意地摩挲着腰间的匕首。艾雯——伊兰的玉座，伊兰只是在重复她的话。她也是一位朋友，但作为玉座，她已经封闭了她的心。艾玲达自己并不想成为白塔的一部分，她觉得索瑞林和其他智者们也会想这样。

茉瑞莉叹了口气，交叠起双手，虽然她表现出容忍的态度，但她忘记放低自己的声音："就算我可以接受你的说法，伊兰，但对于伊丝潘，我们不能就那样……"

伊兰立刻抬起一只手，语气也变成了纯粹的命令："停止，茉瑞莉，你们的职责是保护风之碗。对任何人而言，这都是一项极为重要的任务，这对于你们来说已经足够了。"

茉瑞莉张了张嘴，却没有说出话来，只是微微低下头，表示了默许。在伊兰的逼视下，其他两仪师都低下了头，但也有人稍微表现出不情愿的样子。赛芮萨急忙从脚边抱起用白色丝绸裹了许多层的碟形包裹，她必须伸开双臂，才能勉强将那只包裹抱在胸前。她有些窘迫地向伊兰露出微笑，仿佛要表明她的确是在认真地看守着这包裹。

海民女人们也在盯着包裹，她们几乎要向两仪师那边倾过了身子。艾玲达觉得，即使她们现在冲过去和两仪师争夺那只碗，也不会让人感到奇怪。两仪师显然同样有所察觉，赛芮萨抱得更紧了。茉瑞莉向前迈出一步，挡在她和亚桑米亚尔之间。光洁的两仪师面孔依旧保持没有表情的样子，但能看出脸上的肌肉已经绷紧了。两仪师们相信这只碗应该属于她们，所有能够使用或操纵至上力的物品都应该属于白塔，无论它们正在谁的掌握之中。但她们和亚桑米亚尔之间毕竟订有协约。

"太阳在移动，两仪师，"蕾耐勒·丁·考隆用嘹亮的声音说道，"危险在迫近，所以风之碗先由你们保管。如果你们想利用拖延时间来为你们争取转圜的余地，那你们最好再考虑一下。如果你们想打破协约，以我父亲的心起誓，我会立刻返回船上，并要求取回风之碗。这是我们从世界崩毁以来一直未变的方式。”

“对两仪师说话要懂得尊敬。”黎恩喝道。从她蓝色的草帽到绿白色衬裙下面露出的旅行靴，都散发出反感与义愤。

蕾耐勒·丁·考隆露出一丝冷笑：“看样子，水母也是有舌头的。没有得到两仪师的允许她们就敢使用自己的舌头，这一点更令人感到惊讶。”

转瞬间，马厩场院里充满了家人和亚桑米亚尔相互的斥骂。一开始只是“野人”、“没骨气”之类的话，但很快双方骂出的脏话就愈来愈多，喊声也愈来愈大。虽然茉瑞莉也喊话想要制止家人，安抚海民，但她的喊声已经完全被淹没在一连串的叫嚷和呼喊之中。几名寻风手不再只是抚弄插在宽腰带里的匕首，而是攥住了匕首的握柄。阴极力的光晕逐一出现在那些服饰鲜亮的女人身周。家人们很吃惊，但这并没有让她们有所收敛。桑珂拥抱了真源，然后是泰玛拉，还有腰肢柔软、有一双媚眼的琪莱芮丝。很快，所有家人和寻风手都一边谩骂着，一边在身周闪起了光晕。

艾玲达只想呻吟，现在的局面随时都有可能酿成流血冲突。她会追随伊兰，但她的这位姊妹正带着寒冰一样的怒意注视着寻风手和女红社。伊兰对愚蠢的行为没有什么耐心，无论是对自己人的还是对其他人的，而在敌人随时可能出现的时候还这样吵嚷不休，这显然是最愚蠢的事情。艾玲达用力攥住腰间的匕首，过了片刻，她也拥抱了阴极力，被生命和喜悦充满的感觉让她几乎要哭泣起来。智者只有在言辞无力的时候才会使用至上力，但言辞和钢刃在这里都已经无法起作用了。艾玲达只希望自己能知道谁会先动武。

“够了！”奈妮薇的尖叫声打断了所有声音，惊愕的面孔纷纷转向了她。奈妮薇危险地摇着头，伸出一根手指戳向女红社：“不要像一群孩子那样！”她已经在压制自己的嗓音了，但效果并不明显。“或者你们要一直这样吵闹下去，直到弃光魔使来收拾掉我们，拿走风之碗？还有你们，”奈妮薇的手指又戳向了寻风手，“不要曲解你们已经答应的条件！你们在彻底履行诺言之前别想碰风之碗！别想！”奈妮薇转过身，面向那些两仪师。“还有你们……”看着两仪师们冷静而诧异的眼神，颐指气使的奈妮薇只好没好气地哼了几声。两仪师并没有加入到这场吵闹之中，她们只是在试图恢复秩序，她们之中没有人现出阴极力的光晕。

当然，这并不足以让奈妮薇平静下来，她用力地拉了一下帽子，显然还有满腔的怒气要发泄。家人们都已经红着脸，满面委屈地将目光垂下。寻风手们也显得有一点困窘——一点而已——她们仍然在低声抱怨着，但同样在躲避奈妮薇的眼睛。光晕一个接一个地消失了。最后，只有艾玲达还握持着至上力。

伊兰碰了碰艾玲达的手臂，让艾玲达打了个愣怔。她的确是变得柔软了，竟然让别人到如此靠近她的地方。想到这里，她又吓了一跳。

“这场危机看样子是过去了，”伊兰低声对她说，“也许我们该启程了，不要等到下一次冲突爆发。”她脸上最后一点不正常的红色是她刚才的怒火留下的唯一痕迹，柏姬泰的脸上也有同样的红潮，这两个女人似乎能通过约缚反应对方的状态。

“已经晚了。”艾玲达对伊兰表示同意。太晚了，她就要变成一个牛奶心肠的湿地人了。

艾玲达走到院子正中心的开阔地，所有人的视线都跟随着她。她认真地查看并感觉过这个地点，即使闭上眼睛现在她也对这个地方一清二楚。拥有至上力，操纵阴极力，这是一种她无法用语言形容的愉悦。容纳阴极力，被阴极力容纳，这是一种其他任何时刻都不会有的生命感觉。智者们说过，这只是一种错觉，就像在沙漠中看到水的影子一样虚幻而危险，但这种感觉比她脚下的石板地更加真实。艾玲达抗拒着汲取更多阴极力的欲望，她已经濒临极限了。当她开始编织能流的时候，所有人都向她簇拥过来。

有一些事情是许多两仪师也做不到的，艾玲达现在已经很了解这一点，但她仍然会为此感到吃惊。女红社中有几个人有足够的能力做出这个编织，但公开在学习她的编织的只有桑珂，还有（这也是让艾玲达感到惊讶的）黎恩。桑珂全神贯注地看着艾玲达的动作。奈妮薇想要拍拍她的肩膀以示鼓励，却被她甩掉了，奈妮薇既惊且怒地看了她一眼，她也同样没有发觉。所有寻风手都有足够的力量，她们却只是如饥似渴地盯着风之碗。那个协约让她们有权拥有它。

艾玲达集中精神，能流汇集在一起。她开始创造这里和那里的一致性。那里是她、伊兰和奈妮薇一同在地图上选定的一点。她举起双手，仿佛是在掀起一幅帐帘。这不是伊兰教她的，而是来自她第一次做出通道时仅存的回忆，那时艾雯还没有做出她的第一个通道。能流聚合成一道垂直的银线，银线飞速旋转，渐渐敞开成一个通道。它比一个人更高，和人的身体大约等宽。通道的另一面是一片空旷地，空地旁边有许多二十尺到三十尺高的大树。那里位于艾博达城以北数里，在埃达河北岸。齐膝高的干草就挡在通道前面，在一阵阵微风中摇曳。艾玲达知道，通道在张开时的旋转只是一种错觉，一些草叶被从横向或纵向切开，切口非常干净，通道的边缘比任何剃刀更加锋利。

通道虽然成形了，但艾玲达对此却很不满。伊兰编织通道的时候，只需要花费一部分力量，艾玲达却要用尽自己的每一分力量。她相信自己能编织出一个更大的通道，像伊兰编织的一样大，只要她能像上次逃避兰德 · 亚瑟时那样不假思索地编织。那仿佛已经是很久以前的事情了，无论她怎样努力，那时的情形只有一些零星的残片能被回忆起来。她并不嫉妒伊兰，恰恰相反，姊妹的成就让她感到骄傲，但她自己的失败总是让羞愧感在她心中翻涌。索瑞林和艾密斯如果知道了她为此而感到羞愧，一定会严厉惩罚她，她们会说这是她过度的骄傲。艾密斯应该明白她，毕竟艾密斯也曾经是枪姬众。能做到的事情却做不到，这对枪姬众就是一种羞耻。如果不是为了支撑住编织，艾玲达一定会立刻逃到没有人能看见的地方。

这次出发经过了严密的计划。通道一张开，整座马厩场院都动了起来。两名女红社将头被罩住的暗影跑者拉了起来。寻风手们迅速在蕾耐勒·丁·考隆身后排成一条直线。仆人们开始将马匹牵出马厩。岚、柏姬泰和凯瑞妮的护法之一——名叫西里尔·亚哲那的高瘦男人，立刻一个接一个地跑过通道。

像法达瑞斯麦一样，护法们总是要得到在部队之前进行哨探的权力。艾玲达的脚心在发痒，她想紧跟着他们冲过去，但她不能这样做。和伊兰不一样，她只要从通道前移开五六步，通道就会减弱，即使她试图将通道固定住，结果也是一样，这给了她更强的挫败感。

毕竟这一次她们不会遇到危险。两仪师紧随护法进入了通道。伊兰和奈妮薇也和她们在一起。在通道的另一面，能看见树林间还有许多农田。也许她们要注意一下闲逛的牧羊人，或者寻找幽会地点的年轻情侣。但暗影灵魂和暗影跑者不可能知道这个地方，只有她、伊兰和奈妮薇知道这里，而且她们在做出决定的时候都没有说话，就是为了防止有人窃听。伊兰走到通道前的时候，用询问的眼神看了艾玲达一眼，艾玲达只是示意她继续前进。制定好的计划就必须执行，除非有突发原因将之改变。

寻风手们开始缓缓进入那片空旷地。每个人在走到这个她们做梦也想不到的编织前时，都会突然犹豫一下，深吸一口气，才迈步走进去。就在这时，那种刺麻感再一次袭来。艾玲达抬起眼睛，向那些俯瞰马厩场院的窗户望去，任何人都有可能躲在那些精致繁复的白色雕铁栏杆后面。泰琳命令仆人们远离那些窗户，但有谁能阻止泰琳、裘丽恩，或者是……某种感觉让艾玲达向更高的地方望去，一直望向那些穹顶和高塔。狭窄的走道环绕着那些纤细的高塔，在非常高的一条走道上，一个黑色的身影站在那里，阳光在他背后映出一圈刺眼的光环。一个男人。

艾玲达的呼吸停止了。那个男人双手扶着石雕栏杆，全身上下没有半点危险的气息，但艾玲达知道，他就是那个让她后背发冷的人。暗影灵魂不可能只是站在那里冷眼旁观，但如果是别的生物，比如古蓝……艾玲达的肠子里仿佛坠入了一块冰。他可能只是一名宫廷仆人，可能是。但艾玲达不相信这个猜测，知道恐惧不是羞耻的事情。

艾玲达焦躁地瞥了一眼那些仍然在通道前磨蹭的女人，她们的速度慢得简直让人无法忍受。半数海民已经进去了，女红社仍然紧紧抓着暗影跑者，等在后面，她们不喜欢让海民走在前面，却又害怕自己走过那个通道。如果艾玲达此时说出心中的疑虑，家人们肯定会拔脚就跑，只要向她们提到暗影灵魂，她们就会吓得口干舌燥，瘫软无力了。而寻风手们也许会立刻去抢夺风之碗，对于她们而言，风之碗比任何事情更重要。只有瞎眼的傻瓜，才会在身侧有狮子潜伏的时候却对自己看守的羊群大惊小怪。艾玲达抓住一名亚桑米亚尔的红色丝绸袖子。

“告诉伊兰……”一张黑玉一般的面孔转向了她。这名女子的嘴唇非常丰润，双眼如同黑色的卵石，坚硬严厉。她能向伊兰发出什么样的警告，又不至于惊扰这些人？“告诉伊兰和奈妮薇，一定要万分小心。告诉她们，敌人总会在我们最不提防的时候发动袭击。你必须把这些话告诉她们，绝不能有半点错误。”寻风手点了点头，脸上露出掩饰不住的不耐烦，还有一丝惊讶。她等到艾玲达将她放开，便带着犹豫走进了通道。

塔上的走道已经空了，艾玲达却没有半点松懈。他可能去了任何地方，可能正在向马厩场院靠近。无论他是谁，是哪种生物，他肯定是危险的，那不是跳跃在她想象中的水之幻影。最后四名护法已经围绕通道摆成了一个四方阵形，他们将最后离开。艾玲达不认为他们的剑能起到任何作用，但她很高兴有人像她一样知道钢铁武器的作用。当然，他们不可能对抗古蓝，对抗暗影灵魂，在那样的力量面前，他们就像等在马旁的仆人那样无能为力，像她一样无能为力。

艾玲达用尽力量导引，直到阴极力的甜蜜变成了近于痛苦的感觉。只要阴极力再多一分，痛苦就会变为无可抗拒的剧痛，伴随而来的将是死亡，或者彻底丧失导引能力。那些慢吞吞的女人就不能把速度加快一点吗？感觉到恐惧不是羞耻，但艾玲达非常害怕恐惧已经出现在自己脸上。

第 2 章

拆解

伊兰一走过通道，就安静地退到一旁。奈妮薇却在空旷地上用力踱着步，将许多只棕黄色的蚱蜢从枯草丛中踢出来，一边还在东张西望，想要找到那些护法的蛛丝马迹。一只亮红色的小鸟飞过空旷地，转眼又消失了踪影。除了两仪师之外，看不见任何移动的物体。一只松鼠在树林的枯枝间发出吱吱的尖叫声，然后周围又陷入了一片寂静。伊兰知道，那三名护法在通过通道以后，当然不可能留下像奈妮薇那样明显的痕迹，但那三个人的确没有留下半点痕迹，仿佛他们从没有到过这里一样。伊兰感觉到柏姬泰应该是在她左侧的某个地方，那里大约是西南方向，而且柏姬泰显然很满意，周围没有任何危险的迹象。凯瑞妮和其他两仪师一起环绕在赛芮萨与风之碗周围，她扬着头，仿佛在倾听什么。看她注意力所在的方向，她的西里尔显然在东南方。那么岚一定在北方。奇怪的是，奈妮薇一直在盯着北方，一边还在低声嘟囔着什么。也许婚姻也可以在两个人之间造成某种联系，更有可能她注意到了某些被伊兰忽略的痕迹，经常采集草药的奈妮薇是林间追踪的好手。伊兰能清楚地看见通道对面，艾玲达正在审视那些宫殿的屋顶，仿佛那里埋伏着敌人。看样子，身穿骑装的艾玲达仿佛是要拿起短矛，立刻投入战斗。艾玲达的样子让伊兰禁不住微笑起来，这微笑暂时掩饰住了伊兰对艾玲达的担忧——在编织通道的时候，艾玲达显然还有许多问题。艾玲达比她要勇敢得多，而且，她比任何人都更有能力保持头脑的清醒。但是，当她认为需要遵守她的节义时，即使在只能逃跑的时候，她也要奋战下去。她身周的光晕是如此明亮，肯定已经无法导引更多的阴极力了。如果这时弃光魔使来袭……

*我应该留在她身边的。*伊兰立刻又否定了这个想法。无论用什么样的理由向艾玲达解释，艾玲达也一定会知道她真正的心思，而且艾玲达的脾气经常像男人一样暴躁，尤其是事关她的荣誉的时候。伊兰叹了口气，只能看着亚桑米亚尔继续从通道中鱼贯而入。但她一直紧靠在通道旁边，注意着另一面的所有动静。只要艾玲达需要援助，她迈步就能跳过去。而且，需要她注意的还不止是艾玲达。

寻风手们排成一列走过通道，全都在努力保持面容的平静，但即使是蕾耐勒，当她的一双赤脚踏在高密的干草上时，也禁不住松开了紧张的肩膀。有些海民则会微微哆嗦一下，或者是回头瞥一眼那个悬浮在地面上的开口，不过她们都很快压抑下这种不寻常的反应。而她们走过伊兰身边的时候，都不约而同地用怀疑的眼神看了伊兰一眼，其中有两三个人张了张口，也许她们想问伊兰在做什么，也许她们想请求（*或者是要求*）伊兰让开一些。伊兰很高兴蕾耐勒的催促让她们没有说话便离开了她，她们很快就有机会吩咐两仪师该怎样做了，不必从她开始。

这个想法让伊兰心头一沉。想到寻风手的数量，伊兰不禁摇了摇头。她们所拥有的关于气象的知识让她们可以正确地使用风之碗。但即使蕾耐勒已经同意（*很不情愿的*），也必须要尽量多的至上力作用于风之碗，才更可能改变现在的天气。同时，为了达到足够的精度，操纵风之碗的必须是一个人或连结在一起的导引者。所以，一定要由十三个人连结为一个完整的环来操纵它，这十三个人里一定要包括奈妮薇、艾玲达和伊兰自己，也许还会有一两名家人的成员，但蕾耐勒肯定会执着于协约的规定，要求两仪师将能够教授她们的技艺全部教给她们，首先就是通道的编织，其次是连结的方法。幸好她没有将港口中的寻风手都带来，否则她都不敢想象该如何对付三四百名这样的女人！伊兰偷偷庆幸了一下这里只有二十名寻风手。

但伊兰站在这里不只是为了计算寻风手的人数，每一名寻风手从她身边走过的时候，她都在感觉她们的力量。在此之前，她只是和屈指可数的几名寻风手接近过，那时想要说服蕾耐勒离开艾博达就已经很困难了。显然，寻风手的地位与年龄、力量无关，伊兰至少感觉到三四个人的力量比蕾耐勒更强。一位名叫森宁的寻风手走在靠近队尾的地方，她的脸上满是风霜，头发已经变成灰色。奇怪的是，看她的耳洞，她戴过多余不止耳环，而且那些耳环应该比她现在戴的更加粗大。

伊兰将她知道的名字和这些黑色的面孔逐一对照，心中多了一点宽慰。寻风手也许在谈判中占了上风，而她和奈妮薇也许陷入了麻烦（很大的麻烦，尤其是当艾雯和白塔评议会知道她们协约的内容时），但至少这些寻风手并不比两仪师更强。她们不弱于两仪师，也绝不强于两仪师。伊兰告诫自己不要为此而得意，这并不能对她们的协约有任何影响，但不管怎样，这些一定是海民中最强的导引者，至少是聚集在艾博达的海民中最强的。如果她们是两仪师，无论是眼神刚毅的库凌，还是蕾耐勒本人，都必须在伊兰说话的时候俯首恭听，在伊兰走进房间的时候立刻站起；如果她们是两仪师，而且真正按照两仪师的规范去做的话。

寻风手中的最后一人从通道中出现了，这名来自一艘小船的年轻寻风手经过伊兰身边的时候，伊兰吃了一惊。她面颊浑圆，穿一身素蓝色丝衣，名叫芮宁，她的鼻链上只挂着六个饰品。而那两名学徒——像男孩子一样瘦的塔拉安和大眼睛的梅塔莱带着苦恼的神情走在队伍的最后面，她们还没有得到鼻环和鼻链，只是在右耳上有三个小耳环，在左耳上只有一个。伊兰看着这三个人，几乎有些瞠目结舌，可能她已经把眼睛瞪到最大了。

亚桑米亚尔再一次聚集在蕾耐勒周围，像蕾耐勒一样，她们都满怀渴望地盯着两仪师和风之碗。最后走出来的三个亚桑米亚尔仍然是站在最后，两名学徒似乎不知道自己是否能和寻风手们站在一起。芮宁学着蕾耐勒的样子将双臂交叠在胸前，但局促不安的神情并不比两名学徒好多少。她只是一艘飞奔者上的寻风手，飞奔者是海民船中最小的一种，她很可能极少有机会与部族主妇们的寻风手为伍，更不要说是大船主的寻风手了。芮宁的力量丝毫不弱于蕾耐勒或罗曼妲，梅塔莱更已经达到了伊兰的水平，而塔拉安——身穿红色亚麻外衫，恭敬有加、仿佛永远都在低头看着地面的塔拉安，她的力量已经非常接近奈妮薇了。而且，伊兰清楚自己和奈妮薇都还没有将本身的潜力发挥到极致，那么梅塔莱和塔拉安又还有多少潜力？伊兰已经习惯于认为，只有奈妮薇和弃光魔使比她更强。当然，现在艾雯也要强过她，但艾雯曾经受到过极为严苛的训练。如果考虑发展潜力，那么她和艾玲达都与艾雯相当。这已经足可以让人满意，她伤心地告诫自己。莉妮一定会说，现在她这种伤心只不过是因为她荒谬的自以为是罢了。

伊兰无声地对自己笑笑，转回身去看艾玲达。而现在女红社的成员们都已经走过了通道，却仿佛生了根一样定定地站在通道前。凯瑞妮和赛芮萨冰冷的瞪视让她们瑟缩不已，只有桑珂除外，但她也没有挪动脚步，而且她也不再像刚才那样和两仪师们对视，珂丝蒂安则已经是一副要哭出来的样子。

伊兰压下一声叹息，催促女红社们离开通道，为等在对面要牵马过来的马夫们让路。女红社像绵羊一样顺从地走到一旁（伊兰是牧羊人，茉瑞莉率领的两仪师则是狼）。如果不是要看押伊丝潘，她们的速度还会更快一些。

费梅勒是女红社中四个发间没有灰色和白色的人之一；还有爱达丝，一名在不看着两仪师的时候眼神便很强悍的女人。她们两个抓着伊丝潘的手臂，但仿佛很不适应这种押解两仪师的任务，结果黑宗两仪师总是因为她们没有抓紧而几乎要跌倒在地上，然后又猛地被她们拉起来。

“请原谅，两仪师。”费梅勒一直用轻微的塔拉朋口音低声对伊丝潘说道。“呃，很抱歉，两仪师。”爱达丝哆嗦着说，每次伊丝潘被绊倒，她都会低低地呻吟一声。好像她们已经忘记了，她们的两位家人就是死在伊丝潘和她的同党手中，而且这些人不知道又杀害过其他多少人。她们在为一个即将死亡的人大惊小怪，伊丝潘光是在白塔参与的谋杀就足以让她判处死刑。

“把她带到旁边去。”伊兰一边对她们说，一边挥手示意她们离开通道，到空旷地深处去。她们向伊兰行着屈膝礼，差一点又让伊丝潘栽倒在地，然后她们又急忙向伊兰和那个被套住头的囚犯低声道歉。黎恩和其他女红社紧跟在她们身边，一边忧虑地瞥着茉瑞莉和她周围的两仪师。

几乎是立刻，眼睛的交战又开始了。两仪师盯着女红社，女红社盯着寻风手，而亚桑米亚尔则盯着在场的所有人。伊兰咬紧牙关。她不打算向她们大喊大叫，虽然奈妮薇总是能用吼叫争取到更好的结果。但伊兰真的很想把这些人都用力摇晃一番，让她们能有一点理智，一直把她们摇晃到牙齿松散为止。包括奈妮薇——现在她应该做的是维持秩序，而不是呆呆地盯着树林深处。但如果换成是兰德，如果是兰德就要死了，除非伊兰能找到办法挽救他的生命，那她又会怎样？

突然间，泪水溢满伊兰的眼眶，刺痛了她的眼睛。兰德真的即将死去，而她却没有任何办法可以阻止。*还是给你手中的苹果削皮吧，女孩，不要再望着树上的那一个了。*莉妮苍老的声音仿佛正在对她耳语。*流眼泪可以等到以后再说，不要让它们浪费时间。*

“谢谢你，莉妮。”伊兰喃喃说道。她的老保姆有时很让人生气，她从不承认伊兰真的已经长大了，但她的建议一直都很中肯。不能因为奈妮薇忽视责任，便也忽视自己的责任。

女红社一走开，仆人们就开始将马匹赶过通道了。最先过来的是驮马，而且愈前方的驮马，驮负的物品就愈重要。如果弃光魔使来袭，她们可以把骑乘马匹和不重要的携带物品都扔掉，但前面几匹驮马背上的物品是无论如何也不能丢给弃光魔使的。伊兰示意牵着第一匹马的满面皱纹的女人走到旁边，为后面的人让出道路。

伊兰掀起第一匹驮马背上的帆布，露出下面的柳条筐，筐里似乎塞满了一大堆垃圾，裹住其中一些物品的包袱已经变成一片片烂布。这些东西中的一大部分可能确实是垃圾。伊兰拥抱阴极力，开始对篮子里的物品进行拣选。一副生锈的胸甲立刻被扔到地上，接着是一条断桌腿，一个破掉的大盘子，一个瘪得不成样的锡 水罐，还有一捆腐烂到无法辨认的布匹，那捆布被伊兰拿在手里的时候，几乎就碎裂开了。

她们找到风之碗的那间储藏室里堆满了杂物。在那些垃圾里面，在那些被严重虫蛀的木桶和箱子里，应该不仅只有风之碗一件与至上力有关的物品。千百年的时间里，家人们一直收藏着所有她们找到的与至上力有关的物品。她们害怕使用这些东西，又不敢将它们交给两仪师，直到那个上午。这还是伊兰第一次有机会对这些物品进行拣选。光明在上，但愿暗黑之友还没有从那间储藏室里取得任何重要的物品。她们确实已经取走了一些（包括垃圾在内），但肯定不到那里全部物品的四分之一。光明在上，但愿她能找到一些有价值的物品，为了将这些东西带出拉哈德区，有人牺牲了生命。

伊兰没有导引，她只是握持着至上力。一只破碎的陶杯，三只损坏的碟子，一副小孩的奶嘴，一只侧面破了一个洞的旧靴子都被扔在了地上。一件稍微比她的手大一点的石雕——它的手感像是石头，但不知为什么，上面深蓝色的纹路又不太像是雕刻的，看上去，依稀像是一些树根。当伊兰碰到这块石头的时候，它仿佛在微微发热，它对阴极力产生了一种……共鸣。这是伊兰能想到的最贴切的形容，具体的状况，她也不甚了然，但这毫无疑问是特法器。伊兰将它放到一旁，和那些垃圾分别开来。被丢弃的物品仍然在迅速增加，但收获也还是有的。已经有若干件看似平凡无奇的物品，在伊兰的手中产生微弱的热量，和至上力发出共鸣。一个摸起来好像象牙的小盒子，上面覆盖着波浪一样的红色和绿色条纹，伊兰谨慎地将它放好，并没有打开用铰链固定的盒盖。触发一件未知的特法器很可能会造成危险。一根黑色的棒子，并不比她的小指更粗，却有三尺长，棒子很坚固，却又非常柔韧，伊兰甚至觉得能把这根棒子拗成一个环。一只带塞子的小瓶，也许是水晶的，里面盛着一种暗红色的液体。一座粗壮男人的小雕像，大约两尺高，男人生满了胡子，脸上带着欢快的微笑，手里拿着一本书。它的材质似乎是因为年代久远而颜色深暗的青铜，伊兰要两只手才能将它搬动。

但大多数物品都是无用的，而有价值的物品也都不是伊兰真正想要的。

“现在该是做这种事的时候吗？”奈妮薇问道，她向那一小堆特法器俯下身去，立刻又站直身体，带着痛苦的神色在裙子上抹着手，喃喃地说：“那根棒子让人感到……很痛。”那名牵着驮马、面色严厉的女人向那根棒子眨眨眼，朝旁边退出一步。

伊兰看了一眼那根棒子——奈妮薇的反应很值得注意，但伊兰并没有停止拣选的工作。现在已经有太多的痛苦，不需要更多了。奈妮薇并不是经常如此直白地表达自己的感受。在确定那根棒子的作用之前，它也许还要对她们造成更多的痛苦。现在那只柳条筐几乎已经空了，挂在马背上另一侧的柳条筐深深地坠了下去。“如果这里能有一件法器，奈妮薇，我很希望能在魔格丁拍到我们的肩膀之前，找到它。”

奈妮薇不高兴地哼了一声，但她的视线也转移到了柳条筐里。

又扔掉一条桌腿以后（现在一共找到了三条桌腿，分别属于不同的桌子），伊兰向空旷地上瞥了一眼。所有驮马都已经出来了，骑乘用马正在走过通道，为这片地方增加了几分匆忙和混乱。茉瑞莉率领的两仪师已经骑上马鞍，她们几乎不再掩饰自己不耐烦的神情，珀尔正忙着为她的主人收拾鞍囊，而那些寻风手……

亚桑米亚尔在徒步时，在海船上拥有优雅的身姿，但她们显然不习惯马匹。蕾耐勒想要从错误的一侧上马，而那匹特别为她挑选的驯顺的枣红色母马只是绕着牵住它的仆人转圈。那名仆人一手牵住马缰，另一只手揪住马鬃，徒劳地想要纠正寻风手。两名女性马夫正试着将多丽勒抬上马背，多丽勒是索玛林部族波涛主妇的寻风手，旁边还有一名马夫帮多丽勒牵着她的灰马，一边使劲板住脸，不让自己笑出来。芮宁骑在一匹棕色长毛阉马背上，但她的脚没有踩住马镫，手也没有抓住马缰，她似乎完全找不到这两样东西。她们三个的表情总算还显得轻松。这时，到处都有马匹盘旋跳跃，翻滚着眼珠。寻风手们大声地咒骂着，强烈的海风大概也无法压住她们的喊声。一名寻风手用拳头打倒了一名男仆，还有三名马夫正在努力抓住逃散的马匹。也有一些事情并不出伊兰的意料，奈妮薇已经不再只是盯着树林里了，岚回到了他的黑色战马曼塔身边，现在他正同时注意着树林、通道和奈妮薇。柏姬泰一边摇着头，一边走出树林。又过了一会儿，西里尔也从容不迫地从树林里跑了出来。他们并没有发现任何威胁或麻烦。

奈妮薇则抬起眼眉，看着伊兰。

伊兰说道：“我什么都没有说。”她的手正按在一件裹着烂布的小东西上（那块布曾经是白色或褐色的），而她立刻就知道了这是什么。

“没说话最好，”奈妮薇用不算很小的声音嘀咕着，“我可没办法容忍把鼻子伸进别人事情里的女人。”伊兰没有理会奈妮薇，她很骄傲自己不必把舌头咬住。

将烂布拨开，露出来一个海龟样的琥珀小胸针，至少，它看上去像是琥珀，也曾经是琥珀。当伊兰通过它向真源张开自己的时候，阴极力立即向她涌来，那股洪流比她独力导引的时候更大。不算是很强的法器，但远比没有要好，有了它，伊兰能控制两倍于奈妮薇的至上力。奈妮薇用它肯定能做得更好。

放开阴极力能流，伊兰带着兴奋的微笑将胸针放进腰间的荷包。如果能找到一件，那么就会有第二件，而且，她终于有了一件法器可以研究，她也许能弄清楚法器运作的原理。那是她一直期望的事情。她必须极力克制自己，才没有再把胸针从荷包里掏出来，或者伸手去摸它。

范迪恩一直在看着奈妮薇，现在她让自己的板肋骗马走到她们旁边，然后下了马。牵着首匹驮马的女马夫有些笨拙却很庄重地向范迪恩行了一个屈膝礼，远比范迪恩对伊兰和奈妮薇的态度好得多。“你们很小心，”范迪恩对伊兰说，“这非常好，但也许你们应该先将这些物品送到白塔去再进行处理。”

伊兰咬紧了牙。送到白塔去？让它们落进别人的手里，这才是范迪恩的意思。让年纪更大、更有经验的人检查它们。“我知道我在做什么，范迪恩，我已经制造了特法器。除了我之外，活着的人里没有人能做到这一点。”她已经将制造特法器的基本原理教给一些姊妹，但在她离开艾博达的时候，除她以外还没有人能使用那些技巧。

年迈的绿宗两仪师点点头，缓慢地在带着骑马手套的手上敲打着缰绳。“我明白，玛蒂·嘉耐塔也知道她在做什么，”范迪恩的语气很谨慎，“她是最后一位真正在特法器研究中取得成果的姊妹，她几乎从戴上披肩以后就在进行研究，持续了超过四十年。就我所知，她也非常小心。但有一天，玛蒂的女仆发现她昏迷在起居室的地板上，毁断了。”范迪恩用的只是聊天的语气，但她的话仍然好像是一记重击。这时，范迪恩的语气又有了细微的变化。“她的护法死在那次毁撼中，一般的毁断不会造成那种后果。当玛蒂在三天以后醒来时，她无法回忆起那时她在做什么，在那以前整整一周的事情她都不记得了。那是二十五年以前的事情，从那以后，就再没有人有胆量碰触她房间里的特法器。她的笔记记录了她研究中的每一点细节，而她的每一点发现看上去都是无害的，有些甚至微不足道，但……”范迪恩耸耸肩，“她发现了一些她没有想到的东西。”

伊兰向柏姬泰瞥了一眼，发现柏姬泰也正在看着她。柏姬泰脸上的忧虑显而易见，这也反映了伊兰自己的心情。忧虑不止存在于她脑海里属于柏姬泰的那一小块，而是充满了她的全部心神，她不只是一个人在冒险。但她清楚自己在做什么，至少，比这里的任何一个人都更清楚。即使没有弃光魔使出现，她们也需要她找到的所有法器。

“玛蒂怎样了？”奈妮薇低声问，“我是说，她后来怎样了？”奈妮薇只要听到有人受伤害，就立刻想到要进行治疗，她想治愈一切伤害。

范迪恩的面色严肃起来，她也许正是救醒玛蒂的人之一，但两仪师不喜欢谈论毁断或被静断的女人，她们甚至不喜欢回忆起她们。“她在能够走出白塔之后就失踪了。”范迪恩的语气变得有些急促，“重要的是，她非常小心。我从没有见过她，但我听说，她将每一件特法器都看作是还有未知的功能没有发掘，就连那些制造护法斗篷的布匹也不例外，虽然至今也没有人能在别的方面利用那些布。她非常小心，但这并没有能挽救她。”

奈妮薇伸出手臂挡在就要被掏空的柳条筐上。“也许你真的应该……”她刚刚开口，茉瑞莉突然发出一阵长声尖叫：“不！”

伊兰猛转过身，下意识地通过那件法器敞开了自己。她也隐约察觉到阴极力涌入了奈妮薇和范迪恩的体内，至上力的光晕在空旷地的女人们身上亮起。茉瑞莉在马鞍上站直身体，圆瞪着眼睛，一只手指向通道。伊兰皱起眉。艾玲达和最后那四名护法刚刚走过信道，现在信道前除了他们之外已经没有别人了。护法们正半抽出剑，监视着四周，准备向远处散开。茉瑞莉的表情让他们都愣住了。这时，伊兰察觉到艾玲达正在做的事情，几乎在震惊中失掉了阴极力。

通道颤抖着，艾玲达正小心地将通道的编织解开。通道晃动、扭曲，边缘一阵阵地波动。最后的能流已经解开了。通道没有熄灭，而是闪烁起微光，通道对面的马厩场院渐渐变得模糊，最后像在阳光下蒸发的雾气一样彻底消失了。

“这不可能！”蕾耐勒难以置信地说，寻风手们纷纷困惑地附和她们的领袖。家人们目瞪口呆地看着艾玲达，嘴唇一开一合，却又说不出一个字来。

尽管心情同样震撼，伊兰还是缓慢地点了点头。显然，这是可能的，虽然她在刚刚成为初阶生的时候就被警告，无论在怎样的情况下，也绝对不能做这样的事。任何编织，都只能让它自然消散，绝不能将它拆解，拆解必然会导致巨大的灾难，必然会。

“你这个蠢女孩！”范迪恩喝道。她的面孔阴沉得如同雷雨云。她拉着坐骑径直走到艾玲达面前：“你知不知道你几乎造成怎样的后果？只要一丝差池，谁也不知道这个编织会变成什么，产生什么作用！你差一点就彻底毁掉了百步范围内的一切！甚至是五百步范围内的一切！你可能将自己毁断，甚至……”

“这是有必要的。”艾玲达打断了她。已经围到她和范迪恩身边的两仪师立刻开始七嘴八舌地说了起来，但艾玲达只是瞪着她们，将声音提得更高：“我知道这其中的危险，范迪恩·纳梅勒，但这是必须的。这又是一件你们两仪师不能做的事情？智者们说，任何女人都能学会，只要对她进行训练。有些女人会强一些，有些会弱一些，但任何女人都能学会，就像她们也能学会刺绣。”说完这句话，她甚至不屑去冷笑一下。

“这不是刺绣，女孩！”茉瑞莉的声音如同深冬的寒冰，“无论你在你的人那里接受过怎样的训练，你也不可能知道你在怎样的事情上轻举妄动！你要答应我——向我发誓——你绝不会再这样做！”

“她的名字应该被写在初阶生名册上，”赛芮萨坚定地说道，她仍然用力将风之碗抱在胸前，“我一直是这样说的，她应该被记入名册。”凯瑞妮点点头，看她严厉的眼神，她似乎正在考虑艾玲达穿上初阶生长裙的样子。

“现在也许还不必如此，”艾迪莉丝在马鞍上倾过身子对艾玲达说，“但你必须接受我们的指导。”这位褐宗两仪师的语气比她的姊妹们温和得多，可她并不是在向艾玲达提出建议。

一个月或者更早以前，艾玲达也许会在如此众多的两仪师的否定中无以应对，但现在她不会了。伊兰在她的朋友决定抽出匕首之前，以最快的速度从两仪师的坐骑之间挤了过去。“也许应该有人问问为什么她认为这是必要的。”她一边说，一边用手臂环抱住艾玲达的肩膀，既是束缚住艾玲达的手臂，也是在安慰她的友人。

艾玲达并没有让自己愤怒的目光波及伊兰。“这样就不会留下残迹，”她勉强压抑住自己的怒意说道，“这样大的编织，它的残迹即使是两天以后也能够被分析出来。”

茉瑞莉哼了一声，强硬的态度和她纤薄的身体全然不相配。“这是一种极为罕见的异能，女孩，苔丝琳和裘丽恩也不可能掌握它。或者你们艾伊尔野人全都能很好地掌握它？”

“几乎没有人能做到，”艾玲达平静地承认，“但我能。”她的回答引来了所有人异样的目光，其中也包括伊兰，这种异能确实极为罕见。艾玲达似乎并没有注意她们的反应。“你们以为暗影灵魂不会解读那些残迹吗？”艾玲达的肩膀在奈妮薇的手臂下紧紧地绷着，说明她并不像表面上那样平静，“你们这些傻瓜难道要为敌人留下可以跟踪的痕迹？能够解读那些残迹的人，也可以制造一个指向这里的通道。”

想要做到艾玲达所说的事情需要高超的技巧，非常高超的技巧，但这种可能已经足以让茉瑞莉眨眼了。艾迪莉丝张了张口，又把嘴闭上了。范迪恩若有所思地皱起眉头。赛芮萨显出担忧的神情。有谁能知道弃光魔使掌握着何种异能，什么样的技巧？

奇怪的是，艾玲达身上的所有火气仿佛又突然消失了，她低垂下眼睛，松开了肩膀。“也许我不应该冒这个险，”她喃喃地说道，“因为那个人在看着我，我无法清晰地思考，当他消失的时候……”她恢复了一点精神，转头对伊兰说：“我不认为一个男人能看出我的编织，但如果他是一名暗影灵魂，或者是古蓝……暗影灵魂比我们任何人都知道得更多。如果我错了，我就亏负了巨大的义。我不认为我错了，我不认为。”

“什么男人？”奈妮薇问道，她的帽子在她从两仪师的马群之间挤过来的时候碰歪了。她紧皱眉头，盯着所有的人，看上去仿佛是要打架一样，也许她真的是很想打架。凯瑞妮的灰蓝色阉马偶然碰了她一下，结果她用力打了一下它的鼻子。

“一名仆人而已，”茉瑞莉不屑地说，“虽然泰琳已经下了命令，但阿特拉的仆人都不怎么听话，或者也许是泰琳的儿子。那个男孩对任何事都有太过分的好奇。”

茉瑞莉身边的两仪师都在点头。凯瑞妮说：“弃光魔使不可能只在那里袖手旁观，你自己也是这样认为的。”她拍着阉马的脖子，责难地向奈妮薇一皱眉。凯瑞妮是那种爱护马匹如同珍爱婴儿一样的人，但凯瑞妮的表情让奈妮薇以为凯瑞妮是在对她说话。

“也许那是一名仆人，也许那是贝瑟兰，也许。”奈妮薇轻蔑的声音说明她自己并不相信这种推测，或者根本就是想让她们知道，她不相信她们的话。奈妮薇能对着一个人的脸说对方是瞎眼的白痴；也能声嘶力竭地为一个人辩护。当然，奈妮薇似乎还没有拿定主意自己是否喜欢艾玲达，但她肯定不喜欢那些年长的两仪师。她将帽子扶正，然后皱着眉扫了一眼那些两仪师，然后再回头又将她们扫过一眼。“不管那是贝瑟兰还是暗帝，我们不能因为他就在这里站上一整天。我们需要做好准备，向那座农场进发。好了吗？快点！”她用力一拍手，就连范迪恩也打了个愣怔。现在一切准备差不多都已经做好了，岚和其他护法已经确认了周围没有危险。一些仆人在艾玲达将通道消除之前便从通道中返回了，还有一些仆人等在三十几匹驮马旁边，不时瞥一眼两仪师，显然是在猜测这些两仪师还要施行什么奇迹。寻风手们终于都上了马，紧紧拉住缰绳，仿佛她们的坐骑随时都有可能纵蹄狂奔，或者是肋生双翼飞起来。女红社也上了马，不过情形比寻风手们好了许多，她们似乎并不在意自己的裙子和衬裙都拉到了膝盖以上。伊丝潘仍然被绑着，像麻包一样横在马鞍上，她不能在马背上坐直身体，连桑珂也在用警告的眼神盯着她。

奈妮薇目露凶光，仿佛想要用舌头鞭打所有人去做她们已经完成的工作，直到岚将她的褐色胖母马缰绳递给她，才让她稍稍压抑下怒气。泰琳本来要送给奈妮薇一匹更好的马，但被奈妮薇坚决地拒绝了。当她的手碰到岚的手时，微微颤抖了一下，即将爆发的怒意也从脸上完全消失了，甚至面颊的颜色都改变了。岚伸手要扶她上马，她却只是望着岚，仿佛在奇怪他要做什么。过了一会儿，她又变了变面色，才在岚的搀扶下上了马背。伊兰只能摇摇头，心里希望自己在结婚的时候不会变成一个白痴，如果她会结婚的话。

柏姬泰为伊兰牵来了她的银灰色母马和艾玲达的茶色马，她似乎明了伊兰想要和艾玲达单独谈话，不等伊兰说话，她向伊兰点点头，就跨上自己的鼠灰色阉马，加入到其他护法中间去了。那些护法向柏姬泰点头致意，开始和她低声交谈，不时还会瞥一眼两仪师们，这表明他们应该是在谈论该如何保护两仪师，无论两仪师是否想要他们的保护。伊兰不高兴地想到，他们谈论的对象里也包括她，但现在没有时间寻思这种事了。艾玲达站在一旁，摆弄着坐骑的缰绳，看着这匹马，就好像一名初阶生看着塞满油腻罐子的厨房，刷洗罐子大概和骑马一样令艾玲达头痛。

伊兰戴上绿色的骑马手套，不经意地牵过她的雌狮，将其他人的视线挡住，然后她碰了一下艾玲达的手臂，柔声说道："与艾迪莉丝和范迪恩谈一谈也许会有好处。"她必须非常小心，像对待任何一件法器一样小心。"她们已经活了很长时间，她们知道的也许比你认为的更多。你……在穿行中遇到的麻烦一定是……有原因的。"这样说已经很委婉了。实际上，一开始艾玲达的编织差一点就失败了。一定要小心，艾玲达远比任何特法器都更重要。"她们也许能帮助你。"

"她们能做些什么？"艾玲达僵硬地盯着茶色马背上的鞍子，"既然她们不能穿行，又该怎么帮我？"突然间，她的肩膀垮了下来。她将头转向伊兰，令伊兰惊讶的是，她的眼睛里竟然闪动着泪光。"这不是真的，伊兰，并不完全是真的。她们不能帮我，但……你是我的姊妹。你有权力知道，她们认为我因为一名仆人而惊惶失措。如果我要求帮助，那一定会落她们口实。我曾经为了逃避一个男人而穿行，一个我从心里希望紧紧抓住他的男人，像一只兔子一样逃走。逃走，却又想要被捉住。我怎么能让她们知道这样的羞耻？即使她们真的能帮我，我又怎么能告诉她们？"

伊兰只希望自己不知道这些事，尤其是关于那一段逃跑与追逐，关于兰德捉住了她的故事。嫉妒的碎片忽然飘过她的心田，她将它们塞进口袋里，又把那只口袋埋到脑海深处，然后在用双脚狠狠地踏上去，将埋藏那只口袋的地方踩实。*如果女人想要发傻，那就去找男人吧*——这是莉妮很喜欢说的一句话。她喜欢说的另一句话是——*小猫抓乱你的毛线，男人抓乱你的心弦，那都像呼吸一样简单。*她深吸一口气："没有人会从我这里知道这件事，艾玲达，我会尽力帮助你，如果我知道该怎么办的话。"她确实想不出怎样才能帮艾玲达。艾玲达对编织的领悟非常快，比伊兰还要快得多。

艾玲达只是点了点头，然后就慌乱地爬上了马鞍，她上马的样子总算比海民好一些。"那里有一个男人在看着我，伊兰，他不是仆人。"她看着伊兰的眼睛，又说道："他让我害怕。"艾玲达不会对这个世界上的第二个人承认这一点。

"现在我们已经离他很远了，无论他是谁。"伊兰说着，牵过雌狮，跟在奈妮薇和岚身后向空旷地外走去。实际上，那很可能只是一名仆人，但伊兰不会把这个想法告诉任何人，尤其不会告诉艾玲达。“我们现在是安全的，再过一两个小时，我们就会到达家人的农场。我们将使用风之碗，世界将恢复正常。”是的，应该能比现在更正常。太阳似乎比她们在马厩时更低了一些，不过伊兰知道，这只是她的错觉。这一次，她们要给暗影狠狠地一击。

在白色的雕铁栏杆后面，莫瑞笛看着最后一匹马进入通道，然后是那四名护法和那名身材高挑的女孩。他们可能带走了一些能够为他所用的物品，比如一件适合男人的法器，不过这样的机会不大。而那些特法器，很可能当她们在研究那些东西的时候，就会要了她们的命。沙马奥是个傻瓜，所以他才会冒险去搜集那么多已经没有人知道的破烂，而现在他更确定，沙马奥比他以为的更加愚蠢。

他绝对不会只为了一点文明的残片就打乱自己的计划，他站在这里只是因为一点无聊的好奇心，他想知道在其他人的意识中有什么是重要的，虽然这并没有任何意义。

他正要转身离开，却看到那个通道的边缘突然开始弯曲、震颤，他惊诧地看着通道……消失了。莫瑞笛从不是一个会说脏话的人，但他现在确实想到了一些骂人的话。那个女人做了什么？那些粗鄙的乡下人实在是给了他太多的惊讶。被割绝的人也可以治愈，即使是不完全的治愈。这是不可能的！但她们做到了。那种非自愿的连结，还有那些护法与他们的两仪师分享的约缚，这些事他很久以前便知道了。但每当他认为自己已经了解她们，这些无知的家伙就会向他显示出新的技巧——一些在他自己的纪元里也没有人能想到的技巧。即使在文明最发达的顶峰也没有出现过的技巧！那个女孩做了什么？

“主人？”

莫瑞笛略微侧过头。“什么事，麦迪克？”诅咒她的灵魂吧，那个女孩干了什么？

穿着绿白色制服的秃头男人无声地走进小房间，向莫瑞笛深深地鞠了一躬，几乎要跪倒在地上。麦迪克是这座宫廷中的一名高级仆人，他的长脸上总是带着一种华而不实的庄严面具，就是现在也不例外。不过，莫瑞笛曾经见过比他位阶高得多的人表现却比他差得多。“主人，我已经知道了今天早晨那些两仪师带进宫里来的那些东西。据说她们找到了一个古老的宝藏，里面全都是黄金、珠宝和心石，实奥塔和爱隆尼的工艺品，甚至还有传说纪元的遗物，据说那些物品中有的和至上力有关。好像其中有一件宝物能够控制气候。没有人知道她们去了哪里，主人，宫里的人都在谈论她们，但每个人的地方都不相同。”

麦迪克一开始说话，莫瑞笛的目光就转回到了马厩场院里。对于黄金和昆达雅石的荒谬谣传引不起他的兴趣。通道不可能就这样消失，除非……她真的能拆解命运之网？莫瑞笛不害怕死亡，但他冷静地考虑着自己是否刚刚见证了命运之网被拆开。一次成功的毁灭。又一件不可能的事情，又是一个巧合吗……

但麦迪克的话还是有一些传进了他的耳朵。“气候，麦迪克？”宫殿里高塔的影子刚刚从塔基冒出一点，空中也没有一丝云彩遮挡这座灼热的城市。

“是的，主人，那件宝物被称作风之碗。”这个名字对莫瑞笛来说没有意义，但……一件能够控制气候的特法器……在莫瑞笛的纪元里，气候一直是通过特法器谨慎管理的。这个纪元另一件令人惊讶的事情（和刚才的情况相比，应该算不上什么大事），就是出现了一些能以一己之力在相当程度上控制天气的人，而以前只有靠特法器才能达到同样的效果。那样一件特法器应该不足以影响一块大陆上足够广阔的地域，但那些女人能把它使用到何种程度？如果她们连结起来呢？

莫瑞笛想也未想就抓住了真力，萨埃的黑色涌过他的眼睛，他的手指紧扣在铁窗栏上，金属在他的指缝间呻吟扭曲，不是因为他的腕力，而是因为些许真力的作用，那是来自暗帝本尊的力量。它紧勒住铁栏杆抽搐着，正如同他的手指在他的怒火中抽搐。暗主不会高兴的，他已经从封印中拓展出了足够的力量，可以对季节进行修正了。而且他急不可耐地要进一步接触这个世界，粉碎包容他的虚空，他不会喜欢发生这种事情。怒火包围了莫瑞笛，血液在撞击他的耳膜。片刻之前，他还不是很在乎那些女人去了哪里，但现在……远离这里的某个地方。人们在逃跑时都喜欢跑得愈远愈好，一个让她们感到安全的地方。派麦迪克去打探是没有用的，拷问这里的任何人都不会有用，她们不会愚蠢到留下任何知道她们去向的人。不会是去塔瓦隆。去亚瑟那里？与那支叛逆两仪师的队伍会合？这三个地方都有莫瑞笛的眼线，那些眼线甚至不知道他们真正的主子是他。在最终时刻到来之前，所有人都会成为他的奴隶，他不会允许自己的计划有被扰乱的可能。突然间，他的耳膜里除了血液脉动的声音以外，又飘进了另一些声音，听起来像是泡沫喷涌和呛水的喘气声。他好奇地向麦迪克看过去，又向旁边退了一步，以免鞋被地板上的血迹玷污。看样子，在他发怒的时候，被他用真力捏住的不止是雕铁栏杆。一个人身体里的血液的确是不少。

莫瑞笛让麦迪克躯体的残余落在地上。当麦迪克被找到的时候，人们会怀疑杀死他的肯定是那些两仪师。就算是为这个世界增加一点小小的混乱吧。他用真力在因缘的经纬线中撕开一个窟窿，开始穿行。必须在那些女人使用那只碗以前找到她们。如果失败了……他不喜欢有人搞糟他精心设置的计划。那些这么做的人如果能活下来，就要让他们活着付出代价。

古蓝小心地走进房间，热气未褪的血腥让它的鼻子一阵抽动，面颊上的那块铅黑色烧伤仿佛是一块有生命的煤。现在古蓝的样子只是一名稍显细瘦、个子偏高的男人，它还没有遇到过能够伤害它的力量，直到那个拿着徽章的男人出现。它露出牙齿，那种样子可以算是微笑，也可以被视为扭曲的面孔。它好奇地扫视一下四周，但除了地板上碎烂的尸体以外，房间里什么都没有，但有一种……特殊的感觉。不是至上力，但同样是某种……能够刺激它的东西，只是和至上力的感觉略有不同。是好奇心将它带到了这里。雕铁窗栏的一部分被捏弯了，和窗框分离开来。古蓝依稀记得某种东西给过它这样的刺激，但它的记忆已经非常模糊了。仿佛在它一眨眼之间，世界已经改变了。曾经有一个充满了战争与杀戮的世界，那里的武器可以攻击数里甚至数千里以外的人，而现在却只是……这样。但古蓝没有改变，它仍然是所有武器中最危险的。

古蓝的鼻翼再次翕动，这次不是因为那些导引的人留下的气味。至上力曾经在楼下的院子里被使用，还有北方数里以外。是否要跟踪过去？那个伤到它的人没有和她们在一起，这在它离开刚才那条高处的走道时就已经确认过了。指挥它的人想要杀死那个击伤它的男人，也许就像他想要杀死那些女人。不过那些女人是比较容易的目标，他给了它那些女人的名字，给它加上了约束。古蓝的存在就是为了服从，但古蓝拥有自己独立的思想，不喜欢被约束。现在它必须跟踪那些女人，它也想要跟过去，导引的能力随着生命一同消失的时刻总是让它感到迷醉和狂喜。但它也饿了，而且时间还很充裕。无论她们跑到哪里，它都能找到她们。它开始在那具人类的尸体旁边变为液态，进食。鲜血，带热气的血，这是它所必需的，而且，人类的血液永远都是最甜美的。

第 3 章

愉快的旅行

艾博达周围遍布着农田、牧场和橄榄林，其间也有许多面积不超过数里的小树林。这里的地形比南方的兰诺丘要平坦许多，不过还是有一些起伏，偶尔会出现一座一百多尺高的小山，矗立在地面上；在下午的阳光中，小山投下长长的影子。总之，这片土地有着太多可以埋伏和藏匿的地方，对于这支正行进于此的商队尤其不利。而这支商队也显得很奇怪——将近有五十名骑马的人，还有数量与之相当的人步行，特别是还有护法在这片人迹少见的路上来回巡哨。除了一些山丘顶上的几只山羊以外，伊兰没有看到任何人居的迹象。

就连那些习惯于炎热天气的植被和树木也都开始枯萎、死亡了。如果换作其他时候，伊兰一定会将这里的景色好好欣赏一番，埃达河两岸与她所熟悉的地方距离上千里格，这里的山丘都很奇特，崎岖突兀的山形，仿佛是被一双大手随意捏成的。一群群羽色鲜艳的大鸟从他们头顶飞过，十几种小鸟在马旁飞舞，如同生有羽翼的宝石。

粗大的藤蔓像绳子般，从一些树枝上垂挂下来。一些树的枝头丛生着一簇簇细窄的叶片，看上去仿佛与人齐高的绿色羽毛掸子。有几种植物被炎热的天气愚弄，开出了亮红色和明黄色的花朵。伊兰即使把两只手掌并在一起，也不到一些花盘的一半大小。这些花的香气非常浓郁，甚至有些过于“酷烈”。伊兰还看见几块大石，她打赌，它们一定曾经是一座雕像的脚趾，但她完全不明白为什么会有人建造如此巨大的赤足雕像。随后她又看到了一大片凹槽石柱的残桩，看样子，那些倾倒的石柱几乎都被附近的农民当作石料取走了。尽管马蹄在燥热的土地上踢起大量尘埃，但这仍然是一次愉快的旅行。当然，伊兰感觉不到炎热，而且这里也没有多少飞蝇。所有危险都已经被她们抛在身后，现在弃光魔使及其仆人已经不可能追上她们了，这会是一次愉快的旅行，只除了……

艾玲达似乎知道了海民没有将警告转达给她。一开始，伊兰为了自己与艾玲达之间一切跟兰德无关的话题感到轻松。她不是在嫉妒艾玲达，只是她发觉，自己愈来愈想拥有艾玲达和兰德之间所发生的一切，不只是嫉妒——是如饥似渴的嫉妒。所以任何话题都行，只要不是兰德就好。而当她听到友人压低声音，用强硬的语气向她说的话，她颈后的毛发也禁不住要直立起来。

“你不能这样做，”伊兰表示反对，同时让自己的坐骑向艾玲达更靠近一些。她相信艾玲达会毫不考虑地殴打库凌，或者捆绑她，或者是采取其他什么手段，前提是其他海民会袖手旁观。“我们不能挑起和她们的战争，至少绝对不能在使用风之碗以前。在那之后也不行，”她又匆忙地加了一句：“绝对不行。”不管有没有使用风之碗，都不能让这样的争端出现，不只是因为寻风手现在拥有更多优势，不只是因为……伊兰深吸一口气，加快语速说道：“即使她告诉了我，我也不会知道你真正的意思。我明白为什么你不能把话说得更清楚，但你真的看见了吗？”

艾玲达双眼瞪着前方，不在意地拂去脸上的一只飞虫。“我叮嘱过她，一定要把话告诉你，”她喃喃地说道，“绝不能出错！如果那个人是暗影灵魂呢？如果他借由我走过了通道？如果你们毫无警觉，那么……”她忽然用绝望的眼神看着伊兰，“我会吞下自己的匕首，”她哀伤地说，“尽管我的肝脏也许会因此而炸碎。”

伊兰正要告诉艾玲达，现在需要的是忍耐，只要不针对亚桑米亚尔，她可以尽情地发泄火气（这大概就是艾玲达口中匕首和肝脏的意思），但还没等她开口，艾迪莉丝已经催赶她四肢细长的灰马走到伊兰身边。这位白发两仪师在艾博达得到了一副新马鞍——一副在鞍头和鞍尾都镶嵌白银的华丽工艺品。不知为什么，那些飞虫似乎都在躲避她，而她身上散发出像那些花卉一样的强烈香气。

“请原谅我，我还是忍不住听了你们的谈话。”即使这样做，艾迪莉丝的声音里却没有半点歉意，伊兰则很想知道这位老两仪师到底听去了多少。想到艾玲达说的，关于兰德的那些率直的话，伊兰觉得自己面颊发热变红。她自己也说过这样的话。和最亲密的朋友谈这种事是一回事，但想到可能有别人也听到这些话，那种感觉就完全不一样了。艾玲达似乎也有同样的感觉，她没有脸红，但望向褐宗两仪师的锋利目光，就连奈妮薇也要自愧弗如。

艾迪莉丝却只是向她们报以微笑，一种含混不清却又寡淡无味的微笑。“或者你可以不必劝说你的朋友克制对亚桑米亚尔的火气，”她越过伊兰瞥了艾玲达一眼，眨了眨眼，“让她不必过于约束自己，将光明的恐惧释放到那些人的头上，应该会有不错的效果。不知你是否注意到她们的情绪，她们对于‘野蛮的’艾伊尔人——请原谅，艾玲达——比对两仪师更加警惕。茉瑞莉本该向你提出这个建议，但现在她的耳朵还烧得厉害。”

艾玲达的表情几乎没有什么变化，但伊兰觉得她像自己一样困惑。伊兰在马鞍上扭过身子，皱起眉向后望去。茉瑞莉正与范迪恩、凯瑞妮和赛芮萨在她身后不远处并辔而行，她们的视线似乎都在躲避伊兰。更远处的是那些海民，她们仍然排成单列前进，然后是悄无声息、低垂着头的女红社，再后面就是驮马队。现在她们仍继续穿越这片由古老圆柱组成的丛林。几十只长尾巴、红绿色羽毛的大鸟正展翅飞过她们头顶，空中一时充满了鸟叫声。

“为什么？”伊兰问。为已经暗潮汹涌的现状（*有时已经不仅是暗潮了*）增添更多的混乱，这应该是愚蠢的行为，但伊兰从没有见过艾迪莉丝做蠢事。褐宗两仪师挑起眉弓，露出明显的惊讶表情。也许她是真的惊讶，艾迪莉丝经常认为她所明了的事情，别人也应该明了。也许。

“为什么？为了恢复一点平衡。如果亚桑米亚尔觉得需要我们的保护，以免被艾伊尔人伤害，那么这将建立起一种有益的平衡，以对抗……”艾迪莉丝稍稍停了一下，忽然开始专注地整理起自己的浅灰色裙子，“……另一些因素。”

伊兰的面孔绷紧了。另一些因素。艾迪莉丝指的是与海民的协约。“你可以和其他人一起走。”她冷冷地向艾迪莉丝说道。

艾迪莉丝没有反对，也没有再说话，她只是侧了一下头，便让坐骑退到后面，脸上的淡淡微笑一直没有丝毫改变。那些年长的两仪师接受了奈妮薇和伊兰凌驾于她们之上的状况，她们也私下谈论艾雯的权威，但事实是，所有的改变都只是表面上的，也许就连表面上也依旧是原样。她们表现出尊敬与服从的态度，但……

不管伊兰说过什么、做过什么，毕竟在她这个年纪，白塔中的大部分人都还只穿着初阶生白袍，只有极少的人能到达见习生的位置。而且她和奈妮薇竟然会接受这样的协约，这很难让两仪师们认为她们聪慧且明智。不仅是海民将得到风之碗，而且还会有二十位两仪师进入到亚桑米亚尔之中，遵从他们的法律，向寻风手传授她们想要学习的一切技艺；并且只有在其他两仪师替换她们之后，她们才能离开。寻风手们能够以客人的身份进入白塔，能学习她们想要学习的一切，随时都可以离开，仅仅是这一点就足以让评议会尖叫了，也许艾雯同样会受不了。而其他的条款……每一名年长的两仪师都相信能够以更加有利的方式制定这份协约。也许她们真的能做到，但伊兰不相信她们有能力做到，不过，她也不甚信任自己的判断。

她没有再对艾玲达说话。但过了一会儿，艾玲达说：“如果我能在不损害荣誉的前提下帮助你，那么我不在乎是否要听那些两仪师的话。”她从未将伊兰当作是两仪师，至少从未将她完全当作两仪师。

伊兰犹豫了一下，点点头。海民的气焰必须予以压制，茉瑞莉她们至今表现出相当的克制，但还能忍耐多久？等到奈妮薇将注意力转向寻风手的时候，她也许会有不可遏制的爆发。应该尽量长久地将局势控制在平稳的状态。但是，如果亚桑米亚尔仍然相信她们可以藐视任何两仪师，那么麻烦肯定会出现。她在凯姆林的时候曾经接受过许多训练，然而现实永远比她想象的更复杂，尤其是从她进入白塔之后。

“只是不要太……激烈，”她轻声说，“一定要小心，毕竟她们有二十人，而你只有一个。不要在我能够帮助你之前受到任何伤害。”艾玲达向伊兰露出狼一般的笑容，然后让她的茶色马停到石柱群旁边，等着亚桑米亚尔过来。

伊兰不时会回头瞥一眼，透过树林，她看见艾玲达和库凌走在一起，平静地低声交谈。艾玲达甚至没有看一眼那名海民，库凌反而用相当惊愕的眼神看着艾玲达。随后艾玲达催马回到伊兰身边（看她甩动缰绳的样子，伊兰觉得她永远也无法成为一名真正的骑手）。库凌开始和蕾耐勒说话，没过多久，蕾耐勒就气恼地命令芮宁向队伍前方跑来。这名最低级的寻风手骑在马上，显得比艾玲达还要笨拙，她装作对伊兰另一侧的人视而不见，就如同不在意在她黑脸旁飞旋的绿色小虫。“蕾耐勒·丁·考隆·蓝星，”她僵硬地说道，“要求你训诫那名艾伊尔女人，两仪师伊兰。”艾玲达对她露齿一笑。至少这个表情芮宁是看到了，她的面颊在一层汗珠下变成了红色。

“告诉蕾耐勒，艾玲达不是两仪师，”伊兰答道，“我会要她小心的。”这不是谎言，她已经提醒过艾玲达了，如今她还会再做一次。“但我无法命令她。”她在一阵冲动下又说道，“你知道艾伊尔人是什么样的。”海民对于艾伊尔人有一些非常奇怪的看法。芮宁睁大了眼睛盯着仍然在笑的艾玲达，面孔变成了灰白色，然后她猛地拉转坐骑，向蕾耐勒跑去，任凭自己的屁股一下一下地撞击马鞍。

艾玲达发出一阵愉快的笑声，伊兰却还在怀疑这场戏完全是一个错误。她们和蕾耐勒的距离大约有三十步，伊兰还能看清蕾耐勒在听取芮宁汇报时板着的脸。其他寻风手也开始像蜜蜂一样纷纷吵嚷起来，她们的表情不是害怕，而是气愤，射向两仪师的目光也都变得凶狠起来。不是针对艾玲达，而是针对两仪师。艾迪莉丝若有所思地点点头，茉瑞莉差点就流露出未加掩饰的微笑。至少，那些两仪师很高兴。

即使这次满是鲜花和雀鸟的旅途中只有这样一起突发事件，也颇为扫兴了，但这甚至不是第一件。就在离开那片空地后不久，女红社已经逐一来到了伊兰身边，只有珂丝蒂安除外。毫无疑问，如果不是必须维持对伊丝潘的屏障，她也会过来。她们每个人都带着胆怯、犹豫的微笑，让伊兰很想提醒她们，行事作风应该与自己的年纪相符合。她们不会对伊兰提出要求，而且她们也知道，不应该再提起已经被否决的建议，但她们能找到其他路径。

“我忽然想到，”黎恩用轻松随意的语气说，“你一定想尽快审问两仪师伊丝潘。谁知道她除了寻找那间储藏室以外，在那座城市里还有什么任务？”黎恩装作只是在闲聊的样子，但又总是偷偷瞥一眼伊兰，看她有什么反应。“我相信，我们还需要一个多小时的时间才能到达农场，也许要两个小时，你肯定不想浪费掉这两小时吧。两仪师奈妮薇给她灌下的草药让她很健谈。我相信，现在由两仪师来处理她正是时候。”

伊兰只是回答说，对伊丝潘的审问可以稍后再进行。黎恩脸上轻快的笑容消失了。光明啊，她们真的认为，审问应该在这种几乎称不上是路的林间野径上进行吗？黎恩喃喃自语地回到了其他家人中间。

“请原谅，两仪师伊兰，”没过多久，琪莱芮丝过来了，她的话语中带着一些莫兰迪口音，绿色草帽和分层衬裙很相配，“请原谅我的打扰。”她没有智妇的红腰带，大多数女红社成员都没有。费梅勒是一名金匠；爱达丝为出口商提供漆器；琪莱芮丝是一名地毯商贩；黎恩则为小贸易商管理船运。其他人的工作更简朴一些——珂丝蒂安经营着一家小织造铺；迪玛娜是一名高级裁缝。实际上，她们都曾经在漫长的人生中经营过许多事业，使用过许多名字。“两仪师伊丝潘状况不太好，”琪莱芮丝不安地在马背上耸了耸肩，“也许两仪师奈妮薇给她服用的药剂太强了。如果她出了什么事，就太可怕了。我是说，她还没有接受审问。也许两仪师应该探视一下？对她进行治疗……”她紧张地眨了眨棕色的大眼睛，声音低了下去。女红社自己也可以进行治疗，尤其是桑珂。

伊兰回头瞥了一眼，看见那名矮胖的家人正站在马鞍上，越过寻风手向她这里窥望。看到伊兰回头，她急忙坐回到马鞍上。在两仪师之中，只有奈妮薇的医疗技艺能超过桑珂，也许桑珂对医疗比奈妮薇知道得更多。伊兰只向后面指了一下。琪莱芮丝红着脸，勒过马头向后面走去。

黎恩刚离开不久，茉瑞莉就到了伊兰身边，这位灰宗两仪师比家人们显得从容多了，至少她真的显示出了闲聊的样子，而她所说的话就是另一回事了。“我有点怀疑那些女人是否值得信任，伊兰，”她一边用戴着手套的手掸去蓝色骑裙上的尘土，一边厌恶地抿起嘴唇，“她们说她们不接纳野人，但黎恩本人很可能就是野人，虽然她自称在进阶见习生的测试中失败了。桑珂和珂丝蒂安也一样。”她向珂丝蒂安微一蹙眉，轻蔑地摇了摇头。“你一定注意到，她在怎样逃避关于白塔的话题。她对于白塔的了解，肯定都是真正去过白塔的人在交谈中透露给她的。”茉瑞莉叹了口气，仿佛在后悔她所说的话，看样子，她真的是出于好心。“你认为她们是否也在其他事情上说谎？就我们所知，她们可能是暗黑之友，或者是被暗黑之友蛊惑的人。也许不是，但不应该对她们过于信任。我相信这里是有一座农场，不管它存在的目的是庇护所还是其他什么，否则我也不会同意这次行程。如果，最后我们找到了几幢摇摇欲坠的破房子和十几个野人，我不会感到惊讶。嗯，也许不会摇摇欲坠，毕竟她们看上去很有钱，但重点不在这里。不，她们不值得信任。”

从茉瑞莉点明来意开始，伊兰的胸中就开始燃起怒火，而且愈烧愈烈。这个女人带着一堆“可能”和“也许”说出的话，就连她自己也不会相信。暗黑之友？女红社正在和暗黑之友作战，她们已经死了两个人。如果没有桑珂和爱伊恩，奈妮薇也许也会死，而且伊丝潘将不会成为她们的俘虏。不，茉瑞莉说她们不能信任，不是因为她害怕她们向暗影立誓，否则她会以更确切的口吻说出来。她们不值得信任，是因为如果不信任她们，那她们就不能监押伊丝潘。

伊兰用力拍死一只停在雌狮脖子上的绿色大苍蝇，让重重的一声掴击压过了茉瑞莉最后的声音，灰宗两仪师吃了一惊。“你怎么敢说这种话？”伊兰喘着气说，“她们在拉哈德与伊丝潘和法里恩作战，更与古蓝作战，还有二十几名拿着刀剑的恶棍，你却不在那里！”这样说其实不公平，茉瑞莉率领的两仪师之所以没有被允许进入拉哈德区，是因为她们在那里会像敲响的锣鼓一样吸引敌人的注意。但伊兰不在乎，现在她很生气，她的声音愈来愈高：“永远也不要再向我说这样的话，永远！除非你有铁证！如果你敢违反，我会让你进行苦修，直到你的眼珠从眼眶里凸出来！”无论伊兰的地位怎样高于茉瑞莉，她也没有权力让茉瑞莉进行苦修，但她同样不在乎这点。“我会让你从这里走回到塔瓦隆！一路上只能吃面包、喝清水！我会让家人管束你，哪怕你有丝毫差失，我都会让她们掌你的嘴巴！”这时伊兰才发觉自己是在大喊，一大群灰白色的鸟正飞过她们头顶，鸣叫声淹没了伊兰的喊声。伊兰深吸一口气，竭力让自己平静下来。她的嗓音偏细，所以提高声音以后就很像尖叫，所有人都看着她，大多流露出疑惑的神情。艾玲达赞许地点点头。如果伊兰将匕首插进茉瑞莉的心脏，她也会同样那么做。无论朋友做了什么，艾玲达都会支持。茉瑞莉的凯瑞安白皮肤现在更是变得煞白。

“我说到做到。”伊兰用冷静下来的声音对茉瑞莉说，这似乎让茉瑞莉的面孔更加失去了血色。伊兰的确是认真的。绝不能让这样的谣言在她们之中传播。不管怎样，她会这样做，即使女红社会因此而被吓昏。

伊兰希望这件事能就此结束，它应该结束了。但是琪莱芮丝离开以后，赛芮萨又取代了她的位置，她又提出一个家人不值得信任的原因——她们的年纪。依照她们自称的年纪，就连珂丝蒂安也比在世的任何两仪师都更加年长。黎恩比珂丝蒂安还要大一百岁，而她甚至不是家人中最老的，她被家人称为长姊，只因为她是艾博达家人之中最年长的。她们依照严格的行程表以躲避世人的注意，而她们的避世计划表明，还有更老的家人藏在别的地方。这显然是不可能的——赛芮萨如此警告伊兰。

这一次，伊兰没有喊叫，她很小心地没有让自己喊出来。“我们最后会知道事实的。”她对赛芮萨说。她并不怀疑家人的话，但家人们看上去并不能永葆青春，也不具备所称年龄相配的苍老面容。伊兰希望能了解这其中的原因，她仿佛觉得这个原因很明显，但那到底是什么，又无论如何也想不透。“我们迟早会知道，”当褐宗两仪师再次张开口的时候，她不容分辩地说道，“这就够了，赛芮萨。”赛芮萨不确定地点点头，向后退去。不到十分钟，茜贝拉又过来了。

每一次都是一名家人来婉转地请求伊兰，能否将伊丝潘转移给两仪师们，或者是一名两仪师向伊兰提出同样的诉求。但茉瑞莉没有再过来，每次伊兰回头看她的时候，她仍然会眨眨眼。也许喊叫的确有用。在她以后，两仪师们不敢明目张胆地攻击家人了。

比如说，范迪恩开始只是提到了海民，向伊兰建议该如何反制那份协约的作用，以及为什么要尽可能反制海民。她的言辞只是就事论事，没有一个字或任何举止表情带有责备的意味。她不需要责备伊兰，她所说的这件事就是对伊兰最大的责备，无论她的说法怎样婉转动听。她告诉伊兰，白塔对于这个世界的影响力并非来自于军事力量和外交说服，甚至也不是来自于政治谋划和策略（不过她对后两者的否定并不像对于前两者那样清晰坚决）。白塔能够影响并控制诸国的事件，是因为所有人都将白塔视为超然于俗世的存在，认为它的地位更高过诸国之王。而维持这种观念的重要一环，就是两仪师要对自身有正确的认知，明了自己的卓然、神秘和不平凡，明了自己的与众不同，她们不是凡人。从历史上看，无法持有这个认知的两仪师，都会被要求尽量避免与公众接触。

伊兰费了一些力气才意识到，关于海民的话题已经转移了，而她又花了一些力气，才看出这个话题被转移到了什么地方——如此神秘、如此超凡脱俗的人不能用一只口袋套住脑袋，被捆着横旦在马鞍上，绝不能让不是两仪师的人看到这种情景。实际上，伊兰相信，两仪师对待伊丝潘会比勉强为之的女红社更严苛，即使那不是在公开的场合。如果范迪恩是第一个来游说伊兰的人，也许她的话会更有说服力，但伊兰这时只是向对待其他人一样遣走了范迪恩。随后伊兰又告诉茜贝拉，如果女红社中没有人能听懂伊丝潘的呓语，那么两仪师也无法听懂。呓语！光明啊！然后又是艾迪莉丝。两仪师一直不停地轮番前来，即使伊兰知道她们想干什么，也很难找到合适的方法对付她们。凯瑞妮的开场白是告诉伊兰那些大石块确实曾经是石雕的脚趾，它们应该属于一尊将近两百尺高的女王在战斗中的雕像……

“就不要管伊丝潘了，”伊兰没有等凯瑞妮说出更多，就冷冷地对她说，“现在，除非你真的是想告诉我为什么实奥塔人想要竖立这样一尊……”绿宗两仪师说，根据古代的纪录，这尊雕像除了盔甲以外什么都没有穿，而且就连盔甲也没有几片！她还是一位女王！“不是吗？那么，如果你不介意，我想和艾玲达单独谈一谈，非常感谢。”当然，即使是伊兰这样冷淡的态度也无法阻止她们。伊兰只是惊讶于她们竟然没有把茉瑞莉的女仆也派过来。

如果奈妮薇在她应在的位置上，这一切是不会发生的。至少，伊兰相信奈妮薇能迅速压制女红社和两仪师，她很善于压制别人。问题是，奈妮薇一开始就紧紧地黏在岚的身边。护法们一直在队伍前、后和两侧巡哨，只是偶尔会回来报告一下他们所见的情况，以及引导队伍避开农场或羊群。柏姬泰一直离开队伍很远，回来的时候也只在伊兰身边停留片刻。岚走得更远；而岚去哪里，奈妮薇也一定会去哪里。

“没人制造麻烦吧，有没有？”第一次跟随岚回来的时候，奈妮薇望向海民，“嗯，看起来还好。”还没有等伊兰开口，她已经轻快地转过她那匹圆肚子母马，一只手压住帽子，另一只手一甩缰绳，跟在岚背后飞驰了出去。就在岚将要在一座小山后面消失时，她追上了岚。当然，确实没有什么可以抱怨的。黎恩刚刚结束了她的拜访，茉瑞莉也退下去了，一切似乎都还平静。

奈妮薇第二次出现的时候，伊兰已经经历过一番关于伊丝潘的纠缠，艾玲达也和库凌说过了话，寻风手们正在生闷气。但伊兰刚想要对奈妮薇解，奈妮薇只是皱起眉向周围看了一眼（恰好这时候没有人来打扰伊兰）。亚桑米亚尔确实神色不善，但女红社只是乖乖地待在后面。至于那些两仪师，没有任何一队初阶生能比她们更显得安分守己，纯洁无害。看到这番情景，伊兰只想尖叫！“相信你能管理好一切，伊兰，”奈妮薇说，“你接受过成为女王的训练，而这些人看起来很听话……该死的家伙！他又要走了！你能管好的。”然后她就走了，那匹可怜的母马被她像一匹战马一样鞭策着。

这时候，艾玲达正在字斟句酌地和与伊兰讨论兰德仿佛很喜欢吻她的颈侧，顺便再说一下她是多么喜欢那样。伊兰也很喜欢兰德那样对她的时候，但尽管她已经开始习惯讨论这种事情（*虽然还不舒服*），但她并不想在这个时候谈这事。她很生兰德的气，这不公平，如果不是因为兰德，也许她就能命令奈妮薇，不许像照顾会跌跤的孩子一样跟着岚，把精力放在自己应尽的职责上。她几乎想要把女红社、两仪师和寻风手的事情全都责怪到兰德头上。*男人就是为了挨骂而存在的*。伊兰记得莉妮曾经这样说过，而且莉妮这样说的时候还笑了。*他们通常都是应该被骂的，虽然你不一定知道是为什么*。不公平，伊兰希望兰德能在她身边，让她好好抽他一个耳光，一个就行。然后她要吻他，让他温柔地吻她的脖子，让他……

“他会听取建议，即使在他不喜欢的时候。”伊兰突然说道。她的脸红了。光明啊，她经常会谈论羞耻，即使当艾玲达不在的时候也会，但现在她好像同样没有任何羞耻了！“但如果我想要推动他，他就会死死立定脚跟，即使我的论点显然是正确的。他对你也是这样么？”

艾玲达瞥了伊兰一眼，表露出理解的样子。伊兰不确定自己是否喜欢这样。至少，她们不必再谈论兰德和亲吻了，至少暂时不必。艾玲达对于男人相当了解，她曾经以枪姬众的身份和他们共同生活了很长时间，与他们并肩作战。但艾玲达一直只想做一名枪姬众，那和现在的她们……并不一样。在还应该与布娃娃做伴的时代，艾玲达已经熟悉了枪矛和袭击。她以前从没有和男人调过情，也不明白这个。她不明白为什么当兰德看着她的时候，她会有那样的感觉；她也不会明白其他一百件事情。而所有这些事情，当伊兰第一次注意到一个男孩用奇特的目光看着她的时候，就已经开始学习了。艾玲达希望伊兰把这些都教给她。伊兰也在努力满足她，她真的可以和艾玲达谈论任何事，只要兰德不是那么经常地被当作实例提出来。如果兰德在这里就好了，她会抽他的耳光、吻他，然后再抽他的耳光。这根本不是一次愉快的旅行，这是一次悲伤的旅行。奈妮薇又回来了几次，最后她终于宣布，家人的农场就在前面，只要绕过一座非常低矮的圆丘就能看见了。黎恩起初估计的旅程时间太长了，从太阳的高度看，从出发到现在经历的时间还远远不够两个小时。

“我们很快就要到了，”奈妮薇似乎并没有注意到伊兰阴沉的眼光，“岚，请将黎恩带到这里，最好让她们先看到熟悉的人。”岚立刻掉过马头。奈妮薇在马鞍上转过身，盯了那些两仪师一眼：“我不希望你们吓坏那里的人，你们要管住自己的舌头，直到我们有机会解释事情的原委。把你们的面孔都遮起来，戴上斗篷的兜帽。”她没有等待两仪师的反应和回答，只是满意地一点头，“好了，一切就绪，没有问题。我发誓，伊兰，我不知道你在呻吟什么。在我看来，每个人都在做她们该做的事。”

伊兰紧咬牙关，她真希望她们已经身在凯姆林。等这里的事情结束以后，她们就打算去凯姆林的，她已经耽搁了太久，凯姆林也需要她。她要说服凯姆林最强大的那些家族，让他们相信狮子王座仍然是属于她的。现在和她竞争狮子王座的人应该不止一个了，而她却只能停滞在这里。如果她在母亲失踪或死亡的时候身在凯姆林，王座被谋夺的可能性就不大，但安多的历史表明，现在那里一定已经有许多麻烦了。不管如何，那里的麻烦肯定比这里的更好解决。

第 4 章

宁静的地方

家人的农场位于一座辽阔的谷地中，周围有三座低矮的山丘环绕，十几座外墙粉刷白石膏的高大平顶建筑在太阳下闪着光，四座巨大的畜栏建在最高一座山丘的山麓里。在谷仓以外更远的地方，还有一幢紧贴悬崖而建的平顶建筑。几株还没有掉光叶子的高大树木，为农场的院子提供了一点阴凉。向北和向东，橄榄树林一直延伸到山上。农场上是一片有条不紊的忙碌情景，虽然还处在午后的炎热中，有一百多人仍以不疾不徐的速度进行着日常工作。

这可说是一座小村子了，只是这里看不到任何男人和小孩。当然，这并不出乎伊兰所料。这里是家人们从艾博达前往其他地方的一个中继站，这样可以避免有太多人聚集在艾博达。这是一个秘密，一个如同家人本身一样的秘密。

两百里范围内的人都知道，这座农场是一个女人们休憩的地方。女人们可以在这里躲避外面的世界，专注于自己的事情，暂时度过几天，一个星期，或者更久一些。伊兰几乎能感觉到空气中的宁静，她甚至有些后悔将外面的世界带进了这个安宁的地方。但她毕竟也带来了新的希望。

当第一匹马绕过小山的时候，农场受到的影响远比伊兰预料的要小。有几个人停下来看着她们，仅此而已。她们的衣服有很多种样式，伊兰甚至在人群中看见了丝绸的光泽。不管穿什么样的衣服，她们都提着篮子或木桶，抱着大堆要洗的衣服。每个人双手各拎着一只绑住的鸭子。无论是贵族还是匠人，农夫还是乞丐，在这里都会得到一律平等的欢迎。所有人在这里都有一份工作。艾玲达碰了碰伊兰的手臂，指着一座小山的山顶，一个仿佛翻转的漏斗似的东西歪倚在那里。伊兰伸手遮在眼睛上方，向那里望去，过了一会儿，她看见那上面有人影活动，怪不得这里没人因为她们到来而感到吃惊。在那座山顶上设立岗哨，可以 望到很远的地方。

当她们靠近农场的时候，一名相貌平凡的妇人向她们迎了过来。她穿着艾博达风格的衣裙，领口深窄，深色裙子和亮色衬裙都很短，不需要用手提起来就能完全避开地面尘土。她的脖子上没有婚姻匕首，家人的规矩之一是禁止结婚——家人需要隐瞒的秘密太多了。“她是亚莱丝，”黎恩在奈妮薇和伊兰之间勒住马，低声说道，“她在这一期负责管理这座农场，她非常聪明。”仿佛刚刚想起来一样，黎恩用更小的声音说：“亚莱丝非常不喜欢蠢人。”当亚莱丝走到她们面前时，黎恩在马鞍上坐直身体，挺起肩膀，仿佛准备要经受折磨。

平凡——这是伊兰对于亚莱丝的全部印象，她肯定不像是能让黎恩如此紧张的人，哪怕是女红社的普通成员也不应该因为她而紧张。亚莱丝笔直地站着，从外表上看是个中年人，不算苗条，也不丰满，不高也不矮，稍有一些灰斑的深褐色头发用一根缎带系到脑后，样式显得很怪。她的面孔只能说平淡无奇，但看上去很舒服，一张温和的面孔，也许下巴有一点长。看见黎恩，她脸上掠过一丝惊讶的神色，然后便露出微笑。微笑立刻改变了她的面容，当然，她没有变得更漂亮，但伊兰感到了温暖和安慰。

“没想到能看见你……黎恩。”亚莱丝似乎是想了一下，才说出了这个名字。显然，她不确定是否应该在奈妮薇、伊兰和艾玲达面前，以正确的方式称呼黎恩。她在说话的时候，飞快地审视了一遍这三个女人。她似乎是带着一点塔拉朋口音。“波洛温带来讯息说，城里出了麻烦，但我没想到情况有这么严重，让你也必须离开。我们全都是……”她的声音低了下去，眼睛愈睁愈大，越过她们，向后方望去。

伊兰回头瞥了一眼，几乎骂出了几句她从各个地方听来的脏话（主要是最近从麦特·考索恩那里听来的）。其实，这些话伊兰大多都不明白，没有人想对她解释它们的确切意思，但它们确实可以帮助伊兰释放一下现在的情绪。护法们都已经脱下了他们的变色斗篷，两仪师们也都听从吩咐戴上了兜帽，就连赛芮萨也不例外，虽然她并不需要掩藏自己年轻的面孔。但凯瑞妮并没有用兜帽把脸完全遮住，她无瑕的面容仍然清晰可见。不是所有人都能认出两仪师的面容，但去过白塔的人一定能看出来。凯瑞妮在伊兰的瞪视下急忙拉好兜帽，但恶果已经造成了。

发现危险的并不止亚莱丝一个人。“两仪师！”一个女人发出世界末日来临般的哭嚎，也许对她而言，末日真的已经来临了。尖叫声如同裹挟在风中的灰尘一样，迅速传遍了整个农场。农场立刻变得如同一座被踢倒的蚁丘。不止一个人晕倒在地，而大多数人都尖叫着四处乱逃，将手中的物品随意丢弃，撞在别人身上，栽倒在地，又爬起来继续奔逃。鸡鸭到处乱飞，短角黑山羊向外面跑去，以免在混乱中被踩死。在这一片混乱中，还有一些女人只是张大了嘴，站在原地。她们应该是单纯来这里隐修，对于家人并不了解的人。随后，她们也被慌乱的人群裹挟在其中，跑了起来。

“光明啊！”奈妮薇猛揪了一下辫子，“已经有一些人要逃进橄榄树林里去了！拦住她们！我们最不希望看到的就是混乱！让护法去拦住她们！快，快！”岚怀疑地挑起了一侧眉弓，但奈妮薇不容分说地向他一挥手。“快！不要让她们都逃光了！”岚将本来仿佛是要摇头的动作换成了一点头，催赶曼塔紧追在其他护法之后飞驰了出去。他们绕过建筑物之间的人群，向远处包抄过去。

伊兰向柏姬泰耸耸肩，示意她也跟上。柏姬泰的态度和岚大致相仿。现在想要阻止这场混乱似乎已经有点晚了，让马背上的护法驱赶被吓坏的女人似乎并不是最好的方式，但伊兰也不知道该如何改变现状，而放任她们就这样跑进荒野肯定不行。她们肯定会愿意听到她和奈妮薇带来的讯息。

亚莱丝没有要逃走的迹象，她甚至没有半点不安。她的面孔微微有些苍白，但只是用镇定而坚毅的目光盯着黎恩。“为什么？”她微微喘息着问，“为什么，黎恩？我不能想象你会这么做！她们贿赂你了吗？允诺你可以免罪？她们会在惩罚我们的时候放过你吗？她们也许会。但我发誓，我会乞求她们让我去找你。是的，你！即使是你也要遵守规矩，长姊！只要我能找到办法，我发誓你绝不会如此轻松地摆脱干系！”她的目光像钢一样坚硬。

“不是你想的那样。”黎恩急忙说道。她跳下马丢掉缰绳，不过，亚莱丝的挣扎抓住了她的双手。“哦，我不想发生这样的事情，她们知道我们，亚莱丝，她们知道家人。白塔一直都知道，她们知道一切，几乎是一切。但这并不重要，”亚莱丝的眼眉几乎要挑高到了发际，但黎恩不容她说话，依旧滔滔不绝地讲了下去，急迫的神情如同炽烈的阳光一样，从她的大草帽下面流泄出来，“我们可以回去，亚莱丝，我们可以再试一次，她们说我们可以。”农场的房子里似乎已经没有人了，所有人都卷进了混乱中，提起裙子便加入到逃跑的人群里。从橄榄树林那边传来的喊声显示护法已经动手了，只是不知道他们取得了多大的成果——也许不会很理想。伊兰感受到持续的挫败和恼怒从柏姬泰那里传来。黎恩看了一眼骚乱的情景，叹了口气。“我们必须把她们召集起来，亚莱丝，我们可以回去了。”

“这对你和另一些人也许很好，”亚莱丝怀疑道，“如果这是真的话。那我们呢？如果那时我能学得快一些，白塔就不会让我走了。”她皱起眉看了一眼那些已经戴好兜帽的两仪师，然后她的目光带着不止一点怒气落回到黎恩身上。“我们回去又能得到什么？被告知我们不够强，再次被遣送出来？或是她们会让我们做一辈子初阶生？也许有人会接受这安排，但我不会。我们能得到什么结果，黎恩？能有什么？”

奈妮薇爬下马背，拉着坐骑走了过来。伊兰跟随在她身后，不过她牵着雌狮的动作要轻松许多。还没有走到那两名家人面前，奈妮薇就不耐烦地说：“成为白塔的一部分，如果你们想的话，也许能成为两仪师。对我而言，我不知道为什么你们必须拥有一定的力量才行，只要你们能通过那愚蠢的测试就可以。或者你们也可以不回来，远远地逃走，我不在乎，我只想在这里完成我的任务。”她站定脚跟，将帽子从头顶上拉下来，双拳抵在腰间：“这是在浪费时间，黎恩，我们还有工作要做。你确定这里有我们有可以使用的人吗？说吧。如果你不确定，那么我们也就任由她们离开。这场骚乱不会干扰我们。只是我们造成了这局面，我就要尽快结束它。”

当黎恩介绍说奈妮薇和伊兰是两仪师，言出必行的两仪师，亚莱丝喉咙里立刻发出一阵窒息般的声音。她的双手颤抖着抚弄着身上的羊毛裙，仿佛很想要掐住黎恩的脖子。她气愤地张嘴——而看见此时走过来的茉瑞莉，她一言未发便用力将嘴闭上了。严厉的神色并没有完全从她的眼中褪去，但那里面已经混合了一点惊奇，以及更多的谨慎。

“两仪师奈妮薇，”茉瑞莉平静地说，“亚桑米亚尔们很……不耐烦……她们想尽快下马。我想，她们之中也许有人需要治疗。”她的唇边闪过一抹微笑。

这反而解决了眼前的问题。虽然奈妮薇还在肆无忌惮地叨念，如果再有人怀疑她，她会如何处置那个人。伊兰觉得也许应该提醒一下奈妮薇。现在她这样子真不是一般的愚蠢——茉瑞莉和黎恩都在等着看她如何解决问题，而亚莱丝则在盯着她们三个。但问题确实是解决了。因为那些寻风手。她们赤脚站在地上，牵着她们的马。经过这一番骑乘，她们的一切优美姿容都已经被坚硬的马鞍磨光了，她们的腿看上去像她们的脸一样僵硬，但没有人会认不出她们是海民。

“如果有二十名海民离开大海到这座农场来，”亚莱丝喃喃地说道，“那我就能相信一切事情。”奈妮薇哼了一声，但什么都没有说，伊兰对此很是感激。看样子，这个女人仍然还难以接受茉瑞莉称呼她“两仪师”，虽然她已经在对两仪师大声叱责，向她们发泄怒火了。

“那就治疗她们吧，”奈妮薇对茉瑞莉说，她们都向那些蹒跚而行的人们望了过去。奈妮薇又说道：“如果她们要求治疗的话，要礼貌对待她们。”茉瑞莉又微笑了一下。而奈妮薇已经不再看海民，将目光转回到现在空荡荡的农场上，紧皱起眉头。场院里，在一片被丢弃的衣服、耙子、扫帚、桶和篮子之间还有几只山羊在来回遛达。一些晕倒在地的人还没有醒过来。有几只鸡已经回到了院子里，继续开始觅食了。而仍然留在场院里，又没有晕倒的人肯定都不是家人。她们有的穿着刺绣的亚麻或丝绸衣裙，也有人穿着乡下的粗布羊毛裙。黎恩告诉过伊兰，在农场里隐修的女人通常都有半数不是家人，这些人也都显得惊讶无比。

尽管仍然愤懑不已，奈妮薇却没有浪费任何时间便开始指挥亚莱丝，或者是该说亚莱丝在指挥奈妮薇。这很难分清。这名家人并不像女红社那样对两仪师表现出恭敬和顺从，也许她仍然还没有摆脱这场突变带来的麻木。不管怎样，她们开始一起行动。奈妮薇牵着马，另一只手抓着草帽挥舞着，指示亚莱丝该如何聚拢那些逃散的人，以及等她们回来之后该怎样对待她们。黎恩确信，这里至少有一个人强大到应该加入连结——嘉妮娅·罗森德，同样有资格的可能还有另外两人。实际上，伊兰却希望她们全都已经逃走了。对于奈妮薇的吩咐，亚莱丝有时会点头，有时只是毫不退让地直视奈妮薇，奈妮薇却仿佛没有注意到这一点。

现在她们只能先等待逃散的人被找回来，而趁这段时间，继续拣选一下那间储藏室里的物品似乎是个好主意。但是当伊兰向正在被领进农场的那些驮马转过身时，她注意到女红社正步行向农场里走去，有些人急匆匆地向躺在地上的家人们那里跑去，其他人则走向仍然呆站在原地的人。伊丝潘并不在她们之中，不过伊兰很快就找到了她。她在艾迪莉丝和范迪恩中间，两名两仪师各抓住她的一只手臂，半拖着她向前走去，她们的防尘斗篷都垂挂在背后。

那两位白发姊妹已经连结在一起，阴极力的光晕环绕在她们两个人身边，但并没有将伊丝潘包容在内。从外表上看不出连结在一起的两姊妹是否支撑着对暗黑之友的屏障，但伊兰知道，即使是弃光魔使也无法打破她们的屏障。她们停下来和一名穿褐色粗羊毛裙的粗壮女人说话，那个女人惊讶地看着被皮口袋套住脑袋的伊丝潘，但还是向她们行了一个屈膝礼，又为她们指点了远方的一座白石膏建筑。

伊兰和艾玲达交换了一个恼怒的眼神。是的，艾玲达的眼神也同样恼怒，有时候，艾玲达像石头一样不会表现出任何感情。她们将坐骑交给两名从宫中跟来的马夫，便急急地向那三个人追去。一些不属于家人的女人想要问她们出了什么事，其中有几个人的样子还相当跋扈。伊兰没有理会她们，于是她的身后就剩下了一连串怒哼和喷鼻息的声音。哦，伊兰真希望自己也能拥有那种无瑕的面孔！

但这个念头也被她很快抛在身后。看到前面的三个人走进那幢白石膏房子，伊兰跟过去，推开了那幢房子的粗木门。艾迪莉丝和范迪恩已经让伊丝潘坐在一把有横栏靠背的椅子里，原先套住她脑袋的口袋和她们的斗篷都被放在一旁的长条桌上。这个房间只有一扇天窗，但高挂在天顶的太阳仍然为这里提供了良好的照明。靠墙立着一排架子，上面摆放着大铜壶和白碗。一阵阵烤面包的香气从另一扇门后传来，那里应该是一间厨房。

听到开门声，范迪恩猛地回过头，看到进来的人是谁以后，她的面容立刻恢复成不带一丝表情的平静。“桑珂说，奈妮薇给她服用的药剂已经失效了，”她说道，“在重新让她的脑子昏聩以前，最好问她一些问题。而且我们现在也有时间。应该认真了解一下……黑宗……”她厌恶地抿了一下嘴唇，“……来到艾博达的原因，以及她们都知道些什么。”

“我认为她们并不知道这座农场，因为我们也不知道，”艾迪莉丝若有所思地用指尖扣击嘴唇，审视着坐在椅子里的囚徒，“但先确定一下总比到时再后悔莫及要好，我们的父亲经常这样说。”她的样子就像是在检视一头她从未见过的动物，一种她无法想象会存在的生物。

伊丝潘的嘴唇紧闭着，汗水从满是瘀伤的脸上滚落下来，满头缀着珠子的黑色细辫和衣服都零乱不堪，虽然她的眼睛还有些迷蒙，但已经不像刚才那样昏乱。“黑宗，这是一个肮脏的传说，”她发出一声沙哑的冷笑，在那个皮口袋里一定很热，而且自从离开泰拉辛宫以来，她就没有喝过水，“对于我，我很惊讶你竟然会把这个名号说出来，还用它来指控我！我所做的一切，我所做的一切都是遵从玉座猊下的命令。”

“爱莉达！”伊兰难以置信地喊道，“你竟然有胆量声称是爱莉达命令你谋杀姊妹并在白塔盗窃？爱莉达命令你在提尔和坦其克做出那些恶行？或者你口中的玉座是史汪？你的谎言只能说是可怜！你已经背弃了三誓，所以你只能是黑宗。”

“我不必回答你们的问题，”伊丝潘躬起肩膀，沉闷地说，“你们是对抗合法玉座的叛徒。你们将受到惩罚，也许会被静断，尤其是，如果你们伤害了我。我效忠于真正的玉座猊下。如果你们伤害我，你们将受到严厉的惩罚。”

“你要回答我姊妹问你的一切问题，”艾玲达用拇指抚弄着腰间的匕首，双眼盯着伊丝潘。“湿地人害怕疼痛，他们不知道如何拥抱它、接受它。你会回答的。”艾玲达没有怒目而视，没有大声吼叫，她只是在陈述，但伊丝潘的身子在向后缩去。

“恐怕这是不可以的，即使她不是白塔的成员，”艾迪莉丝说，“我们禁止在审讯中流血，也不能让别人以我们的名义这样做。”她的语气显得有些不情愿。只是伊兰不清楚她是不愿意承认这一禁令呢，还是不愿意承认伊丝潘属于白塔？

伊兰相信伊丝潘已经不再认为自己是白塔的一员。但人们都说，女人离不开白塔，除非白塔先离开她；而且，只要被白塔碰到，就不会有完结。

伊兰端详着这名黑宗两仪师，双眉紧皱起来。如此脏污凌乱，却又如此充满自信。伊丝潘坐直了一点，用充满了愉悦和藐视的眼神瞥了一眼艾玲达——还有伊兰。当她以为自己完全由奈妮薇和伊兰处置的时候，她还没有这样泰然自若，那些老两仪师的存在让她恢复了平稳的心态。白塔的律法已经成为那些两仪师生命的一部分，那一款律条不仅禁止流血，而且禁止折断骨头和一系列白袍众裁判者非常乐于去做的事情。任何庭审开始之前，被审问的人都必须得到治疗，如果审讯在日出后开始，那么它一定要在日落前结束；如果在日落后开始，就必须在日出前结束。对于白塔成员，律法限制得更加严格，两仪师、见习生和初阶生都不得在审讯、惩罚和苦修中使用阴极力。两仪师在发怒的时候，可以用至上力捏住初阶生的耳朵，甚至打一下她的屁股，但仅此而已。伊丝潘向伊兰露出微笑。微笑！伊兰深吸了一口气。

“艾迪莉丝、范迪恩，我希望你们现在离开，让艾玲达和我单独和伊丝潘谈谈。”她的肠子几乎打了一个结。一定有办法在不打破白塔律法的情况下，逼迫让这个人明白该做些什么。但该怎么办？被白塔审讯的人经常不需要任何催迫就会坦白一切。所有人都知道，白塔是无法对抗的，无法对抗！但那些人之中极少会有白塔的成员。伊兰想起了另一句话，不是出自莉妮，而是出自她的母亲。*你命令的事情，必须是你愿意亲自去完成的。作为女王，你命令的事情，更是无可挽回的事情。*如果打破白塔的律法……母亲的声音再次响起。*即使是女王也不能超越法律，否则就没有法律。*而莉妮却在对她说，*为所欲为也无妨，孩子，只要你愿意为此付出代价。*伊兰没有解开帽带就把帽子从头上拉了下来，控制语音的平静花费了她很大力气。“等我们……等我们和她谈完，你们可以带她回到女红社那里去。”在那以后，她会向茉瑞莉自首。任何五名两仪师都可以裁判一个人进行苦修，如果她们被要求如此。

伊丝潘摇晃着脑袋，肿胀的眼睛来回瞅着伊兰和艾玲达，而且愈睁愈大，直到一双眼眶变成了正圆形。现在她没有那么安然了。范迪恩和艾迪莉丝无声地对视了一眼，她们之间似乎并不需要语言就可以交流一切信息。范迪恩抓住伊兰和艾玲达的手臂。“可否和我到外面去说几句话？”她的语气像是在建议，但却已经在拉着两个人往外走了。

场院里，大约二十几名家人像绵羊一样围拢在一起，她们并非都穿着艾博达服饰，其中有两个人系着智妇的红腰带，伊兰认出其中之一是波洛温——一个矮胖的小女人，她的傲气总要强过她的至上力。但现在她的样子变了，像其他人一样，满脸惊恐，双眼不停地向四处窥视。尽管所有女红社都在围绕着她们，急迫地向她们解释着。在更远处，奈妮薇和亚莱丝正努力驱赶着两倍人数的女人进入一幢大房子，她们的确是非常努力。

“……别去想你们该住在哪里，”奈妮薇正在向一名身穿水绿色丝裙、高昂着头的女人喊话，“快进去，不要碍事，否则我就把你踢进去！”

亚莱丝抓住那个绿裙女人的后颈，不顾她发出的激烈抗议，将她推搡进房门。房子里随之传出一阵响亮的叫嚷声，如同一头大鹅被踩了一脚。然后亚莱丝从里面走了出来，一边还在拍打着双手。在那以后，其他人也都乖乖地走了进去。

范迪恩放开她们两个，紧盯着她们的眼睛，阴极力的光晕仍然包裹着她，但控制这个连结，维持屏障的是艾迪莉丝，否则就不会是范迪恩把她们拉出来了。范迪恩要走到几百步以外，她们的连结才会削弱，而即使她们分别到了世界的两极，她们的连结也不会断裂，只是距离过远的话，连结本身就不再有什么效用。范迪恩仍然留在距离门口不远的地方，她似乎正在脑海中拣选词汇。

“我一直都认为，应该让有经验的人来处理这种事情，”她终于说道，“年轻人很容易被热血冲昏头脑，然后她们就会做得太过分，或者有时候她们会意识到无法让自己做得足够。或者更糟糕的是，她们将……食髓知味。我不是认为你们会有这样的问题。”她专注地打量了艾玲达一眼，艾玲达急忙将匕首插回到鞘内。“但艾迪莉丝和我有足够的见识，知道什么事是必须做的，以及为什么要去做。我们早已经将热血丢掉了，也许你们可以把这事交给我们。认真考虑一下，这样会更好一些。”范迪恩似乎已经认为她们接受了建议，于是她点了一下头，就回身向门里走去。

她的身影刚刚消失，伊兰就感觉到那幢房子里有至上力在使用。一重编织覆盖了那个房间，一定是防止窃听的结界，她们不想让无关的人听到伊丝潘在说什么，紧接着又是另一阵至上力的波动。在震撼的心情里，伊兰觉得那个寂静的房间比任何凄厉的尖叫都更让人害怕。

伊兰将帽子按回到头顶。她感觉不到天气的炎热，但太阳的强光突然让她非常不舒服。“也许你可以帮我检查那些驮马背上的物品。”她喘息着说。她没有命令她们那样做（无论她们做了什么），但这并不会让她的感觉更好一些。艾玲达惊讶地快速点了一下头，她似乎也很想离开这片寂静。

寻风手们聚集在离驮马队不远的地方，以蕾耐勒为首，她们全都将双臂抱在胸前，高傲而不耐烦地等待着。亚莱丝向她们走过来，她一眼就认定蕾耐勒是寻风手的领袖，伊兰和艾玲达都被她忽略在视野之外了。

“跟我来，”她用不容置疑的高亢腔调说，“两仪师说，你们会愿意在阴凉的地方歇一下，直到情况更稳定一些。”两仪师这个词从她的口里说出来，像女红社一样充满着苦涩和敬畏，也许比女红社更甚。蕾耐勒哼了一声，她的黑脸变得更黑了，但亚莱丝继续说道：“如果你们愿意，你们这些野人也可以坐在这里流汗，我不在乎。如果你们还能坐下的话。”那些亚桑米亚尔肯定没有接受治疗，她们站立的样子就像是一群想要忘记自己下半身的人。“但你们不能让我在这里干等。”

“你知道我是谁吗？”蕾耐勒用压抑着怒气的声音问道，亚莱丝却已经转身走开，而且全然没有回头的意思。蕾耐勒显然是在心中挣扎了一番，用手背抹去额头的汗水，然后气恼地命令寻风手们跟随她离开那些“被诅咒的陆地上的”马。她们都叉开双腿，摇摇晃晃地跟着亚莱丝。除了那两名学徒以外，所有人（包括亚莱丝在内）都在低声嘟囔着。

伊兰不自觉地开始考虑该如何改善现况，如何在亚桑米亚尔不主动要求的前提下，对她们进行治疗。必须调和海民与两仪师的关系，奈妮薇对她们的态度也要进行劝解。然而让伊兰惊讶的是，她突然意识到自己平生第一次不想管理这些事情。看着寻风手一瘸一拐地向一幢房子走去，她决定就让一切像现在这样好了。艾玲达也在看着亚桑米亚尔，脸上还带着开心的笑容。伊兰抹去自己脸上的一点微笑，转身向那些驮马走去。这是她们应得的，无论怎样笑她们也不算过分。

有了艾玲达的帮助，拣选的工作比以前快了许多，不过，艾玲达不能像伊兰那么快地识别出有价值的物品。伊兰并不对此感到惊讶。有一两名接受伊兰训练的两仪师，在这方面表现出了比伊兰更强的技巧，但大多数人都不甚了了。不管怎样，两双手总比一双手好用，而需要辨别的物品实在太多了。男女马夫们将垃圾挪到一旁，愈来愈多的特法器被堆在一座方形蓄水池的大石盖上。

又有四匹马驮着的物品被清理出来。她们从中挑出的特法器如果被送进白塔，一定值得庆祝一番了，即使不知道这些特法器有什么用。她们找到了各式各样的特法器——杯子、碗、花瓶，没有任何两样有相同的尺寸、模样和质料。一个扁平的、被虫蛀过的匣子，连接匣盖的铰链已经变成了锈粉，匣子里放着几件珠宝，镶嵌彩色宝石的一条项链和两个手镯，一条镶宝石的细腰带，几个戒指，而匣子里还有一些空余的位置。这些首饰每一件都是单独的特法器，而且它们形制相符，应该是准备给同一个人佩戴的。伊兰有些想不出为什么有人会同时佩戴这么多特法器。艾玲达找到了一把匕首，粗糙的鹿角柄上缠着金丝，匕首的刃很钝，而且看样子一直没有锋利过。艾玲达将那把匕首在指缝里转了一圈又一圈，她的手指却在颤抖——直到伊兰将匕首从她的手中拿开，放到蓄水池盖上。即使在这之后，艾玲达仍然呆呆地站了许久，看着这把匕首，舔着发干的嘴唇。她们又找到了更多的戒指、耳环、项链、手镯和带扣，许多饰品上都镌刻着非常特殊的图案，还有鸟雀、走兽和人类的雕像。还有几把确实有锋刃的小刀。六个青铜和钢制的大徽章，徽章的图案都很怪异，上面没有任何伊兰能真正明白的图案。两个特别的，像是用金属制成的帽子，上面有太多细腻的花纹，又太薄，很难当作头盔。有一些东西，伊兰甚至难以进行分类——一根有她手腕那样粗的棒子，通体亮红色，平滑圆润，看上去像石头，很结实，但算不上是坚硬，它不只是在伊兰的手中变温，而是发热！虽然还不烫手，但已经有相当的温度。还有一副金属网状的空心球，小球被套在大球里面，动一下，它就会发出一阵微弱的音乐旋律，每次都不一样。伊兰觉得无论她怎样向里面窥看，都只能看见一个更小的球。一套仿佛是用玻璃做的拼图板，非常重，伊兰将它放在蓄水池盖上的时候，甚至石盖也崩碎了一片。任何两仪师都会因为这一堆物品而惊讶不已。更重要的是，她们又找到了两件法器。伊兰非常小心地将它们放到自己触手可及的地方。

一件是一个金手镯，用四根链子连接着四个戒指，在它上面，任何一小片图案都可以是一个令人头晕的迷宫。它是两件法器中最强的，比伊兰口袋里的那只海龟还要强。佩戴它的手应该比伊兰和艾玲达的都要小。奇怪的是，这只手镯有一把小锁，一个极小的管状钥匙用一根细链挂在手镯上。另外一件法器是一个女性坐像，质料是因年代久远而发黑的象牙。坐像的双腿盘在身前，露出双膝，长而浓密的头发仿佛厚重的斗篷一样将她的全身裹在其中。它要比海龟弱，但伊兰发现它很吸引人。它的一只手放在膝头，掌心朝上，拇指与中指、无名指的指尖拈在一起；另一只手举起，食指、中指伸出，其他手指握拢。整座雕像散发出一种极为庄严的气氛，但栩栩如生的优美面容却表现出欢喜愉悦的神情。也许它是特别为了某个人而制作的？它看起来很像私人物品。也许传奇纪元的人都是以私人物品为出发点制作法器。一些特法器非常巨大，需要许多人力、畜力、甚至是至上力才能搬运，但大多数法器都可以随身携带，大多数。

当奈妮薇大步走过来的时候，她们正在将另一匹驮马背上柳条筐的帆布掀开。亚桑米亚尔开始从房子里走出来，步伐已经恢复了正常。茉瑞莉正在和蕾耐勒交谈，或者可以说，是寻风手在说话，茉瑞莉在倾听。伊兰想知道那里发生了什么事情，那名身材苗条的灰宗两仪师看上去已经不再悠然自得了。聚集在场院里的家人数量还在增加，当伊兰望过去的时候，又有三名家人犹豫地走进了场院，还有两个人站在橄榄树林的边缘，迟疑地观望着。伊兰能感觉到柏姬泰，就在那片橄榄树林里的某个地方，气恼的情绪也没有比刚才差多少。

奈妮薇瞥了一眼堆在蓄水池上的特法器，拉了一下辫子，她的帽子不知丢到哪里去了。“这个可以等一下再做，”她的声音里充满了烦恼，“是时候了。”

第 5 章

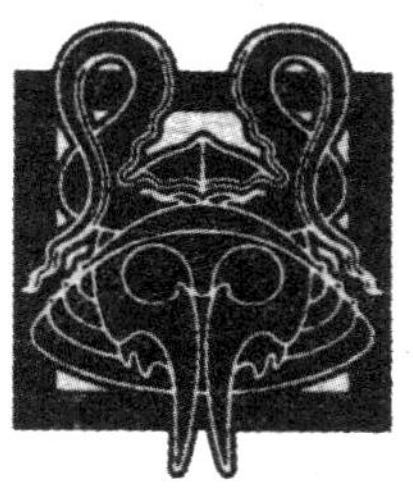

爆发的风暴

当她们沿着羊肠小道爬上那座久经风蚀、有一面是峭壁的小山时，太阳刚刚过了天顶到地平线距离的一半。这个地点是蕾耐勒选择的。伊兰根据自己从海民那里学到的知识，也明白这里是一个干预天气的理想位置。要对遥远地方的状况进行改变，首先得能观察到那里的状况，在海上这样做比在陆地上要容易得多。在陆地上，山顶自然是最好的选择。而为了避免出现暴雨、龙卷风或者其他灾害天气，施术过程必须毫厘不差。在此所做的一切，就像将一颗石子投入池塘，掀起的涟漪会一重重向外扩散开去。不管怎样，伊兰绝不想由自己控制使用风之碗的连结。小山顶上没有碍事的草木，地势也还算平坦，大概就像是一个五十步长宽的石台。这在站下全部参与连结的人外，还有余裕。这里和农场的垂直距离至少有一百五十尺。放眼望去，数里之内都是一块块相互交错的牧场、树林和橄榄林。在上百片绿色之中，弥漫着太多的黄褐色，说明这里对水有着怎样的渴求。但即使这样，美丽的景色仍然让伊兰震撼不已。尘土让空气像薄雾一样迷蒙，但她竟然还可以看那么远！

这片土地真是辽阔而又平坦，除了几座山丘以外，几乎没什么起伏。艾博达位于南方视野以外，即使伊兰拥抱了至上力也无法看到，但她现在觉得能看见它，只要集中一下精神就可以了。多用一下力，也就能看到埃达河了，真是壮丽的景观。然而并不是所有人都感兴趣。

“浪费了一个小时。”奈妮薇嘟囔着，侧目瞪了一眼黎恩以及其他所有人。岚不在她的身边，看样子她要趁机发泄一下火气。“几乎是一个小时，也许更多，完全浪费掉了。我想，亚莱丝应该是很有能力，但黎恩也应该清楚这里都是什么样的人！光明啊！如果再有哪个蠢女人晕倒在我面前……”伊兰只希望奈妮薇能忍耐再久一些，看样子，一旦她的火气爆发出来，一定也是一场风暴。

黎恩竭力做出欢欣鼓舞的样子，脸上满是迫不及待的表情，但她的双手却一直在不停地梳理裙子，或者是紧抓裙摆。珂丝蒂安一动不动地站在那里出汗，仿佛随时都有可能将胃里的东西全部吐出来。所有人都在看着伊兰。伊兰打了个哆嗦。第三名上来的家人嘉妮娅是一名沙戴亚商人，有着高高的鼻子和宽阔的嘴，身材短小精悍。她比她的两名同伴更强，而且看上去并不比奈妮薇大多少，白皙的脸上闪动着一层油光，黑眼睛每次看到两仪师的时候都会睁得更大。伊兰觉得自己很快就能见证有人能把眼球瞪出眼眶了。不过，嘉妮娅至少已经不再呻吟，她的呻吟声从山脚一直持续到山顶。农场里真的有两名力量足够强的家人（有可能，家人对力量的强弱并不是很关注），只是另外一个三天以前已经走了。除此之外，再没有能参与行动的家人，这是奈妮薇依旧烦恼的原因之一。嘉妮娅被发现时，另一个正晕倒在场院里，而当她被救醒，真的看见两仪师的时候，她又晕倒了两次。当然，奈妮薇就是奈妮薇，她不会想当然地以为事情可以简单到只要向亚莱丝吩咐一句就好了。奈妮薇从不期望别人能像她一样对全局有明晰的理解。

“我们现在就可以开始了！”奈妮薇喷着鼻息说，“我们可以打断……”为了在海民面前舒展开眉头，她的身子几乎都在打颤。海民们正聚集在靠近石台东端的地方。蕾耐勒用力地挥着手，像是在下达命令。如果能听到她在说些什么，伊兰倒很愿意付出一些代价。

奈妮薇的瞪视也涵盖了茉瑞莉、凯瑞妮和赛芮萨，赛芮萨仍然紧紧地抱着用丝绸包裹的风之碗。艾迪莉丝和范迪恩留在了下面，仍然和伊丝潘在一起。三名两仪师正在低声交谈，完全不在意奈妮薇的表情，除非奈妮薇直接向她们说话。不过茉瑞莉有时会瞥一眼寻风手，然后又迅速将头转开，她平静的面容有些许改变，还会用舌尖舔一舔嘴唇。

她是不是在治疗寻风手的时候犯下了什么错误？茉瑞莉曾经帮助不同国家磋商条约，调停冲突，在这方面，白塔很少有人能比她更优秀。但伊兰听说过一个故事，一个笑话，关于一名阿拉多曼商人，一名海民管货员和一名两仪师。没有多少人会讲述关于两仪师的笑话，因为这样的笑话也许会带来危险。那名商人和管货员在海滩上找到一块普通的石头，便将这块石头在他们之间来回买卖，为了每次成交获得的利润而惊喜。然后他们遇到了一名两仪师，阿拉多曼商人说服两仪师，从她手中以两倍的价格买走了这块石头；随后那个海民又说服两仪师，以四倍的价格买走了同样一块石头。只是个笑话，但它表明了人们的看法，也许那名年长的两仪师也无法向海民争取到更好的条件。

艾玲达上到山顶以后，就径直走向悬崖边缘，站在那里向北方望去，如同一尊雕像般没有任何表情。过了一会儿，伊兰意识到艾玲达并不是在欣赏风景，她只是盯着远方。伊兰拿着那三件法器，有些笨拙地将裙摆稍稍提起一些，走到友人身边。

悬崖陡然下降一百五十尺，直至橄榄林，一道道灰色岩脊垂直排列，只有几株干枯的小灌木夹杂在其间。站在悬崖顶端向下看的感觉和在树顶上向下看并不一样。奇怪的是，伊兰感觉到有些头晕，艾玲达却仿佛完全不知道悬崖就在脚趾前面一样。

“有什么烦恼吗？”伊兰轻声问。艾玲达依然一直望着远方。“我辜负你了，”她终于开口的时候，声音僵硬而空洞，“我没办法正确地做出通道，所有人都看见我给你带来了羞耻。我把一名仆人当作是暗影，这简直比愚蠢更糟糕。亚桑米亚尔无视于我，只是瞪着两仪师，就好像我是听命于两仪师，向她们吠叫的狗。我装作能逼迫暗影跑者向你招供的样子，但实际上，法达瑞斯麦只有在与枪矛结合超过二十年以后才能审讯囚犯，只有在结合十年以后才能看管囚犯。我无力又软弱，伊兰，我不能再为你添羞了，如果我再辜负你，我就会死。”

伊兰感到口舌发干，这听起来太像是承诺了。她抓住艾玲达的手臂，将艾玲达从悬崖边拖回。海民把艾伊尔人想象成怪异的种族，而艾伊尔人确实也和他们的想象所差不多。伊兰相信艾玲达不会真的跳下悬崖——不会是真的——但她不会给艾玲达机会。至少艾玲达没有违抗她。

其他人似乎都在全神关注别的事情。奈妮薇已经开始和亚桑米亚尔说话，她的两只手紧攥着辫子，为了克制住喊叫的欲望，她绷紧的面孔几乎像海民们一样黑。而海民们只是摆出一副高傲的样子听着。茉瑞莉和赛芮萨仍然在看守风之碗，但凯瑞妮已经开始尝试着和家人说话，只是并不很成功。黎恩回应了她，伴随着不安的眨眼和舔嘴唇；但珂丝蒂安只是倾听着，浑身颤抖；嘉妮娅睁大了眼睛。但伊兰还是压低了声音，她要说的与她们全都无关。

“你没有辜负任何人，至少没有辜负我，艾玲达。你没有做任何让我蒙羞的事，你做的所有事都不会让我蒙羞的。”艾玲达怀疑地眨眨眼。“而且你不会比石头更软弱和无力。”这一定是伊兰做出的最古怪的赞扬，但艾玲达确实显出安心的表情。“我打赌，那些蠢海民一定已经被你吓坏了。”这样说也很怪，但艾玲达笑了，虽然只是很无力地一笑。伊兰深吸了一口气：“至于伊丝潘……”实际上，伊兰很不喜欢想到那个人。“我觉得如果有必要的话，我也可以制服她，但一想到这个，我的手心就会出汗，我会感到恶心。如果我真的那样做，我一定会呕吐出来，所以我把这个工作让出去。”

艾玲达用枪姬众手语告诉伊兰：“你真让我吃惊。”虽然她说过向外人传授手语是禁止的，但她的确已经传授给了伊兰一些。当然，艾玲达将伊兰认作是姊妹，而且相信她们还会有更亲密的关系，这让伊兰对她而言变成了非同一般的人。只是她们还不知道什么时候，她们的关系才能更加亲密。艾玲达似乎认为自己的解释已经很清楚了。“我不是说我不能，”她大声说道，“只是我不知道该怎样做。可能我应该杀了她，至少我可以试一试。”突然间，她笑了，比以往每一次都更加灿烂和温暖。她轻轻碰了碰伊兰的面颊。“我们两个都有弱点，”她悄声说道，“但只要只有我们两个知道，就不会让我们羞耻。”

“是的。”伊兰虚弱地说。她只是不知道该怎样做！“当然，这样就不会了。”这个女人实在是比任何走唱人都更能让她吃惊。“给你，”她将那个被长发覆盖全身的女子雕像塞进艾玲达手里，“在连结中使用这个。”放开那件法器不是容易的事情，伊兰本想自己使用它。不管有没有笑容，她的友人的精神——她姊妹的精神——需要被鼓舞。艾玲达双手转动着这个象牙小雕像，伊兰几乎能看见她在试图决定该如何把它还给自己。“艾玲达，你知道导引阴极力到达极限时是什么感觉？想象一下，能够导引两倍于那个量的阴极力。认真想象一下，我想要你使用它，可以吗？”

艾伊尔人不喜欢在脸上表达太多情绪，但艾玲达的绿眼睛还是睁大了。她们曾经讨论过是否会找到法器，但艾玲达也许从没有想过，特法器的效用会有多么大。“两倍，”她喃喃地说道，“我几乎无法想象那样的话我能做出些什么。这是一件非常贵重的礼物，伊兰。”她又一次用指尖按按伊兰的面颊，对艾伊尔人来说，这已经等同于亲吻或拥抱。

奈妮薇和海民的对话并没有持续多久，现在她已经悄悄地向伊兰走了过来，一边走，一边还在气恼地紧攥着裙子。看到艾玲达就站在悬崖边上，她不由得皱了皱眉头，奈妮薇总是否认她很怕高，但她也从不靠到悬崖边上去。“我必须和你谈谈。”她向伊兰示意。走到距离悬崖和其他所有人都相当远的一个地方，她深吸了几口气，目光躲避着伊兰，压低声音说道：“我……我就像个傻瓜，都是那个该死的男人的错！他不在我身边的时候，我就只能想着他。除了他，我什么都想不到！每次……每次我犯傻的时候，你……你都会告诉我。我全都要靠你了，伊兰。”她的声音低得可怜，仿佛随时都会嚎啕痛哭一样。“我不能因为一个男人变成傻瓜，现在还不行。”

伊兰吓了一跳，以至于片刻之间完全说不出话来。奈妮薇承认自己在做傻事？伊兰真想要抬头看一眼太阳是不是变成了绿色！终于，她说道：“这不是岚的错，你明白的，奈妮薇。”她将自己对兰德的思念推到一旁，那是不一样的，不过，现在这个机会真是光明赐予的礼物。等到明天，如果伊兰敢说奈妮薇傻，奈妮薇一定会打她一耳光。“坚强起来，奈妮薇，不要像个轻率的女孩那样。”这绝对和她思念兰德不一样！伊兰才不会因为他而这么魂不守舍！“你是一名两仪师，而且你是我们的领导者，你要指挥我们！认真想一下。”

奈妮薇将双手交叠在腰上，竟然低垂下头。“我会努力，”她嘟囔着，“我会的，真的。但你不知道那就像是什么，我……我很抱歉。”

伊兰几乎要吞掉自己的舌头。奈妮薇在向她道歉？奈妮薇感到了羞愧？也许她真的是生病了。

当然，这种情形没有持续多久，奈妮薇突然看着伊兰的法器皱起了眉。她清了清喉咙：“你给了艾玲达一件，是吗？”她的声音恢复了力量，“嗯，我想应该给她一件。真可惜，我们必须让海民使用一件。我打赌，她们一定想要把那件法器据为己有！好吧，让她们试试！我的是哪一件？”

伊兰叹了口气，将那个手镯戒指连缀在一起的法器交给奈妮薇。奈妮薇接过法器便走开了，她一边将那件首饰戴在左手上，一边大声喊着让所有人进入位置。有时候，奈妮薇的领导和威吓很难分清楚，但她毕竟继续指挥工作了。

风之碗被放在山顶的正中央，包裹它的白色丝绸已经展开了，这是一个沉重的水晶大浅盘，直径大约有两尺，上面布满了盘卷的云雾花纹，那些花纹非常细密，但与它将要发挥的作用相比，就显得简单多了。她们希望它能有这样的作用。奈妮薇站到风之碗旁边。那件法器和她的手刚好相配，她活动着手指，惊讶地看到那些细链没有对她造成任何妨碍，就好像这件首饰是专门为她制作的。被选出的三名家人也就位了——珂丝蒂安和嘉妮娅紧跟在黎恩身后，比刚才显得更加瑟缩。寻风手们仍然在蕾耐勒身后站成一排，距离风之碗差不多还有二十步远。

伊兰提起自己的骑裙，和艾玲达一同走到风之碗旁。她怀疑地看了海民一眼。她们想要制造什么乱子吗？从在农场第一次讨论谁可以加入这个连结开始，伊兰就在担心这一点。亚桑米亚尔对于位阶的坚持即使是白塔也愧之不如。嘉妮娅的加入意味着蕾耐勒·丁·考隆·蓝星，大船主的寻风手，将无法参与连结，或者说，她不应该参与其中。

蕾耐勒皱起眉，带着疑问的神情望向风之碗周围的人们。她似乎在逐一审视她们，对她们的力量做出判断。“塔拉安·丁·葛灵，”她突然高声说道，“到你的位置上去！”那声音就像鞭子突然被抽响！就连奈妮薇也被吓了一跳。

塔拉安手按胸口，深鞠一躬，然后跑到了风之碗旁。当她迈步的时候，蕾耐勒又高喝一声：“梅塔莱·丁·琼耐勒，到你的位置上去！”丰满健壮的梅塔莱紧跟在塔拉安身后跑了过来。这两名寻风手学徒都还没有获得海民的“盐名”。

蕾耐勒开始迅速叫出参加连结的海民。芮宁和另外两名寻风手跑了过来，她们的速度也很快，但比两名学徒要慢一些。根据她们佩戴的徽章判断，耐美和芮瑟尔的位阶比芮宁高，她们都是颇有威严的女人，当然，在这方面她们比蕾耐勒还是要弱了许多。这时蕾耐勒停了一下，但也只是停了一下心跳的时间。“特瑞丽·丁·葛灵·南风，到你的位置上去！凯伊瑞·丁·葛灵·奔浪，服从指挥！”

看到蕾耐勒并没有亲自参与连结，伊兰松了一口气，但只是在蕾耐勒停顿的片刻之后，她的心又提了起来。在向风之碗走过来之前，特瑞丽和凯伊瑞交换了一个眼神，特瑞丽的神情严肃，凯伊瑞则面带得意。这两名寻风手各有八个耳环和一连串的徽章，只有蕾耐勒的位阶比她们更高。山顶上的寻风手中，也只有多丽勒和她们是平级的。凯伊瑞穿着黄色的锦缎外衣，个子稍高；特瑞丽身穿绿色锦缎，面孔更显坚毅。不过两个人都相当漂亮，而且不需要看她们的名字，就能知道她们两个是亲生姊妹。她们有着同样几乎纯黑色的大眼睛，同样挺直的鼻子，同样强壮的下巴。凯伊瑞一言不发地向自己右侧一指，特瑞丽没有说话，立刻站到了姊姊所指的位置上，表情没有丁点变化。在她就位之后，十三名女子便已经肩并肩地环绕风之碗站好了。凯伊瑞眼睛里几乎闪耀着火花，特瑞丽的面孔则像铅一样沉重。伊兰想到了莉妮的一句话——*没有任何匕首比姊妹的恨更锐利*。

围绕风之碗的人还没有形成连结。凯伊瑞逐一盯着她们的面孔，仿佛要把她们牢牢记在脑子里，或者是要让她们记住她的怒容。伊兰忽然想起奈妮薇的叮嘱，便急忙将最后一件法器——那只琥珀小海龟递给塔拉安，并向她解释该如何使用这件法器。伊兰的解释很简单，但任何不知就里的人如果想要使用这件法器，至少也要摸索几个小时。而凯伊瑞也没有给伊兰多说话的机会。

“安静！”凯伊瑞吼道。她将带刺青的拳头顶在腰上，一双赤脚叉开站定，就好像她正站在即将陷入混战的甲板上。“没有我的允许，任何人不得说话。塔拉安，回到你的船上以后要立刻报告此事。”从她说话的语气里，绝对听不出她所训斥的正是她的女儿。塔拉安手按胸口深深一鞠躬，低声说了些什么，凯伊瑞轻蔑地哼了一声，同时又瞪了伊兰一眼，仿佛是在提醒伊兰，她也应该向某人报告自己的过失。然后，她才以能够让山下面的人也听得到的声音说：“今天，我们将完成一件自从世界崩毁以来再没有实现过的壮举。很久以前，借助风之碗和光明的怜悯，我们的祖先与风浪搏斗，生存了下来。今天，两千年前失落的风之碗回到了我们手中，我们将使用它。我已经研习过古老的典籍，我们的祖辈将她们对海洋的了解和对风之力的研究记录于其中，古老的传承如同盐分融入我们的血液，不曾断绝。我比任何人都更明白风之碗。”她满意地瞥了一眼她妹妹，特瑞丽没有回应姊姊的目光，这似乎让凯伊瑞更加满意了。“如光明所愿，两仪师无法做到的，今天我将做到。我希望每一个人都在自己的位置上坚持到最后，我不会接受失败。”亚桑米亚尔们泰然而恭谨地接受了这段话，但家人们全都目瞪口呆地盯着凯伊瑞。伊兰觉得凯伊瑞很有些恢弘的气势，她显然认为光明只能眷顾她，而不会有其他任何选择！奈妮薇翻起眼睛望着天空，张开了口，但凯伊瑞抢先说话了。

“奈妮薇，”寻风手大声说道，“你现在可以示范连结的技巧了，不要慢吞吞的！”

奈妮薇紧闭起眼睛，她的嘴唇扭动着，头上的血管仿佛就要爆裂了。“你的意思是我可以说话了吗？”她低声说道。幸运的是，和她有一段距离的凯伊瑞没有听见她的话。然后奈妮薇睁开眼，脸上带着一丝可怕的微笑，仿佛她的五脏六腑都很不舒服。

“首先要拥抱真源，凯伊瑞，”阳极力的光芒突然在奈妮薇身上亮起，伊兰感觉到她已经使用了手上的法器。“当然，我相信你知道该怎样做，”奈妮薇无视凯伊瑞突然绷紧的嘴唇，继续说道，“伊兰现在将要帮助我示范，你许可这样吗？”

没有等凯伊瑞爆发，伊兰急忙插口道：“我要准备好拥抱真源，但我不能真正拥抱它。”她张开自己。寻风手们向前倾过身子，专注地看着她，虽然实际上她还没有什么值得关注的。就连珂丝蒂安和嘉妮娅也忘记了畏惧，显露出十足的兴趣。“我要做的就是这样，剩下的要由奈妮薇来完成了。”

“现在我会向她伸展……”奈妮薇停了一下，看着塔拉兰。实际上，伊兰并没有来得及确切告诉塔拉兰该怎样使用法器，“就像向法器伸展一样。”奈妮薇看着那名身材苗条的寻风手学徒说道。凯伊瑞露出气恼的神色。塔拉兰低垂着头，却又竭力想要看着奈妮薇。“你通过法器向真源张开自己，就像我通过伊兰张开自己，就好像要同时拥抱那件法器和真源一样，这并不是很难。注意看，你会明白。当你要进入连结的时候，就把自己放在我所伸展到的边缘。这样，当我拥抱你的时候，我也同样会拥抱那件法器。”

不管伊兰是否集中精神，汗水已经渗出在她的额头上，这与炎热的天气无关。真源在吸引她，它在脉动，伊兰随它一起脉动。它需要伊兰。伊兰和至上力间不容发，但这种悬浮的状态持续愈久，那种渴望就愈加迫切。她开始微微颤抖。范迪恩曾经告诉过伊兰，一个人导引时间愈长，这种渴望就愈强烈。

“现在注意看艾玲达，”奈妮薇对塔拉安说，“她知道如何……”这时她看了一眼伊兰的脸，急忙喊道，“小心！”

虽然这很近似于使用一件法器，但并不完全一样。以过快的速度连结是不行的，至少奈妮薇做得不够柔和。伊兰感觉到自己好像被强烈地震撼着，实际上，她的身体仍然安泰如常，但她觉得身子好像落在地上，又弹起来，飞快地滚下了山坡。更糟糕的是，她被推向阴极力的速度缓慢得让她痛苦万分。实际上，那只有一下心跳的时间，却又好像是几个小时，几天。伊兰想要嚎叫，却无法呼吸。突然间，如同水坝溃决，至上力涌入她的身体，那是生命、快乐和祝福的洪流，她长长地吁着气，巨大的喜悦和宽慰让她的双腿也不由得微微晃动。伊兰全力控制自己的喘息，蹒跚地站直身子。她气恼地看了奈妮薇一眼，奈妮薇带着歉意耸耸肩。奈妮薇会一天两次表示抱歉！太阳一定是变绿了。

“现在我通过伊兰控制了至上力，就像通过我控制至上力一样，”奈妮薇避开伊兰的眼睛，继续说道，“这种情况会一直持续到我将她放开，无论是谁控制着连结，都不必害怕……”她皱着眉瞥了一眼凯伊瑞，哼了一声，“……你会导引太多至上力，这很像是法器，法器会让你能够导引额外的至上力。同样的，在一个连结里，你不可能产生过度导引，而只可能导引得不够多……”

“这很危险！”蕾耐勒打断了奈妮薇，她粗鲁地挤到凯伊瑞和特瑞丽中间，愤怒的双眼盯着奈妮薇、伊兰和其他环绕风之碗的两仪师。“你是说，一个人可以完全控制另一个人，掌握她，使用她？你们这些两仪师做这样的事已经有多久了？我警告你们，如果你们想要将这种手段施加在我们……”说到这里，她又被打断了。

“它不是这样的，蕾耐勒。”赛芮萨碰了碰嘉妮娅，嘉妮娅和珂丝蒂安立刻跳到两旁，为赛芮萨让出空间。这名年轻的褐宗两仪师不确定地看了奈妮薇一眼，然后交叠双手，仿佛授课一般，用演讲的语气说道：“远在兽魔人战争以前，白塔就已经对此进行了多年研究，我读过白塔图书馆中每篇仍然存世关于这研究的资料。我们可以确信，任何人都不可能在违抗对方意愿的前提下，与另一人连结，这绝对不可能，强行这样做的话，什么都不会发生。受到连结的人必须全心全意地表示服从，就像拥抱阴极力一样。”看她沉着安稳的样子，她似乎真的将蕾耐勒当作她的学生。但即使听到如此确定无疑的阐述，蕾耐勒仍然眉头紧锁。有太多人知道，两仪师是多么喜欢迂回她们不得说谎的誓言。

“为什么她们要研究这个？”蕾耐勒问道，“为什么白塔对这样的事情如此感兴趣？也许你们两仪师仍然在研究它？”

“这太荒谬了，”赛芮萨的声音里流露出怒意，“如果你们一定要知道的话，我告诉你们，这是因为男人导引的问题。世界崩毁对于一些人而言仍然是鲜活的记忆，我不是说有许多姊妹仍然记得世界崩毁。在兽魔人战争以前，世界崩毁就不是必修课了。但男人也希望可以参与到连结中，就好像即使你睡着了，连结仍然不会断裂……你能明白这其中的好处。不幸的是，这样的尝试遭到了彻底的失败。无论如何，我再说一遍，强迫一个人加入连结是不可能的。如果你怀疑，你可以自己试一试，然后你就清楚了。”

蕾耐勒点点头，终于接受了赛芮萨的解释。当两仪师只是在陈述一件事实时，一般很难作伪。伊兰却有些怀疑，那些已经不复存世的数据中又写了些什么？她注意到赛芮萨有一个轻微的声调变化，赛芮萨的心中也有疑问。等到有机会私下交谈的时候，她一定要问问赛芮萨。

蕾耐勒和赛芮萨退下去之后，奈妮薇气恼地紧攥着骑裙的裙摆，想再次开口说话。

“继续你的展示，奈妮薇。”凯伊瑞严厉地命令道。她黑色的面孔像冰冻的池塘一样平静，但她肯定也很不高兴。

奈妮薇的嘴动了动，然后，她突然以非常快的速度说话了，仿佛惟恐再被别人打断一样。

奈妮薇开始讲解该如何控制连结，这也不能违抗参与连结者的意愿。这次改为伊兰向奈妮薇伸展。伊兰屏住了呼吸，直到她感觉到那种微妙的波动，说明她已经控制住了流入体内的至上力。当然，这股至上力是从奈妮薇体内传过来的，在此之前，伊兰并没有信心能成功。奈妮薇能轻易建立起连结，但接受连结需要一种完全的顺从，所以奈妮薇在放弃连结的控制，以及加入连结的时候相当困难，就像她在顺从阴极力的时候也曾经非常困难。之所以现在要把控制权转移到伊兰手中，是因为最终控制权要转移给凯伊瑞，奈妮薇可能做不到这件事。与刚才向伊兰道歉相比，这对奈妮薇而言要困难多了。

伊兰随后与艾玲达建立了连结，这次塔拉安真正看到了使用法器的方法，艾玲达做得很好，无论是使用法器，还是加入连结，她很快就掌握了。塔拉安也学得很快，她和她所掌握的法器向伊兰提供了强大的能流，过程毫无滞涩。一个接一个，伊兰将众人带入连结中。至上力洪流在她体内激荡，几乎让她全身颤栗。没有人曾经引导过如此强大的至上力。在十三名强大的导引者之外，又有三件法器加入连结。每一股新的阴极力加入，伊兰的知觉都会升上另一层高度，她能嗅到寻风手细链上的黄金小匣中浓重的香料气息，而且每一只小匣中的气味她都能分辨得清清楚楚。她能看清每一个人身上衣服的每一道皱褶，就好像她的眼睛紧贴在那些衣服上。她能够察觉空气在她的发丝间和皮肤上最微弱的波动。

这当然不是她的全部知觉。连结和护法的约缚一样，让人们产生一种同体一心的亲切感，这种感觉在连结中甚至更强、更浓烈。她知道，在上山的时候，奈妮薇右侧脚跟上的一个小水泡让她很痛。奈妮薇总是说应该穿一双结实的靴子，但她其实还是很喜欢装饰着许多刺绣的丝绸软鞋。奈妮薇正皱起眉盯着凯伊瑞，她将双臂抱在胸前，戴着法器的手指捻弄着右肩头的辫子，在她的内心中，无数种情绪激荡成一个大漩涡，恐惧、担忧、期待、气愤、警惕和焦躁彼此冲撞，形成一阵阵热浪，仿佛就要爆发成烈火一样。奈妮薇总是尽力将它们压制下去，让它们冷却下来，但它们又总是立刻就恢复猛烈的势头。伊兰几乎觉得自己能看明白奈妮薇到底在想些什么，但那就像是从眼角偶然瞥到的浮光掠影，当你转过头去仔细观看的时候，却什么都看不见了。

让伊兰惊讶的是，艾玲达的心中也有恐惧，只是那恐惧很小，而且被紧紧地约束着，几乎被坚定的决心完全吞没了。嘉妮娅和珂丝蒂安有着明显的动摇，或者几乎就是纯粹的惊恐，她们怀着那样的心情还能够继续站在这里拥抱至上力，这一点甚至让伊兰感到惊奇。黎恩不停地抚平她的裙摆，充满她内心的是渴望。至于亚桑米亚尔……就连特瑞丽也是万分机警。不需要去看梅塔莱和芮宁的眼睛，伊兰就知道她们目光的焦点是凯伊瑞。凯伊瑞正看着她们所有人，居高临下，而且颇不耐烦。

伊兰将凯伊瑞放在了最后，而且她丝毫不感到惊奇，自己要尝试四次才把她带进了连结。凯伊瑞绝不比奈妮薇更容易屈服。伊兰现在只能希望让这个人参加连结的原因是她的能力，而不是她的位阶。

“现在我要将这个连结交给你，”伊兰对寻风手说，“如果你记得我对奈……”话还没说完，连结的控制权就被夺走了。伊兰一下子发不出任何声音，就好像一阵强风突然剥走了她全身的衣服，或者是骨骼从身体里被全部抽走了。她猛吐了一口气，听起来就好像是重重地“呸！”了一声。好吧，至少这也表达了她的一点心情。

“好的，”凯伊瑞一边说，一边揉搓着双手，“好的。”她的注意力集中在风之碗上，一双眼睛在它上面扫来扫去。不，她注意的不止是风之碗。黎恩想要坐下来，凯伊瑞喝道：“不要乱动！这不是鲜鱼聚餐！没有我的命令，不许动一下！”

黎恩急忙站直了身子，一边低声念叨着什么，但凯伊瑞只当她不存在。那名寻风手的眼睛只是紧盯着水晶浅盘。伊兰感觉到她的巨大的决心足以挪动一座山脉。还有另外一些东西，非常微小，而且很快就被扑灭了。是犹疑。犹疑？如果她并不知道该怎样做……

就在这时，凯伊瑞深吸了一口气。阴极力从伊兰身上涌过，几乎到达了伊兰的导引极限。一个牢不可破的光环逐渐亮起，将连结中的人一一囊括。任何人即使利用法器导引也无法发出这么强的光。伊兰注视着凯伊瑞，凯伊瑞用五力进行着极为复杂的编织，那是一个四角星，以极为精确的角度放置在风之碗上。四角星与风之碗碰触的一刹那，伊兰猛吸了一口气。在特·雅兰·瑞奥德里，伊兰曾经向风之碗中导引了一股至上力细流，那时伊兰就知道，向它导引是非常危险的。现在，这只清澈的水晶碗变成了淡蓝色，那些雕刻的云团都开始移动了。风之碗渐渐变成了蓝色，就好像夏日亮蓝的天空，蓬松的白云翻滚而过。

四角星变成了五角星，编织的结构微微改动，风之碗变成绿色的海洋，掀起阵阵波涛。五角星变成了六角，随之出现了另一种天空，一种不同的蓝色，更加深沉，就像是冬天，紫色的云团因为蕴含雨雪而沉重。七角星，灰绿色的海洋在暴风中咆哮。八角星的天空。九角星的海洋。突然间，伊兰感觉到风之碗本身在吸取阴极力。狂暴的怒流掀起滔天巨浪，围绕它的连结与之相比只是渺小的一束烛光。

改变在风之碗中继续增强。海洋和天空交织在云团里，一根翻滚的阴极力巨柱被编织出来，从水晶碗中一直升上天空。火与风，水与地，还有魂，极度错综复杂的阴极力柱，正保持着和风之碗一样的粗细，向天空中愈升愈高，一直延伸到伊兰的视线以外。凯伊瑞继续着编织，汗水从她的脸上流淌下来。她停了一下，眨眨眼，甩掉眼皮上的汗滴。然后她检查了一下风之碗中的景象，又加进一个新的编织。柱子的结构随着每一次编织而变化，精巧地回应着凯伊瑞的运作。

伊兰开始庆幸控制这个连结的不是自己。凯伊瑞现在所做的一切，一定需要许多许多年的研究和历练。突然间，伊兰有了新的认知。不断改变的阴极力正在因为另一样东西而弯曲，另一样看不见的东西让这根柱子变得坚固。伊兰费力地咽了口唾沫。风之碗在吸收阴极力的同时，也在吸收阳极力。

瞥了一眼其他人，伊兰知道她们也察觉到了同样的事情。她们侧目盯着这根扭动的柱子，眼睛里的厌恶之情如同她们在盯着暗帝。伊兰体会到的恐惧感愈来愈强，有些人的恐惧程度已经与嘉妮娅和珂丝蒂安不相上下，而那两个人至今还没有晕倒，简直就是一个奇迹。看奈妮薇突然变得平板的面孔，她可能将要呕吐出来。艾玲达外表很平静，但在她内心深处，那一点恐惧在颤抖，在一阵阵脉动着，努力想滋长起来。

而凯伊瑞只有决心，钢铁般坚硬的决心，一如她的神情。什么都无法阻止凯伊瑞，仅仅是被暗影污染的阳极力混入她的编织又有什么可怕？她继续编织着。突然间，蛛网般的阴极力在柱子看不见的顶端急遽张开，如同一条条轮辐向外延伸开去，向南方扩张的部分紧密坚实，向北方和西北方的相对稀疏了许多，朝其他方向都只是伸出了一根轮辐。它们一边延长，一边迅速变化，每时每刻都有所不同，整个天空都被它们布满了，一直拓展到伊兰能察觉的范围以外。

伊兰相信，拓展出去的至上力中同样包含着阳极力，因为在那里，阴极力同样蜿蜒缠绕在一种她看不见的东西上。凯伊瑞仍然在编织，柱子随着她的操纵而舞蹈。阴极力和阳极力紧密相连，扩散出去的至上力网如同一个不对称的万花筒，在天空中旋转，幻化万千，一直消失在没有尽头的远方。

没有任何事先的警告，凯伊瑞站直身子，用拳头敲着后背，彻底放开了真源，柱子和网都消失了，她几乎像瘫倒一样坐在地上，吃力地喘息着。风之碗重新变得透明，只有一些阴极力碎片仍然在它周围闪烁着光亮。“如光明所愿，完成了。”凯伊瑞疲惫地说道。

伊兰几乎没有听到凯伊瑞的话。这不是结束连结的正常方式。当凯伊瑞放开的时候，至上力同时从所有人身上消失了。伊兰瞪大眼睛。她本来好像站在世界最高的塔上，而刹那间，这座塔仿佛根本就不曾存在过！这种感觉只是一刹那就过去了，却无法令人高兴。伊兰感觉到疲惫，还有巨大的失落感，虽然她自始至终只是在做一个相当于管道的工作。放开阴极力本就是一件很糟糕的事，更何况这次放开完全是突如其来的。

其他人的状态比伊兰更差。当连结的光晕熄灭时，奈妮薇立刻坐到了地上，就好像两条腿都融化掉了。她抚摸着那件手镯法器，看着它，喘息不止，汗水从她的脸上滚落下来。“我觉得自己就像一个厨房里的筛子，刚刚筛了一整座磨坊的面粉。”负担那样大量的至上力，即使什么都不做，即使能向一件法器借力，也是非常难以承受的工作。

塔拉安摇晃着，如同风中的芦苇，她偷偷瞥了一眼她的母亲，显然是想要坐下，却又不敢。艾玲达笔直地站立着，脸上僵硬的表情说明，支撑她的只剩下坚强的意志，但她还是努力露出一点笑容，用枪姬众手语说——这个代价值得……赢得更多。是的，她们赢得的远比她们付出的更多。所有人都显得疲惫异常，虽然状态还不像使用法器的人那样糟糕。风之碗最终沉寂下来，完全变回成一只清澈的水晶大碗，但现在它上面的图案已经变成了激荡的浪涛。阴极力似乎仍然存在于风之碗中，没有被任何人操纵，也无法被看见，只有曾经参与过连结的人才能隐约感觉到它的运行。

奈妮薇抬起头，瞪着依然没有一丝云彩的天空，然后她看着凯伊瑞：“就是这样？结果如何？我们到底做了什么？还是什么都没有做？”一阵微风吹过山顶，仍然像厨房中的空气一样闷热。

寻风手努力站起身，轻蔑地说道：“你以为织风就像扳过细梭的舵柄一样容易吗？我刚刚扳过一艘掠浪的舵柄，而那艘掠浪的帆就像这个世界一样宽！它需要时间来转向，它需要时间来知道自己该转向了。但它一定会转过来。到那时候，即使是风暴之父本尊也无法挡住。我已经做到了，两仪师，风之碗该是我们的了！”

蕾耐勒走进人圈，跪在风之碗前面，小心翼翼地用白绸布重新将它包裹好。“我要将它带到大船主那里去，”她对奈妮薇说，“我们已经完成了协约中我们的那部分工作，现在，你们两仪师必须完成你们的那一部分了。”茉瑞莉从喉咙里发出一阵声响，但是当伊兰转头瞥向她的时候，那名灰宗两仪师又显示出一副沉着冷静的样子。

“也许你们已经做到了你们的那一部分，”奈妮薇摇摇晃晃地站起身，“也许，我们还需要亲眼见证……你们的掠浪掉过头来，如果它真的已经在转向了！”蕾耐勒严厉地盯着奈妮薇，但奈妮薇并没有理她。“奇怪，”她嘟囔着，用手指揉搓着额角，手镯法器挂住了她的头发，她的脸上显出困苦的表情，“我几乎能感觉到一种阴极力的余震，一定是阴极力！”

“是的，”伊兰缓缓地说，“我也能感觉到。”那不止是残存的阴极力，不止是某种余震或残留，但它那么微弱，就好像有人在很远的地方使用阴极力……伊兰转过身，向南方的地平线望过去。下午蓝色的天空中，几十道刺目的闪电闪耀着。那里非常靠近艾博达。

“暴风雨？”赛芮萨充满期待地问，“气候一定已经在恢复正常了。”但即使是在闪电劈落的地方，天空中也没有一丝云彩。赛芮萨不够强，她感觉不到那么远距离的阴极力。伊兰打了个哆嗦，她也并非有多么强大，除非那里有人正在导引像她们刚才的连结那样强大的阴极力，否则她也无法感觉到。那将是五十甚至是一百名两仪师，同时在导引，或者……“不是弃光魔使来了吧？”她喃喃地说道。有人在她背后发出了呻吟。

“一个人做不到这样，”奈妮薇低声表示同意，“也许她们并没有感觉到我们，也许。但除非她们都是瞎子，否则她们会看到刚才升起的光柱。愿光明烧了我们的运气吧！”虽然压低了声音，但她肯定非常激动。平时如果伊兰说出这种咒骂的话，她一定会斥责伊兰。“带上所有愿意跟你去安多的人，我会……我会在那里和你们会合。麦特还在城里，我必须回去找他。烧了那个男孩吧，他是为我才到艾博达来的，我必须找到他。”

伊兰用双手抱住自己，深吸了一口气。泰琳女王只能留给光明去拯救了，伊兰相信她会竭尽所能活下来。但麦特·考索恩，她那非常奇怪却非常有力的同伴，她那令人无法相信的拯救者，他会来到这里也是因为她。而且他对她的帮助更多。

还有汤姆 · 梅里林，亲爱的汤姆，她有时依旧会希望他是她真正的父亲。愿光明烧了妈妈吧。还有那个男孩，奥佛尔，还有车尔 · 万宁，还有……她必须像一名女王那样思考。妈妈告诉过她，玫瑰王冠比一座山更重，职责会让你哭泣，但你必须承担下来，去做必须去做的事。

“不，”伊兰坚定地说道，“不，看看你自己，奈妮薇，你几乎已经无法站立。即使我们全都回去，我们又能做什么？那里会有多少弃光魔使？我们会死掉，或者陷入更加可怕的境遇，但我们什么也得不到。弃光魔使没有理由去找麦特和其他人，他们的目标是我们。”

奈妮薇张大了嘴瞪着伊兰。顽固的奈妮薇，汗水不停地从她面颊上流下，她的双腿依然在颤抖，伟大的、豪侠的、愚蠢的奈妮薇。“你说要丢下他们，伊兰？艾玲达，和她谈谈。告诉她，你一直挂在口边的荣誉！”

艾玲达犹豫着，然后摇了摇头，她几乎像奈妮薇一样汗流浃背。看她的动作，她也像奈妮薇一样疲惫。“有时，我们确实要在失去希望的时候仍然坚持战斗，奈妮薇，但伊兰是正确的。暗影不会寻找麦特 · 考索恩，它会寻找我们，还有风之碗。麦特也许已经离开那座城市了，如果我们去找他，我们就要冒险让暗影得到扭转局势的关键。无论我们将风之碗送到哪里，暗影都能从我们口中挖出我们将它送往何方，交给了谁。”

奈妮薇的嘴唇颤抖着，伊兰伸开双臂抱住她。

“暗影生物！”有人尖叫道，山顶上的所有人立刻拥抱了阴极力。茉瑞莉、凯瑞妮和赛芮萨以最快的速度射出火球。一只生着双翼的巨大怪兽被火焰包裹，从天上跌落下来，冒着浓黑的烟雾掉在悬崖下面。

“还有一只！”珂丝蒂安喊道。另一只相同的怪兽正向远处飞去，它的身躯像马一样巨大，以骨架支撑的皮翼展幅超过了三十步，长长的脖子扬起在它身前，一根长尾巴垂在后面，有两个人影低伏在那只怪兽的背上。一连串的火球和火焰暴风向那只怪兽袭去。最早发动攻击的是艾玲达和没有参与连结的海民。大片火焰划过天空，仿佛这里的空气都变成了火之力。怪兽绕过农场另一侧的山丘，消失了。

“我们杀死它了吗？”赛芮萨问。她的眼睛闪动着亮光，并因为兴奋而气喘吁吁。

“我们有没有击中它？”一名亚桑米亚尔恼恨地说。

“暗影生物，”茉瑞莉困惑地喃喃说道，“它们出现在这里！至少这证明弃光魔使就在艾博达。”

“不是暗影生物。”伊兰用低沉的声音说。奈妮薇紧皱起双眉，她也知道。

“他们称它为雷肯，是霄辰人。我们必须走了，奈妮薇，而且要带走农场上的每一名女子。不管我们是否杀死了它，更多的霄辰人很快就会追来。等到明天早晨，任何被我们留在这里的女人都会被戴上罪铐。”

奈妮薇缓慢而痛苦地点点头，伊兰觉得她在低声说：“哦，麦特。”

蕾耐勒抱起重新被包裹好的风之碗。“我们的船将首先遭到霄辰人的攻击，我的船在为它的生存而战，我却不在它的甲板上！我们走！”她编织出一个通道。

当然，她的努力是没有用的，光线在一瞬间向外展开，立刻又塌陷成虚无。伊兰吓得尖叫了一声，她怎么敢在这么多人中间展开通道！“除非对这个山顶有足够的了解，否则你不可能到任何地方去！”她喊道。伊兰希望刚才参与连结的海民不要再编织通道了。导引阴极力是了解一片地方最快的方法。伊兰已经完全了解了这里，那些海民一定也能做到。“你们无论从什么地方也无法到达一座移动的船上，我相信这是不可能的。”茉瑞莉点点头，不过这并不代表什么，两仪师不会轻易相信任何事。伊兰现在只是想说服这些海民。奈妮薇显得憔悴而神情恍惚，她已经不可能再承担任何指挥工作，伊兰只有自己继续撑下去。她希望现在的自己能记住母亲的教诲，让母亲感到骄傲。“但最重要的是，除了跟随我们，你们不能去任何地方，因为我们的协约还没有完成。在气候恢复正常以前，风之碗还不是你们的。”实际上，伊兰已经曲解了一些协约的内容。蕾耐勒开口想要反驳，但伊兰没有给她说话的机会。“而且，因为你们已经和麦特·考索恩达成约定，你们要去我想让你们去的任何地方，否则我就把你们绑在马鞍上带去，这些就是你们的选择。所以，现在下山去，蕾耐勒·丁·考隆·蓝星，不要等到霄辰人派遣一支军队和几百名能够导引的女人来清剿这里。他们的目的是要将我们像那些女人一样铐起来。快！跑步！”

令伊兰惊愕的是，海民们开始跑步了。

第 6 章

丝线

伊兰也开始跑步，她拉起裙摆，很快就在破旧的泥土小道上跑到了最前面，只有艾玲达紧跟着她。虽然艾玲达似乎并不知道穿着裙子怎样才能跑得快，如果不是已经非常疲惫，她肯定很快就超过伊兰。其他人在她们身后的小路上排成了一条蜿蜒曲折的长龙。亚桑米亚尔们不需要蕾耐勒的催促，都飞快地奔跑着。虽然蕾耐勒穿着丝绸长裤，但她抱着风之碗，没办法跑快。奈妮薇不停地用臂肘将前面的人顶开，同时大声叫喊着命令她们让道，无论她们是寻风手、家人还是两仪师。

跑下山丘，伊兰煞住脚步。尽管巨大的危险就在眼前，伊兰却忍不住想笑。她十二岁的时候，莉妮和母亲就为她爬山和爬树的爱好头痛不已，但现在她肚子里的笑意并非来自从山上飞跑下来的欢愉。伊兰要求自己成为一位女王，现在她只能这样，她也真的做到了！她必须控制住局面，带领这些人脱离危险。现在她们真的在跟随她了！她从出生开始所接受的训练，就是要让她能做这样的事，这让她兴奋得想笑。骄傲的火焰在她心中熊熊燃烧，几乎要从她体内绽放出来，就像阴极力的光晕。

绕过最后一个转弯，伊兰纵身跳下最后一小段山坡，落在一座用白石膏粉刷的高大谷仓旁。她的脚趾撞上一块埋在土中的石头，让她猛地向前栽去。她挥舞着手臂，想要保持平衡，但还是扑倒在路面上，连叫喊一声都来不及。她的牙齿猛地磕在一起，肺里的空气全都被挤压了出去。她坐起身，才看见柏姬泰正在她面前，片刻之间，她几乎无法思考。等恢复神志的时候，她心中再没有半点骄傲了，想要维持女王的尊严，要做的事情还有很多。她拨开脸上的发丝，等待着柏姬泰的训话。出这种事的时候，另一个女人经常会变身成谆谆训导的长辈，伊兰就很少会错过这种变身为长辈的机会。

令伊兰惊讶的是，柏姬泰只是伸手将她扶了起来，而且丝毫没有要嘲笑她的意思。就连随后跑来的艾玲达都露出了一点笑容。伊兰只从她的护法身上感觉到……紧张——就好像一支箭被搭在拉紧的弓弦上。“逃跑还是战斗？”柏姬泰问，“那些霄辰人的飞兽在法美镇就出现过。我建议逃跑，今天我只带了短弓。”艾玲达向她微一蹙眉。伊兰叹了口气，如果柏姬泰真的想隐藏自己的身份，她就必须学会看住自己的舌头。

“当然是逃跑，”奈妮薇喘着气，跑下最后一段山路，“战斗还是逃跑！多蠢的问题！你认为我们有机会……光明啊！她们在干什么？”奈妮薇的声音愈来愈高。“亚莱丝！亚莱丝，你在哪里？亚莱丝！亚莱丝！”

伊兰愣了一下，才意识到农场现在就像凯瑞妮的面孔刚刚出现时那样混乱，甚至可能更糟。根据亚莱丝的报告，现在有一百四十七名家人居住在这里，包括五十四名红腰带的智妇和一些路经这座城市的人。现在，她们和农场上的其他人都在来回奔跑，大多数穿绿白色制服的泰拉辛宫仆人也扛着包袱跑来跑去。鸡鸭在一片喧嚣中窜来窜去，不停地尖叫着，扬起一团团灰尘，让现场变得更乱了。伊兰甚至看见范迪恩头发斑白的护法杰姆，正用他细瘦的手臂抱着一个大黄麻袋，同样在跑着！

亚莱丝仿佛是从空气中突然冒出来，她的脸上都是汗水，不过表情仍然镇定如常，头发一丝不乱，看她的衣服，就好像她只是刚刚去散步了。“不必大惊小怪，”她将双手叉在腰间，镇定地说道，“柏姬泰告诉过我那些大鸟是什么，我认为我们应该尽快离开。而且我们已经看见你们飞奔下山，就像暗帝本尊正在追赶你们一样。我命令所有人收拾起一条干净的裙子、三条衬裙和长袜、肥皂、手工篮以及她们所有的钱币，只能带这些。最后十个完成的人，要在我们到达目的地之前一直负责洗衣工作，这会让她们加快脚步。我命令那些仆人收集起他们能找到的一切食物，还有你们的护法，他们差不多很有理智，男人能有那样的理智确实让人吃惊，这是因为他们都是护法吗？”

奈妮薇站在原地，张大了嘴，仿佛是要发布命令的样子，却又没有发出任何声音，她的脸上阴晴不定，让人看不出她到底在想什么。“好吧，”她沉着脸喃喃说道，然后她的眼睛突然又明亮起来，“那些不是家人的女人，对了，她们必须……”

“镇定，”亚莱丝打断了她，又向她做了一个安慰的手势，“她们已经走了，大多数都走光了，她们担心她们的丈夫和亲人。即使我想，我也无法阻止她们。只有三十多个人认为那些鸟是暗影生物，她们想尽量留在两仪师身边。”她用力喷了一下鼻息，表明了对这些人的看法。“现在，你们只需要收拾好自己的东西。喝些凉水，不要喝得太快，拍些水在脸上。我还有很多事要做。”她看了一眼熙熙攘攘的人群，摇摇头：“她们之中，有些人即使在兽魔人冲到面前的时候还是会偷懒，有些贵族女人总是不听话。在离开之前，我还需要两三个小时。”说完这句话，她就满脸严肃地走回到农场里，只留下奈妮薇张着嘴呆立在原地。

“嗯，”伊兰掸了掸裙子，“你说过，她是个非常能干的女人。”

“我从没有那样说过，”奈妮薇气冲冲地说，“我从没有说过‘非常’，哼！我的帽子到哪里去了？她以为她什么都知道。我打赌这件事她就不知道。”她大步朝与亚莱丝相反的方向走去。

伊兰瞪着奈妮薇的后背。她的帽子？那顶帽子确实很漂亮，但她怎么会在这个时候关心这种事？！也许在连结中导引了大量的至上力，确实让奈妮薇的智力暂时出现了问题。伊兰的状态也不正常，她觉得自己好像再也无法导引阴极力一样。不管怎样，伊兰不会去担心什么帽子的事，现在应该关心的，是在霄辰人到达之前离开。根据在法美镇的经验，霄辰人真的有可能带来上百名罪奴，甚至更多。艾雯非常不愿意提起她被霄辰人俘虏的事情，但她告诉过伊兰，所有罪奴都渴望着让其他人戴上罪铐。她说过，当她看到那些霄辰罪奴向罪奴主献上谄媚的笑容，她感到多么恶心。罪奴一心逢迎罪奴主，任他们玩弄，就好像被他们宠爱的驯服猎犬。艾雯还说，一些在法美镇被捉住的女人最后也变成了那种样子。这让伊兰浑身的血都变得冰冷，她宁死也不会让霄辰人把罪铐戴在她的脖子上！无论是弃光魔使还是霄辰人，都是她们现在无法与之对抗的。她向蓄水池跑去。艾玲达在她身边，喘息得几乎像她一样厉害。

看样子，亚莱丝真的把一切都想到了。特法器已经在驮马背上捆缚停当，没有被检查过的箩筐丝毫未动；被伊兰和艾玲达清空的箩筐，已经装满了盛放面粉、食盐、豆子和扁豆的麻袋。几名马夫正在照料这些牲口，毫无疑问，这也是亚莱丝安排的。甚至柏姬泰也服从亚莱丝的命令，嘴角带着一丝苦笑在奔跑着。

伊兰掀起一点帆布检查了一下。所有特法器看样子都在。两只箩筐里的特法器有几件歪倒了，不过没有破损。除非使用至上力，否则大多数特法器都是无法损毁的。但即使这样……

艾玲达盘腿坐在地上，用一块与她身上美丽的丝绸骑装毫不相称的素色亚麻大手绢擦着汗，就连她也显露出了疲倦的神态。“你在嘀咕什么，伊兰？你听起来就像奈妮薇。亚莱丝只不过是要替我们省去打包这些东西的麻烦。”

伊兰的脸上泛起一点红色，她没有想到自己会把心中的念头说出来。“我只是不想让无知的人碰这些东西而已，艾玲达。”一些特法器确实可以被没有导引能力的人触发，但实际上，伊兰不想让任何人碰这些特法器，它们是她的！评议会不能将这些特法器交与别的姊妹，只因为那些姊妹更年长，更有经验；评议会也不能因为害怕危险就把这些特法器藏起来。现在有了这么多可以研究的样本，伊兰也许终于能做出完美的特法器。她经历过太多的失败和不完全的成功。“需要有了解它们的人来处理。”伊兰说着，将硬帆布抻回到原位。

秩序开始从一团混乱中显露出来，速度比伊兰预料的快得多，但并不像她所希望的那样快。当然，伊兰也不情愿地承认，她是希望这些人能在眨眼间就集结完毕。她派遣凯瑞妮跑到小山顶上去，观望艾博达的情况。那名身材丰满的绿宗两仪师嘟囔了些什么，才躬身行了屈膝礼。她一直紧皱眉头盯着那些跑来跑去的家人，仿佛是认为这样的工作应该交给她们。但伊兰怀疑那些家人如果看到暗影生物逼近的话，会立刻就晕过去。凯瑞妮是这些两仪师中位阶最低的。艾迪莉丝和范迪恩看押着伊丝潘，她们支持着强大的屏障，并重新用皮口袋套住了伊丝潘的头。伊丝潘行走的步伐很平稳，没有任何迹象表明她受到了虐待，但……她一直将双手放在腰间，完全不想掀起口袋向外偷瞥一眼。当她被推上马鞍的时候，她自动将手腕放到鞍头以便被绑起来。如果她变得这样温驯，也许艾迪莉丝和范迪恩已经从她口中挖出了一些东西。伊兰不想去探究她们是如何把伊丝潘变成这样的。

当然，农场上有不少……冲突，虽然危机就在眼前。奈妮薇找回她蓝色羽毛帽子的过程，就差点酿起一场冲突。那顶帽子是亚莱丝找到的，她将帽子交给奈妮薇，告诉奈妮薇应该用帽子挡住阳光的直射，才能保护好细嫩的皮肤。当那名灰发女子跑去解决其他数不清的小问题时，奈妮薇瞠目结舌地瞪着她的后背，许久之后，才用力将帽子塞进系鞍囊的皮带里。

奈妮薇一直在努力平息各种冲突，但亚莱丝几乎总是抢先她一步，而每次只要她出现在冲突现场，冲突就会自动平息。有几名贵族女人要求别人帮助她们打包行李，亚莱丝只是告诉她们，如果她们不立刻开始工作，她就会兑现她说过的话，把她们留在这里，那些女贵族立刻就开始行动。包括贵族在内，有一些人得知她们的目的地是安多以后，改变了主意。亚莱丝果然按照自己说过的那样，将她们赶走了。她们没有得到马匹，只是被告知要尽快跑步离开这里，所有马匹都很珍贵。不过在霄辰人到来之前，那些人应该已经跑出很远，不可能被霄辰人抓到进行审讯。没过多久，奈妮薇和蕾耐勒展开了一番争吵，她们争吵的对象是风之碗和曾经被塔拉安使用过的海龟法器，现在那只小海龟已经被放进蕾耐勒的口袋里。伊兰知道，这场争吵迟早要发生。幸好，还没到奈妮薇和蕾耐勒挥拳相向时，亚莱丝已经挡在她们中间。在她下达了简短的命令之后，风之碗被交还给赛芮萨保管，海龟被交到茉瑞莉手中。而在这一幕争执中，伊兰更有幸看到，亚莱丝将一根手指在亚桑米亚尔大船主的寻风手鼻子前摇晃，谴责蕾耐勒的行径无异于盗贼。蕾耐勒满脸都是惊愕和愤怒，却说不出一句话。奈妮薇张了半天嘴，也没有说出什么，最后她双手空空地走开了，伊兰从不曾见过有什么人像现在的奈妮薇这样凄凉和失落。

不管怎样，这些混乱并没有持续太长时间，留在农场里的女人很快就在女红社的监督下聚集在一起。亚莱丝仔细地确认了最后十个归队的人，她们之中有八个穿着与伊兰相似的华丽丝衣。这十个人都不是家人。伊兰相信，她们真的会在这一路上负责洗涤工作。亚莱丝不会在乎贵族出身这样的小问题。寻风手们列队在她们的马前，保持着令人惊讶的沉默，只有蕾耐勒每次在看见亚莱丝的时候都会低声咒骂两句。凯瑞妮从山顶上被叫回来。护法们为他们的两仪师牵来了马。几乎所有人都在留意天空。所有年长两仪师和大多数寻风手身上，都环绕着阴极力的光晕，有几名家人也在导引。

伊兰牵着坐骑走到水塔附近，队伍最前面的位置。奈妮薇用手指捻弄着手中的法器，仿佛将要构建通道的是她——这显然是不可能的。虽然她已经洗过脸（奇怪的是，她戴上了亚莱丝给她的帽子），她仍然连走路都不稳当。岚站在她身旁，岩石般的面孔一如往常，但只要奈妮薇真的会摔倒，扶住她的一定会是他。现在即使有那件手镯特法器，奈妮薇也绝对无法构建一个通道。

而当奈妮薇在农场上横冲直撞的时候，伊兰一直握持着阴极力，站在现在她们所在的地方。伊兰熟悉这个地方。当伊兰拥抱至上力的时候，奈妮薇满面阴云地看着她。至少奈妮薇明智地保持了沉默。

伊兰很希望能把这个任务交给艾玲达，但艾玲达也非常疲倦了，现在她能导引的阴极力，几乎连拳头大小的通道都无法构建。阴极力能流在伊兰的掌握中晃动着，仿佛在努力挣脱伊兰的控制，然后它突然就位，让伊兰不由得吓了一跳。在疲倦的时候导引和其他时候完全不同，而伊兰还没有这样疲倦过。但至少，那道熟悉的垂直银线出现了，在水塔旁张开成一个通道入口——并不比艾玲达先前构建的那个通道更大。不过伊兰已经很庆幸它能够让一匹马通过。她一直都没有信心还能构建出这么大的通道。家人们发出一阵惊叹声，她们看见一座丘陵草场突然代替她们所熟悉的灰色水塔，出现在她们面前。

“你应该让我试一试，”奈妮薇的声音不大，语气却很严厉，“你几乎把它搞砸了。”

艾玲达冷冷地瞪了奈妮薇一眼，吓得伊兰差一点抓住她的手臂。成为姊妹之后，艾玲达似乎对于伊兰的荣誉被冒犯愈来愈敏感。如果她们真的成为首姊妹，伊兰绝对不能让她再见到奈妮薇和柏姬泰！

“已经出来了，奈妮薇，”伊兰急忙说道，“这足够了。”奈妮薇瞪了伊兰一眼，低声埋怨了几句，仿佛伊兰才是焦躁失态的人。

柏姬泰是第一个走过通道的人。她笑着向岚眨眨眼，一手牵着马，另一只手拿着弓。伊兰能感觉到柏姬泰心中的迫不及待，还有一些满足。也许是因为这次柏姬泰代替岚走在最前面——护法之间多多少少有些竞争心态。还有一点警惕——非常少的一点。伊兰很熟悉那片草地，加雷斯·布伦曾经在距离那里不远的地方教授伊兰骑术。大约五里以外，有她母亲的一座庄园，现在那是她的庄园，她必须习惯于这一点。那座庄园里居住着七户人家，负责照料房屋和田地。离开那里，要再走上半日的路程，才能遇到其他人家。

伊兰选择这个地方，是因为她们从那里再走两个星期，就能到达凯姆林。那座庄园非常偏僻，她可能抢在别人发觉她已进入安多之前，进入凯姆林。这种防范绝对有必要。在安多历史上，玫瑰王冠的竞争者往往会成为失去自由的“客人”，直到她们最终放弃这种欲望。伊兰的母亲在得到王座以前，就曾经囚禁过两名这样的客人。如果运气好，伊兰能在艾雯到达之前，为她建立一个巩固的后勤基地。

岚牵着曼塔紧随在柏姬泰的褐色骟马后面，奈妮薇有些踉跄地跟了上去，就像是要扑到岚的黑战马上一样。她好不容易维持平衡，回头瞪了伊兰一眼，仿佛在警告伊兰一个字都不要说。然后她用力抖了一下缰绳，向周围扫视一眼，嘴唇不停地掀动着。过了一会儿，伊兰意识到她是在数数。

“奈妮薇，”伊兰低声说，“我们真的没时间……”

“向前走，”亚莱丝在队伍后面喊道，她用双手拍出一阵阵响亮的节拍，“不要推挤，不要落后！向前走。”

奈妮薇用力甩甩头，痛苦和犹疑堆满在她的脸上，她下意识地碰了碰头上的宽沿帽，那些蓝色的羽毛已经有几根折断或掉落了。然后，她放下手，气冲冲地说：“哼，那个吻过山羊的老……”剩下的话跟她一起到通道另一边去了。伊兰喷了一下鼻息，奈妮薇竟然连这样的粗话都说得出口！但伊兰还是很想听听奈妮薇的后半句是什么，这句话的前半句伊兰早已经知道了。

亚莱丝还在催促队伍前进，不过现在她的努力已经没有多少必要。就连寻风手也开始加快脚步。所有人都忧心忡忡地望着天空。伊兰听到蕾耐勒在嘟囔一些关于亚莱丝的话——像“只喜欢吃鱼的家伙”。这应该是一句不错的评价，毕竟海民的主食肯定是鱼。

亚莱丝位于队尾，她身后就是殿后的护法了，看她的样子，仿佛这支队伍从人到驮马都是需要她照料的羊群。她在通道前停下来，将伊兰的绿色羽毛帽递给伊兰。“你们这样的年轻人应该戴上遮阳的帽子。”她温和地说，“这么一个漂亮的女孩，应该好好保护皮肤。”

艾玲达坐在伊兰身旁，她一下子向后仰倒，一边踢着双脚，一边笑着。

“我想我应该求她给你找顶帽子，有许多羽毛，还有大蝴蝶结。”伊兰用悦耳动听的声音说完这句话，就跟着亚莱丝快步走过了通道，这样她肯定就听不到艾玲达的笑声了。

略有起伏的草场一直延伸到很远的地方，大约一里以外，一片片山丘环绕这里。比起伊兰刚刚离开的地方，这里的山丘更高。山上的树都是伊兰熟识的，橡树、松树、乌木、酸胶树、羽叶木和冷杉。向南、向西、向东，大片森林中全都是优质木材，只是今年大概不会有人来砍伐木材。北方的林木比较稀疏，更适合做柴火。那里就是庄园所在的方向，棕黄色的蒿草间，分布着一些灰色的小石块，看不到任何花朵。这一点就和南方没有多大区别。

只有这一次，奈妮薇没有偷瞥四周，想要找到岚。岚和柏姬泰不会离开很远。奈妮薇快步走到马匹中间，用威严响亮的声音命令人们上马；催促仆人们照管驮马；简略地吩咐没有马的家人们，任何小孩都能走五里路；又向一名身材苗条、脸上有一道疤的阿特拉女贵族吆喝，那个女人带着一个几乎像她自己一样大的包袱，奈妮薇告诉她，如果她不是真的蠢到要把所有的衣服都带上，那么她就不会被这些衣服压垮。亚莱丝让亚桑米亚尔聚拢在她周围，向她们演示该如何骑马。令人惊讶的是，那些海民真的表现出专心听讲的样子。奈妮薇向亚莱丝瞥了一眼，似乎在确认亚莱丝终于站定在某个地方；而亚莱丝向奈妮薇投来鼓励的微笑，示意她去做她正在做的事。

片刻之间，奈妮薇呆立在原地，盯着这个女人，然后她大步迈过草坪，走到伊兰身边。她伸双手握住帽子，犹豫着，然后她透过睫毛瞪了那顶帽子一眼，用力把它拉正。“这次我就让她管所有的事好了，”她的声音很冷静，冷静得让人怀疑，“我们要看看她能把那些……海民怎么样，让我们看看吧。”这种冷静肯定不正常。突然间，奈妮薇皱起眉看着仍然开启的通道：“为什么你还要维持它？放开它吧。”艾玲达也皱起了眉。

伊兰深吸了一口气。她想过那种做法，没有别的办法了，但奈妮薇一定会和她争论，现在没有争论的时间。向通道另一边望去，农场里空空如也，就连小鸡也都被刚才的喧闹吓跑了。但再过多久，那里又会塞满了人？伊兰审视着自己的编织，它们融合得那样恰到好处，只有极少的几根丝线凸现出来。当然，伊兰能看到每一股能流，但除了那几根丝线以外，其他的都已融为一体。“带所有人到庄园去，奈妮薇。”她说道。太阳就要落下去了，也许还有两个小时天就会黑下来。“何维尔师傅看到这么多人在夜间来访，一定会很吃惊。告诉他，那个为了折翼的红雀而哭泣的女孩，邀请你们来这里做客，他会记得那件事。我会尽快追上你们。”

“伊兰。”艾玲达的声音充满了焦虑，伊兰以前从没有听过她这样说话。与此同时，奈妮薇严厉地说道：“你想要干什么……”

只有一个办法可以阻止她们。伊兰将一根突出的丝线从编织中拔除出去。它开始摇曳抽打，如同生物的触手，随后它便散落成细小的丝絮，消失不见了。伊兰没有仔细观看艾玲达是怎样解开编织的，但她确实看到艾玲达这样做了。“快去，”她对奈妮薇说，“我会等到你们都走出我的视野以后，再完成其余的部分。”奈妮薇目瞪口呆地盯着她。“必须这样做，”伊兰叹了口气，“霄辰人再过几个小时就会找到农场。即使他们明天才会过来，如果一名罪奴有能力解读编织的残余？奈妮薇，我不会给霄辰人留下任何痕迹，我不会！”

奈妮薇低声咒骂了一句霄辰人，听她的声音，她说这些粗口一定已经很熟练了。“不管怎样，我不会让你把自己烧毁的！”她大声说道，“把那根丝线插回去！不要让它像范迪恩说的那样爆炸。你会把我们都杀死！”

“它已经不可能被插回去了，”艾玲达伸手按在奈妮薇的手臂上，“她已经开始了，现在她必须要将它结束。你一定要照她说的去做，奈妮薇。”

奈妮薇的眉毛紧皱起来，“必须”是一个她很不喜欢听到的词，尤其当这个词是针对她的时候，但奈妮薇不是傻瓜，所以，她瞪了一眼——伊兰、通道、艾玲达，还有整个世界，然后伸开双臂紧紧地抱住了伊兰，几乎让伊兰的肋骨都要断掉了。

“听我说，一定要小心，”奈妮薇对伊兰耳语着，“如果你把自己杀死了，我发誓我会活剥了你的皮！”伊兰不由自主地笑了起来。奈妮薇哼了一声，双手按住伊兰的肩膀。“你知道我的意思，”她气鼓鼓地说，“不要以为我做不出来，我会做到的！我会的。”然后她的声音又变得温柔了，“小心。”

奈妮薇花了一点时间整理好自己的情绪，她眨眨眼，将自己的蓝色骑马手套拉紧，她的眼睛似乎有些湿润，但这是不可能的，奈妮薇会让其他人哭泣，而她自己不会哭泣。

“那么，好吧，”她大声说道，“亚莱丝，如果你还没有让所有人做好准备……”

她转过身，结果下面的话全都噎在了她的喉咙里。

所有人都已经上马了，即使亚桑米亚尔也不例外。护法们聚集在两仪师周围，岚和柏姬泰回来了，柏姬泰忧心忡忡地看着伊兰。仆人们整理好了驮马的队伍。家人们焦急地等待着，除了女红社之外，她们大多要徒步行进。一些本可以骑乘的马都驮上了大袋的食物和行李。一些随队逃亡的人携带了超过亚莱丝允许量的物品（她们都不是家人），她们都将包裹背在自己的背上。那名有着一道疤痕、身材苗条的贵族被包裹压得好像一根弯曲的钓竿，她瞪着每一个人，只是不敢去看亚莱丝。所有能导引的女人都在盯着那个通道。所有听到过范迪恩说它会爆炸的人都盯着那根摇曳的丝线，仿佛那是一条红奎蛇。

亚莱丝亲自把奈妮薇的马牵了过来。奈妮薇正了正蓝色羽毛帽，踏上马镫，很快，她便催赶胯下圆胖的母马向北方跑去。岚骑着曼塔跟随在她身旁，脸上没有一点表情。为什么奈妮薇会对亚莱丝这么客气？伊兰不知道。奈妮薇还是个女孩的时候，就已经习惯于对比她年长的女性发号施令；而且现在奈妮薇是两仪师，对于任何一名家人而言，两仪师都是至高无上的。

当队伍开始向远处的山丘行进时，伊兰看着艾玲达和柏姬泰。艾玲达将双臂抱在胸前，一动不动地站着，一只手中还攥着那件以长发覆盖身体的女性雕像法器。柏姬泰从伊兰手中接过雌狮的缰绳，把雌狮和她与艾玲达的坐骑拢在一起，然后走到大约二十步远的一块石头前，坐了下去。

"你们两个也必须……"伊兰看到艾玲达惊讶地挑起眼眉，不由得咳嗽了一下。让艾玲达躲避危险绝对是对她的羞辱，而且根本不可能让她躲避危险。"我希望你能和其他人一起走，"伊兰对柏姬泰说，"带上雌狮，艾玲达和我可以轮流骑她的阉马。我想在上床前走一走。"

"如果你对待一个男人能像对这匹马一半那么好，"柏姬泰干巴巴地说，"他一定会为你献出生命。我想我要坐一会儿，今天骑马的时间已经够长了。我不会永远都对你俯首帖耳，我们可以在那些两仪师和护法面前玩玩这种小游戏，以免你羞红了脸，但我们私下就不必了。"尽管柏姬泰的话中充满了嘲讽，但伊兰只感觉到她对自己的关爱，不，那种感情比关爱还要强烈。伊兰忽然觉得鼻子酸酸的，如果她死了，带给柏姬泰的，一定是刻骨的痛苦——这是护法约缚造成的。但让柏姬泰留下来的原因，是她们的友情。

"很高兴能有你们做我的朋友。"伊兰说。柏姬泰对她笑笑，仿佛她刚刚说了一句傻话。

但艾玲达的面颊立刻变得通红，她拼命地盯着柏姬泰。睁大的双眼中满是狼狈慌张，仿佛正是因为这名护法的存在，她才会如此脸红的。她急忙又将目光转移到即将到达远处第一个山丘的队伍上，现在那些人大约已经走出去半里远了。“最好等到看不见她们的时候，”艾玲达说，“但你不能等太长时间。只要你开始解除编织，能流就会逐渐变得……滑溜……难以控制。在解除能流的时候，如果让一根能流滑脱，那你对于整个编织就失去了控制，它会以它自我的方式衍变。但你又不能太过匆忙，每根丝线必须被抽离到尽量远的地方。拆解的丝线愈多，其余的就愈容易看清。但你必须只拆解最容易看到的那一根。”她露出温暖的微笑，伸手指用力按在伊兰的面颊上：“你会做得很好，只要小心一些就行了。”

这听起来没有多难，只要小心就可以了。仿佛过去了很长时间，最后一个人才消失在山丘的另一边，那个人正是背着许多衣服的苗条贵族。太阳在天空中几乎看不出有任何位移，伊兰却觉得已经过了几个小时。艾玲达说的“滑溜”是什么意思？艾玲达也无法给出更精确的解释了。这些能流会变得难以控制——就是这样。

伊兰开始拆解的时候，就明白了——“滑溜”就像是要给一条活鳗鱼涂上油脂。伊兰咬住牙，紧紧抓住第一根丝线，随后把它拉出来。这个风之力的丝线跃动着，最终脱出编织的时候，伊兰差一点长吁一口气，但她知道，还有更多的事情要做。如果这些丝线会变得更加“滑溜”，她没有信心还能掌握住它们。艾玲达密切地注视着她的动作，却没有说一句话，但当伊兰需要的时候，她总会给伊兰一个鼓励的微笑。伊兰看不见柏姬泰，她不敢将视线从手上的工作中移开，但她能感觉到柏姬泰。一个如同岩石般牢固的小小的结系在她的脑海中，给她信心，这股信心充满了她的身体。汗水从她的脸上滑落，从她的胸前和背后滑落，让她感觉到自己也变得“滑溜”了。今晚她一定要洗个澡。不，现在不能想这样的事情，所有注意力都要集中在编织上，它们愈来愈难以控制。每当她碰到一股能流，那股能流立刻就会开始颤抖，它们变得愈来愈松散。每次一根丝线被抽出去，另一根丝线就会从编织中跳出来，变得清晰可见，虽然它们片刻之前还是完整的一体。在伊兰的眼里，这个通道就像是一个池塘，被千百根不断扭动的怪异触须围绕着。每抽掉一根至上力的丝线，立刻就会有新的丝线代替它的位置。通道在沿着它的边缘扭曲，不停地改变着形状甚至大小。伊兰的双腿开始颤抖，汗水、紧张和疲劳刺痛了她的眼睛，她不知道自己还可以坚持多久，只能咬紧牙关继续奋战。一次一根丝线，一次一根丝线。

在一千里之外，或者穿过这个不断抖动的通道，不到一百步以外的地方，几十名士兵开始搜查那座农场上白色的房屋。那些矮小的人举着十字弓，披挂褐色的胸甲，他们头顶上的彩绘头盔，看上去就像是巨大的昆虫头部。他们身后走来了一个女人，那个女人的红色裙子上绣着一道银色的闪电，一根银索连接着她手腕的手镯和另一名灰衣女子的银色项圈。随后又出现了一对罪奴主和罪奴，然后是第三对。一名罪奴主指着通道，阴极力的光晕突然包裹住她的罪奴。

“趴下！”伊兰尖叫着向后倒去。她再也看不见农场的情形，一道银蓝色的闪电从通道中射出，强大的爆裂声充满了她的耳廓，枝状闪电狂野地攻击着所有地方。伊兰的头发立了起来，仿佛要从头皮上挣脱开去一样。所有被闪电击中的地面都发出了雷鸣般的爆响，泥土和碎石如雨般落在伊兰身上。

听觉突然恢复了，一个男人的喊声从通道的另一侧传来，那种柔软缓慢的语调，让伊兰的皮肤如同被无数利针扎过，“……一定要捉活的，傻瓜！”

一名士兵跃到伊兰面前的草地上，柏姬泰的箭立时穿过了他皮革胸甲上的握拳图案。第二名霄辰士兵在落下时被同伴的尸体绊倒，没有等他站起来，艾玲达的匕首已经插进了他的喉咙。羽箭如同冰雹从柏姬泰的弓上射出，她用一只脚踏住马缰，脸上露出残酷的笑容。躁动不安的马匹甩着头，来回踏步，仿佛想要拉脱缰绳，远远地逃开，但柏姬泰只是立定在原地，以无法形容的速度抽箭、射箭。喊声从通道对面传来，银弓柏姬泰没有一箭射失。霄辰人迅速发起了反击，十字弓矢在空中划出一道道黑纹。一切都发生得那么快。艾玲达倒在地上，左手紧握住右臂，鲜血从指缝中流出，但她立刻忘记了伤痛，在地面上来回摸索，寻找着遗失的法器，表情却平静如常。柏姬泰大喊一声，丢掉弓，用双手抓住大腿，一支箭插在她的大腿上，伊兰感觉到尖锐的刺痛，就好像中箭的是自己。她躺在地上，拼命抓住另一根丝线。拉了一下之后，恐惧的意识让她只能勉强维持住现状。丝线移动了么？它是不是终于脱离了她的控制？不管怎样，她不敢放开丝线，那根丝线在她的掌握中颤抖着，滑动着。

“要活的！”那个霄辰人在吼叫，“任何杀死她们的人都得不到赏金！”十字弓的箭雨停止了。

“你们想抓住我？”艾玲达喊道，“那就来和我跳舞吧！”阴极力的光晕突然包围了她，她使用了法器，但那团光仍然十分薄弱。火球一个个射过通道，那些火球都不算大，但它们在通道另一边的阿特拉造成了持续不断的爆炸。艾玲达费力地喘息着，脸上的汗水映出光泽。柏姬泰重新拾起弓，她看上去和传说中的那位英雄一模一样，鲜血从她的腿上流下，她几乎已经无法站立，但她又扣上了一支箭，开始寻找目标。

伊兰竭力控制呼吸，她无法再多导引一分至上力，她帮不上忙。“你们两个必须离开。”她说道——冷静如冰的声音让她自己也感到难以置信。她知道，自己应该狂乱地哭号，她的心脏几乎要撞断肋骨跳出来了。“我不知道我还能坚持多久。”她所说的是整个编织，也是那根丝线，它滑脱了吗？滑脱了吗？“跑，用最快的速度逃跑！到了山丘的另一边就安全了。跑远一点就会安全一点，快！”

柏姬泰用古语吼了一句什么，伊兰完全听不懂，听起来那应该是一句伊兰很想学的话，如果她还有机会学。柏姬泰后面说的话伊兰就能听懂了：“如果在我允许之前，你就把那该死的东西放开，不用担心奈妮薇会剥你的皮，我会先动手，然后才能轮到她。安静，坚持住！艾玲达，绕过去——从那东西后面绕过去！你在它后面的时候还能攻击吗？绕过来，然后该死的上马！”

“只要我能看到它的编织。”艾玲达一边回答，一边摇摇晃晃地站起身，她的身子向旁边一歪，差一点又倒了下去，血从她袖子上一个长长的裂口中不停地涌出来。“我想我能。”她消失在通道后面，火球不停地射过去。在通道的背面也能看见另一端的样子，只是那就像是隔着一层升腾的薄雾，人不能从那一面走过去。艾玲达虽然向另一端发出了火球，但那一定让她非常痛苦，当她绕过通道，再次出现的时候，她的身子摇晃得非常厉害。柏姬泰帮她上了马，然后踉跄着后退了几步。

随后，柏姬泰用力向伊兰打着手势，伊兰甚至没有力量摇一下头，而且，她非常害怕如果自己乱动一下，会导致无法估计的后果。“如果我起来，我不知道我是否还能控制住它。”实际上，她根本没有办法确定自己是否还能站起身，她的肌肉仿佛都已经化成了清水。“骑马尽快跑远，我会尽量坚持住。求求你们，快走！”

柏姬泰又用古代语骂了一句脏话（*即使不知道意思，伊兰也能听出那一定是脏话*），把缰绳塞进艾玲达的手里，向伊兰跑过来。几乎栽倒两次之后，她跑到伊兰身边，弯下腰将伊兰扛在肩头。“你能坚持住，”她的声音和她的心中充满了对伊兰的信任，伊兰能感觉到，“在你之前，我从没有和安多女王打过交道，但我认识像你这样的女王，你有钢铁的脊梁和狮子的心，你能做到！”

没有等伊兰的回答，她慢慢地将伊兰拖了起来。她脸上的肌肉紧绷着，她腿部的刺痛同样回应在伊兰的脑海里。伊兰颤抖着，努力维持住编织，紧攥着那条线。她惊讶地发现，自己已经站直了，而且还活着。她知道柏姬泰的腿有多么痛，所以她竭力不靠在柏姬泰身上，但她自己软麻的双腿并不足以完全支撑她的体重。她们踉踉跄跄地向坐骑跑过去。伊兰一直回头望着，她不需要用眼睛看也能控制住编织，但她需要向自己证明，她仍然抓着那根丝线，没有让它滑脱。现在，信道已经和她记忆中那些信道完全不同了，它疯狂地扭动着，无数茸毛般的触须在它上面不停地翻卷。

柏姬泰大声呻吟，将伊兰举到了马鞍上，又像扶艾玲达上马时那样，差一点摔倒。“你们对付霄辰人。”她一瘸一拐地向自己的坐骑跑过去，将三匹马的缰绳都抓在手里，爬上马背。她没有再哼一声，只有伊兰知道她有多么痛苦。“你们做你们该做的事，我来负责逃跑的事。”说完，柏姬泰狠狠地踹了一下坐骑的肋骨，三匹马向前奔去，这些马肯定也非常想逃离这里。

伊兰靠在高鞍尾上，拼尽全力抓住编织，抓住阴极力。颠簸的马背将她来回甩动，似乎她随时都会跌下来。艾玲达同样靠在鞍尾，尽力挺直后背，大张着嘴，用力吸进空气，眼神僵硬，但至上力的光晕仍然包围着她。火球接连不断地向信道中射去，速度没有变慢。但有一些火球没有射中信道，在信道旁边的草地上划出长长的焦痕，最后在空地上爆炸。伊兰命令自己振作起来，如果摇摇欲坠的艾玲达还能够坚持下去，那她一定也能。

随着三匹马向远处飞驰，通道开始收缩，她们和通道之间的褐色草地愈来愈宽。渐渐地，地面开始向上倾斜，她们已经开始爬山了！柏姬泰已经重新将箭搭在弓上，一边忍着腿上的剧痛，一边催促马匹加快速度。只要能登上山顶，翻越过去。

艾玲达气喘连连，俯身用臂肘撑住身体，仿佛一个麻袋在马鞍上来回甩动，阴极力的光晕从她身周消失了。“我不行，”她喘息着说，“我不行了。”她已经用尽了最后一点力气。随着火球攻击的停止，霄辰士兵几乎立刻就跳到了这边的草地上。

“没关系，”伊兰的喉咙里仿佛塞满了沙子，体内的一切水分都已经从皮肤上渗出去，浸透了她的衣衫，“使用法器本就会造成极大的消耗。你做得很好，现在他们抓不住我们了。”

似乎命运想要嘲弄伊兰，一名罪奴主出现在山下的草地上。虽然隔着半里的路程，但那无疑是两个女人。太阳低沉到西方，却仍然在那副罪铐上映照出点点银光。又有另一对罪奴和罪奴主出现了，然后是第三对、第四对、第五对。

“山顶！”柏姬泰兴奋地喊着，“我们到了！今晚一定是个享受美酒和男人的夜晚！”

然而在草地上，一名罪奴主向她们指了一下。伊兰觉得时间仿佛变慢了，阴极力的光晕在罪奴的身上亮起。伊兰能看到编织正逐渐形成，她知道那是什么，但她没有办法阻止。“快！”屏障挡住了她。她非常强大，不可能被这种屏障阻挡——她应该是强大的！但现在她已经耗尽了力气，几乎无法抓住阴极力。屏障从她和至上力之间切过。通道塌陷了。伊兰立刻失去了力量，再也没办法动弹一下。艾玲达从马鞍上跳起身，抱住伊兰向山下跌去。伊兰只看到山坡出现在下方，就一直滚落了下去。

空气变成白色，遮蔽了伊兰的眼睛。有声音传来——伊兰知道有声音，极为巨大的声音，但伊兰听不见。有什么撞击她，仿佛她从屋顶、从高塔的顶端落到坚硬的石板地面上。

伊兰睁开眼睛，望着天空，天空看上去有些怪异，有些模糊。片刻之间，她一动也不能动，只能费力地喘着气，她全身到处都是伤。哦，光明啊，她感到了痛！她缓慢地抬起一只手，摸了摸脸。手指上沾满了红色，是血。其他人呢？她必须帮助其他人。她能感觉到柏姬泰，柏姬泰像她一样浑身伤痛，但至少柏姬泰还活着，而且意志坚定，怒火满胸。柏姬泰不可能受伤太重，但艾玲达呢？

伊兰抽泣着翻过身，用手和膝盖撑起身体，她转过头，剧痛刺激着她的肋下。她依稀想到，如果肋骨断掉，移动身体会是一件很危险的事，但这个念头就像眼前的山坡一样模糊。思考仿佛很……困难，不过眨眨眼似乎能帮助她看清东西。她几乎跌到了山脚下！在高处的天空中，一道浓烟升起在草地上。这不重要，完全不重要。

在三十步以外的山坡上，艾玲达也用手和膝盖撑起了身体，当她抬起一只手想要抹去脸上的血迹时，差一点就摔倒在地上，但她还在急切地寻觅着。当她的目光落在伊兰身上时，就再没有动一下。伊兰有些想知道自己看上去有多么糟糕，但肯定没有艾玲达那样糟。艾玲达的半幅裙子都不见了，胸衣也几乎完全撕裂，她暴露出来的每一寸皮肤上几乎都覆盖着血迹。

伊兰向艾玲达爬过去，她觉得爬行比站起来走路要容易得多，当她靠近艾玲达的时候，艾玲达长吁了一口气。

“你看上去没有事，”艾玲达用染血的手指碰了碰伊兰的面颊，“我真的很害怕，非常害怕。”

伊兰惊讶地眨眨眼，她知道自己的状况并不比艾玲达好。她的裙子还算完整，但胸衣被撕去了一半，全身至少有十几道伤口在流血。真正让她吃惊的是，她没有将自己毁断，这个念头让她颤栗不已。“我们全都没事。”她轻声说道。

在另一旁，柏姬泰在艾玲达坐骑的鬃毛上揩净匕首，从那匹再也不能动一下的马旁边站起身。她的右臂无力地挂着，外衣和一只靴子消失了，身上其余的衣服也都破烂不堪，满是血污。插在她大腿上的那支十字弓矢看样子是她身上最严重的伤，虽然其他的伤口也都相当可怕。“它的脊背折断了。”柏姬泰指了一下身旁的马，“我想，我的马应该还好。最后我看见它的时候，它奔跑的速度足以赢得梅盖瑞桂冠，它是一匹好马。”柏姬泰耸耸肩，哆嗦了一下。“伊兰，我找到雌狮的时候，它已经死了，我很抱歉。”

“我们还活着，”伊兰坚定地说，“这就值得了。”她以后会为雌狮哭泣。越过山顶的烟柱并不粗大，但那是从很远地方升起来的。“我想要看看我都做了什么。”

她们三个人彼此扶持，站了起来，勉力爬上山顶，就连艾玲达也不停地发出喘息和呻吟。伊兰觉得她们好像被狠狠抽了一顿鞭子，鞭痕足足深入到肉里一寸的地方，或者是刚刚在屠宰场的碎肉堆中打过滚一样。艾玲达仍然紧攥着那件法器，虽然她和伊兰都不可能再导引出一点力量进行医疗。在山丘顶端，她们彼此倚靠着，盯着远方毁灭的场景。

草地上腾起一圈火焰，在火圈中心只有一片焦黑的平地，就连岩石也看不见一块，周围山坡上的树木有一半都折断了，或者以那片黑地为中心向外倒伏。天空中出现了鹰隼，它们乘着上升的热气流盘旋，寻找被火焰赶到空旷地上的小动物。霄辰人已经彻底消失了踪影。伊兰希望能看到尸体，那样她就能确定他们已经死了，特别是那些罪奴主。但盯着那片烟火缭绕的黑土，她突然很高兴那些人彻底无影无踪，那一定是一种非常恐怖的死法。*愿光明怜悯他们的灵魂*，伊兰想，*怜悯所有那些人的灵魂*。

“好吧，”伊兰大声说道，“我做不到你那样，艾玲达，不过我想这样的结果应该是最好的，下次我会尽力做得更好一些。”

艾玲达瞥了伊兰一眼，她的面颊上有一道伤口，另一道伤口横过她的前额。“这是你第一次尝试，你做得比我要好得多。我第一次的时候只是要解开一个简单的风之力结，而我足足试了五十次，被掴了许多耳光以后才将它解开。”

“我应该从一些更简单的起手，”伊兰说，“我总是习惯于把步子迈得太大。”步子迈得太大？她甚至没有看看前面是不是悬崖就已经把步子迈了出去！伊兰压抑住发笑的冲动，她一用力，便感觉到肋侧一阵刺痛，结果笑声变成了从牙缝中挤出的一声呻吟，现在伊兰只后悔自己牙咬得不够紧。“至少我们找到了一件新武器，也许我不应该为此感到高兴，但如果是要对付霄辰人，我会的。”

“你不明白，伊兰，”艾玲达指着草地上通道曾经出现的地方，“编织崩溃的结果，可能只是一道闪光，甚至连闪光都没有，你根本无法预料将出现怎样的情况。一道闪光值得让你冒将自己和自己身边的人毁断的危险吗？”

伊兰盯着艾玲达，艾玲达知道这个可能，却还一直留在她身边，冒生命的危险是一回事，但宁可失去导引的能力……“我想和你成为首姊妹，艾玲达，当我们一找到智者们的时候。”伊兰无法想象她们该如何对待兰德，想到她们都会嫁给兰德——还有明！——伊兰只能觉得这实在荒谬已极，但她坚信自己的这个决定。“我不需要对你有更多的了解了，我想做你的姊妹。”她温柔地亲了一下艾玲达沾血的面颊。

伊兰从没有见到艾玲达的脸有这样红，即使是艾伊尔的恋人也不会在有第三者在场的时候亲吻。现在，夕阳与艾玲达的面孔相比也显得苍白。“我也希望你做我的姊妹。”艾玲达喃喃地说道。她费力地咽了口唾沫，偷瞥了柏姬泰一眼，柏姬泰正装作完全没在看她们的样子，于是艾玲达飞快地用嘴唇碰了一下伊兰的面颊。伊兰喜欢艾玲达的这种样子，就像她喜欢艾玲达其他的一切。

柏姬泰一直在回头紧盯着她们身后。也许她并不是真的在忽略她们，因为她突然说道：“有人来了，如果我猜得不错，是岚和奈妮薇。”

她们笨拙地转过身，一边呻吟，一边踉踉跄跄地向山下走去。这实在太可笑了，传说中的英雄们绝对不会伤得连站立都困难。在遥远的北方，两骑马正飞速地穿行于树林间，她们已经隐约可以看见那是一名高个子男人骑在一匹高头大马上，一名女子骑在一匹矮小的马上，两个人都在全速奔驰。她们三个小心翼翼地坐下来，等待着，这是另一件传说中的英雄绝对不会做的事情——伊兰想到此，不由得叹了口气。她希望能成为一名让妈妈骄傲的女王，但很显然，她永远也不可能成为一位英雄。

楚蕾恩微微拉了一下缰绳，塞甘尼立刻一振皮翼，斜转过身。它是一头经过良好训练的雷肯，速度快而且敏捷，是楚蕾恩的宠物。但她不得不与别人共享塞甘尼，雷肯骑士总是比雷肯多，现实就是这样。在遥远下方的农场中，一团团火焰凭空出现，射向四面八方。楚蕾恩竭力不去注意那里，她的工作是监视农场周围。至少塔乌安和玛苦掉落在橄榄林里的尸体已经不再冒起黑烟了。

在距离地面三千尺的空中，楚蕾恩拥有非常辽阔的视野。另外三头雷肯已经去周围巡逻了，任何逃跑的女人都会被捉住，受到审问，以确定她们是否与刚才的攻击有关。但实际上，这片土地上的人即使是看到一只乌鸦也可能会逃跑。楚蕾恩要做的，只是警惕是否有人想要来这里惹麻烦。她希望自己的脖子后面不再有那种刺麻感，那意味着灾祸可能就在眼前。塞甘尼在飞行中鼓起的风不算太强，但她还是勒紧了亚麻兜帽在下巴上的系绳，测试了一下将她绑在鞍子上的皮带，调整了水晶护目镜，又拉了拉手套。

现在地面上已经聚集了超过一百名天空之拳。更重要的是，还有六名带着罪奴的罪奴主以及另外十二名罪奴主，她们的肩头背着装满了罪铐的袋子。他们将从这片山丘中得到新的力量。如果发动第一波攻击的人数更多，效果肯定会更好，但海力奈的巨雷肯数量很有限。而且有很多谣言说，大量巨雷肯都被派往阿玛迪西亚，为了将苏罗丝女大君和她的随从团从那里运过来。在心中诟病王之血脉也是不好的，但楚蕾恩希望更多的巨雷肯能被分配在艾博达。雷肯骑士不喜欢那些巨大粗笨的巨雷肯，它们只适合搬运重物，但它们可以将更多的天空之拳和更多罪奴主运送过来。

“有谣言说这里有几百名马拉斯达曼尼，”爱黎娅在她背后大声说道，在高空的疾风中，只有大声叫喊才能被对方听到，“你知道我要用我那份金子做什么？买一家客栈。这个艾博达看上去是个不错的地方，也许我甚至还会找个丈夫，养一些孩子。你是怎么想的？”

楚蕾恩在防风围巾后面笑了笑。每一名飞人都在谈论着买一家客栈，或者是酒馆、农场，但有谁能离开天空？她拍了拍塞甘尼的长脖子。

飞人中有四分之三都是女人，她们都在谈论着丈夫和孩子，但孩子就意味着飞行的终结。而在这个月里离开天空之拳的女人比半年里离开天空的飞人更多。

“我想你应该好好睁大眼睛。”楚蕾恩说。不过稍微聊聊天没有什么坏处，她看见一个小孩正在下方的橄榄林中移动，没有任何可能威胁天空之拳的迹象。天空之拳是装甲最轻的部队，但他们几乎像视死卫士一样强悍，有人甚至说他们更强。“我会用我的那一份买一名罪奴，再雇一名罪奴主。”如果这里的马拉斯达曼尼有谣言中所说的一半，她的那一份黄金就足够买两名，甚至三名罪奴！“一名被训练制造云光的罪奴，当我离开天空的时候，我就会像皇之血脉一样富有。”这里的人有一种被称作“焰火”的东西，楚蕾恩在坦其克时，曾经见过有人徒劳地想用那种东西取悦王之血脉。但这种可怜的东西怎么能和云光相比？那些蠢货都被捆起来，扔到了城外的大道上。

“农场！”爱黎娅喊道。突然间，有什么东西重重打在塞甘尼身上，比楚蕾恩曾经遇到过的任何一场暴风都更加强烈。塞甘尼的翅膀连续抖动了几下。

雷肯发出沙哑的尖叫，快速地旋转着向下栽去。楚蕾恩被安全带紧紧地拖住，她将双手按在大腿上，抑制住心中的冲动，完全不去动缰绳。塞甘尼必须自己飞起来，扯动缰绳只会对它造成困扰。一人一兽像轮盘赌一样翻滚着飞速坠落。雷肯骑士的训练禁止他们在雷肯跌落的时候看地面，但无论是因为什么，每次当地面翻滚到眼前的时候，楚蕾恩仍然禁不住会估量一下所在高度。两千四百尺、一千八百尺、一千二百尺、六百尺。愿光明照亮她的灵魂，愿造物主无限的仁慈保护她，让她免于……

巨大的翅膀猛力震动，楚蕾恩被甩向一旁，两排牙齿猛力地撞在一起。塞甘尼稳住了，它的爪子蹭到了树梢上。凭借严格训练出来的冷静心态，楚蕾恩检查着塞甘尼翅膀的动作。没有异常。但她要让雷肯护师仔细地查看塞甘尼，她看不出的小问题逃不出专家的眼睛。

“看样子，我们又一次溜出了暗影女士的指缝，爱黎娅。”她转过头，却没有再说出话，一段残破的安全带挂在她身后的骑鞍上。每一名飞人都知道，暗影女士就等在下面的某个地方，但看到仍然不像知道那样轻松。

楚蕾恩为死去的同伴进行了简短的祈祷，然后就回到自己的任务里，催促塞甘尼盘旋向上爬升。为了避免塞甘尼受到暗伤，楚蕾恩将上升速度控制得很慢——也许还是要比安全速度更快了一些。在山峦的另一侧腾起一道烟柱。楚蕾恩皱起眉头，而当她看清楚发生了什么事情的时候，她不由得感到一阵口干。她的双手仍然抓着缰绳，塞甘尼有力地扇动着翅膀，不停地向上爬升。

那座农场……消失了，原先立在那里的白色建筑物连只剩下了房基，依山而建的高大房屋变成了一堆堆瓦砾，消失了。剩下的一切都变成了燃烧的黑炭。火焰扫过山坡上的灌木，橄榄树林和森林中有上百步的范围变成了白地，再向外的百步甚至更远的范围里，全都是折断的树木，树冠指向农场以外。楚蕾恩从没有见过这样的景象。那片地方再没有任何生命，没有任何东西能活过这样的劫难。

楚蕾恩很快恢复了冷静，让塞甘尼向南方飞去。在很远的地方，她能看见巨雷肯。在这种短途运输中，每一头巨雷肯的背上都会有十二名天空之拳或者罪奴主。他们来得太晚了。楚蕾恩开始在自己的脑子里组织报告，只有她能做出这份报告。所有人都说，这片土地上只有无数的马拉斯达曼尼等待着被戴上罪铐，但如果那些自称为两仪师的人拥有这种武器，那么她们就是一个真正的威胁。必须对她们采取确实有力的措施，具有决定性的措施。如果苏罗丝女大君正在前往艾博达的路上，也许她也会明白这一点。

第 7 章

一座羊圈

海丹的天空万里无云，草木丛生的山丘正在被上午强烈的阳光炙烤着，虽然还不到中午，但空气已经燥热不堪了。松树和羽叶木都因为干旱变成了黄色，而其他枯黄的树木，佩林怀疑它们也都曾经是常绿树种。空气没有一丝流动。汗水从他的脸上滑下，落进他的短胡子里，他的卷发粘在额头上。他觉得听见了西方某处有雷声传来，但他几乎已经不再相信还会有雨水从空中落下了。人应该实实在在地打铁，而不是做那种雕刻白银的白日梦。

从稀疏的树枝之间，佩林借助一只黄铜望远镜端详着被城墙环绕的贝萨城。他的眼睛本就可以望得很远。这是一座相当有规模的城镇，由许多石板顶的房屋组成。其中有六栋高大的建筑，可能是小贵族的宫殿，或者是富商的豪宅。在最大的宫殿最高的塔尖上，低垂着一面猩红色旗帜，这是佩林能看到的唯一一面旗子。他看不到旗面上的纹样，但他知道这面旗子属于谁——雅莲德 · 麦瑞萨 · 基加林，海丹女王，离开她的都城结汉拿，来到了这个偏远的地方。

贝萨的城门敞开着，门两侧各站着二十名卫兵，但没有人进出城门。在空旷的大道上，佩林只能看见一个很高的人正从北方骑马向贝萨疾驰。守城的士兵们看见这名骑手以后都显得很紧张。他们之中有人举起了长矛和弓箭，仿佛那名骑手正挥舞着一把染血的利剑，更多的士兵聚集在塔楼上和城垛口间。许多支箭都指向了骑手。他们非常恐惧。

海丹的这一部分遭到了风暴的洗礼，而现在风暴仍在。先知的信众制造混乱，强盗趁机作恶，白袍众从阿玛迪西亚边境不断地发动侵袭。从南方飘起来的几道烟尘，也许表明了那里有农场正遭火焚。可能是白袍众干的，也可能是先知干的，强盗们很少会放火，另外两股势力则什么都不会留下。仿佛是为了增加已有的混乱，这几天里佩林沿途经过的村庄都在流传谣言，说阿玛多已经被攻陷。在不同的故事里，攻陷阿玛多的可能是先知，或者是塔拉朋人，或者是两仪师。有人说培卓 · 南奥在保卫城市的战斗中牺牲了。不管怎样，这些情况足以让一位女王为她自身安全多做打算。那些士兵很可能是因为佩林才会守在这里。虽然佩林竭力隐蔽行迹，但他向南的行进很难不被别人注意。

佩林挠了挠胡子，考虑着。可惜周围山丘的狼无法告诉他任何讯息，对于人类，狼除了躲避以外，很少会留意他们的行动。而且自从杜麦的井之后，除非迫不得已，佩林一直都没有再和狼联系。毕竟，他一个人带上几名两河人行动也许才是最好的。

佩林经常相信菲儿能看出他的心思，尤其是在他非常不想菲儿这样的时候。现在，菲儿又一次证明了佩林的这个想法，她一踢黑色的燕子，靠近到佩林的褐色马边。她的窄腿骑裙几乎像她的坐骑一样黑。对于这样的炎热，她似乎比佩林更加适应，身上有一种淡淡的草药皂香气和清新的汗气。她的一双凤目闪烁着果决的光芒，再加上高鼻梁，非常像和她同名的那种动物——猎鹰。

“我可不喜欢看到这件漂亮的蓝斗篷被戳上几个窟窿，丈夫，”菲儿轻柔的声音只有佩林能听到，“看样子，那些家伙如果见到一群陌生男人，一定会立刻放箭，问也不问。而且，你怎样才能在见到雅莲德的同时，却不让世人知道你的身份？记住，现在我们不能掀起任何波澜。”她没有说应该由她一个人前往。那些士兵会接收一名孤身逃难的女子，而且她能够利用母亲的姓氏面见女王，同时又不会招惹太多注意。菲儿不需要这样。虽然自从进入海丹以来，菲儿每晚都想要说服佩林。佩林来到这里的部分原因，是雅莲德寄给兰德一封措辞谨慎的信，她要提供……支援？效忠？不管怎样，雅莲德极力要求对此事严格保密。

佩林怀疑就连骑在长腿灰马上，在他身后只有一步之遥的雅兰，也听不到菲儿所说的任何一个字。没有等菲儿说完，贝丽兰已经催促她的白色母马到了佩林的另一边。汗水在贝丽兰的面颊上闪着光。她的身上同样散发出果决的气势，伴随着玫瑰香水的芬芳，对于佩林而言，这股香气就像是一团乌云。令佩林惊讶的是，贝丽兰的绿色骑裙并没有露出很多的肌肤。

贝丽兰的两名同伴等在后面。她的两仪师咨政安诺拉，将齐肩长的头发梳成许多缀着小珠子的细辫子，正以那种无法解读的表情看着佩林。佩林身边的两名女人完全没有进入她的视野。两仪师的脸上没有汗水。佩林希望自己和这名两仪师的距离能够更近一些，以便能嗅到这名鼻子像鸟喙一样的灰宗两仪师身上散发出来的气味。和其他两仪师不同，安诺拉并没有立下任何效忠的誓言，尽管佩林并不清楚这些誓言能起多大作用。加仑恩爵士，贝丽兰翼卫队的指挥官，他正在用望远镜察看贝萨的情况。从他揉捻缰绳的动作上，佩林知道他已经陷入了沉思。也许加仑恩在考虑该如何以武力拿下贝萨，他总是首先考虑最坏的可能。

“我仍然认为应该由我去会见雅莲德，”贝丽兰说道，这也是佩林每天都要听到的话，“毕竟我就是为了这个才来。”这确实是贝丽兰在这里的原因之一。“安诺拉将轻松取得会见的机会，同时也可以把我带进去。”佩林又一次感到惊讶，贝丽兰的声音中没有半点挑逗的意味，现在她对佩林的关注，似乎并不比对手上的那双红色皮手套更多。应该让谁去？麻烦在于，佩林不想让她们之中的任何一个人去。

森妮德是这一队人中的另一名两仪师，她站在自己的枣红色骟马旁边，看上去就像一株干枯的乌木。她没有看贝萨，而是看着天空。在她身旁，两名浅色眼睛的智者和她形成了鲜明的对比：被阳光晒黑的脸和白皙的脸，金色头发和黑色头发，高个子和矮个子，暗色裙子、白色罩衫和优质的蓝色羊毛裙。不过伊达拉和奈瓦琳戴着金银和象牙的项链手镯，而森妮德只戴着她的巨蛇戒。与拥有无瑕面容的两仪师相比，两名智者显得更年轻，不过她们和那名绿宗两仪师有着同样镇定从容的神情。她们也都在审视着天空。

“你们看到了什么？”佩林暂时将自己的决定放在了一旁。

“我们看到了天空，佩林·艾巴亚。”伊达拉平静地说道，她调整了一下挂在臂肘上的黑色披巾，身上的首饰随之发出轻微的撞击声。炎热的天气对于这些艾伊尔人就像对于两仪师一样似乎毫无影响。“如果我们看见了别的什么，我们会告诉你。”佩林希望她们说的是实话。他认为她们说的是实话，至少，如果格莱迪和尼尔德也能看见，他们是不会隐瞒的。佩林希望这两名殉道使也能在这里，而不是留在营地中。半个多星期以前，天空中亮起一道至上力光芒，曾经让两仪师和智者们深感不安。而格莱迪和尼尔德也感到了同样的不安。殉道使、两仪师和智者们都说，在那道至上力的光芒消失以后很久，他们还是能感觉到微弱的至上力，但没有人知道那意味着什么。尼尔德说那让他想到了风，但他不知道是为什么，没有人能做出更清楚的解释。如果至上力的男性和女性的一半都有显现，那一定是弃光魔使的行动，而且这一行动的波及范围非常巨大。佩林担心弃光魔使的意图，这种担心已经让他连续几个晚上无法入睡。

尽管心存迟疑，佩林还是看了一眼天空。他只看见一双鸽子。突然间，一头鹰冲进他的视野，一只鸽子化成一团散乱的羽毛，消失了。另一只鸽子拼命向贝萨飞去。

“做出决定了吗，佩林 · 艾巴亚？”奈瓦琳问道，她的语气中流露出一丝严厉。这名绿眼睛的智者显得比伊达拉还要年轻，也许和佩林的年岁差不多，在许多时候，她都不像她的蓝眼睛同伴那样平和镇定。她将双手插在腰间，披巾垂挂在臂肘上。佩林本以为她会向自己晃动一根手指，或者是一只拳头。她让佩林想起了奈妮薇，虽然她们的相貌完全不同，和奈瓦琳比起来，奈妮薇丰满多了。“如果你不愿意听，我们的建议又有什么用？”她问道，“有什么用？”

菲儿和贝丽兰在马鞍上坐直身体。她们都显得那样高傲，身上又都散发出期待、不确定和恼怒的气息，与她们的表情完全不同。森妮德距离太远，佩林闻不到她的气味，但她紧绷的双唇足以表露出她的意思。伊达拉不许她说话，违背命令就是对智者的冒犯。不过，森妮德肯定想让佩林接受智者的建议，她专注地盯着佩林，仿佛仅凭双眼的注视，就能将佩林推到她所希望的方向上。实际上，佩林确实想选择这名两仪师，但他还是在犹豫。她对于兰德的效忠誓言在多大的程度上是真实的？从种种迹象看，真实程度超过了佩林的预料。但他对两仪师到底能信任多少？这时，森妮德的两名护法回来了，这给了佩林几分钟余地。

他们本来是分头离开，却一同返回，为了避免被城中的人看到，他们一直在山边的森林中潜藏身影。他们之中，弗伦是提尔人，皮肤几乎像肥沃的土壤一样黑，黑色卷发上已经有了灰色的纹路。特锐是一名莫兰迪人，他比弗伦要年轻二十岁，有一头深红色的头发，卷曲的胡须，眼睛比伊达拉的还要蓝。但他们仍然好像是一个模子铸出来的一样，高、瘦，而且坚硬。他们飞快地下了马，斗篷变幻着颜色，时隐时现。他们向两仪师汇报，始终故意不去看智者们，还有佩林。

“这里的情况比北方还要严重，”弗伦带着厌恶的语气说道，额头上渗出几滴汗水，但两名护法显然都没有受到炎热的影响，“地方贵族都龟缩在他们的庄园和城堡里，女王的士兵只知道守在城墙后面。乡下地方完全被他们丢弃给了先知的人，还有强盗，不过这里的强盗很少，到处都是先知的人。我相信雅莲德将会很高兴看见你。”

“乌合之众，”特锐哼了一声，在手掌上敲着缰绳，“他们结成十余人的小群，主要武器是干草叉和猎野猪的长矛，都只是一些衣衫褴褛的乞丐。被吓坏的农夫肯定敌不过他们，但贵族们完全有能力将他们一一铲除。女王如果能见到一位两仪师，一定会亲吻她的手掌。”

森妮德张开嘴，然后又瞥了一眼伊达拉，后者点点头。必须得到智者的允许才能说话，这让这名绿宗两仪师的嘴唇绷得更紧了，但她的声音还是像奶油一样柔和。“你不应该再推迟决定了，艾巴亚领主，”森妮德说出对佩林的称谓时故意加重了语气，她清楚地知道佩林实际上是什么出身，“你的妻子来自一个伟大的家族，贝丽兰是一国的统治者；但沙戴亚的家族在这里没有什么影响力，梅茵则是诸国之中最小的一个。而一名两仪师使者，将会为你在雅莲德的眼中增加白塔的权威。”也许是想到安诺拉能够发挥同样的作用，她又急忙说道：“而且，我以前去过海丹，有许多人知道我的名字。雅莲德不仅会立刻面见我，还会认真听我说些什么。”

“奈瓦琳和我将会和她一起去。”伊达拉说。奈瓦琳也说道：“我们将确保她不会乱说话。”佩林能听见森妮德的咬牙声，而森妮德表面上只是在整理着自己的骑裙，小心地低垂着目光。安诺拉发出很像是喷鼻息的声音，将头转向一旁，她一直留在距离智者们很远的地方，似乎也从来不看那些和智者在一起的两仪师。

佩林只想呻吟。如果派遣这名绿宗两仪师，他如刺在喉的一个难题总算是可以解决了，但智者们比佩林更加不信任两仪师，她们对森妮德和玛苏芮管束得很严。现在那些村庄里也流传着关于艾伊尔人的流言。这里的人没有见过艾伊尔人，但艾伊尔人的讯息已经跟随着转生真龙的故事四处流传。半数海丹人都相信，艾伊尔人和他们之间的距离只有一两天的路程而已。每个故事都比前一个更加奇异，更加恐怖。雅莲德如果看见有两名艾伊尔女人在吩咐两仪师，也许她会因为恐惧而拒绝佩林与她见面。而森妮德确实对艾伊尔人言听计从，无论她怎样咬着牙齿！好吧，现在佩林能凭借的，只有一个月前从雅莲德女王那里收到一封措词含混的问候信，所以他不会让菲儿冒险。那根刺在他的喉咙里扎得更深了，但他别无选择。

“一小队人会比一支大队伍更容易通过那道门，”他将望远镜塞进鞍袋里，这样也会减少可能的谣言，“所以，贝丽兰，只有你和安诺拉，也许再加上加仑恩爵士前往。他们可能会将加仑恩爵士当作安诺拉的护法。”

贝丽兰高兴地笑了起来，俯过身，双手握住佩林的手臂，然后，她又亲切地将手指紧紧攥了几下，给了佩林一个带有承诺意味的温暖微笑。然而没有等佩林有所动作，她就已经挺直了身子，脸上的表情也变得如同婴儿一样天真无辜。菲儿面无表情地拉紧了她的灰色骑马手套，从她身上的气味判断，她应该没有注意到贝丽兰的微笑，她将自己的失望隐藏得很好。“我很抱歉，菲儿，”佩林说，“但……”

愤怒的气息如同荆刺一样出现在菲儿身上。“我相信你在梅茵之主要离开之前，还有话和她说，丈夫。”她平静地说道。她的凤目中只有纯粹的平静，她的气味如同细密的毛刺。“你最好先顾着她。”菲儿让燕子转向一旁，催赶它走过怒火满胸的森妮德和板着脸的智者们，没有下马，也没有和她们说话。她只是紧蹙双眉看着贝萨，如同猎鹰从巢中寻找着猎物。

佩林意识到自己正在揉鼻子，急忙将手垂了下来。当然，他的鼻子上没有血，他只是以为会有血流出来。

贝丽兰不需要任何指示，梅茵之主和她的咨政全都迫不及待地想要离开，她们很清楚该说些什么，做些什么。不过佩林还是叮嘱她们一定要谨慎，并强调只有贝丽兰才能和雅莲德说话。安诺拉用冰冷的两仪师眼神看了他们一眼，点点头，这也许是同意，也许不是。佩林怀疑，自己即使用撬棍也没办法再从安诺拉那里掏出任何讯息了。贝丽兰饶有兴致地翘起了嘴角，不过她同意了佩林的一切叮嘱，至少在表面上是同意了。佩林怀疑贝丽兰为了得到她想要的，什么都会说出口，而那些不对味的微笑一直在让佩林忐忑不安。加仑恩也放下了他的望远镜，但他还在玩弄着缰绳。毫无疑问，他在考虑着该如何保护这两个女人，杀出贝萨。佩林只想要大声咆哮。

他看着那三个人骑马跑上大道，心中充满了忧虑。贝丽兰带过去的讯息很简单——兰德理解雅莲德的谨慎，但如果她想得到兰德的保护，她就必须公开宣称支持兰德。保护立刻就会到来，士兵和殉道使将向所有人昭示兰德的意愿，如果有必要，兰德本人也会前来。只要雅莲德同意做出这一声明。贝丽兰没有理由对这一讯息做出任何更改，尽管她的微笑——佩林觉得那些微笑可能是另一种挑逗。但安诺拉……两仪师有她们自己的计划，只有光明知道那些计划是什么。而有的时候，她们的计划就连光明也不知道。佩林希望自己能找到一个办法走到雅莲德面前，不需要动用两仪师，也不需要让菲儿冒险。

一行三人已经到达了城门口，安诺拉跑在最前面。卫兵很快就竖起矛尖，放低了弓箭和十字弩。毫无疑问，安诺拉已经报出了自己的两仪师身份。对于一位公开表露身份的两仪师，敢于与之作对的人并不多。他们几乎是马不停蹄地跑进了城门。实际上，那些士兵似乎也希望他们快些过去，离开山丘上那些监视者的视野。有人在远处的山顶上窥看着，佩林不需要嗅气味就能感觉到，那些监视者让士兵们感到非常不安——那些监视者们未必能认出被他们放进城的是一位两仪师。

掉转马头，佩林沿着山脊向北方营地走去，一直到贝萨的塔楼完全脱出了他们的视野，一行人才回到夯土的大路上。沿途分布着一些农场、茅草顶的房屋、长窄的畜栏、枯萎的牧草场、只剩下短茬的田地和高垒石墙的羊圈，但到处都看不见多少牲畜，人就更少了。偶尔能见到的几个人，都放下手中的活计，警惕地看着这支队伍，如同鹅看见狐狸。直到他们走过去很远，才重新开始干活。亚蓝也一直在盯着沿途遇到的路人，有时候甚至会将手放在肩后的剑柄上，也许他在盼望着能遭遇一些不是农夫的人，尽管他还穿着绿色条纹的外衣，但他身上已经没有一点匠民的痕迹了。伊达拉和奈瓦琳走在快步的旁边，她们穿着长裙，却仿佛散步一般轻松地跟随着马匹的步伐。森妮德骑在马上，跟在智者后面。弗伦和特锐在森妮德身后，这名面颊苍白的绿宗两仪师在智者们身后，装作在小心骑马，但那两名护法脸上的怒容显而易见；护法经常比两仪师自己更注重她们的尊严，而两仪师的尊严绝不亚于任何一位女王。菲儿骑着燕子走在艾伊尔女人的另一边，一语不发，似乎正在观察沿途干旱的情形。苗条又优雅的菲儿让佩林总是觉得自己很笨重，她如同风一样轻盈敏捷，佩林喜欢她这样，但……空气中出现了一阵波动，将菲儿的气息和别人的搅合在一起。

佩林知道自己应该考虑的是雅莲德和她可能做出的回答，更应该考虑先知和雅莲德给出答复以后该如何找到他；但佩林就是没办法在自己的脑子里给这些问题找到空间。

他本来以为当他选择贝丽兰的时候，菲儿会生气，虽然兰德派贝丽兰来这里本就是为了进行谈判。菲儿知道佩林不想让她身处险境，不想让她遭遇任何危险，菲儿不喜欢佩林的这种想法，更甚于她不喜欢贝丽兰。但菲儿的气息一直仿佛夏日的清晨一样柔和，至少在佩林想要道歉以前是这样！是的，道歉有时候会化解她的怒火，但也有的时候只会让她更生气。而这一次，菲儿一开始并没有生气！

如果没有贝丽兰，他们两个本来应该是亲密无间的。但每次佩林向菲儿解释，他没有对那个女人的挑逗有任何响应的时候（其实他一直在躲着她！），菲儿只会冷冷地回他一句：“你当然没有！”那种口气就像是在说，只有他这种傻瓜才会提起这种事。但每次贝丽兰对佩林微笑，或者是找到机会触碰佩林的时候，菲儿依旧在生气，在对佩林生气！无论佩林多么粗鲁地将贝丽兰摔开。只有光明知道，他已经受够了贝丽兰。但除了把贝丽兰捆住以外，佩林不知道还能怎样做才可以阻止她。佩林也曾经试着问菲儿，他哪里做错了，但菲儿只是轻飘飘地回他一句 “为什么你以为你干过什么”，或者一句不算是轻飘飘的“你以为你干了什么”，或者一句刻板的“我不想谈这个”。佩林做了错事，但他不知道自己做错了什么！但他一定做错了什么。没有任何事比菲儿更重要，没有！

“佩林领主？”

亚蓝兴奋的声音打断了佩林的沉思。“不要这样叫我。”佩林一边低声说着，一边朝亚蓝所指的方向望过去。远处又是一座荒废的农场，火焰已经抹去了房屋和畜栏的顶棚，只有粗糙的石墙还立在远处。一座荒废的农场，但没有被抛弃。愤怒的喊声从那里传来，十几名身穿粗布坎肩的家伙，正拿着长矛和干草叉，想要冲进一座齐胸高的石砌羊圈里。羊圈里有几个男人正在努力抵挡着他们，羊圈里还有几匹被吓得来回奔蹿的马，还有三名骑在马背上的女人。女人们并没有空等在羊圈里，一个女人正在向外扔石头；另一个女人跑到石墙旁边，挥出一根长木棍；第三个女人让坐骑抬起后蹄，墙外的一名高个子男人被蹬倒在地上。但攻击他们的人太多了，羊圈的防御已经岌岌可危。

“我建议还是绕过去的好。”森妮德说。伊达拉和奈瓦琳将严厉的目光转向她，但她并没有闭嘴，而是匆忙地继续说：“那些一定是先知的人，杀死他的人肯定是一个坏的开端，这些人成千上万。如果你惹恼了先知，也许会死得很难看。只为了救下几个人，难道值得冒这样的险？”

佩林并不想杀死任何人，但他不打算将眼睛转向另一边。没有时间做解释。“你能吓跑他们吗？”他问伊达拉，“只是吓跑他们？”他很清楚地记得这些智者们在杜麦的井做了什么，还有那些殉道使。也许今天没有带上格莱迪和尼尔德是一件好事。

“也许。”伊达拉答道。她审视着羊圈周围的那些人，耸耸肩，稍一摇头：“也许。”她一定要做到。

“亚蓝、弗伦、特锐，跟我来！”佩林一踢马肚子，快步向前跃出。看到护法们紧随着他，佩林松了一口气，四个人的冲锋总比两个人的更有效果。佩林一直用双手紧攥着缰绳，不去碰斧柄。

当菲儿催赶燕子跑到他身边的时候，佩林一点也不高兴。他张开嘴，菲儿只是向他挑起了一道眉弓，她的黑发很漂亮，如同一股股流风。她非常美。她只是挑起了一道眉弓，佩林就改变了他想说的话：“守住我的背后。”菲儿微笑着，不知从哪里亮出一把匕首。有时候，佩林甚至会猜测，在他们拥抱的时候，菲儿该怎样做才能让藏在身上的匕首不会刺到他。

菲儿转头向前看去，佩林急忙向亚蓝打手势，同时又竭力不让菲儿看见。亚蓝点点头，但他正向前俯下身子，抽出佩剑，准备好要砍死他遇到的第一个先知手下。佩林希望亚蓝懂得他的意思——如果真的和那些人发生缠斗，就守卫好菲儿的背后。

那些暴徒还没有注意到他们，佩林高喊着，但他的喊声无法压过那些暴徒们的喊声。一个身上外衣过于肥大的家伙已经爬到了石墙顶上，还有另外两个人也要翻过去了。如果智者们真的打算做些什么，现在是不是已经晚了……

一声雷鸣在靠近他们头顶的地方响起，几乎震聋了佩林的耳朵，巨大的爆裂声让快步踉跄了一下。那些攻击羊圈的人肯定注意到了。他们放慢了动作，向周围观望，有些人用双手捂住了耳朵。爬上石墙的那个人跌落下来，但他立刻跳起身，气恼地向羊圈打着手势。他的一些同伙立刻重新开始攻击。其他人看见了佩林，便将佩林指给那个人看，同时在呼喊着什么，但仍然没有人逃跑，有几个人举起了武器。

突然间，一个与地面平行的火轮出现在羊圈上方，火轮的宽度和一个人的身高相当。它转动着，喷起一道道火舌，并且发出时高时低、凄凉刺耳的呻吟声。

穿粗布坎肩的人恐惧地四散逃开。那个穿肥大外衣的人挥舞着手臂，向逃跑的人大声喊叫。片刻之后，他最后瞥了一眼那只火轮，也逃走了。

佩林几乎笑了起来，他不必杀死任何人，也不必担心菲儿被一根干草叉刺进肋骨了。

羊圈里的人像外面的那些人一样惊恐不安，那名曾经让自己的坐骑踢倒暴徒的女人打开羊圈门，用力踢着马肚子，笨拙地沿大路向前奔驰，距离佩林和其他人愈来愈远。

“等等！”佩林喊道，“我们不会伤害你！”无论她是否听见了，她都一直在用缰绳抽着马，她的马鞍后面捆着一个包裹，随着马匹的奔跑大幅度地上下跳动着。那些暴徒现在还在逃跑，但如果她跑进荒野，即使只遇到两三名那样的暴徒，也可能受到严重的伤害。佩林趴伏在快步的脖子上，用力一磕，快步如同箭一般飞射出去。

佩林是一名身材魁梧的人，但快步是一匹名符其实的快马，而且，那个女人坐骑缓慢的步伐表明它本来不是一匹背负骑手的跑马。快步迅速拉近了和它的距离，很快，佩林就能伸出手，抓住另外那匹马的缰绳。现在，佩林能看清这匹短鼻子的枣红马全身的汗水和疲倦的样子，它肯定不只是跑了这么短的一段路。慢慢地，佩林让两匹马停了下来。“请原谅我让你受惊了，小姐，”佩林说道，“但我绝对不想伤害你。”

在这一天里的第二次，佩林的道歉没有取得他预期中的效果。在披散的金红色卷发之间，沾满汗水和灰尘的面孔却显露出如同女王般尊贵的气质，一双蓝眼睛向佩林喷射着怒火。她只穿着普通的羊毛裙，像她的面颊一样风尘仆仆，但她在发怒的时候却散发出女王般的威严。“我不需要。”她用冰冷的语调说着，一边想要让坐骑从佩林的手中挣脱。这时，羊圈中的另一个女人跑了过来，她身材瘦削，头发雪白，骑着一匹肋骨扁平的褐色母马，看样子比金红发女子的枣红马还要糟糕。这些人一定骑马快跑了相当长的一段时间，那名老年妇人像金红发女子一样满身尘土，面露倦容。

老年妇人给了佩林一个微笑，皱起眉瞪了一眼金红发女子，又笑着对佩林说：“谢谢你，大人。”她苍老的声音仍然很有力。当她注意到佩林的金色眼睛时，似乎是愣了一下，但这并没有对她造成更大的影响，她显然不是一个能被什么事轻易吓住的人。她的手中还拿着那根曾被她用作武器的木棍。“实在是非常及时的援救。麦玎，你在想什么？你这样做可能害死自己！也害死我们！她是个很任性的女孩，大人，做事之前总是不知道想一想。记住，孩子，只有傻瓜才会抛弃朋友，才会为了闪光的黄铜而丢掉白银。我们真的很感谢你，大人，麦玎如果恢复了理智，也会感谢你的。”

麦玎差不多比佩林要年长十岁以上，不过和这位老妇人相比，她的确只能被称为女孩。尽管她的表情和气味中都充满了怒意，但她接受了老妇人的这番教训，自始至终只是又一次试着要从佩林手中拉脱她的马，然后就放弃了。她将双手放在鞍尾上，皱起眉，责难地看着佩林，又眨了眨眼。她也在为佩林的黄眼睛感到吃惊，但她的气味里只有惊疑，没有畏惧。老妇人的气味中有畏惧，但佩林不认为是因自己而起的。

在老妇人说话的时候，另一名麦玎的同伴赶了过来，不过他一直都停在后面，没有介入交谈。他是一名没有刮胡子的男人，骑着一匹满身泥污、瘦骨嶙峋的灰马。他的个子很高，和佩林差不多，只是没有佩林那样壮硕，穿着一件磨损严重的黑色外衣，佩着长剑。像那些女人一样，他的马鞍后面系着一只包裹。一阵微风将他的气味吹进佩林的鼻子里，这股气味里没有畏惧，只有警惕。从他望向麦玎的眼神中能看出来，他关心麦玎，为她而警惕。也许，这件事并不仅是从一群暴徒手中救下一队旅人那样简单。

“也许你们应该到我的营地来，”佩林终于放开了金红发女子的坐骑，“在那里，你们可以避开……强盗。”他本以为麦玎会拒绝他的提议，逃进附近的树林里，但麦玎随他一同掉转过马头，朝羊圈走去。她身上的气味是……听天由命。

不过，她还是说道：“感谢你的帮助，但我……我们……必须继续赶路，我们不能停下，莉妮。”她坚定地说道。老妇人严厉地看了她一眼，这让佩林猜测她们是不是一对母女，尽管麦玎在直接称呼老妇人的名字，而且她们在外貌上没有任何相似的地方。莉妮面孔细长，皮肤像羊皮纸一样粗糙，全身都是紧裹在骨骼上的肌肉。而麦玎虽然满面尘土，却仍然遮掩不住她的美艳无俦，她的金红发一定能吸引不少男人。

佩林回头瞥了一眼跟在他们身后的那个男人，那是一个目光犀利的家伙——犀利得像一把剃刀。也许他喜欢的正是金色头发，也许他对金发的喜爱太深了，男人经常会因为这种事情为自己、为他人造成麻烦。

在前面，菲儿正骑在燕子背上，从围墙外看着羊圈里的人。他们之中也许有一个人受伤了。看不见森妮德和智者们的身影。亚蓝显然明白佩林刚才做的手势，他一直留在菲儿身边，不过他还是在不耐烦地望着佩林。危险已经过去了。

佩林向羊圈门走去。特锐骑着他的花斑马出现在他面前，手中攥着一个人的衣领，这个人有一双细眼睛，面颊上留着短胡渣。“我想我们应该抓住一个，”特锐露出一个坚硬的笑容，“无论你看见了什么，双方的话都要听一听才好，我的老爸爸总是这样说。”佩林很有些吃惊，他一直都以为特锐的思考范围不会超过剑的末端。

即使被紧紧拉着领子，这件破旧的外衣对这个短胡渣的人来说还是有些太大。刚才在那么远的距离之外，佩林怀疑除了他自己，没有人看清这个家伙的长相，而佩林则很清楚地看见了这家伙突出的鼻子，他就是那个最后才逃跑的人。现在他的身上也没有任何畏惧的气味，恰恰相反，他在向他们所有人冷笑。“你们全都深陷泥沼！”他喊道，“我们在依照先知的话行事，先知说，如果一个男人打扰不想要他的女人，他就应该死。这些人正在追她……”他用下巴指了一下麦玎。“她在拼命逃跑，先知会为了这件事割掉你们的耳朵！”说到这里，他啐了一口。

“这太荒谬了，”麦玎用清晰无误的语调高声说道，“这些人是我的朋友。这个人完全曲解了他所看到的情况。”

佩林点点头。如果麦玎以为佩林同意她的说法，她的理解也不算错。但把这个先知信徒的话和莉妮的话一起考虑……事情并非那么简单。

菲儿和其他人也走了过来，他们身后还跟随着麦玎的其他同伴——三个男人和一个女人，他们牵着的马可能再跑几里路都很困难了，而且这些马中没有一匹能算是好马——颤抖的膝盖、弯曲的后腿、肿胀的关节和晃动的脊背，差不多所有毛病都能在这些马的身上看见。像往常一样，佩林的目光首先落在了菲儿身上——他的鼻孔因为菲儿的气味而紧张。但森妮德挡住了佩林的眼睛，两仪师瘫坐在马鞍上，满面通红，怒不可遏。她的脸看上去很奇怪，面颊向外鼓起，嘴也没有完全合拢，从嘴缝里能看到一点红色和蓝色……佩林眨眨眼，除非他看错了，两仪师的嘴里塞着一块手帕！很显然，这是智者们告诫学徒保持安静的方法，即使是对一名两仪师学徒。

看见这一幕的不止是佩林，麦玎在看到森妮德的时候，也立刻惊讶地张大了嘴。然后，她若有所思地久久注视着佩林，仿佛佩林应该为这块堵嘴的手帕负责。麦玎认出了森妮德是两仪师？这很不寻常，一名普通的乡下女人不可能有这样的眼光，而且，麦玎说话的语气也绝不像乡下女人。弗伦骑马跟在森妮德身后，他的脸上正在积聚着雷暴云，而特锐这时将一样东西扔在地上，更增加了局势的复杂性。“我在他身后找到了这个，”特锐说，“也许是他在逃跑时丢掉的。”

一开始，佩林还不知道自己看的是什么。一根环形的生牛皮长带上，镶缀着许多片枯皱的皮——然后他知道了，他立刻愤怒地咬紧了牙齿：“你说过，先知会割掉我们的耳朵。”

短胡渣的男人不再吃惊地瞪着森妮德，他舔了舔嘴唇。“这……这是哈利干的！”他开始为自己辩解，“哈利是个卑劣的家伙，他喜欢记录自己的功绩，保留战利品，他……唔……”他在被自己抢来的外衣里耸耸肩，如同一头绝望的狗一样瘫软了下去。“你不能把这个算在我头上！如果你敢伤害我，先知一定会绞死你！他绞死过不少贵族，爵爷和女士都有。我行在真龙陛下祝福的光明中！”佩林催马快步走到那个人面前，同时小心地不让快步踏到地上的……那条皮带。他完全不想闻那个人的气味，但他还是俯下身子，靠近了那个人。酸臭的汗味中搀杂着恐惧、慌乱、还有一点愤怒，可惜的是，他嗅不到任何一点负罪感。也许是他丢掉的，但的确没有确凿的证据。那个人瞪大了一双细眼睛，向后靠到特锐的马身上。黄色的眼睛确实有它的用处。

“如果我能把这个归罪于你，你将被吊死在最近的一棵树上！”佩林吼道。那个家伙眨了眨眼，当他明白佩林的意思时，露出高兴的神情，但佩林没有让他有时间恢复狂妄自大。“我是佩林 · 艾巴亚，你们拥戴的真龙陛下派我到这里来。你把话传出去。他派我来，如果我发现任何人拿着这样的……战利品……他一定会被吊死！如果我发现任何人烧毁农庄，他会被吊死！如果你们之中，任何人敢藐视我，他会被吊死！你可以告诉马希玛，我这样说了！”佩林厌恶地直起身，“让他走，特锐，如果他不立刻离开我的视野……”特锐的手松开了。那个家伙拼命地向距离他最近的树林冲去，头也没有回一下。佩林的厌恶，一部分是针对他自己的。威胁！如果他们之中任何人敢藐视他？但即使这个不知名的人真的没有亲手割过耳朵，他也曾无情地对这样的暴行袖手旁观。

菲儿在微笑，骄傲的光芒闪耀在她满是汗水的脸上，她的目光冲刷掉一些佩林的厌烦心情。为了能看到她那样的目光，佩林甘愿赤脚走过火焰。

当然，不是所有人都赞同佩林的作法。森妮德眯起眼睛，攥住缰绳的拳头不住地颤抖着，似乎非常想从嘴里揪掉那块手帕，告诉佩林她的想法。佩林能猜出她的想法。伊达拉和奈瓦琳收拢了她们的披巾，阴沉着脸看着佩林。是的，佩林也能猜出她们在想什么。

“我本以为我们的行动是秘密的，”特锐看着那个短胡渣的人飞快地逃走，小心地说，“我还以为在你直接和马希玛谈话之前，他不会知道你在这里。”

原来的计划是这样的，这是兰德的建议，以免发生意外状况。森妮德和玛苏芮一直坚持执行这个计划。毕竟，不管是不是真龙的先知，以现在马希玛的行事风格，他也许不会想和兰德派来的人见面。如果谣言的十分之一可信，那些耳朵也许还不是最糟糕的。伊达拉和其他智者已经将马希玛视作一名可能的敌人，她们一直在警戒途中可能遭遇伏击，并猜想马希玛会为他们设下怎样的圈套。

“我想阻止……这一切。”佩林气愤地指着地上的那条皮带说。他听到了许多传闻，却一直无所作为，而现在，他已经亲眼看到了。“我也许应该立刻就采取行动。”如果马希玛认为他是敌人？那个先知手中到底有多少万名相信他或者畏惧他的追随者？这没关系。“一定要让这种事情停止，特锐，一定要！”那名莫兰迪人缓缓地点点头，他注视着佩林，仿佛第一次看见佩林一样。

“佩林大人？”麦玎问道。佩林已经完全忘记了她和她的朋友，他们都聚集到麦玎的身边，还都没有上马。除了一直跟随麦玎的那个男人以外，他们之中还有三个男人，其中两个人躲在他们的马后。莉妮是这些人之中最机警的，她一直在忧虑地注视着佩林。她和她的马紧贴着麦玎，仿佛随时要伸手抓住麦玎坐骑的缰绳一样。这次她不是要阻止麦玎逃走，而是要带着麦玎一起带走。麦玎看起来却很平静，但她也在看着佩林。她们有这样的反应当然不奇怪，毕竟生着一双金色的眼睛，会如此谈论先知和转生真龙的人应该是绝无仅有的，更不要说还有两仪师被堵住了嘴巴。佩林以为麦玎会说，他们立刻就想要离开，但她只是说：“我们接受你的好意，在你的营地中休息一两天也许是不错的事。”

“你说得不错，麦玎小姐。”佩林缓慢地说道。掩饰心中的惊讶对佩林来说并不容易，特别是当他认出那两个想要用马匹遮挡自己的人后。是时轴的作用将他们带到这里来的？不管怎样，这是因缘奇异的扭曲。“这也许是不错的。”

第 8 章

简单的乡下女人

营地位于大约一里格以外的地方，隐藏在低矮的林木丘陵之间，距离大路很远。一道溪水从营地旁边流过，干涸的石子河道有十步宽，水面的宽度只有五步，最深的地方也不超过人的膝盖，绿色和银色的细小游鱼从马蹄旁掠过。行路的人不会在这里过河，离这里最近的有人的农场也在一里以外。佩林曾经亲自去查看过，确认了那个农场的人会驱赶牲畜去另一个地方饮水。他确实在尽可能避免别人的注意。在无法利用森林隐蔽的时候，他们就会走最荒僻的乡间小道。实际上，这种努力几乎没有任何效果。马匹能以草为食，但它们至少也要吃一点谷物，而且一支小部队必须购买食物，还有许多其他物资。每个成年男人每天需要四磅食物，无论是面粉、豆子还是肉。关于他们的谣传一定已经遍及全海丹。如果运气好，也许不会有人怀疑他们的身份。佩林皱起眉头。也许在他说那些话之前，他们真的还没有暴露身份，但他不会做别的选择。

严格来说，这里有三座营地，在溪水旁彼此衔接。他们一同旅行，以佩林为首，在理论上服从他的命令，但他们的身份有太大的差异，没有人能完全确定同伴和自己有着共同的目标。大约九百名翼卫队的战士，在一片棕色的草地上排列好他们的马匹和篝火。在这里，佩林一直努力收缩自己的鼻孔，马味、汗味、粪味和烹煮羊肉的气味，在炎热天气里混合的结果令人非常难受。十二名骑马哨兵两人为一组在周围缓速巡逻，他们都以同样的角度擎着缀红色飘带的长枪，分毫不差。而其余梅茵人都卸下了胸甲和头盔，不穿外衣，甚至不穿衬衫就躺在太阳下面，或者玩着骰子，等待着饭熟。一些人在佩林经过的时候抬起了头；一些正在干活的人直起身子，审视着佩林身后那些新出现的面孔。但营地中依然平静，哨兵仍然在外面巡逻，那些是小个子哨兵，没有长枪，难以被发现——希望如此，至少一直以来都是如此。

几名奉义徒正在智者们灰褐色的矮帐篷之间忙碌着。智者们的营地在梅茵人上方的山坡上，帐篷旁边零星分散着一些灌木。即使在这么远的距离，佩林还是能看见那些穿白袍的人低垂的眼睑和温顺的神情。无论远近，他们看上去都是绝对无害的，但他们大多数是沙度人。智者们说，奉义徒就是奉义徒，佩林则不信任一切不在他视线内的沙度人。在山坡的一侧，一片枯萎的酸胶树林下，大约十几名穿凯丁瑟的枪姬众在苏琳身边跪成一个环形。尽管苏琳的头发都白了，但她是她们之中最强悍的。她也派出了哨兵，那些女人徒步的速度完全能跟得上梅茵人骑马的速度，而且更难以被发现。空旷地中看不到智者，只有一个身材苗条、穿绿色丝绸骑装的女人，正在搅拌一口大炖锅。佩林一行人经过的时候，她直起身，用拳头敲着后背。那是玛苏芮，佩林能看见她脸上愤怒的表情。两仪师不应该搅拌炖锅，也不应该去做另外那二十几项被智者们指派的工作。玛苏芮把这些归罪于兰德，但兰德不在这里，而佩林在。只要有半分的机会，她一定会剥掉佩林的皮。

伊达拉和奈瓦琳在这里离开了队伍，即使她们穿着宽大的裙子，她们经过的路面上落叶也没有受到任何触动。森妮德跟着她们，面颊仍然被那块手帕撑得鼓胀。她在马鞍上转过身，又看了佩林一眼。佩林本来不相信两仪师会有渴求的神情，但现在森妮德的神情就是这样的。弗伦和特锐骑马走在森妮德身后，满面阴霾。

玛苏芮看见智者们走过来，就立刻恢复了力量，飞快地弯下腰，继续去搅动那口黑锅子，而且竭力装作一直没有停止过的样子。佩林相信，只要玛苏芮还在智者们的管束之下，他就不必担心自己的皮会被剥掉。智者们似乎对两仪师管得很严。

奈瓦琳也回头看了佩林一眼。从佩林放出之前那个警告以后，他已经不止一次被智者们用这种严厉的目光瞪视过。佩林恼怒地吐了口气，不知道是不是该要担心自己的皮，因为他不知道智者们是如何打算的。太多人，太多目标了。

麦玎走在菲儿身边，她好像完全没有注意到刚才经过的营地，但佩林不会为此赌上任何一个铜板。初看到梅茵岗哨的时候，她的眼睛曾经睁大了，她知道红色胸甲和红色壶状头盔意味着什么，就像她一眼就能认出两仪师的面孔一样，大多数人对这两件事都一无所知，尤其是穿着如此平凡的人。这个麦玎的身上有许多谜团，不知为什么，佩林觉得她有一种熟悉的感觉。

莉妮和塔兰沃——这是麦玎对身后那两个人的称呼。“年轻的”塔兰沃，虽然他和麦玎之间相差至多不过四五岁，他一直尽可能紧随在麦玎身后，就像亚蓝紧随着佩林。紧跟着麦玎的，还有那个被称作巴尔沃的小个子，他总是抿着枯皱的嘴唇，看上去，比麦玎更加对周遭情况无动于衷，但佩林相信，这个巴尔沃观察到的细节要比麦玎更多。佩林说不出是为什么，不过他曾经有几次嗅到了巴尔沃的气味，那让佩林联想到搜寻气息的狼。奇怪的是，巴尔沃的身上没有恐惧，只是会在颤抖的急不可耐中偶尔露出一点峥嵘的怒意，但立刻又会压制下去。麦玎其余的同伴都尾随在后面。名叫布琳的女子一直在对一名粗蛮的大汉用激烈的语气耳语着什么，那名大汉一言不发地低垂着目光，有时会点点头，有时又会摇摇头。他显然是一个街头打手，但那名矮小女子自有她的一番强韧。最后的那个男人被挡在这两个人的后面，是个身材矮胖的人，将一顶破旧的扁草帽低低地压在脸上。麦玎的这三名男性同伴都有佩剑，他们每个人佩剑的样子都很怪，巴尔沃是其中最怪异的。

第三座营地分布在山丘顶部的树林里，营地面积和梅茵翼卫队的差不多，但里面的人却要少很多。在这里，马匹被拴在距离篝火很远的地方，所以空气中只有烹调食物的香气。今天的菜式是烤羊肉，还有坚硬的芜菁，即使在这样的荒年，这样的芜菁农夫们大概也只会用去喂猪。大约三百名跟随佩林的两河人在这里烤肉、缝补衣服、检查弓箭，每堆篝火旁边都围坐着五六个人。看到佩林，所有人都站起身，向他挥手，欢呼。佩林不认为像“佩林领主”、“金眼佩林”这样的称号适合自己，只有菲儿才有权力接受他们给予她的称号。

格莱迪和尼尔德穿着黑夜一般颜色的外衣，脸上看不见一滴汗水。他们在远离众人的地方建起一堆篝火，现在他们正站在那堆篝火旁，默默地看着佩林。佩林在他们的眼光中看到了期待。期待什么？这是最近佩林一直在问自己的一个问题。殉道使让他感到不安，更甚于两仪师和智者。女人导引至上力是正常的，虽然这会让男人感到不舒服。格莱迪穿着殉道使的黑衣，佩着剑，但他平凡的面孔怎么看都像是一名农夫。尼尔德留着卷曲的胡子，一看就是个讲究外表的人。但佩林无法忘记他们曾经是什么人，他们曾经在杜麦的井做过什么。那时佩林也在杜麦的井。光明救他，他的确是在那里。佩林将手从腰间的斧柄上移开，下了马。

来自凯瑞安多布兰庄园的男女仆人们，从拴马的地方跑过来，接下了众人的马匹。他们都比佩林的肩头还要矮，穿着朴素的乡民衣服，永远都在驯顺地鞠躬和行屈膝礼。菲儿告诉过佩林，如果阻止他们这样做，只会让他们感到不安。确实，当佩林尝试劝告他们不要频繁地低头弯腰时，他立刻就嗅到了慌乱的心绪，而只要再过一两个小时，他们一定会恢复行礼的频率。这些仆人的数量和两河人大致相当。他们之中的大多数还在马匹和一排排装载给养的高轮大车旁边工作。又几名仆人在一座红白色的大帐篷那里跑进跑出。

像往常一样，佩林看见这座帐篷，沉着脸轻哼了一声。贝丽兰在梅茵人营地的帐篷比这座更大，她的两名侍女还有一顶帐篷，她坚持带来的两名捕贼人拥有另一顶帐篷。安诺拉有一顶帐篷，加仑恩有一顶帐篷。但在这个营地里，只有佩林和菲儿住帐篷。佩林很想和他的家乡人一样睡在天空下，晚上只用一条毯子盖住身体，现在肯定不必害怕下雨。凯瑞安仆人们睡在大车下面。但佩林不能要求菲儿也这样做，尤其是当贝丽兰住在帐篷里的时候。如果能把贝丽兰丢在凯瑞安就好了，但如果那样的话，佩林就必须让菲儿进入贝萨。在帐篷旁边的一片空地正中央，高竖着两面旗帜——这让佩林的心情更加糟糕。一直有微风吹过，但天气还是非常热。佩林觉得又听见了那种雷声，从很遥远的西方传来。两面旗帜在风中缓缓扬起、落下又再次扬起，一面是代表佩林的镶红边红狼头旗，另一面是故国曼埃瑟兰的红鹰旗。尽管佩林禁止这样做，两面旗还是被立起来了。从某种角度讲，佩林的确已经不再隐瞒行踪了，但现在的海丹恰恰是曼埃瑟兰的一部分。雅莲德肯定不会对红鹰旗有什么好印象！佩林努力露出一副愉快的样子，以微笑的表情接受了一名矮壮的小妇人深深的屈膝礼。随后那名妇人直起身，将快步牵走了。不管怎样，佩林觉得这样做实在是勉强。人们应该服从领主的命令，是的，他被人们当作一位领主，但在这件事上，他做得并不是很好。

麦玎下了马，将双拳叉在腰间，看着两面迎风招展的旗帜。让佩林惊讶的是，麦玎的行李由布琳拿着。布琳笨拙地抱着两个人的行李，用气恼的目光盯着麦玎。这时，麦玎突然说道："我曾经听说过这样的旗帜。"她非常生气。她的声音中并没有怒意，面孔也像冰雕一样平静，但她的怒火充满了佩林的鼻腔。"安多两河地区的人正在使用这些旗子，他们背叛了他们的合法统治者。我想，艾巴亚是一个两河名字。"

"我们对于两河的合法统治者所知不多，麦玎小姐。"佩林不快地说道。这次，他一定要把升起这两面旗的家伙的皮剥掉。如果叛乱的讯息已经流传到这么远的地方……他已经有够多的问题要解决，不想再添什么麻烦了。"我想，摩格丝是一位好女王，但我们不得不自己保卫自己，而且我们做到了。"

突然间，佩林意识到麦玎让他想到了谁——伊兰。这没什么意义，佩林见过距离两河千里之外的人和他的乡亲长得很像。但麦玎发怒绝不是没道理的，听她说话的口音，她应该是安多人。"安多的情况也许不像你听说的那样糟，"佩林告诉她，“我离开凯姆林的时候，那里很平静，兰德——转生真龙打算将摩格丝的女儿伊兰扶上狮子王座。”

听到这些话，麦玎的怒火完全没有平息的迹象，她猛转过头，蓝色的眼睛里喷吐出火蛇。“他要把她放在那个位子上？没有任何男人能将女王放在王座上！伊兰将凭借自己的权力得到王座！”

佩林挠挠头，他希望菲儿不要再那么平静地看着这个女人，说上两句话，但菲儿只是将骑马手套掖到背后的腰带里。还没有等佩林想到该说些什么，莉妮已经跑了过来，抓住麦玎的手臂，用力摇晃着她，直到麦玎的牙齿撞在了一起。

“你要道歉！”那名老妇人喊道，“这位大人救了你的命，麦玎。你忘了你是谁，一个普通的乡下女人竟敢这样对一位领主说话！记住你是谁，不要让你的舌头把你送到沸水锅里去！即使这位年轻的领主和摩格丝有什么矛盾，也和你没有任何关系。况且所有人都知道，摩格丝已经死了！在大人生气之前，快向大人道歉！”

麦玎瞪着莉妮，嘴唇一张一合，她显然比佩林更加震惊。但又一次让佩林吃惊的是，麦玎没有向她的白发同伴爆发雷霆大怒，而是缓缓地吸了一口气，挺起肩膀，看着佩林的眼睛。“莉妮是对的，我没有权力那样对你说话，艾巴亚领主。我向你道歉，谦卑地向你道歉，我请求你的原谅。”

谦卑地？她的下巴高昂着，傲慢的语气比两仪师更甚。而且她的气味说明，现在她很像正在咬碎些什么东西。

“我原谅你。”佩林急忙说道。而她没有得到丝毫安抚，她微笑着，也许是要表达感谢，但佩林能听到她咬牙的声音。这些女人都是疯子吗？

“他们都满身尘土，被炎热折磨了很久，”菲儿终于开口了，“而且，刚刚那场战斗一定耗尽了他们的精力。亚蓝可以带男人们去清洁身体，我会给女人们带路，我会让人给你们送擦脸的湿毛巾来。”最后这句话菲儿是对麦玎和莉妮说的。她向布琳招招手，示意要布琳也跟过来，带领她们向那座帐篷走去。佩林向亚蓝点点头，亚蓝便示意那些男人跟着他走了。

“吉尔师傅，等你擦洗完毕以后，我很想和你聊聊。”佩林说。

佩林的这句话，几乎取得了和刚才那个火轮同样的效果。麦玎急转过身，惊讶地看着他，另外两个女人也停住了脚步。塔兰沃突然抓住剑柄。巴尔沃踮起脚尖，从包裹旁边侧过头向这里望过来，现在他的样子不像一头狼，倒像是一只在小心窥看着猫的鸟。矮胖的吉尔师傅丢下了手中的行李，向空中蹦起足足一尺高。

“佩林，”他取下草帽，有些口齿不清地说着，汗水在他沾满灰尘的脸上划出了一道道痕迹，然后他弯腰去拣行李，却又在半途中改变了主意，匆忙站起身，“我是说，佩林领主。我……啊……我刚才认出你了……但他们都喊你领主，我不知道你是不是还想认识一个老旅店主。”他用一块手帕擦擦几乎全秃的头顶，紧张地笑着，“当然，我会和你聊聊，我可以等一会儿再擦洗。”

“你好，佩林。”那名魁梧的大汉说道。蓝格威·德尔全身都凸现出大块的肌肉，在脸上和手臂上留着不止一道伤疤，但他厚重的眼皮让他总是显出一副慵懒的神情。“吉尔师傅和我听说兰德成了转生真龙，我们应该想到你也会在各地行动。佩林·艾巴亚是个好人，麦玎小姐，我想，你可以信任他，不必对他有任何戒心。”蓝格威并不慵懒，也绝不愚蠢。

亚蓝不耐烦地一甩头，蓝格威跟上了他，但塔兰沃和巴尔沃拖着脚步，不断以怀疑的目光瞥着佩林和吉尔师傅。菲儿和女人们也在向远处走去，从那些女人们那里，佩林感受到了更多怀疑的视线。这时候，他们似乎不是那么愿意分开了。

吉尔师傅擦抹着前额，不安地微笑着。光明啊，为什么他会有畏惧的气味？佩林感到一阵惊诧。是在畏惧他？畏惧一个与转生真龙有关联的人？一个自称为领主，率领一支小军队，向先知发出威胁的人？也许同样令吉尔师傅畏惧的，还有那位被塞住嘴的两仪师。不管怎样，这件事最后要承担责任的仍然是佩林。不，佩林酸涩地想，*他们不是因为这些而感到害怕，他们在害怕我会把他们全都杀掉。*

为了让吉尔师傅放松一些，佩林带着他走到距离那座红白大帐篷百来步远的一棵大橡树下面。

佩林先问了许多王后之祝福旅店的事情，回忆起自己在那座旅店的时光，但这并没有能让贝瑟·吉尔安定下来。不过说实话，那段时光本身并不能让人平静，那里有两仪师，有暗帝，还有夜晚的逃亡。吉尔师傅只是忧虑万分地走来走去，将行李抱在胸前，从一只手臂挪到另一只手臂上，不停地舔着嘴唇，回答佩林的任何问题都只用简单的几个词。

“吉尔师傅，”佩林最后说道，“不要再叫我佩林领主了，我不是。这件事一句话说不清楚，但我不是领主，你也知道。”

“当然。”那个圆胖的人说着，终于坐到了一段橡树根上，然后似乎是很不情愿地将行李放下，缓慢地将手从行李上拿开。“你刚才说的是真的？佩林大人？啊，兰德……真龙陛下……他真的要让伊兰女士坐上王座？”然后他又急忙补充：“我当然不是在怀疑你的话。”他揪下帽子，又擦起了额头，虽然他很胖，天气也很热，但他也不应该出这么多汗。“我相信真龙陛下会像你说的那样做，”他发出颤抖的笑声，“我相信，你想要和我聊的也不是我的老旅店。”

佩林疲惫地吁了一口气。他本来还以为，再没有比老朋友、老邻居向他鞠躬更令人窘困的事情了，但至少他们有时候会忘记他是领主，和他说说真心话，而且他们绝对不会怕他。“你离家乡很远了，”佩林用温和的语气说道，进入主题的速度不要太快，这个人已经非常害怕，“我想知道你怎么会来到这里，我希望你没有遇到什么麻烦。”

“你告诉他吧，贝瑟·吉尔，”莉妮尖声说道，她已经走到了橡树旁，“记住，不要有任何夸大。”她离开没有多长时间，但她已经洗净了脸和手，将头发在脑后梳成了一个整齐的发髻，还掸掉了羊毛裙上的大部分灰尘。她朝佩林的方向行了一个马马虎虎的屈膝礼，然后向吉尔挥舞起一颗干瘦的拳头：“‘任何人都会夸大三件事：牙痛、鞋子夹脚，还有就是男人的闲话’，想清楚自己要说些什么，不要向这位年轻领主讲一些他不想听的东西。”片刻间，她向那名瞠目结舌的旅店老板投去劝诫的一瞥，然后又突然向佩林行了一个屈膝礼：“他总喜欢说大话——所有男人都是这样——但现在他会把真实的情况一五一十地告诉你了，大人。”

吉尔师傅气愤地看着莉妮。当莉妮一挥手，示意他可以说话的时候，佩林听到他用很低的声音说：“老骨头……”圆胖的吉尔师傅最后瞪了莉妮一眼（莉妮装作完全没有注意到），才继续说道：“我在卢加德有些事要解决。因为很偶然的机会，我从那里进口了一些酒，不过你不会对这个感兴趣的。当然，我要带上蓝格威，还有布琳，布琳是不会让蓝格威离开她的视线的，一个小时也不会。在路上，我们遇到了多兰小姐，也就是麦玎小姐，还有莉妮和塔兰沃，当然，还有巴尔沃。我们是在卢加德附近遇见的。”

“麦玎和我本来是莫兰迪一位贵族夫人的女仆，”莉妮不耐烦地插口道，“后来战乱毁了我们的家乡。塔兰沃是我们老爷的武士，巴尔沃是他的秘书。强盗烧毁了我们的庄园，我们的夫人再无法养活我们这些人，于是我们决定结伴离开那里，好有个照应。”

“应该说话的是我，莉妮。”吉尔师傅嘟囔着，挠了挠耳朵，“我到卢加德的时候，那个酒商已经离开卢加德，跑到乡下去了……”他摇摇头，“事情简直是一团糟，佩林，我是说，佩林大人，请原谅我。你知道现在到处都是灾祸，我们每次都是刚出狼窝，就又入虎穴。就这样，我们一直在逃亡，离凯姆林愈来愈远。最后我们到了这里，疲惫不堪，但幸运的是，我们终于能休息一下了。我们的故事大概就是这样。”

佩林缓缓地点点头。这可能是事实，但他早已知道，人们会为了一百种理由而说谎，或者一个人说谎仅仅是为了掩盖事实。他将十指插进头发里，面孔禁不住有些扭曲。光明啊！他已经像凯瑞安人一样多疑了，与兰德的纠缠愈深，这种状况就愈严重。但到底是为什么，贝瑟·吉尔也会对他说谎？贵族的侍女，习惯了高贵的生活，无法适应严酷的现实，这可以解释麦玎的种种行为。有些事情其实是很简单的。莉妮的双手交叠在腰间，但她的目光像针一样犀利，她简直就是一头鹰隼。而吉尔师傅在说完以后变得更加不安了，他似乎将佩林表情的变化当作要求他再多说一些事情。他又笑了，笑声中没有一点开心的成分："自从艾伊尔战争以来，我就没有这样在世界各地走过了，那时候我可比现在瘦多了。我们已经到了阿玛多，霄辰人占领那里的时候，我们逃了出来。不过说实话，他们并不比白袍众更差，我可以……"他的话一下子停住了，因为佩林俯过身子，一下子抓住了他的衣领。

"霄辰人？吉尔师傅，你确定？还是说这只不过是那些谣言的一种？就像艾伊尔人和两仪师的谣言一样？"

"我看见他们了，"吉尔一边回答，一边和莉妮交换了一个不安的眼神，"他们自称为霄辰人。我很惊讶你还不知道这件事。讯息从阿玛多传出来的速度比我们逃跑的速度更快。霄辰人想让人们知道他们的要求，那是些怪异的人，带着许多怪异的生物，"吉尔师傅的语气变得沉重起来，"就像暗影生物，巨大的、无毛的鸟背着人在空中飞翔。还有那些像蜥蜴一样的怪物，它们像马那样高大，还有三只眼睛。我看见它们了，我看见了！"

"我相信你，"佩林放开了吉尔师傅的衣领，"我也看见过。"在法美镇，一千名白袍众在片刻之间就死光了。那时，死去的传奇英雄们受到瓦力尔号角的召唤，前来和他们作战，将霄辰人赶回到海里。兰德说他们会回来，但他们恢复的速度怎么这样快？光明啊！如果他们占领了阿玛多，他们也同样会占领塔拉朋。当一头受伤的熊埋伏在背后的时候，只有傻瓜才会忙着去猎鹿。他们已经占领了多少地方？"我不能现在就让你们去凯姆林，吉尔师傅。但如果你们能在我这里逗留一段时间，我会保证你们的安全。"实际上，佩林并不知道自己能否保证他们的安全。先知，白袍众，现在又加上霄辰人。

"我相信你是个好人，"莉妮突然说，"恐怕我们并没有告诉你全部的事实，也许我们应该告诉你。"

"莉妮，你在说什么？"吉尔师傅跳起身喊道，"我想她大概是热昏了，"他又转头对佩林说，"而且这一路走下来也非常辛苦，所以现在偶尔会出现一些幻想。你知道，老人家都会犯这种毛病。闭嘴，莉妮！"

吉尔师傅伸手想要捂住莉妮的嘴，却被莉妮打到一旁。"管好你自己吧，吉尔师傅！否则我会让你'老'起来的！从某种角度说，麦玎正在逃离塔兰沃，而塔兰沃在追她。这四天里，我们全都在拼命逃跑，马匹和我们几乎都要累死了，所以麦玎有点胡涂并不是奇怪的事。你们男人总是搅乱女人的心绪，让女人无法正常思考，而你们却好像没事人一样，你们应该为了这个而被打耳光。那个女孩正在害怕她自己的心！他们两个应该结婚，愈快愈好。"

吉尔师傅瞪大了眼睛看着莉妮，佩林偷偷确认了一下自己是不是吃惊得张大了嘴巴。“我不知道你想让我做什么……”他缓慢地说着。而那名白发妇人不等他说完就跳到了他面前。

“不要装作一无所知的样子，我可不相信你不明白，我能看出来，你比大多数男人都更有智慧。这是你们男人最坏的习惯，让别人以为你们没有看见摊在鼻子底下的事情。”这老妇人刚刚不是还在向他行屈膝礼吗？现在她却将细瘦的双臂叉在胸前，严厉地看着佩林。“好吧，如果你一定要伪装，我就把话说清楚。我听说，你们的真龙陛下为所欲为，你们的先知会随便选人出来让他们配对结婚。所以，你完全可以让麦玎和塔兰沃结婚，塔兰沃会感谢你。等到麦玎清醒过来的时候，她也会感谢的。”

佩林惊讶地瞥了一眼吉尔师傅，后者耸耸肩，虚弱地笑了一下。“请原谅，”佩林对那名皱眉的老妇人说，“我还有些事情要处理。”说完，他抬腿就走。半路上他只回头看了一眼。那时莉妮正在向吉尔师傅摇晃着一根手指，严厉地斥责他，完全不理会吉尔师傅的辩白。因为处在上风，佩林听不到他们在说些什么。实际上，佩林也不想听他们在说什么，他们全都疯了！

贝丽兰带着两名侍女和两名捕贼人，菲儿也带着她的随从，差不多二十名年轻的提尔人和凯瑞安人盘腿坐在帐篷旁边。女人像男人一样穿着外衣和长裤，佩着剑，没有人的头发长过肩膀，男人和女人都仿效艾伊尔人的样子，用一根缎带将头发系在脑后。佩林有些奇怪，他们之中的其他那些人到哪里去了。他们很少会跑到远离菲儿的地方，佩林希望他们不会惹麻烦，菲儿一直将他们带在身边，她说这样正是为了避免他们会惹上麻烦。但只有光明知道他们会干出什么事来，在凯瑞安还有一大群这样的小傻瓜。以佩林的观点，这帮人都应该狠狠地被踢一下屁股，好让他们的脑子里能有些东西。决斗，玩些“节义”的把戏，假装自己是艾伊尔人，白痴！

当佩林走近的时候，莱茜尔站起身。她是一名肤色白皙的娇小女子，在外衣的翻领上绣着红色的缎带。耳朵上缀着黄金小耳环。她挑战的眼神有时候会让两河人觉得她想要的也许是一个吻，而不是挥剑决斗。不过现在她挑战的姿态显得相当坚决。片刻之后，爱瑞拉也站了起来。这名深色皮肤的女子身材高挑，头发剪得像枪姬众一样短，身上的衣服比大多数男人都更加朴素；但和莱茜尔不一样，爱瑞拉显然宁可亲吻一条狗也不会亲吻任何男人。她们两个像是要走到帐篷前，挡住佩林的路，但穿灯笼袖外衣、方下巴的帕雷林大声命令他们坐下，她们不情愿地服从了命令。帕雷林用拇指揉搓着下巴，若有所思地望着佩林。佩林第一次看见他的时候，他还以提尔人的习惯留着胡子，但艾伊尔人是不留胡子的。佩林悄声嘟囔着他们的愚蠢。他们从骨子里忠于菲儿。佩林是菲儿丈夫的这一事实，对他们没有什么意义。亚蓝也许会嫉妒佩林对菲儿的关心，但亚蓝至少也会因为佩林的关系，对菲儿爱屋及乌。佩林在走进帐篷的时候，能感觉到这些少年白痴们的目光。如果菲儿知道佩林让她带着这帮人的目的，是为了让她没有机会去对付其他的麻烦，菲儿一定会活剥了佩林的皮。

这座帐篷相当高大，地上铺着绣花地毯，帐篷中还摆放着一些方便收在大车上的折叠家具，但那面沉重的立镜肯定是不可以折叠的。除了覆盖花布、被拼成小桌子的铜箍箱子以外，从盥洗架到镜子的每一件家具上都装饰着直线条的镏金花纹。十二盏装配反光镜的油灯，让帐篷里几乎像外面一样明亮，而且这里比外面要凉爽得多。帐篷顶的横梁上甚至还悬垂下来两幅丝绸壁挂。佩林总觉得这里太过富丽堂皇，而且那些呈直角形的鸟雀和花朵图案也让他觉得太生硬。多布兰依照凯瑞安贵族旅行时的排场为佩林准备了这些，而佩林一直努力让自己忽略掉这里面最可怕的一样东西——那张巨大的床，在旅行时带上这种东西真是十足可笑，它几乎要占据一辆大车。

菲儿和麦玎正坐在一起，在手中玩弄着银酒杯。她们现在完全是一副心照不宣的样子，用微笑掩饰着目光中的犀利，仔细倾听着对方话里的话。佩林完全看不出她们在下一个瞬间是会互相拥抱，还是会抽出刀子。当然，佩林相信大部分女性不会严重到使用刀子的程度，但菲儿会。麦玎经过一番梳洗，掸去了衣服上的灰尘，旅途的劳顿已经消失大半。摆放在她们中间的一张碎镶小彩桌上，放着另外几个杯子和一个高银水罐。水罐的表面挂着许多小水珠，从水罐里散发出薄荷茶的清香。当佩林走进来的时候，两个女人都回头望过来，刹那间，她们都显露出同样的表情——冷冷地思忖着是谁闯了进来。她们肯定不喜欢谈话被干扰，但至少菲儿的脸上立刻露出了微笑。

“吉尔师傅和我说了你的故事，多兰小姐，”佩林说，“你们度过了一段艰难的时日，但在这里是绝对安全的。”那个女人将杯子搁在唇边，低声说了一句谢谢，但她的微笑中透着机警。她的眼睛正在解读佩林，就像在看一本书。

“麦玎也告诉了我他们的故事，佩林，”菲儿说，“我也向他们做了保证。麦玎，你和你的朋友们已经艰苦跋涉了几个月，而你还没有告诉我未来的打算。你们先接受我的雇佣吧。你们可以继续旅程，但在我这里，环境肯定会好得多。我会给你们不错的薪俸，而且我不是一个严厉的主人。”佩林立刻表示赞同，如果菲儿这么喜欢收容迷途的人。至少他也很想帮助这些人，也许，他们跟着他终究还是会比漫无目的地游荡更加安全。

麦玎被茶水呛了一下，差点弄掉手中的杯子。她向菲儿眨眨眼，用一块缎带镶边的亚麻手绢擦了擦沾上茶水的下巴。奇怪的是，她反而转过身，认真审视着佩林。“我……谢谢你，”过了一会儿，她才缓缓地说道，“我想……”又仔细看了佩林几眼之后，她的声音高扬起来，“是的，谢谢你，我感激地接受你们的好意，我必须把这件事告诉我的同伴们。”她站起身，犹豫了一下，将杯子放在托盘上，展开裙子，行了一个适合于任何宫廷的屈膝礼。“我会尽力为你提供好的服务，夫人，”她的声音里没有任何情绪，“我能告退了吗？”得到菲儿的许可以后，她又行了一个屈膝礼，后退两步，转身离开。佩林挠了挠胡子。又一个要不停地向他低头躬腰的人。

帐篷帘子刚刚在麦玎身后落下，菲儿就放下杯子笑了起来，还不停地用脚跟跺着地毯：“哦，我喜欢她，佩林，她有一股气势。我和你打赌，如果不是我，她一定会用那两面旗子把你的胡子烤焦。哦，是的，她真有气势！”

佩林哼了一声。这就是他需要的？另一个会烤焦他胡子的女人？“我答应了吉尔师傅要照顾他们，菲儿，但……你猜莉妮向我提出了什么要求？她想叫我做主让麦玎和那个叫塔兰沃的家伙结婚。不管他们说些什么，只要命令他们结婚就好了！她说他俩想这样！”佩林在一个银杯里倒满薄荷茶，一屁股坐进了刚才麦玎坐的那把椅子里，完全不在乎椅子在他突然的重压下发出的哀鸣。“不管怎样，这样的胡话至少不会让我担忧。吉尔师傅说霄辰人占领了阿玛多，我相信他的话。光明啊！霄辰人！”

菲儿将双手的指尖搭在一起，两只眼睛茫然地盯着它们。“也许事情只是如此而已，”她喃喃地说道，“大多数仆人愿意在仆人里找个伴儿。也许我应该安排一下，也要为布琳安排一下，她把脸洗干净以后，就跑出去查看那个大个子，我怀疑他们已经结婚了，她的眼神很不寻常。我不会让我的仆人们在没结婚的时候，就做出结婚以后才能做的事，佩林，那样只能造成泪水、指控和怒火，而布琳受的伤会比那个大个子更深。”

佩林只能盯着自己的妻子，“你听见我的话了吗？”他缓慢地问道，“霄辰人已经占领了阿玛多！霄辰人，菲儿！”

菲儿打了个愣怔。她真地在考虑那些女人的婚事！然后，她露出愉快的微笑。“阿玛多距离这里还很远，即使我们真的遇到了霄辰人，我相信你会对付他们的。毕竟，你已经教会我栖息在你的手腕上，不是吗？”

菲儿虽然这样说，佩林却从没有见她这样做过。“他们也许要比你更难对付一些。”佩林有些无力地说。菲儿又笑了，不知为什么，现在她特别高兴。“我正在考虑，是否要派格莱迪或者尼尔德去警告兰德，不管他曾经怎样叮嘱过我。”菲儿用力摇摇头，脸上的微笑一下子就消失了，但佩林仍然在坚持他的想法。“如果我知道兰德在哪里，我会这样做的，一定要找到办法把这个讯息秘密地传递给他。”在表面上，佩林是被兰德放逐的，对于这一点，兰德比要求佩林躲避马希玛更加坚持。必须让所有人都知道，佩林和兰德之间已经没有任何关系。

“他知道，佩林，我相信他已经知道了。麦玎看见信鸽从阿玛多朝各个方向飞出，而霄辰人显然并不在乎那些信鸽。到这个时候，所有在阿玛多有生意的商人肯定也已经知道了，白塔也知道了。相信我，兰德一定知道，你必须相信他掌握信息的能力，他能做到这一点。”菲儿并非总是对自己的推断如此确信无疑。

“也许吧。”佩林焦躁地嘟囔着。他竭力不去担心兰德的心智，但佩林实在看不出，兰德把自己赶到这个地方有什么意义。兰德对他有多少信任？兰德隐瞒了许多事，有许多计划，他从未泄露过。

佩林吐出一口气，坐回椅子里。事实是，不管是疯狂还是清醒，兰德是对的。如果弃光魔使猜测到他想干什么，或者是白塔猜到了，他们就一定能找到办法将铁砧推倒在兰德的脚上。“至少我可以让白塔的眼线少得到一点情报。这次，我要把那该死的旗子烧掉。”还有那面狼头旗。他也许能玩一场扮演领主的游戏，但他不需要一面该死的旗帜！

菲儿撅起丰满的嘴唇，思考着，然后，她微微摇摇头。她离开椅子，跪在佩林身边，伸双手握住佩林的手腕。佩林小心地望着她的眼睛。每次菲儿用这种专注、严肃的目光看着他的时候，不是要对他讲一些非常重要的话，就是要将羊毛毯捂在他的眼睛上，让他打转，直到他分不清东西南北。但菲儿的气味告诉佩林，这次她不会捂他的眼睛。佩林竭力不去嗅菲儿的体香，他太容易迷失在其中了，然后菲儿就会扯起羊毛毯子。结婚以后，佩林学到的一件事就是：男人需要运用自己全部的智慧来对付一个女人，即便如此，往往这也是不够的。女人如果打定主意，就会像两仪师一样笃定无疑。

“你也许应该重新考虑一下，丈夫。”菲儿喃喃地说道。她的嘴角又闪过一丝微笑，像是她又知道了佩林在想什么。“进入海丹以来，我看不出有谁知道红鹰旗代表着什么。不过，在贝萨这种规模的城市里，也许还有人知道。而我们寻找马希玛的时间愈长，暴露身份的机会也就愈大。”

这正是要去掉这面旗的原因。佩林根本不屑于去讨论这种事情。菲儿并不蠢，她的心思要比佩林快得多。“那为什么还要留下那面旗？”他缓缓地问道，“所有人的目光都会被打着这面旗帜的白痴吸引，他们会以为那个白痴是要把曼埃瑟兰从坟墓里挖出来。”在过去的日子里，的确有人这样干过，这其中有男人也有女人。曼埃瑟兰包含着强有力的回忆，对于任何想要造反的人来说都是一个很好的借口。

“正因为它会吸引目光，”菲儿向佩林俯过身子，“一个想要恢复曼埃瑟兰的人，少数人会向你微笑，希望你赶快离开，然后尽快忘记你；但对于大多数人，他们现在已经被各种事情搞昏了头，除非你一拳打在他们的鼻子上，否则他们根本不会看你第二眼。和那些霄辰人、先知还有白袍众相比，一个想让曼埃瑟兰复国的人只是小事一桩。我想，白塔也不会因为这面旗子就有多关心你，至少现在不会。”菲儿的笑容更加灿烂了，她眼睛里闪烁的光彩说明，她将要说出这番话的重点。“最重要的是，没有人会想到高举这面旗子的人还有别的目的。”突然间，她的笑容消失了，用力将一根手指点在佩林的鼻子上。“不要说你自己是白痴，佩林·巴歇尔·艾巴亚，即使是拐弯抹角地说也不行，你不是白痴，我不喜欢这样。”她的气味中带着一点辛辣，不算真正的生气，但肯定是不高兴。

女人真是难以捉摸，她们的心思变得比掠过水面的翠鸟还要快，佩林觉得自己的脑子永远也及不上菲儿。他从没有想过要这样……招摇撞骗，但他明白其中的道理，这就像自称是个贼，好掩盖自己杀手的身份。不过这样可能真的会有效。

佩林“咯咯”笑着，吻了一下菲儿的指尖。“就把旗子留下吧，”他相信菲儿也不会同意去掉那面狼头旗，该死！“但雅莲德必须知道事实，如果她认为兰德要立我为曼埃瑟兰之王，夺取她的土地……”

菲儿突然站起来，转过了身。佩林害怕他提到雅莲德女王是一个错误，雅莲德太容易让她想到贝丽兰。菲儿现在的气味……开始变得刺鼻，带着警觉。她只是回头说道：“雅莲德不会对金眼佩林造成任何麻烦，那是一只落网的鸟，丈夫。现在我们该仔细想想如何找到马希玛。”她走到贴帐篷壁的一个小箱子旁边，身姿优雅地跪下去，这是唯一一只没有覆盖布料的箱子。菲儿掀起箱盖，开始从里面拿出一卷卷地图。

佩林希望菲儿对雅莲德的判断是正确的，因为如果菲儿错了，他也不知道该怎么办。如果他能符合菲儿一半的期望就好了。雅莲德是一只落网的鸟。霄辰人将在金眼佩林面前像木偶一样翻倒在地。他将抓住先知，把先知带到兰德那里，即使现在正有成千上万的人保护着马希玛。这不是佩林第一次意识到，不管菲儿的愤怒对他造成怎样的伤害和困惑，真正让他恐惧的是菲儿对他的失望。每次佩林看见她的那种眼神，就觉得自己的心脏像从胸膛里被挖了出来。

佩林跪在菲儿身边，帮她展开最大的一幅地图，这幅地图涵盖了海丹南部和阿玛迪西亚北部。佩林仔细看着地图，似乎马希玛的名字会从地图上跳出来一样。现在他比兰德更渴望此次行动的成功，不管怎样，他不能辜负菲儿。

菲儿躺在黑暗里，倾听着佩林的呼吸声，直到她确定佩林已经睡熟，然后她从他们同盖的毯子下面溜出来。当她将亚麻睡衣往头上套的时候，不由得感到了一点沮丧和有趣。佩林真的以为如果他在早晨行李装车的时候，把这张床藏在树林深处，她就找不到？至少她对这件事不是特别在意，她睡在地上的时候并不比佩林少。当然，她会装出一副惊讶的表情，再发一点火，佩林就会道歉，也许还会把这张床再找出来。管理丈夫是一门艺术，这是妈妈说的。黛拉·尼·加林恩难道从不曾认为，这是一件困难的事吗？

菲儿将两只脚伸进软鞋里，又套上一件丝绸长袍，然后她看着佩林，犹豫了一下。如果佩林是醒着的，就能清楚地看到她；而她只能看到佩林模糊的影子。她希望妈妈能在身边，给她建议，她全心全意地爱着佩林，但她也充满了困惑。真正懂得男人当然是不可能的，但佩林和与她一起长大的那些男人是那么不一样。佩林从不会吹牛，却总是取笑自己，他很……谦逊。菲儿从前绝对不相信男人会是谦逊的！佩林一直都认为是机遇让他成为了一名领袖。他说他不懂得如何率领群众，但遇到他的人们却总是在一个小时之后就全心全意地要追随他。他说他的思维太过缓慢，而那些经过深思熟虑的想法，每每让她禁不住要跳一场欢欣快步舞才能压抑下激动的心情。他是一个神奇的男人，她的卷毛狼，那么强壮，又那么温柔。菲儿叹了口气，踮着脚尖走出帐篷，佩林的耳朵有时会捕捉到她的脚步声。

营地在明亮的月光下显得相当平静，因为没有云层的遮挡，现在，每天晚上的月亮都放射出满月般的耀眼光芒，把星星全部遮盖住了。某种夜鸟发出尖锐的叫声，又在一阵猫头鹰浑厚的“咕咕”声中沉寂了。一阵微风吹来，令人惊讶的是，其中似乎真的带着一点凉意。也许只是她的想象，夜晚只是比白天相对凉爽一点。

人们都已经睡着了，看上去就像树下的一堆堆黑影，只有屈指可数的几堆篝火还亮着，周围坐着最后一些没有睡的下人。菲儿没有刻意隐藏自己，不过并没有人注意她。有些人一下一下地点着头，一副半睡半醒的样子。如果菲儿不知道那些站岗的人是多么尽忠职守，她也许会以为一群野牛就能突袭这座营地。当然，枪姬众也在守夜，但即使被她们看见也没有关系。

高轮大车排列成数支长队，仆人们在车下发出一阵阵鼾声。这里也还燃着一堆篝火，麦玎和她的朋友们坐在篝火周围。塔兰沃正在说话，并用力地打着手势，他说话的对象是麦玎，但只有那些男人们在听他说什么。现在他们都脱去那些于抹布一样的东西，换上了新衣服。这些衣服自然是被他们收在行李中，这一点并不令人惊讶，但他们原来的主人一定赏给了他们许多丝绸。麦玎竟然穿着一袭剪裁优良的浅蓝色丝绸长裙，其他人的穿着就比较一般，也许麦玎曾是主人面前最受宠的侍女。

菲儿踩断了一根树枝，篝火旁的人立刻都转过了头，塔兰沃已经准备好要跳起身，佩剑也抽出半截。直到他看清走过来的是谁，才停止了动作。他们的警戒心比两河人更高。在很短的一段时间里，他们只是盯着菲儿。然后麦玎优雅地站起身，深深地行了一个屈膝礼，其他人也匆忙学样，以不同的熟练程度向菲儿行礼，只有麦玎和巴尔沃显得从容不迫。吉尔的圆脸上始终挂着紧张的笑容。

“继续你们在做的事情吧，”菲儿和善地说，“但不要耽搁太晚，明天还有许多工作。”她继续向前走去，但她回头瞥过去的时候，却发现他们还站在原地窥望着她。他们的旅行一定让他们像永远都在害怕狐狸的兔子一样警觉，菲儿在心中思量着他们是否还能胜任仆从的工作。以后的几个星期里，她要用她的方式训练他们，了解他们，这可有得忙了。对于一个成功的家族而言，每一名成员都是重要的，她必须找出时间来做这件事。不过今晚，她不应该花费太多时间去想他们。很快地，菲儿就走过了大车队列，来到两河人的警戒线以外不远的地方。两河人正隐藏在树上，用锐利的目光监视着周围的动静，任何比老鼠大的东西都无法逃脱他们的视线。有时，他们甚至能发现枪姬众的行迹，不过他们当然不会阻挠菲儿的行动。在一片被月光照亮的小空地上，菲儿的人正在等着她。

见到菲儿走过来，一些人立刻向她鞠躬，帕雷林差一点单膝跪倒。有几名穿男装的女子下意识地要行屈膝礼，又立刻低垂下目光，为自己的行为而困窘不安。虽然他们竭力在仿效艾伊尔人的风格，但宫廷礼仪在他们的脑海里已经根深蒂固。他们现在所笃信的都是艾伊尔人的东西，但有时候，他们所信奉的那套理论甚至会让枪姬众感到惊恐。佩林称他们是傻瓜。从某种角度讲，他们确实有些傻，但他们已经宣誓向菲儿效忠——从艾伊尔人那里抄袭来的水之誓言，这让他们成为了菲儿的人。他们已经为自己的“战士团”起了名字：刹菲儿——鹰爪众。他们明白此时还不能对此大肆宣扬，他们不是傻瓜，实际上，虽然他们做事难免有些毛躁，但他们和与菲儿一起长大的那些年轻男女并不一样。

今天早晨被菲儿派出去的人已经回来了，他们之中的女人还在更换衣装。在贝萨，即使是一名穿男装的女人也会引起注意，更不要说是五个人了。这片小空地上到处都铺着裙子和衬裙、外衣、衬衫和裤子。这些女人们都要表明，她们并不在意在其他人面前裸露身体，即使是在男人的面前，因为艾伊尔人不会在意，但慌乱的动作和粗重的喘息声暴露了她们真实的心思。男人们都挪动着脚步，有意无意地将头转向一旁，却又会强迫自己转回来，看着那些女人，似乎他们认为艾伊尔人不会避忌这种情景，只不过，他们又都装作没有看见那些女人的身体一样。菲儿紧抓住睡衣外面的长袍，不让它的下摆飘起来，她没办法在不惊醒佩林的情况下再多穿衣服了，但她至少不会装作对此毫不在意。她不是阿拉多曼人，会在浴池中接见自己的扈从。

“请原谅我们的迟误，菲儿女士。”赛兰蒂一边将外衣抻平，一边喘息着说道。这名矮小的女人带着浓重的凯瑞安口音，就是在凯瑞安人中间，她也不算高，但她努力想要表现出一番气势来，高昂起头，端起肩膀，仿佛无所畏惧一般。“我们本可以快点回来的，但在我们出城的时候，那些门卫干扰了我们。”

“干扰？”菲儿厉声说道。如果她能亲自看着他们，如果佩林让她去，而不是派出那个贱人，事情就不会这样了。不，她不会去想贝丽兰，这不是佩林的错，每天她都要把这句话跟自己重复二十遍，就像是一种祈祷。但那个男人为什么会那么盲目？“什么样的干扰？”菲儿懊恼地吸了一口气。对臣仆们说话的时候，绝对不能流露出丈夫造成的困扰。

“没有什么值得注意的，女士，”赛兰蒂将佩剑插在腰带上，“走在我们前面的一些赶马车的人，他们只看了一眼就放过去了，但他们担心让女人晚上出城会不安全。”另一些女人笑了起来。五个进入贝萨的男人都不安地耸动着身子，毫无疑问，他们被认为不足以保护他们的女伴。其余刹菲儿在这十个人身后围成了厚厚的一个半圆，都在注视着菲儿，等待着她说话。月影遮住了他们的面孔。

“告诉我你们看见了什么？”菲儿用平静的语气命令道，现在她感觉好多了。

赛兰蒂做了简明的汇报。虽然菲儿一心想要亲自去一趟，但她不得不承认，他们捕捉到的情况几乎已经满足了她的一切要求。贝萨的街道即使在应是一天最繁忙的时刻也空荡荡的，人们都尽可能留在家里。偶尔有一些零星的商业活动，但绝少有商人愿意进入海丹的这一地区。从乡下运送来的食物勉强能让这里的人充饥。大多数城里的人都非常惊恐，害怕城墙外面的世界，愈来愈深地陷入冷漠和绝望之中。因为害怕先知的探子，所有人都三缄其口；因为害怕被其他人当成探子，所有人也都蒙上了眼睛。先知对这里造成了严重的影响，比如，无论有多少强盗在山丘中游荡，贝萨城里的小偷和劫匪却已经绝迹了。据说先知对于盗贼的处罚是砍掉双手，不过这种刑罚似乎并不作用于他的追随者。

“女王每天都要在城中巡行，表明她仍然有旺盛的士气。”赛兰蒂说，“但我认为这没什么用。她计划在南方保住人群对女王的信念，也许她在别的地方会更成功一些。警察已经加入到城墙卫兵中间，同样被派上城墙的还有一些女王的士兵，也许这能让居民们感觉更安全，至少在女王离开这里之前是这样。和其他人不一样，雅莲德本人显然并不害怕先知会攻进城里来，她早晚都会在特莱彬领主的花园中孤身散步。她身边只留下了很少几名士兵——那些士兵大部分时间都是在厨房中度过的。城里的每个人似乎都很关注食物，担心食物还能支撑多久时间，就像他们担心先知还有多久会来一样。实际上，女士，即使贝萨城墙上站满了士兵，我想，只要马希玛一个人出现在这里，他们也会立刻将贝萨城献给他。”

“他们会的，”美莱妲轻蔑地说道，也将剑搭在了腰上，“他们还会乞求先知的仁慈。”美莱妲肤色黝黑，身体壮实，像菲儿一样高。但赛兰蒂只是向她一皱眉，这名提尔女子立刻低下头，低声向赛兰蒂道歉。在菲儿之下，刹菲儿的领导者是不能被质疑的。

菲儿很高兴自己不必去改变他们的等级关系。也许除了帕雷林以外，赛兰蒂是他们之中最聪明的，只有爱瑞拉和卡麦丽比她反应更快，但赛兰蒂还有其他一些特点，她是一个相当镇定的人，仿佛她已经遇到过一生中最大的恐惧，再没有什么事能让她动摇。当然，她很想像那些枪姬众一样有一道伤疤。菲儿的身上就有几道小伤疤，那是荣誉的证明，但如果无缘无故就想在身上留下伤疤，肯定是白痴的行径，至少这个女人并不是很渴望去做那种傻事。

“根据你的命令，我们制作了一张地图，女士，”那个小个子女人又用警告的眼神瞥了一眼美莱妲，“我们还在地图背面尽量绘制了特莱彬领主宫殿的草图，但我们大概只能画出花园和马厩的位置。”

菲儿将地图在月光下展开，并没有努力想要看清上面的那些线条，她不能亲自去勘察一下实在是可惜，她应该能绘制出宫殿内部的状况。没关系，就像佩林说的那样，做完的事已经做完了，这就足够了。“你确定没有人搜查那些出城的马车？”即使光线昏暗，菲儿仍然能看到她面前的许多张脸上出现了困惑的神情。没有人知道她为什么要派他们进入贝萨。

赛兰蒂没有显露任何困惑的表情。“是的，女士。”她平静地说，非常聪明，而且反应非常快。

一阵风吹来，掀起地面上的枯叶，让树上的叶片“簌簌”作响。菲儿希望自己能有佩林的耳朵，也希望能有佩林的鼻子和眼睛，她不害怕有人看见她和她的这些部下在一起，但如果有人在偷听，就是另一回事了。“你们做得非常好，赛兰蒂，你们都做得很好。”佩林知道这里的危险，他知道南方每一个地区的危险，但就像大多数男人一样，他经常会听从自己的情绪，而不是自己的脑子。一名妻子必须避免自己的丈夫陷入各种麻烦，这是菲儿的母亲对她的婚姻生活给予的第一条谏言。“天一亮，你们就好回到贝萨去，你们要做的是……”

这一次，就连赛兰蒂也惊讶地睁大了眼睛，但没有人表示任何反对。当然，如果有人反对，菲儿一定会吃惊的。她的指令将得到一丝不苟的执行。这样做确实有一些危险，但在这个时候，几乎没有任何一件事是没危险的。

“有什么问题吗？”菲儿最后问道，“所有人都明白了？”

刹菲儿异口同声地答道：“我们以此生侍奉菲儿女士。”这意味着他们将侍奉菲儿心爱的狼，无论她的狼是否希望他们这样。

麦玎盖着毯子，在坚硬的地面上挪动着身体，睡眠一直在躲避着她。现在，这是她的名字，一个新的名字，一个新的人生。麦玎，来自于她的母亲。多兰，来自于一个曾经隶属于她的庄园家族。新的人生代表着旧的已经结束，但系在心里的结并不能就此而被割开，而现在……现在……

一阵微弱的枯叶碎裂声令她抬起了头，她看见一个模糊的影子走过树林，那是菲儿女士，她正从她刚才去的地方返回帐篷。一名讨人喜欢的年轻女子，心地和善，言谈优雅，无论她的丈夫有着怎样的血统，她肯定是贵族出身，但她还很年轻，没有经验，这也许能帮上忙。麦玎让头落回到被卷起当作枕头的斗篷上。光明啊，她在这里干什么？做一位女士的女仆！不，至少她要对自己保持信心。她仍然能找到信心，她能，只要她深深地挖掘下去。听到一阵脚步声靠近，她不由得屏住了呼吸。

塔兰沃矫健的身姿跪到她身旁，他没有穿衬衫，月光照亮了他胸膛和肩膀的肌肉。他的脸陷在影子里面，一阵微风吹动了他的头发。“这是怎样的疯狂啊？”他轻声问道，“侍奉别人？你要做什么？不要和我说什么新人生的胡言乱语。我不相信，没有人会相信。”

麦玎想要转过身，但塔兰沃伸手按住了她的肩膀，他没有用任何力量，但麦玎一下子就被定住了。光明啊，麦玎只希望自己不要颤抖。光明好像没有听到她的请求，不过她至少还能保持声音的稳定：“请你了解，现在我必须在这个世界上走出自己的路，做一位贵族的侍女总比去酒馆当女招待好。如果你觉得在这里做事不适合你，你完全可以离开。”

“当你放弃王座的时候，你没有放弃你的智慧和你的尊严。”塔兰沃喃喃地说。烧了莉妮，烧了她的主意吧！“如果你想要装作你放弃了，我建议你尽量避免和莉妮单独相处。”塔兰沃在笑她！他真的在笑！哦，他笑得是那么开心！“她有话想要和麦玎说，我怀疑，她对麦玎就不会像对摩格丝那样温柔了。”

麦玎愤怒地坐起身，将塔兰沃的手打开。“你瞎了吗？也聋了吗？转生真龙对伊兰有图谋！光明啊，如果伊兰在他的想法里只是一个名字，我绝不会高兴的！现在我能待在转生真龙党羽的身边，这样的机会太难得了，塔兰沃，我绝不能放弃这个机会！”

“烧了我吧，我就知道一定会这样，我希望我错了，但……”听语气，塔兰沃一定像她一样愤怒。他没有权力愤怒！“伊兰在白塔是安全的。玉座绝不会让她靠近一个能导引的男人，即使他是转生真龙——尤其当他是转生真龙的时候！麦玎·多兰对玉座无能为力，对转生真龙无能为力，对狮子王座无能为力。她能做的只是让自己的脖子折断，或者让自己喉咙被割开，或者……”

“麦玎·多兰可以看！”麦玎打断了他，至少是阻止了他那种可怕的训诫。“她能听！她能……”伴随着恼恨的情绪，她的声音低了下去。她能干什么？突然间，她意识到她已经坐起身，却只穿着一件薄薄的衬裙，急忙用毯子裹住身体。这个夜晚似乎真的有一点凉了，或者她身上的鸡皮疙瘩只是因为塔兰沃那双被影子遮住的眼睛。这个想法让她的脸一下子红了起来，她只希望塔兰沃没有看见。幸运的是，这也让她的声音平添了一股火气，她已不是一个小女孩，不会因为被一个男人看就脸红！“我会做我能做的，无论那是什么。我总有机会能知道一些事情，或者做一些事情，对伊兰有所帮助，所以我会留下来！”

“这是一个危险的决定。”塔兰沃平静地对她说。麦玎希望能看清塔兰沃在黑暗中的脸，当然，那只是为了解读塔兰沃的表情。“你听到了，他威胁说要吊死任何敢冒犯他的人。有一双那样眼睛的人，我相信他的威胁是真的，那是一双野兽的眼睛。当他放走那个家伙的时候，我非常惊讶，我还以为他会撕裂那个人的喉咙！如果他发现了你的身份，你过去的身份……巴尔沃也许会出卖你，他从没有真正解释过为什么他会帮助我们逃离阿玛多。也许他认为摩格丝女王会给他一个新的职位。现在他知道已经不可能有这样的机会，他可能想要向他的新主子邀功买宠。”

“你害怕金眼佩林领主？”麦玎轻蔑地问道。光明啊，那个男人确实让麦玎感到害怕，那双眼睛是属于一头狼的。“巴尔沃知道要管住自己的舌头，他所说的一切都会返回到他身上，毕竟他是和我一起来的。如果你害怕，那就骑上马逃走吧！”

“你总是把这样的话摔在我的脸上。”塔兰沃叹了口气，坐回到自己的脚跟上。麦玎看不见他的眼睛，却能感觉到他的目光。“你说，如果我愿意，就骑上马走掉。曾经有一名士兵，他在远远的地方爱上了女王，心知这样的爱毫无希望，知道他永远都不敢将这份爱说出口。现在，女王已经不在了，只有一个女人留下来——这是我的希望，我被火烧的希望！如果你想让我离开，麦玎，告诉我，只要一个字——‘走’，一个字就可以。”

麦玎张开口。*一个字而已*，她想，*光明啊，只要一个字就可以！为什么我说不出来！光明啊，求你让我把它说出来！*但今晚第二次，光明没有听见她的心声。她抱着毯子，坐在地上，好像一个傻瓜，张着嘴，面颊愈来愈红。

如果塔兰沃再发出笑声，麦玎一定会用腰带上的匕首刺穿他。只要他笑一声，或者显露出任何得意的迹象……

但塔兰沃只是向前倾过身子，温柔地吻了她的眼睛。她的喉咙深处发出一阵响声。她的身体完全无法移动，只能睁大了眼睛，看着他站起身。月光下，他变成了一个高大的剪影。她是女王——她曾经是女王——习惯发号施令，习惯在艰难的时刻做出艰难的决定，但就在此时，剧烈的心跳将她全部的思维都撞出她的大脑。

“如果你对我说‘走’，”塔兰沃对她说，“我就会埋葬希望，但我永远也不能离开你。”

直到塔兰沃躺回到自己的铺位上，麦玎才强迫自己躺下，用毯子裹紧身体，她不停地喘息着，仿佛刚刚跑了很长的路一样。夜晚有些凉，她在打哆嗦，不，不是颤抖。塔兰沃太年轻了，太年轻了！而更可怕的是，塔兰沃是对的。烧了他吧！一名女仆什么也做不了，如果转生真龙的狼眼杀手知道安多的摩格丝就在他手上，麦玎一定会被利用作对抗伊兰的工具，而不可能是帮助伊兰。塔兰沃没有权力正确，因为她要他是错的！这个不合逻辑的想法让麦玎更加愤怒。她有机会做一些有用的事！她必须有机会！

在麦玎的脑海深处，一个细小的声音正在笑她。*你不能忘记你是摩格丝·传坎。*那个声音轻蔑地对她说，*摩格丝女王无法阻止自己插手到权力游戏中去，无论她已经做了多少错事。她也没办法让一个男人走开，因为她无法停止去想那个男人的手有多么强壮，去想他微笑时嘴唇的弧线，还有……*

麦玎气恼地用毯子蒙住头，竭力想要挡开那个声音。她留下来并不是因为她无法离开，至于塔兰沃……她会牢牢地把他钉在他应该在的位置上。这一次，她会的！但……他的位置在哪里？在一个已经不再是女王的女人身边？麦玎竭力要把他从自己的心里赶出去，竭力想要忽略那个无法平静下来的嘲笑她的声音，但是当睡眠最终来袭时，她仍能感觉到眼皮上塔兰沃嘴唇留下的暖意。

第 9 章

混乱

像平时一样，佩林在第一缕曙光出现之前就醒了。也像平时一样，菲儿已经起身出去了，如果她愿意，她能让自己发出的声音比一只老鼠更小。佩林怀疑即使自己在躺下一个小时之后就醒来，菲儿还是会比他更早起床。帐篷帘已经挂起，帐篷帷幕的底边也略微卷起，一阵阵上升气流从帐篷的天窗吹走，足以造成一种凉爽的假相。佩林在找衬衫和马裤的时候真的打了个哆嗦，现在应该还是冬天，即使天气自己并不知道这一点。

佩林在黑暗中穿好衣服，用盐刷了牙。他不需要灯光，当他蹬上靴子，离开帐篷的时候，看见菲儿的新仆人们已经奉菲儿的命令，在稀微的灰色晨光中开始收拾东西了，有些人提着点亮的油灯。领主的女儿需要仆人。佩林觉得自己应该早安排这件事。在凯姆林，菲儿训练了一些两河人。但为了保密的需要，不能让这些人跟着他们。吉尔师傅肯定想尽快回家，蓝格威和布琳肯定要跟着吉尔师傅，但也许麦玎和莉妮会留下。

盘腿坐在帐篷旁边的亚蓝站起身，静静地等待着佩林。如果佩林没有阻止他，亚蓝就会睡在帐篷门前。今天早晨，他穿着红白色条纹的上衣，只是白色显得有一点脏。即使在这里，他的狼头柄佩剑仍然竖在肩后。佩林将斧子留在帐篷里，并且很高兴能摆脱掉它。塔兰沃仍然佩着剑，但吉尔师傅和另外两个人都已经把剑搁起来了。

菲儿一定在注意着佩林，佩林刚一走出帐篷，她便向帐篷一挥手，清晰地下达了命令。麦玎和布琳提着油灯，飞快地从佩林和亚蓝身边走过。她们的下巴紧绷着，身上散发出决绝的气味，她们都没有对佩林行屈膝礼，这对佩林而言是一个惊喜。莉妮行了屈膝礼，她将膝盖稍稍一弯，就向前面那两个女人追了过去，一边还低声嘀咕着："应该知道自己的位置。"佩林怀疑莉妮属于那种认为自己的"位置"应该是管理者的人，不过，大多数女人都是这样想的。看样子，不止是在两河，全世界都通行这个道理。

塔兰沃和蓝格威紧跟在那些女人身后，蓝格威像塔兰沃一样向佩林严肃地鞠了一躬，塔兰沃的脸色几乎是铁青的。佩林叹了口气，鞠躬向他们回礼，他们全都愣住了，张大了嘴瞪着佩林。直到莉妮向他们喊了一声，他们才跑进帐篷。

菲儿向佩林抛来一个笑容，然后就向大车队走去。贝瑟·吉尔和塞班·巴尔沃分别走在菲儿的两侧，不停地和她交谈着。两个男人各提着一盏油灯，为菲儿照路，当然，还有十来个笨蛋一直跟在菲儿身旁，菲儿的说话声只要稍一提高他们就能听见。他们抚弄着剑柄，盯着周围昏暗的树影，像是在提防着，或者说是盼望着敌人的伏击。佩林挠了挠下巴上的短须。菲儿总是能找到大量的工作填满自己的时间，没有人能把这些工作从她的手里接过来，没有人敢。

第一抹阳光刚刚显露在地平线的时候，凯瑞安人已经在大车周围开始忙碌了。菲儿走近他们的时候，他们的速度明显加快；当菲儿走到他们身边的时候，他们几乎已经是跑起来了，手中的油灯在昏暗的晨霾中不停地晃动。习惯农场生活的两河人已经开始做早餐。一些人围绕着篝火笑闹嬉戏，一些人还在半睡半醒中恹恹地咕哝着。不过大多数人都在工作了，还有几个还想懒在毯子里的也被踹了起来。格莱迪和尼尔德也起来了，他们总是远离他人，穿着黑色的外衣，藏在树林中的阴影里。佩林从没有见过他们脱下那身外衣的样子，而且他们永远都是将钮扣一直系到领口。无论在日落时那身衣服是什么样子，等到日出的时候，它们永远都是一尘不染、平整如镜。现在那两名殉道使正在以整齐划一的步伐练剑，这是他们每个早晨必做的功课，这总比他们在晚上进行的修炼要好。当他们盘腿坐下，双手放在膝头，盯着远处的某个地方时，没有任何人能看出他们在干什么，但营地中所有的人都会尽量远离他们，即使是枪姬众也不会在那种时候踏进他们的视野。

少了某件事，佩林带着惊讶的心情意识到这一点。每天早晨，佩林走出帐篷遇到的第一个人都会端给他一碗稠燕麦粥作为早餐，不过今早菲儿似乎是太忙了，忘记了这件事。佩林心情愉悦地向篝火走去，希望这次他至少能自己盛一碗燕麦粥。这真是个小小的希望。

佛仑·巴斯特是个下巴上有一个凹痕的瘦子，他在半路上拦住佩林，将一个雕花碗塞进佩林的手中。佛仑来自于靠近望山的农场，佩林跟他并不是很熟识，不过他们曾经一起打过一两次猎。有一次佩林帮助他从水林的泥沼中救出他父亲的一头母牛。“菲儿女士请我把这个给你，佩林，”佛仑担忧地说，“你不会告诉她我忘记了吧？是不是？你不会说的？我找到了一些蜜，我在这里面放了好大一块呢。”佩林竭力不让自己叹气，至少佛仑还记得他的名字，也许佩林没办法为自己做一点哪怕是最简单的事，但他要为在这片树林中吃饭的人们负责。如果没有他，他们现在会和家人在一起，准备一天的农场工作，挤牛奶、劈柴，而不是担心在日落之前是否会被杀死，或者不得不去杀人。佩林几口吞下加了蜂蜜的燕麦粥，回头吩咐亚蓝去吃早餐，但亚蓝立刻显露出一副可怜的样子，让佩林不得不收回自己的命令。于是亚蓝就跟着他开始环绕营地的巡行。这并不是佩林喜欢的工作。

当佩林走近的时候，人们都放下碗，甚至会站起来，直到他走过去。每当有和他一起长大，或者更糟糕——曾经将他当作小孩呼来喝去的人，向他高喊“佩林领主”的时候，佩林都会咬咬牙。并不是所有人都这样做，但实在太多了，现在佩林已不再阻止他们，因为这只会把他弄得疲惫不堪。而对于佩林的制止，他们的回答总是：“哦！随你说什么吧，佩林领主。”让佩林恨不得大声咆哮一番！

尽管如此，佩林还是对每一个人都说上一两句话。不过，他大部分注意力都集中在自己的眼睛和鼻子上。他们都很清楚要随时修理自己的弓，将箭羽和箭尖保持在最好的状态，但有些人却不注意自己靴底和裤子臀部的破洞，或者任由脚上的水泡溃烂，他们完全没有心思处理这种事情。有几个人从不会放过任何白兰地，其中有两三个在喝过酒之后就把脑子完全丢了。在他们到达贝萨的前一天经过一个小村庄，那个村子里竟然有不少于三家的酒馆。以前当卢汉大妈或者佩林的母亲教训佩林要换一双新靴子，或者裤子上有破洞要补的时候，佩林总是羞愧得要命。他相信，无论是谁这样教训他，他都会同样困窘。但奇怪的是，从头发斑白的乔丁·巴兰以下，两河人对于他的告诫只是回答：“是啊，你说得对，佩林领主，我立刻就去做。”或者诸如此类的话。佩林走开的时候，看见他们之中有些人彼此相视而笑，他们竟然是高兴的！当佩林将一个盛满了梨子白兰地的陶土瓶从乔锐·康加的鞍囊里揪出来的时候（这个瘦得皮包骨的家伙，每顿饭都要吃掉别人两倍的食物，又总是一副一个星期都没有吃过一口饭的样子。乔锐是一名优秀的弓箭手，但只要有机会就会大喝特喝，直到再也站不住，而且，他还喜欢小偷小摸一下），乔锐只是睁大了眼睛看着佩林，摊开双手，像是他根本不知道这只瓶子是从什么地方冒出来的。佩林将整瓶的白兰地都倒在地上，乔锐笑着说：“真是什么事都瞒不过佩林领主啊！”他的声音里充满了骄傲！有时候，佩林觉得他是这里唯一还有理智的人。他注意到另一件事，现在这里的人显然都对他没说的事非常感兴趣，他们一个接一个地偷瞥着那两面偶尔会随风飘扬的旗帜——红狼头旗和红鹰旗。他们看看旗子，又看看他，等待着他的命令，他经常会下达的命令。自从进入海丹以后，他更是每一次都要下达这样的命令了，但昨天他就什么都没有说，今天他也还没有说。佩林从人们的脸上看到了各种臆测。最后，他丢下一边瞥着旗子、一边窥看着他的那些人，径自走掉了。那些人开始兴奋地窃窃私语，佩林竭力不去听他们说了些什么。如果他错了该怎么办，如果白袍众或者埃尔隆王认为，他们可以暂时将注意力从霄辰人身上移开，转向这支弱小的叛乱队伍，那时他又该怎么做？他们是他的责任，而他已经让他们太多人死于非命了。

太阳已经在地平线露出了脸，伸展出刺目的光芒。当佩林结束巡行，回到帐篷的时候，塔兰沃和蓝格威正在莉妮的指挥下从帐篷里拖出一口口箱子。麦玎和布琳在一片枯草地上分类整理各种物品，其中主要是毯子和亚麻织物，还有颜色鲜艳的长幅绸缎，它们是那张大床的床帷。菲儿一定在帐篷里，因为那帮白痴都蹲在距离帐篷不远的地方。他们不做任何工作，就像谷仓里的老鼠一样没用。

佩林想去看看毅力和快步，但是他刚刚透过树林瞥了一眼，就被发现了。有三名以上的蹄铁匠焦急地走了过来，看着他，他们都是身材矮壮的男人，穿着皮围裙，就像同一个篮子里的鸡蛋。其中，法奥同的头发里刚出现丝丝缕缕的白线；埃明的头发正在变成灰色；杰瑞西德还不到中年。佩林皱起眉看了他们一眼。如果佩林将一只手放在马身上，他们一定会立刻忙碌起来。如果他抬起一只马蹄，他们的眼睛都会瞪得像铃铛一样大。佩林曾经想要为毅力换下一只磨损的蹄铁，六名蹄铁匠全都冲过去，抢在佩林之前拿走了所有工具，拼命要给毅力换上蹄铁，几乎把那匹枣红马撞倒在地上。

“他们害怕你不信任他们。”亚蓝突然说道。佩林惊讶地看着亚蓝，亚蓝却只是耸耸肩：“我和他们之中的一些人聊过，他们认为如果一位领主照顾自己的马匹，那一定是因为他不信任他们。你可以将他们遣散，虽然他们完全没有办法回家。”亚蓝的语气说明，他也认为这种想法很傻，但他不安地瞥了佩林一眼，又耸耸肩：“我想他们也很难堪，如果你不像他们所认为的领主那样去做事，他们自然就会产生那样的想法。”

“光明啊！”佩林嘟囔着。菲儿也说过同样的话，告诫过佩林不要让底下的人太难做事。但佩林那时以为这只是一名领主女儿的看法，菲儿是在仆人的环绕中长大的，一名贵族怎么可能知道为了挣面包而工作的人们的想法？佩林向拴马栏那边皱皱眉。现在已经有五名蹄铁匠在看着他了。他们害怕佩林想要照顾自己的马，担心佩林不让他们为他扫净路面，铺上羊毛地毯。“你认为我应该像那些穿丝绸紧身裤的傻瓜们一样？”佩林问。亚蓝眨眨眼，开始研究自己的靴子。“光明啊！”佩林暗自咆哮着。

这时佩林看见贝瑟·吉尔从大车队的方向跑了过来，便迎着他走了过去。昨天他和贝瑟的交谈显然没有能让这位旅店老板安下心来。这个身材矮胖的人自顾自地嘟囔着，不停地用手绢抹着光额头，用揉皱的深灰色外衣擦去脸上的汗水，白天的炎热已经开始了。贝瑟几乎一直走到佩林面前才看见他，在大吃一惊之余，急忙将手绢揣进上衣的口袋里，向佩林鞠了一躬，样子就像是在忙着准备一场节日盛宴。

“哦，佩林领主，菲儿女士要我赶一辆大车去贝萨城。她说如果可以的话，我要为你找一些两河烟草，我不知道自己能不能做到。两河烟草一直都很珍贵，而现在贸易线路都中断了。”

“她派你去买烟草？”佩林又皱起了眉头。现在他们的行踪在某个程度上已经暴露了，如果太招摇的话不是好事。“我在前面的两个村子里买了三桶烟草，足够每一个人抽了。”

吉尔坚定地摇摇头：“那些不是两河烟草，菲儿女士说那才是你最喜欢的，海丹烟叶只适合给你的部下使用。我将是你的沙巴扬——这是菲儿女士给我的称号，我的工作就是筹备你和她的日常所需。说实话，这和我经营王后之祝福旅店没什么区别。”这种相似之处似乎让贝瑟觉得很有趣，他无声地笑着，就连肚皮也颤动了几下。“我列了一张很长的单子，不过我说不准能找到其中多少东西。好酒，烟草，水果，蜡烛和灯油，油布和蜡，纸张和墨水，针，钉子……哦，各种东西。塔兰沃和蓝格威会跟我一起去，还有一些菲儿女士的其他扈从。”菲儿女士的其他扈从。塔兰沃和蓝格威正在从帐篷里拖出另一口箱子，以供女人们进行分拣。那群年轻的傻瓜就在旁边蹲着，却从来也不帮帮忙，在他们眼前忙碌工作的人似乎完全无法进入他们的视线。

“你注意盯着要跟你们进城的人，”佩林对贝瑟说，“如果他们之中有人惹麻烦——即使只是表现出要惹麻烦的样子，你就让蓝格威打破他的头。”如果要惹麻烦的是他们之中的女孩子呢？那些女孩子就跟男孩子一样，甚至比男孩子气焰更高。佩林不禁哼了一声。菲儿的“扈从”已经在他的肠子上打了个结。如果菲儿对吉尔师傅和麦玎还不满意，那就太糟糕了。“你没有提到巴尔沃，他要单独行动吗？”就在这时，一阵微风向佩林的鼻腔里吹进了巴尔沃的气味，那种充满警觉的气味，和那个老头干瘪的外表极不相称。

虽然巴尔沃是个瘦小的人，但他走过铺满枯叶的地面时，仍然安静得令人惊讶。他穿着一件雀灰色的外衣，走到佩林面前时，他快捷地一鞠躬，那种点头的动作让他更像是一只鸟。“我会留下，领主。”他小心地说道——或者也许他与任何人说话都是这种态度，“我将成为夫人的秘书。如果领主愿意，我也会成为你的秘书。”他向佩林靠近一步，那种样子就像是向前一跳。“我对这工作很擅长，领主，我拥有良好的记忆力和优美的笔迹。领主可以相信，无论你将什么事情告诉我，它都不会从我的嘴唇流入其他人的耳朵，保守秘密的能力是秘书的基本能力。吉尔师傅，夫人不是有工作要你去做吗？”

吉尔皱眉看了一眼巴尔沃，张了张嘴，却没有说话，然后他就转过身，向帐篷跑去了。

片刻间，巴尔沃只是看着贝瑟的背影。然后他侧过头，若有所思地噘了一下嘴唇。“我还可以提供其他服务，领主，”他说道，“信息，我听到了一些领主部下的交谈，所以我知道领主和圣光之子之间有一些……矛盾。一名秘书要知道许多事情，而我对圣光之子有着很多了解。”

“如果幸运的话，我希望能避开白袍众，”佩林对他说，“如果你知道先知在哪里就更好了，还有霄辰人。”当然，佩林并没有期待巴尔沃能告诉他什么，但巴尔沃令他大吃了一惊。

“我不是很确定，不过，我想霄辰人还没有扩展到距离阿玛多很远的地方。从谣传中拣选出事实是很困难的事，领主，但我一直在注意倾听。当然，霄辰人的行动确实有出乎意料的突然性，他们是个危险的族群，而且他们还掌握着大量塔拉朋士兵。吉尔师傅告诉我的事情，让我相信领主对霄辰人有相当的了解，但我在阿玛多仔细地观察过他们，我所看到的都可以供领主利用。至于先知，关于他的谣言像关于霄辰人的一样多如牛毛，但我相信有可靠的消息证实他最近在阿比拉，那是一座大型城镇，在南方，距离这里大约四十里格。”巴尔沃的脸上露出一丝似有若无的短暂笑容，那是自得的微笑。

“你怎能如此确定？”佩林缓缓地问道。

“就像我说过的那样，领主，我一直在注意倾听。最近有讯息说，先知关闭了一些酒馆和客栈，并拆毁了其中他认为过于伤风败俗的一些酒馆。那些讯息中恰巧还提到了几家酒馆的名字，而我刚好知道阿比拉有叫这些名字的酒馆。我想，另一座城镇拥有这些同名酒馆的概率实在微乎其微。”他的脸上又闪过一丝微笑，气味中也流露出愉悦的情绪。

佩林若有所思地挠了挠胡子。这个人刚好记得一些被马希玛拆毁的酒馆在什么地方，如果马希玛实际上并不在那里呢？这些日子里，谣言就像雨后的蘑菇一样茂盛。听起来，巴尔沃似乎想要增加自己的重要性。“感谢你，巴尔沃师傅，我会记住这些事的。如果你还听到了什么讯息，请一定告诉我。”当佩林转身打算离开的时候，巴尔沃抓住了他的袖子，但他又立刻将那些瘦骨嶙峋的手指抽开，像被烫到了一样。他揉搓着双手，又像鸟一样鞠了一躬：“请原谅，领主，我不知道是否该这样说，但请不要太过轻视白袍众。避免遇上他们是正确的，但这也许是不可能的，比起霄辰人，他们和我们的距离要近得多。艾阿蒙·瓦达是新的领袖指挥官。在阿玛多陷落之前，他率领他的大部分部下向阿玛迪西亚北部进军了。他也在猎捕先知，领主。瓦达是一个危险的人，但与大判决者拉丹姆·埃桑瓦相比，他能算是一个和善的人。请原谅我，恐怕他们两个人对领主都不会有任何好感。”他再次鞠躬，犹豫了一下，然后继续说道：“请容我这样说，领主竖起曼埃瑟兰的旗帜是一个很聪明的办法，这样瓦达和埃桑瓦就无法与领主相比了。还请领主要小心为上。”看着他鞠躬后转身走开，佩林觉得现在他对巴尔沃有一点了解了。很显然，巴尔沃曾经和白袍众有过冲突，而且绝不仅是在街上挡了白袍众的路，或者是不小心对白袍众皱过眉头而已。看样子，巴尔沃似乎对白袍众有着很深的嫉恨，他也是一个思维锐利的人，能够看出红鹰旗的优劣之处。对于吉尔师傅，他显然非常不客气。

吉尔正跪在麦玎旁边，虽然莉妮在竭力让他安静，但他还是在快速地和麦玎说着话。麦玎的目光正跟随着快步穿过树林，向大车队走去的巴尔沃，但不时也会瞥一眼佩林。麦玎其余的同伴都聚集在她身边，像麦玎一样，目光在巴尔沃和佩林之间来回逡巡着。佩林知道，他们都在担心刚才巴尔沃和他之间的交谈，但他们为什么会那样害怕？巴尔沃知道什么对他们不利的事情？也许他们只是害怕巴尔沃会诽谤他们，也许只是一些莫须有的怨恨或罪行，待在一起的人们总是会彼此吹毛求疵。如果是这样，佩林觉得自己也许应该谨慎行事，注意阻止一些可能的流血行为。塔兰沃又在摩挲他的剑柄了！菲儿到底要这些家伙干什么？

“亚蓝，我想让你去和塔兰沃，还有其他那些人聊聊，告诉他们巴尔沃都对我说了什么。只能在闲聊的时候透露给他们，但一定要把所有事都说清楚。”这应能安抚他们紧张的情绪，菲儿说过，需要让仆人有在家里的感觉。“如果你做得到，就和他们交朋友，亚蓝。但如果你决定向他们之中的一个女人献殷勤，那就选莉妮吧，另外两个都已经有主了。”

亚蓝对于任何漂亮女人都会有一番温存甜蜜，但听到佩林的话，他还是装出一副惊讶和受伤害的表情。“如你所愿，佩林领主，”他郁闷地嘟囔着，“我很快就会回来的。”

“我要去见艾伊尔人。”

亚蓝眨眨眼：“啊，是的，嗯，我也许要在那里多待一会儿，毕竟我要和他们交朋友嘛。不过我看他们不是很想要朋友的样子。”实际上，亚蓝自己也总是陪在佩林身边，对于菲儿以外任何靠近佩林的人都会投以怀疑的目光，对于不穿裙子的人从来没有半点笑容。

不过，亚蓝还是走过去，蹲到能够和那些人聊天的地方。即使在远处观望的佩林，也能清楚地看到那些人冷淡的表情。他们还在继续工作，只是偶尔会和亚蓝说一两句话。在看着亚蓝的同时，他们也在不停彼此交换着眼神，样子像极了在夏天里看着狐狸教导幼崽狩猎的绿鹌鹑，但至少他们已经开始说话了。

佩林想知道亚蓝和艾伊尔人之间发生了什么事——亚蓝似乎完全没有单独和艾伊尔人相处过！不过佩林并没有对这个问题想多久，一切与艾伊尔人相关的严重问题通常都意味着会有人死亡——非艾伊尔人的死亡。实际上，佩林自己也不是那么想去见智者。他走过山脊，但没有向山坡上爬去，而是走向梅茵人的营地。他也总是尽可能远离梅茵营地，并不只是因为贝丽兰，有时拥有太过灵敏的鼻子也不是一件好事。

幸运的是，一阵清风带走了大部分营地中的臭气，虽然这对于炎热的天气没有丝毫改变。汗水从骑马的红甲卫兵脸上滚落，看到佩林，他们都在马鞍上坐得更直了。这让佩林想起，两河人无论何时骑在马背上总像是要去田里一样。马背上的梅茵人则总是如同一尊尊雕像一般。梅茵人很能打仗，但光明保佑，希望他们不会有这需要。

佩林还没有通过哨兵队列的时候，海芬·努瑞勒便向佩林跑过来，他的两只手还在系着外衣的钮扣。努瑞勒身后跟随着另外十几名军官，他们全都边跑边整理着衣服，拉紧红色胸甲的皮带，有两三个人将插着细长红色羽毛的头盔夹在手臂下面。这些面孔坚毅，脸上带着伤疤的男人大多数都比努瑞勒年长，有些人的年岁甚至是努瑞勒的两倍。只是因为努瑞勒援救兰德的功绩，才让他成为梅茵军队中仅次于加仑恩的第二号人物，梅茵人现在称他为第一副官。

“梅茵之主还没有回来，佩林领主。”努瑞勒说着，和众人一起整齐划一地向佩林鞠了一躬。这个高瘦的男人在杜麦的井之后，看上去没有他原来那样年轻了，他的眼睛里有一道锋利的目光，那是见识过二十场以上血战的老兵才会有的目光。但不管他的面孔已经变得多么刚硬，他的气味中仍然流露出一种盼望得到佩林认可的兴趣。对于海芬·努瑞勒而言，佩林·艾巴亚是一个真正能够叱咤风云的人物。

“早晨派出的巡逻队已经返回了，他们没有发现任何异常。一旦发生状况，我会立刻报告。”

“没什么，”佩林对他说，“我……只是想来看看。”他只是想在积聚了足够的勇气去面对智者之前，四处转一转，但那名年轻的梅茵人还是紧紧跟在他身后，其他梅茵军官就跟着那名年轻人。努瑞勒始终都在焦虑地看着佩林领主，惟恐领主在翼卫队中找到任何瑕疵。每次当他们看见赤裸上身的人在摊子上玩骰子，或者躺在太阳下面打鼾的时候，努瑞勒都禁不住要打个哆嗦。其实他完全不必担心，在佩林眼里，这座营地就像是比着铅锤线和水平仪做出来的一样。每个人都用毯子铺成铺位，用马鞍做枕头。战马都在距离每个铺位不到两步的地方，用一根以齐胸高的木桩撑起来的长绳拴着。每隔二十步有一堆篝火，其间立着钢锋朝上、摆成圆锥形的长枪。整座营地呈方形围绕着五座尖顶帐篷，其中一座金蓝色的大帐篷比其他四座帐篷加在一起还要大。这里的一切，都和两河人营地中那种自由散漫的样子大相径庭。

佩林快步走过营地，同时竭力不显出太愚蠢的样子——他不确定自己取得了多大的成功。他很想停下来看看一两匹马，这个念头让他心里痒得要命——如果能抬起一只马蹄，又不会让别人晕倒就好了。不过佩林还是谨记亚蓝说过的话，将手牢牢地放在身体两侧。对于他的出现，所有人似乎都像努瑞勒一样惊慌失措。眼神严厉的旗手们将士兵轰起来，命令他们立正站好，只是为了迎接佩林走过，向他们点头示意。佩林身后不断地传来窃窃私语的声音，他的耳朵听到了一些对于军官的评论，尤其是那些贵族军官，佩林很高兴努瑞勒和他的同僚们听不到这些话。最后，佩林发现自己走到了营地边缘，再往前是一片灌木丛生的山坡，上面就是智者的营地了。在那里，稀疏的树木间只能看见少少几名枪姬众和一些奉义徒。

“佩林领主，”努瑞勒犹豫着说道，“两仪师……”他向佩林靠近一步，把声音压低成沙哑的耳语，“我知道她们向真龙陛下发过誓，不过……我发现了一些状况，佩林领主。两仪师在做营地杂役！两仪师！今天早晨，玛苏芮和森妮德竟然下山提水！昨天，你回去之后……昨天，我听见上面有……哭喊的声音。那当然不可能是两仪师。”他匆忙补上最后这句话，又笑了两声，以表明这样的想法有多么荒谬，非常沙哑的笑声。“你……你会确保……她们一切正常吧？”努瑞勒曾经率领两百枪骑兵，带头冲进四万名沙度人之中，但在说这些话的时候，他缩起了肩膀，双脚不停地左右动着。当然，他冲进四万名沙度人中是因为一位两仪师想要他这样做。

“我会尽我所能。”佩林喃喃地说道。也许情况比他想象得还要糟糕，现在他必须阻止情况进一步恶化，如果他有这个能力的话。其实他也宁愿去与沙度艾伊尔作战。

努瑞勒点点头，就像佩林已经答应了他的一切要求，而且还做了更多的承诺。“好的，这样就好了。”他的声音显得很放心。他瞥了佩林一眼，显然还有别的事情要说，不过这件事应该没有两仪师那样棘手。“我听说你允许红鹰旗被竖起。”

佩林几乎要跳了起来，他刚刚转过这座山丘，讯息也传播得太快了吧。“这样做是有意义的。”他缓缓地说道。贝丽兰必须知道事实，但如果有太多人知道了，这个事实就会在下一座村庄、下一个农场传播开去。“这里曾经是曼埃瑟兰的国土。”他又说道。努瑞勒像还不明白他的意思似的。事实！他已经开始像两仪师一样扭曲事实了，还是对他的盟友。“这面旗帜不是第一次在这里竖起，但以前的那些人都没有得到转生真龙的支持。”如果这还不算把种子撒下去，他就不知道该如何犁地了。

佩林忽然意识到每一名翼卫队员都在看着他和他们的军官，毫无疑问，他们想知道他刚才说了什么。佩林走的这一路已经将全部梅茵人的注意力都吸引过来了，就连那个被加仑恩叫做他的老狗的瘦削的秃头老兵，以及贝丽兰的两名女仆——两个身材丰满、相貌普通的女人，穿着和她们女主人的帐篷相同材质的衣服——也走出帐篷来看着他。佩林不明白他们为什么这样在意他，但他知道，他必须对他们说一些赞扬的话。

佩林提高声音说道：“如果我们再遭遇另一个杜麦的井，翼卫队也将再一次证明梅茵的荣耀。”这是佩林首先想到的话，但说出这段话的时候，佩林不由得瑟缩了一下。

令佩林震惊的是，欢呼声立刻随着他的话在士兵群中腾起。“金眼佩林！”“梅茵人为金眼而战！”“金眼和曼埃瑟兰！”人们雀跃舞蹈，有些人抓起长枪，将它们高高挥舞，让红色的飘带在风中飞扬。头发斑白的旗手们将双臂抱在胸前，看着这些后辈，赞许地点着头。努瑞勒的眼睛里焕发着光彩。头发中有灰丝、脸上有伤疤的军官们都笑得像是在课堂上受到表扬的孩子。光明啊，佩林又一次觉得自己是唯一还保有理智的人了！他只能祈祷再不要遇到另一场战斗！

佩林一边思忖着这样做是否会给贝丽兰造成什么麻烦，一边向努瑞勒和其他梅茵人道别，踩着不到腰际高的枯干灌木走上山坡，黄褐色的细枝不停地在他的靴子下断裂。喊声仍然充满了梅茵营地，即使梅茵之主知道实际情况，她也不会喜欢自己的士兵这样为他而欢呼。当然，这也是一件好事，也许贝丽兰会因此而气愤得不再来逗弄他。

在靠近山顶的地方，佩林停住脚步，听着欢呼声最终平息下去。这里不会有人向他欢呼了。所有智者们的灰褐色帐篷侧面的布帘都被拉下，将智者们遮蔽在里面。现在帐篷外能看见的只有几名枪姬众。她们轻松地蹲在一株仍然有一些绿色的羽叶木下，好奇地看着佩林，同时飞快晃动着双手，用手语交谈着。过了一会儿，苏琳站起身，一边整理着腰带上沉重的匕首，一边向佩林走了过来。她是一名肌肉结实的高瘦女子，在古铜色的下巴上有一道粉色的伤疤。她向佩林身后望了一眼，确认过只有佩林一个人以后，似乎是松了一口气。不过艾伊尔人的表情是很难解读的。

“这样很好，佩林·艾巴亚。”她平静地说道，“如果你要求智者们去见你，她们不会高兴的，只有傻瓜才会让智者们不高兴，我不认为你是傻瓜。”

佩林挠了挠自己的胡子，他一直都竭力避开智者们（还有两仪师们），但他从没有想过要让她们去见他。委婉地说，在她们身边会让佩林感到很不舒服。“我现在要见伊达拉，”他对苏琳说，“是关于两仪师的事。”

“也许我终究还是错了，”苏琳干巴巴地说，“不过我会转告她的。”她转过身，又停住脚步，“给我解释一下，特锐·文特和弗伦·奥哈莱、森妮德·台韩的关系很近——就像首兄弟和首姊妹一样。森妮德·台韩并不把男人当作男人那样喜欢，但为什么他们要代替她接受惩罚？他们怎么能如此羞辱她？”

佩林张张嘴，却什么都没有说出来。两名奉义徒出现在营地对面的山坡上，每个人都牵着两头艾伊尔骡子。这些穿白袍的男人走过佩林身边，向山下的溪流走去。佩林觉得他们都是沙度艾伊尔。他们温驯地低垂着眼，只是看着脚下的路。他们有许多机会可以逃走，却仍然在无人监督的情况下，做着各种杂役。真是个奇特的民族。

“我知道你也很惊讶，”苏琳说，“我本来希望你可以向我解释。我会把你的话转告伊达拉。”当她向帐篷走去的时候，她又回过头来说了一句：“你们湿地人非常奇特，佩林·艾巴亚。”

佩林朝苏琳的背影皱起眉头。当苏琳消失在一顶帐篷里的时候，他又转眼望向那两名牵着骡子取水的奉义徒，眉头仍然紧皱着。湿地人是奇特的？光明啊！那么努瑞勒说得没有错了，现在再去插手智者和两仪师之间的纠葛已经太晚了，他应该更早行动的。但佩林希望自己不是将手插进了马蜂窝里。

苏琳似乎过了很久才出来，但佩林的情绪并没有因为她的出现而好转。苏琳替他掀起了帐篷帘，当他弯腰走进帐篷的时候，这名枪姬众伸出一根手指，轻蔑地弹了一下他腰间的匕首。“为了这场舞会，你应该武装得更好一些，佩林·艾巴亚。”她说道。

在帐篷里，佩林惊讶地发现六位智者全都盘腿坐在缀着各色流苏的软垫上，她们将披巾围在腰间，将裙摆仔细地在身边的地毯上摆成扇形。佩林本来希望只见伊达拉就可以。这些智者看上去至多也只是比佩林年长四五岁，有人甚至并不比佩林年长，但她们总是让佩林觉得自己像是在对付妇议团中最老的那些成员——长年累月的经验让她们鼻子一吸就能嗅出你都隐藏了什么。在这里要分辨出每一位智者的气味是不可能的，但佩林几乎不需如此。六双眼睛在注视着他，从简宁娜苍蓝色的眼睛到玛琳妮泛着紫光的眼睛，更不要说奈瓦琳犀利的绿色眼睛，每一双眼睛都好像是刺入佩林神经的锥子。

伊达拉挥手示意佩林坐在一个垫子上，佩林很高兴自己不必再躬着身子，但这样他就陷在了六位智者半圆形的包围圈中。也许这些帐篷正是智者们设计的，男人站在这样的帐篷里，就不得不低下头。奇怪的是，这个昏暗的空间比外面要凉快一些，但佩林仍然感觉到自己在流汗。他没办法一一分辨这些智者的气味，但这些女人闻起来都像是狼在审视一只被拴住的羊。一名体重足足超过佩林一半的方脸奉义徒跪着奉上一个雕花银托盘，托盘上有一个盛着深色酒浆的金杯。智者们都拿着形式不一的银杯，佩林不知道自己被奉上金杯是什么意思——也许没有任何用意，但谁又能明白艾伊尔人？他谨慎地拿起酒杯，酒杯中散发出梅子的气味。伊达拉一拍手，那名奉义徒恭顺弯下身子，后退着出了帐篷，他脸上半愈合的伤口说明了他也经历过杜麦的井。

“你来了，”奉义徒退出帐篷，放下帘子以后，伊达拉说道，“我们会再向你解释一次，为什么你必须杀死那个叫马希玛·达加的人。”

“我们不应该再解释了。”狄罗拉插口道。她的头发和眼睛颜色几乎和麦玎完全一样，但没有人认为她那张瘦长的脸有多么漂亮，她现在就像一块刺骨的寒冰。“那个马希玛·达加对卡亚肯是危险的，他一定要死。”

“梦行者已经告诉了我们，佩林·艾巴亚。”凯丽勒是个美人，虽然她火红色的头发和犀利的目光让她看上去像是个性格暴躁的人，但她实际上对待任何人都很温和。当然，作为智者，她绝对不会有任何软弱。“她们已经解读了那个梦，那个人必须死。”

佩林啜一口梅子酒，好为自己赢得一点时间。调味酒很凉，智者们的调味酒总是凉的。曾经有一次，佩林告诉这些智者，兰德从没有说过梦行者们给过他什么警告。那次，智者们立刻开始怀疑佩林不相信她们的话，结果就连凯丽勒的眼睛里也喷出了火舌。佩林并不认为她们会说谎——她们应该不会说谎，佩林还完全没有这方面的证据。但她们所要的未来，和兰德所要的（兰德自己想要的）也许完全不同。也许隐瞒秘密的是兰德。“也许你们可以给我一些解释，让我明白这其中的危险是什么，”最后，佩林说道，“光明知道，马希玛是个疯子，但他是拥戴兰德的。如果我能够避免杀害我们一方的人，那应该是一件好事，这样肯定有助于让人们追随兰德。”

讽刺或者挖苦对于这些智者没有起任何作用，她们只是注视着佩林，眼睛眨也不眨。“那个人必须死，”伊达拉最后说道，“三位梦行者已经这样说了，这就足够了。现在是六名智者同时在告诉你这件事。”一切都像前几次一样，也许她们并不比佩林知道得更多，佩林觉得，自己也许应该提出自己要讨论的话题了。

“我想要谈谈森妮德和玛苏芮。”佩林说。六张面孔立刻蒙上了一层寒霜。光明啊，这些女人简直能瞪碎石头！佩林将酒杯放在身边，顽强地向她们倾过身子。“我想让人们看到，两仪师已经向兰德宣誓效忠，”实际上，他是想让马希玛看到，但现在说明这一点似乎并不合适，“如果你们一直鞭打她们，她们不会愿意合作的！光明啊！她们是两仪师！你们为什么要让她们提水？而不是向她们学习技艺？她们一定知道各种你们不知道的东西。”太晚了，佩林用力咬住舌头。不过这些艾伊尔女人似乎并没有认为自己受到了冒犯——至少她们没有表现出来。

“她们知道我们不知道的一些事，”狄罗拉刚硬地对佩林说，“我们也知道一些她们不知道的。”她的语气如同刺入肋骨的矛锋一样刚硬。

“我们正在学习我们该学习的，佩林·艾巴亚。”玛琳妮一边平静地说着，一边用手指梳理着几乎是黑色的头发，她是佩林见过的极少数有如此黑发的艾伊尔人之一，她经常会玩弄头发。“我们也在教育她们。”

“不管怎样，”简宁娜说，“这与你无关，男人不应该干预智者和学徒们的事。”佩林的愚蠢让她不禁摇了摇头。

“不要在外面偷听了，进来吧，森妮德·台韩。”伊达拉突然说道。佩林惊讶地眨眨眼，而那些智者们的神色没有丝毫波动。帐篷里沉寂了片刻，然后，帐篷帘被拨到一旁，森妮德走了进来，迅速地跪倒在小地毯上。那种两仪师的高傲冷静在她的脸上已经完全不复存在了，她的双唇抿成了一条细线，眼睛里流露出紧张的神情，面颊发红，愤怒、挫败和十几种其他情绪飞快地围绕她旋转着，混杂在一起，难以分辨。“我能对他说话吗？”她用僵硬的声音问道。

“小心说话。”伊达拉对她说。那位智者啜了一口酒，从杯沿上面看着森妮德。一位教师在盯着自己的学生？一头鹰在盯着一只老鼠？佩林无法确定，但伊达拉必然是非常确定她和森妮德之间的关系，森妮德也是。但佩林不知道。

森妮德跪着转过身，看着佩林，目光中散发着热力，愤怒正在她的气味中膨胀起来。“无论你知道什么，”她气愤地说，“无论你以为你知道什么，你都要彻底忘掉！”现在这位两仪师身上已经再无一丝一毫的冷静了。“智者和我们之间的事情与你无关！你站到一边去，移开你的眼睛，闭上你的嘴！”

佩林惊愕地用手指捋着头发。“光明啊，你的不安是因为我知道你挨了鞭子？”他难以置信地说。是的，如果有人鞭打了佩林，佩林也会困扰，但他不会害怕别人知道。“你难道不知道这些人会眼睛不眨一下就割断你的喉咙、把你扔到路边去！我曾经向自己许诺，不会让这样的事情发生！我不喜欢你们，但我承诺过要保护你们，阻止智者、殉道使，或者是兰德本人伤害你们。所以，不要再对我摆什么高姿态！”佩林意识到自己在高声喊叫，他尴尬地深吸了一口气，坐回到垫子上，拿起酒杯，长长地喝了一口酒。

森妮德的表情在愤懑中变得愈发僵硬，没有等佩林说完，她已经弯起了嘴唇。“你许诺？”她冷笑一声，“你以为两仪师需要你的保护？你……”

“够了。”伊达拉平静地说道。森妮德立刻闭上了嘴，但她紧攥住裙摆的双拳在指节处变得煞白。

“是什么让你以为我们会杀死她，佩林·艾巴亚？”简宁娜好奇地问道。艾伊尔人很少会表现出任何情绪，但这些智者们都对佩林皱起眉头，甚至明白地表现出怀疑。

“我知道你们是怎样想的，”佩林缓缓地答道，“自从我在杜麦的井看到你们和两仪师在一起的时候，我就知道了。”佩林并不想解释自己嗅到了智者和两仪师之间相互的憎恨和轻蔑，没有人能长期包藏这种怒火而不爆发。现在他没有嗅到这种气味，但这并不意味着她们之间的敌意消失了，那种敌意只是被埋得更深，深到骨髓里。

狄罗拉哼了一声，那声音就像亚麻布被撕裂：“之前你说我们必须溺爱她们，因为你需要她们；现在又因为她们是两仪师，你承诺过要保护她们。哪一个是真的？佩林·艾巴亚？”

“都是真的。”佩林迎向狄罗拉严厉的目光，与她对视良久，又依序望向其他智者。“两者都是真的，都是我的本意。”

智者们交换了一下眼神，她们眼睛中的每一丝闪烁，似乎都表达着上百句男人无法理解的话语。最后，在一阵调整项链和系紧披巾的动作中，她们似乎是达成了共识。“我们不会杀死学徒，佩林·艾巴亚。”奈瓦琳说。听语气，她对这个想法感到相当震惊。“当兰德·亚瑟要求我们收她们为学徒的时候，也许他以为那只是让她们服从我们。但我们从不说空话，她们现在是学徒了。”

“她们一直都会是学徒，直到五名智者同意她们已经具有了足够的能力，”玛琳妮一边将长发捋过肩头，一边说道，“她们所受的待遇不会和其他人有任何区别。”

伊达拉端起酒杯，点点头：“告诉佩林，你对于马希玛有何建议，森妮德·台韩。”

当奈瓦琳和玛琳妮说话的时候，跪在地上的两仪师竟然显露出激动的神情，佩林觉得她几乎要把自己的丝绸裙摆撕裂了。但伊达拉刚一下达命令，她立刻就遵从了。“智者们是正确的，无论她们有怎样的理由。我这样说并不是指她们要杀死马希玛·达加是出于她们的私心，”她挺起身，努力让自己的表情平复下来，但她的声音里仍然带着一丝火气，“我在见到兰德·亚瑟之前，就见到了那些所谓真龙信众的所作所为。无目的的死亡和破坏。即使是一头忠实的猎狗，当它的嘴里已喷出白沫的时候，也要将它处理掉。”

“该死的！”佩林嘟囔了一句，“我怎么能让你和那个人见面？你向兰德发誓效忠。你知道那不是兰德想要的！‘如果你失败了，成千上万的人会死去’，我该怎样向兰德交代？”光明啊，如果玛苏芮也有同样的想法，那么他一直以来对两仪师和智者们的容忍就全都没有意义！不，更糟，他还不得不为了保护马希玛，而与这些女人对抗！

于是佩林询问玛苏芮的看法。森妮德答道：“玛苏芮和我一样，知道马希玛是一头疯狗。”这位两仪师的一切镇定仪态都恢复了，她的面容清冷，表情难以解读，而她的气味显得警觉并且专注。佩林现在只能用自己的鼻子探察这位两仪师。他觉得森妮德与他对视的那双眼睛硕大、黑暗，如同无底深渊。“我发誓效忠转生真龙，而现在我能尽到的最大忠心，就是为他挡开那头疯兽。诸国的当权者们知道马希玛是拥戴转生真龙的，这已经很糟糕了。如果他们看见转生真龙拥抱了这个人，那局势只会更加恶化。如果你失败了，成千上万人会死掉，你的失败就是没有能接近马希玛并杀死他。”

佩林觉得有些头晕，两仪师又在玩弄辞藻、混淆黑白了。这时，智者们又开始施加压力了。

“玛苏芮·索柯瓦，”奈瓦琳镇定地说道，“她相信那头疯狗能够被拴住，被安全地使用。”

刹那间，佩林觉得森妮德像他一样感到惊讶，但森妮德很快就恢复面无表情的样子，只是她的气味中增添了更多的戒心，仿佛她突然感觉到有一个陷阱出现在她不曾预料到的地方。

“她也想给你戴上缰绳，佩林·艾巴亚，”凯丽勒用更加随意的语气说道，“她认为你同样需要足够的束缚，才能确保安全。”她生满雀斑的脸上并没有表露出是否同意这种见解。

伊达拉向森妮德抬起一只手：“现在你可以走了，不要继续在外面偷听，不过你可以再问一次加莱丁是否可以为他医治脸上的伤口。记住，如果他仍然拒绝，你必须接受他的要求。他是奉义徒，不是你们湿地人的仆役。”智者说出最后这个词的时候，语气中带着深深的轻蔑。

森妮德盯着佩林，目光如同冰冻的锥子，然后她又转头望着智者们，嘴唇颤动着，仿佛是想要说话。但到最后，她所做的只是竭力以最优雅的姿势走出帐篷。从外表上看，她是一位任何女王都无法与之相比的两仪师，但她留下的气味中只有如刀锋一般锋利的挫败感。

森妮德的身影一消失，六位智者的注意力便重新集中到佩林身上。

“现在，”伊达拉说，“你可以向我们解释，为什么你要把一头疯狗放在卡亚肯身边了。”

“如果一个人发布命令要把自己推下悬崖，只有傻瓜才会服从这样的命令，”奈瓦琳说道。

“你不会听我们的，”简宁娜说，“所以我们要听听你会说什么。说吧，佩林·艾巴亚。”

佩林考虑了一下是否应该掀起帐篷帘溜走，但如果他这样做了，他就会将一位也许能对他有帮助的两仪师丢给这六位智者，还有另一位两仪师也要被丢下。虽然那位两仪师和这些智者一样，要毁掉他必须实现的目标。他再一次将酒杯放下，用双手按住膝盖。如果要让这些女人们知道他不是一头被拴住的山羊，他就要有一副清醒的头脑。

第 10 章

改变

当佩林离开智者们的帐篷时，他很想掀开外衣，看看自己的皮肤是否还完好如初。也许他不是一头被拴住的山羊，但他肯定是一只被六头母狼追猎的牡鹿。他不知道自己是怎么撑过来的，但那些智者肯定没有改变他的想法。她们甚至做出了一个相当含糊的承诺——不会擅自采取行动，这应该是最好的结果；但对于两仪师，她们没有任何承诺，即使最模糊的也没有。

佩林下意识地寻找着两仪师。他看见了玛苏芮，在两棵树之间系着一根绳子，绳子上挂着一块四周镶缀红绿色丝穗的地毯，那名身材苗条的褐宗两仪师正在用一个弯曲的地毯拍子拍打那块地毯。灰尘形成的薄雾弥漫在她周围，在上午的太阳光中闪烁着细微的光亮。她的护法罗瓦尔·克凯林是一名身形结实、满头黑发正渐渐褪色的男人，现在他正坐在旁边一棵倒伏的树干上，闷闷不乐地看着她。罗瓦尔平时总是带着一点笑意，而今天他已经把全部愉悦都深埋到不知什么地方去了。

玛苏芮也看见了佩林，她几乎没有停止手上的动作，只是对佩林投来一个充满恨意的冰冷眼神。佩林禁不住叹了一口气。她就是那个和他有着相同想法的人，至少他们之间应该能找到一些共识。一只红尾鹰从佩林的头顶飞过，它伸展开翅膀，不扇动一下，只是驾驭着热空气产生的上升气流，越过一座又一座山丘。如果能展翅飞离这一切就好了，但佩林知道，挡在他面前的是一堵铁壁，而不是什么充满光明的梦想。

他向苏琳和其他枪姬众点点头，她们好像已经在那株羽叶木下生根了。当佩林转身想要离开时，却又停住了脚步。两个男人爬上了山顶，其中一人穿着灰色、褐色和绿色交杂的凯丁瑟，背后拴着弓匣，腰间别着箭囊，双手拿着短矛和圆盾。肖是佩林的朋友，也是这些艾伊尔人之中唯一没有穿白袍的男人。他的同伴比他矮一头，带着宽沿帽，穿着朴素的灰绿色外衣和长裤。他不是艾伊尔人，但他的腰带上也挂着装满了箭的箭囊，还有一把比艾伊尔匕首更长、更重的大匕首。他的弓比两河长弓短得多，但要比艾伊尔角弓长。从外表判断，他不是农夫，但也不是城市居民。他将一头灰发系在颈后，发稍一直垂到腰间，他的胡子披散在胸前。他走路的样子很像他身旁的艾伊尔人，从灌木丛旁边滑过，绝不会踏断任何一根细枝，任何一株野草。佩林觉得已经有很长时间没有见过他了。

两个人很快走上了山顶，艾莱斯·马奇拉看着佩林，金黄色的眼睛在帽沿的影子里闪烁着微弱的光芒。艾莱斯的眼睛比佩林更早变成这种样子，是他将佩林介绍给了狼。那时，他只穿着兽皮。“很高兴能再见到你，孩子，”他平静地说道，汗水在他的脸上闪着光，但他出汗并不比肖更多，“你终于放下那把斧子了？我不认为你已经不再恨它了。”

“我还拿着它。”佩林同样平静地说。很久以前，这位前任护法告诉过佩林，要一直拿着那把斧子，直到佩林不再痛恨使用它。光明啊，但佩林还在恨着它！而且，现在恨它的理由更多了。“你到世界的这里来做什么，艾莱斯？肖在哪里找到了你？”

“是他找到了我，”肖说，“直到他在我背后咳嗽，我才察觉到他。”肖说话的声音足以让那些枪姬众听见。枪姬众立刻沉寂下来，那种凝滞的压迫感几乎伸手就能摸到。

佩林本以为枪姬众们至少会有一些尖刻的评论——艾伊尔的幽默几乎像是放血的刀子，而枪姬众们从没有放弃过任何挖苦她们这名绿眼男性同伴的机会。但最后那些女人之中，只有几个人拿起了短矛和圆盾，将它们相互敲击，表达着赞许的心情。肖同样赞许地点了点头。

艾莱斯含混地哼了一声，拉低了帽沿，不过他的气味中带着愉悦的心情。艾伊尔人对于龙墙这边的人并没有太多认同。“我喜欢到处走动，”他对佩林说，“我只是恰巧来到海丹。我们一些共同的朋友告诉我，你正带着一大票人马在这里旅行。”他没有提那些朋友是谁，在别人面前谈论狼是不明智的。“他们告诉了我许多事情。他们说他们嗅到了一个改变即将到来，他们不知道那是什么，也许你知道。我听说你已经在跟着转生真龙了。”

“我不知道。”佩林缓缓地说。一个改变？一直以来，他向狼询问的，只有什么地方有大群人类活动，以便避开。就算是到了海丹，佩林有时仍然会为死在杜麦的井的狼感到愧疚。什么样的改变？“兰德肯定在改变各种事，但我不知道他们所指的是什么。光明啊，即使没有兰德，整个世界也已经在翻天覆地了。”

“一切都在改变，”肖显然对佩林的感叹不以为然，“直到我们醒来，梦随风而逝。”片刻之间，他审视着佩林和艾莱斯。佩林相信，他是在比较他们的眼睛，但他什么都没有说。这名艾伊尔人似乎只是将金色的眼睛当作湿地人的另一个特点。“我应该让你们两个单独聊聊，长久分离的朋友需要好好谈一谈。苏琳，齐亚得和贝恩去做什么了？昨天我看见她们在狩猎，也许我应该教一下她们应该如何拉弓，以免她们之中有人射到自己。”

“很惊讶看到你今天回来了，”那名白发女子回答道，“她们去设兔子陷阱了。”笑声在枪姬众之中蔓延开来，她们全都在飞快地抖动着手指，用手语交谈着。

肖叹了口气，夸张地翻翻眼珠：“既然这样，我想我必须去把那些陷阱都割开了。”几乎所有枪姬众都笑了起来，也包括苏琳。“愿你在今天找到阴凉。”他对佩林说，这是朋友之间随意的问候。然后他郑重地握住艾莱斯的上臂：“我的荣誉是你的，艾莱斯·马奇拉。”

“奇怪的家伙，”艾莱斯看着肖跳下山坡的背影，喃喃地说道，“我咳嗽的时候他转过身来，我相信那时他是准备杀掉我，但他只是突然笑了起来。你不反对一起去别的地方走走吧？我不认识那位正在谋杀那块地毯的姊妹，但我不喜欢让两仪师有机会认出我。”他眯起了眼睛。“肖说你身边有三位两仪师。你不会遇上更多两仪师了吧，是吗？”

“希望不会。”佩林答道。玛苏芮在拍打地毯的时候会不时瞥他们一眼，她很快就会注意到艾莱斯的眼睛，并开始探察他和佩林之间还有什么别的联系。“来吧，我正好要回自己的营地去。你担心遇到认识你的两仪师？”当艾莱斯与狼交谈的能力被发现时，他身为护法的日子就结束了，一些两仪师认为这是暗帝的标记，最终艾莱斯不得不杀死其他护法才逃了出来。

他们一直走到距离艾伊尔营地有十几步的地方，艾莱斯才回答佩林的问题，他的声音很小，好像他还在怀疑会有人在他们背后偷听——而且那个人的耳朵还像他和佩林的一样灵敏。“只要有一个人能认出我就很糟糕了，护法们并不会经常逃跑的，孩子。大多数两仪师会释放真正想离开的男人——大多数会这样。但无论如何，如果她决定要猎捕你，不管你跑多么远，她都能抓住你。对于两仪师而言，一名背叛者值得她们花费空闲时间，让他只希望他永远没有被生出来。”艾莱斯微微颤抖了一下，他的气味中没有恐惧，但肯定有对痛苦的预期。“然后，那位两仪师会把背叛者交到他所属的两仪师手中，让他接受真正的教训。经历过那种教训之后，任何男人都绝对不会再犯同样的错误。”在山坡的边缘，他回头看了一眼。看样子，玛苏芮真的是要杀死那条地毯，她集中了全部怒火，拼命想要在地毯上打出一个洞来。艾莱斯又哆嗦了一下。“如果撞到琳纳，那就全都完了，我宁可双腿断掉，陷在林火里。”

“琳纳是你的两仪师？你怎么会撞见她呢？约缚会让你知道她在什么地方。”这触动了佩林脑海里的某些记忆，但没有容佩林细想，艾莱斯已经回答了他的问题：

“有许多两仪师能混淆约缚，也许她们全都能那么做。你能感觉到的，至多是她还活着。我知道这一点，因为我还没有发疯。”艾莱斯看到佩林脸上的疑问，笑了一声。“光明啊，男人的血和肉也是属于姊妹的。想想看，当你抱着一个风骚娘们的时候，你会希望脑子里还有另外一个人吗？抱歉，我忘记你已经结婚了，我没有恶意，但听到你娶了一个沙戴亚人，我确实很吃惊。”

“吃惊？”佩林从没有想到过护法的约缚。光明啊！他还从没有想过两仪师的这种事情，那就好像是……好像是和狼交谈。“为什么要吃惊？”他们正在穿过山这一边的树林，步伐不疾不徐，没有发出一点声音。佩林一直都是一名优秀的猎手，对于树林很熟悉。艾莱斯则几乎不曾惊动脚下的树叶，滑过灌木丛的时候，也从不抬起一根树枝。他其实尽可以将弓搭在背上，但他仍然将弓拿在手中。艾莱斯的警觉心很强，特别是当他在人群附近的时候。

“为什么？因为你是个安静的人，我以为你也会娶一位安静的妻子。现在你应该知道了，沙戴亚人并不安静，除非他们要对付外人。他们的火气就像是放在火上的太阳，只要一分钟就会剧烈地爆炸，但随后就忘记了。与他们相比，艾拉非人可以称之为迟钝，阿拉多曼人就是彻底的麻木。”艾莱斯突然露出笑容。“我曾经和一个沙戴亚人共同生活过一年。梅娅每个星期会有五天把我的耳朵喊聋，还会把盘子扔到我的脑袋上，但每次我想离开的时候，她都会跟我和好，我似乎从没有走到门前过。到最后，她离开了我，她说我太拘谨，不合她的胃口。”艾莱斯粗嘎的笑声中充满了缅怀，他一边笑一边揉搓着下巴，在他的下巴上有一道被岁月磨淡的伤疤，那看上去很像是被小刀割的。

“菲儿不是那样的人。”那听起来就像是和奈妮薇结婚！牙痛时的奈妮薇！“我不是说菲儿不会生气，”佩林不情愿地承认，“但她不会向我喊叫，拿东西砸我。”嗯，菲儿的确不经常向他喊叫，而且菲儿的怒火也不是在爆炸之后就立刻消失，她会一直生气，直到怒意逐渐冷却。

艾莱斯瞥了他一眼，“我闻到的气味很像是一个正在躲避冰雹的人……你从来都是对她温言软语，对吧？就像牛奶一样温和，从不曾将耳朵立起来，从来没有对她提高过声音，对不对？”

“当然不会！”佩林说道，“我爱她！为什么我要对她喊叫？”

艾莱斯低声嘟囔了几句，当然，佩林能听清他说的每一个字。“烧了我吧，一个男人想要坐在红奎蛇上，那是他的事。如果一个男人想用烧穿屋顶的火焰暖手，那也是他的事，是他的人生。他会感谢我吗？不会，他该死的才不会！”

“你想说什么？”佩林问道。他抓住艾莱斯的手臂，将艾莱斯拉到一株冬青树下。这棵树的针叶大部分还是绿色的，但除了一些还在挣扎的藤蔓以外，这棵树周围再看不到什么绿色了，现在他们还没有走到半山腰。“菲儿不是红奎蛇，也不是烧穿房顶的火焰！在你见到她以前，请不要装得有多熟悉她似地对她评头论足。”

艾莱斯焦躁地用手指挠着长发。“我了解沙戴亚人，孩子，那一年并不是我在那里度过的唯一一年。我遇到的沙戴亚女人里，只有五个人能让我觉得脾气和顺，或者说，能算是性格一般的。她不是一条红奎蛇，我打赌，她是一头老虎。烧了你吧，别对着我吼！我用我的靴子打赌，如果她听到我这样说，只会笑一笑！”

佩林愤怒地张开嘴，却没有说话，他刚才没有意识到，自己正从喉咙深处发出一阵阵吼声。菲儿听到自己被说成是老虎，只会笑一笑。“你的意思不会是说，她想要我对她吼叫吧，艾莱斯？”

“是的，我正是这个意思，很有可能会是这样。也许她是我所知道的第六位性情和顺的沙戴亚人，也许。但听我说，大多数女人，如果你向她们吼叫，她们都会瞪起眼睛、冷若冰霜，然后，你就会发现你们开始为了你的态度而争吵，而你为什么会这样生气的原因，已经被抛到九霄云外了。但如果你对沙戴亚女人和和气气，你就是在说她不够强壮，配不上你。如果你这样冒犯她，她不用你的胃给你当早餐就是你走运了。她不是法麦丁女人，只想要一个男人坐在她指的地方；一听到她打个响指，立刻又会蹦起来。她是一头老虎，她也希望她的丈夫是一头老虎。光明啊！我不知道我在做什么，只有想找死的人才会给一个男人关于他妻子的建议。”

这回轮到艾莱斯发出吼声了，他用力拉直自己的帽子，皱起眉向周围的山坡看了一眼，像在考虑是否应该消失在树林里。然后他向佩林伸出一根手指：“看着我，我知道你并不只是在这里晃荡。狼告诉了我许多事情，你不是恰巧来到了那个先知的地盘上。我想，也许你需要个朋友为你照看背后。当然，狼没有提到你还带着那些漂亮的梅茵枪骑兵，还有肖。如果你希望我留下来，我会留下来。

如果你不希望，这个世界还有许多地方我想去看一看。”

“我永远都需要朋友，艾莱斯。”菲儿真的会想让他吼叫？从很久以前，佩林就知道如果自己不够小心，就会伤害到别人，他一直都在用心控制着自己的脾气。话语会像拳头一样伤人，特别是那些错误的话，那些并非出于你的本意、你只是为了发泄脾气才说的话。这是不可能的，这不合逻辑，没有女人想要她的丈夫或者任何男人向她吼叫。

一只蓝雀的叫声让佩林抬起头，竖起了耳朵，那声音刚刚还在他听力范围的边缘，但很快地，在更靠近他的地方就有了同样的鸟叫声。转眼间，鸟叫声已经距离他们相当近了。艾莱斯向佩林挑起一道眉弓，他认得这种在边境生活的小鸟叫声。佩林从一些夏纳人那里学到了这种方法，又将它传授给两河人。马希玛也是那些夏纳人中的一员。

“我们有访客了。”他对艾莱斯说。

两人加快了脚步，还没有等他们到达山脚，四个骑马的人已经快速奔了过来。领头的是贝丽兰，她的坐骑已越过溪流了，安诺拉和加仑恩紧随其后。还有一名穿着浅色防尘斗篷、戴着兜帽的女子跑在贝丽兰身边。他们径自跑过梅茵人的营地，甚至没有向那座营地瞥上一眼，直到那座红白色条纹的大帐篷前才勒住缰绳。一些凯瑞安仆人跑过去抓住马的缰绳，扶稳马镫，没有等到尘埃落定，贝丽兰一行人已经消失在帐篷里。

这四个人立刻在营地中引起一阵骚动。两河人议论纷纷，佩林能听到他们的各种猜测。菲儿的那群小傻瓜们聚在一起，挠着脑袋，盯着那座帐篷，兴奋地交头接耳。格莱迪和尼尔德也在树林间看着那座帐篷，贴在一起，用他人无法听到的低微耳语交谈着。

“看上去，你的来访者并不寻常。”艾莱斯低声说，“小心加仑恩，他可能是个麻烦。”

“你认识他，艾莱斯？我很希望你能留下来，但如果你认为他也许会告诉两仪师你是谁……”佩林无奈地耸耸肩，“我也许能阻止森妮德和玛苏芮……”他相信自己是可以，“……但我想安诺拉会按照她自己的意思去做。”安诺拉对于马希玛又是怎么想的？

“哦，贝坦·加仑恩并不认识艾莱斯·马奇拉这号人物，”艾莱斯嘲讽地笑了笑，“‘认识傻瓜杰克的人比傻瓜杰克知道的更多’。我认识他，他不会与你作对，也不会在背后攻击你，但贝丽兰才是他们两个之中有头脑的那个。她在十六岁的时候，就曾经为了阻止提尔对梅茵染指而挑唆提尔人与伊利安人作对。贝丽兰知道如何玩弄计谋；加仑恩知道的是如何攻击，他长于此道，但他看不见其他东西。

有时候，他甚至不知道要停下来想一想。”

“我想你是要我小心他们两个。”佩林喃喃地说道。至少贝丽兰从雅莲德那里带来了信使，一名新的女仆不可能让她着急到如此程度。唯一的问题是，为什么雅莲德要特意让信使带来她的答案。“我最好去确认一下，他们带来的是不是好讯息。艾莱斯，稍后我们要聊聊南方都发生了什么事，你也可以和菲儿见一面。”他在转身之前又补充了最后这一句。

“末日深渊就在南方，”艾莱斯在他身后说道，“就像我能在妖境看到的那样。”

佩林想象着自己又听到微弱的雷声从西方传来，那可能是一个令人高兴的改变。

在帐篷里，布琳捧着一个银托盘，托盘上放着一碗散发出玫瑰香气的清水，以及擦洗手脸用的毛巾。她僵硬地行了一个屈膝礼，将托盘捧到佩林面前。麦玎行了一个更加僵硬的屈膝礼，捧上了一个放着几杯调味酒的托盘。从气味判断，这些调味酒是用最后的一点干蓝莓制作的。莉妮正在收叠来访者们的防尘斗篷。菲儿和贝丽兰站在那名陌生女子的两侧，安诺拉则站在她们后面，这种站位布局有些奇怪。菲儿、贝丽兰和安诺拉的目光都聚集在陌生女子身上。那是一名中年女子，她用一张绿色的发网束住几乎齐腰的长发。如果她的鼻子不是那么长，如果她不是把鼻子抬得那么高，她也许应该非常漂亮。她比菲儿和贝丽兰的个子要矮，但佩林仍然觉得她很像正从鼻尖上俯视他，用冰冷的目光将他从头到脚审视了一遍。看见佩林的眼睛，她并没有像其他人那样眨一下眼。

“殿下，”佩林刚一走进帐篷，贝丽兰就用庄重的声音说道，“请允许我为你介绍安多两河的佩林·艾巴亚领主，转生真龙的朋友和使者。”这名长鼻子的女子谨慎而冰冷地点点头。贝丽兰稍一停顿，继续说道：“艾巴亚领主，请问候并欢迎雅莲德·麦瑞萨·基加林，海丹女王，光之祝福，加林之墙的守卫者，她很高兴和你亲自见面。”加仑恩站在帐篷壁附近，调整了一下眼罩，带着胜利的微笑向佩林举起酒杯。

菲儿用严厉的目光瞪了贝丽兰一眼，佩林的下巴几乎掉了下来。雅莲德本人？他不知道自己是否应该跪下来。经过很长一段时间的停顿以后，佩林鞠了一躬。光明啊！他不知道该如何接待一位女王，尤其是一位突然出现，没有带任何侍从，也没有戴一件珠宝的女王。雅莲德的深绿色骑装只是普通的羊毛质料，上面甚至连一个针脚的绣花都没有。

“在收到了最后一些讯息之后，”雅莲德说，“我想我应该来见你一面，艾巴亚领主。”她的声音很平静，脸上不带表情，目光冷冽孤傲。而且，如果她还不算机警，那么佩林肯定就是塔伦渡口人了。佩林决定，在看清道路该怎么走以前，最好谨慎迈步。“也许你还没有听闻，”雅莲德继续说道，“四天以前，伊利安落进了转生真龙的手中。光明照耀他的名字，祝福我们，他取得了月桂王冠，不过我想那顶王冠现在已经被称为剑之王冠了。”

菲儿从麦玎的托盘中拿了一杯酒，用比呼吸声还小的声音说：“七天以前，霄辰人占领了艾博达。”就连麦玎都没有注意到她在说话。

如果佩林不是一直注意控制自己，他一定会惊呼出声。为什么菲儿要这样把这件事告诉他，而不是等到雅莲德向他宣布这件事？佩林用所有人都能听到的声音重复了菲儿的话，他的声音很严厉，但这是唯一能让他说话的声音不打颤的方法。艾博达也被占领了？光明啊！就在七天以前？就是格莱迪等人看到至上力出现在天空的那一天。也许是巧合，但这真的与弃光魔使无关？

还没有等佩林说完，安诺拉便皱眉看着酒杯，撅起了嘴唇。贝丽兰看着佩林的目光中，闪过一丝惊讶，但这种神情立刻从她的眼中消失了。她们很清楚，当她们前往贝萨的时候，佩林还不知道这件事。

雅莲德只是点点头，如同那位灰宗两仪师一样镇定自若。“你似乎掌握许多情报，”她一边说，一边向佩林靠近了一步，“当第一批谣言顺着河中的商船传到这里的时候，我还抱着怀疑的态度，而那也刚刚只是一两天以前的事情。有几名商人负责向我传递讯息，我想，”她干巴巴地说，“他们是希望着，如果他们和真龙陛下的先知之间发生事端，我会帮他们一把。”

佩林终于分辨出了雅莲德的气味，而他对于雅莲德看法也因此而改变了，不过不是变得更坏。在外表上，这位女王冷静沉着，但混杂着狐疑的恐惧充满了她的气味。佩林不相信自己能有她这般的自控能力，在这种心境下仍然能保持镇定如常的神情。

“能知道尽量多的事情总会好一些。”佩林说道，他已经觉得有些心烦意乱了。*烧了我吧，他想，我必须让兰德知道这件事！*

“在沙戴亚，我们也会寻找可以搜集情报的商人。”菲儿说，她是在暗示佩林知道这件事的途径。“他们似乎能在谣言传来的几个星期以前，就知道一千里以外发生的事情。”

菲儿没有看佩林，但佩林知道，菲儿的话是同时说给雅莲德和他听的。不管怎样，佩林没有办法在这里单独对菲儿秘语，菲儿真的想要他……不，这是无法想象的。佩林眨眨眼，意识到自己刚才忽略了雅莲德的一些话。“请原谅，雅莲德，”他礼貌地说，“我刚才正在想兰德——转生真龙。”那太匪夷所思了！

所有人都在盯着佩林，就连莉妮、麦玎和布琳也不例外。安诺拉睁大了眼睛，加仑恩的下巴垂了下去，佩林这时才意识到，他刚刚直呼了女王的名字。他从麦玎的托盘里拿起一个酒杯，麦玎以极快的速度行了一个屈膝礼，差一点撞掉佩林手中的酒杯。佩林不在意地挥手示意麦玎离开，然后在外衣上揩掉手上的酒汁。他必须专注于一件事，而不是同时去想九件事情。不管艾莱斯怎么想，菲儿肯定不会……不！集中精神！

雅莲德迅速恢复了平静，她是所有人之中惊讶程度最低的，她的气味没有半分动摇。“我在说，秘密地来见你应该是最明智的办法，艾巴亚领主，”她的声音依旧冰冷，“特莱彬领主相信我正待在他的花园里。我是从一道偏僻的侧门离开的，出城的时候，我是两仪师安诺拉的侍女。”她用指尖掸了掸骑裙的裙摆，微微一笑，即使这样，她仍然是冰冷的，和佩林鼻子嗅到的完全不同。“虽然我的一些士兵看见我，但我戴着兜帽，他们没有认出来。”

“在现今的形势下，这样做也许是最明智的，”佩林谨慎地说，“但你迟早要面对公众，无论以怎样的形式。”礼貌，同时直指要点，就是这样，女王不会喜欢对着一个喋喋不休的男人浪费时间。佩林也不想再像一个没见过世面的老百姓那样，让菲儿感到失望。“为什么要来？你只需要送来一封信，或者是告诉贝丽兰你的答案。你是否会向兰德宣誓效忠？无论你如何回答，我保证你将安全返回贝萨。”这是关键，是什么让她感到恐惧，让她认为必须一个人到这里来？

菲儿看着佩林，却装作只是正在吮着调味酒，一边向雅莲德微笑，但佩林看见了菲儿眼睛里向他闪烁的亮光。贝丽兰则毫不掩饰地看着他，微微眯起的眼睛须臾不曾离开过他的脸，安诺拉仍然是那副专注而若有所思的表情。她们全都相信他还会被自己的舌头绊倒？

雅莲德并没有回答这个重要的问题，她只是说：“梅茵之主告诉了我许多关于你的事，艾巴亚领主。还有关于真龙陛下的事，光明照耀他的名字，祝福我们。”她说最后这句话的时候非常流利，似乎完全不用思考，随口就背出来一样。“在我做出决定以前还不能见他，所以我希望见见你，对你进行评价。一个人选择的代言人也会表明这个人本身的许多特质。”她朝手中的酒杯侧过脸，透过睫毛看着佩林，如果贝丽兰这样做，那一定会充满了挑逗的意味，但雅莲德的样子却像是在慎重观察着一头站在她面前的狼。“我也看见了你的旗帜，”她低声说道，“梅茵之主没有提到那些旗帜。”

佩林不由自主地皱皱眉。贝丽兰告诉雅莲德许多关于他的事？她都说了些什么？“那两面旗帜只是摆摆样子而已。”愤怒让他的声音中增添了一些暴戾。他费力地把这种情绪压下去，现在，他倒是很想向贝丽兰有声吼叫。“相信我，我们没有任何重建曼埃瑟兰的计划。”他的声音已变得像雅莲德一样冰冷。

“你的决定是什么？”兰德能够在一眨眼之间将一万名士兵，甚至十万名士兵送到这里来，或者送到距离这里足够近的地方。也许兰德真能做得到。霄辰人在阿玛多和艾博达？光明啊，他们到底有多少人？

雅莲德在开口说话前又以优雅的姿势吮了一口酒，这次，她又回避了问题：“你一定也知道，谣言成千上万。当真龙已经转生，奇诡的军队以亚图·鹰翼之名回归，白塔因叛徒而分裂的时候，即使是最疯狂的谣言也会被人们相信。”

“两仪师的事情，”安诺拉尖声说道，“与外人无关！”贝丽兰恼怒地扫了安诺拉一眼，安诺拉则装作完全没有注意到的样子。

雅莲德瑟缩了一下，肩头转向那位两仪师，不管是不是女王，没有人会愿意听到两仪师用这样的语气说话。“这个世界确实在翻天覆地，艾巴亚领主，我甚至收到报告说，艾伊尔人正在劫掠海丹的村庄。”佩林突然意识到，雅莲德说这些话并不只是为了惹恼两仪师。雅莲德在看着他，等待着，但她在等什么？保证？

“海丹的艾伊尔人全都在我身边，”佩林对她说，“霄辰人也许真的是亚图·鹰翼的后代，但鹰翼已经死去一千年了。兰德曾经战胜过他们，他还会再次战胜他们。”佩林清楚地记得法美镇，就像他记得杜麦的井，虽然他一直竭力忘记这两个地方。霄辰人肯定没有足够的兵力能占领阿玛多和艾博达，即使他们拥有罪奴。巴尔沃说他们还率领着塔拉朋士兵。“也许这个讯息会让你高兴，那些反叛的两仪师是支持兰德的。至少，她们很快就会支持兰德了。”这是兰德说的，几个无处可去的两仪师只能来投奔他，佩林却没有那么大的信心。海丹的谣言说，那些两仪师已经建立起了一支军队。当然，同样是那些谣言也说，反叛的两仪师的数量并不止是几个而已。但……光明啊，佩林只希望有人能做出保证！“我们为什么不坐下来？”他说，“为了帮助你做出决定，我会回答你的一切问题。不过我们可以先让自己舒服一些。”他将一把折叠椅拉到身后，让身子向后坐倒下去，但他总算在最后一刻记起自己的体重，急忙放缓动作，椅子在他的屁股下面发出一阵“吱嘎”的响声。莉妮和另外两名仆人匆忙地将椅子在佩林面前摆成了一个圆形，但那些女人都没有向前迈一步。雅莲德看着佩林，另外两个人看着雅莲德，只有加仑恩毫不在乎地拿起银酒罐，为自己又倒了一杯调味酒。

佩林想到，自从提到那些商人之后，菲儿就再也没有说过话。他很感谢贝丽兰的沉默，也同样感谢她没有在女王面前向自己抛媚眼。而对于菲儿，佩林很希望能得到她帮助，一点建议也行。光明啊，在这种情况下该怎样说，该怎样做，菲儿所知道的要比他多十倍。

佩林一边考虑着是否要再站起来，一边将调味酒放在身旁的小桌上，然后主动向菲儿提出要求，希望她能和雅莲德说话。“如果有人能让女王看到正确的道路，那个人就是你。”他说道。菲儿给了佩林一个愉快的微笑，但她还是没有说话。

突然间，雅莲德看也不看就将酒杯往身边一放，像是早就知道那里会有一个托盘一样。麦玎勉强来得及把托盘伸了过去，接住雅莲德的酒杯。佩林希望菲儿没有听见麦玎在嘟囔些什么，菲儿绝对不会允许仆人说出那样的话。看到雅莲德走过来，佩林想要站起身。但让佩林震惊的是，雅莲德以优雅的姿势跪倒在他面前，握住佩林的双手。还没有等佩林知道雅莲德在做什么，她已经转动双手，让自己的两只手背对背合在佩林的两只手掌中间。雅莲德是那样用力，肯定将她的手都握痛了。佩林相信，如果现在要挣脱雅莲德，一定会将她弄伤。

“在光明之下，”雅莲德抬起头看着佩林，坚定地说道，“我，雅莲德·麦瑞萨·基加林，将我的忠诚献与两河的佩林·艾巴亚领主，从此时此刻，直至永远，除非他决定将我弃绝。我的土地和王座是他的，我将它们献到他的手中。我以此立誓。”

片刻之间，帐篷里只有加仑恩的惊呼声，以及他的酒杯落在地毯上时的闷响。然后，佩林听见菲儿又一次用那种除他以外、绝没有人能听见的微弱声音说：“在光明之下，我接受你的誓言，我将保护你和你的一切，为你遮挡战火的蹂躏、寒风的肆虐，以及时间带来的所有灾难。海丹的土地和王座，我赐予你，让你成为我忠实的卿士。在光明之下，我接受……”这一定是沙戴亚接受效忠誓言的方式。感谢光明，菲儿只是在忙着告诉他这段话，无暇看到贝丽兰正在向他用力地点着头，同样在催促着他。她们两个都好像早已预料到会有这一幕一样！但安诺拉却和佩林一样张大了嘴，吃惊得好像是鱼看见身边的水突然消失了。

“为什么？”佩林温和地问道。他完全没有理会菲儿沮丧的吁气声以及贝丽兰怒恼的哼声。*烧了我吧，他想，我只是个该死的铁匠！没有人会向铁匠宣誓效忠。女王不会向任何人宣誓效忠！*“别人曾经告诉过我，我是一个时轴。也许你应该再考虑一个小时，然后做出回答。”

“我希望你是时轴，领主，”雅莲德笑着说，但她的语气里没有半点愉悦，她更加用力地抓住佩林的双手，仿佛害怕佩林会将手抽走。“我全心全意希望如此。我害怕没有像你这样强大的人物，将不足以拯救海丹。当梅茵之主告诉我你来到此地的原因时，我就已经做出了这个决定，见到你只是让我更增强自己的决心。海丹需要保护，我却没有力量给予这样的保护，所以我的责任需要我为海丹找到这种力量。这是你可以给我的，领主，你和真龙陛下可以给我的。光明照耀他的名字，祝福我们。实际上，如果他在这里，我会直接向他立誓。你是他的人，向你立誓也就是向他立誓。”她深吸一口气，强迫自己说道：“求求你。”她的气息中流露出决绝的心情，她的眼睛里闪烁着恐惧的光芒。

但佩林还在犹豫，这是兰德想要得到的一切，甚至更多。但佩林·艾巴亚只是一名铁匠，只是一名铁匠！如果他接受了雅莲德女王的效忠，他还能这样对自己说吗？雅莲德恳切地望着他。时轴也会对自己起作用吗？佩林不禁暗自寻思着。“在光明之下，我，佩林 · 艾巴亚，接受你的誓言……”当他说完菲儿教他的那段话时，他的喉咙干得要命，但现在想要停下来仔细考虑已经太晚了。

雅莲德长长地吁了一口气，身体松懈下来。当她亲吻佩林双手的时候，佩林感觉自己一生中从没有这样困窘过。他匆忙地站起身，将雅莲德也扶起来，然后才意识到自己并不知道随后该做些什么。菲儿的脸上焕发骄傲的光彩，却没有再说悄悄话。贝丽兰也在微笑，脸上全是松了一口气的表情，仿佛她刚刚被从烈火中救出来一样。

佩林相信安诺拉会说话——两仪师总是有许多话要说，特别是当她们有机会掌控局势的时候，但那位灰宗两仪师只是伸出酒杯，让麦玎给她斟满。安诺拉看着佩林的时候，表情完全无法解读。麦玎也是一样，她甚至忘记了自己正在倒酒，酒汁从安诺拉的杯中满溢出来，流到两仪师的手腕上。安诺拉吃了一惊，她转头看着手中的酒杯，仿佛已经忘记了这个酒杯一样。菲儿皱起眉，莉妮的眉头皱得比菲儿更紧。麦玎拿出手绢，为两仪师擦手，同时一直不停地低声嘀咕着。如果菲儿听清了她在说什么，一定会用拳头揍她。

佩林知道自己已经耽误了太久时间。雅莲德焦急地舔着嘴唇，她还在期待某件事，什么事？“现在我们已经确定了彼此的心志。下一步，我必须找到先知。”他的心中正在犹豫。这太突兀了，他不知道该如何对待贵族，更不知道如何应对一位女王。“我想，你应该会希望抢在其他人察觉你失踪前，返回贝萨。”

“最近我得到的讯息显示，”雅莲德对他说，“真龙先知在阿比拉，那是阿玛迪西亚的一座大城镇，在南方距离这里大约四十里格的地方。”

佩林不由得皱起眉头，然后又急忙将这个表情抹去。看样子，巴尔沃是正确的。一件事正确不代表其他所有事情正确。不过，也许那个人对于白袍众的评价还是值得一听，还有霄辰人的，他们率领着多少塔拉朋士兵？

菲儿悄然走到佩林身边，将一只手按在佩林的手臂上，给了雅莲德一个温暖的微笑。“亲爱的，我知道你不是要催她走，毕竟她刚刚来到这里。先让我们在这个凉爽的地方谈一谈，再让她继续赶路吧。我知道你还有重要的事情要做。”

佩林努力不让自己显露出吃惊的样子。还有什么事情能比海丹的女王更重要？当然，如果他想留下，任何人都不会阻止，但菲儿显然有不想让他听见的话要对雅莲德说。如果他的运气好，菲儿以后会把这些话告诉他。艾莱斯也许自以为了解沙戴亚人，但佩林早已知道，只有傻瓜才会想要知道妻子的一切秘密，或者让妻子知道自己已经知道了她的秘密。

毫无疑问，离开雅莲德应该需要和她见面时一样多的繁文缛节，但佩林只是一鞠躬，向雅莲德告辞。雅莲德行了一个深深的屈膝礼，喃喃地说佩林给了她很大的荣誉。佩林在转身时，向加仑恩一摆头，示意加仑恩跟他出去。他相信菲儿同样不会让这男人留下来。菲儿想对雅莲德说些什么?

走到帐篷外，独眼的梅茵将军拍了佩林肩膀一把，力道足以推倒一个小个子男人。“烧了我吧，我从没有听说过这种事！现在我可以说，我真正看见了时轴的力量。你想和我说什么？”其实佩林也不知道他现在想说什么。

就在这时，佩林听到梅茵营地传来一阵叫喊声，那是争吵的声音，声音很大，甚至两河人都纷纷站起来，透过树林向梅茵人那边望去，但山坡完全挡住了他们的视线。

“先让我们看看那边出了什么事。”佩林答道。这可以为他争取思考的时间，让他想一想该对加仑恩说些什么，还有其他的一些事。

在佩林离开之后，菲儿又等了一会儿才告诉仆人，她和帐篷里的诸位宾客可以自己照顾自己。麦玎只是盯着雅莲德，直到莉妮拉了一下她的袖子，她才向帐篷外走去。这件事随后必须处理一下。菲儿放下酒杯，跟着那三名女仆走到帐篷门前，像在驱赶她们一样。在那里，她停下了脚步，但没有放下帐篷帘幕。

佩林和加仑恩已经大步穿过树林，向梅茵人的营地走过去。很好。大部分的刹菲儿都蹲在不远的地方。菲儿看着帕雷林的眼睛，在腰前打了一个手势。站在她身后的人都不可能看见她的动作。她迅速地画了一个圆，然后攥紧拳头，那些提尔人和凯瑞安人立刻以两到三个人为一组，分散开来。刹菲儿也有自己的手语，比枪姬众的粗糙许多，但也够用了。片刻之后，这些刹菲儿已经包围了帐篷。他们装作一副心不在焉的样子，或者闲聊，或者玩着翻绳游戏，但现在任何人靠近到距离帐篷二十步远的地方，菲儿立刻就会得到报讯。

但菲儿最担心的还是佩林，当雅莲德本人出现在营地中的时候，她就预料到会有重大的事情发生。雅莲德的誓言肯定给佩林造成了很大的冲击。如果佩林回来时，还会要劝雅莲德仔细考虑自己的决定……哦，佩林总是在应该用头脑思考的时候用心去思考，该用心的时候却又用起了头脑！这个想法让菲儿觉得自己被负疚感刺痛。

“你在路上找到了一些很奇特的仆人。”贝丽兰用夹带着嘲笑和同情的语调说道。菲儿愣了一下，她没有听到这个女人已经走到了自己身后。那三名仆人正在向大车队那里走去，莉妮向麦玎摇晃着一根手指。贝丽兰的目光从菲儿身上转向那三名仆人。梅茵之主压低了声音，但嘲讽的意味还在：“那名年纪最大的似乎还知道应该做些什么，而不是只顾着听我们说话。不过安诺拉告诉我，最年轻的那一个是一名野人，她的能力非常弱，几乎可以被忽略掉，但野人总是会制造麻烦。其他人若知道她的能力，就会四处传播她的闲话，她迟早会逃走。我听说野人总是这样。这就是你像捡野狗一样捡来的仆人。”

“她们很合我意，”菲儿冷淡地答道。但她还是必须和莉妮长谈一次。一个野人？即使很弱，也可能会发挥作用。“我一直都以为你擅长于雇佣仆人。”贝丽兰眨眨眼，不确定菲儿是什么意思。菲儿小心地不让自己满意的表情显露出来，然后她转过身说道：“安诺拉，你是否能为我们制造一个防止窃听的结界？”

森妮德和玛苏芮应该没有机会利用至上力偷听（菲儿一直在等着，当佩林得知智者们在怎样勒紧那两位两仪师的缰绳的时候，他的脾气将如何爆发），但智者们也许已经学会了偷听的技巧。菲儿相信，伊达拉等人一定会将森妮德和玛苏芮榨干。

灰宗两仪师点点头，她细辫子上的缀珠也随之发出叮当轻微撞击声。“已经做好了，菲儿女士。”贝丽兰的嘴唇稍稍抿紧了一下。菲儿很满意，这个女人竟敢在菲儿的帐篷里如此狂妄地说话！她应该得到的惩罚绝不仅是让她的咨政对别人俯首帖耳。但这已经很令人满意了。

菲儿承认，这样做很孩子气，她应该注意的是眼前的事情，但忿恨还是让她几乎要咬破自己的嘴唇。她不怀疑丈夫的爱，但她却没办法给予贝丽兰所应得的，更不能总是将佩林当作棋盘和贝丽兰博弈，让贝丽兰以为她的丈夫就是她们要赢取的锦标。这让她感到压抑，让她的心中总是憋着一口气。如果佩林偶尔能改变一下作风就好了。菲儿用力把所有这些念头赶出脑海，她还有作为妻子的责任要完成，这才是实际的事情。

当菲儿提到结界的时候，雅莲德若有所思地瞥了安诺拉一眼。她很清楚这是一次重要的会谈，但她只是说道：“你的丈夫是一个令人敬畏的人，菲儿女士，我这样说不是要冒犯你——他直率的外表下掩盖着精明的智慧。阿玛迪西亚就在我们的门外，所以我们海丹人必须擅长达斯戴马，但我从没有想过能有人像佩林·艾巴亚领主一样如此灵巧顺畅地达成一个决定。人们总会顾忌对方语气中的威胁，或者盟友皱眉的意味。他真是个令人敬畏的人。”

这一次，菲儿费了些力气才隐藏住自己的微笑。这些南方人已经太习惯无穷尽的权力游戏了，雅莲德如果知道，佩林只是在说出自己心中的话，她一定不会高兴的。她只会将心中的话说出一半，于是也就只能认为佩林的诚实是很深的城府。“他在凯瑞安待过一段时间。”菲儿说，就让雅莲德去误会她的意思吧，“有两仪师安诺拉的结界，我们可以在这里开诚布公地交谈。很显然，你并不急于返回贝萨。你认为你对佩林的誓言和佩林对你的誓言，仍然不足以作为他和你之间的保证吗？”南方人的确对忠诚有一些奇怪的想法。

贝丽兰悄然无声地站到菲儿右侧，片刻之后，安诺拉站到了菲儿左侧。雅莲德发现自己正面对着三个人。让菲儿吃惊的是，这位两仪师已经落进了她的计划里，却仍然是一副毫不知情的样子。毫无疑问，安诺拉有自己的理由——如果有人能告诉菲儿那些理由是什么，菲儿一定会给这人一大笔钱。但贝丽兰这样做却丝毫不令菲儿吃惊。一句随意的玩笑能够搞砸一切，特别是针对佩林权力游戏技巧的玩笑。菲儿相信，贝丽兰不敢开这样的玩笑，但这同样让菲儿感到气恼。菲儿曾经轻视贝丽兰，现在她仍然在恨着贝丽兰，那是深刻而灼烈的恨意；可是菲儿也不得不承认，她对贝丽兰的蔑视已经被敬意取代了。这个女人知道要在什么时候把她们两个之间的“游戏”放到一旁。如果不是因为佩林，菲儿觉得她也许真的会喜欢这个女人！为了发泄胸中的愤懑，菲儿开始想象她把贝丽兰头发剃光的样子，她简直就是一匹淫贱的母马！但现在她是和菲儿共进退的盟友。

雅莲德依序审视着面前的三个女人，但她没有流露出任何紧张的样子。她再一次拿起酒杯，随意吮了一口酒，叹息一声，带着抱歉的微笑开始说话了，轻松得就好像她所说的完全不重要一样。“我当然会遵守誓言，但你必须明白，我希望得到更多。你的丈夫离开海丹以后，我将依然只能靠我自己，也许情况还要更糟。除非真龙陛下能给我一些确实的援助。光明照耀他的名字，祝福我们。先知会毁掉贝萨，甚至结汉拿，就像他在萨马拉所做的那样，我无法阻止他。如果他知道了我的誓言……他说，他来到这里是要让我们知道该如何在光明中侍奉真龙陛下，他是我们侍奉真龙陛下唯一的道路。我不认为当他得知有人通过其他途径侍奉真龙陛下的时候，他会感到高兴。”

“很高兴你能遵守誓言，”菲儿冷冷地说，“如果你想要从我的丈夫那里得到更多，也许你也应该付出更多。当他前往南方与先知会面的时候，也许你应该与他同行。当然，你会希望自己的士兵随行。不过，我建议你带领士兵的数量不要超过梅茵之主。我们可以坐下吗？”菲儿坐进佩林刚才坐过的那把椅子里，抬手示意贝丽兰和安诺拉坐到自己身旁，然后才再次打手势请雅莲德坐下。女王缓缓地俯下身子，一双眼睛睁得很大，紧盯着菲儿。她不是在紧张，而是震惊。“光明在上，为什么我要这样做？”她激动地说道，“菲儿女士，圣光之子不会放过任何理由加强对海丹的劫掠，埃尔隆王也许同样会决定派遣一支军队前往北方，我不可能这样做！”

“你君主的妻子在要求你这样做，雅莲德。”菲儿坚定地说道。

雅莲德的眼睛似乎无法再睁得更大了，但它们还是又大了几分。她望向安诺拉，却只看到两仪师的那种漠然的平静。“当然。”过了一会儿，她说道，她的声音很空洞。咽了一口唾沫，她又说道：“当然，我会依照……你所说的去做……女士。”

菲儿亲切地点点头，藉此隐藏住放松的心情。她本以为雅莲德会推诿搪塞。雅莲德可以发誓效忠，却不知道自己的誓言代表着什么——这只是更加让菲儿相信，不能将这个人留下。现在必须要做的不是让她遵守誓言，而是让她知道她立了一个什么样的誓。雅莲德应该去对付马希玛，而不是向马希玛俯首称臣。虽然雅莲德可能已经习惯了仰人鼻息，但不能再给她这样的选择。当别无选择的时候，她会改变的，即使可能只是缓慢的改变。如果让她就这样回到贝萨，谁知道她会不会向马希玛示警？不过她已经感觉到了誓言的重量，现在菲儿可以将她的重担减轻一点。

“很高兴你会与我们同行，”菲儿热情地说道，这并不是她装出来的，“我的丈夫不会忘记那些为他出力的人。你能为他做的第一件事就是写信给你的贵族们，告诉他们现在南方出现了一个高举曼埃瑟兰旗帜的人。”贝丽兰惊讶地半转过头。安诺拉眨了眨眼。

“菲儿女士，”雅莲德急忙说道，“他们之中有一半人在收到我的信之后会立刻向先知送去讯息。他们害怕先知，只有光明才会知道先知会做什么。”这正是菲儿想要的反应。

“你还要在信里告诉他们，你已经聚集起一些士兵，要亲自对付这个人。毕竟，真龙陛下的先知有许多重大的事情要处理，不应该让这种小事分散他的精力。这才是你要写这封信的原因。”

“很好，”安诺拉喃喃地说，“没有人会知道来的人是谁。”

贝丽兰发出愉快的笑声，烧了她吧！

“菲儿女士，”雅莲德长吁了一口气，“我曾说过，佩林领主是令人敬畏的，我是否应该再加上，他的妻子同样是令人敬畏的？”

菲儿竭力不流露出满意的神情。现在她必须给贝萨城中她的人送去讯息了。从某种角度来说，菲儿反而感到有一点懊悔，向佩林解释这件事可能会非常困难，如果佩林知道她绑架了海丹女王，即使是他肯定也无法控制自己的脾气。

大多数翼卫队员都聚集在他们营地的边缘，包围着十名骑在马背上的梅茵人。那些骑马的梅茵人没有持骑枪，这表明他们是巡逻兵。徒步的梅茵人推推攘攘，都想要向里面挤。佩林觉得他又一次听到了雷声，不是在很遥远的地方，但仍然模糊不清。佩林打算推开人群走进去。加仑恩吼道：“让路，你们这群狗崽子！”

人们纷纷转过头，然后向两旁让去，露出一条狭窄的通道。佩林想知道，如果自己管两河人叫“狗崽子”会发生什么事，也许他的鼻子会被狠狠地砸上一拳。这也许值得试一试。

努瑞勒和其他军官就站在那些巡逻兵的旁边。他们围绕着七个双手被捆在身后、脖子被同一根绳子拴在一起的人，他们全都缩着肩膀，脸上的表情或是愤怒，或是恐惧。他们的衣服上黏连着一块块厚硬的污渍，不过能看出来，那些曾经是贵重的服装。奇怪的是，他们的身上散发着一股浓烈的木头燃烧气味，而一些骑马的巡逻兵脸上也有烟灰的痕迹。看样子，其中还有一两个人被烧伤。亚蓝也在这里，审视着这些囚犯，眉头紧锁。

加仑恩将双拳叉在腰上，独眼中放射出的光芒比别人的双眼更亮。“出了什么事？”他问道，“我的巡逻兵应该带回来讯息，而不是一堆破烂！”

“我会让奥蒂斯做出报告，领主，”努瑞勒说，“他就在这里。奥蒂斯队官！”

一名中年士兵从马鞍上跳下来，将戴着铁手套的手按在胸前，鞠了一躬。他的头盔上没有任何装饰，也没有代表军官身份的细长羽毛和雕刻在头盔侧面的飞翼纹饰。在他的脸上能清晰地看到一块烧伤，他的另一侧脸颊上有一道疤痕，拉起了他的嘴角。“加仑恩领主，艾巴亚领主，”他用石块一样坚硬的声音说道，“我们在西边大约两里格的地方，遇到了这些啃芜菁的家伙。他们烧毁了一座农场，农场里的人被活活烧死在房子里。一个女人想要从窗户里爬出来，却被这些渣滓迎头打了回去。我们知道艾巴亚领主会怎样想，所以我们阻止了他们的行为。但我们去得太晚了，没有能救出所有人。我们抓住了这七个人，其他人逃跑了。”

“人们经常会经不住诱惑，滑落进暗影中，”一名囚犯突然说道，“他们必须记住这样做的代价。”那是一个身材瘦高的人，他的头发曾经经过精心的修剪，说话的声音圆润，显示出他受过很好的教育。但他的外衣像其他人一样肮脏，而且他至少已经有两三天没有刮过胡子，先知似乎并不赞同将时间浪费在刮胡子或者沐浴这样的事情上。虽然他的双手被绑，脖子上套着绳索，但他只是瞪着那些捉住他的人，没有半分恐惧，而是一副傲慢和挑衅的姿态。“你的士兵吓不倒我，”他说，“真龙陛下的先知——光明照耀真龙的名字，祝福我们——曾经摧毁过远比你们这些人更强大许多的军队。你们可以杀死我们，但先知会为我们报仇，让你们血染黄尘。你们全都要死，先知会在火与血中获得胜利。”这名囚犯以歌咏一般的声音结束了他的话。他挺直了脊背，身体如同一根铁棍。周围的士兵们开始窃窃私语，他们都知道，马希玛曾经摧毁过比他们规模大得多的军队。

“吊死他们。”佩林说。他又一次听到了雷声。他发出命令之后，就让自己一动不动地站在原地看着。尽管人们都在议论纷纷，但乐于执行命令的人并不缺乏。一些囚犯在脖子上的绳索被扔过树枝的时候开始哭泣。一名囚犯肯定曾是个胖子，但现在他的皮肉都松垂在身上，他大喊着他悔悟了，他会向他们的主人效忠，无论那位主人是谁；一个和蓝格威一样强健的秃头家伙不停地挣扎着、尖叫着，直到绳索最终阻断了他的哭嚎；只有那个声音圆润的家伙直到绳子勒紧他的喉咙也没有踢蹬一下，他的眼睛始终坚定地圆瞪着。

“至少，他们之中有一个人知道该如何死。”当最后一名囚犯瘫软下来的时候，加仑恩嘟囔了一句。他皱着眉，看着那些挂在树上的人，好像很遗憾他们没有进行更多的抗争。

“如果这些人是侍奉暗影的就好了，”亚蓝犹豫了一下，才继续说道，“请原谅，佩林领主，但真龙陛下会赞同我们这样做？”

佩林吃了一惊，他转过头，睁大眼睛看着亚蓝。“光明啊，亚蓝，你听到他们做了什么！兰德会亲手替他们套上绞索！”他相信兰德会的，他希望兰德会的。兰德正在致力于抢在最后战争到来之前将诸国合为一体。也许要做到这件事是不能计算代价的。

当雷声响亮到足以让所有人听见的时候，人们全都猛然抬起头。雷声更近了，一阵风吹来，降下又升腾，掀起佩林的外衣。枝状闪电出现在无云的天空中。梅茵营地里的马匹都在嘶鸣踢跳。雷声滚滚，闪电如同宛转的银蓝色长蛇，而太阳仍然光芒炽盛。雨滴洒落下来，稀疏的大颗水珠在地面上砸起一片片尘土。佩林抹掉落在脸上的一颗雨滴，惊愕地看着自己湿润的手指。

没过多久，暴风雨到来了，沉雷和闪电从东方以排山倒海之势袭来。干渴的大地吸收着雨水。火烈已久的太阳变成了一个闪烁不定的光团。雷声渐渐消失，士兵们不确定地彼此对望着。加仑恩用力将手指从剑柄上拉开。

“这……这不可能是暗帝干的，”亚蓝瑟缩了一下，但没有人曾经见过这种样子的自然风暴，“看样子，气候改变了，对不对，佩林领主？气候将要恢复正常了？”

佩林开口想要告诉亚蓝，不要这样称呼他，但他只是叹了口气，就又闭上了嘴。“我不知道。”他说。肖是怎样说的？“一切都在改变，亚蓝。”他从没有想过，他自己也要改变。

第 11 章

一个问题和一个誓言

高大马厩中的空气充满了陈旧的干草味和马粪味，还有血腥和肉体燃烧的焦糊味。所有门都关闭了，空气很浑浊。两盏灯发出微弱的光亮，大部分地方都被阴影遮住了。在一排排长长的畜栏里，马匹紧张地嘶鸣着。那个被拴住手腕、挂在房梁上的男人发出低微的呻吟声，然后又是一阵沙哑的咳嗽。他的头低垂在胸前。他的个子很高，肌肉发达，只是显得非常疲倦。

突然间，瑟瓦娜察觉到他的胸膛已经没有起伏。她向瑞埃勒一挥手，手指上的宝石戒指也随之闪烁着红色和绿色的光。

那名火色头发的女人抬起那个男人的头，拨开他的眼皮，又将耳朵贴在他的胸前听了听，完全不在意仍然在那个男人胸口上燃烧的火星。然后她厌恶地哼了一声，直起身子。“他死了，瑟瓦娜，我们本应该把他留给枪姬众，或者是黑眼众去处理。我丝毫不怀疑是我们的无知杀死了他。”

瑟瓦娜绷紧了嘴唇，她在一阵手镯的撞击声中整理着披巾，那些黄金、象牙和宝石手镯几乎一直挤到了她的臂肘，重量肯定相当可观。但如果瑟瓦娜能做到，她会戴上她的所有首饰。其他女人都没有说话。拷问俘虏不是智者的工作，但瑞埃勒知道为什么她们必须亲自做这件事。那十名骑马的士兵以为他们能战胜二十名枪姬众，仅仅因为他们有坐骑。这个人是那十名士兵中唯一的幸存者，也是他们到达这个地方十天以来的第一名霄辰俘虏。

“如果他不是那么用力地与痛苦作战，他本来是可以活下来的，瑞埃勒，”莎莫林一边说，一边摇摇头，“一名强壮的湿地人，但他无法接受痛苦。不过，他已经告诉了我们许多事。”

瑟瓦娜向莎莫林瞥了一眼，想要看出这名智者是否对她有意挖苦。莎莫林像大多数男人一样高。除了瑟瓦娜以外，她是佩戴手镯和项链最多的人——层层火滴石、翡翠、红宝石和蓝宝石几乎完全遮住了过于丰满的乳房。她的衣衫一直裂开到裙摆上面。如果不是那些宝石的遮掩，她的乳房至少露出了一半。她的披巾系在腰间，什么都没有遮住。有时候，瑟瓦娜很想知道莎莫林是在学习她，还是在与她竞争。

“很多？”莫莱喊道。在她手中举着的油灯光线中，她本就严酷已极的长脸显得比平时更加严酷。即使在正午的太阳中，莫莱也能找到黑暗的一面。“他的同伙就在往西两天路程，那个叫阿玛多的城市？我们早就知道这件事，他告诉我们的事情都已经是四处流传的故事了。亚图 · 鹰翼！呸！早就应该把他交给枪姬众，她们会让他活下来，挖出我们需要的东西。”

“你要……冒险让所有人知道他们不该过早知道的事情？”瑟瓦娜气恼地咬住嘴唇，她差点要向这些人高喊“傻瓜”了。在她看来，已经有太多人知道太多事情。智者们也一样不该知道太多事情，但瑟瓦娜不能冒险惹恼这些女人，她只能暗自咬牙！“人们会害怕。”至少她不必隐藏自己的轻蔑。让她震惊和愤怒的不是沙度人在害怕，而是他们之中，竟然没有几个人知道要掩饰自己的恐惧。“黑眼众、岩狗众，即使是枪姬众也会把他供出的事情散播出去，你们知道他们会的！这个人的谎言只会增加更多的恐惧。”霄辰人说的那些话一定是谎话。在瑟瓦娜的想法里，一片海就像她曾经在湿地看见的湖一样，只不过湖对岸是在视线以外而已。如果的确有超过几十万霄辰人从那么大的一片水面上过来，她审问过的其他俘虏一定会知道。至今为止，所有审问俘虏的工作她都曾参加。

提昂提起另一盏油灯，用眨也不眨的灰色眼睛看着瑟瓦娜。她几乎比莎莫林要矮一头，但即使这样，她还是比瑟瓦娜更高，而且肩宽几乎是瑟瓦娜的两倍。她的圆脸经常是一副平和的神情，但如果以为她是一个平和的人，那就大错特错了。“他们的恐惧没有错，”提昂用岩石般的声音说，“我也在害怕，而且并不引以为耻。即使只是在阿玛多的霄辰人也为数众多，而我们人数很少。你一直让你的氏族环绕着你，瑟瓦娜，但我的氏族呢？你的湿地人朋友凯达，以及他驯服的两仪师凭空制造出那些孔洞，将我们送过去，奔赴死亡；又让我们的族人离散，至今渺无音讯。我们的沙度人都在哪里？”

瑞埃勒走过去，站到提昂身边，奥拉里斯很快加入了她们。即使是现在，奥拉里斯还在玩弄着她的黑发，或者她这样做只是为了避开瑟瓦娜的眼睛。过了一会儿，面含愠怒的莫莱也成为她们之中的一员，然后是穆达拉。穆达拉的身材很苗条，但她比莎莫林还要高，所以看上去只能说是细瘦。瑟瓦娜本以为她已经牢牢地掌握住了穆达拉，就好像她握住手中的戒指，就好像她握住……莎莫林看着她，叹了口气，缓步走到她们身旁。

现在只剩下瑟瓦娜站在灯光的边缘。在瑟瓦娜依靠杀死迪赛恩控制住的智者中，瑟瓦娜最信任这些人。当然，她对任何人都没有多少信任，但她本以为至少莎莫林和穆达拉会紧跟着她，就如同她们已经向她立下水之誓言一样。而现在，她们竟敢用指责的目光看着她，就连奥拉里斯也不再玩弄头发，抬起头来盯着她。

瑟瓦娜带着迹近嘲讽的冰冷微笑看着这些人。她决定了，现在不适合向她们提起那个将她们的命运绑在一起的罪行，这一次，恫吓是没有用的。“我早就怀疑凯达要背叛我们。”她说道。瑟瓦娜承认这一点，让瑞埃勒不由得睁大了蓝眼睛。提昂张开口，但瑟瓦娜没有给她说话的空隙。她继续说道：“但你们宁愿留在弑亲者之匕被摧毁？像野兽一样被四个部族猎杀？那些部族的智者们，即使不用穿行匣也能制造出孔洞。而现在，我们到了这片富饶沃土的核心地带，这里甚至比毁树者的地方更富庶。看看我们在十天时间里得到的东西，我们在湿地人的城市中还会得到多少？你们害怕霄辰人，因为他们数量众多？记住，我有每一名能够导引的沙度智者。”现在她很少想起自己并无法导引，而且很快，这个缺陷就能得到补救了。“我们比任何湿地人能组建的军队都更强大，即使他们有那些能飞的蜥蜴。”她用力哼了一声，以表明她对那些湿地人有多么轻蔑！现在还没有一个沙度人看见那种飞蜥蜴，就连斥候也没有见过，但几乎所有俘虏都在传播这荒谬的故事。“等我们找到其他氏族以后，我们就会夺下这片土地，所有这些！我们要让那些两仪师十倍地偿还我们。我们会找到凯达，让他在讨饶的尖叫声中死去。”

这本应该重新鼓舞起她们的士气，让他们重拾信心，瑟瓦娜以前也这样做过。但没有一个人的表情有任何改变，一个都没有。

“那么卡亚肯呢？”提昂平静地说，“你已经放弃了和他结婚的计划？”

“我什么都没有放弃。”瑟瓦娜焦躁地答道。那个人——更重要的是，那个人所拥有的力量——迟早有一天会是她的，无论要付出怎样的代价。瑟瓦娜压住火气，继续说道：“兰德 · 亚瑟现在不是最重要的。”至少对这些瞎眼的傻瓜不是。只要能把他抓到手上，任何事对她都是有可能的。“我并不打算整天站在这里讨论我的新娘花环要如何，我还有更重要的事情。”她转身穿过阴影，向马厩的门口走去。一个令人不快的想法突然出现在她的脑海中——她在这些女人中已被孤立了。她还能信任她们多少？迪赛恩的死在她心中留下了太鲜明的印象，这些智者曾经……用至上力杀人。想到还得待在这些人中间，想到她们就在她身后，瑟瓦娜感觉胃开始抽紧。她想听到微弱的干草“簌簌”声，代表着她们跟上来了；但她什么都没有听见。她们只是站在原地看着她？瑟瓦娜不让自己回头观望。继续保持这种疏缓的步伐不需要太大的力量。她绝不会表现出恐惧，让她自己蒙羞！但是当她推开铰链经过良好润滑的高大门板，走进正午的阳光中时，她还是禁不住长吁了一口气。艾法林正在门外踱步，她的束发巾就缠在脖子上，背上拴着弓匣，双手拿着短矛和圆盾。这名灰发女子突兀地转过身，看到瑟瓦娜，她脸上的担忧神情并没有消褪多少。艾法林是所有沙度枪姬众的领导者，而她竟然会让自己的忧虑表现出来！她并不是祖矛氏族的人，但正是她向瑟瓦娜献计，让瑟瓦娜在新的沙度首领能够选出之前，执掌首领的权位。瑟瓦娜相信，艾法林和她一样，并不认为沙度还能再有新的首领。艾法林知道权力所在，以及什么时候应该守口如瓶。

“深埋他，把墓穴隐藏好。”瑟瓦娜对艾法林说。艾法林点点头，向环绕马厩的枪姬众发出讯号。她们立刻跟随她进入了马厩。瑟瓦娜审视这座建筑物的蓝色墙壁和红色尖顶，然后转身看着前面的空地。一道只有一个出口的低矮石墙环绕着马厩，围出一片大约有百步方圆的硬土地面，湿地人在这里训练马匹。为什么要在如此偏僻的地方单独修建这样一座建筑？它周围全都是令瑟瓦娜至今仍然感到惊讶的高大林木。瑟瓦娜并没有想过是否要征询马厩以前的拥有者同意，这个位置荒僻的建筑似乎就是为她而设立的。抓住这名霄辰人的正是艾法林率领的枪姬众。除了现在在这里的人以外，仍没有旁人知道这名俘虏的存在，将来他们也不可能知道。其他智者会和这些枪姬众说些什么？她们会不会在枪姬众面前谈论她？任何人都不能信任！

正当瑟瓦娜准备向森林里走去的时候，莎莫林带领其他人从马厩里走了出来，跟随瑟瓦娜走进了树林。她们在谈论霄辰人，还有凯达，以及其余的沙度人都被送到了什么地方。瑟瓦娜没有加入她们，但她们也无法阻止瑟瓦娜听她们的谈话。瑟瓦娜愈听面色愈阴沉。和祖矛氏族在一起的有超过三百名智者，但那些智者的论调不会和她们有什么不同。其他氏族都去了哪里？凯达是兰德·亚瑟投出的一支利矛？这里有多少霄辰人？他们是不是真的骑着大蜥蜴？蜥蜴！这些人从一开始就和她是一路人。她一步一步地为她们指引方向，但她们却相信是她们在制定每一步的计划，相信她们知道最终的目的是什么。如果现在她失去了这些人……

树林变成了一大片空地，差不多是刚才那座马厩场院的五十倍大。瑟瓦娜驻足观望，愤懑的心情在不知不觉间溜走了。低矮的山丘向北方逐渐隆起，在几里格以外，高峻的山峰顶端被云团覆盖，大片白云上镶嵌着一些深灰色的条纹，瑟瓦娜从没有见过这么多云彩。在伸手可及的地方，数千名祖矛艾伊尔正在进行日常工作，铁锤敲击铁砧的声音连绵不绝。许多只绵羊和山羊正被宰杀作为晚餐的食料，牲畜的鸣叫伴随着孩子们的笑闹声。因为比其他氏族有更多时间进行离开弑亲者之匕的准备，祖矛氏族把从凯瑞安搜集来的牲畜也都带过来了。

有许多人立起了帐篷，不过这是不需要的。各种色彩的建筑物几乎充满了这片开阔空地，就像一个湿地人的大村子。高大的谷仓和马厩，一座大铸造房和供仆人居住的矮房。所有这些房屋都被漆成红色和蓝色，围绕着那座巨大的宅邸。那座房屋有三层高，顶部覆盖着深绿色的瓦片，墙壁则涂成较浅的绿色，并以黄色装饰，地基是一座三十尺高的堆砌石山。祖矛艾伊尔和奉义徒在通向宅邸正门的长坡道上和环绕宅邸的走廊中奔忙着。那些走廊的栏杆柱檐都雕刻着精细繁复的花纹，瑟瓦娜在凯瑞安见过的石砌房屋和宫殿远不如这里华丽。这座宅邸被图绘成迷失之人的马车模样，但它仍然富丽堂皇得不可思议。她应该想到，有这么多树木，这些人可以建造起任何木制的房屋，难道除了她以外，没有人看到这片土地有多么丰饶吗？现在，祖矛氏族的奉义徒比以往任何二十个氏族的奉义徒加在一起还要多，数量几乎达到祖矛氏族成员的一半！再没有人争论是否应该让湿地人成为奉义徒。他们是那样驯顺！一名大眼睛的年轻人穿着草草缝制的白袍，提着一个篮子跑了过来。他带着惊惶不安的神情望向周围的人，不小心踩到自己的袍子下摆，跌了一跤。瑟瓦娜微微一笑。这个人的父亲称自己为这片地方的领主，还大呼小叫地说什么什么之子将会剿灭她和她的人，而现在，他像他儿子一样穿上了白袍。他的妻子、女儿和他的其他儿子也都是一样。那些女人献上了许多华美的宝石和丝绸，瑟瓦娜只是选取了其中最好的一批。一片丰饶的土地，而且那么柔软，只要轻轻一捻，就能流淌出美味的油脂。

瑟瓦娜身后的那些女人已经停在树林边缘，只是还在谈论着。瑟瓦娜听见了她们的话，这让她的情绪又变坏了。

“……有多少两仪师为这些霄辰人作战，”说话的是提昂，“我们必须先确认这一点。”莎莫林和穆达拉立刻表示同意。

“我不认为这很重要。”瑞埃勒插口道。至少那些智者的意见不是完全一致。“如果我们不主动攻击，我不认为他们会与我们作战。记住，在我们朝向他们移动之前，他们什么都没有做，甚至没有要进行防御的意思。”

“当他们开始作战的时候，”莫莱语气尖刻地说，“我们有二十三个人死了，而且有超过一万名雅加德斯威没有回来。这里，我们只剩下不到三千五百人，而且这还要算上那些无兄无弟的人。”说出最后那个称谓的时候，她的声音里充满了轻蔑。

“这都是兰德干的！”瑟瓦娜厉声说道，“不要再想他对抗我们的时候都做了什么，想一想当他属于我们的时候，我们都能做些什么！”当他属于我的时候，瑟瓦娜想。就让兰德·亚瑟先落在那些两仪师手中吧，她有一件那些两仪师也没有的东西。如果她们有，她们早就会使用它了。“记住，在兰德·亚瑟帮助那些两仪师之前，我们就会击败她们了。两仪师什么都不是！”

又一次，她鼓舞士气的努力没有在那些智者身上显现出什么成效，现在她们的脑子里只有那些试图抓捕兰德时折断的枪矛。穆达拉的样子就像是看到她全部氏族成员都躺在坟墓里；就连提昂也不安地皱起眉头，毫无疑问，她正在回忆自己像头受惊山羊逃亡的样子。

“智者们，”一个男人的声音在瑟瓦娜背后响起，“我被派来请求你们的判决。”

每一个女人的面孔在转瞬间恢复了镇定。刚才瑟瓦娜想尽办法也做不到的事，那男人一出现就做到了。智者绝不会允许智者以外的人看见自己表现软弱。奥拉里斯不再玩弄她拢过肩头的长发。很显然，她们没人认得这个男人，不过瑟瓦娜觉得自己认识他。

那个男人严肃地看着她们，一双绿色的眼睛显得比他平滑的皮肤要苍老得多。他有一双丰满的嘴唇，但那双嘴唇似是已经忘记了该怎样笑。“我是金胡恩——幂拉丁。祖矛的人说，我们不能完全取得我们的那一份，因为我们不属于祖矛。而真正的原因，是我们的数量是祖矛雅加德斯威的两倍，如果我们得到全份，他们得到的就要比我们少。无兄无弟之人请求你们做出判决，智者们。”

现在她们知道他是谁了。一些智者完全无法掩饰对于这些抛弃部族和氏族的人的厌恶，甚至兰德·亚瑟也没有他们那样讨厌，这些智者可绝不认为一名湿地人会是真正的卡亚肯。提昂的面孔只是变得更加冰冷了一些，但瑞埃勒的眼睛里闪动着火焰，莫莱的面色阴暗下来。只有穆达拉表现出关注的神情，但即使是毁树者之间发生的争执也会引起她的兴趣。

“这六位智者会在听取双方的陈词后给予判决。”瑟瓦娜的严肃神情绝不亚于金胡恩。

其他智者都转头看着瑟瓦娜。瑟瓦娜竟然会主动退出这种裁决工作，这让智者们几乎无法掩饰她们的惊讶。正是瑟瓦娜安排了幂拉丁跟随祖矛氏族的数量，而且是跟随其他氏族的十倍。她的确怀疑凯达，虽然她所怀疑的也许不是因为凯达所做的事。她想要尽可能多的枪矛环绕着她，而且，幂拉丁可以作祖矛人的替死鬼。

看着其他智者惊讶的表情，瑟瓦娜也装出惊讶的样子。“因为这与我自己的氏族有关，所以由我参与判决是不公平的，”然后，她又转向那名绿眼睛男人，“她们会给出公平的裁决，金胡恩，而且我相信她们会照顾幂拉丁的。”

其他智者都用严厉的目光看着瑟瓦娜。提昂突然挥手示意金胡恩领路，金胡恩用力将目光从瑟瓦娜身上扯开，才服从了智者的命令。瑟瓦娜的嘴角露出一点微笑——这个男人一直盯着她，而不是莎莫林。她看着那些人走进在大宅周围忙碌的人群中。无论智者们如何厌恶无兄无弟之人，她们仍旧很可能会像瑟瓦娜所说的那样去做，而最先告诉幂拉丁判决结果的不是她们，是瑟瓦娜。不管最后结果如何，金胡恩都会记住瑟瓦娜的话，并将她的话在他那个所谓的战士团里传播。祖矛已经是瑟瓦娜的囊中之物，而能够笼络幂拉丁肯定是一件好事。

瑟瓦娜转过身，向树林里走去。她的目标不是那座马厩。现在没有人会来打扰她，她可以去处理一些比无兄无弟之人更重要的事。她检查了一下被她掖进裙子又用披巾遮掩起来的那样东西，那东西有一丝滑动她都能感觉到，而现在，她只想用手指触摸一下它平滑的表面。只要她使用这件东西，就没有智者敢认为她比她们更弱，也许就在今天。总有一天，它会让她得到兰德·亚瑟。但如果凯达在一件事上说了谎，也许他在其他事情上同样会说谎。

盖琳娜·卡斯班透过模糊的泪水瞪着那些屏障她的智者。虽然可以固定屏障的编织，但这些艾伊尔人总是会派一名智者维持屏障。贝林德盘腿坐在两名枪姬众中间，一边调整披巾，一边给了盖琳娜一个刻薄的笑容，就像在说她知道盖琳娜的想法一样。她的脸像狐狸一样窄，她的头发和眼眉在阳光下，几乎变成了白色。盖琳娜只希望她能一拳打爆这名智者的头壳。

盖琳娜不止一次试图要逃跑，但得到的只是更多挫败。现在，她每天从早到晚都要从事各种辛苦异常的劳作，而且每天工作都比前一天更多。她已经记不得自己被塞进这件粗糙黑袍里有多久了。时间就像无尽的溪流。一个星期？一个月？也许没有那么久，但绝不要更多了。盖琳娜希望自己从没有碰过贝林德。如果那个女人没有将破布塞进她的嘴里，只为了不再听到她的哭声，她一定会乞求贝林德让她再去搬石头，或者一颗一颗地挪动一堆鹅卵石，或者任何一种绝不停歇下来的折磨。任何状况都比现在更好。

盖琳娜被装进了一口皮袋里，挂在一株橡树的粗大树枝上，只有她的头露出在外面。在她的正下方，煤块正在黄铜火盆中发出红光，口袋里的空气被缓缓加热。盖琳娜蜷缩在酷热的空气中，手指和脚趾被绑在一起，汗水从她裸露的皮肤上不停滑落。她的头发湿濡地粘在脸上。她一边啜泣，一边不停地喘息，张大了鼻孔想要多吸进一点空气。如果只是这样，也许这比那种没有尽头的辛苦劳作好一些，但贝林德在收紧袋口之前，在她身上洒了一种细小的粉末。当她开始出汗的时候，那种粉末就开始像落进眼睛里的胡椒一样引起了阵阵刺痛。那种感觉从肩头逐渐向下延伸，哦，光明啊，她的全身都在被炙烤着！

她竟然会呼唤光明，这表明了她是多么绝望，但无论艾伊尔人做了些什么，她还没有被打垮。她会得回自由的，她会的！到那时，她一定会让这些野人付出血的代价！她要让他们血流成河！成海！她要将他们全部活活剥皮！她会……她扬起头，嚎叫着。嘴里的布块挡住了她的声音，但她确实是在嚎叫，虽然她并不知道这是愤怒的呼嚎还是求饶的尖叫。

当盖琳娜的嚎叫声止息，她的头向前落下的时候，贝林德和枪姬众们站起了身。瑟瓦娜来到了她们面前。盖琳娜想要在这个金发女人面前克制住自己的哭泣，但这对她而言，就像伸手从天空中把太阳揪下来那样难。

“听听她的抱怨或哀告吧。”瑟瓦娜哼了一声，抬起头看着盖琳娜，盖琳娜竭力装出一副轻蔑的样子，与她对视。瑟瓦娜身上的珠宝足够装饰十个女人！她的外衫前胸敞开着，除了那些搭配错乱的项链以外，她的乳房几乎没有任何遮盖。男人看到她的时候肯定都会深吸一口气！盖琳娜在努力维持着自己的尊严，但当泪水随着汗水一起在脸颊上滚落的时候，想要做出轻蔑的样子实在是太难了。盖琳娜一边哭泣，一边颤抖，使袋子也不停地摇晃起来。

“这个歹藏就像一头老母羊一样死硬，”贝林德咯咯地笑着说，“但我早就知道，即使是最硬的老母羊，只要用小火慢慢地烘烤，使用正确的调味料，也总是会软下来。我还是枪姬众的时候，我就曾经用足够的耐心让岩狗众软下来。”

盖琳娜闭上眼睛。一定要让她们付出海一样的血……

口袋开始向下落去，盖琳娜不由得瞪大了双眼。两名枪姬众解开拴在树枝上的绳子，正在将她缓缓放下来。盖琳娜开始拼命地挣扎，想要看见下面的火盆。她几乎立刻又哭了起来。不过这一次是因为松懈而哭泣。她看见那只黄铜火盆已经被移开了。贝林德既然说要小火烘烤……那就将是贝林德的命运。她将被捆在烤肉叉上，在火焰上转动，直到她的肉汁流出来！但这只是开始！

砰的一声，袋子落在地上，又倾倒下去。盖琳娜也随之哼了一声。那两名枪姬众当她只是一袋马铃薯，毫不在意地将她倒在褐色的枯草上，又割断了紧勒着她手指和脚趾的细绳，拉掉了她牙齿间的布团。尘土和枯叶立刻粘满了她的全身。

盖琳娜很想站起来，像瑟瓦娜盯着她那样盯着瑟瓦娜，但她只能用双手和膝盖撑起身体。她的手指和脚趾都抠进了森林的腐植土里，否则她将无法阻止自己去抚摸像火烧一样的赤红皮肤。她的汗水就像是冰冷的胡椒汁。而她能做的只有匍匐在地上，颤抖着，竭力想要将喉咙润湿一点，做着虐待这些野蛮人的白日梦。

“我本以为你应该会更强的，”瑟瓦娜俯视着她，以若有所思的口吻说道，“但也许贝林德是对的，你现在已经足够柔软了。如果你发誓服从我，你就可以不再是歹藏，也许甚至可以不做奉义徒。你会发誓服从我吗？”

“是的！”沙哑的声音立刻从盖琳娜的喉咙中窜了出来。盖琳娜不得不咽了口唾沫，才继续说道：“我会服从你！我发誓！”是的，盖琳娜决定服从她，直到她们让她得到她所需要的机会！这一切是必须的？她是否应该从一开始就立下这样的誓言？不管怎样，瑟瓦娜将会知道被挂在热煤炭上是什么滋味。哦，是的，她……

“那么你也不会反对拿着这个向我立下誓言了。”瑟瓦娜说着，将一样东西扔到盖琳娜面前。盖琳娜看着那东西，感到头皮一阵发麻。那是一根白色的短杖，如同抛光的象牙。它有一尺长，比她的手腕略细。在短杖指向她的那一段雕刻着一些文字，那是传说纪元时使用的文字。一百一十一。盖琳娜本以为这是誓言之杖，艾伊尔人将它从白塔里偷了出来，但那根誓言之杖上刻着的古代语数字，是三。有些人以为这代表着三誓，也许那实际上和人们所想象的并不一样。也许。而现在，即使是沉溺之地的覆头蛇也不会让盖琳娜如此手足无措。

“一个不错的誓言，瑟瓦娜。你打算什么时候把其他事情也都告诉我们？”

这个声音让盖琳娜猛地抬起头。即使真的有覆头蛇要对她发动攻击，她也会抬头。

赛莱维出现在树林中，她的身后还跟随着十二名面若冰霜的智者。她们停在盖琳娜身后，面对着瑟瓦娜。现在，所有宣判盖琳娜穿上黑袍时在场的智者都到齐了。赛莱维说了一句，瑟瓦娜略一点头，那些枪姬众都迅速地跑开了。汗水依旧不停地从盖琳娜身上流下，但突然间，空气仿佛变冷了。

瑟瓦娜瞥了贝林德一眼，贝林德在躲避她的目光。瑟瓦娜弯起嘴唇，半是冷笑，半是愤怒，将拳头叉在了腰间。盖琳娜不明白瑟瓦娜是在什么地方找到的勇气，她根本只是个完全不会导引的女人，不过一些这样的女人确实拥有着不可忽视的力量。不，盖琳娜觉得如果自己要逃出这里，并且成功复仇，就不能简单地把她们看作是野蛮人。赛莱维和莎莫林比白塔中的任何女人都更强，她们之中的任何人都拥有绝不弱于两仪师的实力。

但瑟瓦娜依然毫不示弱地看着她们：“看样子，你们很快就做出了判决。”她的声音干得如同沙土。

“事情很简单，”提昂平静地回答，“幂拉丁得到了他们应得的。”

“而且他们被告知，我们不会接受你的干预。”瑞埃勒的声音显得有些激烈。

瑟瓦娜闻言，神情几乎可以说是凶狠。

赛莱维不会任由瑟瓦娜转移主题，她快捷地向前迈出一步，走到盖琳娜身边，一把抓起她的头发，将她揪得跪起身，向后仰起头。赛莱维比这些女人中最高的人至少矮了一个头，但她却比大多数男人都要高，她用一双鹰眼盯着盖琳娜，赶走盖琳娜所有的复仇或挑战的念头。赛莱维深红色头发中的白色条纹只是让她的面孔显得更加气势凛然。盖琳娜的双手在大腿上紧攥成拳头，指甲深深地抠进手掌里，在那双眼睛的瞪视之下，就连皮肤上燃烧的感觉也显得苍白无力。盖琳娜曾经梦想摧毁所有这些女人，让她们苦苦哀求一死，然后她会大笑着拒绝她们的求告。但对视赛莱维，她无法这样做。每天晚上，赛莱维都充满了她的噩梦，盖琳娜能做的只有逃跑，她唯一的解脱就是在尖叫中醒来。盖琳娜曾经击溃过强悍的男人和强悍的女人，但她现在只能睁大了眼睛望着赛莱维，瑟瑟发抖。

"这个人已经没有荣誉可以羞耻了，"赛莱维像吐痰一样说道，"如果你想要她垮掉，瑟瓦娜，就让我来处置她。到时候，不需要用你那个叫凯达的朋友给你的玩具，她也会服从你。"

瑟瓦娜激烈地反驳赛莱维，否认她和凯达之间有任何友谊。瑞埃勒大声斥责瑟瓦娜，说正是她将那个凯达带到了沙度部族。其他人开始纷纷争论，这根"束缚杖"是否能比"穿行匣"更好。

盖琳娜依稀注意到她们所说的"穿行匣"，她曾经听别人说起过这样东西，她渴望能将那个匣子拿到手中，哪怕只是片刻工夫也好。如果她能有一件用于穿行的特法器，无论它的功能有多么不完善，她都能……当她想到其他智者真的有可能答应赛莱维的要求，将她交给赛莱维处置，那个逃跑的希望立刻在她的脑海中泯灭。当那名鹰眼的智者松开她的头发，加入争论的时候，盖琳娜立刻扑向那根短杖，平趴在地面上。服从瑟瓦娜比落进赛莱维的手里更好。如果她没有被屏障，她甚至会导引至上力，亲手启动这根短杖。

盖琳娜的手指才刚握住光润平滑的短杖，赛莱维的脚便用力踏住了她的双手，将她的两只手紧紧钉在地面上。没有一名智者看一眼这个在地面上来回翻腾、徒劳地想要抽出双手的人。盖琳娜不敢太用力去抽动自己的手。她模糊地记得自己让国家统治者们面色惨白的样子，但她不敢让赛莱维脚下打滑。

"如果她要发誓，"赛莱维严厉地盯着瑟瓦娜，"那就要让她服从我们所有人。"其他人一起点头，有些人出言附和，只有贝林德一动不动，若有所思地撅起了嘴唇。瑟瓦娜以同样严厉的目光盯着赛莱维。"很好，"最后她同意了，"但我应该是我们之中居首位的。我不仅是一位智者，还是部族的代首领。"

赛莱维冷冷地一笑："那好吧。我们两个居首位，瑟瓦娜，你和我。"瑟瓦娜脸上挑战的神情丝毫没有减褪，但她还是阴沉着脸点了头。直到这时，赛莱维才将脚移开。阴极力的光芒围绕着她，一缕魂之力接触到盖琳娜手中短杖末端，就像誓言之杖启动时那样。片刻间，盖琳娜犹豫了一下，她僵硬的手指在短杖上颤抖着，那种触感也和誓言之杖完全一样。它并不完全像象牙，也不太像玻璃，为她掌心带来一股冰凉的感觉。如果这是第二根誓言之杖，它就能被用来移除她立下的任何誓言——如果她有机会。但盖琳娜不想利用现在的机会，她不想向赛莱维发誓。在这之前的人生里，她是一名指挥者。自从她被俘虏以后，人生就变成了一场悲剧，而赛莱维能让她变成一只宠物狗！但如果她不这样做，她们会不会让赛莱维来处置她？毫无疑问，她们会这样做，毫无疑问。

“光明在上，以我被救赎和重生的希望……”她早已不再相信光明或者什么救赎的希望。对誓言之杖而言，一个简单的承诺具有同样的效力，但她们想要一个庄重的誓言。“……我发誓在所有事情上服从这里的每一位智者，而我首先要服从的是赛莱维和瑟瓦娜。”盖琳娜感觉到这个誓言落在了自己的身上，她心中对于这根“束缚杖”的最后一点幻想也消失了。她像是突然穿上了一件从她的头顶一直包裹到脚底的紧身服，非常非常紧。她扬起头，大声尖叫着，因为皮肤上的灼烧感仿佛被压进了她的血肉里，当然，更主要的原因只是纯粹的绝望。

“安静！”赛莱维严厉地说道，“我不想听你的嚎叫！”盖琳娜的两排牙齿撞击在一起，几乎咬断了她的舌头。她拼命地把呜咽声咽了回去。现在，除了驯顺乖巧以外，她已经没有了任何脱逃可能。赛莱维皱起眉来看着她。“让我们看看这是否真实有效。”她喃喃地说着，弯下了腰，“你是否计划对这里的使者施以暴力？诚实地回答，如果你有，就向我们乞求惩罚，企图向一位智者施加暴力的惩罚。”想了一下，她又说道：“这样的惩罚可以是像一头牲畜一样被杀掉。”她将一根手指划过喉咙，然后用同一只手握住了腰带上的匕首。

盖琳娜在恐惧和痛苦中吞咽着空气。她想要从赛莱维面前逃开，却无法躲避这个女人的双眼，最可怕的是，她无法阻止断断续续地从齿缝间逸出的话语：“我……确……确实要危……害你们所有人！请……请……惩……惩罚我！”她们现在就要杀死她了？在经历过这么多磨难以后，她终于还是要死在这里？

“看样子，这根束缚杖毕竟还是有你的朋友所说的功能，瑟瓦娜。”赛莱维将那根短杖从盖琳娜虚脱的双手中抽出来，塞进腰带里，然后站起身。“你可以穿上白袍了，盖琳娜·卡斯班。”盖琳娜的脸上露出一丝快乐的微笑。而赛莱维这时又说道：“你应该如羔羊般温顺，就像一名奉义徒应有的样子。如果一个孩童让你跳，你就要跳，除非我们之中的一个人给你其他指示。你不能碰触阴极力或者导引，除非我们之中的一个人让你这样。放开她的屏障，贝林德。”

屏障消失了，盖琳娜跪在原地，空洞地盯着前方。真源就在她视野的边缘闪耀着，散发着无穷的诱惑，但她想要触摸到真源却好比要生出翅膀一样困难。

瑟瓦娜愤恨地整理着披巾，她手臂上的镯子随之叮当乱响。“你要得太多了，赛莱维，那是我的，把它给我！”她伸出手，但赛莱维只是将双臂抱在胸前。

“刚才我们智者举行了会议，”那名目光凶狠的女人对瑟瓦娜说，“我们已经做出决定。”跟她一起来的智者们都聚集在她身后，面对着瑟瓦娜。贝林德急忙也跑了过去。

“没有我？”瑟瓦娜喊道，“你们竟敢在没有我出席的情况下做出决定？”她的声音仍然有力，但她的眼睛一直瞥着赛莱维腰带上的短杖。盖琳娜觉得她的眼睛里有一丝不安，如果是在别的时候，盖琳娜会很高兴看到她这种表情。

“在没有你参与的情况下做出了一个决定。”提昂用刻板的声音说道。

“就像你经常说的那样，你是部族的代首领，”艾莱瑞灰色的大眼睛里闪动着讥讽的光芒，“有时候，智者必须在没有部族首领旁听的情况下进行讨论。代首领也是一样。”

“我们决定了，”赛莱维说，“就像一名部族首领必须从一位智者那里听取建议，你也必须有一位智者顾问，那就是我。”

瑟瓦娜收拢披巾，审视着对面的这个女人，脸上没有流露出任何情绪。她怎么能这样做？她们能够将她像鸡蛋一样用锤子打碎。“你要给我什么建议，赛莱维？”最后，她用冰冷的声音说道。

“我的第一个建议是我们必须立刻行动，不能耽误。”赛莱维的声音像瑟瓦娜的一样冰冷。“那些霄辰人太靠近我们，数量也太庞大。我们应该向北移动，进入迷雾山脉，在那里建立聚居地。从那里，我们可以派出搜寻队，寻找其他氏族。也许需要很长时间，我们才能将沙度重新聚集。瑟瓦娜，你的湿地人朋友也许已经将我们分散到世界的各个角落。在我们重新聚集以前，我们是脆弱的。”

“我们明天就出发。”盖琳娜自认为对瑟瓦娜有很透彻的了解，所以她相信瑟瓦娜并不像表现出来的那样暴躁愤怒。那双绿眼睛正在不停地闪烁着。“但我们要向东方前进，那样也可以离开霄辰人，而且东方正在发生骚乱，那才是已经熟透、易于采撷的果实。”

智者们沉默了很长时间，然后赛莱维点点头。“东方，”她轻柔地说出这个词，但在轻柔的丝绸下面隐藏着钢铁，“要记住，经常拒绝智者建议的部族首领一定会后悔，你也一样。”威胁清楚地出现在她的脸上和她的声音里。但瑟瓦娜竟然笑了！

“你也要记住，赛莱维！你们全都要记住！如果我被丢给秃鹫，你们也会一样！我向你们保证这一点。”

智者们开始交换担忧的眼神，只有赛莱维除外。穆达拉和诺力皱起了眉头。

盖琳娜跪坐下去，呜咽着，徒劳地试图用双手抚去肌肤的痛苦。而她发觉自己正在思考这些威胁的含义，那个思绪就像一只小虫子一样，在自怨自怜的剧痛中蠕动着。一切能用来对付这些人的手段都是必需的。她希望自己有胆量使用这样的手段——这真是个痛苦的想法。

盖琳娜突然察觉到天空变暗了，巨浪一般的云团从北方汹涌而来，一片片灰色和黑色的条纹正在遮蔽太阳的光芒。云团下方，白茫茫的雪花在风中翻卷。还没有雪花落在地上，至多只是扫到树梢而已，但盖琳娜已经吃惊地张大了嘴巴！难道暗主松开了对这个世界的掌握？

智者们也在望着天空，她们的下巴全都耷拉了下来，仿佛她们以前从没有见过云，更不要说雪了。“那是什么，盖琳娜·卡斯班？”赛莱维问道，“如果你知道，就立刻说出来！”直到盖琳娜告诉她那是雪，赛莱维才将目光从天空移开并笑着说：“我一直相信那些拿下毁树者雷芒的人所说的雪全都是撒谎。这样的东西连一只老鼠都妨碍不了！”

盖琳娜紧咬住牙关，不让自己继续解释下雪的细节，令她吃惊的是，她的本能屈服了。当然，这种隐瞒给她带来了极度的痛苦，而她竟然也因此感到高兴。*我是红宗的最高阶层！*她这样提醒自己。*我是黑宗全权理事会的成员！*但这些话现在听起来倒很像是在说谎。*这样是不对的！*

“如果我们在这里的事情已经结束了，”瑟瓦娜说，“我要带这名奉义徒回大房去，让她穿上白袍。如果你们愿意，尽可以待在这里盯着那些雪。”她的声音是那么圆润，如同盘子里的奶油，没有人会以为片刻之前，她还几乎站在匕首尖上。她松开披巾，让它垂到臂肘上，又开始调整她的项链。这个世界上再没有别的东西能够更让她关心了。

“我们会看着这名奉义徒，”赛莱维以同样圆润的声音说道，“既然你是代首领，在明天氏族出发之前，你将会用掉整个白天和大部分夜晚处理许多事情。”刹那间，瑟瓦娜的眼睛里再次闪动着怒火，但赛莱维只是打了个响指，不容置疑地向盖琳娜指了一下，然后就转过了身。“跟我来，不许再撅嘴。”

盖琳娜低下头，匆忙爬起身，跟到赛莱维和其他能导引的女人身后。撅嘴？也许她的脸色不好看，但她绝对没有撅嘴！各种念头拼命地在她的脑子里飞转，如同笼子里的老鼠，却找不到逃跑的出口。一定能有一个出口！必须有一个！这时，一个想法浮现在她喧嚣的脑海中，让她几乎又哭了起来。奉义徒长袍会比那种如同砂纸一样的黑袍柔软一些吗？一定有逃出去的办法！她慌乱地回过头瞥了一眼。在树林对面，瑟瓦娜仍然站在那里，瞪着她们。头顶上方，乌云在翻滚，落下的雪花如同盖琳娜的希望一样地消融。

第 12 章

新的联盟

古兰黛希望她从伊利安拿到的沙马奥遗物里，至少能有一个简单的转录器。这个纪元实在是可怕、原始又不舒适，不过，还是有一些符合她胃口的东西。在这房间另一端的一个大竹笼里，一百只羽毛丰满的小鸟正在用婉转的歌喉鸣唱，那种情景几乎就像她那两只穿着透明袍服侍立在大门两侧的宠物一样美丽。他们都在望着她，渴望为她奉献，让她感到快乐。如果那些油灯能像闪耀球一样光亮就好了，虽然墙壁上的大镜子和鱼鳞形的镀金屋顶让屋子里明亮了不少。如果能有转录器为自己代笔，自己只需口述就好了。不过，亲手将字写在纸上倒是有种素描的快感。这个纪元的字体非常简单，模仿别人字迹一点也不难。用花体签名之后（当然，那不是她的名字），古兰黛用细沙吸干多余的墨水，然后将信纸折好，从排列在桌面上的诸多玺戒中拣出一枚，熔化火漆，做好印封——阿拉多曼的手与剑徽章印在了不规则的圆形蓝绿色蜡封上。

“将这封信以最快的速度送达伊图拉德爵士手中，”她说，“只能说我告诉过你的话。”

“一定以奔马的极速送达，女士。”那兹朗鞠躬接下那封信。他用一根手指捋着黑色的细长胡子，脸上带着胜利的微笑。他有一张方形的脸，深棕色的皮肤，穿着一件合身的蓝色外衣，相貌很不错，但不够英俊。“我从图瓦女士手中接过这封信，她告诉我她是亚撒拉姆的信使，在路上遭到了灰人的攻击，随后她就因伤重而亡了。”

“确保让这封信染上人的鲜血，”古兰黛郑重地说道。她不太相信这个时代的人能否辨别人血和其他血液，但她已经遭遇了太多意外。“一定要做得足够真实，但也不要让血多到脏污了我的字。”

那兹朗又鞠了一躬，他的黑色眼睛热切地看着古兰黛。但是当他一站直身体，他立刻就转身向门口跑去，靴子在浅黄色的大理石地板上敲出响亮的声音。他没有注意到站在门口凝视着古兰黛的那两名仆人，或者是装作没有注意到，虽然他曾经是那名年轻男子的朋友。一点心灵压制就能让那兹朗像那两名仆人一样渴望服从古兰黛，更不要说他还急迫地想再次品尝她的魅力。

古兰黛轻声笑着。他相信他已经尝到了，如果他长得更漂亮一点，也许他真的能有这样的机会。当然，如果是那样的话，他就没有别的用处了，而现在他会拼死骑马赶到伊图拉德那里。由亚撒拉姆的近亲送去的信，由阿拉多曼国王亲手书写，而途中还遇到了灰人的阻截。由此造成的混乱，肯定会让暗帝满意。与之相比，只有烈焚火能造成更大的混乱，而这么做也非常有助于实现她自己的目的。她自己的目的。

古兰黛的手伸向桌子上唯一没有玺印的戒指，那是一个没有任何装饰的金指环，非常小，只能戴在她的小指上。能在沙马奥遗物中找到一件专供女性使用的法器确实令人愉悦。现在亚瑟和他那些自称为殉道使的小狗们，总是不停地进出沙马奥在议会大厅的房间，而她竟然能在其中找到空隙，搜掠来这么多有用的东西，这本身就是个大惊喜。他们把她没能拿走的都搜掠一空。那些小狗很危险，尤其是亚瑟。古兰黛不想冒险让任何人从沙马奥追溯到她。是的，她必须加快进行她的计划，并让自己远离沙马奥的灾难。

突然间，一根垂直的银线出现在房间的另一端，照亮了悬挂在两面镏金大镜之间的壁挂织锦，一阵水晶般的清亮声音响起。古兰黛惊讶地挑起一道眉毛，看样子，还有人记得那个文明纪元的礼仪。她站起身，用力将那个朴素的戒指戴在已经有一枚红宝石戒指的小指上，然后透过它拥抱了阴极力，才开始导引回应光明的编织。那件法器起不了太大作用，但如果有人以为了解古兰黛的力量，那这一次他肯定会大吃一惊。

通道打开了，两名穿着几乎完全一样的红黑色丝绸长裙的女人小心地走了过来。至少魔格丁的行动很谨慎，她的黑眼睛闪烁不定，显然是在搜索陷阱。她的双手一直在抚弄宽大的裙摆。通道不久之后就消失了，但她仍然握持着阴极力。

相当敏感的防御，但魔格丁一直都是个极为警惕的人。古兰黛也没有放开真源。魔格丁的同伴是一名矮个子女人，有一头银色的长发和明亮的蓝色眼睛，她望向魔格丁的目光比瞥向古兰黛的更加冰冷、严厉。看她的样子，就好像一名高阶朝臣被迫和贫民劳工同行，于是只好装作自己的同伴不存在。一个愚蠢的女孩，竟然要仿效蜘蛛女，红色和黑色并不适合她，她应该更好地表现她丰满的胸部。

“古兰黛，这位是辛黛恩，”魔格丁说，“我们……一起工作。”魔格丁在说出这名年轻女子的名字时，脸上没有半点笑容，而古兰黛却带着微笑。一个美丽的名字和比名字更加美丽的女孩，但是，命运究竟是怎样扭曲的，让这个时代的母亲给女儿所起的名字，意思竟然是“最后的机会”？辛黛恩的面孔冰冷、没有表情，但她的眼睛在闪动着。一个漂亮的冰雕娃娃，里面却隐藏着烈火。看样子，她知道自己名字的含义，而且并不喜欢它。

“你和你的朋友为什么要到这里来？”古兰黛问。蜘蛛女竟然会从深藏的阴影里钻出来，这是古兰黛完全没有想到的。“不必担心我的仆人会泄露机密。”她一招手，门口的两名仆人立刻跪了下去，将脸伏在地面上。如果古兰黛说一句话，也许他们还不至于欣然赴死，但也相差不远了。

“既然你已经毁掉了所有能让他们喜欢的东西，你在他们身上又能找到什么乐趣？”辛黛恩一边问，一边迈着傲慢的步伐走了过来。她将身体挺得很直，全身没有丝毫破绽。“你知道沙马奥已经死了吗？”

古兰黛费了一点力气才控制住自己，没有流露出任何表情。她本以为这个女孩是魔格丁当作仆人使用的暗黑之友，也许是个以为自己的头衔颇有价值的贵族，但随着她一步步靠近……这个女孩导引能力比自己还要强！即使在古兰黛自己的纪元里，即使在男人们中间，也很少有这样强大的人。古兰黛本打算像往常一样，否认自己和沙马奥的一些关系，但在这一瞬间，古兰黛下意识地改变了主意。

“我确实有这个怀疑。”古兰黛回答，她的目光越过那名年轻女子的头顶，给了魔格丁一个虚伪的微笑。她知道多少？蜘蛛女是在什么地方找到这个比她强那么多的女孩？她为什么要和这个女孩一起穿行？魔格丁总是嫉妒比她强的人，实际上，无论别人有什么超过魔格丁的地方，都会引起魔格丁的嫉妒。“他经常来我这里，要求我帮助他实现这个或者那个疯狂的计划，我从没有直接拒绝过他。你知道，拒绝沙马奥是危险的。他每隔几天就会过来一次，从不间断。当他不再来的时候，我想他肯定发生了什么可怕的事情。这个女孩是谁，魔格丁？真是一个令人惊奇的发现。”

那名年轻女子又向前迈了一步，用蓝火一样的眼睛盯着古兰黛。“她已经将我的名字告诉了你，你只要知道这个就可以。”这个女孩知道她是在对一位弃光魔使说话，但她的声音仍然如同坚冰，即使不考虑她的力量，她也一定不是个简单的暗黑之友，除非她是个疯子。“你有没有注意到气候，古兰黛？”

古兰黛突然意识到，魔格丁只是在让这个女孩说话，而她却静静地窥伺着，等待古兰黛的弱点出现，而古兰黛竟然任由她这样做！“我想你来这里不是为了通知我沙马奥的死，魔格丁，”古兰黛厉声说道，“或者只是为了谈论一下天气。你知道我很少外出。”自然是无法驾驭、缺乏秩序的，这个房间里甚至连窗户都没有，古兰黛使用的大部分房间都没有窗户。“你想干什么？”黑发的蜘蛛女仍然站在墙边，至上力的光晕在她身周闪耀。古兰黛随意地迈出一步，让两个人都留在她的视野之内。

“你犯了个错误，古兰黛。”一个冰冷的微笑浮现在辛黛恩丰满的嘴唇上，她似乎很喜欢现在这种局势。“我才是我们之中的主导者。魔格丁因为她最近所犯的错误，给莫瑞笛留下了很坏的印象。”

魔格丁用手臂抱住自己，凶狠地瞪了那名银发小女人一眼，这已经向古兰黛说明了一切。突然间，辛黛恩的大眼睛睁得更大了。她张大了嘴喘息着，全身不住地颤抖。

魔格丁瞪视的目光中充满了恶毒。“你也只是暂时主控，”她冷笑着说，“你在他眼中的位置，并不比我好多少，”然后她打了个冷战，哆嗦着咬住了嘴唇。

古兰黛开始怀疑自己是不是在被这两个人戏耍，不过，这两个女人脸上那纯粹的恨意并无作伪的成分。不管怎样，她打算看这两个人要怎样把戏演下去。她不自觉地揉搓着双手，同时也抚摸着手指上的法器。她坐进一张椅子里，同时目光依然固定在这两个人身上。阴极力的甜美流入她的体内，让她感到舒适。她并非不需要舒适，但她也有一些奇怪的感觉。她所坐的高大直背椅是镏金的，有着华美细密的雕花，让这把椅子看上去像是王座。古兰黛总是将它布置在一个看似随意的地方，在与别人会谈时便看似随意地坐上去。即使是最油滑老练的人也会受到影响，而且往往是他们不自觉的影响。

古兰黛将身子靠稳椅背，将一条腿搭在另一条腿上，悠闲地晃动着，用慵懒的声音说道：“既然是你主控，孩子，那就告诉我，当那个自称为死亡的人以实体出现的时候，他会是谁？是什么？”

“莫瑞笛就是耐博力，”那个女孩的声音平静、冰冷、傲慢，“暗主已经决定，现在同样应该是你服侍耐博力的时候了。”

古兰黛猛地站起身。“这太荒谬了，”她无法压抑自己声音中的怒意，“一个我从没有听说过的人被任命为暗主在尘世的代言人？”她并不介意别人采取各种手段试图操控她——她总是能找到办法将那些人的阴谋返还到那些人的自身，但魔格丁一定是把她当成傻子！她毫不怀疑魔格丁在暗中操纵这个令人讨厌的女孩，无论她们在表面上是怎样说的，无论她们如何做出彼此敌对的样子。“我侍奉暗主和我自己，没有别人！我想，你们两个现在应该走了，到别的地方去玩你们的小游戏。狄芒德也许会信你们的话，或者色墨海格？小心你们离开时的导引，我设置了几个反转编织，你们不会想要触发它们。”

这是个谎言，不过它很难不令人相信。所以，当魔格丁突然导引至上力，房间里的灯火随之熄灭，一切被黑暗笼罩的时候，古兰黛确实吃了一惊。她立刻从椅子前跳开，以免那两个人确认她的位置。在她做出这个动作的时候，她就已经开始导引了。她做出一个发光的编织——一颗纯白色的球体在房间里映出许多影子。那两个人被清晰地显现出来。古兰黛毫无迟疑地再次导引，以全部力量从那个小戒指里汲取至上力。她并不需要那么多至上力，即使只是其中的一小部分也足够了，但她不愿放弃她所拥有的一切优势。她们竟敢攻击她！不等她们再有动作，心灵压制已经紧紧抓住了她们两个人。因为有法器的帮助，古兰黛将这张网编织得极为强大，强大到几乎可以造成肉体的伤害。那两个人立刻用崇敬的目光看着她，谄媚地睁大双眼，张开嘴，完全迷醉在崇拜里。现在，她们变成了她的傀儡，如果她叫她们割断自己的喉咙，她们也会去做。突然间，古兰黛察觉到魔格丁已经不再拥抱真源。如此强大的心灵压制，可能让她在极度震撼中放开了真源。当然，门旁的仆人们没有任何动作。

“那么，”古兰黛的声音有一点喘息，“你们可以回答我的问题了。”她有许多问题，包括那个莫瑞笛是谁，以及如果确实有这个人，那辛黛恩又是从哪里来的。但她首先要解决的，是一个最令自己愤怒的问题：“你这样做想得到什么，魔格丁？我也许会将这个编织固定在你身上，你将付出的代价是成为我的奴仆。”

“不，求求你，”魔格丁绞动着双手哀求着，她真的是在哭泣！“你会把我们都杀死！求求你，你必须侍奉耐博力！这就是我们来的原因。让你为莫瑞笛效忠！”那银发小女人的面孔在白光中罩上了一层恐惧的阴影，她粗重地喘着气，胸部随之快速地起伏。

突然袭来的不安让古兰黛张口，现在情况已经变得愈来愈不合理。她张开口，真源消失了，她体内的至上力不见了，黑暗重新吞没了这个房间。竹笼中的小鸟突然发出狂暴的鸣叫声，它们的翅膀疯狂地拍打在竹栏上。在她身后，一个像磨碎岩石一样的刺耳声音传来：“暗主怀疑你不会听她们的话，古兰黛，但你自由自在的时间已经结束了。”一个……球体……出现在半空中，那是一颗死黑色的圆球，但房间里随之被一种银色的光线充满。镜子没有反光，它们在这样的光线里仿佛是灰暗的。小鸟已经沉寂下来，古兰黛知道，它们都被吓呆了。

古兰黛惊骇地看着站在那里的魔达奥。像所有魔达奥一样，它颜色苍白，没有眼睛，衣服比那个黑球更黑，但这个魔达奥比她以往见到的任何一个更大。一定是因为这个魔达奥，她才感觉不到真源，但这是不可能的！除非……如果光线不是那个奇怪的黑球发出来的，那会是从哪里来的？古兰黛从不曾像其他人那样，在魔达奥的注视下感到恐惧，但这一次，她的两只手不由自主地向上抬了起来。她用了很大力气，才将双手压下去，没有捂住自己的脸。她向魔格丁和辛黛恩瞥了一眼，不由得哆嗦了一下。她们已经像她的仆人一样，跪伏在地面，将面孔朝向魔达奥，贴在地板上。

古兰黛努力润了润喉咙。“你是暗主的信使？”她的声音还算稳定，但相当虚弱。她从没有听说过这样的事，暗主会派遣一名魔达奥信使。而且……魔格丁相当弱，但她毕竟还是一名弃光魔使，现在她却像那名女孩一样，用力地匍匐在地上。而她的房间里竟然会有这种光。古兰黛只希望自己的衣服不要这么暴露。当然，这很荒谬，魔达奥对于女人的胃口是众所周知的，但她毕竟是一名……她的眼睛又一次瞥向魔格丁。

那个魔达奥走过古兰黛身边，似乎完全不在意她。它的黑色长袍从它身上垂挂下来，移动时完全没有任何摆动。阿极罗曾经认为，这种生物和这个世界上的任何东西都不一样。“稍稍偏离了时间轴和真实性。”他这样评论魔达奥。古兰黛并不很清楚这句话是什么意思。

“我是赛夷鞑·哈朗。”魔达奥停在古兰黛的仆人身旁，弯下腰去，伸双手抓住他们的后颈，“我说的话，你可以认为就是至尊暗主说的。”那两只手一捏，古兰黛听见一阵响亮的骨裂声。那名年轻男人双脚不停地踢蹬着，还在做临死前的痉挛；年轻女人则直接瘫软了下去。他们是古兰黛最宠爱的宠物。魔达奥这时已经站起了身。“我是他在这个世界上的手，古兰黛。当你站在我面前的时候，你就站在他面前。”

古兰黛谨慎而迅速地考虑着。她在害怕。一直以来，她总是在用这种情绪处置其他人，但她知道如何控制自己的恐惧。尽管她从没有像其他弃光魔使那样指挥过军队，但她绝不是处理危机的生手，也不是胆小的人。只是现在的情况已经不仅仅是一场危机。魔格丁和辛黛恩仍然跪在地上，脸贴在大理石地板上，魔格丁明显地在发抖。古兰黛相信这个魔达奥，无论它的真实面目是什么，正像古兰黛害怕的那样，暗主开始以更直接的手段干预这个世界。如果暗主知道了她和沙马奥的密谋……如果沙马奥已经选择采取行动。要赌暗主不知道绝对是愚蠢的。

古兰黛迅速跪倒在魔达奥面前。“您想让我做什么？”她的声音恢复了原先的力量。识时务的必要的灵活性不是怯懦，那些不肯向暗主折腰的人，全都会被一折两段。“我应该称您主人，还是其他什么称谓？如果对暗主之手没有合适的称呼，我会不安。”

魔达奥的笑声让古兰黛吓了一跳，那听起来就像是冰块被压碎的声音。魔达奥从不会笑。“你比大多数人都更勇敢，也更聪明。称呼我赛夷鞑·哈朗就好了，只要你记得我是谁。只要你的勇敢不要超越恐惧太多。”

它给古兰黛的第一道命令，是去谒见那个莫瑞笛。古兰黛的心中只想着要提防魔格丁，也许还有辛黛恩，她们很可能会为刚才受到心灵压制而复仇。她怀疑这个女孩并不比蜘蛛女心胸宽大多少。送信给罗代尔·伊图拉德的事最好还是保密，没有任何讯息表明暗主对此感到不快，而且她还要考虑自己的位置。无论莫瑞笛是什么人，今天他也许是耐博力，但总是会有明天的。

在阿瑞琳的马车里，凯苏安一边在颠簸中努力稳住身体，一边掀起了一面皮制窗帘。一片细雨正从凯瑞安灰色的天空中洒落下来。现在天上布满了流动的云团和猛烈的旋风，强风将马车吹得不停地摇晃。小滴雨水打在她的手上，像冰一样冷，如果空气再冷一点，就会下雪了。凯苏安将早已披在身上的羊毛斗篷拉紧了一些，这件斗篷是她从鞍囊的最底下找出来的，她很高兴能找到它。天气已经变得很冷了。

城中的石板尖屋顶和石板路上都湿漉漉的。虽然雨不算大，但风很强，所以街道上见不到什么行人。一名妇人用一根长杆赶着一辆牛车，步伐就像她的牛一样有耐心。大多数行人都紧裹着斗篷，戴着兜帽快步走着。一顶轿子从人群中冲了过去，插在轿顶的小旗迎风抖动。除了这顶轿子以外，街上的其他行人，包括那名赶牛车的妇人在内，并没有任何匆忙的样子。在街道中央，一名如塔一样高大的艾伊尔人张大了嘴望着天空，仿佛完全不相信这浸透他全身的雨水。一个小偷摸走了他腰间的荷包，正在向远处跑去，而他却毫无知觉。一名女子在缓步前行，头上高高盘起的精致发卷表明她是一名贵族，她的斗篷和长兜帽都被风吹了起来，这也许是她第一次真正在街上行走，但她却迎着打在面颊上的雨丝，不停地笑着。在一家香料店门口，店主郁闷地望着门外，今天她大概没有什么生意了。大多数小贩都不见了，只有几个人还在遮阳棚下兜售着热茶和肉饼。不过，这些日子里在街上买肉饼吃的人无一例外都会肚子痛。

两条饿狗从一个巷子里跑了出来，它们在街上挺直四条腿，竖起后颈的毛发，拼命向马车狂叫。凯苏安放下窗帘。狗似乎像猫一样，能够轻易察觉到有导引能力的女人，但它们似乎总是将这样的女人当作是猫，虽然她们的个子远比猫要大。坐在凯苏安对面的两个女人仍然在交谈。

“请原谅，”说话的是戴吉安，“但我们只能这样推测。”她带着歉意低下头，从她的黑发上垂下来的银链，以及银链上的月长石都在她的额前摆动着。她的手指捋着黑色裙摆上的白丝带，说话的速度很快，很像生怕被别人打断。“如果你们相信持续的高温是暗帝造成的，现在这个改变一定是因为别的力量。暗帝不会有任何慈悲心。也许你们会说，暗帝决定将这个世界冻成冰块，而不是将它烤熟，但他为什么要这样做？如果高热持续过春天，死人的数量一定会超过活人的数量。即使未来一年整个夏天都在下雪，结果也不会有什么区别。所以，从逻辑上来说，一定有另外一只手在起作用。”这名身材丰满的女人总是缺乏自信，但也像往常一样，凯苏安发现她不会犯逻辑上的错误。现在，凯苏安只希望自己知道这是谁做的，这样做的人目的是什么。

“和平啊！”库梅拉喃喃地说道，“我宁可要一盎司确实的证据，也不想要你们白宗成吨的逻辑。”库梅拉属于褐宗，但并不像其他褐宗姊妹那样，总是沉浸在虚无缥缈的幻想里。她是一名俊俏的女子，但只留着短发。她的头脑冷静，想法实际，拥有敏锐的观察力，而且她从不会让自己深陷在某种概念中，失去对周围世界的清晰认知。她一边说，一边用一只漂亮的手轻轻拍了拍戴吉安的膝盖。一个微笑让她的蓝眼睛从犀利变得温暖。大体上来说，夏纳人是一个礼貌的民族，而且，库梅拉尤其会注意不冒犯别人。“现在，还是多想想我们能为那些被艾伊尔人控制的姊妹们做些什么吧。我知道，你一定能想出些办法的。”

凯苏安哼了一声：“那是她们应得的。”凯苏安和她的同伴都被禁止靠近艾伊尔人的帐篷，但那些向男孩亚瑟发誓效忠的傻瓜们，曾经去过那片规模巨大的营地。她们回来的时候，都脸色煞白，因为愤怒和虚弱而难以自控。以前，凯苏安肯定会因为对两仪师的如此冒犯而怒不可遏，无论当时是怎样的状况。但现在不行。为了达到目的，她甚至会让所有白塔的人一丝不挂地在大街上裸奔。她怎么能让那些差点把一切都毁掉的女人们拖累自己？库梅拉似乎是想要反驳凯苏安。虽然知道库梅拉的感受，但凯苏安没有给她机会，而是继续说了下去：“也许她们有足够多的眼泪偿还她们闯的祸，但我对此表示怀疑。她们已经不在我们手里了，否则的话，我可能会像艾伊尔人一样处理她们。忘了她们吧，戴吉安，把你的好脑子用在我让你去做的事情上。”

因为受到了凯苏安的称赞，这名凯瑞安女子苍白的面颊立刻泛起了红晕。感谢光明，她在其他姊妹面前不会是这种样子。库梅拉沉默地坐着，双手放在膝头，脸上毫无表情。现在她也许屈服了，但没有什么力量能让她一直屈服下去。她们正是目前凯苏安想要带在身边的两个人。

马车走上了通往太阳王宫的长坡道，开始有些倾斜。“记住我告诉你们的话，”

凯苏安坚定地对另外两个人说，“一切小心！”

她们喃喃地说着她们会的。凯苏安点了点头，如果有需要的话，她会将她们两个当作烟幕，或者是其他的工具，但她也不打算因为她们疏忽大意而丢掉她们。

马车在通过宫殿大门的时候没有任何人阻拦，卫兵们认得车门上阿瑞琳的徽记，也知道车里会是什么人。这辆马车在过去一个星期里经常进出太阳宫。马匹停步的时候，一名穿着没有标记的黑色衣服、神色焦急的男仆跑过来拉开车门，并为车内的乘客撑开了黑油布的阳伞。雨滴从阳伞边缘落在他的秃头顶上，但两仪师们显然并不领他的情。

凯苏安碰了碰发髻上的许多吊坠，确认它们都在，她从没有丢失过这些吊坠，因为她一直都很小心。然后，凯苏安伸手到座位下面，拉出她的方形柳条缝纫篮。另外六名仆人站在马车前，撑着伞。一辆马车里当然装不下七名乘客，但一直等到那些仆人确认两仪师确实不需要这么多伞以后，才有四名仆人快步离开。

很显然，马车到来的讯息已经被通报进去。在三十尺高，有方形拱顶的谒见大厅里，穿黑色制服的男仆和女仆们，已经在深蓝和金色的瓷砖地板上排起了整齐的队列。两仪师一走进来，他们立刻接下两仪师的斗篷，并送上温暖的小块亚麻方巾，以供两仪师擦拭手脸。随后又送上海民高脚瓷杯盛着的温酒，散发出芬芳的香气。这是冬天的饮品，不过，现在突然下降的气温正适合这种饮料发挥作用。毕竟，现在还是冬天。

另有三位两仪师站立在这座大厅的黑色方形大理石柱中间，她们背后是一连串浅底色的壁画，上面绘制着几场对凯瑞安非常重要的战役。不过凯苏安并没有注意那三名姊妹。男仆中有一个年轻人在外衣的左胸部位绣着一只金红色的小虫子，人们叫那个是龙。灰色头发、面色肃穆的珂盖德是太阳王宫仆人的统驭者，除了腰间挂满钥匙的大铁环以外，她的身上没有任何多余的物件和装饰，就和太阳王宫中的普通仆人一样。尽管那名衣服上绣着龙的年轻人显出一副趾高气扬的样子，但真正让仆人们唯命是从的是钥匙管理人珂盖德。但珂盖德允许那名年轻人作为她的装饰品，这一点应该注意。凯苏安和珂盖德低声交谈，询问是否能给她找一个房间，让她不受打扰地完成她的刺绣作品。珂盖德听到这个要求，眼睛也没有眨一下。毫无疑问，在这座宫殿服务的日子里，她曾经听过更加奇怪的要求。

当那些接过斗篷、奉上手巾和热酒的仆人们行过屈膝礼，告退之后，凯苏安终于将视线转向石柱之间的另外那三名姊妹。她们全都在看着她，仿佛库梅拉和戴吉安根本就不存在。珂盖德还留在大厅里，但她距离两仪师很远，以便为两仪师留下私人空间。“没想到你们还会有这种悠闲的时刻，”凯苏安说道，“两仪师对待她们的学徒似乎很严格。”

费德琳只是微一扬头，细辫子上的彩珠随着她的动作而微微作响，但梅兰娜却显出困窘的神色，两只手紧攥着裙摆。至今为止，梅兰娜已经受到了太过巨大的震撼，凯苏安甚至无法确信她是否还能复原了。当然，碧拉几乎没有受到任何影响。

“我们之中的大多数人因为这场雨而得到一天假期。”碧拉镇定地回答。她身材健壮，只穿着一身朴素的羊毛衣裙，剪裁得体，但没有半点装饰。农场和农舍显然要比王宫更适合她——但只有傻瓜才会真正这样想。碧拉有一副精明的头脑和坚强的意志，凯苏安不相信她会一个错误连犯两次。像大多数两仪师一样，碧拉以前从没有亲眼见过凯苏安·梅莱丁，但她不会让对凯苏安的敬畏影响自己。她只是吸了一口气，便继续说道：“我不明白，你为何要一次又一次来找我们，凯苏安。当然，你想从我们这里得到什么，但除非你告诉我们那是什么，否则我们无法帮助你。我们知道你为真龙陛下做了什么……”说到兰德的头衔时，她停顿了一下，她们仍然不是很确定该用什么名号称呼这男孩，“……你来凯瑞安显然是因为他。但你必须明白，在你告诉我们你的意图之前，我们无法帮助你。”和碧拉一样属于绿宗的费德琳，因为碧拉大胆的言辞而吃了一惊，但在碧拉说完之后，她赞同地点了点头。

“你也必须明白，”梅兰娜已经恢复了冷静的神情，“如果我们决定必须反对你，我们会这样做的。”碧拉的面容没有改变，但费德琳的嘴唇紧绷了一下。也许她只是不同意，也许她是不想向凯苏安泄露太多讯息。

凯苏安用一个浅浅的微笑安抚她们一下。告诉她们自己的意图？如果她们决定？这么说来，她们已经将自己捆住手脚，塞进兰德的鞍囊里了，就连碧拉也不例外。兰德大概只允许她们决定早晨该穿什么衣服吧！“我来太阳宫不是为了看你们，”她说道，“虽然，我想库梅拉和戴吉安也许会喜欢和你们聊聊。不过还是请原谅我，不打扰你们了。”

说完，凯苏安就示意珂盖德领路，她跟在后面一路走过谒见大厅。她只回头瞥了一眼。那三名姊妹已经围到库梅拉和戴吉安面前，但那种情形很难被描述成是欢迎老友，更像是驱赶鹅群。凯苏安微微一笑。大多数姊妹都认为戴吉安只比野人好一点，所以对待她的态度也只比对待仆人好一点，而库梅拉的地位并不比戴吉安高多少。疑心最重的人也不会想到她们能做出任何事情，所以戴吉安大可以坐下来安心喝茶——并利用她超卓的智慧处理她听到的一切。库梅拉会让除戴吉安以外的每一个人跟她说话，她不会放过每一个字、每一个手势和每一丝表情。当然，碧拉她们会遵守对那个男孩的誓言，这是不言自明的。要关注的是其他问题。即使是梅兰娜也不会对兰德过于顺服。她们的境况很糟糕，但她们还有很大的回旋空间，操纵这个空间的可以是她们，也可以是别人。

挂满织锦的宽大走廊中，不停有穿黑色制服的仆人匆忙地从凯苏安和珂盖德身边跑过。虽然他们往往提着篮子、捧着托盘，或者抱着大堆毛巾，但不会忘记向她们两个人鞠躬和行屈膝礼。看着这些仆人的眼神，凯苏安怀疑她们对于钥匙管理人的尊重绝不亚于对两仪师。她们还遇到了几名艾伊尔人——剽悍的男人如同冷眼的狮子，女人好像冷眼的老虎。他们之中一些人的目光，一直追在凯苏安背后，冰冷的感觉可与外面的冻雨相比。不过也有一些艾伊尔人只是严肃地向她们点点头。那些神情凶鸷的女人们甚至还会给她们一个微笑。凯苏安从不曾自认是拯救卡亚肯性命的人，但一件事情在口耳相传的时候总会出现各种偏差，所以现在凯苏安赢得了比其他两仪师更多的尊敬，她在太阳宫中的行动也就有了更大的自由。实际上，如果现在那个男孩就站在她面前，她想做的大概只有抽烂他的皮！凯苏安倒是很想知道，如果这些艾伊尔人能看见她的心思，他们会有怎样的反应。就在大约一个星期以前，那个男孩差点把自己杀死。如果凯苏安听到的事情有一半是真的，那么这个男孩已经让她的任务变得更加困难了，更何况他一直都在竭力躲着凯苏安。真可惜他不是在法麦丁长大。不过如果真是那样，他也可能会制造更多的祸端出来。

珂盖德为凯苏安提供的房间舒适而且温暖。房间两端的大理石火炉里跃动着火苗，灯光辉映在玻璃塔上，赶走了阴天的沉郁。珂盖德一定是已经预先派遣仆人在这个房间做了准备。一名女仆正在这里迎候他们，为她们奉上了热茶和香料酒，还有涂着蜂蜜的小蛋糕。

“还需要些什么，两仪师？”珂盖德问道。凯苏安则只是将她的缝纫篮子放在盛茶点的托盘旁边。承载托盘和缝纫篮的桌子是镏金的，雕刻着直角花纹，就像房间里宽阔的镀金墙面一样。每次来凯瑞安，凯苏安都觉得自己好像是走进了一个黄金鱼槽。房间里光明而且温暖，但在高窄的窗户外，雨一直下个不停，灰色的天空显得格外压抑。

“有茶就很好了，”凯苏安说，“如果可以的话，请告诉埃拉娜·摩斯凡妮，我想见她。请立刻告诉她。”

在钥匙的“叮当”声中，珂盖德行了一个屈膝礼，尊敬地低声说，她会亲自去找两仪师埃拉娜。一直到离开，她的严肃表情都没有任何改变。她很可能一直在思考凯苏安的要求有什么玄妙之处。但实际上，如果有可能的话，凯苏安更喜欢以直接的方式解决问题。她曾经让许多以为她的话别有深意的聪明人头破血流。

凯苏安掀开缝纫篮的盖子，拿出她的刺绣箍，现在刺绣箍上的作品完成还不到一半。这个篮子里有许多小口袋，放着与缝纫无关的东西，有她的象牙手镜、发刷和梳子；一个笔匣和紧盖住的墨水瓶；几件她随身携带许多年的常用对象；其中有一些东西足以惊倒有胆量翻看这个篮子的人。不过凯苏安很少让这个篮子离开自己的视线。她将抛光的银线盒小心地放在桌上，挑出她要的线以后，就背对着门口坐好。这幅刺绣的主要图案已经完成了——一个人的手抓着古代两仪师徽记。裂缝跨越了黑白两色的圆碟，看不出那只手是想把碎裂的徽记攥在一起，还是要将它攥碎。凯苏安知道自己想要什么，但只有时间能证明什么是真实的。

她在针眼里穿上线，开始完成环周的图案。她绣的是一朵亮红色的玫瑰。玫瑰和星焰花、太阳花与雏菊、红心蔷薇和雪顶花交替出现，又全都被一把把荨麻和长刺石南分开。等到这件作品完成的时候，它一定会让观赏者不舒服。

凯苏安刚刚完成半片花瓣，银线盒盖上的一抹倒影引起了她的注意，她可以从镜子一样的盒盖上看到门口的一切动静。她没有从刺绣上抬起头。埃拉娜只是站在门口，盯着她的后背。凯苏安继续着她缓慢的女红工作，但她一直用眼角看着盒盖上的倒影。有两次，埃拉娜半转过身，仿佛是要走，最终却还是转了回来。她显然是在给自己打气。

“进来，埃拉娜，”凯苏安仍然没有抬头，只是向前一指，“站在那里。”看到埃拉娜被吓了一跳，凯苏安冷冷地笑了笑。成为传说中的人物确实有好处，人们会看不见这种人一些很明显的动作。

埃拉娜带着丝绸裙摆摩擦的窸窣声走进房间，站到了凯苏安指给她的位置上，但她已经气愤地绷起了面孔。“为什么你要一直这样逼我？”她问道，“我已经把能告诉你的都说了。即使我这里还有你想知道的，我也不知道那是什么！他是属于……”她突然咬住了下唇，话音也戛然而止，但她差不多已经把话说完了——亚瑟男孩是她的，她的护法，她竟然有胆量这样想！

“我一直在帮你隐瞒罪行，”凯苏安平静地说，“只因为我相信不应该让局势变得更复杂。”她抬起眼皮，看着埃拉娜，继续用柔和的声音说道：“如果，你认为这意味着我不会把你捆成像卷心菜一样，那你最好重新考虑一下。”

埃拉娜哼了一声，阴极力的光晕出现在她身周。

“如果你想做个真正的傻瓜。”凯苏安微笑着，一个寒冷的微笑。她没有拥抱真源，她的一个发坠凉凉地贴在她的额角上，那是几弯缠绕在一起的黄金新月。“现在你还完好无损，但我的耐心并非无限。实际上，它已经所剩无几。”

埃拉娜的心思显然是异常纷乱，她正不自觉地抚弄着蓝色的丝绸裙摆。至上力的光晕突然在她身上熄灭了，她迅速地从凯苏安面前转过头，黑色长发也被甩了起来。“我不知道还有什么可说的，”她喘着粗气说道，“他受了伤，那不是普通的伤，我想，没有姊妹为他治疗，没有人能治好那些伤口。他利用穿行前往各地，但他基本上还是在南方。我想，应该在伊利安附近，但他也有可能在提尔。毕竟我和他的距离太远了。他的心中充满了愤怒、痛苦和怀疑。没有更多了，凯苏安，没有了！”

凯苏安小心地提起装热茶的银壶，倒了一杯，又伸手碰了碰轻薄的绿瓷茶杯，测试一下茶水的温度。果然，放在银壶里的茶凉得很快，她稍微导引一下，将茶水重新加热。深色的茶汁品起来有过重的薄荷味，凯瑞安人实在是过于滥用薄荷。她没有给埃拉娜一杯茶。穿行。那个男孩怎么可能会发掘出自从大崩毁以来就在白塔绝迹的技艺？“不管怎样，你要把全部讯息都告诉我，埃拉娜，但你并没有。看着我！你有没有梦到他？我要所有的细节！”

埃拉娜的眼睛里闪动着泪光：“如果你是我，你也会这样做！”

凯苏安从茶杯上抬起头，双眉紧锁。她确实有可能会那样做，虽然埃拉娜所做的事，和一个男人强奸了一个女人没有任何区别。光明保佑她，她的确也会这样做，只要她相信这样能够帮助实现自己的目标。现在，她已经不再考虑要埃拉娜将约缚转给她，埃拉娜已经证明了，这种约缚对于控制那个男孩没有什么作用。

“不要让我一直等待，埃拉娜。”凯苏安用冰冷的语调说道。她对于其他女人没有同情心，埃拉娜只是一系列姊妹中的一员，从沐瑞到爱莉达均是如此。自己惹出的祸总要由自己收拾，虽然她亲手抓住了洛根·埃布尔拉和马瑞姆·泰姆，但这并没有让她的心情有任何好转。

“我会把一切都告诉你。”埃拉娜叹了口气，像女孩一样撅起了嘴。凯苏安恨不得抽她一个耳光。埃拉娜戴上披肩差不多有四十年了，她应该要成熟一点。当然，她是艾拉非人。在法麦丁，女孩到二十岁的时候就知道不能再撅嘴耍脾气了；但艾拉非女人即使到了快要老死的时候也学不会。

突然间，埃拉娜惊慌地睁大眼睛。凯苏安从银盒盖上看见了另外一张面孔。她将杯子放回到托盘里，将刺绣箍放在桌面上，从椅子里站起，转身面向门口。她并不匆忙，但也没有像对待埃拉娜那样存心戏耍。

“你和她之间的事情结束了吗，两仪师？”索瑞林一边问，一边走进了房间。这位鹤发橘皮的智者在对凯苏安说话，但她的眼睛一直盯着埃拉娜。她将双手叉到腰间，象牙和黄金手镯随之“叮当”作响，黑色披肩滑落到她的臂肘上。

凯苏安说她已经结束了，索瑞林便向埃拉娜打了个手势。埃拉娜向房外走去，或者说，是慌乱地跑了出去，她的脸上全都是阴沉的愤怒。索瑞林看着她的背影，皱起眉。凯苏安曾和这个女人打过交道，那只是一次短暂的交手，不过很有趣。能被凯苏安认为是强悍的人不多，索瑞林肯定是其中的一个。在某些方面，凯苏安甚至相信索瑞林与她算是势均力敌，也许这个女人和她一样老，甚至比她活得更久。凯苏安以前从没有想过会遇到这样的女人。

埃拉娜刚一消失，科鲁娜就出现在门口。她同样是匆忙地跑着，一边还向埃拉娜离去的方向窥望着，脚下不止一次踩到了她的灰丝绸裙摆。她的手里捧着一个精雕细刻的金托盘，托盘里放着一个更为华美的高颈雕金酒壶，但配在酒壶旁边的两个杯子却是白陶镀釉的。“为什么埃拉娜要那么跑？”她问道，“我也许会跑得更快，索瑞林，但……”这时她才看见凯苏安，她的双颊立刻变成了不可能更深的紫红色。如此雕像一般庄严优雅的女子，竟然也会显出困窘的样子，看上去实在很奇怪。

“把托盘放在桌上，女孩，”索瑞林说，“去找查林。她正等着替你上课。”

科鲁娜僵硬地放下托盘，一边躲避着凯苏安的眼睛。当她转身要离开的时候，索瑞林用强有力的手指抬起她的下巴。“你确实已经真正开始努力了，女孩，”智者坚定地对她说，“如果你继续下去，你会做得非常好。现在，去吧，查林不像我这么有耐心。”

索瑞林向走廊里一摆手，但科鲁娜仍然站在原地，看了这名智者良久，她的脸上显出一种奇怪的表情。如果凯苏安必须要打赌，她会认为科鲁娜是因为得到了表扬而感到高兴，并且很惊讶自己竟然会得到这样的表扬。那名白发女人又张开嘴，科鲁娜哆嗦了一下，急忙向门外小跑过去。凯苏安决定记住这一幕。

“你真的认为，她应该学习你们编织阴极力的方法？”凯苏安问。她并没有表露出自己的怀疑。科鲁娜等人曾经告诉过她那些艾伊尔人的课程。智者们的编织有许多和白塔的技艺截然不同，但最初学习到的编织手段会在导引者身上留下深刻的烙印，学习第二种手段几乎是不可能的；即使能学会，第二种手段的作用也不会很好。这也是一些姊妹不欢迎野人进入白塔的原因，不管那些野人可能多么年幼，她们已经向前走了太远，无法再返回重走了。

索瑞林耸耸肩：“也许，学习第二种编织方式对于一般人很难，对于你们这些惯于打手势的两仪师更难。但科鲁娜·奈齐曼要学习的应该是她拥有她的骄傲，而不是让骄傲拥有她。如果她学会这一点，她应该能成为一个非常强大的女人。”说完，她将一把椅子拉到与凯苏安座椅的相对位置，带着怀疑的神情看了那把椅子一眼，然后坐了下去。她坐在椅子里的样子，几乎像科鲁娜一样僵硬难受。但她以不容辩驳的手势示意凯苏安坐下——一个习惯于发号施令的强势女人。

凯苏安咽下一个懊丧的笑声，坐进椅子里。这一点也是要牢记的，不管是不是野人，这些智者绝对不是无知的野人，当然，她们会吃到苦头的。至于说打手势……她所见过的智者导引还很少，但她注意到，智者们创造出了一种导引方式，并不需要像两仪师那样做出各种手势。各种手势并不真的是编织的一部分，但它们是学习编织的一部分。也许，的确曾经有两仪师能不做出投掷动作就发射出火球，但那种两仪师早已经死光了，她们的教学肯定也很失败。今天，如果没有合适的手势，两仪师确实无法做到一些事。甚至有一些姊妹们说，她们通过其他姊妹的手势，就能判断出她的老师是谁。

“想要把一切技艺都教给我们这些新学徒是很难的，”索瑞林继续说道，“我并不是有意冒犯，但你们两仪师似乎在立下誓言之后，立刻就会想办法绕过你们的誓言。埃拉娜·摩斯凡妮尤其难以对付。”她清澈的绿眼睛突然以极为犀利的目光瞪着凯苏安的脸。“我们该怎么惩处这个任性的女孩？对她的一切教训都会伤害到卡亚肯！”

凯苏安将双手交叠在膝头，想装出惊讶的样子实在是不容易，不过她必须要装作对埃拉娜的罪行一无所知。但为什么索瑞林要把她知道埃拉娜与兰德约缚的事情透露出来？也许透露一个信息的目的是为了获取另一个信息。“约缚并不是以那种方式运作的。”凯苏安说，“如果你们杀死她，他也会死，绝不会延迟太久。除此之外，他会知道她身上发生了什么，但他并不会真正感觉到。像现在这么远的距离，他只会模糊地察觉。”

索瑞林缓慢地点点头。她的手指碰到桌上的金托盘，又移开了。她的表情如同雕像一般难于解读。但凯苏安怀疑，埃拉娜下次再耍脾气，玩弄那种艾拉非人的愤怒时，一定会有一个令她极为不快的惊喜在等着她。不过这并不重要，重要的只有那个男孩。“大多数男人都会接受主动提供给他的，只要那看起来有魅力，令人喜欢。”索瑞林说，“曾经我们以为兰德·亚瑟也是这样。不幸的是，现在再想要改变道路已经太晚了。现在他质疑一切是无条件提供给他的。如果我想要他接受什么，我就要装作不想让他得到的样子。如果我想留在他身边，我就要装作对他完全漠不关心。”那双绿眼睛再次盯紧了凯苏安，如同绿色的钻头，她并不是想要从凯苏安的脑袋里看出什么，她知道得足够多，或者已经太多了。

不过，有个可能性让凯苏安心中稍感激动，即使她心中之前还有分毫索瑞林极力想要找出来的疑虑，现在也全都消除了——除非一个人想要达成某种协议，否则她不会以这种方式去探察对方。“你相信一个男人必须刚硬吗？”凯苏安问。她要试一试。“或者很坚强？”她的语气表明她对于这两个词有完全不同的见解。索瑞林又一次碰了一下那个盘，嘴唇极轻微地抖动了一下，也许那是一个微笑，也许不是。“大多数男人将它们看成是一种意思，毫无差别，凯苏安·梅莱丁。坚强难摧，刚硬易碎。”

凯苏安深吸了一口气。如果换做其他人，她会用尽一切手段从对方身上搜掠出这样的机会，但索瑞林不是其他人，而有些机会是必须争取的。“那个男孩也把它们搞混了，”她说道，“他需要变得坚强，而他却在让自己更加刚硬。已经太过刚硬了，而且，除非有人阻止他，否则他不会停下来。他已经忘记了该如何笑，除了苦笑；他已经没有了泪水。除非他能再次找到笑和泪水，否则这个世界将只剩毁灭一途。他必须明白，即使转生真龙也是血肉之躯。如果他像现在这样投入塔拉蒙加顿，即使是他取得胜利，那胜利也会像他的失败一样黑暗。”

索瑞林专注地听着，直到凯苏安说完以后，她仍然没有开口。那双绿眼睛在审视着凯苏安。“你的转生真龙和你的末日战争并不在我们的预言里，”最后，她说道，“我们一直在努力让兰德·亚瑟知道自己的血脉，但我害怕他只是将我们看作另一杆枪矛。如果一杆枪矛在你的手中折断了，你不会停下来为他哀悼，只会立刻又拿起一杆。不过也许你和我的目标相距并不很远。”

“也许。”凯苏安谨慎地说。但即使只隔着一掌距离，目标也许还是会彻底不一样。

突然间，阴极力的光晕包围了满脸皱纹的老智者。和她相比，即使是戴吉安也能算得上强大了，但索瑞林的力量并不在于至上力。“也许有一样东西会对你有用，”她说道，“我无法让它运作，但我能把它编织出来让你看。”她确实这样做了，虚弱的丝线缠结起来，很快又消融掉，那种力量实在太小，完全无法起到应有的作用。“这被称作穿行。”索瑞林说。这一次，凯苏安的下巴垂了下来。埃拉娜和科鲁娜一直否认传授这些智者连结和其他几种技艺，但这些技艺似乎一夜之间就被智者们掌握了。凯苏安一直以为是艾伊尔人从营地中的那些姊妹那里压榨出来的，但这个……

她可以认为这是假的，但她不相信索瑞林是在说谎。她已经迫不及待要亲手试一下这个编织，虽然她还没有想过可以如何使用这种技艺。即使她确切知道那个可恶的男孩在哪里，她也必须让那个男孩主动来找她，索瑞林在这一点上是正确的。“一件非常好的礼物。”她缓缓地说，“我没有能与之相比的礼物可以给你。”

这一次，索瑞林的嘴唇上无疑地掠过了一丝微笑。她很清楚，凯苏安已经欠了她的债。她拿起沉重的雕金壶，倒满了两个白陶杯。那只是普通的清水，但她绝对没有溅出一滴。

“我向你提出水之誓言，”她拿起一个酒杯，庄重地说道，“以此，我们约定形如一人，教导兰德·亚瑟笑和流泪。”她抿了一口水，凯苏安依样而为。

“我们约定形如一人。”如果她们的目标完全不同？凯苏安不会因为索瑞林是盟友，或者对手而低估她。凯苏安知道自己的目标是什么，为此，她将不惜一切代价。

第 13 章

如雪飘飞

从昨夜就开始袭击伊利安东部的暴雨，让北方的地平线变成了紫红色。头顶上方，乌云在上午的天空中剧烈地翻滚。强风掀起人们的斗篷，让房顶旗帜如同鞭子一样抽打着空气。白色的龙旗和猩红色的光明之旗，还有五彩缤纷的徽旗，它们代表了来自伊利安、凯瑞安和提尔的贵族。这三方贵族以国别彼此分开，形成了被镀金镶银的铠甲，以及丝绸、天鹅绒和缎带所覆盖的三支队伍，他们全都在不安地环顾四周。在他们胯下，即使是训练最严格的战马也甩动着脑袋，不停地用马蹄踩踏泥地。因为突然取代了长久的炎热，冷风更让人觉得刺骨难耐，就像这场暌违已久的豪雨一样，让人感到震惊和不适应。无论来自哪一个国家，这些人都一直在祈祷炽热的干旱能早日结束，但没有人知道是什么在响应他们的祈祷，制造了这场冷酷的风暴。一些人不停地偷瞥着兰德，也许他们以为兰德能给他们一个答案。这些人的样子让兰德微微苦笑了一下。

兰德用戴着骑马手套的手拍了拍胯下黑色阉马的脖子，他很高兴泰戴沙没有像其他马匹那样显露出惊慌的样子。这匹高大的生物如同雕像一样，等待着缰绳或膝盖的动作命令它前进。转生真龙的坐骑像它的主人一样冰冷，这是件好事，就如同他们一起飘浮在虚空中。至上力在他的体内咆哮，火焰、寒冰和死亡，他几乎感觉不到身边的风。虽然寒风吹起了他的绣金斗篷，冲进他同样绣满金线的绿色丝绸外衣里。这身衣服并不是为了今天这种天气而预备的。他肋侧的伤在脉动中发出一阵阵疼痛，旧伤和新伤交错在一起，这两个伤口将永远无法治愈，但它们也很遥远了。那只是另一个人的肉体。剑之王冠隐藏在金月桂叶中的细小剑刃，刺痛了另一个人的额角。就连和阳极力交杂在一起的污染似乎也没有往日那样猛烈，它仍然凶狠，仍然令人厌恶，但已经不再值得注意。而那些贵族们盯在他背上的目光却有着清晰可辨的压力。

兰德移开剑柄，向前倾过身，他能清晰地看见东方半里以外的低矮灌木丘陵，就如同使用望远镜一样。这里的地面相当平缓，那些丘陵和这道突出在石楠树丛之上的长山脊，算是这里唯一的高地。而下一片能算得上是灌木密林的地方，至少在十里以外。在那片山丘上，只能看见被风暴蹂躏过的半秃枯树和凌乱草木，但兰德知道那里隐藏着什么。两千，也许是三千被沙马奥集结起来，想要阻止他占领伊利安的军队。这支军队在得知那个召集他们的人死亡之后就解散了。那个马汀·斯戴潘诺失踪了，也许像沙马奥一样进了坟墓。伊利安有了新的国王。那支军队中的许多人跑回了家，但还有许多人形成了大多是二三十人一群的流寇，如果他们重新聚在一起，仍会是一支规模庞大的军队，否则就是多如牛毛的匪徒。不管怎样，兰德不可能允许他们继续在乡间为所欲为。时间如同重担一般压在他的肩头，时间永远都不够，但也许这一次……火、冰和死亡。

*你会做什么？*兰德想，*你在吗？*兰德的心中带着犹疑，他恨自己的犹疑。*你真的存在过？*一片寂静，在包裹他的虚空中，深深的死寂。那个疯狂的笑声是不是正潜藏在他意识深处的某个角落里？

那都是他的想象吗？某个人正在他的身后看着他，某个人正要拍他的后背；无数色彩在他的视野以外旋转，那不仅是色彩。这些全都消失了？疯子。他戴着手套的拇指沿真龙令牌上蜿蜒的雕刻花纹滑动着。光亮的枪锋后面，绿白两色的长枪缨在风中飘动。火焰和寒冰，死亡终将到来。

"我要亲自去和他们谈谈。"他说道。这句话引起了众人一片哗然。

瑞格林领主华丽的镀金胸甲上挂着代表九人议会的绶带。他催动自己的长腿白阉马，从伊利安人的队伍中走了出来。紧跟在他身后的，是骑着一匹健壮的枣红马的同袍军大将迪墨特·马克林。马克林是这些人里唯一没有穿戴丝绸缎带的，被打磨得光亮如镜的铠甲上也没有任何装饰，但在他放在高鞍头的圆锥形头盔上，有三根细长的金色羽毛。玛拉克领主提起缰绳，但看到九人议会中的其他成员没有动作，他又不确定地放下了手。他是一个感觉迟钝的壮汉，在九人议会中算是新人，虽然丝绸缎带甚至从他奢华异常的盔甲下面挤了出来，但他看上去更像是个手艺人，而不像一位领主。维蓝芒和托墨朗大君并肩从提尔人群中走出来，他们身上的金银一点也不比九人议会的成员少。和他们在一起的还有新近成为女大君的罗杉娜，她的胸甲上雕刻着代表其家族的鹰与星徽章。提尔人之中也有一些想要出列，最终却放弃的，他们看上去都很忧心。像刀刃一样细瘦的亚拉康、蓝眼睛的马拉孔、秃头的桂亚姆已经是死人了，他们并不知道，但无论他们多么想进入权力核心，他们仍害怕兰德会杀死他们。凯瑞安人之中只有赛玛拉迪走了出来。他的灰色外衣已经磨损了，铠甲上带着凹痕，镀金也剥落了。他的面孔憔悴而严肃，前额像普通士兵那样剃光了毛发，洒着粉。他的黑眼睛中闪耀着对那些高个子提尔人的蔑视。

这里到处都是蔑视。提尔人和凯瑞安人彼此嫉恨；伊利安人和提尔人相互看轻；只有凯瑞安人和伊利安人能够相安无事，但他们之间肯定也隐藏着不少冷眼，这两个国家不像提尔和伊利安那样，有着漫长的流血历史。但凯瑞安人是外国人，他们身披铁甲、手拿刀剑站在伊利安的土地上，伊利安人不会真心欢迎他们，应该说，只是因为兰德的关系，伊利安人才没有驱逐他们。但尽管他们双眉紧锁，怒气难掩，他们还是不顾斗篷被风吹起，争着想和兰德说话。他们现在毕竟已经有了某种形式的共同目标。

“陛下，”瑞格林在他的镀金马鞍上鞠了一躬，匆忙地说道，“我恳求您让我作为您的代表，或者让马克林大将去也可以。”他的胡须上唇剃光，下颌的部分被削短，脸上堆满了忧虑。“那些人一定知道您是国王。诏令已经在每个村镇和十字路口公告了，但他们也许不会对您表示应有的尊敬。”方下巴的马克林剃光了所有胡须，他用一双眼窝深陷的黑眼睛审视着兰德，冷漠的脸上没有一丝表情，同袍军只效忠于伊利安王冠。马克林的年纪已经很大了，他甚至记得谭姆·亚瑟是同袍军的次大将，位阶在他之上的时候。只有他自己知道他对于兰德·亚瑟国王是怎么看的。

“真龙陛下。”没有等瑞格林说完，维蓝芒就一边鞠躬，一边庄重地说。这个人的语调总是这样冠冕堂皇，即使在马背上，他也像是高高地坐在王座上一样。他的锦绣天鹅绒、丝绸和一簇簇缎带几乎要盖住他的甲胄。他的尖胡子散发着花精油的香气。“这一小撮乌合之众不需要真龙陛下亲自出马，我认为捉狗的事应该让狗去做，就让伊利安人干掉他们吧。烧了我的灵魂吧，他们至今除了空谈以外还没有为您做过任何事。”他在表面上同意瑞格林的建议，却不啻于是在侮辱瑞格林。托墨朗瘦削得足以让维蓝芒显得肥胖，阴沉得足以让全身的彩缎衣装显得黯然无光；他不是傻瓜，而且是维蓝芒强有力的竞争者，但他竟然也缓缓地点点头。他们对于伊利安人没有半点好感。

赛玛拉迪咬住牙看着提尔人，维蓝芒刚一说完，他就严肃地说道：“这群残兵比我们迄今为止找到的任何一群都要大上十倍，真龙陛下。”他并不在乎伊利安的王冠，对于转生真龙也缺乏敬畏，但现在凯瑞安的王座握在兰德手中。赛玛拉迪希望兰德会将这个王座交给一个他可以追随，而不是必须与之战斗的人。“他们一定仍然忠于布兰德，否则就不会这么多人聚在一起。恐怕与他们谈判只是浪费时间。但如果您一定要谈，就请让我先在他们面前展示一下刀剑的力量，让他们知道图谋不轨的代价。”

罗杉娜瞪了赛玛拉迪一眼。她是个瘦削的女人，个子不算高，但并不比赛玛拉迪矮。她的眼睛就像两片蓝冰。没有等赛玛拉迪说完，她就对兰德说：“我已经走了太远，在你身上投入了太多，所以我不能眼见你毫无意义地死掉。”语义相当坦率。罗杉娜的智力不亚于托墨朗，她已经在大君理事会中为自己争取到了一个位子，这在提尔女大君中是非常罕见的。坦率是人们对她的普遍评价。虽然这里的贵族们都顶盔负甲，但他们并不会真正参加战斗，罗杉娜却在马鞍上挂了一柄钉头锤，兰德觉得她好像很想找机会使用这件武器。“我怀疑那些伊利安人并不缺乏弓箭，”她继续说道，“一支箭甚至可以取下转生真龙的命。”马克林若有所思地抿了一下嘴唇，点点头，又急忙制止了自己的动作。他和罗杉娜交换了一个惊讶的眼神，双方都在因为自己古老的敌人竟然和自己有相同的想法而吃惊。

“如果没有人带头，这些农民绝对不可能聚在一起。”维蓝芒无视罗杉娜的发言，自以为是地说道。对于不想见的人和不想听的话，维蓝芒很善于忽略掉，他是个傻瓜。“我是否能建议真龙陛下让那些所谓的九人议会去对付他们？”

“我反对这头提尔猪对我们的冒犯，陛下！”瑞格林单手按剑，愤怒地说道，“我以我的全心反对！”

“这次他们的人太多了，”赛玛拉迪同时说道，“他们之中的大多数人，会在您转过身去的时候袭击您。”看他紧皱眉头的样子，他也许想说，提尔人也会干出同样的事来。“最好杀了他们，一了百了！”

“我问你们的意见了吗？”兰德厉声说道。嘈杂的说话声立刻消失了，只剩下斗篷和旗帜在风中猎猎作响。每一张看着他的脸都没有了表情，不止一张脸变成了灰色。他们不知道他握持着至上力，但他们了解他。那些了解并不都是真的，但让他们相信那些讯息对他有利。“你和我来，瑞格林。”他恢复了平常的音调——仍然相当刚硬。他们只懂得铁腕，稍一软弱，他们就会背叛他。“还有你，马克林。其他人留在这里。达西瓦！霍普维！”

当两名殉道使骑马走到兰德身边的时候，所有未被点名的人都匆忙地勒紧了缰绳。那两名伊利安人看着那些穿黑色外衣的人，好像有些后悔没有留在后面。柯郎·达西瓦就像往常一样，自顾自地低声喃喃自语，旁若无人。所有人都知道，阳极力迟早都会让男人疯掉。达西瓦看起来就肯定不正常，他舔着嘴唇，摇着头，稀疏杂乱的头发在风中飘着。艾本·霍普维只有十六岁，面颊上还能看见几星雀斑，他只是盯着前方某个其他人完全看不见的东西。至少兰德知道他为什么会那样。

当殉道使靠近的时候，兰德不由自主地侧头倾听，但他要听的就在他的脑子里。当然，那里有埃拉娜。虚空和至上力对此都无法有任何改变，距离也只能将这种知觉的强度降低——她在遥远的北方。但今天他还有另外的感觉，最近他已经数次有过这种感觉。模糊，就在知觉的边缘。一种震惊，或者也许是愤怒的低语，一种他不太能把握的、锋利的气息。遥远的埃拉娜也一定感觉到了。也许埃拉娜在想念他，这让兰德感到一点讽刺。他并不想念她。现在忽略掉埃拉娜比以前更容易。她在那里，但她并不是那个声音。每当有殉道使出现在兰德视野中时，那个声音就会叫嚷着死亡和杀戮。路斯·瑟林已经走了，只剩下那种有人盯着他的后背、用指尖扫过他肩胛的感觉。他的脑海深处，是否一直有一个疯子在沙哑地大笑？或者那就是他自己？那个人在那里！他在那里！

兰德察觉到马克林正在盯着他；瑞格林则竭力不去看他。“还没有。”他带着嘲讽的意味对他们说。看到他们显然立刻就明白了他的意思，他几乎要笑出起来。他们脸上放松的表情太明显了。他还没有疯，现在还没有。“来吧。”他对他们说着，催赶泰戴沙向坡下小跑而去。尽管有那些人在跟随，他还是感到孤单；尽管有至上力，他还是感到空虚。在山脊和丘陵中间，分布着一片片灌木丛林和大片枯草地，雨水将黄褐色的草叶打成一片闪亮的毯子。只是在几天以前，这片土地还是那样干燥，让兰德觉得它能吞下一整条河流却不会有任何改变。现在，造物主终于怜悯世人，降下了雨水；或者这也许是暗帝的黑色幽默——兰德不知道正确的答案。马蹄踢起一片片泥水，他希望这次行动不会拖延他太长时间。根据霍普维的报告，他还有一点时间，但绝对不会很长。如果他运气好，他会有几个星期，但他需要几个月。光明啊，他需要几年，但他绝对得不到！

至上力增强了他的听觉，他能分辨出背后那些人在说什么。瑞格林和马克林并排跑着，一边竭力拉紧斗篷挡住冷风，一边低声谈论着前方的那些流寇。他们害怕会和那些人发生战斗。那些人如果抵抗，肯定会立刻被消灭，但他们害怕这会对兰德造成什么影响——如果在布兰德死后，仍然有伊利安人反抗兰德，兰德又会对伊利安怎样？他们仍然无法说出布兰德真正的名字——沙马奥，被弃光魔使统治比起被转生真龙统治更让他们感到害怕。

达西瓦颓然坐在他的灰马背上，就像一个从没有见过马的人。他仍然在愤怒地低声说着话。他说的是古代语，流利得如同一位学究。兰德知道一点古代语，但还不足以让他能听明白达西瓦在嘟囔什么。也许他在抱怨这个天气。达西瓦是一名农夫，除非是晴天，否则他很不喜欢出门。

只有霍普维骑在马背上一言不发，皱起眉望着地平线的远方。像达西瓦一样，他的头发和斗篷在风中乱飘，他不时会下意识地握住剑柄。兰德叫了他三次，最后一次语气已经相当严厉了，霍普维这才猛地惊醒过来，用力一催自己的瘦褐色马，来到泰戴沙身边。

兰德审视着他。无论年纪如何，这个年轻人已经不再是男孩了，从兰德第一次看见他到现在，他已经长大了很多，不过他的鼻子和耳朵仍然大得有些过分。现在他的高衣领上一侧佩着银剑徽，一侧佩着镀红珐琅的黄金龙徽。这也和达西瓦一样。曾经他说过，如果他得到龙徽，他一定会高兴得笑上一整年，但现在他只是不眨眼睛地望着兰德——望着兰德的身后。

“你得到的是很有用的讯息，”兰德对霍普维说，他必须努力控制自己才没有将真龙令牌捏碎，“你做得很好。”他知道霄辰人一定会回来，但没有想到竟然会这么快。至少他希望不会这么快，不要凭空跳出来，一口就吞掉了这么多城市。当他发现那些在伊利安的商人知道这个讯息以后，又过了几天才通知九人议会的时候，他差一点就要将这座城市夷为平地。愿光明惩罚那些商人，他们只为了他们的利润，竟然会隐瞒这么重要的情报！但这个讯息的确非常有用，尤其是现在这个时候。霍普维穿行到达了阿玛多的近郊，霄辰人似乎在那里停下了脚步，也许他们在消化刚刚被他们吞下的大片地盘。但愿光明让他们噎死！兰德强迫自己松开雕龙的枪锋。“即使毛尔带来的讯息也是可信的，我在对付霄辰人之前也还有时间整顿伊利安。”但艾博达也被占领了！光明烧了霄辰人！他们分散了他的力量。他不需要他们，却又不能忽视他们。

霍普维什么都没有说，只是在看着。

“你因为不得不杀死女人而感到不安吗？”雷恩部族，穆萨拉氏族的黛索拉；米雅各布马部族，烟水氏族的蕾梅勒；还有……即使飘浮在虚空中，兰德仍然会不自觉地背诵那个名单。他不得不强迫自己不要这样。新的名字出现在这个名单上，他甚至不记得自己已经将这些名字加了上去。莱金·亚诺特，一名在将他押往塔瓦隆途中死亡的红宗两仪师，她肯定没有进入这个名单的权力，但她进来了。克拉瓦尔·赛甘，她没有接受兰德的判决，而是选择上吊而死。还有另一些人。成千上万个男人因为他的命令或他的行动而死，但飘浮在他梦中的都是那些女人的脸。每个晚上，他让自己静静地面对她们指责的眼神，也许最近他所感觉到的正是那些眼神。

“我告诉过你罪奴和罪奴主的事。”他平静地说。但在他的体内，愤怒正在蔓延，火焰蜘蛛编织大网，包裹住虚空。光明烧了我吧，我杀死的女人比你们在恶梦中所能承受的更多！我的双手早已被女人的血浸黑了！“如果你没有干掉那支霄辰巡逻队，他们肯定已经杀死你了。”他没有说霍普维应该躲开他们，避免杀死他们，现在这样说已经太晚了。“我怀疑那名罪奴甚至知道如何屏障一个男人，你没有其他选择。”他们最好全都死了，最好不要有人逃回去报告有一个能导引的男人正在侦察他们。

霍普维不经意地碰了碰左臂的袖子，因为是黑色的羊毛外衣，所以那块被火烧焦的痕迹还看不出来。霄辰人并不那么容易死。“我把那些尸体堆在一个深坑里，”他用不带任何情绪的声音说，“还有那些马，一切的一切。我把它们都烧成了灰，白色的灰，像雪一样在风中飘散。我一点也不困扰。”

兰德知道他在说谎，但霍普维必须学会这些。他已经学会了。他们是殉道使，这就是他们要走的路。查林部族，柯赛达氏族的莉艾，一个在火焰中写下的名字；沐瑞·达欧崔，一个不仅仅是烙印在脑海里，而是一直烧进兰德灵魂的名字；一个没有名字的暗黑之友，只有一张脸，她死在兰德的剑下，就在……

“陛下。”瑞格林向前一指，大声说道。一个人从距离他们最近的小山脚的树林中走出来，以轻蔑的姿态等待着他们。他拿着一把弓，戴着尖顶钢帽，一件皮甲衫几乎垂到他的膝盖上。

兰德让至上力在体内高涨起来，一催泰戴沙向那个人走去。阳极力能够保护他免受伤害。随着距离的拉近，那名弓箭手看上去已经不是那么风光了，他的头盔和甲衫都锈迹斑斑，浑身都被雨水淋透，污泥一直沾到大腿上，湿漉漉的头发紧贴在窄脸上。他不停地咳嗽着，用手背抹着长鼻子。但他的弓弦很紧，显然他一直在雨中保护着这张弓，在他箭囊里的箭羽也都是干的。

“你是这里的首领？”兰德问。

“你可以认为我是他的代言人。”那个窄脸男人警惕地回答，“你们来干什么？”这时其他人也都跑到了兰德身后。他挪动着脚步，黑色的眼睛就像一只被逼到角落里的獾。獾是危险的，尤其是被逼到角落里的时候。

“小心你的舌头！”瑞格林喊道，“你在向兰德·亚瑟，转生真龙说话。他是朝阳之君，伊利安王！向你的国王下跪！你的名字是什么？”

“他是转生真龙？”那个家伙狐疑地说。他从兰德头顶的王冠一直看到他的脚下，目光在他腰带上的镀金龙扣上停留了一会儿，然后又摇摇头，似乎他本来期待着某个更年长或者更有气派的人。“你说他是朝阳之君？我们的国王从没有给自己添加过这样的名号。”他没有要跪下的样子，也不打算报上自己的名字。

瑞格林的脸阴沉了下来，也许是因为怒恼这个人说话的语调，也许是因为他不承认兰德是国王。马克林微微一点头，仿佛他没有期待这个人会有更好的表现。

树林中传来潮湿的“沙沙”声，兰德很清楚地听到了这个声音。而且他突然感觉到阳极力充满了霍普维全身，霍普维也不再茫然地望着远方了，他的眼睛里迸射出狂野的光芒。达西瓦一言不发地将脸上的黑发拨开，脸上全都是无聊的样子。瑞格林在马鞍上向前倾过身子，愤怒地张开嘴。火焰和寒冰，但还不是死亡。

“和平，瑞格林。”兰德没有提高声音，但他用火之力和风之力的编织将自己的声音传了出去，一直轰进树林里。“我是宽宏的。”那个长鼻子男人接连踉跚了几步，瑞格林的马也向后退去。那些藏在树林里的人一定能听得很清楚。“放下你们的武器，那些想回家的人可以回家，想要跟随我的人也一样能如愿。但除非是跟随我，否则任何人不能携带武器离开这里。我知道你们都是好人，你们响应国王和九人议会的号召，保卫伊利安。但现在我是你们的国王，我不会让任何人堕落成为强盗。”马克林严肃地点点头。

“你的真龙信众为什么要烧毁农庄？”一个男人害怕的喊声从森林里传出来，“他们就是该死的强盗！”

“你的艾伊尔人呢？”另一个声音喊道，“我听说他们掠走了整个村子的人！”更多声音加入进来，他们都在高喊着同样的事，真龙信众和艾伊尔人，杀人的强盗和野蛮人。兰德咬紧了牙关。当喊声止歇下去的时候，那个窄脸男人说：“你明白了？”他又咳嗽了一阵，吐了口痰，也许是因为他的病症，也许是因为他的蔑视。他的样子很可怜，全身都是泥水和锈迹，但他的脊梁挺得像他的弓弦一样直。对于兰德和瑞格林的瞪视，他完全没有在意。“你要求我们解除武装回家去，让我们无法保卫自己，保卫我们的家人，而你的人就可以尽情地烧杀抢掠。他们说，风暴就要来了。”他似乎很惊讶自己竟然说了最后这一句——惊讶而且困惑。

“你们所知道的那些艾伊尔人是我的敌人！”这次不再有火焰的蛛网包裹着虚空，而是山岩般的怒火正在压缩虚空。但兰德的声音如同寒冰，如同严冬中咆哮的北风。风暴就要来了？光明啊，他就是那场风暴！“我的艾伊尔人正在猎杀他们，我的艾伊尔人在猎杀沙度艾伊尔人。他们，还有达弗朗·巴歇尔和大多数同袍军正在猎杀强盗，无论他们自称为什么人！我是伊利安的国王，我不允许任何人毁坏伊利安的和平！”

“即使你说的是真的……”那个窄脸人又说道。

“那就是真的！”兰德喝道，“你们可以一直考虑到中午。”那个人不确定地皱起眉头。除非在空中翻滚的乌云消失，否则没有人能确切地知道什么时候是中午。但兰德并没有给他任何宽慰。“好好想一想！”他说完便转过了泰戴沙，不等其他人回身便向那道山脊飞驰而去。他不情愿地放开了至上力，强迫自己不要像紧抓住救命稻草一样，将指甲抠进那股涌过身体带着污染的洪流。片刻之间，他看到了重影，整个世界似乎都旋转了起来。这是最近才出现的问题，他担心这也许是污染在杀死男人时必然经历的过程。不过这种晕眩每次都只会持续很短一段时间，真正让他难受的是那股洪流彻底从他体内消失了。世界变得灰暗。不，它本身就是灰暗的，只是那种实在感减弱了。色彩仿佛被洗刷掉了一些，天空变小了。兰德拼命想要再次攥住真源，榨干其中的至上力。当至上力离开的时候，他总是有这样的冲动；而至上力刚一离开，怒火就取代了它的位置。白热的火焰在灼烧他，几乎像至上力一样炽烈。霄辰人还不够，还有那些以他的名字为非作歹的强盗？他无法承受这些致命的干扰。沙马奥又从坟墓里爬出来了吗？是不是他将沙度人像荆棘一样，种植在兰德所有落手的地方？为什么？沙马奥不可能料到他会死。如果兰德所听到的半数谣言是真的，那么在莫兰迪、阿特拉，还有天知道什么地方都有沙度人出没！有许多沙度俘虏都提到了一名两仪师。白塔也参与进来了吗？白塔从不会给他和平吗？从不会吗？绝对不会。

兰德努力控制着怒火，并没有注意到瑞格林等人已经追了上来。当他们回到山脊处贵族队伍中的时候，兰德用力拉紧缰绳，逼得泰戴沙扬起了前蹄，踢起大团的泥土。那些贵族都勒马向后退去，要躲开泰戴沙，躲开兰德。

“我允许他们考虑到中午，”兰德朗声说道，“盯着他们。我不想让这些人再分散成五十股小部队溜走。我会在我的帐篷里。”虽然斗篷都被风掀起，但这些贵族却像石块一样立在原地一动不动，仿佛兰德不许逃走的命令是对他们而下的。此时此刻，兰德不在意他们是会在这里冻结还是在这里融化。

兰德没有再说一句话，而是向山脊对面一直跑过去。紧跟在他身后的，是两名黑衣殉道使和他的伊利安旗手。火焰和寒冰，死亡即将到来。但他是钢。他是钢。

第 14 章

来自米海峨的信

山脊向西一里以外就是营地，到处都是人马和篝火，在风中飘扬的旗帜和几顶散落的帐篷依照不同国家和家族聚在一起。每一座营地都像是一片泥沼地，用一道道石楠树丛和其他营地隔开。骑马和徒步的人们看着兰德的旗帜招展而过，都向其他营地窥望着，想看看别人如何反应。但在艾伊尔营地附近的人都集结在一起，建起了一座大营地。他们难得的几个共同的心思之一将他们聚合起来——他们不是艾伊尔人，不管他们如何否认，他们害怕艾伊尔人。除非兰德成功，否则这个世界就会死亡，但兰德绝不会妄想他们会对他有任何忠诚。他们所坚信的，是这个世界只为他们而存在，为了他们对于金钱、名望或者权力的欲望。也许确实有几个人是忠诚于他的，屈指可数的几个人，但大部分贵族追随他，只是因为他们害怕他比害怕艾伊尔人更多，也许比害怕暗帝更甚。他们之中有一些人在内心深处并不相信暗帝真的存在，不相信暗帝正在祸害这个世界，并且还将给世界带来更深重的灾祸。兰德却真实地站在这些贵族面前，让他们不得不相信。现在，他们只能接受。前面还有太多的战斗，兰德不能将力量浪费在一场他不可能取胜的战斗上。只要他们跟随并服从他，就足够了。

最大的营地是兰德自己的，在这里挤满了穿绿色外衣、配黄袖口的伊利安同袍军；穿金黑色灯笼袖外衣的提尔岩之守卫者；还有同等数量的来自凯瑞安四十余个家族，穿深色衣服、背后插标旗的凯瑞安士兵。他们在不同的篝火上煮食，分开睡觉，分开喂马，只用警惕的眼神看着对方。但他们谁也不会离开这座营地，保护转生真龙的安全是他们的责任。他们认真地完成着工作。他们之中的任何人都有可能背叛兰德，但绝对不会在有别人监视的时候。老的憎恨和新的厌恶，会让一切叛徒的阴谋立刻被出卖。

兰德的帐篷周围站了一圈披坚执锐的士兵，这些士兵身上的绿色丝绸外衣都用金线绣满了蜜蜂。这支部队本属于兰德的前辈马汀·斯戴潘诺，从某种角度上来说，他们是王冠卫队。和他们肩并肩站立的，是戴着高脊宽沿头盔的岩之守卫者和戴着钟形头盔的凯瑞安人，他们完全不在乎寒冷的强风，栅栏形护面挡住了他们的面孔。他们手中持握的长戟严格地按照同一角度倾斜。当兰德拉紧缰绳的时候，那些士兵没有一个人有丝毫动作。不过，一群仆人已经跑过来服侍兰德和殉道使下马了。一名身穿伊利安王宫黄绿色马夫背心的瘦女人拉住了兰德的缰绳，兰德的马镫被一名穿提尔之岩金黑色制服的虬筋汉子扶住。他们又同时拉住了马的前额鬃毛，因为手撞在一起，他们便凶狠地互瞪了一眼。波琳妮·卡瑞芬是一名肤色白皙的矮壮女人，她穿着深色衣服，神情倨傲地为兰德奉上了一个银盘，盘子里装着冒热蒸汽的湿毛巾。她是一名凯瑞安人。她将目光转向了为兰德拉马的两个人，似乎是在监督他们好好工作，却几乎难以掩饰她对这两个人的厌恶，不过她还是很小心。仆人之间的矛盾也和士兵之间相仿。

兰德脱下骑马手套，挥手示意波琳妮退下。当兰德下马的时候，达莫·弗林从帐篷前一只装饰着精细雕花的凳子上站起身，除了在鬓角处还有一些粗糙的白发以外，他的头顶已经完全秃了。他看上去更像是一位满面风霜、腿脚僵硬的老祖父，而不是一名殉道使，但他见识过的世界远不止一座农场。他腰间的佩剑和他相比显得有些长，那看上去应该是一把前女王卫兵的剑。但兰德很信任他，比对大多数人更加信任，至少弗林救过他的命。

弗林将拳头按在胸口上，向兰德行了一个礼。兰德朝他一点头，他便跛行向兰德走过来。一直等到那些马夫仆人牵着马离开，他才压低声音对兰德说："托沃在这里，他说是米海峨派他来的，他想要在九人议会帐篷里等你。我让那瑞玛看着他。"这是兰德的命令，虽然他自己也不太明白为什么要下达这样的命令。任何从黑塔来的人都不能单独行动。弗林犹豫地用手指摩挲着黑色衣领上的龙徽。"如果他知道你让我们全都晋升，他肯定会不高兴的。"

"那就让他不高兴吧。"兰德轻声说着，将骑马手套掖进剑带里。看到弗林脸上的犹豫神色仍然没有褪去，他又说道："你们全都有资格。"兰德本来打算派一名殉道使去见泰姆，殉道使们都称他为米海峨——领导者，不过现在托沃可以帮兰德把信带过去。在九人议会帐篷里？“派人送些饮料过来。”他对弗林说完，示意霍普维和达西瓦跟他过去。

弗林又行了一个礼，但兰德已经迈步走开了，黑色泥浆从他的靴底挤出来。狂风中没有对他的欢呼。他能记得那些曾有的欢呼。但愿那不是路斯·瑟林的记忆，但愿路斯·瑟林从没有存在过。一抹彩色从他的视觉边缘闪过，那种有人就要碰到他的感觉从身后传来。他努力让自己集中精神。

九人议会帐篷是一顶曾经被安置在马瑞多平原的大帐篷，现在这座帐篷就在兰德营地的正中央，周围三十步范围内都是光秃秃的平地。这里没有任何守卫，除非是在兰德会见贵族的时候；但任何想要溜进来的人，都将立刻被上千双警惕的眼睛看见。三面挂在高杆上的旗帜组成了一个三角形，环绕在帐篷周围——凯瑞安的日升旗，提尔的三新月旗，还有伊利安的金蜜蜂旗。而在猩红色的帐篷顶端，更高过其他旗帜的地方，飘扬着龙旗和光明之旗。所有旗帜都在强风的吹动下，发出抽击空气的响亮声音。大帐篷也在风中瑟瑟发抖。在帐篷内部，地面上铺着彩色的丝穗地毯，唯一的家具是一张雕刻繁复花纹、镀金并镶嵌象牙和绿松石的大桌子。一堆地图几乎将桌面完全覆盖了。

托沃从地图上抬起头，脸上一副只想找人狠骂一顿的表情。他将近中年，只比兰德矮一点，一双眼睛里闪着冷光，尖鼻子正在因为气恼而微微发抖。龙徽和剑徽在他的衣领上反射着灯光。他穿的丝绸外衣闪动着黑色的光泽，优质的剪裁让这件衣服完全配得上一位领主。他的剑柄是纯银镶金的，剑柄末端镶嵌着一颗璀璨的红宝石，他的戒指上同样嵌着一枚红宝石。只有让男人拥有相当的傲慢，才能将男人训练成武器。但兰德还是不喜欢托沃。这时候，兰德已经不需要路斯·瑟林的声音，便会开始怀疑这些穿黑衣服的男人。他对这些人能信任多少？即使是弗林？但他必须统率他们。殉道使是他一手造成的，是他的责任。

托沃看见是兰德，便直起身，向兰德敬礼，但他的表情没有丝毫改变。兰德第一次看见他的时候，他的嘴角就挂着冷笑。“真龙陛下。”他的话里带着塔拉朋口音，那种语气就像是在问候一个平辈的人，或者对晚辈表达关怀。然后他又傲慢地鞠了一躬，似乎是同时在向兰德和他身后的霍普维与达西瓦致意。“祝贺你征服伊利安，那是一场巨大的胜利，不是吗？我们应该为此喝上一杯，但这名年轻的……献心士……似乎听不懂命令。”

在帐篷的一角传来轻微的铃声，那是那瑞玛系在两根黑辫子末端的银铃。那瑞玛已经被南方的阳光晒黑了，但他身上有些东西并没有改变。他比兰德年长，但他的面孔看起来比霍普维更年轻。现在他的面颊上映出两团红晕，那是因为气愤，而不是羞窘。新获得的剑徽让他感到骄傲，那种骄傲是平静的，但很深刻。托沃向他微微一笑，那种迟缓的微笑中有开心，也有危险。达西瓦也笑了，短暂的一个笑声之后，他的脸上没有了任何表情。

“你来这里干什么，托沃？”兰德问道。他将真龙令牌和手套扔到地图上面，然后又放下了剑带和剑。托沃没有理由研究这些地图。兰德的怀疑已经和路斯·瑟林的声音无关。

托沃一耸肩，从外衣口袋里拿出一封信，交给兰德。“米海峨的信。”那张信纸雪白厚实，椭圆形的蓝色蜡封闪烁着点点金色，上面印着一条龙。任何人都会以为这是转生真龙的印记。泰姆的确把自己看得很高。“米海峨让我告诉你，那些关于两仪师在莫兰迪组建了一支军队的事情是真的，有谣言说他们是反抗塔瓦隆的叛徒……”托沃的冷笑变得更深了，他显然不相信这种谣言，“……但她们正在向黑塔进军，很快她们就会变成我们的危险，不是吗？”

兰德用指尖将那个华丽的蜡封捏碎。“他们要来凯姆林，而不是黑塔，她们不是威胁。我的命令很清楚。不要去管两仪师，除非她们主动攻击你。”

“但你怎么能确定她们不是威胁？”托沃仍然在坚持，“也许你说得对，她们只是要来凯姆林，但如果你错了，我们将无法及时做好准备。”

“托沃也许是对的，”达西瓦若有所思地插口道，“我可不会信任曾经把我放进箱子里的女人。况且她们也没有发过誓。她们确实没有发过誓吧？”

“我说了，别管她们！”兰德猛地一拍桌子。霍普维吓了一跳，达西瓦愤怒地皱了一下眉头，又急忙抹去这个表情，但兰德对达西瓦的情绪没有兴趣。他的手在不经意间（他确信那是不经意的）按在了真龙令牌上。他的手臂颤抖着，渴望着拿起这根短枪，刺穿托沃的心脏。他已经完全不需要路斯·瑟林提醒了。“殉道使是一件服从我命令的武器，而不是一只老母鸡，每次泰姆被几个聚在同一家客栈里吃饭的两仪师吓坏了的时候，就扑闪着翅膀到处乱蹦。如果有必要，我会回去，说明一切。”

“我相信你没有必要这样做。”托沃立刻就说道，这次他嘴角上嘲讽的笑容终于消失了。他的眼睛里露出紧张的神色，局促不安地摊开双手，几乎变成了像是要道歉的样子。很显然，他是害怕了。“米海峨只是想告诉你这件事。在每天的晨训中诵读过信条之后，你的命令也会被大声诵读。”

“这很好。”兰德仍然让自己的声音保持着冷静，克制着心中的怒火。这个家伙害怕的是他爱戴的米海峨，而不是转生真龙。他害怕如果因为他而让兰德将怒火倾泻到泰姆的头上，泰姆会认为他办事不力。“如果，你们之中的任何人妄图靠近那些现在还在莫兰迪的女人，我会杀死他。你就带这句话回去吧。”

托沃僵硬地鞠了一躬，喃喃地说道：“听从你的吩咐，真龙陛下。”他露出牙齿，像是想笑一下，但他无法止住鼻子的颤抖。他竭力避免去看旁人的眼睛，竭力避免去看一切。达西瓦又发出另一个笑声，霍普维的嘴角也微微翘了起来。

但那瑞玛并没有因为托沃的困窘而高兴，他完全没有注意到这些。他眼也不眨地看着兰德，仿佛他感觉到了兰德内心汹涌的暗流——而别人都没有注意到这一点。大多数女人和相当多数量的男人都以为那瑞玛只是个男孩，但那双大得出奇的眼睛，似乎比别人能看到多得多的东西。

兰德从真龙令牌上抬起手，打开那封信。他的双手颤抖得不算厉害。托沃虚弱地微笑着，糟糕的心情让他什么都没有注意到。那瑞玛靠在帐篷壁上，轻松地动了动身子。

这时，饮料送到了。波琳妮走在最前面，身后跟着一整个仆从队伍，分别穿着伊利安、凯瑞安和提尔的宫廷制服，用银托盘托着热调味酒和香料酒，还有玻璃高脚杯，和其他各种东西。一个穿着黄绿色制服、粉红面颊的家伙端着接水的盆；另一名穿金黑色衣服的黑皮肤女人，提着洗脸用的热水罐。他们还拿来了各种干果和水果、奶酪和橄榄，每一名仆人捧着一样。在波琳妮的指挥下，仆人们如同舞蹈一般，鞠躬、行屈膝礼，逐次奉上他们带来的东西。

兰德要了一杯香料酒，一跳坐在了桌子上，将热气腾腾的酒杯一口未动便放在一旁。似乎他的全部精神都集中在那封信上。那封信没有题头，也没有任何导言，泰姆痛恨以任何头衔称呼兰德，虽然他在竭力隐藏这个事实：

> 我很高兴地向你报告，现在黑塔已经有了29名殉道使、97名献心士和322名士兵。不幸的是，有几个人逃掉了，他们的名字已经被除去。训练中也有一些损失，不过还是可以接受的。
>
> 现在，我会确保随时都有50支征兵队在各地行动，所以现在每天都会有三四个新人加入黑塔。几个月之内，黑塔的规模就能与白塔相当，就像我说过的那样。只要一年，白塔就会因为我们的数量而颤抖。
>
> 我亲自收割那些黑梅。那只是一小丛黑梅树，枝叶间生满了利刺，但其中有许多令人惊讶的硕大果实。
>
> 马瑞姆·泰姆

兰德神情冷峻地将那些……那些黑梅树……推出脑海。该去做的，就一定要去做，这个世界都要为他的存在而付出代价。他会为此而死亡，但整个世界都要付出代价。

还有很多事值得担心。每天三四个人？泰姆很乐观。确实再过几个月，能够导引的男人数量就会超过两仪师，但每一名两仪师都必须经过多年的训练。而这些训练中，有相当一部分是如何克制一个能够导引的男人。兰德不希望殉道使和两仪师之间发生任何冲突，那样的话，两仪师知道她们要对付什么样的人，殉道使则不然，而流血与悔恨将是这种冲突唯一的结果。无论泰姆怎么想，殉道使不是针对白塔成立的。不过，如果能逼迫塔瓦隆谨慎行事，也会为兰德提供许多便利。一名殉道使只需要知道如何杀人。如果时间和地点正确，如果他们能够活得足够长，那这就将是他们的人生。

"有多少人逃走，托沃？"兰德平静地说道。他拿起酒杯，喝了一口，仿佛托沃的回答对他无足轻重。酒有些太烫了，里面的姜、甜穑蕊和豆蔻让他的舌头有些发苦。"训练中又损失了多少人？"

托沃揉搓着双手，挑起一道眉弓，选择着这些酒，显示出一副对这些酒了然于胸的样子，又好像很惊讶这里竟然会有这样的好酒——他正在让自己恢复镇定。达西瓦接受了第一名仆人奉上的酒，却只是对螺旋形高脚杯中的酒浆怒目而视，仿佛那里面盛着的只是脏水。托沃若有所思地侧过头，向一个托盘指了一下，但他对兰德的回答却像是早已准备好了一样。"到现在一共有 19 个人逃走，米海峨下令只要找到他们就立刻执行死刑，并将他们的头颅带回来，以示警告。"他从托盘中拿起一块糖梨，将它塞进嘴里，愉快地微笑着。"现在已经有三颗脑袋成为叛徒树上的果实了。"

"很好。"兰德不带表情地说。现在逃跑的人以后也会逃跑，他们的生存只能取决于他们是否能坚持下来，绝对不能让他们再按照自己的意志活下去。如果那些躲在树林里的人全部逃走，他们的危险也比不上一个在黑塔中接受训练的人。叛徒树？泰姆在控制人心上确实是个强人。但聚集人心更需要华丽的装饰、徽号和头衔，比如黑色的外衣和徽章，直到该他们死亡的时候。"下一次我去黑塔的时候，我想看见所有逃跑者的人头。"

第二块糖梨刚被托沃送到嘴边，却从他的指头里掉下去，弄脏了他的华丽外衣。"如果要在这个工作上加派人手，也许会影响征召新兵的工作。"他缓缓地说道，"毕竟那些逃跑的人都藏起来了。"

兰德直视着托沃的眼睛，直到托沃低垂下目光。"训练损失了多少人？"他问道。尖鼻子的殉道使犹豫着，"多少人？"

那瑞玛向前倾过身子，专注地看着托沃，霍普维也是一样。仆人们仍然进行着他们无声的舞蹈，将一样样美酒佳肴递到已经不再看它们一眼的人面前。波琳妮在为众人斟满酒杯的时候，特意向那瑞玛的香料酒中加进了更多的热水。

托沃故作轻松地耸耸肩：“一共损失了 51 个，13 人毁断，28 人死亡，其余的……米海峨在他们的酒里加了一些东西，他们就没有醒过来。”他的声音突然变得充满了怨毒。“那都是突然就出现了，可能在任何时间。有一个人在来黑塔的第二天，就尖叫着有蜘蛛在他的皮肤下面爬。”他向那瑞玛和霍普维露出充满敌意的微笑，那微笑几乎也是对着兰德的。不过，他说话的对象仍然只是两名殉道使。“你们明白吗？不必担心你们会疯掉，你们不会伤害你们自己，或者你们的灵魂，你们只会睡着……永远。这比驯御要仁慈得多。即使我们已经知道了结局。比让你们疯掉、被割断喉咙要仁慈得多，对不对？”那瑞玛也在盯着托沃，精神如同琴弦一般勒紧，甚至忘记了他手中的酒杯。霍普维这次终于对着他能看见的东西皱起了眉。

“仁慈！”兰德冷冷地说。他将酒杯放在身边的桌上。酒里加了某些东西。*我的灵魂已经被血浸黑了，已经被诅咒了。*这不是一个令人痛苦的想法，不苦涩，也不疼痛，只是一个简单的事实。“任何人都想得到仁慈，托沃。”

残忍的笑容从托沃的脸上褪去，他的喘息变得有些困难。比例很简单，十个人里有一个人被毁掉，五十个人里有一个人疯狂。还会有更多的人来。日子还早。只有到了死亡的那一天，你才会知道究竟是你战胜了疯狂，还是疯狂战胜了你。托沃也同样背负着这个威胁。突然间，兰德察觉到了波琳妮的异样。又过了一会儿，他才意识到波琳妮的脸上是怎样的表情，不由得咽下要说出口的冰冷的话。波琳妮怎么敢可怜他们！难道她以为塔拉蒙加顿可以不需要流血就能取胜？在龙之预言里，血会像雨一样淹没大地！

“出去。”兰德对波琳妮说。波琳妮召集起仆人，她在带领仆人走出帐篷的时候，眼睛里仍然流露出怜悯的神情。

兰德向周围扫视了一圈，想要找一些东西来改变一下帐篷里的气氛，但他什么都没有找到。怜悯像恐惧一样会让人软弱，而他们必须坚强。为了能战胜他们必须战胜的，他们必须变成钢铁。他们是他造成的，是他的责任。

那瑞玛望着从酒杯中升起的蒸汽，陷入思绪里。霍普维只是望着帐篷外的某个地方。托沃瞥着兰德，努力让那种轻蔑的笑容回到自己的嘴角上。只有达西瓦似乎丝毫没有受到影响，他抱着手臂，审视着托沃，就像在审视着一匹待售的马。

就在这片痛苦的寂静中，一名高大健壮、被风吹乱了头发的年轻人冲进了帐篷，他穿着黑色外衣，衣领上别着剑徽和龙徽。费德文·毛尔的年纪和霍普维差不多，在大部分地方，他这个年纪都还不到结婚的岁数。他的身上散发出强烈的精明与警惕，迈步的时候，他只用脚尖着地，那样子就像是一只狩猎的猫知道自已变成了猎物。就在不久以前，他还不是这种样子。“霄辰人很快就要从艾博达展开行动了，”他一边敬礼，一边说道，“他们的下一个目标就是伊利安。”霍普维愣了一下，吁了一口气，晃晃头，暂时从他的凝望中回转过来。达西瓦的反应仍然是笑，只是这次他的笑容相当阴森。

兰德点点头，拿起真龙令牌，他拿着这样东西就是为了记住霄辰人。霄辰人在以自己的节律起舞，而不是他所希望的节律。

兰德还没有张口，托沃却先说话了，他又找回了那一丝冷笑，并且轻蔑地挑起一道眉弓。“这是霄辰人告诉你的吗？”他带着嘲讽的语气说，“或者你学会了解读取别人的思想？让我告诉你一些事吧，男孩。我曾经与阿玛迪西亚人和阿拉多曼人作战，没有任何一支军队在占据一座都市以后，会立刻进行千里行军！而且艾博达到这里还不止一千里！难道你以为他们能够穿行？”

毛尔看着托沃嘲笑的眼睛，他的一根拇指捋过长剑柄，除此以外，看不出他是否感觉到任何不安。“我的确和他们之中的一些人谈过话，大多是塔拉朋人。每天都有愈来愈多的军队乘船过来。”他走过托沃身旁，来到桌边，冷冷地看了那名塔拉朋人一眼。“每当有人用那种泥浆一样黏糊的口音说话的时候，所有人做事的速度都会加快。”托沃恼怒地张开嘴，但毛尔只是加快了说话的速度。他说话的对象是兰德。“他们正派遣士兵沿温耐山脉前进，五百人一队，有时候是一千人一队，前锋已经到达亚朗首。他们买下和征用了艾博达二十里格范围内的所有马车和大车，还有牲口。”

“大车！”托沃喊道，“马车！他们想要开市集吗？有哪个傻瓜会在大道通畅的时候，把军队派到山里去？”他注意到兰德在看他，便止住说话，并且有些犹疑地皱了皱眉。

“我告诉过你要保持低调，毛尔。”兰德故意让声音中流露出一些怒气。他从桌上跳下来，让这名年轻的殉道使不得不后退几步。“不要去询问霄辰人的计划，只要观察，保持低调。”

“我很小心，我没有戴我的徽章。”毛尔的眼睛仍然看着兰德，仍然是那种猎人与猎物兼具一体的眼神。如果兰德感觉不到至上力，他会以为毛尔正握持着阳极力，竭力在享受阳极力所赋予的强大生命的同时，挣扎着生存下去。他的脸似乎是想要流汗的样子。“和我交谈的人都没有说出他们要去哪里，我也没有问，但他们在喝过一杯淡啤酒以后，就都开始抱怨不停地行军，从没有能停下来的时候。在艾博达，他们用最快的速度喝干那座城市里所有的淡啤酒，因为他们说很快就必须继续行军了。他们在集结各种车辆，就像我说的那样。”毛尔一口气地说完这些话，然后猛地咬紧牙关，好像要把更多的话吞回去一样。

兰德突然露出了微笑。他拍拍毛尔的肩头：“你做得很好。只要能探听到那些车辆的讯息就足够了，但你做得非常好，车辆是非常重要的情报。”他转向托沃。“一支军队要在沿途补充供给是非常不可靠的，那有可能导致行军的失败。”托沃听到霄辰人在艾博达的时候，眼皮都没有动一下。如果黑塔已经得到这个讯息，为什么泰姆没有告知他？兰德希望自己的微笑中没有凶狠的表情。“安排给养是一件很困难的事，但必须为牲畜准备好足够的饲料，为人准备好足够的粮食。霄辰人会把一切都组织好。”

他搜检着地图，找出他要的那一张，在桌面上摊开，用佩剑和真龙令牌压好地图的两端。从伊利安到艾博达的海岸展现在他的眼前，这一带的沿海大多都是丘陵和山脉，只有零星几个渔村和小镇分布在海边。霄辰人确实善于组织，只是一个星期的时间，艾博达已经成为他们的基地。商人们的眼线都报告说城市的恢复工作进展神速。清洁的病房被建立起来收容病患。穷人和从内地来的难民都被分配到工作和食物，街道和城市周围的郊野日夜有部队巡逻，居民不必担心受到强盗匪徒的侵害。商人们受到欢迎，但走私活动遭到严重打击，几乎消亡。那些诚实的伊利安商人们对于走私活动的消亡，表现出了令人惊讶的沮丧。霄辰人做这些事的目的是什么？当兰德审视地图的时候，其他人都聚集到了桌子旁边。沿海岸几乎没有什么大路，只有一些细碎的线条标示出仅能通行一辆牛车的道路。宽阔的贸易大道位于内陆，避开了恶劣的地形和风暴海的威胁。“如果军队从这些山地发动袭击，任何人都将难以使用内陆大道，”兰德最后说道，“只要控制着这些山脉，他们就能让这些大道像城市里的街道一样安全。你是对的，毛尔，他们的目标是伊利安。”

托沃用拳头拄着桌面，瞪着毛尔，毛尔的正确证明了他的错误，也许在托沃的辞典里，这是一个无法饶恕的罪行。“即使是这样，他们也要几个月以后才能给你制造麻烦，”他沉着脸说，“只要在伊利安配置一百名殉道使，或者五十名，就能在任何人走过这些路以前，毁灭世界上的任何一支军队。”

“我怀疑毁灭一支有罪奴的军队和伏击艾伊尔人一样难。”兰德平静地说道。托沃哼了一声。“而且，我必须守卫整个伊利安，而不止是这座城市。”他没有再理会托沃，而是伸手指在地图上划了一道线。在亚朗首和伊利安城之间有大约一百里格的水面，卡鲍海沟就在这里，伊利安的船长们都说，在这里，只要是离岸一里的地方，即使是他们最长的测水线也探不到海底。这里的海面上会掀起五十尺高的巨浪，向北一直冲上海岸，船只在这种巨浪中将轻易被吞没。而现在这个季节，正是这里的海水发狂的时候，如果行军绕过这条海沟，那么即使最短的线路到达伊利安城也有两百里格。但即使有暴风雨的阻碍，从亚朗首出发的霄辰人也可以在两个星期之内到达伊利安边境，也许还用不了这么多时间。最好在他选择的地方作战，而不是他们选择的地方。兰德的手指沿海岸向阿特拉划去，沿着温耐山脉，直到艾博达附近的丘陵。五百人一队，一千人一队，如同一串洒落在群山中的水珠。一次用力的打击会让他们都滚回到艾博达，甚至将他们钉死在那里，让他们只能猜测他要干什么。或者……

“还有一些事情，”毛尔突然再次快速地说道，“那里的人都在谈论某种两仪师武器。我找到了它被使用的位置，就在离城几里的地方，那里的地面仿佛被烈火焚烧过。中心的九百尺范围内只剩下了光秃秃的地面，周边也都被烧成了焦炭，沙子熔化成为一片片玻璃。那里的阳极力是最严重的。”

托沃不屑地挥挥手：“那座城市被攻陷的时候可能有两仪师在附近，对不对？或者也许那是霄辰人自己干的。一个拿着法器的两仪师能……”

兰德打断他：“你是什么意思？那里的阳极力是最严重的？”达西瓦挪动了一下，用奇怪的眼神看着毛尔，伸出手，仿佛要抓住这个年轻人一样。兰德粗鲁地挡开达西瓦的手。“你是什么意思，毛尔？”

毛尔盯着兰德，紧闭双唇，用拇指捋着剑柄，他体内的热量仿佛随时要爆发出来，现在他的脸上真的出现汗水。“阳极力……很奇怪，”他嗓音沙哑地说道，随后，他的话仿佛是一个一个字从他的口中爆出来，“阳极力在那里最严重……我能……感觉到……它就在我周围的空气里。但奇怪的是，艾博达周围到处都有阳极力，即使是一百里之外也还有，我必须与它对抗。那和正常状况不一样，完全不同，阳极力好像是活的。有时候……有时候它并不按照我想的去做，有时候它会做些别的事。它确实是那样的。我没有疯！它就是那样！”

风变强了，用力摇撼着帐篷，毛尔不再说话。那瑞玛猛地抬起头，他辫子上的银铃随之响起，但之后就没有了声音。

“这不可能，”在一片静寂中，达西瓦以极低的声音嘟囔着，“这不可能。”

“有谁知道什么是可能的？”兰德说，“我不知道！你又知道了吗？”达西瓦惊讶地抬起头。但兰德已经转向毛尔，用和缓的声音说：“不要担心。”他的声音其实不算和缓，现在他做不到这一点，但至少其中带着鼓励——至少他希望如此。他们是他创造的，是他的责任。“你们将与我在最后战争中并肩作战，我保证。”

那个年轻人点点头，又用手抹了一下脸，很惊讶自己的面颊竟然湿了。他瞥了一眼托沃，托沃现在沉寂得仿佛一块石头。毛尔也知道那种酒吗？与其他的结局相比，那是一种仁慈，小小的、充满苦涩的仁慈。

兰德拿起泰姆的信，将那张纸折叠起来，塞进外衣口袋里。五十个人里有一个会疯狂，还会有更多的人，毛尔是下一个吗？达西瓦肯定已经快了。霍普维的凝视似乎并非那么简单，还有那瑞玛的沉默。疯狂并不总意味着尖叫说有蜘蛛在身上爬。他曾经小心地问过，如何清除阳极力中的污染，却只得到一个谜语般的答案。虽然他知道那个答案不会有错。荷瑞得·菲告诉他：“正确的原则，同样存在于形而上学和形而下学中。”但他不知道该如何用这个答案解决问题。菲之所以被暗杀，是不是因为他已经解开了这个谜？兰德对于这个答案有一点线索，或者他认为他有，一个可能完全是错误的猜测。猜测和谜语并不是答案，但他必须做些什么。如果污染不能清除，在塔拉蒙加顿到来以前，这个世界就已经被疯狂的男人毁掉了。该去做的事，就一定要去做。

“这真是令人惊讶，”托沃用几乎是耳语的声音说道，“但怎么可能有人……除了造物主和……”他的声音在不安中消失了。

兰德并没有意识到自己已经大声说出了想法。那瑞玛、毛尔和霍普维都望向他，眼睛里突然闪烁出希望。达西瓦仿佛被狠击了一下。兰德希望自己没有说得太多，有一些秘密必须隐瞒，包括他下一步要做的事情。

随后兰德下达了简短的命令。霍普维向他的坐骑跑去，他要赶到山脊那里，向贵族们发布命令。毛尔和达西瓦要去找到弗林和其他殉道使。托沃将穿行回到黑塔，带去给泰姆的命令。那瑞玛是最后一个接获命令的。兰德一边想着两仪师、霄辰人和武器，一边将他派遣出去，最后还不忘认真地叮嘱这名年轻人要守口如瓶。

“不要告诉任何人，”兰德用力握住那瑞玛的手臂，低声说道，“不要辜负我，一丝一毫都不要。”

“我不会失败的。”那瑞玛不眨一下眼地说道。迅速地敬过礼之后，他也离开了。

危险，一个声音在兰德脑海中对他耳语，哦，是的，非常危险，也许太危险了。但这也许有用，也许。不管怎样，现在你必须杀死托沃，必须。

维蓝芒走进九人议会帐篷，他将瑞格林和托墨朗挤到了身旁，而瑞格林和托墨朗则竭力要将罗杉娜和赛玛拉迪挤到一旁。他们争先恐后地告诉兰德，树林里的人最终做出了明智的决定。他们看见兰德开始大笑，直到眼泪从面颊上滚落。路斯·瑟林回来了，或者他真的已经疯了。不管怎样，这都值得笑上一场。

匕首之路

罗伯特·乔丹（Robert Jordan）著　The Path of Daggers

李镭 译

下

中国出版集团
東方出版中心

目录

时光之轮8：匕首之路（下）

第 15 章

比写就的律法更强

在深夜冰冷的黑暗中，艾雯昏沉沉地从得不到休息的睡眠和困扰的迷梦里醒过来。更让她困扰的是，她已经想不起那些梦了。她的梦在脑海里一直都是清晰的，清晰得就好像印在纸上的铅字，但那些梦却只给她留下了黑暗和恐惧。最近她做了太多这样的梦，它们让她只想逃跑、想躲避，却完全无法记起她要逃避的是什么，只是一直感到不安和犹疑，还有颤抖。不过至少她现在没有头痛，至少还能回忆起那些她知道一定有重要意义的梦，虽然她至今也无法解读它们。兰德戴着不同的面具，但突然间，一副假面不再是面具，而变成了他本人。佩林和一名匠民疯狂地用斧子和长剑在荆棘丛中砍杀出一条路，却不知道悬崖就在他们前面，那些荆棘发出人声般的尖叫，他们却充耳不闻。麦特用一架巨大的天平称量两名两仪师，而他所用的砝码……艾雯说不出那是什么，一种非常非常巨大的东西，也许是整个世界。艾雯还做了其他的梦，大多数都带着痛苦的成分。最近，她所有关于麦特的梦都是苍白而且充满了痛苦，就如同噩梦投下的影子，那些梦几乎在表示麦特本人已经不再真实存在了。这让艾雯为麦特感到害怕，她非常后悔让麦特去艾博达。还有可怜的老汤姆 · 梅里林。而且，艾雯确信，那些她想不起来的梦更加可怕。

吵醒艾雯的是一阵低微的争辩声。满月挂在空中，洒下的光亮足够让她看清那两名在帐篷入口处彼此瞪视的女子。

“那个可怜人已经头痛了一整天，她晚上几乎得不到什么休息。”哈丽玛压低了声音，但语气十分激烈。她将双拳叉在腰间：“有什么事等明天早上再说吧。”

“我来这里不是为了和你吵架。”史汪的声音如同寒冬一般，她用一只戴手套的手将斗篷甩到身后，好像是要打架一样。她的穿着正符合现在的天气，结实的羊毛衣裙里面，无疑套着她能找到的所有衬裙。“你站到一边去，快点，否则我就把你的肠子抽出来做鱼饵！穿点庄重的衣服！”

哈丽玛轻笑一声，挺直了腰杆，更加坚定地挡住了史汪的路。她只穿着一件贴身的白睡袍，但现在她的样子已经够庄重了。不过令人奇怪的是，她只穿着这么薄的一件丝衣怎么不觉得冷。三角火盆里的木炭早已经熄灭，这座修补过多次的帐篷和铺在地上的几层地毯也保存不了多少热量。那两个女人呼出的气都变成了白雾。

艾雯掀开毯子，疲倦地在窄床上坐起身。哈丽玛是一个不简单的乡下女人，她似乎经常意识不到自己和两仪师的身份差别。实际上，以她的身份而言，她几乎应该听从这里的每一个人，但即使和宗派守护者说话的时候，她也像是在和村子里的主妇们聊天。那种笑声、平等而视的眼神，还有毫不做作的坦率着实令人震惊。史汪则是整天忙着为那些女人让路，而仅在一年以前，那些女人还对她俯首帖耳，唯命是从。现在仍然有许多人将白塔的这场灾祸都归罪到史汪的头上，认为史汪受的苦并不足以抵偿她犯下的罪过。任何还剩下一点骄傲的人，肯定都会对此感到深深的刺痛。现在这两个人碰在一起，就像把一盏油灯扔进了照明者的马车，艾雯只希望能够避免一场爆炸。而且，除非必要，史汪不会在深夜来找她。

“回到床上去，哈丽玛。”艾雯压抑住一个哈欠，弯腰从床下摸出鞋袜。她没有导引至上力将灯点亮，最好不要让别人注意到玉座醒来了。“去吧，你需要休息了。”

哈丽玛表示反对，即使是对玉座猊下，她的语气还是那么强硬。不过没过多久，她就回到自己那张被塞进这座帐篷里的小床上。这座帐篷里没有多少可以转圜的空间，除了两张床以外，这里还有一个盥洗架、一面立镜和一把真正的扶手椅，再加上四只绑在一起的大箱子。这些箱子里放着宗派守护者们源源不断提供给艾雯的衣服。她们并没有意识到，虽然艾雯还很年轻，但她还没有年轻到会被丝绸和缎带迷住的程度。哈丽玛在床上蜷起身，在黑暗中睁着眼睛。艾雯匆忙地用一把象牙梳梳过头发，又戴上厚实的手套，在睡袍外面披上了一件狐狸皮镶边的斗篷。她穿着一件厚羊毛睡袍，在这样的天气里，她不介意穿得更厚一些。哈丽玛的眼睛仿佛映射着月光，在黑暗中闪闪发亮，一眨也不眨。

艾雯不认为这个不拘小节的女人会因为自己是玉座身边的人而得意忘形，而且，光明在上，她竟然不喜欢传闲话。但哈丽玛对任何事情都有一种天真的好奇心，不管那是否与她有关，所以艾雯决定最好换一个地方和史汪谈话。现在所有人都知道史汪在某种形式上已经完全倒向艾雯，这件事让很多人非常不高兴；也有一些人对此感到有趣，或者是可怜。史汪·桑辰，这个曾经是玉座猊下的人，现在却只能为另一个顶着这个名号的人担任随从，而那个人只不过是一个傀儡。等到评议会内部争夺傀儡线的战争一结束，她就再不会有半点自主的余地了。史汪咽下了所有对她的怨恨，同时还无私地向那些怨恨她的人提供各种建议，虽然那些人因为各种原因，从不把这些建议归功于史汪。同时，她还在尽力承受着别人的怜悯和讥笑。所有人都相信史汪经历过的一切，让她的内心像外表一样有了巨大的改变。必须让人们保持这样的观念，否则罗曼妲和蕾兰，很可能还有评议会中的其他人，肯定会想方设法将史汪和她的建言从艾雯身边排除掉。

一走到帐篷外，冷风立刻拍到艾雯脸上，涌进她的斗篷里。艾雯的睡袍就像哈丽玛的一样挡不住多少风寒，尽管她穿着牢固的羊毛里皮鞋，双脚仍如赤裸地踏在冰冷的地面上。冷风缠绕着她的耳朵，拨弄着兜帽上浓密的皮毛镶边，这让艾雯想念起温暖的床褥。她忽略掉身边的冰冷，将能找到的一切注意力集中起来。乌云在天空中翻卷，月影滑过微微闪烁的白色地面，大地铺上了一层平滑的雪毡，只有帐篷和更高的帆布篷马车的一团团黑影突出在其上，那些马车现在都用长木栓锁住了车轮。有许多马车并没有拉到远离帐篷的地方排列起来，它们被放在卸货的地方，也没有人去催促马车夫们把马车赶走。除了那些缓缓飘移的苍白月影之外，没有任何东西移动。穿过营地的宽阔道路上看不见一个人影，艾雯几乎不敢打破这种清冷而深沉的静寂。

“什么事？”她一边轻声问着，一边警觉地瞥着她的仆人琪纱、茉丽和赛勒梅居住的小帐篷，那顶帐篷像其他的帐篷一样黑着灯。疲劳如同一张厚重的毯子，和大雪一起覆盖了这座营地。“我希望不会再是家人被她们发现之类的事情了。”说完这句话，她恼怒地一啧舌。她在冷风中的马鞍上度过太长的时间，又没有得到任何真正的睡眠——否则她不会说这种话。“我很抱歉，史汪。”

“不需要道歉，吾母。”史汪也压低了声音。她一直环视着四周，像担心有人潜伏在那些影子里，窥看着她们。她们两个人本来都还没有做好准备，将家人的事告诉评议会。“我知道我应该预先告诉你，但那似乎只是一件小事。我从没有想到那些女孩会和她们之中的人交谈。有太多的事情要对你说，我只能拣选其中真正重要的。”

艾雯努力压下一声叹息。史汪几乎是在向她道歉了，最近史汪不止一次向她道过歉。史汪要将她超过二十年的两仪师生涯，以及超过十年的玉座生涯中得到的经验，在几个月里灌输给艾雯。有时候，艾雯觉得自己就是一头正在被填肥的菜鹅。“好吧，今晚有什么重要的事？”

“加雷斯·布伦正在你的书房等你。”史汪没有提高声音，但仍流露出一种激动的情绪，就像她每一次提到布伦爵士一样。她愤怒地将兜帽罩在头上，发出一个很像是猫吐唾沫的声音。“那个男人带着满身的雪花就进来了，把我从床上揪起来，几乎没有给我时间穿衣服就把我拉到他的马鞍后面。他什么都没有对我说，只是把我扔在这座营地边缘，要我叫你出来，就好像我是个小女仆一样！”

艾雯用力压下心中一个升起的希望，现在已经有太多失望了。无论是什么，让布伦必须在深夜来找她，那很可能只是另一场灾难，而不是艾雯所想要的。他们距离安多的边界还有多远？“让我们看看他想要什么。”她拉紧斗篷，向那顶被所有人称作玉座书房的帐篷走去。她没有颤抖，但是拒绝让寒暑碰触自己并不代表能赶走它们；你只能忽略它们，直到你的脑浆被太阳烤熟，或者手脚被寒霜冻裂。艾雯这时想起了史汪刚才说的话。

“你没有睡在自己的帐篷里？”她小心地问道。史汪现在是布伦爵士的仆人——一种非常奇特的主仆关系。艾雯只希望史汪不会因为她顽固的骄傲而让布伦爵士占尽优势。她无法想象这两个人的这种关系，但就在不久之前，她还根本无法想象史汪能接受现在这种形势。直到今天，她也不明白这是为什么。

史汪重重地哼了一声，因为踢到自己的裙摆而差一点栽倒在地上。积雪被无数只脚踏过以后，很快就变成了粗糙的冰面。艾雯必须谨慎地择路而行。每天都有人跌断骨头，让风尘劳顿的姊妹们不得不对他们进行治疗。她一只手松开斗篷，向史汪伸过去，史汪挽住她的手臂，和她相互扶持，同时嘴里嘟囔着。

“等我清理过那个男人的备用靴子和第二副马鞍以后，天已经太黑了，我没办法冒雪回来。他只不过给了我几床毯子和帐篷的一个角落，而且还要我自己把毯子从箱子里挖出来！他却跑到不知道什么地方去了！男人都是一种考验，这个男人就是最可怕的考验！”然后，她又毫不停顿地改变了话题。“你不应该让那个哈丽玛睡在你的帐篷里，那样你就不得不戒备她的耳朵，她很喜欢四处乱看。如果你没有在走进帐篷的时候看见她正和一名士兵调情,那你的运气就已经很好了。”

“我很高兴黛兰娜能让哈丽玛跟我一起过夜，”艾雯坚定地说，“我需要她，除非你以为妮索的治疗能对我的头痛更有效一些。”哈丽玛的手指似乎能从艾雯的头皮下将疼痛抽走，如果没有她的按摩，艾雯将完全无法入睡，而妮索的努力却对艾雯毫无效果。在所有的黄宗姊妹里，艾雯只敢让她为自己治疗头痛，至于其他人……艾雯让自己的声音变得更加严厉："我很惊讶你还会听信那些闲话，吾女。男人喜欢看一个女人，并不代表那女人在勾引男人，这一点你自己也应该很清楚。我看见过不少男人都在盯着你，向你投来别有用意的笑容。"艾雯觉得，现在用这种威严的语调说话比原先更容易了。

史汪惊讶地瞥了艾雯一眼。过了一会儿，她低声道了歉，那也许是她真心的致歉。不管是否真诚，艾雯接受了这个道歉。布伦爵士让史汪的脾气变得很糟糕，于是哈丽玛就变成了替罪羊。艾雯觉得自己的这次反驳做得不错。史汪曾经告诉过她，不应该有任何无原则的忍受，而在所有人之中，她尤其不能对史汪有这种容忍。

她们手臂挽在一起，沉默地向前走着。寒冷冻结了她们的呼吸，渗透进她们的肌肤，这场雪是一场灾难，也是一个教训。艾雯的耳边仍然回响着史汪所说的那种非预期因果律，那是比任何写就的律法更强的律法。*不管你所做的，是否对你想要的结果产生了影响，它至少会有三个变化是你绝没有预料到的。而基本上，至少其中一个变化是你所不想见到的。*

第一，连绵的雨水带来了极度的震惊。艾雯告诉过评议会，风之碗已经被找到，并被使用过。这几乎相当冒险，让评议会知道艾雯和伊兰通过特·雅兰·瑞奥德都谈了些什么。在艾博达发生了太多事情，以至于影响到她在这里薄弱的根基，现在她的地位已经非常不稳定了。当第一滴雨水落下的时候，人们爆发出了狂热的喜悦。那一天，他们在中午时分就停止行军，人们架起大篝火，在细雨中狂欢。姊妹们都在祈祷，感谢造物主，而仆人和士兵们跳起了各样舞蹈，就连一些两仪师也加入了舞蹈者的行列。但几天以后，细雨变成了倾盆大雨，然后又是豪雨暴风，温度直线下降，暴风雨变成了暴风雪。现在，原先一天能够走完的路程需要五个不下雪的白天才能走完。如果下雪的话，他们就完全动弹不得，无论艾雯怎样咬牙切齿也是无济于事。不管这件事会有三个非预期因果变化还是更多，这场雪也许还远远不及她最不想见到的结果。

当她们走近那座被称作玉座书房、有补丁的小帐篷时，一个影子在一辆高马车旁边动了一下。艾雯立刻停止呼吸。那个影子变成人形，她摘下兜帽，露出莉安的面孔，又立刻将兜帽戴了回去。

"她会为我们放哨。"史汪轻声说。

"很好。"艾雯喃喃地说道。史汪应该预先告诉她的，她还以为藏在这里的会是罗曼妲或蕾兰！

玉座的书房里很黑，但布伦爵士耐心地站在里面等待着，他的全身裹在斗篷里面，如同阴影中的阴影。艾雯拥抱了真源，开始导引。她没有点亮帐篷顶部中心处的油灯或帐篷里的蜡烛，而是制造出一个白色的小光球，悬浮在被她用来当书桌的折叠桌上。这个球很小，光线很暗，从帐篷外面应该看不出来。而且只要她一个念头，它立刻就会熄灭。她不能被别人发现自己在这里。

白塔的历史上有大权独揽的玉座，有和评议会势均力敌的玉座，也有像她一样没什么权力的玉座。有些极端的时期，玉座的权力甚至比现在的她还要小。这些都被隐藏在白塔的秘密史籍中。有一些玉座白白浪费了手中的权力和影响力，由强势转为弱势；但在超过三千年的时间里，绝少有玉座能够从权力的低谷攀上巅峰。艾雯非常想知道麦芮雅姆·珂班和其他屈指可数的几位玉座，是如何做到这一点的。但即使真的有人将那时发生的事情记录下来，那些纪录也早已佚失了。

布伦尊敬地一鞠躬。对于艾雯的谨慎，他没有表示出丝毫惊讶，他知道艾雯与他秘密会面要冒多大的风险。艾雯相当信任这名身体强健、面带风霜、满头灰发、神情坦然的男人，不仅是因为她必须信任他。布伦披着厚重的红色羊毛斗篷，用貂皮镶边，上面绣着塔瓦隆之火，这是评议会送给他的一件礼物。但在过去的几个星期里，他已经许多次清楚地表明——无论评议会怎么想，艾雯是玉座，而他将追随玉座。布伦不是个瞎子，他不可能看不清现在的局势和评议会的想法。他也从未明确地陈述过自己的意志，但在谨慎安排的言辞中，他已经无可置疑地表明了这一点。想要更多的话，最终往往会什么都得不到。营地里有多少两仪师，就有多少暗流，有一些暗流强大到足以将布伦击垮。如果评议会得知他们这次的会面，那么将会有不止一股暗流，把艾雯拖进更深的旋涡里。除了史汪和莉安、伊兰和奈妮薇以外，布伦是艾雯最信任的人，也许比起那些秘密向她宣誓效忠的姊妹，艾雯更信任布伦，她希望自己有勇气能更信任他一些。白色的光球在帐篷里洒下了虚弱、抖动的影子。

“你带来了什么讯息，布伦爵士？”艾雯压抑着心中的希望。她能想象到十几种可能的情况，让布伦爵士必须连夜来找她，但每一种情况都有不合逻辑的地方。如果兰德决定在伊利安王冠以外，获取更多的王冠；或者霄辰人又占领了另外一座都市；又或者红臂队突然有了异动，不再只是跟随着两仪师们；还或者是……

“一支军队出现在我们的北方，吾母。”布伦平静地答道。他的皮制骑马手套就搭在长剑剑柄上。一支来自北方的军队，更多一点雪，全都一样。“其中主要是安多人，也有不少莫兰迪人，我的远探就在不到一个小时前带来了讯息。军队的统帅是佩利瓦，还有爱拉瑟勒——安多最强大的两个家族的家主，随同他们的家族至少超过二十个。看样子，他们正在全速南行。如果你依照原定计划前进，我们应该在两天，至多三天时间内遇上。我建议改变计划。”

艾雯的心中立刻松了一口气，但她只是竭力保持面容的平静。她一直在希望着，等待着，甚至已经开始害怕那永远都不会到来。令她吃惊的是，史汪反而表现出一副瞠目结舌的样子，而当她用戴着手套的手捂住嘴，想要掩饰的时候，已经晚了。

布伦向史汪挑起一道眉弓。史汪则迅速地恢复正常，重新戴上两仪师平静庄严的面具，那几乎能让人忘记她的年轻秀美。

“你对于和你的安多同胞作战有疑虑吗？”艾雯问道，“告诉我。我可不是你的洗衣妇。”是的，史汪的平静出现了一点裂缝。

“我会服从吾母的命令，与一切敌人作战。”即使在这样私密的地方，布伦的言谈举止仍然是那么一丝不苟。男人明白在两仪师面前要谨慎入微，这一点女人也明白。艾雯觉得谨慎已经变成了自己的第二层皮肤。

“如果我们不继续前进呢？”艾雯问道。进行了那么多计划，自始至终只有她和史汪知道，莉安也只是知道其中一部分而已。直到现在，她仍必须谨慎地迈出每一步，就像刚才在外面走的那段路一样。“如果我们停在这里呢？”

布伦没有犹豫就作出了回答：“如果有办法不挑起战争就绕过他们，那就一切都好。但差不多就在明天，他们会到达一个理想的防守之地——一侧靠亚马恩河，另一侧是一片辽阔的泥潭沼泽，数条小河从前方流过，足以阻挡任何突袭。佩利瓦会在那里扎营、等待，他知道该如何作战。爱拉瑟勒会进行交涉与会谈，如果真的会有这样的工作。她会把指挥作战的工作全权交给佩利瓦。我们无法抢先他们赶到那里。而且，只要他在北方，那里的地形对于我们就全无用处。如果你要作战，我建议将战场选择在我们两天以前通过的那道山脊。如果黎明时开始行动，我们可以抢在他们前面，好整以暇地到达那里。佩利瓦的军队即使再增加两倍，他也不敢轻易追击我们。”

艾雯活动着长袜里的脚趾，恼怒地叹了口气，不让寒冷碰触自己跟不让自己感觉到寒冷完全是两回事。她谨慎地选择着道路，不让寒冷影响自己的思考。她问道：“如果提供机会，他们会和我们交涉吗？”

“也许，吾母。不必考虑那些莫兰迪人，他们来这里只是为了趁机占些便宜，就像我麾下的那些莫兰迪农夫一样，真正重要的是佩利瓦和爱拉瑟勒。如果我一定要打赌，我会说，他们只是想将你挡在安多以外。”他严肃地摇摇头。“但如果别无选择，他们会战斗的，即使那可能意味着他们的敌人不仅仅是手持刀枪的士兵，还有两仪师。我想，他们已经像我们一样，听说了发生在东方的那些战斗。”

“鱼肠子！”史汪气恼地说道，她的冷静已经用完了。“凭空杜撰的谣言和不负责任的闲话，不能证明任何战争，你这个笨蛋，姊妹们绝不会参与战争的！”

这个男人的确很能让史汪发火。

奇怪的是，布伦露出了微笑，他经常会在史汪发脾气的时候微笑。如果是在别的地方，如果换作别人，艾雯一定会认为这种微笑代表着宠爱。“如果他们相信那些故事，自然会对我们有好处。”他温和地对史汪说。史汪的脸沉了下来，很容易让人以为布伦是在讥笑她。

为什么一个有正常理智的女人，能因为布伦而如此激动？但今晚艾雯没有时间去想原因。“史汪，有人忘记拿走这里的热葡萄酒了，我有点受不了这种冷天气，请为我们把这酒温一下。”她不喜欢在布伦面前使唤史汪，但她必须控制史汪的脾气，而这应该是最和缓的办法了。真的，她们确实不应该将这只银酒壶留在她的书桌上。

史汪没有什么激动的表示，但她的脸上的确闪过一抹深受打击的表情。虽然她很快就压抑下来，但任何人看到她这种样子，都不会相信这个男人的内衣都是由她洗的。她一言不发地导引至上力，开始加热银酒壶，然后迅速向两只雕银酒杯中倒满了酒，将第一杯递给艾雯，又拿起第二杯，盯着布伦爵士，吮了一口酒。很明显，她是让布伦自己倒酒。

艾雯握着酒杯，借酒的热量温暖自己戴着手套的手指，一阵怒意从她的胸中掠过。也许是因为史汪对于自己护法之死过迟的反应，她现在仍然会偶尔毫无原因地潸然泪下，虽然她一直在隐藏自己的泪水。艾雯将这件事赶出脑海。和今晚她要关注的事情相比，这件事就好像山峰旁边的一个蚁丘。

“如果可以，我要避免一场战争，布伦爵士。这支军队要用来攻取塔瓦隆，而不是在这里作战。尽快安排玉座与佩利瓦爵士、爱拉瑟勒女士的会面，还有你认为应该与会的其他所有人。会谈地点不要选在这里，我们凌乱的营地不会给他们留下什么深刻的印象。记住，一定要快。如果可能，我不反对会谈在明天进行。”

“我无法这么快安排好，吾母，”布伦平静地说，“即使我在返回营地之后立刻派遣骑兵，我怀疑他们也没办法在明天晚上之前送回答复。”

“那我建议你尽快回去。”光明啊，她的手和脚真的好冷，还有她可怜的空空的胃，但她的声音仍然保持着平静。“我希望你能尽量向评议会隐瞒这次会面和那支安多军队的存在。”

这一次，艾雯是在让布伦冒和她一样大的风险。加雷斯·布伦是现存于世、最优秀的将军之一，但评议会一直在恼火他没有按照她们的意思指挥军队。一开始，她们很感谢他的名望，许多人正是因为听到了加雷斯·布伦之名才会来参加这支军队。而现在，这支军队已经拥有超过三万名武装士兵，即使在降雪之后，每天还是会有人来投效，于是她们觉得也许已经不再需要加雷斯·布伦爵士了。

当然，有一些两仪师从一开始就相信她们并不需要他。而如果这件事败露，加雷斯 · 布伦将要面临的，绝不只是被赶走这么简单，他很可能会以叛逆的罪名被送到断头台上。

布伦没有眨一下眼，也没有问任何问题。也许他知道艾雯不会给他答案，也许他认为自己知道那些答案。“我的营地和你们的营地之间没有多少交流，但已经有太多人知道这件事，所以恐怕这个秘密隐瞒不了多久。不过我会尽我所能。”

简单的这几句话之后，加雷斯 · 布伦实际上已经承认艾雯会在塔瓦隆登上玉座之位，否则艾雯就将牢牢地被评议会攥在手里，她能决定的只是控制自己的是罗曼妲，还是蕾兰。这样一个关键的时刻本应该伴随着嘹亮的号角声，或者，至少天空中应该有一阵雷鸣闪电，故事里都是这样写的，而艾雯只是熄灭了光球。但是当布伦转身准备离开的时候，艾雯抓住了他的手臂，那就像隔着衣服抓住了一根粗硬的树枝。“有一件事我一直想要问你，布伦爵士，你不可能带着一群被长途跋涉拖垮的人去围攻塔瓦隆。在你开始进军前，你想让他们休息多久？”

布伦停住了。艾雯希望自己没有熄灭那个光球，这样就能看清他的表情。她觉得布伦皱起了眉头。“即使不考虑白塔的耳目，”最后，他缓缓地说道，“一支军队的讯息也会飞得像猎鹰一样快。我们到达的那一天，爱莉达立刻就会知道，她一个小时也不会给我们。你是否知道，她正在扩充白塔的军队？她手中至少已经有五万人了。不过，如果可以的话，我会用一个月的时间进行修整，十天也可以，但一个月会更好。”

艾雯点点头，松开了布伦的手臂。这个偶然想起的关于白塔防卫的问题让她感到心痛。布伦知道，评议会和各宗派只是在告诉艾雯她们想让她知道的事，仅此而已。“我想，你是对的，”艾雯不带任何情绪地说，“一旦我们到达塔瓦隆，就不会再有时间休息了。派遣你最快的骑兵去见佩利瓦和爱拉瑟勒。会面不会有困难，对不对？佩利瓦和爱拉瑟勒会听取他们的陈述，对不对？”艾雯显露出一点焦虑，这不是她伪装的。如果他们不得不在这里作战，那么被毁掉的将不止是她的计划。

布伦的声音没有任何一点改变，但艾雯却因此感到一种安慰。“只要还有足够的光线能让他们看到白羽毛，他们就会知道我们要停战，并且会听取使者的陈述。我最好现在就走，吾母。到达他们那里的路漫长且崎岖，即使是带上后备马的优秀骑手，也要跑很长的时间。”

当帐篷帘在布伦背后落下的时候，艾雯长长地吐了一口气。她的肩膀很紧，头似乎很快又要开始痛了。布伦总是让她感到宽慰和踏实。今晚，艾雯不得不对他耍手腕，而她觉得布伦知道这一点——布伦在男人之中算是眼光非常锐利的。

但过于信任他是一个让艾雯承担不起的赌注，除非布伦公开宣布效忠于她，也许必须是像麦瑞勒等人立下的那个誓言才行。布伦追随玉座，军队追随布伦。如果布伦认为她会在他们没有用的时候抛弃他们，只要他的几句话，艾雯就会如一头放进盘子里的猪一样，被奉送给评议会。艾雯深深地喝了一口酒，感觉到香料酒的热量在她的体内散开。

“他们最好能相信，”艾雯喃喃地说道，“我希望能有些东西让他们相信。如果我做不了别的，史汪，我希望至少我能让我们摆脱三誓的束缚。”

“不！”史汪喊道，她的声音中充满了反感，“进行任何这样的尝试都会造成灾难。如果你成功了……光明拯救我们，如果你成功了，你就会毁掉白塔。”

“你在说什么？我在努力遵从那些誓言，史汪，两仪师现在还必须受到那些誓言的控制，但三誓无法帮助我们对抗霄辰人。如果姊妹们必须先遭遇生命危险才能反击，那我们全都死光或者戴上罪铐，将只是一个时间问题。”片刻间，她仿佛又能感觉到罪铐夹住了她的喉咙，将她变成一条被锁住的狗，一条经过良好训练的驯顺的狗。她很高兴现在的黑暗遮盖住自己的颤抖。阴影遮住史汪的脸，但艾雯能看见她的下巴在无声地动着。

“不要那样看着我，史汪。”愤怒比恐惧更容易，用愤怒的面具掩饰恐惧也更容易一些，她绝对不要再被那样铐住了！“你脱离三誓的束缚以后，已经充分利用了这个条件。如果你没有说谎，我们都还会待在沙力达，没有军队，束手无策，只能等待奇迹发生。是了，那样我可能根本不会去沙力达。如果没有你关于洛根和红宗的谎言，她们也不会把我推上玉座的位子。爱莉达会执掌大权，一年以后，将不会有人记得她如何篡夺了玉座。她肯定会摧毁白塔，你知道她对待兰德的鲁莽方式。如果她现在想要绑架兰德，我一点也不会惊讶，除非她将注意力集中到我们身上。好吧，也许她不会采取绑架的行动，但她一定会做些什么。很可能，两仪师会和殉道使爆发战争，而近在眼前的塔拉蒙加顿早就被他们抛到脑后去了。”

“我在无可避免的时候确实说过谎，”史汪喘了口气，“在有利可图的时候。”她缩起了肩膀，就好像是在承认一桩她不想承认的罪行。“有时候，我觉得自己确实太轻易地决定某件事是必须的，或者是有利的。我几乎对所有人都说过谎，除了对你，但不要以为我没有这样想过。我也想过用你察觉不到的方式让你做出某个决定，或者放弃某个想法，而阻止我这样做的，并非是想要保持你对我的信任。”史汪在黑暗中伸出手，做出求告的样子。“只有光明知道你的信任和友谊对我来说意味着什么，但我并不是为了它们才没有骗过你。我不曾骗过你，也不是因为我害怕你会剥了我的皮，或者把我赶走。我明白，我必须对某个人坚守誓言，否则我就会彻底迷失自己。所以我不对你说谎，也不对加雷斯·布伦说谎，无论那要我付出怎样的代价。只要我可以，吾母，我会再次手持誓言之杖立誓。”

“为什么？”艾雯低声问道。史汪曾经考虑过要对她说谎？如果她真的欺骗过自己，自己一定会剥下她的皮，但现在怒气已经过去了。“我不会饶恕谎言，史汪，一般不会，但不排除特殊的情况，必要的情况。”她和艾伊尔人共度的日子闪过她的脑海。“不管怎样，只要你愿意为此付出代价。我见过有的姊妹为了更小的事情而进行苦修。你是第一批新两仪师之一，自由、没有约束。当你说你没有欺骗过我的时候，我相信你。”她对布伦爵士也不说谎？真奇怪。“为什么要放弃你的自由？”

“放弃？”史汪笑了笑，“我什么都不会放弃。”她挺直脊背，声音开始恢复力量，重新有了激情。“是三誓让我们不再只是一群操纵这个世界的女人，或者是七群，或者是十五群。誓言将我们聚为一体，让我们有了共同的信仰，彼此相连。每一名姊妹，从她的双手放在誓言之杖的那一刻起，就被连结在这根丝线上，无论生死。是三誓让我们成为两仪师，而不是阴极力。任何野人都能导引。人们也许会用不同的眼光看待我们所说的话，但当一名姊妹说‘是这样’，他们便会知道那的确就是这样。他们会相信，因为三誓。因为三誓，没有任何女王害怕姊妹们会让她们的城市血流成河；最坏的恶棍也会知道，他在一位姊妹身边是安全的，除非他想要伤害那位姊妹。是的，白袍众说三誓是谎言，一些人对于三誓有着奇怪的看法，但世界上很少有什么地方两仪师不能去，很少有人会不听两仪师的话，这全都是因为三誓。三誓是两仪师之所以为两仪师的原因；是两仪师的核心。如果将三誓扔进垃圾堆，我们就会成为被洪流冲走的沙子。放弃？我只想要获取。”

艾雯皱起眉头。“那么霄辰人呢？”几乎从她到塔瓦隆的第一天开始，她就在努力成为两仪师，但她从没有真正想过，是什么让一个女人能够成为两仪师。

史汪又一次笑了，但这一次，她的笑声中带着一点嘲讽、一点疲惫。她摇摇头，不管有没有黑暗的遮掩，她看上去非常疲惫。“我不知道，吾母，光明救助我，我不知道。但我们经历过兽魔人战争，还有白袍众，还有亚图·鹰翼，以及期间的林林总总。我们能找到办法对付霄辰人，而我们自己仍然能生存下来。”

艾雯对这一点并没有多少信心。营地中的许多姊妹都认为霄辰人才是真正的危险，在消除这一危险之前，对爱莉达的进攻应该暂缓，仿佛她们想不到，一旦爱莉达的时间愈多，她就愈能巩固自己的地位。还有许多人认为，无论付出什么代价，只要让白塔重新统一，霄辰人立刻就会消失。如果生存在枷锁之中，生存就会失去一些吸引力，对于两仪师而言，爱莉达的枷锁并不比霄辰人的好多少。

“不需要总是将加雷斯·布伦带在身边，”史汪突然说道，“那个人就是一个行走的麻烦。这是真的。如果他还不算是我人生的苦修，那么即使被活活剥皮也不算什么了。总有一天，我会每天早晨抽他的耳光，每天晚上再抽双倍。不过你可以把一切都告诉他，这会有答案的，如果他能听懂的话。他信任你，但他不明白你到底想要干什么，这让他的肠子几乎都要打结了。这个问题他不会说出口，但我能看出来。”

突然间，艾雯的脑子里发出一声轻响，如同一副铁嵌合连环被打开了。那是令她震撼的轻响——史汪爱上了这个男人！不可能是其他的状况。于是，艾雯所知道的他们两个人之间的所有事情都改观了。不过也许这不能算是好事情，一个恋爱中的女人，在涉及到那个男人的问题上经常会把自己的脑子搁到架子上。艾雯自己对这一点深有体会。盖温在哪里？他还好吗？他注意到天气变冷了吗？够了。太过分了，光明啊，她到底在想什么？艾雯命令自己发出玉座应有的声音，笃定并且威严：“你可以抽布伦爵士的耳光，也可以和他睡觉，史汪，但你要小心他对你的影响。你不能向他透露不应该让他知道的事情，明白吗？”

史汪僵硬地挺直身子。“我并不习惯于让我的舌头像破船帆一样乱飘，吾母。”她的声音中充满了热气。

“非常高兴听到你这样说，史汪。”尽管她们看上去相差不了几岁，史汪年纪其实足以做艾雯的母亲。不过，艾雯觉得现在她们的年纪是相同的。这也许是史汪第一次和一个男人发生了两仪师以外的关系——她变成了一个真正的女人。*在几年时间里，我以为我爱兰德*，艾雯带着一些自嘲地心想，*这几个月里，我的心为盖温而悬着，我知道一切应该知道的。*“我想，我们在这里的事已经结束了，”艾雯伸出手臂挽住史汪，“差不多该结束了，走吧。”

这顶帐篷似乎挡不住多少寒气，但当她们走到外面的时候，她们立刻感觉到寒冬的利齿。月光映在雪上，明亮得几乎能阅读文字，这种光线只会让人更觉寒冷。布伦已经彻底消失了，就好像他从不曾存在过一样。莉安从阴影里走出来，告诉她们并没有人出现在附近，然后就跑进夜幕里了。她苗条的身材包裹在一层层羊毛衣服里，已经完全看不出来。没有人知道莉安和艾雯的关系，不过所有人都认为，莉安和史汪是在匕首尖上跳舞。艾雯和史汪一同朝与莉安相反的方向走去，她勉力用一只手拢住斗篷，集中精神，不去在意凛冽的寒风。她们努力忽略寒冷，注意着是否有人突然出现。现在还会四下里走动的人，很可能不是碰巧想要出来转转的。

“布伦爵士是对的，”艾雯对史汪说，“如果佩利瓦和爱拉瑟勒相信那些故事，或者至少他们对此有所怀疑，他们都不敢轻启战端。他们想要的是和谈。你认为他们会欢迎两仪师的造访吗？史汪，你在听我说话吗？”

史汪打了一个冷战，她停下来，盯着远方，平稳的步伐变得踉跄凌乱。有几次，她差一点滑倒在结冰的路面上，幸好被艾雯拉住。“是的，吾母。当然，我在听。他们也许不会欢迎我们，但我想他们也不会将两仪师赶走。”

“那么我希望你叫醒波恩宁、爱耐雅和麦瑞勒，她们要在一个小时之内骑马赶往北方。如果布伦爵士认为在明天晚上会得到答案，时间将非常有限。”艾雯不知道那支安多军队的具体位置，这实在很可惜，但如果向布伦询问也许会引起他的怀疑。找到一支军队对于护法而言不会很困难，那三名姊妹一共有五名护法。

史汪静静地听着艾雯的命令。如果这三个人被连夜拉起来，等到天亮的时候，雪瑞安、卡琳亚、摩芙玲和妮索也都会在早餐的时候知道这件事。必须埋下种子。这些种子不能提前埋下，因为害怕它们会生长得太快，但太晚种下它们，又害怕没有足够的时间让它们生长。

“把她们从毯子里面拉出来实在是一件令人高兴的事，”史汪说道，“即使我必须要为此而摔上几跤……”她放开艾雯的手臂，朝另一个方向走去。但半途中，她又停下脚步，她的面孔相当严肃，甚至可以算得上是肃穆。“我知道你想成为第二个格拉·基萨，或者也许是赛蕾勒·巴甘德，你的潜质完全能比得上她们，但小心不要让自己变成另一个伸恩·重柯。晚安，吾母，睡好。”

艾雯伫立在原地许久，看着史汪逐渐变成一个被斗篷裹住的影子。史汪又有几次险些摔倒，她气恼地嘟囔着，声音大得几乎能让艾雯清楚听见。

格拉和赛蕾勒都是白塔史上最伟大的玉座，她们都曾将白塔的威望和影响力提升到可与亚图·鹰翼之前时代相比拟的水平，她们也都彻底控制着白塔本身。格拉以高超的手腕操纵着评议会内部小集团的互斗，赛蕾勒则用她纯粹的意志力量压服众人。

伸恩·重柯则是另一个极端，她浪费了玉座的权力，令白塔的大部分姊妹对她疏远戒备。在公开的历史中，伸恩于近四百年前死在办公室里，但被隐藏起来的真相是她遭到废黜，并被判决终生流放。即使是秘密史籍中有些地方也仍然是语焉不详，但很显然，在她第四次密谋夺回玉座的计划败露以后，看守她的姊妹们在她睡着的时候用枕头闷死了她。艾雯打了个哆嗦，她告诉自己，这只是因为天冷。她转过身，开始缓步向自己的帐篷走去。睡好？圆月在空中挂得很低，距离日出还有几个小时，但她并不确定自己是否还能睡着。

第 16 章

出乎意料的缺席

太阳还没有在地平线露头，艾雯已经召集了白塔评议会。在塔瓦隆，这一定会伴随着相当繁复的仪式，即使在离开沙力达的时候，她们仍然在辛苦的旅途中保持着一些礼仪。而现在，雪瑞安只是在黑夜里逐一走进宗派守护者们的帐篷，宣布玉座召集评议会座谈。实际上，她们根本无处可坐。在日出前灰蒙蒙的光线里，十八个女人在雪地上站成一个半环形，在寒冷中缩紧了身子，呼着白气，听艾雯讲话。

其他姊妹渐渐聚集到她们身后，也要听听艾雯在说些什么。一开始，人并不多，但既然没有人命令她们离开，聚来的姊妹便有增无减，让宗派守护者们的身后传来一阵阵窃窃私语的嘈杂声。不过这种声音一直很微弱。极少有姊妹会冒险打扰一位宗派守护者，更不会有人想要打扰整个评议会。穿镶边白袍、披着斗篷的见习生出现在两仪师身后，当然，她们更安静。而暂时没有工作要做的初阶生，也都跑到了见习生的身后。她们的人数最多，但她们最安静。现在这座营地里的初阶生是两仪师人数的一倍半，其中穿正式白袍的只有几个，大多数只是穿着一身白色衣裙而已。一些姊妹仍然相信她们应该恢复原先的方式，让愿意成为两仪师的女孩主动来找她们，但大多数姊妹都很后悔那些被浪费掉的岁月。两仪师的数量在这么多年里一直在减少。每次艾雯想到白塔会变成什么样子，都会激动得感到颤栗。即使史汪也无法反对这种改变。

在人群聚集的时候，卡琳亚从她的帐篷里走出来，却恰好碰见艾雯和宗派守护者们就站在她面前。这名平时从头到脚都平静如水的白宗姊妹吃惊得张大了嘴，白皙的面颊也变成了红色。她急忙转身快步走开，一边还回头观望着。艾雯努力没有让自己皱起眉头。今天早晨，所有人都一心关注着自己的事情，无暇顾及其他，但迟早会有人产生疑心。

雪瑞安将她做工精致的斗篷甩到背后，露出表明撰史者身份的蓝色窄圣巾。因为她穿着厚重的衣服，所以有些笨拙，但依旧一丝不苟地向艾雯行了一个正式的屈膝礼，然后站到艾雯身旁。这名火色头发的女人被几层优质的羊毛和丝织衣裙包裹起来，就像是镇定的化身。艾雯向她一点头，她迈出一步，以清晰、高亢的声音吟诵着古代的诗歌："她来了，她来了！封印的看守人，塔瓦隆之火，玉座猊下。以你们的全部，迎接她的到来！"这样的颂歌在这个地方进行吟诵似乎并不太合适，而且艾雯已经在这里了，并非是就要到来。宗派守护者们静静地站着，等待着，有几个人不耐烦地皱起眉头，或者是玩弄着斗篷和裙摆。

艾雯将斗篷拢到背后，露出脖子上的七色圣巾，她需要用自己拥有的一切条件提醒这些女人，她才是真正的玉座。"在这样的天气里行军已经让大家很疲劳了。"她高声说道，声音不像雪瑞安那样大，但也足够响亮到能让所有人听见。她感到一点期待，一种几乎让她有些晕眩的颤抖，这和忐忑不安没有太大差别。"我决定在这里停留两天时间，也许三天。"这让众人都抬起头，眼睛里闪烁出感兴趣的光芒。艾雯希望史汪也在人群中。她确实在努力遵守三誓。"马匹也需要休息，有许多马车亟须修理，撰史者会负责必要的安排。"现在，一切都真正开始了。

艾雯相信不会有人争论或反对，确实没有。她对史汪所说的并非夸张之辞。太多姊妹在坐等奇迹发生，所以她们不想在全世界的众目睽睽中向塔瓦隆行军。她们甚至打从心底相信，爱莉达篡位是为了白塔的利益，尽管，她们自己已经叛离了爱莉达。太多人不放过一切机会，试图耽搁行程，只为了能有更多时间让奇迹出现。

罗曼妲就是这些人之中的一员，她的灰色发髻被兜帽罩住，让她显得相当年轻。艾雯刚刚说完话，还没有等雪瑞安吟诵结束，罗曼妲就转身大步离开了会场，任凭斗篷在身后飘摆，玛格拉、萨洛娅和瓦瑞琳紧随在她身后。那三名姊妹在齐脚踝深的雪中费力地小步奔跑着，不管是不是宗派守护者，如果没有罗曼妲的许可，她们可能连呼吸都不敢。蕾兰看见罗曼妲离开，便向菲丝勒、塔其玛和莱罗勒一招手，然后转过身，头也不回地走了。那三名姊妹急忙跟上去，如同三只慌张的小鹅跟随一只天鹅。她们的地位并不比蕾兰低很多，却被蕾兰牢牢地控制在手中。其余宗派守护者几乎都没有等到雪瑞安将“光明在上，现在散去吧”这一句说出口，也都离开了。艾雯在四散的人群中转身要走，那种兴奋感更加强烈了，但也非常像是不安。

“三天，”雪瑞安喃喃地说着，一边伸手扶艾雯走上印着车辙的路面，她那双绿色的凤目在眼角处堆积起疑问的皱纹，“我很惊讶，吾母，请原谅，但几乎在我每次想要停下来的时候，你也都会命令停下来。”

“先去给车匠和蹄铁匠安排好工作，然后来找我，”艾雯对她说，“如果有马匹累死，或者车辆损毁，我们就走不远了。”

“听从你的吩咐，吾母。”雪瑞安答道。她的语气没什么敬意，但还可以忍受。

道路并不比昨天晚上更好走，艾雯和雪瑞安脚下不时打滑，她们互相挽着手臂，慢慢向前。雪瑞安为艾雯提供了超出她需求的支持，只不过她没有在表面上显露出来。玉座猊下不应该在有超过五十名姊妹和上百名仆人看着的时候，跌一屁股泥，但也绝不能像一位病人一样被搀扶着。

大多数向艾雯发誓效忠的宗派守护者，包括雪瑞安在内，目的只是出于单纯的恐惧和自卫的本能。她们已经派遣姊妹去策反塔瓦隆的两仪师。而更可怕的是，她们害怕宗派守护者中会有暗黑之友，又将这一情况向评议会隐瞒。如果评议会知道了她们所做的这些事，那她们的余生将只能在苦修和流放中度过。于是，那些原以为能够将艾雯当作傀儡一样操纵的人，在她们对评议会的影响力消失之后，发现不得不发誓遵从艾雯。即使在白塔的秘密史籍中，这种情况也极为罕见，姊妹们当然应该遵从玉座，但宣誓效忠就是另一回事了。她们之中的大多数人似乎因此而心神不宁，但她们确实已经在服从艾雯了。反应像卡琳亚那么剧烈的确实很少，但是波恩宁在发誓以后，第一次看见艾雯和宗派守护者们在一起的时候，艾雯也确实听见了她在颤抖中牙齿磕碰的声音。摩芙玲每次看到艾雯的时候，仍然会流露出吃惊的神情，仿佛她还不能相信既成事实。妮索几乎无时无刻不在皱眉，爱耐雅不停地舔着嘴唇，麦瑞勒经常会莫名地打个冷战。当然，她们的这些表现并不止是因为发了一个誓。但雪瑞安确实已经成为了艾雯名符其实的撰史者。

“吾母，我建议利用这个机会，确认一下这一带能够提供的食物和饲草的状况如何？我们的补给已经不多了，”雪瑞安忧虑地皱起眉，“尤其是茶和盐。不过我怀疑在这里可能找不到这些物资。”

“尽你所能去做吧。”艾雯用安慰的语气说道。想到她曾经是那样尊敬雪瑞安，那样害怕她会不高兴，艾雯不由得产生了一种奇怪的感觉。现在雪瑞安已经不再是初阶生师尊了，已经不再对艾雯呼来喝去，但雪瑞安的样子确实显得比原先更加愉快。“我完全信任你，雪瑞安。”这句赞扬的话让雪瑞安脸上焕发出欢快的光彩。

太阳还没有升到帐篷和马车上方，营地却已经显得相当繁忙了。人们已经吃完早餐，厨师们正在一群初阶生的帮助下清理餐具。那些年轻女人用雪擦着盆盆罐罐，从她们卖力的模样看来，好像她们能通过辛勤的劳作让身体产生一些热量。但厨子们都显得很劳累的样子，不时用拳头敲敲后背，停下来叹口气，把斗篷拉紧一些，或者只是无聊地望着雪地。不停地打着哆嗦的仆人们几乎都穿上他们全部的衣服。匆匆吃过早饭以后，他们本来已经开始拆解帐篷，将货物装上马车；现在他们又将帐篷重新竖起，再次把一个个箱子从马车上抬下来，拖进帐篷里。已经被套上缰绳的牲畜又被解开，疲累的马夫们垂着头来回走动着，艾雯听见几个没看见两仪师就在身边的马夫低声嘟囔着，但大部分人似乎都太过劳累，甚至懒得抱怨了。

大多数两仪师在自己的帐篷固定好以后就消失在里面，不过还有许多人在指挥工作，或者在泥泞的路上来回奔忙着。和其他人不一样，两仪师和护法几乎不会表现出任何疲倦的神态，那些护法更是一副已经在和煦春风中睡足了的模样。艾雯怀疑，所谓两仪师能够从她的护法那里汲取力量，其实并不是约缚真实的功能——当你的护法不承认他感到寒冷、疲倦或者饥饿的时候，你也只能等同受之。

在一个十字路口，艾雯遇到了摩芙玲。她正握着塔其玛的手臂，也许她是在让塔其玛扶着她。但与高大的摩芙玲相比，塔其玛实在是矮小得可怜。也许她只是为了防止塔其玛逃走，摩芙玲只要认定了一个目标，就会顽固到底。艾雯皱了皱眉。摩芙玲当然会找一位与她同为褐宗的守护者，但艾雯本以为姜雅或者爱卡拉会更合适。一辆行驶的帆布篷马车暂时将两个人遮住了。马车过去的时候，艾雯看见摩芙玲正弯下腰对自己的同伴耳语着什么，艾雯看不出塔其玛是否在注意倾听。

“有什么事吗？吾母？”雪瑞安问。

艾雯有些紧张地做出一副微笑的表情：“没有事，雪瑞安，没有事。”

她们走进玉座的书房以后，雪瑞安就离开了，去安排艾雯给她的任务。艾雯则开始确认一切事情是否准备就绪，她不想让自己措手不及。赛勒梅刚刚将茶盘放在她的书桌上。色彩鲜艳的碎珠串装饰在这名细瘦女子的胸衣和袖子上，再加上她高昂起来的长鼻子，一眼看上去几乎不像是仆人，但她从没有失职过。两只盛满了红热木炭块的火盆驱走了空气中的一些寒意，不过大部分热量都从烟道口飘走了。洒在木炭上的干药草散发出一股令人愉悦的香气，昨天晚上那个放着香料酒的托盘则已经不见。油灯填满了油，牛油蜡烛也经过修剪，全都被点亮。现在没有人会想要打开帐篷帘子，让外面的光线透进来。

史汪也已经在帐篷里了，她的手中拿着一叠纸张，脸色显得憔悴，在她的鼻尖上还有一块墨水。秘书的职位让史汪有另外的理由可以和艾雯共处一室，雪瑞安一点也不介意放弃这份工作，只有史汪本人经常会嘟囔几句。对于成为初阶生以后就很少离开白塔的一个女人，史汪却似乎很不喜欢待在室内。不过现在她已经成为了忍耐的典范，而且她让所有人都清楚知道这一点。

虽然姿态很高，但赛勒梅在接过艾雯的斗篷和手套的时候，给了艾雯许多笑容和屈膝礼，几乎就像是在完成一个精细的小仪式。这个女人一直在唠叨着吾母应该注意双足的保暖；也许她应该为吾母拿来一条毛毯；也许她应该留在这里，以免吾母需要人使唤。最后，艾雯不得不将她赶出帐篷。茶中有薄荷的气味，在这样的天气里竟然还放薄荷！赛勒梅是个麻烦，而且很难被称作忠诚，不过她的确很尽力。

然而现在没有时间悠闲地喝茶，艾雯抚平圣巾，走到书桌后面，随意地拉了一下椅子腿，以免椅子在她的屁股下面折叠起来——她经常遇到这样的事情。史汪坐到书桌对面一张不算很稳的凳子上。茶已经凉了。她们没有提到任何计划，或者是加雷斯·布伦，或者什么希望，该做的都已经做了。在行军时积累的成堆问题和报告，一直因为她们的疲惫而没有得到妥善处理。现在，她们停下来了，这些事情就必须进行检讨。即使她们面前有一支军队，也无法影响现在她们要做的事情。

有时候，艾雯很奇怪，当一切物资都那么紧缺的时候，为什么她们还会有这么多纸。史汪呈递给她的报告里，几乎都是在嚷叫各种东西的匮乏和短缺。不止是雪瑞安提到的茶和盐，还有木炭，供蹄铁匠和车匠使用的钉子和铁，供马具匠人使用的皮革和油绳，灯油、蜡烛和上百样其他的东西，甚至还有肥皂。没有消耗光的东西也都磨损光了。从鞋到帐篷，全都一一出现在史汪列出的清单上，而史汪愈写下去，手上就愈用力。当她写到钱币的数字时，几乎就像是将字砍在纸上一样。不过史汪发火应该不是为了这些匮乏的物资。

在史汪拿来的文件中，有几份是宗派守护者们对于解决资金问题的建议，或者不如说是她们告知艾雯，她们打算在评议会中讨论什么问题。实际上，这些建议基本上没有什么益处，倒是有不少缺陷。莫芮阿·卡伦坦提议停止向士兵发放薪饷，艾雯本以为评议会已经明白，这种行为会导致军队如同夏日阳光下石块上的露水一样消逝无踪；玛玲德·耐肯宁提议向附近的贵族请求援助，而她所谓的请求听起来更像是命令；而赛丽塔·托蓝打算在她们经过的沿途村镇征收税款，这当然会让所有的乡民都与她们为敌。

艾雯将这三份建言书在手中捏成一束，在史汪面前来回摇晃，她希望自己手里捏着的是这三名姊妹的喉咙。“她们全都以为，所有事情都要按照她们的意愿去进行，却从没有想过事实的可行性吗？光明啊，她们才是耍孩子脾气的人！”

“白塔通常都会让自己的意愿成为事实，”史汪有些得意地说，“记住，也会有人说你无视事实。”

艾雯哼了一声。幸运的是，无论评议会怎样投票，如果没有她颁布命令，这些提案都不会得以实行。虽然现在她的处境相当恶劣，但她还是有一点权力的，非常少的一点，不过总胜过没有。“评议会总是这么糟糕吗，史汪？”

史汪点点头，又稍微一挪身子，想要找一个省力一些的坐姿。她的凳子四条腿全都不一样长。“还有可能更糟。我告诉过你四玉座之年，那是在塔瓦隆建立以后大约一百五十年。在那些日子里，白塔的日常工作几乎可以和今天发生的事情相比，每只手都想握住权柄。在那一年的一部分时间里，塔瓦隆实际上有两个白塔评议会，几乎就像现在一样。最后，所有人都以悲剧收场，其中还包括几个真心以为自己是在拯救白塔的人。如果不是她们踩在流沙上，她们之中的一些人本来可能会成功。当然，白塔还是生存了下来，它一直都能生存下来。”

三千年时间代表着很长的历史，很多事件、很多禁制、很多秘密，不过史汪似乎已经将这三千年的详情悉数拈在了指尖上。她在白塔的岁月一定有很大一部分时间是在那些秘密史卷中度过的。有一件事艾雯可以确定，她会竭尽全力避免史汪的命运，但她也不会停留在现在这种状态，现在的她应该比赛梅勒·索林森妮好一点。远在赛勒梅倒台以前，她所能做的最重要的决定，也仅止于自己能穿什么衣服。艾雯决定，必须让史汪向她详细说明四玉座之年的情况，虽然艾雯并不喜欢听那些事情。

帐篷顶上烟道口的光线变化，表明时间已经接近中午，但史汪拿来的那一叠档案却没有矮下去多少。现在艾雯很希望能有人来打断她们一下，即使是很无聊的事情也可以；当然，最好不要是太无聊的。

“下一件是什么，史汪？”她皱着眉说。

一丝闪烁落进了亚兰加的眼睛里。她穿过树林向军队的营地窥望过去。军队营地基本上松散地环绕着两仪师的营地。一列马车正缓缓地向东方驶去，周围有一些骑兵护送，黯淡的阳光在盔甲和枪尖上照出几个亮点。亚兰加不觉露出一丝冷笑。他们还有长枪和战马！一群乌合之众行动起来比一个人走路还要慢，而统率他们的男人连一百里以外发生了什么都不知道。两仪师？她可以轻易毁掉许多两仪师，而且那些人即使到死也不会知道是谁杀死了她们——虽然现在她的肉体并不能比她们的活得更长久。这个想法让她不寒而栗。暗主很少会给任何人第二次活命的机会，她不打算把机会浪费掉。

亚兰加一直等到那些骑兵离开她的视线，进入树林。然后她又回过头望向营地，无聊地想着今晚的梦。在她身后，大雪会掩盖住她埋藏的东西，直到春天解冻的时候。这已经远超过她所需要的时间了。

在前面，营地里的一些人终于注意到她。他们站起身，向她望过来，她微笑着，掸抚了一下屁股上的裙摆。现在她已经很难回忆起男人的生活是什么样子了，她曾经也是那样一个容易被摆布的傻瓜吗？带着一具尸体走过这群人，即使对她来说，也是困难的事，但她喜欢回去走一走。

整个上午似乎就在没有穷尽的档案中度过了，直到艾雯所知的该会发生的事情的到来。当然，全都是每天要发生的事情。天气一定会很冷；一定会下雪；一定会有云；一定会是灰色的天空，还有冷风；也一定会有蕾兰和罗曼妲的来访。当蕾兰带着伏雷恩走进帐篷的时候，坐累了的艾雯正在伸展双腿。清冷的空气跟随走进帐篷的两个人而来。蕾兰微蹙双眉，向帐篷里扫视了一眼，然后脱掉蓝色的皮手套，又让伏雷恩从她肩头摘下猞猁皮镶边的斗篷。她穿着深蓝色的丝裙，身材苗条，但颇具威严，一双眼睛明察秋毫。她就像是在自己的帐篷里一样，随意一挥手，伏雷恩立刻抱着她的衣服，恭敬地退到帐篷的一角，然后一缩肩膀，将自己的斗篷推到背后。很显然，她已经为宗派守护者的下一个手势做好了准备。在阴影中，她的样子就像是一个充满了驯服顺从的剪影，完全不像是她。

蕾兰这时换掉了自己冰冷的神情，令人惊讶地向史汪露出温暖的微笑。在许多年以前，她们曾经是朋友，她甚至曾经给过史汪现在她给伏雷恩的这种保护——一位宗派守护者的手臂可以挡开许多姊妹的讥笑和谴责。她摸了摸史汪的面颊，温柔而轻声地说了一些同情的话。史汪的脸红了，一阵惊讶与不确定闪过她的面庞。艾雯相信，那不是她装出来的，虽然史汪有很强的适应能力，但她仍然很难对付在她身心内真正的改变。

蕾兰看了一眼书桌前的凳子，像往常一样，她明显地拒绝了这不稳定的坐席。直到此时，她才注意到艾雯的存在，以几乎难以察觉的程度点了一下头。

“我们需要谈一谈海民的事，吾母。”她对玉座说话的语气显得有一点强硬。

艾雯这时才将一颗悬着的心从喉咙里放回胸腔，她意识到，自己一直在害怕蕾兰已经知道布伦爵士告诉她的事情，甚至已经知道她安排的会面。但在下一个瞬间，艾雯的心脏又跳回了喉咙里。海民？评议会肯定不可能知道奈妮薇和伊兰与海民制定了那个白痴的条约。她无法想象是什么事情竟让她们造成这样的灾难，以及她该如何应对这一灾难。艾雯的肠胃翻滚着，但她依旧稳稳地坐在书桌后面，没有流露出一丝心中的感觉。她屁股下面的那把蠢椅子竟在这时折叠起来，几乎将她摔在地毯上，幸好她在最后一刻又将这把椅子拉直了。她希望自己的面颊没有变色。“是凯姆林的海民，还是凯瑞安的海民？”好的，她的话听起来足够冷静镇定。

“凯瑞安的，”罗曼妲高亢的嗓音如同一阵突然响起的铃声，“当然是凯瑞安的。”这位刚刚走进帐篷的宗派守护者比蕾兰更加气势强盛，仿佛她的意志突然如同能量般充满了这座帐篷。罗曼妲的脸上没有一丝微笑，那张英气焕发的脸似乎根本就不是为了笑容而存在。瑟德琳跟随她走了进来。罗曼妲脱下自己的斗篷，甩手扔给那名身材窈窕、苹果色面颊的姊妹，然后她以不容置疑的气势一挥手，瑟德琳立刻跑到与伏雷恩相对的帐篷角落里。伏雷恩完全是一副毕恭毕敬的样子；瑟德琳却总是睁大了一双凤目，嘴唇不时地颤抖着，总是处在受惊吓的状态。像伏雷恩一样，她在两仪师中的位置虽然低，但也不应该如此卑微。只是看样子，她们两个还没有适应自己的两仪师身份。

罗曼妲咄咄逼人的目光在史汪身上停留了片刻，仿佛在考虑是否应该让史汪也去角落里待着，最后她视而不见地从蕾兰身边走过，坐到艾雯面前。“看样子那个年轻人已经和海民谈过了，吾母。黄宗在凯瑞安的眼线对这件事非常重视。你是否知道是什么让他对亚桑米亚尔那么感兴趣？”

罗曼妲虽然口中称艾雯为“吾母”，但实际上从没有这样认同过，她口中的“那个年轻人”指的是谁也不言自明。现在营地中的每一名姊妹都已经承认兰德就是转生真龙，但她们谈论兰德的方式在任何外人听来，都是在谈论一个不受管束、喜欢在晚餐时掀桌子的野小子。

“她并不知道那个男孩的脑子里在想些什么，”还没有等艾雯张开口，蕾兰就说道，现在她的微笑里已经毫无温暖，“如果要找到答案，罗曼妲，那个答案就在凯姆林，那里的亚桑米亚尔并没有避居在船上。我相信，高等阶的海民来到距离大海如此遥远的几个不同地方，应该是为了同一个使命。我还从未听说过海民因为任何事情而这样做过。也许海民对他有很大的兴趣，现在他们一定已经知道他是谁了。”

罗曼妲也向蕾兰报以微笑，帐篷里立刻冷得像要结出一层霜。“这么明显的事情不需要多说，蕾兰，第一个问题是如何把答案找出来。”

“在你挤进来的时候，我刚好要解决这个问题，罗曼妲。下一次吾母在特·雅兰·瑞奥德中与伊兰和奈妮薇见面的时候，她可以向她们下达指示。苿瑞莉在到达凯姆林之后，便能够查出亚桑米亚尔想要什么，也许还有那个男孩想做什么。很可惜，那些女孩没有想到要制定一个进度表，但我们必须围绕这件事展开工作。苿瑞莉在搜集到情报以后，可以在特·雅兰·瑞奥德中与一名宗派守护者见面。”

蕾兰做了一个小手势。很显然，她认为完成这一任务的宗派守护者应该是她自己。“我认为沙力达应该是一个合适的地方。”

罗曼妲颇感兴趣地哼了一声，即使这样，她的声音里仍然没有半点温度。“向茉瑞莉下达命令比确保她服从命令要容易，蕾兰，我希望她知道她面对的是尖锐的问题。风之碗本应该先拿到我们这里进行研究。我相信，在艾博达的姊妹中没有擅长云舞的。现在你看到了，我们没有能掌握住事件的发展。我一直希望能在评议会面前，对所有与此有关的人员进行听证。”这名灰发女子的声音忽然又变得像奶油一样滑润。“我记得，是你支持选择了茉瑞莉。”

蕾兰猛地一抬头，双眼中光芒闪烁。“我支持灰宗推荐的代表，罗曼妲，仅此而已。”她愤慨地说，“我怎么会想到她决定在那里使用风之碗？还让海民野人加入连结！她怎么能相信她们能像两仪师一样了解天候的运行？”突然间，她的怒气溜走了，她正在对抗自己在评议会中最强大的敌人，她唯一真正的敌人。以她的观点，如果同意罗曼妲关于海民的看法，只会让她处于更加不利的境地。毫无疑问，她是同意罗曼妲的，但亲口说出这一点就是另一回事了。

罗曼妲看着蕾兰气得煞白的面孔，脸上冰冷的笑纹变得更深。当蕾兰想方设法要引开话题的时候，她只是仔细地拍直青铜色的裙摆。“我们要看看评议会将如何决断，蕾兰。在听证会召开以前，我想最好不要让茉瑞莉与任何负责挑选她的宗派守护者见面，我们要尽量避免合谋串供的嫌疑。我相信你会同意，我应该是跟她谈话的两仪师。”

蕾兰的面孔变得更加苍白，她并不是害怕，至少她没有表现出来，但艾雯几乎能看出她在思忖谁会站在她这一边，谁会与她作对。合谋串供是几乎等同于叛逆的指控，而且只需要少数人同意，指控就可以成立。

蕾兰应该能避免这一指控，但舆论会进一步展开，对她造成攻击，罗曼妲的派系会因此增强实力。无论艾雯自己的计划已经多么成熟了，这仍然会造成无数不可预知的问题，艾雯却没有能力阻止。除非她能公开在艾博达发生的事情，这当然不可能，就像她不可能让她们知道伏雷恩和瑟德琳曾向她立下的誓言。

艾雯深吸了一口气，至少她也许能够阻止她们将沙力达当成在特 · 雅兰 · 瑞奥德中会面的地点，现在那里是她与伊兰、奈妮薇见面的地方，她们已经有几天没见面了。宗派守护者们现在不停地进出梦之世界，想要找到一个确信她们绝不会出现的地方实在太困难了。“下次我见到伊兰或者奈妮薇的时候，我会将你们给茉瑞莉的命令托她们转达。我会让你们知道她在什么时候准备好与你们见面。”等到她的计划完成之后，茉瑞莉就不必再做什么准备了。

宗派守护者们转过头，两双眼睛盯着艾雯。她们忘记了她在这里！艾雯竭力保持着面容的平静，她意识到自己的脚正在剧烈地哆嗦，便将它压了下去。她还要在这样的局势下继续忍耐一段时间，不算很长的一段时间。至少，她已经不再感到厌烦了，现在她只是觉得愤怒。

在这个沉默的时刻，琪纱快步走进帐篷，在她手中用布巾覆盖的托盘上，装着艾雯的午餐。这名黑发女子已近中年，但仍然丰满又漂亮，她对于高位者有足够的恭敬，但从不阿谀。她的屈膝礼就像只是在她的衣领部位有一条朴素的缎带的深灰色衣裙一样简单。“请原谅我的打扰，吾母、两仪师，我很抱歉为吾母准备的饭送迟了，茉丽不知跑到哪里去了。”她一边将托盘放到艾雯面前，一边气恼地舔了舔嘴唇。茉丽并不是一个喜欢到处乱逛的女人，其实她的这个名字也和她本身非常不相称，她是一个严厉的人，对于自己和别人的错误同样从不宽容。

罗曼妲皱起眉，但她什么都没有说，毕竟，她不可能对一名艾雯的侍女表现出太大的兴趣，特别是这个人恰巧就是她安排的眼线，就像蕾兰安排了赛勒梅一样。艾雯故意不去看瑟德琳和伏雷恩，她们两个仍然一丝不苟地站在角落里，更像是见习生，而不是两仪师。

琪纱张了张嘴，却没有说话，也许是因为受到宗派守护者们的压力。她又行了一个屈膝礼，低声说道：“我先退下了，吾母。”艾雯松了一口气，当有别人在的时候，琪纱给艾雯的建议甚至比两仪师更充满了迂回的技巧。但此时此刻，艾雯完全不希望琪纱说任何话，哪怕是提醒她要趁热把饭吃掉。

“重要的是，”蕾兰仿佛她们的谈话从没有人打断一样，坚定地说，“要知道亚桑米亚尔的目的是什么，以及那个男孩想干什么。也许他想成为海民的王。”她伸出手臂，让伏雷恩为她披上斗篷，那名黑皮肤的年轻女子立刻小心地按照她的意思做了。“如果你对此有任何想法，你会记得让我知道吧，吾母？”这语气几乎算不上是一个请求。

“我会认真思考这个问题的。”艾雯对她说。这并不代表她会透露她的想法。艾雯也希望自己对于这件事能有些线索。亚桑米亚尔相信兰德是他们预言中的克拉莫，这件事她知道，评议会却不知道，但艾雯也不知道兰德想从海民那里得到什么；或者海民想从兰德那里得到什么。根据伊兰的信息，她身边的海民对此同样一无所知，或者他们对此什么都没说。艾雯几乎希望屈指可数的那几名亚桑米亚尔姊妹中，能有一位就在这座营地里。当然，她只是这样想想而已，寻风手在这里会造成各种麻烦。

罗曼妲一挥手，瑟德琳捧着宗派守护者的斗篷向前跳过来，犹如一只受惊的小鹅。看罗曼妲的表情，蕾兰的防御让她很不高兴。“你会记住告诉茉瑞莉，我想要与她见面吧，吾母？”这根本就不是什么请求。

片刻间，两位宗派守护者立在原地，瞪着对方，艾雯又被她们忘记了。她们没有再向她说一句话就向外走去；离开帐篷的时候，她们还在争抢谁走在第一位。罗曼妲首先蹿了出去，一只手还紧拉着瑟德琳。蕾兰咬着牙，先将伏雷恩推出去，自己才走出帐篷。

史汪重重地叹了口气，完全没有掩饰自己的放松。

“我先离开了，吾母，”艾雯带着嘲讽的语气喃喃说道，“请原谅，吾母。你可以走了，吾女。”她长吐了一口气，坐回椅子里，结果重重地跌落在地毯上。她缓缓地爬起身，拉直裙摆，整理好圣巾。至少，这一幕没有发生在那两个人眼前。“去弄些吃的吧，史汪，把饭菜拿过来。我们还有很长的一天要过呢。”

“有些人摔下去也比别人跌得轻。”史汪仿佛自言自语一样，同时快步走出了帐篷。幸好她的速度很快，否则艾雯可能又会骂她几句。

史汪很快就回来了。她们一同吃着硬面包卷、配硬胡萝卜的扁豆炖菜和几小片很容易被忽略掉的肉。只有很少几个人进来打扰她们，而她们也只是一言不发地装作在研究报告的样子。琪纱进来拿走了托盘，替换了蜡烛，做这些工作的时候，她还在轻声嘀咕着。这不像是她。

“谁能想到赛勒梅会跑得无影无踪？”她半是自言自语地嘟囔着，“也许是和当兵的去鬼混了，那个哈丽玛真不教人学好。”

一名鼻子下面流着清鼻涕、皮包骨的年轻人，又进来更换了火盆里熄灭的炭块——玉座的取暖条件比绝大部分人都要好，但也不是很理想。他被自己的靴子绊了一下，立刻对艾雯显出一副诚惶诚恐的神情。在经历过那两位宗派守护者以后，艾雯对他的这种表情感到非常惬意。雪瑞安前来询问艾雯还有什么进一步的指示，她似乎很想留下来，也许她知道的那一点秘密让她感到紧张，她的眼睛里明显地流露出不安的情绪。

走进帐篷的一共就这么多人，艾雯不确定这种门庭冷清的情形是因为人们不会随意来打扰玉座，还是因为所有人都知道，真正的决断权在评议会手中。

“我原先并不知道还有关于坎多士兵向南移动的报告，”雪瑞安刚一离开帐篷，史汪便说道，“关于这件事的报告只有这一份。边境国人很少会去远离妖境的地方——这是每个傻瓜都知道的事情，所以这不像是某个人随便编出来的故事。”史汪并没有从某份档案上读取这个报告，现在她对于玉座的情报网还维持着薄弱的控制。各种报告、谣言和街头巷议仍不停地流入她们的耳中，她们则对其进行研究，最后由艾雯决定将什么讯息告知评议会。莉安也有她的情报网，能够为艾雯补充更多的信息。这些情报的大部分都会让评议会知道——其中一些是评议会必须知道的，艾雯不知道各宗派情报网收集情报的能力。但有一些讯息是绝对要封锁的，为了预防危险，为了防止她真正的目标受到干扰。

最近，这些情报中很少有好讯息。凯瑞安流出了许多两仪师已经与兰德结盟的谣言，甚至更糟糕，还有谣言说两仪师在侍奉兰德，至少这种谣言还可以置之不理。智者们很少会对她说兰德，或者与兰德有关的事情，不过，根据她们提供的信息，梅兰娜还在等待兰德回来。而太阳宫中肯定还有姊妹，那是转生真龙得到的第一个王座，这已经足够产生那些谣言了。另一些讯息就不那么容易视而不见，即使它们的来源仍然不清楚。伊利安的一名印刷匠声称，他有证据证明兰德亲手杀死了马汀·斯戴潘诺，并用至上力毁掉了他的尸体。那里的一名码头工人说，她看见那位前国王被捆住、塞着嘴，卷进一张地毯里，丢在一艘船上，在港口卫兵队长的监视下，那艘船驶进夜幕里消失了。相较而言，前一个谣言还更可信一些。艾雯当然希望那些宗派的眼线没有听过同样的故事。在姊妹们的纪录中，兰德的名字已经有了太多的黑色印记。而与此类似的讯息还有很多。霄辰人似乎牢牢控制住艾博达，很少有和他们对抗的势力。当然，那个国家的女王能够统治的范围，仅限于首都以及骑马离开首都一两天内就能到达的地方。不过这种讯息不可能让人精神振奋。沙度人似乎到处都是，但关于他们的讯息总是来自于道听途说的道听途说的道听途说。大多数姊妹似乎相信分散于各地的沙度人是兰德派出的，但智者们否认这一点——这是雪瑞安带回来的讯息。当然，没有人想要太过靠近智者，理由有上百个，但没有人想要在特 · 雅兰 · 瑞奥德中与智者们见面，除了那些向艾雯发过誓的姊妹必须服从这样的命令。爱耐雅无奈地称这种会面为“紧凑的谦卑课程”，她在这样说的时候丝毫没有觉得好笑的意思。

“不可能有这么多沙度人。”艾雯喃喃地说。第二批木炭里没有草药，这些炭现在也大多变成了灰烬，弥漫在空气中的烟尘让艾雯的眼睛感到有些刺痛，但如果导引熄灭火盆，又会让最后一点热气消失。“一定有一些是强盗干的。”毕竟，有谁能区分被强盗劫掠一空的村庄，与被沙度人劫掠一空的村庄有什么不同？尤其是当这些讯息已经是第三手，或者第五手的数据时。“肯定有足够的强盗会被误认为是沙度人。”那些人大多自称为真龙信众，但这不会有什么区别。艾雯活动了一下肩膀，让自己打结的肌肉放松一下。突然间，她察觉到史汪正茫然地盯着前方，好像随时都会从凳子上滑跌下来。“史汪，你睡着了吗？我们确实工作了很久，但现在还不是晚上。”现在仍然有暗弱的阳光从烟道口透进来。

史汪眨眨眼：“很抱歉，我一直在想一些刚刚发生的事，竭力想要决定是否应该让你也知道，是关于评议会的事。”

“评议会！史汪，如果你知道关于评议会的……”

“我什么都不知道，”史汪打断了艾雯的话，“我只是在怀疑。”她烦恼地舔舔嘴唇。“甚至还不是怀疑。至少，我不知道该怀疑什么。但我看到了一丝因缘。”

“那么你最好告诉我你想的是什么。”艾雯说。史汪有这种特殊的技巧——在别人眼中一团混沌的因缘，她却能有所区别。

史汪在凳子上挪了挪身体，专注地向前靠过来：“是这样，除了罗曼妲和莫芮阿以外，沙力达的宗派守护者……她们太年轻了。”史汪确实已经改变了很多，现在当她提到别的姊妹的年纪时，让艾雯觉得很不相称。“爱卡拉是除了那两名姊妹以外最年长的，我相信她也只是刚过七十岁。当然，我没有塔瓦隆的初阶生名册，不能确定她的年龄，但我的估计应该不会错。评议会中出现低于一百岁的成员并不很常见，而我们现在有九个！”

“但罗曼妲和莫芮阿也都是新选出的宗派守护者，”艾雯轻声说道。她将臂肘放在桌面上，这的确是很长的一天。“她们都不年轻了。也许我们应该庆幸她们还不太老，否则她们也许不会选我。”艾雯可以指出，史汪在年纪不到爱卡拉一半的时候就成为了玉座，但提起这件事未免太残酷。

“也许吧，”史汪顽固地说，“罗曼妲对于自己在评议会中的地位极有信心，正如同她那种毫无顾忌的表现一样，大概不会有任何黄宗姊妹敢于忤逆她。而莫芮阿……她并没有依附蕾兰，但蕾兰和莱罗勒也许会认为她是她们的一员，我不知道。但请记住我的话，当一个人过于年轻就被提升的时候，那一定是有原因的。”她深吸了一口气。“包括我在内。”失落的痛苦闪现在她的脸上，那肯定是因为她失去了玉座，也许是因为她所承受的这一切。史汪经历过忽而在天、又骤然坠地的无常，艾雯相信，史汪是她所见过的最强韧的女人。“实际上，这里有足够年纪合适的姊妹可以成为宗派守护者，我不明白怎么会有五个宗派拒绝她们年纪高迈的姊妹。这里有因缘的变化，我要把它分辨出来。”

艾雯并不同意。不管史汪想要分辨什么，变化已经出现在每一个地方。在扳倒史汪的过程中，爱莉达打破了传统，几乎也打破了法律；姊妹们逃离白塔，让全世界知道了这件事。这肯定是以前从没有发生过的改变。年长的姊妹很可能会坚持传统的方式，但即使是她们之中，也有人见到这些巨大的变化，正因为如此，才会有这么多年轻人被选中。要不要命令史汪别再浪费时间揣测这种事情？史汪还有许多事情要做；不过，或者让她继续这样想下去，会对她更好一些？实际上，史汪的内心深处一直想要证明她所见到的这些改变并没有真正发生。还没有等到艾雯做出决定，罗曼妲已经掀起门帘，将头探进帐篷。帐篷外，雪地上落下许多长长的影子，黄昏很快就到来了。罗曼妲的面孔就像那些阴影一样黑，她用那种严厉的目光盯着史汪，一字一顿地说：“出来！”

艾雯向史汪微微一点头。但史汪已经站起来了，她踉跄一步，然后就跑出了帐篷。史汪对罗曼妲的遵从，不仅是因为罗曼妲是宗派守护者，还因为她们在至上力上的差距。

罗曼妲走进帐篷，摔下帘子，拥抱了真源，阴极力的光晕包围了她，她甚至没有装装样子征询艾雯许可，就在帐篷里编织出一个防止偷听的结界。“你是个傻瓜！”她咬着牙说道，“你以为你能将这个秘密隐瞒多久？士兵们都在说这件事，孩子，男人们什么都会说出来！如果评议会不把布伦的脑袋插在枪尖上，那就是他的好运了。”

艾雯缓缓地站起身，抚平了裙摆，她一直在等待这个时刻，但她仍然必须小心行事。游戏已经开始了，一切都有可能在转瞬间变得对她不利，她必须装出天真无知的样子，直到她能停止这种伪装的时候。“玉座猊下。”罗曼妲走到艾雯面前，距离艾雯不到一臂的地方，看她咄咄逼人的目光，她大概还想再向前走几步。“你只是个婴儿！你的屁股仍然记得在初阶生时最后一次挨的鞭子！发生了这样的事情，如果评议会没有把你扔在一个角落里，丢给你几件玩具，那就是你的好运了。如果你想避免这种后果，就要听我的，按照我告诉你的去做。现在，坐下！”

艾雯的内心剧烈地翻腾着，但她坐了下去。情况发展得太快了。

罗曼妲满意地用力一点头，将双拳叉在腰间。她瞪着艾雯，就像一位严厉的叔母教训一个犯错的侄女，一位非常严厉的叔母，或者更像一名牙痛的刽子手。“与佩利瓦和爱拉瑟勒的会面必须进行，现在这件事已经安排好了。他们等待着见到玉座猊下，他们会见到她。你在这次会面中会得到你的名号所应有的一切尊荣显贵。你要告诉他们，我是你的代言人。在那以后，你就要咬住你的舌头！必须以足够的强势才能防止他们制造麻烦，必须要清楚现实状况的人才能做到这一点。毫无疑问，蕾兰很快就会来，想要全权处理此事。但你要记住她已经犯下的错误。今天我一直在和其他宗派守护者交谈，看样子，在下次评议会召开的时候，茉瑞莉和梅兰娜的失误会被确定落在蕾兰头上。所以，如果你还会希望能获得经验，让你能真正承受这条圣巾，那希望就握在我的手上！你明白了吗？”

“我非常明白。”艾雯说道，她希望自己的声音足够柔顺。如果她让罗曼妲成为她的代言人，就不会再有任何转圜的余地。评议会和全世界都将知道，是谁在捏着艾雯·艾威尔的脖子。

罗曼妲的眼睛似乎一直盯进了艾雯的脑子里。过了一会儿，她才略一点头：“我希望你能做好，我要将爱莉达从玉座上赶下来。我不会让一个自以为已经可以独自走过大街的女孩，毁掉我的计划。”她哼了一声，披上斗篷，大踏步走出了帐篷。结界也随之消失了。

艾雯坐下来，皱起眉看着帐篷入口。孩子？烧了那个女人吧，玉座是她，不是那女人！不管她们是否喜欢，是她们推举了她，就必须接受这个事实！艾雯抓起石雕的墨水瓶，向门帘掷了过去。

蕾兰急忙向后一退，惊险地避开了飞溅的墨水。“不要激动，不要激动。”她一边训斥着，一边走了进来。也像罗曼妲一样，她未经许可便拥抱了真源，编织出防止偷听的结界。但与火冒三丈的罗曼妲不同，她却显得很高兴，一边揉搓着戴手套的双手，一边微笑着。

“我不认为我需要告诉你，你那个小秘密已经被泄露了。这对布伦爵士非常糟糕，不过我想，他还具有很大的价值，不会被杀，我会帮他的。让我看看，我想，罗曼妲应该已经告诉你，将有一次与佩利瓦和爱拉瑟勒的会面，而你要做的只是将一切权力委托给她。我说得对吗？”艾雯显出困扰的神情，但蕾兰只是向她挥了挥手。“不需要回答，我了解罗曼妲。不幸的是，我在她之前得知了这个讯息。我没有直接来找你，而是先征询了其他宗派守护者的意见，你想知道她们是怎么想的吗？”艾雯的双手在膝盖上握起了拳头，她希望蕾兰不会注意到这个动作：“我希望你告诉我。”

“你没有立场用这种口气和我说话。”蕾兰厉声说道。但在下一个瞬间，她又恢复了微笑的表情。“评议会对你很不高兴，非常不高兴。无论罗曼妲是怎样威胁你的——那些伎俩不难想得到——我也可以给你同样的威胁。但罗曼妲的专横跋扈已经让多数的宗派守护者感到不安，所以，除非你想让自己现在可怜的一点权威变得更加可怜，否则你明天就要让罗曼妲吃上一惊——你要提名我做你的代言人。很难相信爱拉瑟勒和佩利瓦竟然会愚蠢到采取这种行动。不过，等到明天我和他们见过面以后，他们将只能夹着尾巴逃走。”

“我怎么知道你不会让你的威胁成为事实？”艾雯希望自己听来的语调像是郁闷而非愤怒。光明啊，但她真的已经疲惫到不愿再装下去了！

“因为我说了，我不会，”蕾兰喝道，“难道你现在还不知道自己实际上没有任何一点权力？权柄在评议会手中，在我和罗曼妲的手中。再过一百年，也许你能够成长到胜任这条圣巾的水平。但现在，你最好安静地坐着，将两只手放好，就让清楚状况的人来扳倒爱莉达吧。”

蕾兰离开之后，艾雯又一次坐在椅子上盯着前方，这一次，她没有让愤怒沸腾。*你也许能成长到胜任这条圣巾的水平。*罗曼妲也说过这样的话。*让清楚状况的人来做。*艾雯想，*自己是在自欺欺人吗？一个孩子，正在毁掉一个有经验之人能轻松处理的局面？*

史汪无声地走进帐篷，面带忧色地看着艾雯。“加雷斯·布伦刚刚来告诉我，评议会已经知道了那件事，”史汪的声音很干涩，“表面上，他找我只是来问我他的衬衫洗好了没有。他该死的衬衫！会面在明天进行，在北方大约五小时路程的一座湖边。佩利瓦和爱拉瑟勒已经在路上了，还有娅姆林，她是第三个大家族的家主。”

“这比蕾兰和罗曼妲认为应该告诉我的信息要多。”艾雯的声音同样干涩。不，一百年来被一只手牵着被押着脖子，或者五十年，或者五年，她不会有任何成长。如果她必须成长，她就必须现在成长起来。

“哦，该死的，”史汪呻吟了一声，“我受不了了！她们都说了什么？情况怎么样了？”

“大致和我们预想的一样。”艾雯的声音中带着微笑，也带着一点诧异。“史汪，即使我告诉她们应该怎么做，她们也不可能做得更好了。”

当雪瑞安走到自己的小帐篷前时，最后的一点阳光也消失了。她的帐篷甚至比艾雯的更小，如果自己不是撰史者，她就必须和别人分用帐篷了。她弯腰走进去，却发现自己并不是帐篷里唯一的人，而她立刻就遭到屏障，脸朝下地推倒在她的小床上。她在震惊中想要呼喊，却被一角毯子堵住了嘴。她的内外衣也离开了身子，仿佛一个水泡，一下子就被刺破了。

一只手扳起她的头：“你应该向我提供信息的，雪瑞安，那个女孩一定有她自己的计划，我想要知道那是什么。”

很长时间之后，雪瑞安的讯问者才相信，雪瑞安已经把她所知道的一切都说了，没有任何一丝一毫的隐瞒。当帐篷里最终只剩下雪瑞安一个人的时候，她只能躺在床上，为自己的鞭伤而呜咽，苦苦地希望着自己一生里，从未与任何评议会中的任何一名姊妹交谈过。

第 17 章

在冰上

距离天亮还有很长时间，一支队伍已经骑马离开了两仪师营地。除了鞍鞯皮革的摩擦声和马蹄踏碎雪壳的轻响，这支队伍几乎没有发出任何声音。偶尔会有一匹马打个响鼻，或者两件金属物品撞击在一起，但这些声音也都转瞬即逝。月亮已经落下地平线，只有星光还在天空中闪烁，不过覆盖大地的白色雪毯在黑暗中渗进一片微光。当第一缕朝霞出现在东方的时候，他们已经走了一个小时，或者更多时间，不过他们并没有走很远。在一些宽阔的路面上，艾雯能够让戴夏以慢速奔跑，一片片白色的雪雾在马蹄前溅起。但在大部分时间里，马匹只能行走，而且步伐不能太快。在稀疏的树林中，积雪已经很厚了，树枝上也铺满一层雪粒。橡树、松树、酸胶树、羽叶木，还有艾雯认不出的树木，与干旱时相比，全都显得湿漉漉的，一副颓唐的模样。今天是亚朗姆节，但这里不会有什么烤蜂蜜蛋糕，只愿光明能在今天让某些人大吃一惊吧。

太阳缓缓地爬上天空，如同一个黯然的金球，没有释放出任何热量，每一次呼吸都会让喉咙感到疼痛，并且在嘴前化成一股白烟。一阵风吹过，不算很强，但已让人感到凛冽。西方，黑云正向北滚滚压去，那里就是他们要去的安多。艾雯为那些乌云下的人感到一点可怜，并且有些庆幸那些乌云正在朝远离他们的方向移动。

如果让她再等一天，她大概会发疯。昨晚她根本无法入睡，不是因为头痛，而是因为烦躁的心情。因为缺乏休息而导致的不安、丝丝缕缕的恐惧如同从帐篷下缘卷进的冷风。但她并不累。她觉得自己好像一根被压紧的弹簧，全身充满了瞬息爆发的能量。光明啊，任何一点不慎都有可能导致可怕的后果。

这是一支颇为壮丽的队伍，领队的是白塔的旗帜——塔瓦隆白火被螺旋形的七色围裹在正中，每一种颜色代表了一个宗派。这是在沙力达秘密缝制的，它一直和评议会钥匙一起放在箱底，直到现在才被拿出来装点门面。一千名重甲骑兵组成的近卫队配备着全套长枪、剑、钉锤和战斧，这在边境国以南是非常少见的。近卫队的指挥官是一名独眼的夏纳人，那个人的眼罩上绘着色彩浓烈的图画。艾雯觉得第一次见到这个人之时，已经是一个纪元以前的事情。

乌诺·诺斯塔从头盔的钢栅护面之后瞪着那些树，像是要看透每一个有可能隐藏着敌人的树丛。他的部下都和他一样，警觉地在马鞍上挺直了身子。

在队伍前方视野的边缘，有一队戴着头盔、只披挂了前后护胸甲的骑兵，他们的斗篷都在身后飘飞着，每个人都是一只戴骑马手套的手抓着缰绳，另一只手握着短弓。在大队的左右两侧和后方也各有一千人马，负责巡逻和护卫任务。加雷斯·布伦不认为安多人会有欺诈的行为，但他告诉艾雯，他以前在这样的事情上犯过错误，而且这里还有莫兰迪人。而且爱莉达，甚至是暗黑之友都有可能派出刺客。只有光明知道暗黑之友会在什么时候决定杀人，以及为什么。虽然沙度人应该距离这里很远，但在他们发动袭击之前，没有任何人知道他们会在什么地方；即使是强盗也可能对一支小小的队伍下手。布伦爵士不是一个心存侥幸的人，艾雯对这一点很高兴，而且，今天她想要有尽可能多的见证人在场。

艾雯走在旗帜前面，雪瑞安、史汪和布伦跟在她身后，他们似乎都沉浸在自己的思绪里。布伦爵士轻松地坐在马鞍上，他呼出的白雾在护面甲上挂了一层薄薄的白霜，但艾雯能看出，他的平静正说明了他思想的激流——他必须战胜的激流。史汪骑马的姿势非常僵硬，以这样的姿势，他们还没到达目的地，史汪就已经会全身酸痛了。她一直盯着北方，仿佛已经看见了那片湖。有时候她会自顾自地点点头，或者是摇摇头，史汪只有在不安的时候才会这样。对于即将到来的会谈，雪瑞安所知道的并不比宗派守护者更多，但她显得比史汪更加紧张。她面色凝重，不停地在马鞍上挪动身体，不知为什么，她的绿眼睛里闪着怒气。在旗帜后面，全体白塔评议会排成两列纵队，她们都穿着华美的丝绸、天鹅绒和裘皮衣服，斗篷上绣着塔瓦隆之火。即使是平日里身上饰物只有一枚巨蛇戒的人，今天也都穿得焕然一新，戴上了营地珠宝储存中最好的首饰。而护法们只是披上变色斗篷，就已经显得比两仪师更加壮观夺目了，那些斗篷在风中飘摆着，幻化出不同的色彩，让他们身体的绝大部分都难以被看见。后面跟着的是仆役，每一名姊妹都带着两到三个人，他们也都骑着营地中能找到的最好的马。除去那些牵着驮马的仆役以外，那些骑马的仆人甚至有可能被看作是低阶贵族。营地中的每一口箱子都被涂上鲜亮的色彩，拿出来装饰这支队伍。

也许因为没有护法，宗派守护者黛兰娜让哈丽玛骑着一匹模样精壮的白色母马，走在她身边。她们两个人几乎是并辔而行。有时候，黛兰娜会倾过身子和哈丽玛说几句话，但哈丽玛显然是太兴奋了，并没有注意听黛兰娜在说些什么。理论上，哈丽玛是黛兰娜的秘书，但所有人都相信，这位庄严的白发两仪师对于这名热情的黑发乡下女子的关系更像是慈爱，或者是友谊。艾雯曾经见过哈丽玛的手，那上面有着小孩子刚刚学写字的时候才会有的那种压痕。今天，哈丽玛穿得像两仪师一样华贵，身上的宝石一点也不比黛兰娜少。那一定都是黛兰娜给她的。每当一阵风吹开她的天鹅绒斗篷时，都会裸露出面积大得令人吃惊的胸部。她也总是笑着将斗篷再拢好，却绝不承认她比两仪师感到更寒冷。

这一次，艾雯很高兴那些宗派守护者送了她那么多漂亮衣服，让她能够在穿着上有压倒性优势。她的蓝绿色丝衣上装饰着白色缎带和许多珍珠，珍珠缀饰甚至一直延伸到她的手套上。在挑选衣服的最后时刻，她选中了罗曼妲送给她的一件白貂皮镶边斗篷，和蕾兰送给她的翡翠、白猫眼石耳坠和项链。她用来装饰头发的月长石是姜雅送她的。今天玉座必须足够辉煌灿烂。

就连史汪今天也穿得仿佛是要参加舞会一样，她披着装饰奶油色缎带的蓝色天鹅绒斗篷，脖子上挂着用珍珠串成的饰带，头发上系着更多缎带。

罗曼妲和蕾兰率领着宗派守护者，紧紧跟在持旗士兵身后，以至于那名士兵不时会紧张地回头瞥一眼，催促坐骑向前一点。艾雯拼命克制自己，一路上只回了一两次头，但她能感觉到那些目光就射在她的肩胛骨之间。她们全都认为艾雯只是一件被紧紧系住的包袱，但她们全都在猜测，那根绳头握在谁的手里。哦，光明啊，一定不能出错，现在一定不能。

除了两仪师的队伍以外，白雪皑皑的大地上看不到任何其他的动静。一只鹰伸展双翼，在冰冷的蓝天上盘旋了一阵，又向东飞去。艾雯有两次看见黑色尾巴的狐狸在远处奔跑，它们的皮毛还是夏季的。有一次，一头叉角高耸的大鹿在远处的树林中晃了一下，又不见了。一只野兔从贝拉的蹄下跳出来，几下就没了踪影，却把那匹长毛母马惊得昂起了头。史汪惊呼一声，抓住缰绳，她似乎以为贝拉要冲出去一样，当然，贝拉只是责备般地打了个响鼻，就继续不紧不慢地走了下去。艾雯高大的花斑阉马却接连倒退了两步，虽然那只野兔根本没有靠近它。

史汪低声嘟囔了几句，她用了不少时间才理顺贝拉的缰绳。她一骑到马背上，脾气就会变得很糟糕，如果有可能，她在行军的时候总是会待在马车上。不过今天她的脾气真是糟糕得厉害，当然，原因很清楚，看看她瞥向布伦爵士的火烈目光就明白了。

即使布伦注意到史汪的眼神，他也没有任何表示。他是唯一没有更换华服的人，看上去，他和平时没有什么区别，朴素，稍显风霜；一块经历过暴风雨的石头，还能轻易承受更多的暴风雨。不知为什么，艾雯很高兴他没有听从宗派守护者们的吩咐，穿上光鲜笔挺的衣服。她们确实需要给对方留下一个印象，但艾雯觉得布伦现在的样子已经棒极了。

“这是一个骑马的好天气，”过了一会儿，雪瑞安说道，“没有任何事比在雪中骑马更能让头脑清醒。”她的声音很低，然后看了一眼仍然在小声嘀咕的史汪，微微一笑。

史汪什么都没有说——在这么多双眼睛前面，她也没办法说什么话，但她狠狠地瞪了雪瑞安一眼，仿佛是在说，过后一定会去找她理论。那名火色头发的女人突然转过头，有一点瑟缩的样子，她的斑点灰母马展翼跳起一步，雪瑞安过于用力地将它按了下去。她对于任命她为初阶生师尊的那个人从没有表示过什么感激之意，而且，像大多数处于这个位置上的人一样，她有许多理由责备史汪。这是雪瑞安向她发誓以后，艾雯在她身上找到的唯一缺陷，而雪瑞安则否认这一点。作为撰史者，她不应该像其他发过誓的姊妹那样从史汪那里接受命令。但艾雯立刻就明白了雪瑞安的真实用意。这不是雪瑞安第一次想要设下鱼钩了。史汪坚持要由她自己来对付雪瑞安，现在她的自尊已经太过脆弱，所以艾雯不能拒绝她这个要求，除非事情已经脱离了控制。艾雯只希望能有办法让行进的速度更快一些。史汪又开始喃喃自语了，雪瑞安显然想要找一些不会引起争吵的话题来说。所有这些人都在一边嘀咕着，一边偷瞥着艾雯，像是她们想从她身上找到自己的出路一样。过了一会儿，就连布伦那种冷静泰然的样子也让艾雯感到厌倦。艾雯发现自己正在想一些说出来可能会让布伦心神不宁的事情。不幸的是——或者，也许要说，幸运的是——艾雯完全想不起任何能产生这种作用的事情。但如果她还要再这样等下去，她觉得自己也许会失去所有耐性。

太阳正在向天顶攀爬，队伍还在一里一里地向前挪动。终于，在前方哨探的一名骑兵转过身，举起了一只手。匆匆向艾雯致歉以后，布伦就策马飞驰了出去。布伦的枣红色阉马旅者虽然身体强健，在雪地上奔驰却仍然难免有些步伐不稳。不过布伦很快就追上了那些哨兵，和他们说了几句话以后，哨兵们又分散到树林里去了，只有布伦在原地等待着艾雯和其他人。

当布伦回到艾雯身边时，罗曼妲和蕾兰也来到他们近前，这两位宗派守护者甚至没有向艾雯打一个招呼，就直接用两仪师冰冷的目光盯住了布伦。在这种目光中动摇的男人无以计数。不过，两位宗派守护者现在却也不得不彼此偷换一个眼神，她们似乎并没有发觉她们正在做什么。艾雯希望，如果她们能有她一半那么紧张，她就满意了。

两仪师的目光落在布伦身上，如同雨水落在岩石上。布伦向宗派守护者们微一鞠躬，但他说话的对象却是艾雯。“她们已经到了，吾母。”这没有超出预期。“像我们一样，他们带了尽量多的人，但他们只停留在湖北岸。我已经派哨兵去确认没有人绕湖过来，不过我认为他们不会这样做。”

“就让我们希望你是正确的吧。”罗曼妲用严厉的语气对布伦说道。蕾兰的声音则更加冰冷：“最近你的判断并非总是正确了，布伦爵士。”她的声音如同一把冰铸的刀子。

“你说得没错，两仪师。”布伦又微微鞠了一躬，但他说话的对象依旧是艾雯。像史汪一样，现在布伦已经公开成为艾雯这方的人，至少评议会是这样认为的。艾雯希望评议会不知道她和布伦的关系有多牢固；但她希望自己能知道这个关系有多牢固。“还有一件事，吾母，”布伦继续说道，“塔曼尼也在湖东岸，他带着大约一百名红臂队。这么小的一支队伍不足以造成什么麻烦，而且我认为他并不想制造麻烦。”

艾雯点了一下头。不足以造成什么麻烦？塔曼尼一个人就足够了！她的嘴里泛起一股胆汁的味道。现在——绝对——不能——出错！

“塔曼尼！”蕾兰喊了一声，她的冷静也随之破碎，她一定像艾雯一样紧张。“他怎么会知道？如果你已经将真龙信众纳入你的计算之中，布伦爵士，那么你真的还要再学学什么是以防万一！”

罗曼妲的话音在这时压过了蕾兰：“这只会让你蒙羞！你说你刚刚得知他也在这里？如果是这样，那么你的名声也只是个一戳就破的气泡而已！”看样子，今天两仪师们的镇静相当薄弱。她们还在发脾气，但布伦已经策马前进了，只是在不得不有所响应的时候，他才会说上两句：“正像你说的那样，两仪师。”当艾雯今天早晨听到这个讯息的时候，曾经更加严厉地训斥过布伦，但布伦同样没有任何反应。史汪终于哼了一声。当宗派守护者们惊讶地看着她的时候，她的双颊立刻变成了红色。艾雯几乎要摇头了。史汪肯定爱上了布伦。肯定需要有人和她谈一谈！不知为什么，布伦在微笑，那也许只是因为他终于摆脱了宗派守护者们的注意。

树林变成了一大片开阔地。现在没有时间胡思乱想了。芦苇和香蒲在雪地上形成一条黄褐色的环带，标示出湖的边缘，湖面现在只是一片大致为椭圆形的平坦雪原。在冰冻的湖面上已经立起了一座蓝色的大遮阳帐。一小群人正在那里忙碌。十几匹马被仆人牵着，立在旁边。微风吹起一串串飘带和几面旗帜，也将一阵阵发号施令的微弱喊声带到艾雯耳边。更多的仆人加入了工作的人群。很显然，他们到这里的时间也不久，还没有完成准备工作。

大约在一里以外的树林中闪烁着几点金属的光亮。那是许多金属。塞满了全部北方的湖岸。在东边，很靠近大帐的地方，百名红臂队没有任何要隐藏自己的意思，只是牵着马，站在香蒲丛旁边。当塔瓦隆的旗帜出现时，他们之中的一些人纷纷向这里指指点点。在大帐边上的人也都停下手中的工作，向这里望过来。

艾雯一直让坐骑走到冰面上才停下来。她开始按照初阶生时所学的那样，想象自己是一朵向太阳开放的玫瑰花。她并没有拥抱阴极力，但这样做所产生的平静心情对她很有用。

史汪和雪瑞安跟在她身后。再向后面是宗派守护者和她们的护法及仆人。只有布伦爵士和旗手继续向前走去。喊声从后方传来，让艾雯知道乌诺正在命令他的武装骑兵沿湖岸排成数组。轻骑兵负责掩护重骑兵的两翼。他们丝毫没有放松警惕。这片湖面被选作会谈地点的原因之一，是这里的冰层已经厚到足以承载一定数量的马匹，但仍然无法负担成千上百人的大部队。这让双方都没有机会动用武力。当然，一座位于弓箭射程以外的帐篷并不能脱出至上力的作用范围之外——只要它能被导引至上力的人看见。但即使是世界上最坏的男人也知道，他在两仪师身边是安全的，除非他主动威胁到两仪师。艾雯重重地呼了一口气，开始让自己重新获得平静。

向玉座猊下致敬的正确方式应该是让仆人奔跑过来，呈上热饮和用热石块保温的热毛巾；贵族们则要亲手接过玉座猊下的缰绳，并送上亚朗姆节应有的亚朗姆之吻。那边的人群中应该不缺乏仆人，但没有人从大帐旁边走过来。布伦下了马，亲手牵住戴夏的缰绳。在昨天为艾雯添换木炭的那名细瘦年轻人跑过来扶住了艾雯的马镫。他的鼻子上还是挂着鼻涕，不过，今天他穿上了一件稍有些肥大的大红天鹅绒外衣，披上了一条亮蓝色的斗篷。这让他比站在对面的那些贵族还要光彩耀人。那些贵族大多只穿着厚实的羊毛衣服，没有什么配饰，几乎看不到任何丝绸和缎带。下起大雪的时候，他们肯定已经在行军途中了，那时他们只能在匆忙中找出一些合身的寒衣。不过实际上，今天这名年轻人的穿着几乎要比匠民还要花俏。

遮阳大帐的地面上已经铺好了地毯，四周点起了火盆。不过冷风把热量和烟气都吹走了。遮阳帐里面相对着摆了两排椅子，每一排八把，他们没有想到会有这么多两仪师。一些贵族交换着惊惶的眼神，他们的一些仆人则绞着双手，不知道该做些什么。他们其实不必如此。

这些椅子的形状不尽相同，不过至少在尺寸上没有太大差别，而且镀金、雕花和破损的程度也都差不多。那名细瘦的年轻人和许多其他仆人跑进大帐，在贵族们紧皱双眉的注视中，甚至没有说一句话，就将那些为两仪师准备的椅子挪到雪地里，之后又跑回来，帮助这边的仆人卸下驮马上的担子。这过程中始终都没有人说一句话。

很快，艾雯和全体评议会的座位都安排好了。这些都只是简单的凳子，但全都被打磨得闪闪发亮。每张凳子都用一个大箱子垫高，箱子上覆盖了与座位主人所属宗派颜色相符的布。座位一直排列到遮阳帐的两端。艾雯的座位在所有座位的最前面，她的箱子上覆盖着七色布匹，就如同她的圣巾一样。为了准备这些，两仪师营地里昨天足足乱了一夜，先是要找到足够的蜂蜡打磨这些凳子，然后又要找到颜色合适的上等布匹。

当艾雯和宗派守护者们就座的时候，她们比那些坐椅子的贵族要高了一尺有余。艾雯曾经对这种安排有所疑虑，但对方的冷漠反倒让她安下了心。即使是最穷困的乡下农夫也会在亚朗姆节给经过门口的流浪者一杯水、一个吻。她们不是来这里求告的乞丐，她们不是普通人，她们是两仪师。

护法们站在他们的两仪师身后。史汪和雪瑞安随侍在艾雯身旁。姊妹们傲慢地卸下斗篷，收起手套，以强调寒冷对她们莫可奈何，而那些贵族只能将斗篷紧紧地裹在身上。在外面，塔瓦隆之火飘扬在凛冽的寒风中。只有哈丽玛坐在黛兰娜的凳子旁边，用灰色布覆盖的箱子边线，似乎与两仪师的阵势不大切合，但她一双绿色的大眼睛瞪着那些安多人和莫兰迪人，充满了挑战的意味，丝毫没有减弱两仪师的威仪。

当艾雯坐到最前面的位置上时，那些贵族中有几个人睁大了眼睛，但也只是很少几个而已，没有人真正显出吃惊的神情。*大概他们已经听说过少女玉座的事情了，*艾雯冷冷地想，*好吧，还曾经有过比我更年轻的女王呢，在安多和莫兰迪也不例外。*她平静地点点头，雪瑞安指了一下那排椅子。无论是谁先到、谁搭起的这座遮阳棚，召开会议的主人，掌握局势的人，是毋庸置疑的。

当然，那些贵族绝对不会立刻就遵从，他们先是陷入了一片沉默。每一名贵族都在犹豫着，寻找着办法，想要让自己获得和两仪师平等的态势，当他们意识到这已经不可能的时候，不止一个人的脸上露出难看的神色。最后，他们之中的八个人面色阴沉地坐进椅子里，四个男人和四个女人，全都恼怒地整理着斗篷和裙子。那些低阶贵族站在椅子后面。很显然，安多人和莫兰迪人之间并没有多少好感；而那些莫兰迪人，无论男女，在同胞之间也用力推挤、低声争吵，只想争一个靠前的位置，就像对待他们的“北方盟友”一样。两仪师同样收到许多阴沉的目光，还有几个人狠狠地瞪着布伦。布伦这时将头盔夹在手臂下面，站在两仪师侧旁，他的名望在这两个国家都很高，即使是那些一心希望他死掉的人往往也不得不尊敬他，至少在他开始率领两仪师的军队之前是这样的。布伦对那些凶狠的目光视而不见，就如同他对待宗派守护者们的利舌一样。

还有一个人没有加入任何一方。那个人皮肤白皙，比艾雯高不过一个拳头，他穿着黑色的外衣和胸甲，剃光了前额，在他的左臂上系着一条红色的长飘带。他的深灰色斗篷在胸口的部位有一只红色的大手印——塔曼尼站在布伦对面，靠在遮阳帐的一根立柱上，神情傲慢而随意，没有流露出半点心中的想法。艾雯很希望自己能知道塔曼尼在这里干什么，他在两仪师队伍到达之前都说了什么。不管怎样，艾雯决定必须和他谈一谈，当然，不能在这个有一百只耳朵的地方。

对面中间的椅子上坐着一名身材瘦削、满面风霜的男子，他向前倾过身子，张开口，但雪瑞安以清晰有力的声音抢在他之前说话了：

“吾母，请让我向您介绍，安多的爱拉瑟勒·任厦，任厦家族家主。佩利瓦·柯易蓝，柯易蓝家族的家主。娅姆林·卡兰得，卡兰得家族的家主，以及她的丈夫，库汉·卡兰得。”每一个被叫到名字的人都愤懑地点了一下头。那名本来要说话的瘦削男子正是佩利瓦，他前额的黑发已经脱落了许多。然而雪瑞安一直不停地继续介绍下去，幸亏布伦提供了她那些贵族代表的名单。“请让我介绍，莫兰迪的东恩·德·莫尼·亚洛登，思安·德·梅宏·亚麦坎萨，培德·德·非尔拿·亚柯，希甘·德·挨夫海林·亚鲁斯。”听到自己的封号没有被报出来，那些莫兰迪人显得比安多人更加气愤。

东恩身上的缎带比大多数女贵族还要更多一些，他一直用力捻着卷曲的胡须；培德则像是要把自己的胡子扯断一样；希甘咬着丰满的嘴唇，一双黑眼睛似是燃起了火焰。思安是一名矮壮的灰发女人，她响亮地哼了一声。雪瑞安完全没有理会他们的反应：“你们正在封印守护者的注视下，在塔瓦隆之火面前，你们可以向玉座猊下呈上你们的诉求。”

是的，他们不喜欢这样，一点也不喜欢。艾雯曾经想象过他们愤怒的样子，而现在，他们看上去就好像塞满了绿柿子。也许他们以为能假装她根本就不是玉座，他们会明白的。当然，首先，她要教育的是评议会。“安多和白塔之间有着古老的联系，”艾雯的声音响亮而坚定，“姊妹们一直相信我们在安多和莫兰迪将受到欢迎。为什么你们要纠集一支军队对抗两仪师？你们在君王和国家不敢有任何动作的地方放肆无礼。如果冒犯两仪师，即使是帝王也难逃毁败。”

这听起来是适当的威胁，不管麦瑞勒等人是否已经为她做好了准备。如果运气好，她们也够聪明，那么现在应该已经在返回营地的路上了。如果这些贵族中有人没说出正确的名字，那么她对评议会就会失去一个优势。但这样一点变化对于整个局势也只是九牛一毛而已。

佩利瓦旁边的女人和他交换了一个眼神，站了起来。爱拉瑟勒的脸上已经有了皱纹，但仍然能看出，她在年轻时是一位非常美丽而且纤细的女人，现在，她的头发有许多变成了灰色。她的目光像护法一样强悍有力，戴着红色手套的手抓住斗篷边缘，嘴唇抿成一条细线，但很显然，她并未显示出有丝毫担忧。她扫视了一遍在座的宗派守护者，然后才开始说话。她说话的对象不是艾雯，而是艾雯身后的两仪师们。艾雯咬着牙，做出一副专注的表情。

"我们来到这里的原因，恰恰是因为我们不想被卷进白塔的事务里。"爱拉瑟勒的声音里透出威严，这对于一名强大家族的家主并不奇怪。不过艾雯本来以为她会流露出一点犹豫的痕迹，虽然她是一名强大的贵族，但如今面对的毕竟是几十位两仪师，更何况还有玉座。"如果我们听到的讯息是真的，那么，允许你们顺畅无阻地通过安多，也许会被白塔看作是给予你们帮助，甚至可能是和你们结盟。如果没有阻止你们，那我们的下场大概就要和榨汁机里的葡萄一样。"几名莫兰迪人将阴沉的目光转向了她。莫兰迪人绝对不想阻止两仪师通过，很可能在今天以前，这些人根本就没有考虑过，两仪师从另外一个国家通过时会产生什么后果。爱拉瑟勒仿佛没有注意到莫兰迪人的反应一样，继续说了下去，不过艾雯不相信她的感觉有那么迟钝。"最糟糕的是……我们已经……获取报告……两仪师正率同白塔卫兵秘密进入安多，也许可以称这些讯息为谣言，但这些谣言从许多地方传来。我们不想看到两仪师之间的战争在安多爆发。"

"光明护佑我们！"东恩突然红着脸说道。培德鼓励地点点头，同时滑到了座位的边缘。思安则仿佛要跳起来的模样。"也没有人想看见这种事发生在这里！"东恩喊道，"不要在这里爆发两仪师的战争！我们已经听说了东方发生的事情！那些两仪师……"

爱拉瑟勒止住了东恩的话头，也让艾雯稍微松了一口气。"如果你想说话，东恩领主，你可以在轮到你说话的时候开口。"然后她又转过身，面向艾雯——实际上是面向宗派守护者们。她没有等待东恩的回答，东恩被晾在那里，只能继续说些不知所云的话，而另外三名莫兰迪人也只能对她怒目而视。爱拉瑟勒则显得相当镇定，仿佛只是在陈述一些显而易见的简单事实："就像我说过的那样，不管那些传闻是否属实，两仪师战争都是我们最害怕的事情。两仪师可能正在安多秘密集结，还有白塔卫兵，而另外一支两仪师率领的军队正在准备进入安多。

我们本以为白塔在安多集结力量，只是为了一个目标，而直到最近，我们才知道她还有另一个目标。我几乎无法想象白塔会这样做。你们应该针对的目标只有黑塔。”爱拉瑟勒微微颤抖了一下，艾雯不认为那是因为她感到寒冷。“一场两仪师之间的战争会毁掉广袤的大地，也许会毁掉半个安多。”

佩利瓦猛地站起身：“问题很清楚，你们必须绕路而行。”他的声音令人惊讶地高亢，也像爱拉瑟勒一样坚决。“如果我必须一死，以保卫我们的土地和人民，那也比让我的土地和人民死亡要好。”

爱拉瑟勒向他打了个安抚的手势，佩利瓦才平静下来，坐回到自己的椅子里，但他严厉的目光中仍然有火焰腾起。身材丰满、穿黑色羊毛衣裙的娅姆林和她的丈夫都向佩利瓦点了点头。

东恩盯着佩利瓦，仿佛他自己从没有过这样的想法。有这种反应的并不止东恩一个，一些站在后面的莫兰迪人开始大声议论起来，直到其他人要求他们安静。为此，甚至有人向他们挥起了拳头。到底是什么让这些莫兰迪人加入安多人的阵营？

艾雯深吸了一口气。向太阳开放的玫瑰花苞。他们并不把她当作玉座——爱拉瑟勒就差将她推到一边去了！但他们还是给了她想要的一切。镇定。现在这个时刻，蕾兰和罗曼妲应该正等待她任命她们之中的一个人为会谈发言人。艾雯希望她们在等待她的答案时，肠子会紧紧地纠缠在一起。这里不会有会谈。这里不可能有。

“爱莉达，”她依次看着爱拉瑟勒和所有在座的贵族，以平稳的声音说道，“是一名篡位者，她亵渎了白塔的核心。我才是玉座。”她很惊讶自己竟然能如此庄严肃穆、从容不迫，但即使是惊讶，也没有以往那么强烈了。光明助她，她是玉座。“我们前往塔瓦隆，逮捕爱莉达，审讯她，但这是白塔的事情，你们除了知道实情以外，不需要做任何事。那个所谓的黑塔也是我们的事情。能够导引的男人一直都是白塔的责任。在时机成熟时，我们会根据计划处理他们。但我向你们保证，不会是现在，不同的事情要按照重要的程度依序处理。”

她听见身后的宗派守护者中出现了一些骚动，有人在凳子上挪动身体，调整裙摆，至少有一些人激动起来了。确实，有些人曾经建议在经过凯姆林的时候将黑塔处理掉，她们相信，无论谣言怎么说，那里至多只可能有十来个男人而已，不可能有几百个男人想要导引。而现在那些姊妹们大概已经意识到，艾雯不会提名罗曼妲和蕾兰之中的任何一个人了。

爱拉瑟勒皱了皱眉，也许她也察觉到了什么。佩利瓦又一次想要站起来，东恩焦躁地挺直身子。这些没有任何意义，艾雯必须继续说下去，这些从来都没有任何意义。

“我明白你们所关心的，”她用同样庄严的声音继续说道，“我会解决这些问题。”红臂队使用的那个奇怪口号是什么？是了，该是扔出骰子的时候了。“我给予你们玉座的保证。我们会在这里停留一个月，进行休整，然后我们会离开莫兰迪，但我们不会越过边界进入安多。在那以后，莫兰迪就不会再被我们所打扰了，而安多完全不必有任何顾虑。我会确保这一点。”然后她又说道：“这里的莫兰迪贵族将会高兴地看到，他们向我们提供的一切物资都能得到金银作为报偿，我们将付给你们合理的价格。”如果要逼迫莫兰迪人到处搜掠马匹和供给车辆，那么安抚安多人的努力就毫无意义了。

那些莫兰迪人不安地向四周扫视着，好像无论如何都无法接受这样的条件。供给一支军队的物资可以为这些贵族换得大笔金钱，但谁又能知道两仪师会提出怎样的价格？又有谁能和两仪师的军队讨价还价？东恩显出一副要呕吐的样子；思安似乎正在头脑里计算物资的数量。围观的人群中发出窃窃私语的声音，不止是窃窃私语，艾雯几乎已经能听清楚他们在说些什么了。

艾雯很想回头看一眼。宗派守护者们保持着绝对的沉默，让艾雯觉得自己背后仿佛是一片空白。史汪直瞪着前方，双手紧紧攥住裙摆，她可能也在极力克制自己不要回头。至少，史汪还知道即将到来的会是什么。雪瑞安却什么都不知道，而她看着安多人和莫兰迪人，显示出帝王般的镇定，仿佛在场的每一个人所说的每一句话都在她的意料之中。

艾雯需要让这些人忘记他们眼前所看到的这名女孩，让他们听见一个将权力缰绳牢牢牵在手中的女人在说话，如果这缰绳原来不在她的手中，那么现在她就要握住它！艾雯加强了声音的力量：“听清楚，我已经做出了决定，现在该由你们来接受了，或者就去迎接你们在失败时必然要接受的结果。”当她说完这段话的时候，一阵强风吹过，遮阳帐随之簌簌作响，众人的衣服也都被吹了起来。艾雯平静地拨开被吹到脸上的发丝。一些围观的贵族颤抖着裹紧了斗篷，艾雯希望他们的颤抖不止是因为现在的天气。

爱拉瑟勒、佩利瓦和娅姆林交换了一下目光，然后他们三个一起审视着宗派守护者。过了一会儿，才缓慢地点点头。他们以为艾雯只是宗派守护者们的传声筒！不过，艾雯已经差一点就能大松一口气了。

“就依你们说的，”那名目光严厉的贵族女子说道，她说话的对象仍然是宗派守护者，“我们当然不会怀疑两仪师的话。但你们要明白，我们还是会留下来。有时候，耳朵听到的并不一定就是脑子里所认为的。我相信这次我可能没有误解，但我们还是会留在这里，直到你们实现诺言。”东恩真的是想要呕吐了，很可能他的领地就在附近，在莫兰迪的安多军队很少有用钱购买物资的时候。

艾雯站起身，她能听见宗派守护者们跟随她站起时，发出的轻微窸窣声。“那么，协定达成。如果我们还想在天黑的时候上床入睡的话，我们就要尽快离开了。不过我们还有一点时间，如果现在我们对彼此有一点更好的了解，也许我们能避免以后可能发生的误会。”谈话也许能让她有机会接触塔曼尼。“还有一件事是你们都应该知道的，现在，初阶生名册现在已经对所有女人敞开了。无论她的年纪多大，只要她能通过测试，就可以登入。”

爱拉瑟勒眨眨眼。史汪没有任何表示，不过艾雯觉得她听到了一声轻微的鼻息。这不属于她们曾经讨论过的部分，但不会有比现在更好的时机宣布这件事了。“来吧。我相信你们全都想和宗派守护者们谈谈，不必拘泥于礼节了。”

没有等雪瑞安伸手搀扶，艾雯已经迈步走下了箱子。她几乎有想要大笑的感觉。昨晚，她还害怕自己永远也无法达到目标，但现在她已经完成一半了，几乎就要完成一半了。这并不像她所害怕的那样困难。当然，她还有另外一半的路要走。

第 18 章

奇特的称谓

艾雯走下箱子之后的一段时间里，没有人动一下。然后，安多人和莫兰迪人几乎步调一致地向宗派守护者们走过来。很显然，一名少女玉座——一件傀儡和装饰品不会引起她们的兴趣。至少当他们面对一张没有任何岁月痕迹的面孔时，能知道自己确实是在和一名两仪师对话。每一位宗派守护者周围都聚集着两三名贵族。有些人刻意地昂起了下巴，还有一些人一直低垂着头，但所有人都拼命想要多听到一些两仪师所说的话。冷风吹走了他们呼出的白气，掀起了他们忘记拉住的斗篷。雪瑞安也被围住了，面孔通红的东恩领主就站在她面前，时而向她大吼两句，时而又向她不停地鞠躬。

艾雯将雪瑞安从那个细眼睛男人面前拉开，急促地对她悄声说道："尽可能找出那些在安多的姊妹和白塔卫兵，一定要小心。"她一放开雪瑞安，东恩立刻重新跑到雪瑞安面前。雪瑞安竟然显露出一点不耐烦的神情，不过也仅只是微皱一下眉头而已，然后她开始向东恩提出问题。东恩立刻开始不安地眨起眼睛。

罗曼妲和蕾兰从人群中盯着艾雯，面孔如同冰雕，但她们全都被几名贵族围住了。那些人想要……某种东西，也许是想要确认艾雯的话中没有隐藏两仪师的诈术。那两位宗派守护者肯定非常痛恨给他们这样的保证，但无论她们怎样推诿搪塞（她们肯定会这么干！），除非她们当场否认艾雯的地位，否则就必须做出这样的保证。即使是她们两个，也不可能在现在这个时候，在这种公开的场合里，如此否定艾雯。

史汪悄悄走近艾雯，她的脸上一直保持着柔和恭顺的表情，只是目光偶尔会闪动一下，也许她是在警惕罗曼妲和蕾兰，害怕她们会立刻冲过来抓住她和艾雯，不再顾忌任何律法、传统、理解和观众。“伸恩·重柯。”史汪只是悄声说了这么一个名字。

艾雯点点头，但目光在搜索塔曼尼。这里的大多数男人以及相当一部分的女人都要比塔曼尼高，塔曼尼如果在人丛里，就很难被找出来。所有人都在动来动去……艾雯踮起了脚尖。他到哪里去了？

希甘这时站到艾雯面前，她将双拳叉在腰间，用怀疑的神情看着史汪。艾雯急忙将脚跟放下，玉座可不能像在舞会里寻找男孩的女孩一样轻佻。绽放的玫瑰花苞。镇定。平静。这帮该死的家伙！

希甘是一名身材苗条的女子，留着黑色长发，她似乎有一副与生俱来的坏脾气，丰满的嘴唇永远是撅起来的。她穿着暖和的蓝色优质羊毛裙，胸部有着太多鲜艳的绿色刺绣，她的手套即使对于匠民来说也足够亮丽了。她将艾雯从头到脚看了一遍，咬住嘴唇，脸上充满了怀疑，就像她刚才面对史汪时一样。“你所说的关于初阶生名册的事，”她突兀地说道，“你是说，任何女人，在任何年纪都可以？那就是说，任何人都能成为两仪师了？”

这个问题正中艾雯下怀，艾雯迫不及待地要给出它的答案，而对于任何敢怀疑这个答案的人，她都想要抽他一个耳光。但就在这时，人群中出现了一个小缺口，露出了塔曼尼的影子。他在和佩利瓦说话！那两个男人僵硬地站着，就如同两头还没有准备好露出牙齿的大狗，但他们也都在警戒着不让别人靠近他们，偷听他们在说什么。“任何女人，任何年纪，都可以，吾女。”艾雯心不在焉地回答了希甘。佩利瓦？

“谢谢，”希甘说道，然后她又急忙补充说，“吾母。”她匆匆行了一个极不正式的屈膝礼，就跑开了。艾雯看着她的背影，好吧，现在已经开始了。

史汪哼了一声。“如果万不得已，我不介意在黑夜里驶过龙指湾，”她的声音很低，“我们讨论过这件事，我们衡量过其中的危险，不管怎样，我没有想到过你会做出这种海鸥也不会做的选择。你在甲板上点起了大火，只为了增添一些航行的趣味。光是捕捞狮囊还不能满足你的胃口，你必须把一条刺背塞进你的裙子里才肯干休。你不甘于从一群银梭子鱼中走过去……”

艾雯打断了她：“史汪，我想我应该告诉布伦爵士，你已经从头到脚爱上他了。

这应该让他知道，你不同意吗？”史汪的蓝眼睛圆睁起来，她的嘴唇蠕动着，但只是发出一阵没有确切含义的咕哝声。艾雯拍了拍她的肩膀。“你是两仪师，史汪，还是努力维持住一点尊严吧。去把安多的那些姊妹找出来。”人群再一次分开。艾雯看见塔曼尼出现在另一个地方，但仍然只是在遮阳帐的边缘。现在，他是孤身一人了。

艾雯竭力让自己平稳地向塔曼尼走过去，只留下史汪仍然在原地咕哝。一名漂亮的黑发男仆穿着很肥大，却又无法完全遮住小腿的毛纺马裤，用托盘向史汪奉上了一只冒着热气的银杯。还有另一些仆人，也都端着银托盘，在人群中穿梭。暖身酒送来得有些晚了，而现在想要进行和平之吻就太晚了。艾雯没有听见史汪在拿起酒杯时说了些什么，但那名仆人猛然一退身，开始不停地鞠躬。艾雯知道，史汪至少已经将一点火气的碎片发泄到了他身上，这让艾雯叹了口气。

塔曼尼将双臂抱在胸前，观察着熙熙攘攘的人群，嘴角挂着饶有兴致的微笑。看他的站姿，他似乎随时都有可能爆发某种行动，但他的眼睛里流露出疲惫的神色。当艾雯走近的时候，他尊敬地曲单腿，躬身行礼，但说话的声音中带着一丝挖苦：“今天，你改变了一条疆界。”他在凛冽的风中拢起斗篷。“无论地图上怎样画，安多和莫兰迪的国界一直都是……移动的，但安多军队从没有大举前进到如此靠南的地方。当然，在艾伊尔战争和白袍众战争中，安多军队到过这里，但他们只是途经于此。一旦他们在这里驻留一个月，新的地图就会在这里标上国境线。看看那些莫兰迪人在如何像奉承两仪师一样奉承佩利瓦和他的同伴，他们希望在新的时代能结交新的朋友。”

艾雯也一直在偷偷观察这些同样在观察她的人们。在她看来，那些贵族，无论是安多人还是莫兰迪人，都环绕在宗派守护者身边，视她们为核心。不管怎样，艾雯有比国境线更重要的事情，也许对于那些贵族不是，但对于她是的。宗派守护者们差不多都只能从人群中露出一个脑袋，看样子，只有哈丽玛和史汪正在注意她。充斥在空气里的嘈杂声音，如同一群兴奋的鹅在乱叫。艾雯放低了声音，谨慎地选择着自己的用辞。

“朋友总是重要的，塔曼尼，你曾经是麦特的好朋友，我想，你也就是我的好朋友。我希望这并没有改变，我希望你没有告诉任何人你不应该说的事情。”光明啊，她真的是很焦急，否则她就不会如此直接了，她就差直接质问塔曼尼都把什么事情告诉佩利瓦了！

幸运的是，塔曼尼并没有嘲笑她像村妇一样懵懂，虽然他的确有可能这样想。他在开口之前，先严肃地审视了艾雯许久。塔曼尼的声音很低，他也知道要谨慎：“并非所有男人都喜欢说闲话。告诉我，当你让麦特去南方的时候，你知道今天你会在这里所做的一切吗？”

“我怎么能在两个月以前知道这种事？不，两仪师并非无所不知，塔曼尼。”那时她就在希望能有什么东西会让她真正踏到她的位置上，并在那里站稳。但她并不知道，那时还不知道。她也希望塔曼尼不会说闲话，确实有些男人不喜欢说闲话。

罗曼妲正迈着坚定的步伐向她走过来，面孔如同一块寒冰，但爱拉瑟勒拦住了她。她抓住那位黄宗守护者的手臂，尽管罗曼妲显出惊讶的表情，她仍然拒绝放开手。

“你至少要告诉我麦特在哪里，”塔曼尼问，“在护送王女前往凯姆林吗？为什么你要惊讶？一名女仆和一名士兵在同一条小溪中打水的时候也会聊上两句。即使那名士兵是真龙信众。”他冷冷地说。

光明啊！男人有时候真是……麻烦，他们之中的任何人都有办法在错误的时间说出错误的事情，问出错误的问题，他们还会诱骗女仆把不该他们知道的事情告诉他们。艾雯觉得如果自己能说谎，这件事就太简单了，即使在三誓的范围内，她也有很大的回旋空间。一半的事实就够了，这样能够避免塔曼尼冲向艾博达。也许事实不必有一半。在遮阳帐远端的角落里，史汪正和一名留着卷曲胡须、满头红发的高个子年轻男人交谈，那个男人看着史汪的眼睛里像希甘一样充满了怀疑——贵族通常都知道两仪师的相貌。史汪的注意力只有一部分在他身上，她不时会向艾雯这里瞥一眼，那目光就像艾雯的良心一样，在向艾雯大声呼喊。容易，权宜之计，就是之所以成为两仪师。艾雯今天不知道这些，她只有希望！艾雯恼怒地吐了一口气。烧了那个女人吧！

“根据我最后得知的讯息，他在艾博达，”艾雯低声说道，“但他现在一定已经在全速向北行进了。他仍然认为他必须救我，塔曼尼，而且麦特·考索恩绝不会错过任何机会教训我，让我深刻体会他的先见之明。”

塔曼尼没有任何惊讶的表情。“我想，应该是这样，”他叹了口气，“几个星期以来，我一直……有某种感觉，红臂队中的其他人也有。不是很急迫的感觉，但那种感觉一直都在，就好像他需要我，好像我应该把目光转向南方。跟随一位时轴的感觉真奇特。”

“我想，大概就是这样吧。”艾雯表示同意。她希望自己没有把心中的怀疑表现出来。想到麦特竟然会成为红臂队的统帅，这已经够让她感到奇怪了，更不要说他还是一个时轴。不过艾雯很希望现在能有一个时轴在这里，至少能在附近，也许那样能对现在这种局面产生一些影响。

“麦特以为你需要援救，是他想错了，你从没打算过向我们求援，对不对？”

塔曼尼说话的声音仍然很低，但艾雯还是匆匆向周围扫视了一眼。史汪还在看着他们，哈丽玛也是一样。培德就站在哈丽玛面前，装腔作势地梳理着胡须——从培德盯着哈丽玛裙子的样子看，他肯定没有将哈丽玛误当成两仪师！不过哈丽玛并没有很在意培德，她一边向培德微笑着，一边不时向艾雯这边望一眼。其他人似乎都在关注自己的事情，并没有人靠近艾雯要听她和塔曼尼在说些什么。

“玉座猊下没有办法逃进避难所，她能那样做吗？不过，知道你们就在附近，有时候也很让人感到安慰。”艾雯有些不情愿地承认。玉座不能躲进一个小洞里藏起来，但只要没有宗派守护者知道，能有这样一个避难所存在也没有坏处。“你一直都是朋友，塔曼尼，我希望这种关系能继续下去，我确实是这样希望的。”

“对于我而言，你比我期望的更加……坦诚。”塔曼尼缓缓地说，“所以我要告诉你一些事。”他的面孔没有改变——对于旁观者，他只是一个正在随意闲聊的人，但他的声音已经减弱成为耳语。“罗德蓝王来拜访过红臂队，看样子，他希望成为莫兰迪第一任真正的国王，他想要雇用我们。通常我不会考虑这种事情，但我们的钱不够，而且，因为那种……那种麦特需要我们的感觉……也许我们留在莫兰迪会更好一些。现在我已经很清楚了，你正处在你想要得到的位置上，而且控制了局势。”

一名年轻的女仆向他们两个行了一个屈膝礼，奉上两杯热酒，塔曼尼暂时闭上了嘴。这名女仆穿着带有细致刺绣的绿色羊毛裙，披一件花兔毛镶边斗篷。其他来自两仪师营地的仆人们，也都开始了服务的工作，毫无疑问，他们不想只是站在寒风里被冻得打哆嗦。这名年轻女子的圆脸都已经被冷风吹皱了。

塔曼尼挥手示意这名仆人退下，然后拉开自己的斗篷裹住身体，但艾雯还是从她的托盘里拿起了一只银杯。她需要有一点时间来思考。确实，这里已经不再需要红臂队了，虽然姊妹们对这支部队颇有微辞，但现在她们已经将它的存在当作了一件理所当然的事。不管他们是不是真龙信众，姊妹们已经不再害怕会遭到它的攻击。离开沙力达以后，艾雯也不再需要用红臂队来刺激姊妹们前进了。申鞍卡汉唯一真正起到的效果，就是吸引佣兵加入布伦的军队。人们会以为两支军队就代表着要爆发战争，所有人都想尽快加入到人数比较多的那一方去。现在，艾雯不需要他们了。但是，塔曼尼是一位朋友，而艾雯是玉座，她要负起玉座的责任。有时候，友谊和责任会合并成同一股动力。

女仆离开之后，艾雯将一只手放在塔曼尼的手臂上：“你绝对不能这样做。即使是红臂队也不可能独自征服全莫兰迪，所有人都将反对你们。你很清楚，让莫兰迪人能站到一起的原因，就是有外国人在他们的土地上。跟我们去塔瓦隆，塔曼尼，麦特也会去那里，这一点我可以肯定。”麦特不会真的相信她就是玉座，除非她披着圣巾出现在白塔。

“罗德蓝不是傻瓜，”塔曼尼平静地说，“他想让我们做的事情，只有坐下来等待。一支异国军队——没有两仪师——没有人知道他们想干什么，那时他很容易就能将贵族号召起来，对抗我们。然后，他告诉我，我们就可以溜出国境了。他认为在那以后，他就可以掌控莫兰迪的贵族。”

艾雯禁不住让声音中出现了一点热度。“如果他背叛你呢？如果没有办法用一场战争来消弭国家受到的威胁，也许他统一莫兰迪的美梦也就要飞掉了。”这个傻瓜竟然似乎觉得艾雯的话很有趣。

“我也不是傻瓜。罗德蓝在春季之前不可能做好战争的准备。如果不是安多人来到了南方，这帮人绝对不会从他们的城堡里跑出来。他们在雪落之前就开始行军，现在才到达这里。在春季以前，麦特会找到我们。如果他正在向北走，他一定会听到我们的讯息，到时候，罗德蓝只能满足于他能得到的。如果麦特真的要去塔瓦隆，我也许能在那里与你再见。”

艾雯焦躁地哼了一声。这是个不错的计划，比得上史汪的手笔。但罗德蓝·亚玛瑞克·德·阿锐劳·亚那洛伊很可能没有能力实现这个计划，据说那家伙是一个十足的浪荡子。和他相比，就连麦特也能算是个心智健康的好人了。但艾雯又很难相信这个计划会是罗德蓝的心血来潮。现在唯一确定的事情，就是塔曼尼已经打定了主意。

“我想让你答应我，塔曼尼，你不会让罗德蓝将你拖进战争。”责任，挂在她脖子上的窄圣巾仿佛比她的斗篷更重十倍。“如果他行动的速度比你预想的更快，你就马上离开，不管麦特是否会与你会合。”

“我希望我能给你承诺，但这不可能，”塔曼尼反驳道，“我预期，在我离开布伦领主的军队至多三天以后，我的征粮队会遇到第一场袭击。每一名贵族和农夫都会认为可以趁夜里抢走几匹马，给我制造一点小麻烦，然后再躲起来。”

“我不是在说你怎样保护你自己，这你知道，”艾雯坚定地说，“给我承诺，塔曼尼，否则我就不允许你和罗德蓝达成协议。”唯一阻止这个协议的方法，就是出卖这个协议，但她不会制造一场战争，一场因为她将塔曼尼带到这里才引起的战争。

塔曼尼盯着艾雯，就像是第一次看见她一样，然后他终于低下头，奇怪的是，这个动作似乎比他刚才的鞠躬更加正式。“听从您的吩咐，吾母，告诉我，您确定您不是时轴吗？”

“我是玉座，”艾雯答道，“这对任何人都已经足够了。”她又碰了碰塔曼尼的手臂。“光明照耀在你的身上，塔曼尼。”这一次，塔曼尼的微笑几乎也荡漾在他的眼睛里。

不管他们两个如何压低了声音，他们的谈话终于也引起了别人的注意。也许正是他们的窃窃私语让某些人产生了警觉。这名自称为玉座的女孩，反抗白塔的叛逆，正在与上万名真龙信众的首领交谈。她会让塔曼尼与罗德蓝的计划难以实现？还是会推动这个计划？莫兰迪爆发战争的可能性是减轻了？还是加重了？史汪和她该死的非预期因果律！现在有五十双眼睛在盯着艾雯。当艾雯一边用热酒杯暖着手指，一边走过人群的时候，那些视线又倏地移开了——大多数视线是移开了。宗派守护者的面孔完全是两仪师光洁无瑕的平静，但蕾兰的样子有些像是棕眼睛的乌鸦，正看着一条鱼在浅滩挣扎。罗曼妲深褐色的眼睛几乎能在铁块上钻出窟窿。

艾雯尽量让自己只看着帐外的太阳，绕遮阳帐缓缓走了一圈。贵族们仍然在缠着宗派守护者问东问西，他们从一位宗派守护者面前走到另一位宗派守护者面前，像是在寻找更好的答案。艾雯开始注意到一些细小的事情。东恩刚刚离开姜雅，向莫芮阿走去，在半路上遇到娅姆林，便向娅姆林深鞠了一躬，娅姆林亲切地向他点了点头。思安从塔其玛面前转过身，向佩利瓦行了一个深深的屈膝礼，佩利瓦只向她微鞠一躬。莫兰迪人总是热情地向安多人行礼，而安多人只是做一个还礼的样子。安多人都在竭力忽略布伦，即使看见布伦，也会立刻变得满脸怒容；但莫兰迪人都在寻找他，想要躲过别人的耳目，悄悄和他接触。从莫兰迪人目光注视的方向很容易判断，他们正在谈论佩利瓦、爱拉瑟勒和娅姆林。也许塔曼尼是对的。

也有人向艾雯鞠躬或者行屈膝礼，但都不像对佩利瓦、爱拉瑟勒和娅姆林那样认真；当然，更比不上宗派守护者。有五六名女人感谢艾雯能够和平解决这次事件。但实际上，也有同样多的人在与艾雯交谈的时候支吾其词，或者不安地耸着肩，他们似乎不相信这件事可以和平地解决。艾雯向他们做出保证，他们只是激动地说着：“愿光明如此安排！”或者是无奈地说一句：“希望如光明所愿。”有四个人称呼她吾母，其中一个人在开口前没有犹豫。还有三个人说她很可爱，她有一双美丽的眼睛，拥有优雅的仪态。也许这些恭维很适合艾雯的年纪，但并不适合她的身份。至少有一件事是让艾雯真正高兴的，希甘并不是唯一对她所宣布的初阶生名册的事感兴趣的人。很显然，这才是大部分女人和她说话的原因。她是这些叛逆白塔的姊妹对外宣称的玉座，但这并不是这些女贵族的兴趣所在，虽然她们都在极力掩饰自己真正关注的东西。爱拉瑟勒向艾雯提问的时候，一直紧皱着眉头，让她的面颊上出现了更多的皱纹。对于艾雯的回答，娅姆林只是摇着生满灰发的头。身材壮实的思安提问之后，来到艾雯面前的是一名尖脸的安多女贵族，她的名字是妮盖拉。之后和艾雯搭话的是一名漂亮的大眼睛莫兰迪人，名叫结耐特，然后是其他人。每个人询问的都是与自己无关的事——其中有一些人一站到艾雯面前，立刻就开始强调这一点，尤其是年轻女子。没过多久，在场的每一名贵族女子都和艾雯说过话了，甚至有一些女仆也在奉上香料酒的时候提了问题。其中一个名叫尼奥妲的女仆是从两仪师营地来的。

艾雯对于自己撒在这里的种子感到很高兴，但那些男人就无法让她高兴起来了。有几个男人和她说了几句话，只是因为他们恰巧面对面碰到，而那个男人暂时又找不到别的对象。他们只是会聊上几句天气的事，或者赞美干旱终于结束，或者抱怨突然的降雪。还有些人嘟囔着希望盗匪的问题能早日解决，也许还会故作意味深长地盯一眼塔曼尼，然后就像抹了油的猪一样滑走了。一个名叫麦查蓝的安多贵族为了躲避艾雯还差一点跌了一跤。当然，这并不值得惊讶，女人们对于初阶生名册自然有她们关心的理由，而那些男人惟恐会因为关心初阶生名册而让自己惹上不好的名声。这实在令人很气馁。艾雯并不在乎那些男人对初阶生有什么想法，但她非常想知道，他们是不是像那些女人一样，害怕这件事最终会对世界带来强烈的冲击。这样的恐惧很容易会塞满他们的脑子。最后，艾雯相信只有一个办法能确认这件事了。

佩利瓦从一只托盘上拿起一杯酒，刚回过头，却不由得低声骂了一句，他差一点就要撞到艾雯身上了。如果艾雯再站得近一点，她一定会踩在佩利瓦的靴子上。热酒溅到了佩利瓦戴着手套的手上，一直流进他的外衣袖子，让佩利瓦用不算很低的声音又骂了一句。他的身高足以让他俯视艾雯，于是他充分利用了这个优势。看他的眼神，他肯定正在打算把这个恼人的年轻女孩甩到一边去，或者又像是一脚踩到了红奎蛇。艾雯挺直身子，看着佩利瓦，就如同看着一名不怀好意的小男孩。这样做一直都很有用，大多数男人都能感觉到这一点。佩利瓦又嘟囔了些什么——大概是一个礼貌的问候，或者是另一句咒骂，然后微微一点头，就想要绕开艾雯。艾雯则向侧旁踏出一步，继续站在佩利瓦面前。佩利瓦挪了回去，艾雯也随之回到原位。佩利瓦开始显示出成为猎物的表情。艾雯决定在问出重要的问题前，先让他轻松一些，她想要答案，而不是含混的敷衍。“如果你知道王女正在前往凯姆林的路上，一定会很高兴吧，佩利瓦爵士。”她已经听到几位宗派守护者提到了这一点。

佩利瓦的脸板了起来。“伊兰·传坎有权力得到狮子王座。”他回答的声音同样刻板。

艾雯睁大了眼睛。佩利瓦不确定地向后退了一步，也许他以为艾雯的恼怒是因为他没有说出敬称，但艾雯实际上完全没有注意这一点。佩利瓦曾经支持伊兰的母亲夺取狮子王座，伊兰相信，佩利瓦也会支持她。她每次提起佩利瓦的时候，语气都很亲切，就像是提到一位宠爱她的叔叔。

“吾母，”史汪在艾雯身侧低声说道，“如果您想在日落前到达营地，我们现在必须离开了。”她在低柔的声音中加入了相当急迫的语气，太阳确实已经越过了天顶。

“现在的天气不适于在夜间赶路，”佩利瓦急忙说，“请原谅，我必须做离开的准备了。”他将酒杯放在身旁仆人的托盘上，犹豫了一下，半屈腿行了一礼，然后就如同脱出陷阱一样大步走开了。

挫败感让艾雯想要紧紧地咬住牙。这些男人以为他们刚刚达成的协议是什么？虽然那只是她强加给他们的。爱拉瑟勒和娅姆林比这些男人中的绝大多数拥有更大的权力和影响力，不过率领军队作战的还是佩利瓦和库汉之类的人。这是他们掌握的力量，他们仍然可以用这种力量对艾雯造成伤害。

“找雪瑞安来，”艾雯愤怒地说，“告诉她，让所有人立刻上马，无论她们还有什么事！”艾雯不能给宗派守护者们一整夜的时间让她们去思考今天发生了什么事，去谋划各种应对的策略，她们必须在日落之前回到营地。

第 19 章

律法

让宗派守护者们上路并没费多大力气，她们像艾雯一样渴望离开这里，特别是罗曼妲和蕾兰。她们两个像现在的风一样冰冷，眼里积聚着雷雨云团，其他人也都充分显示出两仪师的冷静漠然，肃穆的气氛甚至能让人感觉到沉重的压力，但她们上马的速度都很快。贵族们被丢在遮阳帐里，吃惊得张大了嘴。身穿鲜艳服装的仆人手忙脚乱地将各种物品装回到驮马背上，竭尽全力要赶上两仪师的步伐。

艾雯让戴夏在雪地中大步前行。她的布伦爵士只是用一个眼神、一个点头，就让重甲卫队紧跟在了艾雯身后。史汪骑着贝拉，雪瑞安骑着展翼，也迅速地追了上来。马匹在覆盖了马蹄的积雪中前行，几乎已经到了小跑的程度。塔瓦隆之火在寒风中招展飘飞。即使当她们必须减慢速度，当马腿陷进齐膝高的深雪中时，她们也在催逼坐骑快步前行。

宗派守护者们别无选择，只能紧跟，她们的速度让她们没有机会在路上交谈。在这种疲惫的急行军中，如果对胯下的坐骑稍有疏忽，都有可能折断马腿，跌断自己的脖子。但即使是这样，罗曼妲和蕾兰还是分别让她们的党羽聚集在了她们身边。这两群人在雪地上艰难跋涉的同时，还张开了防止偷听的结界，她们似乎正在进行激烈的争论。艾雯能够想象她们争论的主题是什么。也正因为如此，其他宗派守护者也尽量在赶路的时候靠到一起，低声地交换一两句话，偶尔用冰冷的目光望向她，或者向那些被包裹在结界里的姊妹们瞥上一眼。只有黛兰娜从未加入过那些短暂的谈话中，她只是停留在哈丽玛身边。现在哈丽玛终于承认她感觉到冷了，这名乡下女子面孔紧绷着，用力将斗篷裹住身体，但她仍然在安慰黛兰娜，几乎一直都在和黛兰娜悄声说话。黛兰娜似乎也正需要哈丽玛的安慰，她的双眉一直紧蹙着，在她的额头上增添了许多皱纹，让她看上去似乎真的已经很老了。

深感忧虑的不止黛兰娜一个人，其他人也都因为要掩饰自己的忧心而显得表情凝重，心事重重。护法们仿佛随时准备和突然从雪地里跳出来的敌人作战，眼睛不断向四周扫视，扭曲视线的斗篷因为没有被用手拉住，所以只是在他们背后随风飘摆。当一名两仪师担忧的时候，她的护法也会担忧。宗派守护者们现在只是想着她们的心事，没有余暇去安抚她们的护法。艾雯很高兴看到这种状况，如果宗派守护者们感到困扰，也就是说，她们还没有确定她们的计划。

当布伦离开艾雯身边去与乌诺联系时，艾雯抓住机会询问了史汪和雪瑞安，到底从贵族们那里探听到多少关于安多的两仪师和白塔卫兵的讯息。

“不是很多。”史汪用紧绷的声音答道。毛发蓬松的贝拉似乎对这样的行军完全不觉得困难，而史汪就不一样了，她用一只手紧紧地抓着缰绳，另一只手紧抓住马鞍头。“谣言有许多，但我无法判断那里面有多少事实，也许只是一些杜撰出来的故事；也许的确有真实的成分。”贝拉的前蹄陷进雪里，踉跄了一下，史汪惊呼一声：“光明烧了所有的马吧！”

雪瑞安探查到的也不比史汪更多，她摇摇头，焦躁地叹了口气：“我听到的全都是各种胡话，吾母，到处都有姊妹在暗中活动的谣言。你还没有学会骑马吗，史汪？”她的声音中忽然流露出嘲笑的意味。“今晚你走路的时候，腿会痛得受不了的！”雪瑞安的自制力一定已经消耗光了，所以才会突然说出这样的话来，从她在马鞍上挪动身体的样子来看，她的双腿肯定早已经酸痛难耐。史汪的目光变得严厉，她张开口，仿佛要反唇相讥。而对于正在她们身后注视她们的那些人，她已经完全不在乎了。

“你们两个都安静一点！”艾雯喝道。她深吸了一口气，让自己也平静下来，她自己也有一点失去耐性了。无论爱拉瑟勒是怎么想的，任何被爱莉达派遣出来阻挡她们的部队，都不可能小到可以在暗中活动。那么，她们的目标就只剩下黑塔，一个正在成形的灾难。在院子里抓鸡总比去树上捉鸟要更有收获，特别是当那棵树在另一个国家，而树上也许还没有鸟的时候。

艾雯用清晰无误的言辞，指示了雪瑞安在到达营地以后要做什么。她是玉座，这意味着她要为所有两仪师负责，即使是那些追随爱莉达的两仪师。她的声音像岩石一样稳定。她已经抓住了狼耳朵，现在要害怕就太迟了。

雪瑞安听到命令以后，一双凤目立刻睁大了："吾母，请容许我问一句，为什么……"她的声音在艾雯冷峻的目光中低弱了下去。她咽了一口唾沫，然后才缓慢地说道："一切听从您的吩咐，吾母。真奇怪，我还记得你和奈妮薇来到白塔的那一天，那时你们只是两个女孩，不知道应该兴奋还是要害怕。从那时开始，一切都改变了那么多。"

"没有什么能永远不变。"艾雯对她说。然后艾雯意味深长地看了史汪一眼，史汪则避开了她的目光。看样子，史汪像是在生气；雪瑞安则显得很虚弱。

这时，布伦爵士回来了。他一定感觉到了这三个女人之间非比寻常的气氛，报告过行军速度令人满意之后，他就闭上了嘴。真是个明智的男人。

不管她们走得有多快，当她们穿过军队营地的时候，太阳几乎已经落到了树尖上，马车和帐篷在雪地上投下了长长的影子。一些人正在努力工作，要在灌木丛间建起更多低矮的窝棚。即使这里的帐篷全都给士兵居住，也还是不够，更何况还要把帐篷分给与士兵数量相当的马具匠人、洗衣妇、造箭工匠和所有那些军队必需的人。铁砧发出的敲击声说明蹄铁匠、盔甲匠和铁匠们仍然在工作。各处的烹调篝火也都在熊熊燃烧。骑兵们离开队伍，进入营地，他们渴望着温暖的营帐和一顿热餐，以及照料他们疲惫的马匹。令人惊讶的是，当艾雯许可布伦离开以后，布伦仍然骑马跟随在她身边。

"如果你允许，吾母，"他说道，"我想我可以再陪你走一段路。"雪瑞安从马鞍上扭过身，惊愕地看着布伦。史汪则只是直盯着前方，好像害怕将瞪大的眼睛转向布伦。

布伦以为他能干什么？做她的保镖？对抗姊妹们？那个鼻子下面挂着鼻涕的男孩也能做得和他一样好。想要展现他是多么彻底地倒向了她这一边？如果今晚一切顺利，明天就会有足够的时间做这种事，而现在暴露这种事情，很可能会刺激评议会逃向艾雯不敢想象的方向。

"今晚的事情只和两仪师有关。"她坚定地对布伦说。虽然布伦的建议很愚蠢，但他毕竟在为她冒险。艾雯不知道他为什么要这样做——谁能知道男人们的心思？但不论其他，至少艾雯欠布伦一个人情。"除非今晚我派史汪去你那里，布伦爵士，否则明天早晨你就立刻离开。如果今天我遭到了谴责，你也难辞其咎，留在这里可能是危险的，甚至有生命的危险。我不认为她们需要太多理由。"不需要说明白她们是谁。

“我已经说过，”布伦拍拍旅者的脖子，平静地说道，“现在我效忠塔瓦隆。”他顿了一下，向史汪瞥了一眼，与其说他是在犹豫，不如说他是在考虑。“无论今晚发生了什么事，”他最后说道，“请记住，有三万士兵和加雷斯·布伦在你的背后支持你。即使对于两仪师，这也应该能算得上是一个筹码。我会在明天等你的讯息，吾母。”他拉住胯下大鼻子枣红马的缰绳，调转了方向。然后，他又回过头：“明天我也想见到你，史汪，什么都不能改变这一点。”史汪盯着布伦离去的背影，她的眼睛里充满了苦闷。

艾雯禁不住愣了一下。布伦从没有如此公开地表达过自己的想法，甚至与此相近的表示也没有过。为什么现在他会说这样的话？

两仪师营地和环绕在周边的军队营地之间，有四十到五十步宽的空白地带。进入这片地带十几步之后，艾雯向雪瑞安点点头。雪瑞安勒住缰绳，艾雯和史汪继续向前驰去。在她们身后，雪瑞安的声音响了起来，清晰和稳定的程度令艾雯吃惊。“玉座猊下旨令评议会召开正式会议，全速进行准备。”艾雯没有回头去看。

在艾雯的帐篷前，一名干瘦的马夫踢着她的多层羊毛裙，跑过来牵住了戴夏和贝拉。她的脸皱缩着，几乎只是点了一下头，就像她跑过来时那样飞快地跑开了。走进帐篷，熊熊燃烧的火盆发出的热量如同拳头一样打在艾雯脸上，艾雯这才意识到现在外面有多么冷，她自己有多么冷。

琪纱接过艾雯的斗篷，碰到艾雯的手时，她惊呼了一声：“哎呀，你已经冻到骨子里了，吾母。”然后，她一边唠叨着，一边叠起了艾雯和史汪的斗篷，展平艾雯的小床上整齐叠好的毯子，又摸了摸放在一只箱子上的大托盘。“如果我这么冷的话，我会立刻跳到床上，在周围摆满热砖。然后我要好好吃一顿，如果肚子里不暖和，外面的暖和也没有用。你吃饭的时候，我会再找几块热砖放在你的脚下。当然，也要为两仪师史汪找几块。哦，如果我像你现在这样饿，我会一口把我的晚饭都吞下去，不过吃太快总会让我胃痛。”她在那只托盘前停下来，看着艾雯，直到艾雯保证会慢慢地吃，她才满意地点点头。现在想要冷静地回答任何问题都不是一件容易的事。琪纱总是那样令人愉快。不过，经过今天的事情以后，现在琪纱为迎接艾雯做的准备，让艾雯几乎要高兴得笑起来了，任何事交到琪纱手里都会变得很简单。托盘上放着两只白色的大碗，里面盛着扁豆炖菜，两只大面包卷，还有一只盛香料酒的高酒罐，两只银杯。琪纱似乎早就知道史汪也会在这里吃饭。热气从碗和酒罐中飘出来。不知道琪纱为了保持这些食物的温度，每隔多久就要把它们热一次。琪纱不是那种会给别人添麻烦的人，而且她细致得像一位母亲，或者是一位朋友。

“现在我还不能上床，琪纱，今晚我还有工作要做。你可以离开一下吗？”

当帐篷帘子在那名身材丰满的女仆身后落下时，史汪摇了摇头，喃喃地说 ："你确定她不是照顾你长大的人？"

艾雯拿起一只碗，一个面包卷和一个勺子，叹了一口气，坐进椅子里，然后她拥抱了真源，在帐篷里设置了防止窃听的结界。不幸的是，阴极力让她半冻僵的手脚更加敏感了，不过吃到嘴里的食物就要温暖多了。那只大碗热得几乎有点捧不住，面包卷也是一样。哦，如果真的像琪纱说的那样，能在脚下放上几块热砖该有多好啊。

"我们还有什么可以做的吗？"艾雯一边问，一边迅速地咽下一满勺炖菜。从早餐后到现在，她还没有吃过任何东西，正饿得厉害，这些扁豆和胡萝卜在她嘴里就像妈妈的拿手菜一样好吃。"我想不到还有什么事了，你能想到吗？"

"能做的都已经做了，除了造物主插手之外，已经没有人能再做些什么了。"史汪拿过另外一只碗，坐到了那张矮凳子上，然后她只是盯着自己的碗，用木勺搅拌着其中的食物。"你不会真的告诉他吧？你会吗？"最后她问道，"我没办法让他知道。"

"到底是为什么？"

"他会利用这一点，"史汪郁闷地说，"哦，不要这样，我不想这样。"在某些事情上，史汪实在是有些过于正经了。"那个男人会让我的人生变成末日深渊！"难道每天给他洗内衣、擦皮鞋和马鞍就不是末日深渊了？

艾雯叹了口气，这样一个理智、聪慧、精明能干的女人，怎么会因为这件事而变得如此魂不守舍？这时，一个景象如同吐信的毒蛇一样从艾雯的脑海中升起——她自己坐在盖温的膝头，和盖温玩着接吻游戏，在一家酒馆里！艾雯用力驱走了这个念头。"史汪，我需要你的经验，我需要你的头脑，我不能让你因为布伦爵士而搞乱自己的脑子。如果你不能打起精神来，我会把你欠布伦的都还给他，禁止你们再见面，我会的。"

"我说过，我自己会清还自己的债务，"史汪倔强地说，"我的荣誉并不比该死的加雷斯·布伦领主少！还要更多！他遵守他的誓言，我遵守我的！而且，明告诉过我，我必须留在他身边，否则我们两个都会死，或者是会发生更可怕的灾祸。"但她粉红的面颊出卖了她的心思，她的荣誉和明的预见都不是最重要的，重要的是她宁愿忍受任何事情，只要能留在那个男人身边。

"好吧，你已经糊涂了。如果我要你躲开他，你只有可能违逆我的命令；或者整日闷闷不乐，把你剩下的脑子都裹进一团愁云惨雾里去。你打算对他怎样？"

史汪愤怒地皱起眉，开始嘟囔她要如何处置那个该死的加雷斯·布伦。如果史汪的誓愿成真，那么布伦一定不会好受的，很可能还会丢掉小命。

“史汪，”艾雯警告她，“你又一次否认了像你的鼻子一样明显的事情。我会告诉布伦你的事情，并把他该得的钱给他。”

史汪立刻撅起了嘴，她在撅嘴！在使性子！史汪！“我没有时间恋爱，我几乎没有时间思考这件事，你和他给我的工作已经把我的人生塞满了。即使今晚一切顺利，我还有两倍的工作要去做，而且……”她的目光低垂了下来，身子在矮凳上扭捏了几下。“如果他……不回应我的感觉呢？”她喃喃地说，“他甚至从没有想过要吻我，他在乎的只有他的衬衫是不是干净。”

艾雯用勺子刮着碗底，碗里竟然这么快就没有东西了，着实让她吃惊不小，面包卷也只剩下了她裙子上的几点残渣，光明啊，她的肚子还空得很。她满怀希望地看了一眼史汪的碗，那个女人除了在扁豆上画圈以外，似乎对任何事都兴致索然。

一个想法突然出现在艾雯的脑海中：为什么布伦爵士在知道史汪的身份以后，仍然坚持要她用工作还清债务？只是因为史汪说过她要这样？这是一个荒谬的安排，但只有这办法能让史汪一直留在布伦身边。而且，艾雯也经常在奇怪，为什么布伦同意为两仪师组建这支军队，他很清楚这样做几乎就代表着已经将脑袋放在了斩首台上。为什么布伦要率领这支军队效忠于她——一个没有实权、在姊妹中只有史汪一个朋友的女孩玉座？所有这些复杂问题的答案难道只是……他爱史汪？不，大多数男人都是轻浮善变的，而这实在是太荒谬了！不过艾雯还是将这些猜想告诉了史汪，她希望能让史汪高兴一些，最好能鼓舞一下她的士气。

史汪不以为然地哼了一声，这样一个美人竟然会这样喷鼻息，让人看了肯定会感到很奇怪，但没有人能像她那样把那么多情绪混合在一个鼻息里。“他不是个彻底的白痴，”史汪冷冷地说，“实际上，他的肩膀上有一副好头脑。在大部分时间里，他会像女人那样去思考。”

“我还没有听到你说你会振作起来，史汪，”艾雯坚持道，“你必须振作，不管以怎样的方式。”

“好吧，当然，我会的，我不知道自己出了什么事，我可不是没有吻过男人的人。”她的眼睛突然眯了起来，仿佛以为艾雯会质疑她所宣称的这一点。“我并不是一辈子都在白塔度过的。这太可笑了！我们竟然在今晚闲聊男人！”她看着自己的碗里，仿佛第一次意识到碗里还盛着食物，然后她舀了满满一勺扁豆，又用勺柄指着艾雯。“你必须注意你的时间，现在比以往任何时候都更加紧急。如果让罗曼妲和蕾兰握住舵柄，你将永远也不可能再扳回来。”

不管是否荒谬，肯定是有什么事情让史汪恢复了胃口，她用比艾雯更快的速度吃光了自己的食物，连一粒面包屑都没有剩下来。艾雯发现自己正在用手指刮着碗底，当然，除了舔掉最后几粒扁豆以外，她也别无选择了。

今晚讨论会发生什么事情没有什么真正的意义，她们重新练习了艾雯将要进行的发言，而这种练习她们已经进行过无数次。艾雯甚至很惊讶自己竟然没有梦到过这些话，她觉得，自己即使在睡着的时候肯定也能一字不差地把这些话说出来。但史汪还是坚持要进行这种练习，让艾雯恨不得要向她讨饶，或者是骂她两句。她们一遍又一遍地重复着发言，提出已经被她们讨论过上百次的各种可能性。奇怪的是，史汪现在的情绪非常好，她甚至还说了几个笑话，近来她已经很少这样了，不过那些笑话里有的听起来很吓人。

“你知道罗曼妲曾经想自封为玉座，”在练习过一段时间之后，史汪说道，“我听说，泰姆拉正是因为她对圣巾和令牌的夺取，最终才会像只被剪掉尾羽的海鸥一样被迫引退。我可以用一块银币去赌一片鱼鳞，到时候罗曼妲的眼睛一定瞪得有蕾兰的两倍大。”

又练了一阵子，史汪说：“我希望我能在现场，亲耳听到她们的嚎叫。再过不久，她们之中就会有人开始嚎叫了。我希望是她们，而不是我们，我唱歌从来都不好听。”然后她真的唱了起来，歌词的内容是关于一个女孩凝望着河对岸的小伙子，却没有船可以渡过去。史汪是对的，她的声音很欢快，但她总是唱不对调。过了一会儿，她又说道：“现在我有这样一张甜美的脸蛋真是件好事，如果我们失败了，她们就会给我们两个穿上布娃娃的衣服，把我们摆在架子上做成观赏品。当然，我们也许会遇到一些‘意外’，布娃娃总是会坏掉的，加雷斯·布伦只能找别人去欺负了。”说完这段话，她竟然还笑了。

帐篷帘稍稍向内鼓了一下，这让艾雯松了一口气。终于有人过来了，而且来人还知道不要随意进入这个已经设立结界的区域。艾雯真的不想让史汪的这些笑话流传出去！

她一放开结界，雪瑞安就走进了帐篷，随她吹进帐篷的风比白天的还要更冷十倍。“到时间了，吾母，一切都准备好了。”她的风目睁得很大，还用舌尖舔了舔嘴唇。

史汪起身，从艾雯的小床上抓起自己的斗篷，但她在披上斗篷的时候，停了一下。“你知道，我曾经在夜晚驶过龙指湾，”她严肃地说道，“也曾和我的父亲用网捞到过一条狮蓑。那都是能做到的事。”

当史汪快步走出帐篷，让更多冷风灌进来的时候，雪瑞安皱了皱眉。“有时候，我在想，”她开口道，但她并没有将她想的是什么说出口，而是问道，“为什么你要这样做，吾母？为什么要在湖上说那些话？今晚为什么要召开评议会？为什么昨天你要让我们对遇到的每一个人谈论洛根？我想，你应该告诉我一些事情，我是你的撰史者，我已经发誓向你效忠。”

“凡是你需要知道的，我都告诉你了。”艾雯将斗篷甩到肩膀上。对于被迫立誓的人，她的信任仅此而已，即使是对一名姊妹。当然，这样的话不用说明。虽然有誓言的约束，但雪瑞安也许能找到理由让一些话流进不该听到它们的耳朵里，毕竟，两仪师擅长于在一切束缚中寻找漏洞。艾雯并不真的相信会发生这样的事，但就像对布伦爵士一样，她绝不能抱存任何细小的侥幸。

“我必须告诉你，”雪瑞安苦涩地说，“我想，明天罗曼妲或者蕾兰就会是你的撰史者了，我会因为没有向评议会发出警告而被判以苦修。而我想，你也许会羡慕我的。”

艾雯点点头，这很有可能：“我们能走了吗？”

太阳成为了一颗挂在西方树梢上的红球，雪地上覆盖了一层红色。仆人们无声地向踏雪而行的艾雯鞠躬和行屈膝礼，他们有的表情很困扰，有的则不带任何情绪。仆人们能感觉到主人的心情，就像护法们一样快。

一开始，艾雯看不到一名姊妹，然后她们又全都出现在艾雯面前。在营地中唯一的一片宽阔空地上竖起了一座大遮阳帐，这里本来是给姊妹们浮行回沙力达，从那里的鸽笼中取得眼线的报告，再穿行回来时所用，现在姊妹们已经将这里紧紧地围了三重。与今天湖面上那顶灿烂的遮阳帐相比，两仪师的遮阳帐只是一大块打了许多补丁的帆布而已。要把这东西立起来肯定花了不少力气。在过去的两个月里，评议会召开时大致都像是昨天早晨的样子，或者是大家一起挤在一座大一些的帐篷里。离开沙力达以后，这顶大帐只竖起过两次，两次都是审判。

注意到艾雯和雪瑞安的到来，周边的姊妹们开始向里面的姊妹们窃窃私语。人群闪开一个缺口，让她们进去，没有表情的眼睛看着她们两个，没有显露出任何线索——关于这些姊妹是否知道要发生什么，如何猜测会发生什么，或者她们心中到底在想什么。艾雯的心在不停地打鼓。玫瑰花苞。镇定。

她走过围绕大帐的一圈火盆，踏上了铺在遮阳帐下的地毯，地毯上绣着各色的花朵和十几种不同的图案。雪瑞安开口道：“她来了，她来了……”如果她的声音比起平时缺乏了一点庄严，多了一点紧张，那并不奇怪。从湖上带回来的抛光凳子和覆盖彩布的箱子又在这里用上了，比起那些形状不同的椅子，它们显得更加整齐庄重。它们被安置成两列，每一列是九个，分成三组。一边是绿宗、灰宗和黄宗；另外一边是白宗、褐宗和蓝宗。在艾雯正对面是覆盖了彩纹布的箱子和玉座的凳子，坐在那里，艾雯将成为每一双眼睛的焦点。她一个人面对十八个人。艾雯现在还没有换过衣服，每一名宗派守护者也都还穿着湖上的盛装，只是她们现在都戴上了披肩。玫瑰花苞。镇定。

一张凳子还空着，但只是片刻之后，黛兰娜在雪瑞安刚刚结束吟诵的同时跑了进来。这名灰宗守护者气喘吁吁、狼狈不堪地爬上自己处于瓦瑞琳和珂娃米纱之间的座位，平日她身上的庄重典雅半点也看不见了。她虚弱地笑了笑，神经质地玩弄着脖子下面的火滴石项链，任何人都会以为她才是那个将要被审判的人。镇定。没有人会被审判，现在还没有。

艾雯沿着两列宗派守护者之间的小径向前走去，雪瑞安跟在她身后。这时，珂娃米纱站了起来，阴极力的光晕忽然在这名皮肤黝黑的苗条女子身周出现，她是宗派守护者之中最年轻的。今晚，正式的礼仪不会有任何缺失。“被带到白塔评议会之前的事情，由评议会来考虑，”珂娃米纱高声宣布道，“任何干涉者都将被禁止。无论女人或男人，姊妹或外人；无论他们平静或愤怒。我将以律法为约，直面律法。要知道，我所说皆为真实，皆会实现。”

这段祷言比三誓还要古老，在它出现的时代，死于暗杀的玉座和死于所有其他原因的玉座一样多。艾雯保持着步伐的稳定，同时努力不让自己去碰圣巾——提醒她们她才是玉座。她只是把注意力集中在前方的凳子上。

珂娃米纱重新入座，她的身上还闪耀着至上力的光芒。在白宗守护者中，爱莱丁站了起来，她的身体同样被至上力的光晕包裹。她的头发是浓郁的金色，加上一双浅棕色的大眼睛，让她笑起来显得很可爱，但今天晚上，即使是一块岩石也比她的表情更多。“这里有不属于评议会的人，”她用冰冷的塔拉朋音调说道，“白塔评议会的话语只有评议会能听到，除非评议会有另外的决定。我会阻止讯息的外流，我会将言辞只封锢在我们的耳朵里。”她编织了一道结界，将整座帐篷封在其中，然后便坐下了。帐外的人群发生了一阵骚动，现在那些人只能看见评议会在无声地做着各种动作了。真奇怪，有这么多宗派守护者是依靠年龄才坐上这个位子，而在其余的两仪师之中提及年龄却是一件非常不好的事情。史汪能够在这些宗派守护者的年龄中看到因缘的变化吗？不。集中。镇定。集中。

艾雯抓住斗篷的边缘，踏上铺着七色布的箱子，转过身。蕾兰已经站了起来，蓝色流苏的披肩垂挂在她的臂弯里。罗曼妲正在起身，而艾雯现在还没有坐下。艾雯绝对不敢让这两个人握住舵柄。“我在评议会前发出疑问，”艾雯用嘹亮、坚定的声音说道，“应该由谁向篡位的爱莉达·德·艾佛林尼·亚洛伊汉宣战？”

然后艾雯坐了下去，她甩开斗篷，让斗篷覆盖在凳子上。雪瑞安站在艾雯身边的地毯上，表情冷静内敛，但她还是发出了一个微弱的呼声，听起来就像是在呜咽。艾雯不认为除她以外，还有谁听到这个声音。她希望没有。

大帐里出现了片刻的寂静，人们被冻结在自己的座位上，盯着艾雯，表情震惊而困惑——也许是因为艾雯质问的内容，也许是因为这个女孩竟然在这时候首先发问。在评议会上，没有人会在不探询宗派守护者的情况下直接提出质疑，这是传统，也是为了实际操作的便利。

终于，蕾兰说道："我们不会对个人宣战。"她的声音有些干涩，"即使是对爱莉达这样的叛徒也不会。不管怎样，我要求搁置你的问题，先处理更加棘手的状况。"蕾兰已经利用回到营地的这段时间修正了自己的状态，现在她的面孔只是严厉，已经不是那种乌云密布的样子了。她掸了一下镶嵌蓝色缎带的裙摆，就好像掸去了爱莉达——或者是艾雯，然后将注意力转移到其他宗派守护者身上。"让我们今晚坐在这里的原因……我想用简单的几句话概括，却无法做到。开放初阶生名册？就会有老祖母来要求进行测试了。留在这里一个月？我几乎不需要一一说明其中的困难。我们要浪费掉我们的半数黄金，却不再向塔瓦隆靠近一步。而如果不穿过安多……"

"我的蕾兰姊妹，她因为过于焦虑，已经忘记了谁有权第一个说话。"罗曼妲温和地打断了蕾兰，她的微笑也让蕾兰显出愉快的表情。不过，她还是先整理了一下自己的披肩。"我有两个问题要在评议会上提出。其中第二个问题，也是蕾兰所关心的。但对于蕾兰，不幸的是，我的第一个问题正是关于她继续留在评议会中是否合适。"她的笑纹更深了，却没有释放出半点暖意。蕾兰缓缓地坐了下去，面孔逐渐发生了扭曲。

"关于战争的问题不能搁置，"艾雯用压迫性声音说道，"在讨论其他一切问题之前，这个问题必须解决。这是律法。"

宗派守护者之间立刻掠过无数疑问的眼神。

"是这样吗？"姜雅说道。她带着若有所思的眼神，转过身看着身边的姊妹。"塔其玛，你不会忘记所有你看过的文字。我相信我记得你说过，你阅读过战争律法，那上面是这样说的吗？"艾雯屏住呼吸。在过去的千年中，白塔曾经派遣士兵参加过每一场大规模战争，但那全都是应某位君主的请求发兵，那些战争始终都是诸国间的战争。白塔最后一次宣战的对象是亚图 · 鹰翼。史汪说过，现在只有极少的几名图书管理员还知道战争律法的内容。

塔其玛身材很矮小，黑色的长发一直垂到她的腰际，皮肤的颜色好像年代久远的象牙。她经常让人们想起小鸟，尤其是在她侧过头思考的时候。现在，她在座位上挪动着身体，整理着披肩，来回移动头顶用珍珠和蓝宝石串成的小帽——看上去就像是一只想要飞走的小鸟。"是的。"她终于说出这两个字，然后立刻紧紧地闭上了嘴巴。

在寂静中，艾雯又开始呼吸了。

"看起来，"罗曼妲用力地说道，"史汪 · 桑辰把你教导得很好，吾母。那么你要如何解释这样的宣战？对于一个人的宣战。”她的语气就好像是要把某种令人厌恶的东西推出去。接着她就坐回到座位上，等待着回答。

艾雯优雅地点点头，站起身，她逐一与宗派守护者们对视，目光稳定而坚决。塔其玛避开了她的目光。光明啊，这个女人竟然知道战争律法的内容！但她至今什么都还没有说。她会继续保持沉默吗？现在改变计划已经太晚了。

“今天，我们发现一支军队挡在我们面前，率领他们的人在怀疑我们。否则那支军队就不会出现在那里。”艾雯想要将激情放进自己的声音里，让它爆发出来，但史汪建议她保持绝对的冷静。最终，她同意了史汪的建议，她们需要看到一个能够控制住自己的女人，而不是一个情绪激动的女孩，虽然这些话正是艾雯的心声。“你们听到了爱拉瑟勒说，她不想被卷进两仪师的事务中来。但他们宁可将一支军队驱入莫兰迪，挡在我们的面前，因为他们不确定我们是谁，我们要做什么。你们认为他们之中真的有人相信你们是宗派守护者吗？”圆脸、目光火烈的玛玲德在绿宗的凳子上挪动了一下身体；赛丽塔的脸上没有任何表情，但她的双手在绞拧着黄色流苏的披肩；贝拉娜是另一名在沙力达被选出的宗派守护者，她若有所思地皱起了眉头。艾雯没有提到那些贵族对她这位玉座的反应，她不想让这些人分神去想其他事情。“我们已经向无数贵族列出了爱莉达的罪行，”艾雯继续说道，“我们已经告诉他们，我们要除掉爱莉达，但他们在怀疑，他们认为也许——也许——我们才是我们口中所指控的那种人。也许我们的话里暗藏陷阱，也许我们只是爱莉达的一只手，在编织某种狡诈的罗网。怀疑让人们做出错误的行动，怀疑让佩利瓦和爱拉瑟勒有胆量挡在两仪师面前说‘你们不能再向前走了’。还有谁会挡在我们面前，或者对我们造成妨碍，只因为他们不相信我们？对我们的不信任让他们乱作一团。我们只有一个办法能消除他们的困惑，我们已经做了其他所有努力，一旦我们向爱莉达宣战，就再也不会有疑虑了。我不是说只要我们这样做，爱拉瑟勒、佩利瓦和娅姆林就立刻会离开，但他们和其他所有人都会知道我们是谁。当你们宣称你们是白塔评议会的时候，将不会再有人敢于公开表示怀疑，没有人再敢挡住我们的路，因为无知和怀疑干扰白塔的事务。我们已经走到门口，将手放在门闩上。如果你们害怕走进去，那么你们就只是在请求全世界相信，你们只不过是爱莉达的玩偶。”

艾雯坐了下去，她很惊讶于自己的平静。在两列宗派守护者周边，帐外的姊妹们发生了骚动，她们正在彼此交头接耳。艾雯能想象被爱莱丁的结界挡住的那些窃窃私语。现在，只要塔其玛能继续将嘴闭上一段时间就行。

罗曼妲不耐烦地嘟囔着，站起身说了一句：“有谁会向爱莉达宣战？”她的目光转回到蕾兰身上，那种冰冷、得意的微笑又回到了她的脸上。很显然，她还在设想，一旦这个女孩的胡言乱语被处理掉之后，评议会就要回到她所认为真正重要的议题上来。

姜雅立刻站起身，披肩的褐色长流苏不停地晃动着。“我们也许应该这样。”她说道。按次序，她并不应该在这时发言，但她坚毅的下巴，和锐利的目光让所有人都不敢阻止她。平常她并非如此强势，但就像平时那样，她的语速快得惊人，无法打断。“现在是时候修正这个世界的误解了，不是吗？不是吗？我看不出还有任何等待下去的必要。”在塔其玛的另一边，爱卡拉点点头，站了起来。莫芮阿几乎是跳起了身，同时皱起眉头看着莱罗勒。莱罗勒拢起裙摆，仿佛是要站起来，却又犹豫了一下，带着询问的眼神向蕾兰看过去。蕾兰只是紧皱眉头盯着对面的罗曼妲，并没有注意到莱罗勒的举动。

在绿宗守护者里，萨马琳和玛玲德同时站了起来。菲丝勒猛地抬起头，她是一名方脸、身材壮实、古铜色皮肤的阿拉多曼人，很少因为什么事情而吃惊，但现在，她的确是吃惊了，一双睁大的眼睛不停地在萨马琳和玛玲德之间来回移动。

赛丽塔站起了身，一边仔细地调整着披肩的黄色流苏，一边谨慎地避开了罗曼妲双眉紧锁的面孔。珂娃米纱站了起来，然后是爱莱丁，贝拉娜也被爱莱丁拉着袖子站了起来。黛兰娜在凳子上扭过身，向结界外的姊妹们望过去。虽然听不到外面的声音，但那些攒动的人头，游移在宗派守护者身上的视线都表明了姊妹们兴奋的心情。黛兰娜缓慢地站起身，她将双手捂在肚子上，看上去就好像是要吐的样子。塔其玛面孔扭曲着，死死地盯着放在膝盖上的双手。萨洛娅审视着另外两名白宗守护者，捻着耳朵——她在努力思考的时候总是这样。但没有人再站起来了。

艾雯感觉到胆汁就要涌进她的喉头了。十个人，只有十个人。她曾经那样信心十足，史汪曾经那样信心十足。只要单单是洛根就应该已经足够了，更何况还有她们对律法的无知。佩利瓦的军队和爱拉瑟勒拒绝承认她们是宗派守护者，这本应该像水泵一样把她们压起来。

“为了光明之爱啊！”莫芮阿突然喊道。她绕到莱罗勒和蕾兰面前，将双拳叉在腰间，如果说刚才姜雅的发言冒犯了传统，那么莫芮阿现在的行为简直是已经置传统于不顾，在评议会上显露愤怒是绝对禁止的。但莫芮阿的眼睛里闪耀着火焰，她浓重的伊利安腔调更增强了声音的激烈程度：“为什么你们还要等待？爱莉达偷走了圣巾和令牌！爱莉达的宗派将洛根变成伪龙。只有光明知道她们还这样改变多少个男人！历史上，白塔没有任何人比她更应该受到惩罚！站起来，或者从此彻底闭上嘴，再不要提什么推翻她的决心！”

蕾兰没有显露出很吃惊的表情，她的样子就好像是正在遭到一只麻雀的进攻。

“这不值得表决，莫芮阿，”她用紧绷的声音说，“我们稍后会谈一谈礼貌的问题，你和我。不过，如果你需要看到决心的明证……”她猛吸一口气，站起身，同时向莱罗勒一转头。莱罗勒立刻站了起来，就好像被一根弦拉起来一样。蕾兰似乎很惊讶菲丝勒和塔其玛没有一同站起来。

塔其玛不像是要站起来的样子，她低声嘟囔着，就像是遭受了严重的打击，难以置信的神情充塞在她的脸上。她的目光逐一掠过那些站起来的人，很显然，她是在点数。然后，她又数了一遍。塔其玛不会忘记她读到过的一切内容。

艾雯和缓地深吸了一口气。结束了。她几乎难以相信。过了一会儿，她清清喉咙，雪瑞安被她的声音吓了一跳。

撰史者的绿眼睛瞪得像茶杯一样大，她也清了清喉咙。“多数人已经起立，我们向爱莉达·德·艾佛林尼·亚洛伊汉宣战。”她的声音不算很稳定，但也足够有力了。“为了证明我们的团结如一，我要求所有人起立。”

菲丝勒挪动了一下，又用双手紧紧抓住了大腿。萨洛娅张开嘴，却什么话都没有说就闭上了，她的表情显得很困扰。除此以外，再没有人有任何动作了。

“这个要求无法满足。”罗曼妲不带任何情绪地说道。她朝对面蕾兰露出的冷笑，至少明确地表示了她为什么不会站起来。“现在，这桩小事已经结束了，我们可以继续……”

“我不认为我们可以，”艾雯打断了她，“塔其玛，战争律法中对于玉座的条例是如何陈述的。”罗曼妲空张着嘴，愣在原地。

塔其玛的嘴唇扭动着，这名娇小的褐宗姊妹看上去更像是一只想要飞走的小鸟了。“律法……”她支支吾吾地开口了。费了很大力气之后，她才继续说道：“……因应战争对于一致性的要求，她们应该并且必须赞同玉座的任何指令。”

大帐内又一次陷入长久的寂静，每一双眼睛都瞪大了。黛兰娜突然转过身去，在凳子后面的地毯上呕吐起来。珂娃米纱和赛丽塔急忙跳下箱子，向黛兰娜走过去，但黛兰娜挥手示意她们不必过去，然后从袖子里抽出一块手帕，抹了抹嘴。玛格拉、萨洛娅和其他几名仍然坐着的人，仿佛也都有要吐的冲动，但那些在沙力达被选出的宗派守护者，则没有出现这种情况。只是罗曼妲的样子就像是要咬断一根钉子。

“非常聪明。”蕾兰终于用清晰的话音说道。她故意停顿了一下。“吾母。你是否能告诉我们，你伟大的智慧和丰富的阅历告诉你该怎样做？我是说，关于这场战争。我想要明白一下状况。”

“那么也让我明白一下吧，”艾雯冷冷地说道，她向前俯过身，严厉地盯着那名蓝宗守护者，“对于玉座，应当有一定程度的尊敬，从现在开始，我要求你们这样做，吾女。现在我没有时间将你撤换掉，并安排一场苦修。”蕾兰的眼睛在震惊中睁得愈来愈大。这个女人真的相信一切都会像以前那样？确实，艾雯在这么长的时间里只表露过最低限度的强硬。难道蕾兰因此就相信她软弱可欺？艾雯的确不想撤换掉蕾兰，因为蓝宗一定会重新推举她。即使有了对爱莉达战争的压力，艾雯仍然不得不与评议会继续缠斗下去。

蕾兰被斥退的同时，艾雯从眼角看见罗曼妲的唇边掠过一丝微笑。如果罗曼妲因此而得势，那么艾雯今晚的收获就要大打折扣了。“这对于所有人都是一样的，罗曼妲，”艾雯说道，“如果有需要，提亚娜找到两把桦树条并不比找到一把更困难。”罗曼妲的微笑突兀地消失了。

“请容许我说一句，吾母，”塔其玛缓缓地站起身，她试着想要微笑，但看上去依旧是一副衰弱的样子，“我认为您做得很好。停留在这里一个月或者更长时间对我们是有利的。”罗曼妲猛转过头去盯着她，但这一次，塔其玛仿佛完全没有注意到罗曼妲。“冬天已经到了，我们可以在这里避免北方更加恶劣的天气，同时仔细筹划……”

“任何耽搁从此时此刻已告终结，吾女，”艾雯打断了她，“不会再有任何事拖慢我们的脚步。”她会是另一个格拉，还是另一个伸恩？她仍然有可能面临那样的结局。“一个月之后，我们会从这里穿行前往塔瓦隆。”不，她是艾雯·艾威尔，无论白塔的秘密史籍将如何印证她的失误或者明智，光明在上，所有这些事都是她做的，而不是以前某一个人的翻版。“一个月后，我们将展开对塔瓦隆的攻击。”

这一次，只有塔其玛的啜泣声打破了帐中的寂静。

第 20 章

进入安多

伊兰希望前往凯姆林的旅程能顺利一些。她们的开头似乎很不错，即使通道发生了剧烈的爆炸，她和艾玲达、柏姬泰缩成一团，疼痛一直渗入骨节，全身衣服都已经破烂，因为泥土和血迹而脏污不堪，但她还是很高兴。至多再过两个星期，她就要登上狮子王座了。坐在小山上，奈妮薇为她们治疗了身上的无数伤口，自始至终，奈妮薇几乎没有说一句话，更没有斥责她们，这是一个令人欣喜的迹象，简直非比寻常。而在奈妮薇的脸上，安慰和忧心的表情始终交杂在一起。

在治疗柏姬泰大腿上被霄辰人弩箭射穿的伤口时，只有岚的力气能够将那支弩箭抽出来。柏姬泰的面色煞白，伊兰通过约缚感觉到一阵剧烈的刺痛，几乎让她喊出声来，而她的护法只是从紧咬的牙关中露出一声微弱的呻吟。

“台沙·坎多，”岚喃喃地说着，扔掉了那枝弩箭。那只弩箭的箭尖呈扁尖锥形，是专门为刺穿铠甲而设计的。台沙·坎多——坎多的真血。柏姬泰听到这句话眨了眨眼。岚顿了一下：“如果我有冒犯，请原谅，我从你的衣服判断你可能是坎多人。”

“哦，是的，”柏姬泰吁了口气，“坎多人。”她虚弱地笑了笑——也许这是因为她的伤口。奈妮薇不耐烦地让岚躲开，好让她能够用双手握住柏姬泰。伊兰希望柏姬泰对于坎多的了解，能够不仅仅限于这个国家的名字。但是在柏姬泰最后一次出生的时候，坎多这个国家还不存在，也许她应该将此视作某种征兆。

在前往那座石板屋顶的小宅邸的五里路上，柏姬泰坐在奈妮薇的褐色母马上，那是一匹很壮实的马，它的名字是爱人结。伊兰和艾玲达同乘岚高大的黑色战马。伊兰坐在马鞍上，艾玲达坐在她身后，伸双臂环抱住她的腰。岚牵着这匹脾气火爆的黑马——如果不是这样，除了岚以外，任何骑在它背上的人都将是危险的。*要对自己有信心，孩子*，莉妮总是这样对她说，*但也不要太有信心*。伊兰确实在试着照莉妮的话去做。她应该明白，一切事情对她来说都像曼塔的缰绳一样，并非握在她的手中。

在那幢三层的石砌房屋前，身材矮壮、灰色头发的何维尔师傅和只比丈夫瘦一点，也比丈夫少一点灰发的何维尔太太，还有在宅邸工作的每一个人，以及茉瑞莉的女仆珀尔，再加上来自泰拉辛宫的穿绿白色制服的仆人们，所有人都在忙着为超过两百个人准备宿处，这些人在将近日落的时候才突然来到宅邸。工作进展快得令人惊讶，尽管宅邸中的人们不时会停下来，惊讶地看一眼这些相貌奇异的人们。这些人之中有面容毫无瑕疵的两仪师；有时常会被斗篷隐去部分身体的护法；还有服饰鲜艳，在耳朵和鼻子上戴着许多金环、徽章和细链的海民。家人们一来到这里，就决定现在她们可以安全地害怕和哭泣了，黎恩和女红社的叮嘱对她们已经失去了作用。寻风手抱怨着她们距离咸味的海风已经太远了，蕾耐勒·丁·考隆大声宣称这违背了她们的意愿。曾经那样迫不及待地背上包袱，要逃离艾博达的女贵族和女商人们，现在都倔强地拒绝躺在干草铺成的床铺上睡觉。

当伊兰她们到达这座官邸的时候，红色的太阳正在落入西方的地平线，所有这一切纷乱的情形也都在进行着。这座大宅和它周围茅草顶的房屋仿佛都要被掀翻了一样。而亚莱丝·腾结勒愉快地微笑着，如同雪崩一般活力十足，似乎比何维尔夫妻更能掌控这里的局势。在黎恩的安慰下，反而哭得更凶的家人们只要被亚莱丝说上两句，都会擦干眼泪，恢复成在这个遭受敌视的世界里自己照顾自己许多年的女人们。在胸前卵圆形的裸露肌肤上挂着婚姻匕首的傲慢贵族们和几乎同样傲慢、也裸露出同样多胸部，只是没有穿着丝衣的女商人们在看到亚莱丝走近的时候，都会变得噤若寒蝉，一边抱起自己的包袱，急匆匆地跑进高大的谷仓里，一边大声说她们一直认为睡在干草上会是一件很有趣的事。就连那些寻风手——她们之中，有许多人在亚桑米亚尔里拥有强大的力量和崇高的地位——在亚莱丝面前，她们也都压低了责难的声音。也正因为如此，还没有完全得到两仪师无瑕面容的赛芮萨，一直在看着亚莱丝，并且不时会碰一下她的褐色流苏披肩，仿佛在提醒自己才是戴着披肩的人。茉瑞莉——波澜不惊的茉瑞莉也在看着那名迅速排解纷乱的女子，目光中混杂着赞许与明显的惊愕。

奈妮薇在宅邸门前一下马，就瞪了亚莱丝一眼，同时相当用力地拉了一下自己的黑色发辫。当然，忙碌的亚莱丝完全没有注意到她。奈妮薇大步走进宅邸，一边脱下蓝色的骑马手套，一边自顾自地嘟囔着。岚看着她的背影，轻声笑了笑。当伊兰下马的时候，他立刻又压下了自己的笑声。但是光明啊，他的眼睛仍然是冰冷的！为了奈妮薇，伊兰希望这个男人能够被从他的命运中拯救出来；而看到他那双眼睛的时候，伊兰又失去了这样的信心。

“伊丝潘在哪里？”她喃喃地说道。已经有许多人知道了她们正监押着一名两仪师——一名黑宗两仪师。想要对这座宅邸的人封锁这个讯息，就像要挡住干草上的野火一样难。但让宅邸里的人预先有一点准备还是好的。

“艾迪莉丝和范迪恩带她去了半里以外一名木匠的小棚子，”岚低声回答道，“这里一直很乱，我不认为会有人注意到一个头上罩着麻袋的女人。那两位姊妹说今晚她们会留在那里。”

伊兰打了个哆嗦，看样子，那名暗黑之友在日落之后将再一次接受审讯。现在她们是在安多，这更让伊兰有一种是她下达了这个命令的感觉。

很快，伊兰就躺在了一只黄铜浴缸里，享受着香水肥皂和洁净肌肤的乐趣，一边笑着，一边向柏姬泰泼水。柏姬泰懒洋洋地躺在另一只浴盆里，只是偶尔会对伊兰的骚扰进行反击。她们两个全都在笑话不敢坐进淹过胸口的洗澡水中的艾玲达。不过，艾玲达也觉得这是对她开的一个很好的玩笑，于是她说了一个不很正经的故事——一个男人一屁股坐到了一根茜葭主干上。柏姬泰又讲了一个更加不正经的故事——一个女人的头夹在了栅栏上，这个故事让艾玲达的脸都红了，不过它们都很好笑。伊兰希望自己也能讲一个这样的故事。她和艾玲达相互梳好了彼此的头发——这是姊妹间每晚都要进行的礼节，然后她们就依偎着睡在一个小房间里有幔帐的大床上。她和艾玲达、柏姬泰还有奈妮薇睡同一张床，幸好没有第五个人了。大一些的房间里都摆满了小床和地铺，就连客厅、厨房和走廊也不例外。

奈妮薇嘟囔了半夜说让一个女人和她的丈夫分开睡是不好的；而另外半个晚上，伊兰每一次昏昏欲睡的时候，几乎都要被奈妮薇的手臂肘顶醒。柏姬泰干脆地拒绝了伊兰换位置的要求，伊兰又不忍让艾玲达忍受这种折磨，所以她一晚上都没有怎么睡好。当第二天早晨，熔融金球一般的太阳升起，她们准备出发的时候，伊兰还是迷迷糊糊的。这座宅邸里没有多少牲畜可以提供给她们使用，所以，虽然伊兰有了一匹名叫焰心的黑阉马，艾玲达和柏姬泰也有了新的坐骑，那些徒步逃离家人农场的人，还是要继续徒步，这包括大多数家人、牵驮马的仆人和大约二十几名其他的女子。这些本想在家人农场寻求平静和沉思的女人们现在已经没有力气后悔了。护法们走在最前面，对这片被干枯森林所覆盖的丘陵地区进行巡哨，其他人在后面拉成了一条蜿蜒的蛇形队伍。奈妮薇、伊兰、艾玲达和其他两仪师走在队首。这支队伍没有任何隐匿形迹的可能。许多女子在很少几名男人的护送下行军，其中还有二十名黑皮肤的寻风手，她们笨拙地骑在马背上，穿着好像艳丽的七彩鸟雀。九名两仪师，其中六名有着光洁无瑕的面容，还有一名的脑袋上套着一只皮口袋。伊兰本来希望能够在不惹人注意的情况下到达凯姆林，但已经不可能了。不过，至少不会有人怀疑王女伊兰·传坎就在这支队伍里。

一开始，她以为她们将要遭遇的最大的困难是会有人反对她的继位，派遣军队抓捕她，将她囚禁。而实际上，现在伊兰能预见到的第一个麻烦应该是来自于这些脚已经走跛的女商人和女贵族，这些骄傲的女人并不习于在荒凉的土丘上跋涉，特别是当她们看见就连茉瑞莉的女仆也有一匹圆胖的母马可以骑的时候。她们中间的少数几名农妇似乎并不在意，但这些女人里几乎有半数拥有土地、庄园和宫殿，另外半数至少也能购置一座大宅。在她们之中有两名珠宝匠、一名银行家、三名拥有超过四百张织机的布商，还有一个女人的工厂囊括了艾博达十分之一的漆器出产。她们在走路，她们所拥有的只剩下了背上的包袱，她们的马匹都在驮着食物，一点必需品。每个人口袋里的最后一枚硬币，都被集中到了奈妮薇的手中，但这些钱可能仍然不足以为这样一支庞大的队伍支付能一直支持到凯姆林的食物、草料和宿处的费用。而这些她们似乎都明白；从行军的第一天开始，她们就都在大声抱怨，抱怨声音最大的是一名身材苗条，相貌严苛，面颊上有一道细伤疤，名叫玛丽恩的女贵族。她的大包袱几乎要将她的腰压弯，里面装着十几套裙装，以及一切相应的配饰和内衣。当她们在第一个晚上扎营的时候，篝火在刚刚落下的夜幕中跳动着，所有人都已经用豆子和面包塞满了肚子，虽然他们并不一定会欣赏这些食物，玛丽恩聚集起她身边的女贵族，她们身上的丝绸衣裙都已经在旅途中变得破烂不堪了，随后，那些女商人也加入进来，还有那名银行家。村妇们都站到了她们近旁。但是还没有等玛丽恩说一句话，黎恩已经走进了那一群人中，她的脸上堆满了笑纹，身上穿着朴素的褐色羊毛裙，裙摆的左下角被缝起来，露出下面的多层彩色衬裙。她的样子和那些村妇没有任何差别。

“如果你们想要回家，”她用令人惊讶的高亢声音说，“你们随时都可以走，不过很遗憾，我们必须留下你们的马匹。等我们一切安排妥当之后，立刻就会把雇佣马匹的酬劳付给你们。如果你们选择留下，就请记住，农场的规矩在这里仍然有效。”黎恩周围的女人们全都惊讶地看着她，玛丽恩不是惟一愤怒地张开嘴的人。

亚莱丝忽然出现在黎恩身边，她将拳头叉在腰间，脸上没有半点笑容：“我说过，最后十个做好准备的人要负责刷洗的工作。”然后，她就用不容置疑的声音点了十个名字。吉莉琳，一名圆胖的珠宝匠；耐瑟勒，那名眼神冰冷的银行家；另外八个人全都是贵族。她们愣在原地，盯着亚莱丝，直到亚莱丝一拍双手说道：“不要让我使用未能完成工作者的条例。”

玛丽恩是最后一名跑去开始收拾脏碗的人。她一直睁大了眼睛，难以置信地嘟囔着，但第二天早晨，她彻底清理了自己的包裹，那些丝绸缎带的长裙都被扔在了山丘间，任人践踏。伊兰还在等待着这些人闹事，但黎恩已经牢牢地控制住了她们；亚莱丝则将她们攥得更紧。即使玛丽恩和其他人在衣服上的油污日渐增多的同时，难免会有些许怨言和愤懑的目光，只要黎恩说上几句话，她们立刻又会全心专注于她们的工作。亚莱丝想要做到这一点，拍拍手就行了。

如果能让剩下的旅程平安无事，伊兰宁愿和那些女人一起去做油腻的洗刷工作。到凯姆林的路还有很远。伊兰很清楚她们的现实状况。

她们终于踏上了一条能容一辆大车通过的狭窄土路，远处渐次出现了农场、茅草顶的石屋、依山丘而建或者隐于山谷中的谷仓。从这时开始，无论是丘陵还是平原、森林或者空地，她们很少会走很长一段路却看不见一座农场或村庄。在每一个有民居的地方，虽然，这支奇怪的队伍往往会让本地人吃惊不已，伊兰还是会尽量了解一下传坎家族受支持的程度有多大，以及人们现在最关心的是什么。如果她想要得回的王位能够稳固，这些状况就像贵族的支持一样重要。伊兰听到了许多事情，虽然并不总是她想要听到的。安多人拥有直接向女王诉求的权力，一名年轻的女贵族不会让他们张惶失措，无论她率领的队伍有多么奇特。

她们到达了一个叫戴莫林的村子，有一条小河流经这座村子，河岸边排列着三座磨坊，但是几近干涸的小河已经无法推动磨坊的高水轮了。这座村子的旅店名字是金滑轮。方下巴的旅店老板认为摩格丝是一位好女王，是有史以来最好的女王，不可能有比她更好的统治者了。“我想，她的女儿应该也会是一位优秀的国王，”他一边用拇指揉搓着下巴，一边喃喃地说道，“太可惜了，她们都死在了转生真龙的手里。我想，他可能不得不那样做——大概预言中是那样说的，但他没有必要让河流干涸吧？你说你的马匹需要多少谷子，女士？要知道，现在粮食的价格已经很高了。”

在埋丘附近，一名面孔严肃的女人正在看着一片被矮石墙围住的田地。在这里，热风把一团团尘土吹进树林。埋丘周围的其他农田状况甚至比这里还要糟。那个女人身上的褐色旧裙子来回晃荡着，似乎表明她原先要胖得多。“转生真龙没有权力对我们这样做，不是吗？我在问你！”她啐了一口痰，皱起眉盯着马鞍上的伊兰。“王座？既然摩格丝和她的女儿都已经死了，戴玲应该也能胜任。这里还有人在支持娜埃安或者爱伦娜，我是支持戴玲的。但不管别人怎么想，凯姆林距离这里还很远。我现在要担心的是我的庄稼，如果我还能再种出庄稼的话。”

“哦，这是真的，女士，确实是真的，伊兰还活着。”在羊皮集，一位满脸皱纹的老木匠这样告诉伊兰。他的头发已经掉光了，脑袋就像个裹在皮口袋里的鸡蛋，手指因为常年的工作都已经变形了。但在他的店铺里，立在刨花锯末中的木工作品在伊兰看来也全都是第一流的器具。除了伊兰以外，这间店铺里也只有这位老木匠而已。放眼望去，这座村子里半数的房屋都已经无人居住了。“转生真龙正在带着她前往凯姆林，他要亲手将玫瑰王冠戴在伊兰的头上，”然后他又说道，“到处都是这个讯息。但要我说，这是不对的。我听说，转生真龙是那些黑眼睛的艾伊尔人中的一个。我们应该向凯姆林进军，把他和所有艾伊尔人都赶回去，然后伊兰就能真正登上王座了。当然，到时候戴玲也许会和她抢这个王位。”

伊兰听到许多关于兰德的讯息——有人说他已经向爱莉达宣誓效忠；有人说他做了伊利安的国王，各种各样的谣言都有。在安多，过去两三年里发生的一切坏事，都被归罪到了兰德头上，包括死婴和断腿、蝗虫群、两个头的牛、三条腿的鸡；甚至就连那些认为伊兰的妈妈毁掉了这个国家，传坎家族统治的终结是一件好事的人们也都相信兰德·亚瑟是一个侵略者。转生真龙应该去煞妖谷和暗帝作战，他应该被赶出安多。伊兰不想听到这样的话，一点也不想听到，但她还是一遍又一遍地听到了相同的责骂。这根本不是一次愉快的旅行，这是一次关于莉妮那些教训的漫长课程。*将你绊倒的，并不是你看见的那块石头。*

除了那些贵族可能造成麻烦以外，伊兰还做过许多设想，其中有一些的破坏力绝对不比那个爆炸的通道差。那些寻风手因为与奈妮薇和伊兰确定的契约而得意万分，以至于在对待两仪师的态度上傲慢到几乎令人无法忍受，尤其是当茉瑞莉同意成为第一批登上海民船的姊妹时。尽管这个矛盾已经如同照明者的焰火点燃了导火索，但它毕竟还没有爆发；而寻风手和家人之间，尤其是和女红社之间，则仿佛马上就要爆炸了。她们虽然没有公开地蔑视对方，却也已经完全互不理睬。家人们厌恶“那些妄自尊大的海民野人”；寻风手则瞧不起“那些只知道亲吻两仪师脚趾的沙虫”。幸好她们之间也只是撇撇嘴，或者摸一下匕首而已。

伊兰本来确信伊丝潘肯定会引起愈来愈多的麻烦，但几天之后，范迪恩和艾迪莉丝已经取下了她套头的口袋，虽然并没有撤掉对她的屏障。她如同一座沉默的雕像，完美无瑕的面孔低垂着，双手按住缰绳，只有脑后细辫子上垂挂的彩色小珠在晃动中发出细碎的碰撞声。蕾耐勒告诉所有愿意听她说话的人，在亚桑米亚尔之中，暗黑之友一旦得到证实，就会被剥夺名姓，并被捆上压舱石，扔出船舷。而家人们，即使是黎恩和亚莱丝每次看见那名塔拉朋女人的时候，都会变得面色煞白。但伊丝潘已经愈来愈恭顺驯服，对那两名白发苍苍的姊妹，永远都在脸上堆满了微笑，极尽逢迎阿谀。而谁也不知道那两名姊妹在每天晚上将伊丝潘单独带离队伍以后都做了些什么。另一方面，艾迪莉丝和范迪恩却变得一天比一天更加沮丧。伊兰听到艾迪莉丝对奈妮薇说，伊丝潘招出了许多黑宗的陈旧计划，她总是很热心地描述那些她没有参与过的计划，对于那些她参与过的则总是闪烁其辞。即使艾迪莉丝和范迪恩用了很大力气（伊兰不知道她们是用了怎样的力气），伊丝潘吐露的暗黑之友名字也没有涉及到任何两仪师，而且那些暗黑之友大多已经死了。范迪恩说，她们现在害怕伊丝潘又立下过一个誓言，在她背叛之后立下的誓言，而那个誓言的内容是不言自明的。她们仍然尽量让伊丝潘与其他人隔离，继续进行着审问，但很显然，她们只是在盲目而且谨慎地进行着摸索。

还有奈妮薇和岚。变化巨大的奈妮薇和岚。在岚的身边，奈妮薇开始拼命控制自己的脾气，虽然她仍然经常会处在爆发的边缘。因为行军的关系，奈妮薇往往不能和丈夫共宿，于是她只好在白天尽可能地陪在岚的身边。而当她有机会拉着岚偷偷溜进干草棚的时候，她又总是仿佛要被渴望和畏惧撕裂一样。在伊兰看来，选择一场海民婚礼是她自己的错。因为海上合作的必要性，海民有很强的等级观念，她们知道，一个女人和她的丈夫在他们的人生中不可能完全平等，而婚姻则应该起到调和的作用——在公开场合发号施令的那一个，在两个人的生活中则必须服从对方。岚从没有利用过这种规则，所以奈妮薇总是说："我们和真正的海民不同。"但谁知道她是什么意思！当她这样说的时候，面颊总是会变得通红。但她总是等待着岚告诉她要怎样做，而岚似乎对这种事情愈来愈感到有趣，当然，这也严重地刺激了奈妮薇的火气。奈妮薇确实会发火，而且比伊兰所预料到的状况更激烈，她会向任何被她盯上的人发火，除了岚以外。对于岚，她永远都像蜂蜜和奶油一样温柔甜蜜。她也不会对亚莱丝发火，虽然有那么一两次，她对待亚莱丝的态度已经很可怕了，但即使是奈妮薇，也不能向亚莱丝发火。

伊兰对于随风之碗一同带出拉哈德的那批物品，本来是抱着很大的希望（而不是担忧）。艾玲达一直在帮助她进行检测的工作，奈妮薇偶尔也会参与一下，但她的速度很慢，也很吃力，对于感受物品与至上力的关系，她很不擅长。她们再没有找到法器，不过特法器的数量一直在持续增多。当所有垃圾都被清理掉之后，能够利用至上力的物品足足装满了五匹驮马背上的箩筐。

虽然伊兰一直很小心，但她对于这些特法器的研究进展并不顺利。在这样的事情上，使用魂之力是五力之中最安全的，当然，并非所有特法器都是用魂之力触发的，所以她有时不得不用其他力对那些特法器导引尽可能细的能流。有时候，她微弱的碰触起不到任何作用，但在检测那套用玻璃做的嵌合连环时，只轻轻一碰，便感到头晕目眩，半个晚上都没有能入睡。她曾经用一丝火之力碰触一顶仿佛是用蓬松的金属羽毛打造的头盔，这让距离头盔二十步以内的所有人都感到眼前发黑、头痛欲裂，只有她自己没有任何感觉。还有那根红色的手杖，那根能让人感觉到某种热力的手杖。

那时伊兰正坐在一家名叫“野山猪”的旅店里的床沿上，她在两盏抛光黄铜油灯的灯光下检视着这根光润平滑的手杖。它大概有手腕那么粗，一尺长，像是用石头雕成的，但手感非常坚硬。那时她的周围没有别人。自从那顶头盔的事以后，她便只在远离其他人的地方才会对特法器进行研究。这根手杖的热力让她想起了火之力……

伊兰眨眨眼，睁开眼睛从床上坐起来。阳光从窗户中注入屋内。她身上只穿着衬裙，奈妮薇站在旁边，衣衫整齐，正皱着眉头看着她。艾玲达和柏姬泰站在门边，也都在看着她。

“出了什么事？”伊兰问道。奈妮薇严肃地摇摇头。

“你不想知道的。”她撇了撇嘴。艾玲达的脸上没有任何表情，柏姬泰的嘴唇似乎有一点绷紧，但伊兰觉得她的情绪里除了有轻松之外，还有一种……爆笑的感觉！这个女人正竭尽全力控阻止自己不要笑倒在地板上！

最糟糕的是，没有一个人告诉伊兰到底出了什么事，她说过什么，做过什么。伊兰相信这其中肯定有问题。无论是家人、寻风手还是两仪师，伊兰都看见她们在她面前匆忙隐藏诡异的笑容，但就是没有人告诉她！自此之后，伊兰决定只有在比旅店更加适合的地方，才对那些特法器进行研究。那必须是一个绝对私人的地方！

离开艾博达后的第九天，零星的云朵出现在天空中。不久以后，一些硕大的雨滴在路面上击打出一团团尘土。第二天，从空中挂下了雨丝。随后的一天里，大雨让她们不得不蜷缩在羊皮集的房屋和马厩里。那天晚上，雨中出现了雪粒。天亮的时候，一团团雪花从乌云密布的天空中飘落下来。现在她们的旅程距离凯姆林还不到一半，伊兰开始怀疑她们是否能在两个星期之内到达凯姆林。

因为下雪的关系，众人开始为自己的衣服担忧。伊兰责备自己没有想到在改变天气之后，她们也许会需要温暖的衣服。奈妮薇也在责备自己没有想到这一点。茉瑞莉认为这是她的错。黎恩同样在自责。在雪花翻飞的第一天，她们真的站在羊皮集的街面上，开始争论到底谁应该负起这个责任。伊兰不知道她们之中是谁首先看到了这里面的荒谬，是谁第一个笑起来的；不过，当她们在白天鹅旅店的桌边坐下，开始讨论下一步该怎样做的时候，她们所有人都笑了。只是她们做出的决定一点也不好笑。为每一个人提供一件暖和的外衣或者斗篷要花掉一大笔钱，而现在手中这点钱已经不敷支应了。当然，她们可以卖掉所有珠宝首饰，但在羊皮集，完全没有人对项链手镯之类的东西感兴趣，无论它们有多么精美。

艾玲达解决了这个难题。她拿出一只鼓囊囊的小口袋，里面装满了品相上乘的宝石，其中有一些非常大。奇怪的是，那些羊皮集人（刚才还以缺乏礼貌的口吻说，镶嵌宝石的项链毫无用处）在看到艾玲达掌中的宝石时，却又都瞪大了眼睛。黎恩说这些人认为首饰只是浮华的奢侈品，而宝石则是财富。不管他们有什么看法，伊兰一行人用两颗中等大小的红宝石、一颗大月长石和一颗小火滴石换得了许多厚羊毛衣服。羊皮集的人很满意这笔交易，他们提供的衣服里甚至有一些还非常新。

"他们还真是慷慨！"看着那些人争着从箱子和阁楼里抱出一件件衣服，奈妮薇没好气地嘟囔着。人们络绎不绝地走进这间旅店，全都抱着满怀的衣服。"那些宝石能买下这整座村子！"艾玲达微微一耸肩，如果不是黎恩阻止，她会掏出一满把宝石来。

茉瑞莉摇摇头："我们有他们想要的，但他们有我们必需的，恐怕这意味着价格得由他们来定。"这简直和那次与海民的谈判太像了。奈妮薇的状况看起来相当不好。

等到与别人分开之后，伊兰在旅店的一条走廊里问艾玲达，她是在哪里弄到这么多宝石的，而且看样子，艾玲达很想摆脱掉这份财宝。伊兰相信这是艾玲达从提尔，或者从凯瑞安得到的战利品。

"兰德·亚瑟骗了我，"艾玲达郁闷地嘟囔着，"我想要从他那里把我的义买回来。我知道这样做是最没有荣誉的方式，"她是在为自己辩解，"但我找不到别的办法。他站在我的头上！为什么会这样，当你按逻辑做事的时候，有一个男人做着完全不合逻辑的事，却又总是能占你的上风？"

"他们漂亮的脑袋里全是一团乱草，一个女人不可能会想要跟他们一起发疯。"伊兰对艾玲达说。她没有问艾玲达想要买回的义是什么，或者她是怎样做的，以至于反而得到了一满袋华贵的宝石；谈论兰德几乎不可能会有别的结果。

下雪并不只是带来了对温暖的需要。等到中午的时候，随着雪愈下愈大，蕾耐勒大步走下楼梯，站在大堂里宣称契约中她这一方的责任已经完成了，现在她要求不仅要得到风之碗，还有茉瑞莉。那名灰宗姊妹惊惶地盯着蕾耐勒，还有另外许多人也都像她一样。现在大堂里的凳子上坐满了家人，她们正在轮流吃午餐。男女侍者们已经是在上第三轮午餐了。大堂里的每一个人都在看着蕾耐勒，而蕾耐勒没有放低声音。

“现在你可以开始你的教学了，”蕾耐勒对那名瞠目结舌的两仪师说，“去我的房间吧。”茉瑞莉想要反对，但大船主的寻风手突然面色一冷，将双拳叉在了腰间。

“我下达命令的时候，茉瑞莉·辛德文，”她冷冷地说，“甲板上的每个人都应该认真听着。现在，快起来！”

茉瑞莉并没有真的从座位上跳起来，但她的确打起精神，起身向楼上走去。蕾耐勒则跟在他身后，名符其实地监管着她。茉瑞莉已经许下了承诺，她别无选择。黎恩的脸上满是惊骇，亚莱丝和仍然系着红腰带的圆胖的桑珂都若有所思地看着茉瑞莉。

在随后的日子里，不管是在大雪覆盖的乡间道路上骑马跋涉，还是走在村子里的街道上，或者在农场为所有人寻找宿处，蕾耐勒一直都强迫茉瑞莉跟在她身边，除非她命令茉瑞莉去跟随另一名寻风手。阴极力的光晕几乎总是围绕着这名灰宗姊妹和她身边的人，茉瑞莉持续不断地在示范各种编织，这名皮肤白皙的凯瑞安人比那些黑皮肤的海民要矮得多。一开始，茉瑞莉还在努力坚持两仪师的威严与高贵，但很快，她的脸上就完全是一副惊愕的表情。伊兰后来得知，当所有人都有床可以睡的时候（这种情况并不多见），茉瑞莉要和她的仆人珀尔、两名寻风手学徒塔拉安和梅塔莱共享一张床。这是否说明了茉瑞莉的地位，伊兰并不能确定。很显然，寻风手们并不将学徒与她们等同视之。她们相信茉瑞莉唯一要做的，就是服从她们的一切命令，迅速而且毫无偏差。

黎恩还在为这些事而惊骇不已的时候，亚莱丝和桑珂却只是认真地观察着这一切，若有所思地点着头，而家人之中像她们两个一样的还有许多人。于是，另外一个问题在突然之间进入了伊兰的视野。家人们看到了被俘虏的伊丝潘变得愈来愈驯顺，伊丝潘只是其他两仪师的囚徒。海民不是两仪师，茉瑞莉不是囚徒，但她已经对蕾耐勒唯命是从，也对多丽勒、凯伊瑞、以及凯伊瑞的血亲姊妹特瑞丽惟命是从。这些人都是部族波涛主妇的寻风手，除了她们以外，其他人并不能让茉瑞莉如此战战兢兢，但这已经足够了。愈来愈多的家人表情从惊恐变成若有所思，也许两仪师并不是神，如果两仪师只是像她们一样的女人，为什么她们要再一次戴上白塔的桎梏，向两仪师的权威和两仪师的纪律俯首？她们自己不是也活得很好吗？她们之中有一些人不是活得比年长的两仪师还要久？伊兰能够看见这样的想法盘旋在这些家人的脑海里。

但是当伊兰将这件事告诉奈妮薇的时候，奈妮薇只是喃喃地说道：“是时候让一些姊妹知道，教导自以为懂得比她们更多的女人，是一种怎样的感觉。那些曾经有机会得到披肩的人竟还会想要它，而且，我看不出为何她们不该有骨气一些。”伊兰并没有提醒奈妮薇，她曾经不止一次向伊兰抱怨过桑珂竟然敢冒犯她，批评她的几种治疗编织太过“粗糙”。伊兰本以为奈妮薇会对家人的反应大发光火的。“不管怎样，不需要把这种事告诉艾雯，不管这件事会造成什么后果，她烦的事情也已经够多了。”当然，“这件事”指的是茉瑞莉和寻风手。

她们只穿着衬裙，坐在新犁旅店二楼她们的床上。扭曲的梦境戒指垂挂在她们的脖子下面。伊兰的戒指被串在一根皮绳上；奈妮薇的和岚的沉重玺戒一起串在一根细金链上。艾玲达和柏姬泰穿着日常的衣服，坐在她们两个人的衣箱上。她们要一直这样等到伊兰和奈妮薇从梦之世界返回，她们称此为站岗。两个人都披着斗篷，大概要到爬进毯子里的时候，她们才会把斗篷脱下来。新犁旅店肯定已经不新了，石膏粉刷的墙壁到处都是裂纹，外面的冷风从不知在哪里的缝隙不停地钻进屋内。

这个房间很小，而房间里的箱子、包袱、床和盥洗架几乎将这里的空间占完了。伊兰知道，她必须以足够华贵的姿态出现在凯姆林，但她心中还是感到内疚。她的行李都放在驮马背上，其他人却只能将自己能带上的一点东西放在自己的背上。奈妮薇则绝对没有因为自己的箱子而表现出半点愧疚。她们已经走了十六天。窄窗外的满月在雪地上罩了一层白光的毯子，即使明天不下雪，她们的速度也快不起来。伊兰觉得如果情况乐观，她们也许还要一个星期才能到达凯姆林。“我知道不应该告诉她，”她对奈妮薇说，“我不会再碰一鼻子灰了。”

这应该算是比较温和的说法。她们最后一次和艾雯相见，是在离开那座宅邸之后的那一晚。她们告诉了艾雯，风之碗已经被使用，也很不情愿地告诉艾雯她们和海民的契约。也是在那一次，她们见到玉座猊下披上了七色圣巾。伊兰知道这是必要的，是正确的——女王最亲密的朋友，在女王的计划中也要清楚她是一位女王，就如同知道她是她的朋友。但伊兰不喜欢听到她的朋友用激烈的声音责骂她们是没有脑子的傻瓜，要让她们全都完蛋。更让伊兰无法忍受的是，她自己也同意艾雯的指责。她不喜欢听到艾雯说，之所以没有判处她和奈妮薇苦修到头发打卷，只是因为不能把时间浪费在这种事上，但这是应当的，是有必要的。当伊兰坐上狮子王座的时候，她仍然还是两仪师，还要服从两仪师的法律、规则和传统，这不是为了安多——伊兰不会将她的国土献与白塔——而是为了伊兰自己。所以，虽然万分不愿，伊兰还是平静地接受了对她的责备。奈妮薇一直困窘地拧着双手，结结巴巴地为自己辩护，到无话可说的时候，就只好撅起了嘴，然后又急忙向艾雯道歉。伊兰简直不相信这是她认识的那个奈妮薇。艾雯在提醒她们她是玉座。在原谅她们的错误时，她的声音依然是冷冷的。这样做没有错。如果今晚与她们见面的是艾雯，那她们肯定又要不舒服了。

不过，当伊兰和奈妮薇进入特·雅兰·瑞奥德中的沙力达，走进小白塔里那个被称为玉座书房的房间时，艾雯并不在那里。唯一表明艾雯曾经来过的痕迹，是在有许多坑洞的墙板上潦草刻下的一些字，刻字的那只手似乎并不想花费太多力气把它们刻得更深一些：

留在凯姆林

在一尺以外的地方有另一行字：

保持平静，小心

这些应该是艾雯最后给她们的指示。到达凯姆林，留在那里，直到艾雯能找到方法阻止评议会把她们都腌起来，钉进一只桶里。这是她们无法抹去的一个提醒。

伊兰拥抱阴极力，留下了她自己的讯息。十五这个数字看上去，就像是刻在曾经被艾雯当作书桌的厚重桌子上。将编织倒置，固定。这样的话，女性只有用手指触摸，才能发觉它们并不是真正被刻在那里的。也许到达凯姆林不需要十五天，但肯定要超过一个星期，伊兰确信这一点。

奈妮薇走到窗前，向外望去，小心地不让自己的头探出窗口。像醒来的世界中一样，外面是黑夜，一轮满月在雪地上泛起点点光亮，但这里的空气并不冷。除了她们以外，这里不应该有其他人，如果有人的话，那很可能就是她们的敌人。“我希望她的计划没有遇到麻烦。”奈妮薇喃喃地说。

“她叮嘱过我们，即使是在我们之间也不要提起这些事，奈妮薇。‘说出口的话总会不翼而飞。’”这也是莉妮喜欢说的一句话。

奈妮薇回过头，皱着眉向伊兰瞪了一眼，然后又继续盯着那条窄巷子。“我和你不一样。她还是小孩子的时候我就在照顾她，我给她换过尿布，还打过她一两次屁股。而现在，她只要打一个响指，我就不得不跳起来。这很难。”

伊兰不由自主地打了个响指。奈妮薇飞快地转过身，以至于连身形都变得模糊了。她害怕地睁大了眼睛，衣服也发生了变化，从蓝色的丝绸骑装变成了见习生的七色镶边白袍，又变成了两河的深色厚羊毛裙。当奈妮薇确认艾雯并不在这里，没有听她们说话的时候，她才松了一口气，并差一点晕倒过去。

她们回到自己的躯体中，醒过来，把这次的经历告诉站岗的人，艾玲达觉得这是一个很好的笑话，柏姬泰也大声地笑了起来。不过奈妮薇也报了仇，第二天早晨，她用一根冰柱唤醒了伊兰，伊兰的尖叫声惊醒了村子里的每一个人。

三天之后，第一场风暴到来了。

第 21 章

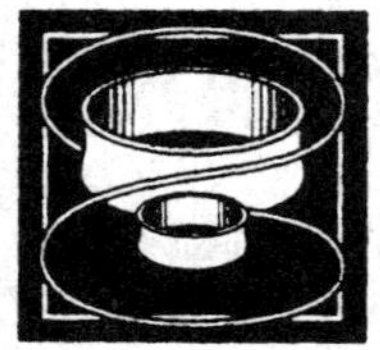

回应召唤

被称作奇摩的冬季大风暴从风暴海一直吹袭过来，比人们记忆中任何一个年份都要厉害。有些人说，今年的奇摩如此猛烈，是因为间隔了很长时间。闪电横过天际，撕裂了遮蔽天空如同黑夜的乌云。风雨鞭笞着大地，除了最坚硬的路面以外，到处都变成了泥泞和小溪。有时候，泥浆会在日落之后冻结，但日出之后，地面又会解冻，即使太阳还躲在乌云里，大地仍然会再一次变成沼泽。这种令兰德吃惊的天气对他的计划造成了很大的干扰。

受到兰德召唤的殉道使来得很快。在第二天上午，他们打开通道，策马驰入这一片如同被夜幕笼罩的倾盆大雨之中。而在通道对面，安多已经被大雪覆盖了，大团雪花在强风中飞速旋转着，遮蔽了殉道使背后的一切。这一小队人都披着厚重的黑色斗篷，沉重的雨滴从他们的身上和坐骑上滑落，而他们似乎半点也没有被打湿。这种情形并不明显，但任何注意到的人都不会认为这是自然现象。保持身体的干燥只需要一个简单的编织，当然，想要掩饰身份的人是绝不会这样做的。而他们的斗篷在胸口的部位都绣着饼图案，猩红色圆环中黑白两色相拼，即使在阴暗的大雨中，他们骄傲的样子仍然清晰可见。这大概是一种对世界的挑衅。他们为自己的身份而感到光荣。

他们的指挥官查奥·葛德芬身材中等，比兰德大不了几岁。像托沃一样，他同时佩戴着剑徽和龙徽，黑色的高领外衣用的是最好的丝绸质料，做工精良。他的镶银剑鞘被固定在形状为握紧的拳头的白银剑扣上。葛德芬现在自称为特索罗凡·米海峨，在古代语中的意思是风暴首领，不管怎样，这个名号至少很符合现在的天气。

但头顶着这个名衔的葛德芬站在兰德绿色锦绣大帐的门口，只是紧皱着眉头盯着持续不断的大雨。不到三十步以外，骑马的同袍军环绕着帐篷，他们的身影几乎完全被大雨遮住了，只能依稀看出他们像雕像一样纹丝不动，仿佛暴雨对他们无法造成任何影响。

“我们怎可能在这样的天气里去找到什么人？”葛德芬喃喃地说着，瞥了一眼身后的兰德。顿了一下，他才又说道：“真龙陛下。”他的目光严厉，充满了挑战的意味，不过他的眼神一直都是那样，无论是对一个人还是对一根篱笆桩。“罗查德和我带来了八名献心士和四十名士兵，足以摧毁一支军队，或者威吓十个国王。我们甚至能让一位两仪师眨眨眼睛。”他带着讽刺的口吻说道，“烧了我吧，只要我们两个就能做许多事了，你也可以。为什么你还需要其他人？”

“我认为你们应该服从我，葛德芬。”兰德冷冷地说。风暴首领？葛德芬的副手曼奈·罗查德自称为拜疆·米海峨——攻击首领。泰姆想要干什么，创建新的军衔吗？那个家伙要做的是锻造武器，而最重要的一点是让武器在足够长久的时间里保持理智，从而能够使用。“我不认为你们应该浪费时间来质疑我的命令。”

“服从你的命令，真龙陛下，”葛德芬喃喃地说道，“我会立刻派人出去。”他将拳头放在胸前，迅速地行了一个军礼，然后就大步走进了风暴中。豪雨为他让开道路，包裹住他编织出来的小护盾。兰德很想知道，这个男人是否曾经想过，当他如此无节制地握持阳极力的时候，距离死亡已经有多么近了。*你必须在他杀死你之前先杀死他，*路斯·瑟林在笑声中说道，*你知道他们会的，死人才不会背叛。*兰德脑海里的这个声音又流露出疑问的口气。*但有时候他们不会死。我死了吗？你呢？*

如同赶走苍蝇一样，兰德将这个声音挥开，把它赶到注意力的边缘。重新在兰德脑海中出现以后，路斯·瑟林就很少会沉寂下来，除非被兰德用力压制。他似乎比以往的大多数时候都更加疯狂了，而且也变得更加愤怒，有时候还会变得更强。这个声音入侵了兰德的梦。当兰德在梦中看见自己的时候，那并不总是他所知道的自己；那也并不总是路斯·瑟林，不是他认识的那张脸。有时候，那个形象会变得模糊，却又有模糊的熟悉感，路斯·瑟林似乎也对此感到惊讶。这可能表明了那个家伙的疯狂已经到达了怎样的程度，或者也许是他自己的疯狂。

还不行，兰德想，我现在还不能疯。

那么什么时候可以？路斯·瑟林透过兰德的指缝悄声问道。

随着葛德芬率领的殉道使队伍到来，兰德向西扫除霄辰人的计划开始实施，但计划实施的速度并不快，就像任何人都不可能在这种泥泞的道路上走得很快。兰德立即命令自己的营地拔营启程，他没有花费任何力气隐藏自己的行动，对这样的事情保密没有意义。在奇摩肆虐的时候，用鸽子传递讯息的速度很慢，如果使用信使的话只会更慢。所有势力都在目不转睛地盯着他——白塔，弃光魔使，任何自以为转生真龙的行动攸关自己得失、又能花钱雇佣军队的人；也许这里还有霄辰人的探子。如果兰德能刺探他们，为什么他们不会刺探兰德？但即使是殉道使也不知道为什么兰德要现在行动。

就在兰德无聊地看着人们将他的帐篷收进高轮大车中的时候，维蓝芒骑着他众多战马之一出现在他面前。这匹昂首阔步的白色阉马拥有最纯的提尔马血统。雨已经停了，但乌云依旧遮蔽了正午的太阳，空气仿佛能拧出水来，浸透雨水的龙旗和光明之旗耷拉在高高的旗杆顶端。岩之守卫者取代了同袍军的位置。当维蓝芒骑马走过提尔骑兵的环形队列时，他皱起眉看了一眼罗狄瓦·提莱。那个人很瘦，皮肤即使在提尔人之中也算是黑的，短短的胡须末端修得很尖。提莱是一名地位很低的贵族，依靠个人能力才晋升到现在的职位，他是那种在细节方面绝对一丝不苟的人。他以严谨的姿势向维蓝芒鞠了一躬，帽子上白色的大羽毛的颤动几乎同样正式得分毫不差。而提尔大君的眉头只是皱得更紧了。

这名提尔之岩的将军并不需要亲自指挥兰德的卫队，但他经常会这样，就像马克林经常亲自指挥同袍军一样。岩之守卫者和同袍军经常会发生相当不友好的竞争，目标就是成为兰德的近卫队。提尔人所宣布的理由是因为兰德统治提尔的时间比伊利安更长；伊利安人则宣称兰德是伊利安国王。也许维蓝芒已经听到岩之守卫者中间有人在悄悄议论，提尔也应该有自己的国王了，而又有谁能比夺下提尔之岩的人更适合戴上这顶王冠？维蓝芒也很同意提尔对于国王的需要，但他并不赞同其他人对国王的选择。与大多数人意见不一致的并不止他一个人。

这个人看见兰德正在看他，便急忙舒展开眉头，从嵌金马鞍上跳下来，鞠了一躬。与之相比，提莱行礼的姿势也仿佛变得简陋了许多。维蓝芒是个即使在做梦的时候，也一样是趾高气扬的家伙。当他光亮的皮靴接触到泥地的时候，他的面孔稍稍扭曲了一下。因为还有淅淅沥沥的雨丝，所以他披着雨披，这件雨披上也装饰着金丝刺绣和蓝宝石镶领。尽管在兰德深绿色丝绸外衣的袖子、翻领上有不少黄金蜜蜂，但如果单看衣着，大概任何人都会以为维蓝芒才是戴着剑之王冠的人。

“真龙陛下，”维蓝芒拉长了声音说道，“见到您被提尔人守卫着，我简直无法表达自己是多么喜悦。真龙陛下，如果真的会有不幸的事情发生，这个世界也会哭泣的。”维蓝芒很聪明，知道不能直接指责同袍军是不值得信任的，而他现在已经把这种意思表达得很清楚了。

“这种事迟早都会发生。”兰德冷冷地说。但想要庆祝这件事的人还要再等很久。“我知道那时你会哭得有多么厉害，维蓝芒。”

维蓝芒显然是听到了他想听的话，立刻露出一副得意的神情，开始拈起他带灰色条纹的尖胡子。“是的，真龙陛下，你完全可以信赖我的忠诚。也正因为如此，我很关注你手下在今天上午递交给我的命令。”兰德派去的是艾德利，许多贵族都装作殉道使只是兰德的仆人，这能够让殉道使在他们的心里变得不那么危险。“遣走大部分凯瑞安人是明智之举，当然，还有那些伊利安人。这样做完全正确，我甚至能理解为什么你要限制桂亚姆他们。”维蓝芒的靴子在泥浆中踏出一个个坑洼，他在向兰德走近，他的声音中也有了愈来愈多的自信。“我相信他们之中有些人——我不是说他们在密谋反抗你，但我相信也许他们的忠诚并非一直都是毫无疑问的。他们和我不一样，我才是始终都对你保持着绝对忠诚。”他的声音有了变化，变得更加强壮和有信心，恰如一个正在向主人进谏的男人。他相信他的主子会让他成为第一任提尔国王。“请允许我带来我的全部武装部队，真龙陛下。有了他们和岩之守卫者，我就能确保黎明君主的荣耀和安全。”在这片荒地上的所有营地里，马车和大车都正在上货，马匹被戴上鞍鞯，大多数帐篷已经被放倒。罗杉娜大君已经在向北方行进了，她的旗帜下面跟随了一支规模庞大的队伍，这足以消灭任何沿途的盗匪，也能让沙度人有所忌惮。不过它的规模还没有大到会让这个女人有什么非分之想，尤其是这支队伍里有半数人马是桂亚姆和马拉孔的扈从，同时还搀杂了许多岩之守卫者。斯匹隆·纳瑞汀也率领了同样的一支部队，正在向东翻越高耸的山脊。那支部队里属于他的军队也只有一半，另外一半是同袍军和效忠于九人议会里其他成员的士兵。还有一百人徒步跟在他们后面，其中有一些就是在那天山脊下的树林中投降兰德的人。选择追随转生真龙的人多得令兰德感到惊讶，但兰德还不敢让他们一同行动。托墨朗刚刚带着同样混杂的部队转向南方。其他人在他们的车辆装载物资结束以后也会立刻开始各自的行军。每一支队伍的进军方向都是不同的，就算是一支军队的统帅敢于违抗兰德的命令，他也不敢确信自己的部下还会继续追随自己。将和平带给伊利安是一项重要的工作，但每一名贵族都在因为被命令离开转生真龙而懊恼，他们显然是担心这意味着兰德已经失去了对他们的信任。而也有一些人还在注意兰德留在眼皮底下的人选，罗杉娜肯定是考虑这种问题的人之一。

“你的关心让我感动，”兰德对维蓝芒说，“但一个人需要多少卫兵？我并不打算发动一场战争。”这算不上是一句假话。战争已经在进行了，它开始在法美镇，或者也许在更早的时候就开始了。“让你的人做好准备。”

已经有多少人因为我的骄傲而死了？路斯·瑟林呻吟着，有多少人因为我的错误而死了？

“我是否能问一下，我们要去哪里？”维蓝芒的语气还不算很愤怒，而且恰好压过了兰德脑子里的声音。

“去那座城。”兰德断然说道。他不知道因为自己的错误死了多少人，但没有任何人是因为他的骄傲而死的，他确信这一点。

维蓝芒张开嘴，很显然，他不知道兰德指的是提尔还是伊利安，或者也许是凯瑞安。但兰德只是挥了一下真龙令牌，示意他离开。兰德有些希望自己能用把杆枪刺穿路斯·瑟林。“我不打算整日坐在这里，维蓝芒！去给你的人下命令吧！”

不到一个小时以后，兰德抓住真源，开始准备打开穿行通道。最近，在他抓住或者放开至上力的时候，他必须对抗一种晕眩的感觉。还好，他没有在泰戴沙的鞍子上摇晃，伴随着飘浮在阳极力上熔化的肮脏、冰冻的滑腻，碰触真源几乎让兰德要掏空肠胃。兰德的眼前出现了叠影，虽然只是很短的一段时间，但也让编织变得困难，甚至几乎不可能。兰德本可以命令达西瓦、弗林，或者是其他人做这件事，但葛德芬和罗查德正牵着马缰，率领十余名没有执行搜索任务的士兵看着他。他们耐心地站在那里，只是看着。罗查德比兰德矮不到一个拳头，也许要年轻两岁，他也已经是正式的殉道使，他的外衣同样是丝绸的。他的脸上挂着一丝值得玩味的微笑，仿佛他知道一些别人不知道的事情，而且对此很感兴趣。他知道什么？如果不是兰德的计划，就肯定是关于霄辰人的情报。或者还会有什么事？也许什么都没有。但兰德不打算在这两个人面前有任何虚弱的表现。晕眩感很快就退去了，视野中的重影退去得慢一些。最近一两个星期里，情况一直都是这样。兰德完成了编织，没有任何等待，一踢马腹走过了在面前打开的通道。他所指的那座城是伊利安，但通道开在了伊利安城以北。无论维蓝芒有多么关心他的安全，他在任何地方都不可能没有护卫跟从。将近三千人骑马通过了那个高大的方形通道，踏上一片绵延起伏的草场，不远处就是一条宽阔泥泞的大路，这条大路直通北方星堤道。虽然每一名领主只能率领少得可怜（对于这些习惯于统帅成千上万士兵的人来说，百来人就已经是少得可怜了）的武装士兵，但他们加在一起就已经达到了三千之数。提尔人、凯瑞安人和伊利安人。岩之守卫者的指挥官是提莱；同袍军的指挥官是马克林；殉道使跟随着葛德芬——那些来自黑塔的殉道使。达西瓦、弗林和其他人都催马紧随在兰德身后。只有那瑞玛除外。那瑞玛还没有回来，他知道可以在什么地方找到兰德。但兰德不喜欢这样。

每一群人都尽量聚集在一起，远离旁人。桂亚姆、马拉孔和亚拉康跟着维蓝芒，他们的眼睛都在盯着兰德，而不是望着他们要去的方向。瑞格林·帕那带着九人议会中的另外三个人，在马鞍上窃窃私语，不安弥漫在他们中间。一群面孔紧绷的凯瑞安领主跟在赛玛拉迪身后，就像那些提尔人一样专注地看着兰德。这些跟随兰德的人都经过兰德的谨慎选择，就如同他选择派谁离开一样。兰德的理由和其他人习惯的理由并不完全一样。

如果有旁观者，那么这支队伍一定会是相当辉煌的景观，无数颜色鲜艳的旗帜和飘带，以及凯瑞安人背后的标旗，形成了一片耀眼的云霞。辉煌、绚烂，也非常危险。有一些人确实在密谋反抗兰德，兰德已经知道，赛玛拉迪的马拉文家族与瑞亚丁家族有着古老的联盟，而瑞亚丁家族已经在凯瑞安公开反对他了。赛玛拉迪没有否认这一盟约，而他也没有向兰德提起过这件事。九人评议会与兰德打交道的时间还太短，兰德不敢把他们全都放走。维蓝芒是个傻瓜，如果让他成为军队的统帅，他很可能会为了讨好真龙陛下而直接向霄辰人或者莫兰迪进军，光明知道他到时候会做出什么事来。他太愚蠢，不能放手；又太有权力，不能置之不理。所以他会跟随兰德，并认为这是一种光荣。他没有愚蠢到做出什么能够让自己被判处死刑的事，这实在算是一种不幸。在他们身后是仆人和大车。没有人明白为什么兰德把所有马车都分派给别人，他也不打算解释。都有谁会听到他的话？一队队备用马匹被马夫们牵着。还有大群步兵，披挂着不太合身的、有凹痕的胸甲；穿着缀有生锈钢片的皮背心；拿着弓、十字弩或者长矛，甚至还有几根钢枪。他们大多是响应“真龙陛下”的号召，同时又拒绝空着手回家去的人。他们的首领是那个曾经与兰德在山脊树林中谈过话的、容易流鼻水的家伙，他的名字是艾甘·帕多斯，比起他的相貌来，这个名字算是欢快多了。在大多数地方，平民想要晋升高位是极为困难的，但帕多斯是兰德亲自提拔的。他带着他的人自成一队，但这支队伍的纪律显然不怎么好。所有人都在相互推挤着，想要争取到一个视野更好的位置，抢先看到伊利安这座南方大城。

北方星堤道笔直地穿过了环绕伊利安达数里宽的棕色沼泽地，这是一条坚实的夯土大道，中间由多座平坦石桥连接。一阵从南方吹来的风带来了海盐和一丝鞣革的气味。伊利安是一座规模不亚于凯姆林和凯瑞安的大城，色彩鲜亮的瓦片屋顶和数百座高耸的尖塔在阳光下熠熠生辉。在城外的大片草海中，许多长腿的鹤来回踱步，一群群白鸟从低空掠过，发出尖细的叫声。伊利安从来都不需要城墙，而且不会有任何城墙能挡住兰德。

兰德并不打算进入伊利安，这让队伍中出现了相当程度的失望，但没有人说一句怨言，至少在兰德能听见的地方没有。只是在匆匆建立营地的时候，不少人都沉着一张脸，低声嘟囔着。像大多数大型都市一样，伊利安以神秘的异国情调、慷慨健谈的酒店老板、风骚妩媚的女人而著称，至少从没有去过伊利安的人都是这样认为的，即使那座城就是他们的首都。无知经常会让一座都市完美得不切实际。在兰德的队伍里，只有毛尔策马沿着堤道向伊利安驰去。正在砸钉子固定帐篷和安置马匹绳索的人都停住手中的动作，用嫉妒的目光看着他；贵族们也在好奇地看着那名殉道使，同时又装作完全不在意。

跟随葛德芬的殉道使只是在安排自己的营地，完全没有注意毛尔的行动。他们为葛德芬和罗查德立起了一座黑色的帐篷，又将一块褐草泥地压实烘干，作为其他人裹着斗篷睡觉的地方。当然，这些都是用至上力做的，他们做一切事情都用至上力，甚至点篝火也不例外。当那座黑帐篷拔地而起，锤子从驮马背上飘出来的时候，其他营地里有几个人瞪大了眼睛望着这一切，而大多数人都将视线转到了一旁。有两三名穿黑衣的士兵一直在自言自语。

弗林一干人没有加入到葛德芬之中，他们在距离兰德不远的地方建起了两座帐篷。只有达西瓦走到了“风暴首领”和“攻击首领”身旁，现在那两个人正悠闲地站在黑色帐篷旁边，不时会以严厉的语气下达一个命令。达西瓦和他们说了几句话，便摇着头走了回来，一边还在气愤地低声喃喃自语。葛德芬和罗查德之间并没有什么友谊可言，对于其他人也是一样。

兰德的帐篷一立起来，他就走了进去，合衣躺倒在行军床上，盯着帐篷的尖顶，这座帐篷的里外都绣着蜜蜂，丝绸帐篷顶被做成屋瓦的样子。霍普维送进来一罐冒着热气的葡萄酒（兰德并没有带着他的仆人），但兰德只是任由那罐酒在书桌上放凉。他的脑子正在全力运转。再过两三天，霄辰人就会遭受重击，将他们彻底打倒在地的一记重击；然后他就要返回凯瑞安，看看与海民的谈判进行得如何；弄清楚凯苏安到底有什么目的。他欠凯苏安一个人情，但那个老女人一定有什么目的！也许他还能了结凯瑞安的叛乱。如果卡莱琳·达欧崔和达林·西斯尼拉趁乱溜走？将达林大君攥在手里，也许就能结束提尔的叛乱。还有安多。如果麦特和伊兰在莫兰迪，这是最有可能的，那么伊兰至少还要几个星期才能宣告对狮子王座的所有权。那以后，他就要彻底避开凯姆林了。但他必须和奈妮薇谈一谈。他能净化阳极力吗？也许能起作用；也许会毁灭整个世界。路斯·瑟林的胡言乱语中充斥着赤裸裸的恐惧。光明啊，那瑞玛在哪里？

奇摩风暴又开始了，它在靠近海的地方变得更加强烈。雨滴击打在帐篷上，如同敲击鼓点，帐篷口一直闪耀着蓝白色的闪电光芒。雷声滚滚，就好像大山也在颤抖。

那瑞玛在这一片喧嚣中走进了帐篷，他浑身都滴着水，黑色的头发贴在额前。给他的命令要求他不惜一切代价避免别人的注意，绝不能有任何招摇。他身上被雨水浸透的外衣只是朴素的褐色；他的黑发被系在头后，但没有编成辫子。即使没有铃铛，一个男人留着齐腰的长发也难免吸引别人的目光。他也紧锁着眉头。在手臂下面夹着一个用绳子系牢的圆柱形包裹，比一个人的腿更粗一些，好像是一卷地毯。

兰德从床上一跃而起，没有等那瑞玛松开手就抓过了那包裹。“有人看见你吗？”他问道，“是什么让你耽误了这么长时间？我本以为你昨晚就能回来！”

“我花了一些时间以确定我必须做什么，”那瑞玛的声音毫无情感可言，“你没有告诉我所有事情。你几乎害死我。”

这不可能，兰德已经把他需要知道的一切都告诉了他，兰德确信这一点，他不可能因为不信任那瑞玛就让那瑞玛去死，让所有事情都因此毁掉。兰德小心地将那包裹放在床下。他的双手颤抖着，迫不及待地要将包裹扯开，确认里面放着那瑞玛应该拿来的东西。如果没有得到它们，那瑞玛是不敢回来的。“穿上正式的衣服以后再回到其他人那里去，”他说道，“还有，那瑞玛……”兰德站直身子，用不可动摇的目光看着那瑞玛，“如果你把这件事告诉别人，我就毁了你。”

毁了整个世界。路斯·瑟林笑着说，那是充满嘲讽的呻吟，充满绝望的呻吟。我毁了这个世界。你也能，只要你努力去试。

那瑞玛将拳头紧紧按在胸口上：“服从你的命令，真龙陛下。”他的声音里充满了嘲讽。

第二天早晨，一千名士气高涨的真龙军团士兵离开了伊利安，在鼓点的节奏中迈着整齐的步伐踏上北方星堤道。时间还很早，浓重的灰雾在天际翻滚，带着咸味的冰凉海风吹起了斗篷和旗帜，预示着另一场风暴即将到来。兰德营地中的士兵都在盯着这支部队，看着他们蓝色的安多头盔和在胸口上绣着金红色龙纹的蓝色长袍。这支队伍里，每五个连队就有一面绣着龙纹和数字的蓝色号旗。真龙军团和普通的士兵有许多不同，比如，他们配备胸甲，但为了不遮住胸口的龙纹，他们胸甲都在外衣里面；因为同样的原因，外衣扣子也都在身侧。每个人在腰间都佩着一把短剑，肩头扛着一副钢臂十字弩。军官也是步行，只是头盔上多了一根红色的羽毛，而且走在战鼓和号旗前面。唯一骑马的人是走在队伍最前面的毛尔。剩下的马就都是队尾的驮马了。

“步兵，”维蓝芒一边喃喃自语，一边把缰绳在带着骑马手套的手上敲打着，“烧了我的灵魂吧，他们没什么用。步兵。只要一阵冲锋就能把他们赶得七零八落。不等应战，他们就会逃跑。”这是第一支冲过这条堤道的队伍，他们帮助占领了伊利安，他们没有逃跑。

赛玛拉迪摇摇头。“没有长矛，”他低声说道，“见过优秀的统帅指挥步兵坚守阵地，但那需要长矛。如果没有……”他从喉咙里发出一个表达厌恶的声音。

瑞格林·帕那是骑马侍立于兰德身边的第三个人，他看着这支队伍，什么都没有说。也许他对步兵没有偏见，他只是努力不让自己皱起眉，而且差一点就成功了。兰德见过的贵族里，对步兵没有偏见的人屈指可数。现在所有人都知道，这些在胸前绣着龙纹的人拿起武器，只是因为他们选择追随兰德，追随转生真龙。他们想这样，没有任何其他原因。瑞格林一定很想知道，兰德想让真龙军团去什么地方。九人议会当然不可能知道，兰德不信任他们。赛玛拉迪侧目瞥了兰德一眼。只有维蓝芒完全没有去想这件事。

兰德调转泰戴沙，准备离开。那瑞玛带来的包裹经过重新整理，变成了一个更小的包裹，就系在他左侧马镫皮带下面。“撤除营地，我们要行动了。”他对那三名贵族说。

这一次，他让达西瓦编织了通道。那个面相普通的家伙皱起眉盯着兰德，嘴里不停地念叨着。不知为什么，达西瓦表现出了一副被侮辱的样子！葛德芬和罗查德的坐骑肩并肩地站在一起。当银色的细线旋转着变成通道的时候，他们的脸上都流露出讽刺的笑容。他们看着的是兰德，而不是达西瓦。好吧，就让他们看吧。他还能冒多少次险，在抓住阳极力的时候不让自己晕倒过去？他晕倒的时候绝对不能在他们能看见的地方。

这一次，他们穿过通道，来到了一条通向西方的大道上。大道两旁是灌木丛生的山麓丘陵。远处的山脉无法与迷雾山脉相比，更比不上世界之脊，但它们也像是黑色的柱子，直抵天空。尖峭的山峰挡住了伊利安西方的海岸，在它们的外面是卡鲍海沟，而在卡鲍海沟之外……

人们很快就认出了那些山峰。瑞格林·帕那向周围看了一圈，突然满意地点点头。另外三名九人评议会成员和马克林拉住缰绳，凑到他身边，开始和他悄声议论。而此时骑兵队伍还在源源不绝地从通道中走出来。赛玛拉迪和提莱用了更长的一点时间才明白过来，至少他们都已经做出一副了然于胸的样子了。

白银大道从伊利安城一直延伸到卢加德，它承载了一切通向西方的内陆贸易；而另外一条黄金大道则通向法麦丁。在伊利安城存在以前，这里已经有了这两条大道，只是名字可能稍有差别。几个世纪里，车轮、马蹄和靴子的碾压让这些道路变得坚实无比，奇摩只能在它们的表面洒下一些泥泞。在伊利安，只有少数几条这样的大道能够在冬天通行大部队。现在所有人都已经知道了霄辰人在艾博达，兰德从那些士兵口中听到了许多故事，将那些侵略者描述成兽魔人的同类。如果霄辰人打算攻击伊利安，白银大道就是组织防御的理想位置。

赛玛拉迪和其他人认为自己知道兰德的计划：兰德一定已经知道了霄辰人即将攻来，殉道使将摧毁霄辰人。在听过了许多霄辰人的故事之后，已经没有人迫切地想要杀敌立功了。当然，维蓝芒在听取了提莱的解释以后，才明白了这一切。他很不安，但竭力装出一副无所畏惧的样子，大谈真龙陛下的智慧和黎明君主的军事天才，以及他将如何亲自率领骑兵对霄辰人发起第一轮冲锋。

一个只知道夸夸其谈的傻瓜。运气好的话，所有知道白银大道有大军集结的人，都不会比赛玛拉迪和瑞格林更聪明。运气好的话，所有与兰德计划有关的人，都无法事先察觉他的意图。

兰德等待着。他本以为只需要一两天的时间，但随着时间一天天过去，他开始怀疑自己是不是个像维蓝芒一样的大傻瓜。

大多数殉道使都已经被派遣出去，在伊利安、提尔和马瑞多平原，四处搜寻那些兰德想要的人。奇摩风暴在干扰他们，对通道和穿行作用很大，但即使是殉道使，在视野被暴雨压缩到五十步以内、沼泽阻挡了一切流言传播的时候，完成这个搜索任务大概也要花费相当长的时间。殉道使们一里一里地搜寻，却往往只得到了那些人已经离开的讯息。有些殉道使走得更远，他们要找到一些并不渴望被找到的人。而这些殉道使之中的第一个回来的时候，时间已经过去了几天。

至少这名殉道使带回来了桑那蒙大君，他同维蓝芒一起来见兰德。这个肥胖的家伙从不会让身上的丝绸外衣有一丝褶皱，他满是油光的脸上总是堆满了阿谀的媚笑，善于用各种美妙的言辞描述自己的忠心，但他一直都在密谋反抗兰德，也许即使在梦中也是一样。特伦大君也来了，这个极为富有的人却长了一副粗笨的农夫面孔。他结结巴巴地说，能够再次陪同真龙陛下让他感到多么光荣。黄金对于特伦来说比任何东西都重要，也许唯一的例外，就是被兰德剥夺的提尔贵族特权。当他知道这座营地里没有任何女侍，附近也没有村庄能找到柔顺的乡下女孩时，他显得非常沮丧。特伦像桑那蒙一样，时刻都在谋划推翻兰德的统治，也许他们在这件事上比桂亚姆、马拉孔和亚拉康更为积极。

其他人也被找到了。剃光了前额头发的博图姆是一名矮壮粗犷的英俊男人，他似乎并不对自己的堂亲克拉瓦尔的死感到太过悲伤，因为这样他就成为了家族新的家主；也因为有谣言说是兰德判处了克拉瓦尔的死刑，或者谋杀了她。博图姆微笑着向兰德鞠躬，那种微笑从不会触及他的眼睛。有些人说他非常喜欢他的那位堂亲。艾里尔·瑞亚丁来了，这位身材苗条的女士有一双黑色的大眼睛和威严的神态，她已经不年轻了，却仍然非常漂亮。她宣称会有一名长枪队长指挥她的士兵，她并不打算亲自上战场。当然，她也宣称自己对真龙陛下是忠诚的，但她的兄弟托朗姆却在争夺兰德打算给予伊兰的王位。有谣言说她会为了托朗姆做任何事，甚至愿意埋伏在托朗姆的敌人之中，发挥牵制和间谍的作用。道森尼斯·安那林、安蒙德·奥斯林和多瑞森·索连德来了，在他们以为兰德永远也无法返回凯瑞安的时候，他们支持克拉瓦尔夺取太阳王座。

从凯瑞安和提尔，这些人被一个接一个地带来，每个人带着五十至多一百名扈从。兰德对这些人的信任比对瑞格林和赛玛拉迪的更少。这些人之中大多数是男人，并非兰德以为女人不像男人那样危险——他还没有那么蠢。女人杀死你的时间会比男人少一半，而通常她们所需要的理由也只有男人的一半。但兰德无法向女人下手，除非她们是最危险的。艾里尔能够一边给你温暖的微笑，一边算计着可以在什么地方将匕首刺进你的肋骨。女大君安奈伊莱身材窈窕，笑声不断，但她是个不折不扣的漂亮蠢鹅。她从凯瑞安返回提尔之后，就开始公开谈论她很适合那个莫须有的提尔王座。也许她是个傻瓜，但她确实赢得了许多支持，其中有贵族，也有街巷中的平民。

兰德聚集起来的就是这些人，所有这些离开他视线太长时间的人。兰德不可能随时都盯着他们，但他也要让他们知道，自己并没有忘记他们。他向他们发布了召集的命令，等待着。两天。他咬着牙，等待着。五天。八天。当雨滴敲打兰德帐篷的声音日渐稀疏的时候，他等待的最后一个人终于到了。

达弗朗·巴歇尔抖掉油布雨披上如同溪流般的雨水，气恼地吹了吹湿漉漉的灰胡子，将雨披扔在一只圆椅上。他是个矮小的男人，有一只大鹰钩鼻，但他的身形看上去要比实际上高大一些。不是因为他故意要让自己显得高大——他认为所有的男人都像他一样高，而站在他面前的人也都会认同他的想法。他是个很聪明的人。象牙制的沙戴亚狼头元帅杖被仔细地别在他的剑带后面。他曾经在战场上和会议桌上各赢得过数十次胜利，而且他是极少几个兰德能够以生命托付的男人。

“我知道你不喜欢解释，”巴歇尔喃喃地说道，“但我还是要说两句。”他调整了一下腰中弯形的佩剑，坐倒在另一只椅子里，将一条腿搭在椅子扶手上。他似乎总是这样从容不迫，但在行动起来的时候他可以比抽动的鞭子更快。“昨天那个殉道使只是说你需要我，他还说不要带领超过一千人。我身边只有这个人数的一半，我把他们都带来了。你不可能是要打仗。我在这里看见的半数旗号都会因为你的死亡而拍手叫好，剩下的大多只是想得到你的注意。当然，他们也有可能会给刺杀你的人付酬金。”

兰德只穿着衬衫坐进书桌后面的椅子里，疲倦地用掌心揉了揉眼睛。波琳妮·卡瑞芬离开他身边之后，油灯一直没有好好的清理，空气中弥漫着一股烟气。而且，最近这些日子里他经常在半夜醒来，扑到书桌上研究那些地图。那些都是南阿特拉的地图，却没有任何两张是很一致的。

“如果你想要战争，”兰德对巴歇尔说，“那么，把那些想要你去死的人派到战场上去送死不是最好的选择吗？不管怎样，用来赢得这场战争的不是士兵。他们要做的只是防止有人偷袭殉道使。你怎么看这个办法？”

巴歇尔重重地哼了一声，连胡子都抖动起来。“我认为这是一锅要命的炖菜，这就是我想的。有人会被它噎死，光明在上，但愿那不是我们。”然后他又笑了，仿佛这是一个很好的笑话。

路斯·瑟林也笑了。

第 22 章

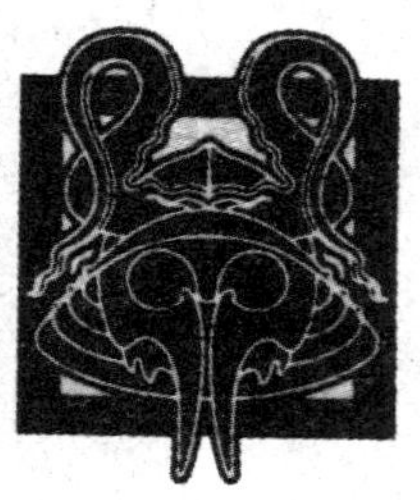

聚集的云团

在一阵阵连绵不绝的小雨中，兰德的小型军队组成一支支纵队，排列在奈玛瑞林群峰对面的低矮山丘上。在阴雨天中，那些高耸的黑色山峰仿佛遮住了西边的天空。进行穿行的时候并不需要面对你要去的方向，但兰德总认为不这样的话就很别扭。尽管还下着雨，迅速变薄的灰色云层已经露出了几道耀目的阳光；当然，那或者也只是因为在长期的阴霾之后，任何阳光看起来都很耀眼罢了。

领头的四支队伍是巴歇尔的沙戴亚人，这些双腿有些向外弯的士兵并没有穿戴盔甲，而是只穿着短外衣，耐心地站在他们的坐骑旁边。他们头顶上方是由矛锋组成的一小片闪光的云。随后五支队伍是穿蓝色外衣、胸口绣有龙纹的真龙军团，指挥他们的是贾克·马森德。马森德的行动总是迅速得令人吃惊，但现在，他还保持着绝对的安静，双腿叉开立定在地上，双手背在身后。真龙军团身后的岩之守卫者和同袍军也就位了，只是都抱怨着要排在步兵后面，而贵族和他们的扈从却杂乱无章，仿佛完全不知道该去哪里。路面被马蹄和靴子踩成一滩滩烂泥，又被车轮压出一道道深沟，喊喝和叫骂声愈来愈响了。想要让六千个全身湿透，而且愈来愈湿的人站好队列很需要一些时间，何况这些人还要装配好供给车辆，为许多马匹备鞍。兰德穿上了他最好的衣服，所以只要随便一瞥，就能从人群里把他认出来。他用少许至上力将真龙令牌打磨了一番，现在那支枪尖如同镜子面一般闪闪发亮。剑之王冠也被用同样的方法处理过，让它从远处看上去仿佛一颗闪亮的金星。镀金的龙形腰带扣和蓝色丝绸外衣上的金线刺绣，无一不熠熠生辉。有那么一会儿功夫，兰德甚至有些后悔丢下了那副嵌满宝石的剑柄和剑鞘。现在这副黑色野猪皮的剑柄和剑鞘很耐用，但任何士兵都会有这样的武器。应该让人们知道他是谁，让霄辰人知道是谁要来摧毁他们。

兰德骑着泰戴沙，立在一片平坦的开阔地上，不耐烦地看着那些贵族在山丘间来回奔走。在不远处，葛德芬和罗查德也骑在马背上，他们带来的人在他们背后排列成一个精确的正方形。第一排是献心士，后面是士兵，他们的样子就像是要参加一场阅兵礼。这些人之中有半数已经生出灰发或者至少不再年轻了，像霍普维和毛尔那样年轻的只有几个人，但他们之中的每一个人都有能力打开通道。这是兰德向马瑞姆·泰姆要人的时候确定的条件。

弗林、达西瓦、艾德利、毛尔、霍普维和那瑞玛以随意的样子站在兰德身后。随后还有两名腰杆笔直的骑兵旗手，一名提尔人和一名凯瑞安人，他们的胸甲、头盔，甚至是钢制手套都经过仔细打磨，直到闪闪发光。猩红色的光明之旗和白色的龙旗垂挂在旗杆顶端。兰德在帐篷里就已经抓住了至上力，这样他那个虚弱的瞬间就不会被别人看到了。零星的雨丝在距离他的身体和坐骑一寸的时候就向一旁歪去。阳极力中的污染今天显得特别沉重，一股厚腻的油脂挤入他的毛孔，深深地污染了他的骨骼、他的灵魂。兰德以为自己已经习惯了这种恶劣，但今天，他只觉得一阵阵令人作呕的厌恶，比阳极力本身那种冰冻的烈火和熔融的严寒更加强烈。现在他一直尽可能频繁地握持真源，适应这种恶劣的感觉，以避免在抓住它的时候发生新的不适。如果他让不适症状干扰了他对阳极力的抗争，其结果可能是致命的。也许这种恶心的感觉和他导引时的晕眩是紧密相关的。光明啊，他还不能疯，还不能死，现在还不能，还有太多的事情要做。

兰德用左腿压了一下泰戴沙的肋侧，感觉到马镫皮带和红色鞍布之间的那个包裹。每次他这样做的时候，都会有某种东西从虚空以外滑过，是期待，也许还有一点恐惧。这匹训练优秀的阉马感觉到主人的动作，便向左转过身，兰德不得不拉紧缰绳将它拉回来。那些贵族什么时候能找好位置？兰德在焦躁中咬紧了牙。

他还记得自己小时候，人们看见雨滴伴随着阳光落下，就会笑着说这是暗帝在鞭打色墨海格了。只是有一些人笑得很不安，皮包骨的老森布总是叫喊着，色墨海格会对笑话她的人发怒，而他则会把自己的怒气发泄在所有不知道尊敬老人的小孩子身上。这让兰德小时候经常会看见老森布就立刻逃开。他希望色墨海格现在会来找他，就在这个时刻，他一定能让色墨海格哭泣的。

没有什么能让色墨海格哭泣，路斯·瑟林嘟囔着，她只会将眼泪给其他人，她自己没有眼泪。

兰德轻声笑了笑。如果色墨海格今天来，他会让她哭泣的，色墨海格和其他所有弃光魔使，如果今天他们来的话。不过，他最有信心的是让霄辰人哭泣。

并非所有的人都对他的命令感到高兴。桑那蒙以为兰德没有注意到这一点，脸上油腻的笑容便消失了。特伦在他的鞍囊里塞了一只长颈瓶，毫无疑问里面装的是白兰地，他的鞍囊里也许不止一只酒瓶，因为他一直在喝酒。赛玛拉迪、马克林和提莱都来到兰德面前，阴沉着脸反对只以这样小规模的一支部队进军。几年以前，一支将近六千人的军队足以发起一场战争，但他们都已经见过数万甚至数十万人的大军，就像亚图·鹰翼的时代一样。为了与霄辰人作战，他们希望集结规模远比现在大得多的军队。兰德只是命令这些不满意的家伙离开，他们不明白，五十几名殉道使能够形成多么大的攻击力。兰德想知道，如果他告诉他们，只要他一个人就足以击溃敌人，他们会怎样想。他确实想过由自己完成这场战争，也许他最终还是要这样做。

维蓝芒来了，他不喜欢从巴歇尔那里接受命令，也不喜欢进入山地，在山地里很难发动一场像样的骑兵冲锋。他还不喜欢许多事情，但兰德没有再给他说出来的机会。

“那个沙戴亚人似乎认为我只应该走在右翼，”维蓝芒轻蔑地嘀咕着，他转过身，仿佛右翼的位置是一种莫大的侮辱，“还有那些步兵，真龙陛下，实际上，我认为……”

“我认为你应该让你的人做好准备，”兰德冷冷地说，他的冰冷有一部分是因为他飘浮在没有情绪的虚空中，“否则你就无法待在任何侧翼了。”他的意思是说，如果维蓝芒没有及时准备好，他就会丢下他的队伍。把这个蠢货和几名士兵丢在这个偏僻的地方，肯定不会有什么坏处，兰德能够在维蓝芒赶到任何一个比乡村更大的地方时返回来。

但维蓝芒的面孔立刻失去了血色。“服从真龙陛下的命令。”他急忙说道。而且，没有等这句话脱出口，他已经调转了马头。今天他的坐骑是一匹身量高大、胸膛宽阔的骏马。

肤色白皙的艾里尔拉住缰绳停在兰德面前，和她一起过来的还有安奈伊莱女大君。这两个人在一起真是个奇怪的组合。这样说，并不仅是因为她们分别属于两个彼此敌对的国家。艾里尔在凯瑞安女人中算是身材高挑的，当然，她毕竟只是个凯瑞安人。她全身上下都散发着庄严和一丝不苟的气息，从她眉弓的形状、红色手套腕部的翻起，直到珍珠镶领的雨披覆盖在她的烟灰色母马臀部的样式，无一不是如此。与赛玛拉迪、马克林、维蓝芒和提莱不一样，她看见雨滴从兰德身周滑落的时候，根本没有眨一下眼。安奈伊莱则不仅眨了眼，还张大了嘴，又用手捂住嘴，发出了一阵笑声。安奈伊莱是一名身体柔软的黑美人，她的雨披领子上在绣金花纹中镶着红宝石，但她身上的一切似乎都与艾里尔恰恰相反，她似乎只知道造作地娇笑。当她鞠躬的时候，她的白色阉马也弯下了前腿，仿佛在鞠躬，这匹马大概很喜欢卖弄，而且兰德怀疑它像它的主人一样轻浮。

“真龙陛下，”艾里尔说，“我必须再一次反对将我纳入这支……远征队里。”她的声音很冷静，也很不友善。“我会派遣我的士兵到你所命令的地方去，但我并不打算自己也参与激烈的战争。”

“哦，不。”安奈伊莱用有些打颤的声音说道，即使在这时，她的声音里还是带着笑！“战争是肮脏的事情，我的管马人是这样对我说的。你肯定不会真的让我们去参战吧，真龙陛下？我们听说过，你对女士有着特殊的关照。是不是，艾里尔？”

虚空在震惊中塌陷，阳极力消失了，雨滴落在兰德的发丝间，渗入他的外衣。片刻间，兰德要紧紧握住鞍桥才保持了身体的正直。他的眼前出现了四个女人，而不是两个，而他只是感到惊讶，完全没有注意到眼前的叠影。她们到底知道多少？她们都听说过什么？有多少人知道了？怎么可能会有人知道？光明啊，谣言说他杀了摩格丝、伊兰、克拉瓦尔，也许还有另外上百个女人，每个女人死得都很可怕！他压下想要呕吐的感觉。这并不完全是阳极力的作用。烧了我吧，有多少间谍在盯着我？这个想法让他皱起了眉头。

死人在盯着你。路斯·瑟林悄声说道。死人从不会闭上他们的眼睛。兰德打了个哆嗦。

“我确实在尽力照顾女性，”当兰德能说话的时候，他便对她们说道，因为一些原因，他说话的速度有些过快了，“所以我想让你们在随后几天里都留在我身边。但如果你们真的那么不喜欢这个主意，我可以命令一名殉道使护送你们，你们可以安全地待在黑塔。”安奈伊莱轻柔地尖叫了一声，她的脸已经变成了灰色。

“很感谢你，我们不会拂逆你的好意。”过了一会儿，艾里尔说道。她保持着绝对的镇定。“我想，我最好去问问我的长枪队长，在战场上要注意什么事。”她在转过马头的时候又停了一下，侧过头看着兰德。“我的兄弟托朗姆很……容易冲动，真龙陛下，甚至可以说他很莽撞，但我不是。”

安奈伊莱向兰德送来一个太过甜美的微笑，在转过身跟上艾里尔的时候，她还扭了几下腰肢。但她用力磕了一下马腹，一挥宝石嵌柄的马鞭，很快就超过了艾里尔，那匹白色的阉马眨眼间就已经以令人惊讶的速度跑了起来。

一切终于就绪了，所有的纵队都已经成形，覆盖了这片低矮的丘陵。

“开始。”兰德对葛德芬说。葛德芬掉转马头，向他的人大声喊出命令。八名献心士策马向前，跳下马鞍站立在他们已经记忆清楚的地点，面对着群山。兰德觉得其中一个人有些面熟，那是个头发花白的人，一副提尔尖胡子挂在满是皱纹的乡下人脸上，显得很奇怪。八根垂直的蓝色光线旋转着打开，信道对面的景色和这一边差别不大，生长着稀疏林木的山谷逐渐抬升，成为陡峭山峰之间的一道隘口。那里是阿特拉的温耐山脉。

*杀了他们。*路斯·瑟林一边哭泣，一边求告。*他们太危险了，不能让他们活着！*兰德想也不想便压下了那个声音。

其他男人的导引，或者只是有能够导引的男人出现也经常会引发路斯·瑟林做出这样的反应。兰德已经不再去思考为什么会这样了。

兰德低声说出一个命令，弗林惊讶地眨眨眼，才急忙跑过去，编织出第九个通道。这些通道都没有兰德能编织的那么大，但任何一个都能通过一辆大车。兰德本打算自己来做，但他不想在众人面前冒险导引。他注意到葛德芬和罗查德正在看着他，两个人的脸上都带着那种仿佛知道隐情一样的微笑。达西瓦仍然皱着眉头，嘴唇掀动着，仿佛在对自己说话。这只是他的想象？还是那瑞玛也在斜眼看着他？艾德利呢？毛尔呢？

兰德哆嗦着压下这个想法。对葛德芬和罗查德的不信任，只是出于理智的思考。但他是否已经变成了那种被奈妮薇称作是恐怖的人？一种疯狂，对所有人，所有事无端的黑暗的猜疑？只有科普林家的人，只有班利·科普林才会认为所有人都在密谋反抗他。当兰德还是男孩时，班利·科普林就饿死了，因为他拒绝吃任何食物，他认为那些食物里都有毒。

兰德在泰戴沙背上伏下身，一踢那匹阉马的肋侧，从最大的一个通道中走了过去，那恰巧是弗林的通道。但他此时甚至会从葛德芬的通道中走过去。他是第一个踏上阿特拉土地的人。

其他人迅速跟了过来。首先是殉道使。达西瓦盯着兰德，皱起眉；那瑞玛也是一样；而葛德芬立刻开始指挥那些士兵。他们一个接一个地跑上前，打开通道，牵着他们的坐骑跑过来。在这片山谷中，到处都是通道打开和关闭的闪光。殉道使能够不需要记忆他们所在的地点，就在短距离内进行穿行，这比骑马要快多了。很短时间内，兰德身边就只剩下了葛德芬、罗查德和那些保持通道的献心士。其他人呈扇形向西方前进，搜寻霄辰人。沙戴亚人骑着马走了过来。真龙军团跑过通道，在山林间展开队形，准备好了十字弓。在这个国家里，步兵的行进速度完全可以和骑兵相比。

后续部队开始穿过通道。兰德骑马向山谷中殉道使们离去的方向走去。他背后高耸的山峦如同一堵墙壁挡住了海沟，它们会一直绵延向西，几乎直抵艾博达。兰德加快了坐骑的步伐，让它慢跑起来。

巴歇尔在他跑到隘口前追上了他，这名沙戴亚人的枣红色坐骑很矮小，大多数沙戴亚人的坐骑都是小马，但它们的速度很快。“看样子，这里没有霄辰人。”他用指节挠着胡子，几乎显得有些无聊。“但早晚都会有事的。泰诺比早晚会因为我追随活着的转生真龙，而把我的脑袋插在长矛上，她大概更愿意我追随死掉的转生真龙。”

兰德皱起眉。也许他能带上弗林保护他的背后，还有那瑞玛，还有……弗林曾经救过他的命。那个人对他必须是忠实的，但人都会改变。那么那瑞玛呢？即使有过那样的事……想到那瑞玛曾经冒过的风险，兰德不禁觉得有些发冷。他不是那种恐怖的人，那瑞玛已经证明了自己的忠诚，但那仍然是一个疯狂的冒险，疯狂得就像他在逃离那些他并不确定的目光，在逃向他不知道有什么在等待他的地方。巴歇尔是对的，但兰德不想再谈论这些事了。

通向隘口的山坡上只有赤裸的岩石和大小不一的石块，在那些天然的石块中，还夹杂着一些曾经属于某一座巨型雕像的碎片。虽然久经风吹雨打，但上面的雕刻纹路宛然可辨。一只戴戒指的手几乎像兰德的胸膛那样大，其中握着一柄断剑，剑刃切面比兰德的手杖还要宽。一颗巨大的女性头颅，面颊上已经出现了许多裂缝，头顶的王冠仿佛是由向上立起的匕首组成，其中一些匕首还是完整的。

“你们认为她是谁？”兰德问道。当然，是一位女王，即使在某个遥远的时代里商人和学者也会带上冠冕，但雕像只有统治者和将军才可能会有。

巴歇尔在马鞍上转过身，审视了半晌才说道：“我打赌是一位实奥塔的女王。并不算古老。我曾经在爱隆尼看见过类似的雕像，那座雕像损坏得更厉害，让你完全无法分辨它是男是女。一位征服者，否则他们就不会雕刻她握剑的样子。我记得只有开疆拓土的实奥塔君王才会戴上这样的王冠，也许他们称它为剑之王冠？褐宗两仪师也许能告诉你更多一些。”

“这不重要。”兰德不快地说。它们看起来确实很像利剑。

但巴歇尔还在说话，他低垂下灰色的眉毛，表情严肃。“我想，大概会有成千上万的人向她欢呼，称她为实奥塔的希望，甚至会真心这样相信。在她的时代里，她也许像后来的亚图·鹰翼那样受到人们的畏惧与尊敬。但现在，可能连褐宗两仪师都不知道她的名字了。当你死亡的时候，人们就开始了遗忘，你是谁，你做过什么，人们会努力去忘记这些。所有人最后都会死，所有人都会被遗忘，但在你该死亡的时刻到来之前想要去死，是没有意义的。”

“我没有这种想法。”兰德厉声说道。他知道自己要在什么地方去死，他相信他知道，只是不知道要在什么时候。

兰德的眼角捕捉到了某个动作，在五十步以外，赤裸的岩石和灌木丛、小树林交界的地方，一个男人走出树丛，迅速将一张弓举到脸旁。一切都仿佛是一瞬间发生的事情。

兰德吼了一声，让泰戴沙猛然调转方向。他看见那名弓箭手也在随之调整方向。他抓住了阳极力，生命的甜美和秽恶的污染一齐涌入他的身体。他转过头。他看见了弓箭手重叠的影子，而他只能拼命克制着涌上喉头的胆汁。无法控制的至上力洪流要将他的骨骼烧成灰烬，将他的血肉冻成冰块。他无法控制它们，他能做的只有活下来。他拼命地想要让自己的视野清晰一点，让自己能看见东西，能编织出最简单的能流，而恶心的感觉就像至上力一样强烈。他觉得他听到了巴歇尔的喊声。两个弓箭手的影子放开了弓弦。

兰德应该已经死了。在这个距离内，即使是男孩也能射中目标。他没有死的原因，也许只能用时轴来解释。当羽箭即将离弦的时候，一群灰翅膀的鹌鹑几乎就从他的脚下惊飞起来，发出一阵刺耳的尖叫声。这不足以完全干扰一名经验丰富的弓箭手，实际上，他们只是有了极少的偏差，兰德感觉到箭羽扫过面颊的利风。

拳头大小的火球突然击中了那名弓箭手。他尖声惨叫着，扬起的手中还抓着弓；另一个火球击中了弓箭手左腿的膝盖，让他在尖叫声中倒了下去。兰德在马鞍上倾过身子，向地面上呕吐，他的胃似乎是要把他有生以来吃过的所有食物都倒出来。虚空和阳极力在一阵令人晕眩的抽搐中消失了，他差一点就从马鞍上摔下来。

当兰德能再次坐直的时候，他一言不发地接过巴歇尔的白色亚麻手绢，抹了抹嘴角。那名沙戴亚人皱起眉看着他，仿佛他仍然有可能出事一样。兰德只觉得自己的胃还想要找更多的东西来呕吐，他的脸一定苍白得可怕。他深吸了一口气，以这种方式失去阳极力会将导引的人杀死，但他仍然能感觉到真源，至少阳极力还没有将他毁断。至少他还能看清楚。他的面前只有一个达弗朗·巴歇尔。现在他每次握住阳极力，那种恶心的感觉都会加深一点。

“让我们看看这个家伙还能不能说话。”他对巴歇尔说道。但那些刺客显然已经不行了。

罗查德正跪在地上，冷静地搜检着破碎的尸体。鲜血浸透了刺客的外衣，除了失掉的手臂和腿以外，他的胸口上还有一个像他的头那样大的窟窿。那是艾甘·帕多斯，他无神的眼睛惊讶地盯着蓝天。葛德芬并没有注意脚下的尸体，却只是审视着兰德，眼神像罗查德一样冰冷，他们两个都握持着阳极力。令人惊讶的是，路斯 · 瑟林只是在一阵阵地呻吟。

随着一阵马蹄敲击岩石的声音响起，弗林和那瑞玛跑上了山坡，他们身后跟随着将近一百名沙戴亚人。当他们跑近的时候，兰德能感觉到花白头发的老人和年轻人体内的至上力，也许他们都握持着最大限度的阳极力。自从杜麦的井以后，他们两个的力量都有飞跃性的发展，这就是男人获得力量的方式。女人似乎是持续稳定地变强，而男人都是爆发性的。弗林比葛德芬和罗查德更强，那瑞玛比弗林并不差多少，男人的发展潜力无法从一开始预测。但至今为止还没有人能够及得上兰德，至少现在还没有。只是，没有人不知道时间会带来什么。

“看样子，我们决定跟随你是正确的，真龙陛下，”葛德芬用关切的语气掩盖着嘲讽，“今天早晨你的肠胃不是很好吗？”

兰德只是摇摇头，他无法将视线从帕多斯的脸上移开。为什么？因为他征服了伊利安？因为这个人曾经效忠于“布兰德领主”？

罗查德惊呼一声，从帕多斯的外衣口袋里掏出一只软皮袋子，向地上一倒，闪光的金币洒落在岩石地面上，发出一阵清脆的撞击声。“三十块金币，”他的声音中带着怒气，“塔瓦隆金币，他们的雇主已经很清楚了。”他拿起一块金币，扔给兰德，但兰德没有伸手去抓它，那块金币顺着他的手臂又滑落下去。

“到处都有塔瓦隆金币，”巴歇尔平静地说，“这座山谷中半数人的口袋里都有几块。我也有。”葛德芬和罗查德猛转过头看着他，巴歇尔翘起浓密的胡子笑了笑，或者至少露了一下牙齿，但一些沙戴亚人在马鞍上不安地挪动着身体，用手指摸着腰间的荷包。在前方，峭壁之间的隘口地势低了一点，一道闪光旋转着成为一个通道，一名打着顶髻的夏纳人穿着朴素的黑色外衣，牵着马从通道里跑了出来。看样子，第一批胥辰人已经被找到了，而且，从这个人返回的速度判断，距离应该不是很远。

“该是出发的时候了，”兰德对巴歇尔说。巴歇尔点点头，却没有动作，他只是审视着那两名站在帕多斯身旁的殉道使，而殉道使已经将他完全忽略了。

“我们对他该怎么办？”葛德芬指着那具尸体问，“至少我们应该把他送回到那些女巫面前去。”

“不用管他。”兰德答道。

现在你准备杀人了吗？路斯 · 瑟林在问，他的话语中没有一点发疯的味道。

还没有，兰德想，但是快了。

他用脚跟一叩泰戴沙的肋侧，回头向自己的军队驰去，达西瓦和弗林紧跟在他身后，随后是巴歇尔和百名沙戴亚人。他们全都观察着周围，仿佛在等待另一名刺客的出现。在东方，黑云聚集在峰顶，另一场奇摩风暴很快就要到来了。

在山丘上，营地已经展开，这里靠近一条曲折的溪流，而且能够很好地俯瞰大片山地草场。埃希德·巴库恩并不因为这座营地而感到骄傲，在常胜军中服役的三十年里，他建立过几百座营地，用不了多久，他就只能满足于在房间里不会跌跤了。何况现在他所在的这个地方也无法令他感到骄傲。他已经侍奉女皇三十年——愿女皇永生——尽管偶尔还是会有一些疯狂的暴发户觊觎水晶王座，但这些年里他们绝大部分的精力都被用来准备这一场远征。整整两代人，打造巨型战舰，训练并装备常胜军。巴库恩在得知自己将成为先行者的一员时，曾经非常骄傲过。他当然梦想过为亚图·鹰翼的正统继承人夺回本应属于他们的国土，甚至大胆地梦想过在可伦奈到来之前，完成这次新的统一。这个梦想毕竟不是那么疯狂，但完全不是他现在所想象的这种样子。

一支五十人的塔拉朋巡逻队正在返回，他们的枪尖在山坡上逐渐升起来，红色和绿色的条纹涂绘在他们坚固的胸甲上，钢栅护面藏住了他们浓密的胡须。他们的骑术很好，甚至战斗能力也很强，他们只是需要强有力的指挥官。十倍于这支巡逻队的塔拉朋人已经坐到了篝火旁，还有三支巡逻队没有回来。巴库恩从没有想到过自己会指挥这么多窃贼的子孙，而且这些恬不知耻的人甚至会直视你的眼睛。在那些满腿泥泞的马匹经过巴库恩身边的时候，巡逻队的队长向他深鞠了一躬，但其他人只是在用他们怪异的口音继续交谈着。他们的说话速度太快，除非巴库恩努力倾听，否则完全不知道他们在说些什么。他们对于纪律也有一些很怪异的概念。

巴库恩摇摇头，大步走过罪奴主的帐篷，那顶帐篷比他的要大，这当然是有必要的。四名穿深蓝色闪电纹长裙的罪奴主正坐在帐篷外的凳子上，享受着暴风雨后的阳光。现在已经很少能见到晴天了。那名身穿灰衣的罪奴坐在他们脚边，妮瑞丝正在给她的白发编辫子，并且和她交谈着。所有罪奴主都在倾听她们的谈话，并且轻声笑着。罪铐手环的一端只是被放在地上。巴库恩没好气地咕哝了一声。在家乡，他有一头心爱的猎狼犬，他甚至有时会和它说上几句话，但他从不期待尼普会和他谈心！

“她还好吗？”他问妮瑞丝。这句话他问过已经不止十遍了。“一切正常吗？”那名罪奴低垂下目光，陷入了沉默。

“她非常好，巴库恩将军。”正方面孔的妮瑞丝在声音里加入了应有的尊敬，但一丝也不多，她在说话的时候还一直抚摸着那名罪奴的头顶。“之前可能有些不适应，但现在都已经过去了。不管怎样，那只是小事一桩，不必担心。”那名罪奴在颤抖。

巴库恩又咕哝了一声。这与他之前听到的答案也没什么差别，但这里面一定有问题。这问题出在艾博达，而且不只是这一名罪奴。但罪奴主们全都像蛤蜊一样闭紧了嘴，皇之血脉当然也不会对他这样的人说什么！但他已经听到了太多暗中的议论，他们说罪奴全都病了，或者是疯了。光明啊，在艾博达被占领以后，他就再没有见过使用罪奴的情景了，就连庆祝胜利的云光表演也没有。有谁听说过这样的事！

“嗯，我希望她……”他张了张嘴，但没有把话说下去。一头雷肯从东方的隘口飞行过来，它巨大的皮翼强有力地上下鼓动着。而就在这座山丘上方，它突然侧过身子，一个急转弯，一侧翼尖几乎直指地面，一根缀着铅锤的红色细带在疾速飞行中被甩了下来。

巴库恩咽下了一句咒骂。飞人总是很张扬，但如果这两名递送巡逻报告的飞人伤了他的人，无论他们的后台是谁，他都会剥了他们的皮。他并不想在没有飞人巡逻的情况下就投入战斗，但这些飞人就像皇之血脉的宠物一样，被宠溺过甚了。

挂着彩带的铅锤笔直地、几乎紧贴着细高的传讯杆落下，撞击到地面上又弹了起来。传讯杆太长了，只有在要传递讯息的时候才会放倒，否则的话，就总会有马匹不小心将它踏断。

巴库恩大步向他的帐篷走去。他的第一副官已经拿到那根彩带和彩带上拴着的信管。提拉斯是个瘦得皮包骨的人，比他要高一头，只在下巴上生着几根稀疏的胡子。

报告卷在细金属管里，薄薄的纸片几乎是半透明的。上面的文字很简单。巴库恩从没有骑过雷肯或者巨雷肯——感谢光明，赞美女皇，愿她得到永生！——他很怀疑骑在一只绑在飞蜥蜴背上的鞍子里怎么可能用钢笔写字。不过这份情报让他立刻张开行军桌，急匆匆地写了起来。

“在东方距离这里十里的地方有一支军队，”他对提拉斯说，“数量大概是我们的五到六倍。”飞人有时会夸大事实，但通常不会夸大很多。这么多人是如何穿越群山一直渗透到这里？为什么才被发现？

巴库恩曾经见过东方的那片海岸，他相信，如果自己试图在那里登陆，那么他的葬礼上大概就不会有他的尸体了。烧了那帮飞人的眼睛吧，他们总是夸耀说他们能看见地面上的一只跳蚤。“没有理由相信他们知道我们的存在，但我也不介意要求一些援军。”

提拉斯笑了：“我们会用罪奴干掉他们，即使他们的数量是我们的二十倍也是一样。”提拉斯唯一的缺陷就在于他总是有一点自负，但他是一名好士兵。

“如果他们有几个……两仪师呢？”巴库恩一边将飞人和自己的报告一并收进金

属管里，一边低声说道。至今巴库恩在说出这个名号的时候仍然难免有些困难，他从不曾相信竟然真的有人会让这些……女人拥有自由。

提拉斯的表情说明他记起了那个关于两仪师武器的传闻，他很快就拿着那根信管跑出了帐篷，红色细带在他身后飘飞着。

信管被迅速地固定在传讯杆顶端，一阵微风吹起了高过丘顶地面五十尺的红色长飘带。雷肯沿山谷呼啸着向这里飞过来，展开的双翼一动不动，突然间，一名飞人从鞍子上甩下身子，头朝下挂在雷肯的爪子上！就连旁观的巴库恩也感觉到胃猛地抽搐了一下，而此时那名女飞人已经抓住了飘带。传讯杆弯曲了一下，又弹了回来，信管已经被从杆顶拉走了。当雷肯在盘旋中缓缓上升的时候，那名飞人又爬回到自己的鞍子里。巴库恩心生庆幸地将雷肯和飞人推出脑海，开始俯瞰这座山谷。这座山谷很宽，很长，也很平坦，只是在这里凸起了一座山丘。山丘的坡很陡，山谷两侧的山坡非常陡峭，生满了树木，只有山羊才能在其中穿行，唯一的通路就是他眼前的这个隘口。利用罪奴的力量，他能够在任何人企图通过这片泥泞的草地攻击他之前将他们撕成碎片。虽然他已经向后方发去了求援信，但援军至少要三天时间才能到达。敌人不太可能会等到三天以后才攻过来，他们是怎样在不被发现的情况下深入到这里的？

巴库恩无法参加两百年以前的统一之战，不过他镇压过的一些叛乱规模并不算小。在与玛伦戴拉的两年战争中，死了三万人，一百五十万人被作为财富运回到大陆。士兵想要活下去，就必须察觉到一切异常。他命令移动营地，而且特别叮嘱要消除一切痕迹，他将指挥所安置在山坡的一片树林中。黑云正在东方聚集，另一场该诅咒的风暴就要到来了。

第 23 章

战争之雾，战场之风暴

现在还没有下雨。兰德引导泰戴沙绕过山坡上一棵被连根拔起的树，他皱起眉，盯着横躺在那根树干后面的一具死尸。这名死者身材短粗，脸上满是皱纹，交叠的铁片制成的盔甲被漆成蓝色和绿色。他一双无神的眼睛盯着天空中的黑云，看上去就像艾甘·帕多斯一样，甚至他也像帕多斯一样失去了一条腿。这显然是一名军官，他伸出的手中握着佩剑，象牙剑柄被雕刻成女人身体的形状。他的头盔也涂着漆，仿佛是一颗巨大昆虫的头部，上面还插着两根蓝色的细长羽毛。

连根拔起的树或完整，或碎裂，散落在这片足有五百步方圆的山坡上，有许多树干被烧焦了，尸体也一样四处散布，被蹂躏这片山坡的阳极力撕得粉碎。大多数死人的脸上还带着钢制护面，胸甲上涂绘着水平条纹。没有女人，感谢光明。那些受伤的马都已经被处理了，这是另一件值得庆幸的事，马嘶声可以惨痛到令人难以置信的程度。

你认为死了的就没有声音了？路斯·瑟林的笑声非常刺耳。你真的这样想？他的声音又变成了痛苦的怒吼。那些死人在向我嚎叫！

也在向我嚎叫，兰德哀伤地想，我没办法去听，但你又怎么能挡住他们？路斯·瑟林开始为他失去的伊琳娜哭泣了。

“一场空前的胜利，”维蓝芒在兰德身后拖着长长的腔调说道，然后他又嘀咕了一句，“但没有什么光荣，古老的方式才是最好的。”兰德的外衣上溅满了泥点。令人惊讶的是，维蓝芒仍然像在白银大道时那样光鲜闪亮，头盔和铠甲闪闪发光，他是怎么做到的？那场战斗的最后，塔拉朋人发起了冲锋，用长枪和勇气对抗至上力，而指挥冲锋将他们击溃的正是维蓝芒。那场冲锋并非兰德下的命令，但除了岩之守卫者以外所有的提尔人都加入了战斗，甚至连半醉的特伦也不例外。赛玛拉迪和瑞格林也率领大多数凯瑞安人和伊利安人参战了，在这样的时刻袖手旁观是困难的，每一个人都想争取到一些他们能够争取的东西。当然，殉道使能够让战斗结束得更快，也更可怕。

兰德完全没有加入战斗，他只是骑马立在人们能够看见的地方。他曾经害怕抓住至上力，但他不敢让这些人看到他的弱点，一点也不行。这个想法又让路斯·瑟林恐惧地聒噪了起来。

和维蓝芒一尘不染的外衣同样令兰德惊讶的是，安奈伊莱骑马走在维蓝芒身边，而且史无前例地脸上没有带着那种诱人的笑容，只有痛苦和反感。奇怪的是，现在的她比起那个笑容满面的她来要好看多了。当然，她没有亲身投入冲锋，艾里尔也没有，但安奈伊莱的管马人参加了，而且丢了性命，一根塔拉朋骑枪戳穿了他的胸膛。安奈伊莱一点也不喜欢这样，但为什么她会跟着维蓝芒？只是因为他们都是提尔人吗？也许。兰德上次看见她的时候，她是跟在桑那蒙身边的。

巴歇尔催赶他的枣红马上了山坡，在绕过那些烧焦的尸体时，他的样子和绕过一个烧焦的树桩没有什么区别。他的头盔挂在马鞍上，铁手套塞在剑带里，他的右半边身子全是污泥，他的马也一样。

“亚拉康去世了，”他说道，“弗林试图为他医疗，但我不认为亚拉康想那样活着。到现在我们已经有了将近五十名死者，还有一些人可能也活不成了。”安奈伊莱面色惨白，兰德也见她靠近过亚拉康，而现在，她把肚子里的食物都吐了出来。死亡的平民就不会对她造成这样的影响。

兰德感觉到片刻的怜悯，不是对安奈伊莱，也不算是对亚拉康，而是对明，虽然明现在正安全地待在凯瑞安。明曾经预言过亚拉康的死，还有桂亚姆和马拉孔的死，无论她看见了什么，兰德希望那不是与现实景象相同的东西。

大多数士兵都去继续巡逻任务了，但在谷底宽阔的草场上，葛德芬的献心士编织的通道中正源源不绝地涌出运货马车和马匹。供给队里的人一看见这边的情景，便都惊讶地张大了嘴。在山脚下，一道道两步宽、五十步长的焦黑色犁沟划过棕褐色的草地，到处都是马匹也未必能跃过的大坑。他们至今还没有找到那名罪奴，兰德认为这里应该只有一名罪奴，否则霄辰人造成的破坏就会更大。

人们正在一些小篝火之间忙碌，那些火上烧着水，准备用来煮茶。这一次，提尔人、凯瑞安人和伊利安人混合在了一起，不只是普通士兵，贵族也是一样。赛玛拉迪将他的水瓶递给桂亚姆，后者正疲倦地用一只手摩挲着自己的秃头。马拉孔和柯瑞·达潘尼一同蹲在一堆篝火旁，达潘尼是个矮壮的男人，一副修成方形的胡子挂在他的窄脸上显得很古怪。看样子，他们在玩牌！特伦身边围了一圈笑声不断的凯瑞安贵族，虽然他的笑话也许并不比他来回摇晃、不断揉搓他那跟马铃薯一样的鼻子的模样更好笑。真龙军团没有和他们混在一起，但他们与那些跟随帕多斯"自愿"效忠光明之旗的人在聊天，那些人知道帕多斯是怎样死的之后，似乎都急不可耐地要和兰德的亲信打交道。那些穿蓝色外衣的军团士兵正在教他们，如何在行军转变方向的时候不会像鹅群里的鹅一样掉队。

弗林、艾德利、毛尔和霍普维正在那些伤员们之中，那瑞玛只能够治疗一些细小的伤口，比兰德好不了多少，达西瓦甚至连这个都做不到。葛德芬和罗查德牵马站在山谷中间的山丘顶上，远离众人，正在谈着什么，他们本打算利用通道偷袭驻扎在这座山丘上的霄辰人。有将近五十人死了，还会有更多的人死去，如果没有弗林他们，死亡人数一定会超过两百。葛德芬和罗查德显然不想弄脏自己的手，当兰德派遣他们去参加医疗的时候，他们都皱起了眉头。死者之一是一名士兵。另一名士兵，一名圆脸的凯瑞安人一直躺在篝火旁，没有完全恢复清醒，他被一场发生在他脚下的爆炸扔上了半空。

在那片满是沟壑坑洞的平地上，艾里尔正在和她的长枪队长交谈，那名长枪队长个子很矮，皮肤苍白，他的名字是登哈莱。那两个人的坐骑几乎靠在了一起。偶尔他们会向山上的兰德瞥一眼，他们在密谋什么？

"下次我们会做得更好，"巴歇尔喃喃地说道，他的视线扫过这片山谷，然后摇了摇头，"最糟糕的错误是重复前一个错误。我们不会的。"

维蓝芒听到了巴歇尔的话，也将这句话重复了一遍，但他使用的辞藻是巴歇尔的二十倍，而且腔调花哨得就像春天里的花园。他并没有承认他们犯过任何错误，尤其是他，而且他也机敏地避开了兰德的错误。

兰德点点头，但始终没有说一句话。下一次他们会做得更好，他们必须做得更好，除非他想要将这支部队里的半数人埋在这片山里。现在兰德思考的是该如何处理那些战俘。

大多数在战斗中逃生的敌人都已经躲进了更深的树林里，巴歇尔说他们保持着令人惊讶的良好秩序，不过他们应该已经不会有什么威胁了，除非那名罪奴和他们在一起。而现在，二十名同袍军和岩之守卫者正在看押着大约百多个被剥夺了武器和盔甲，蜷缩着坐在地上的人。他们大多是塔拉朋人，但他们在战斗的时候并不像是被征服者们赶上战场的人，有相当多的俘虏昂着头，以嘲讽的目光瞥着看管他们的卫兵。

葛德芬想要在审讯之后杀死他们，维蓝芒不在乎是否应该割开他们的喉咙，不过他认为刑讯审问是在浪费时间。他坚持认为这些人不会知道任何有用的讯息，这里根本没有贵族。兰德瞥了巴歇尔一眼，维蓝芒仍然在用洪亮的声音说着："……为你扫荡这些山峰，真龙陛下，我们会用铁蹄将他们踏扁，并且……"安奈伊莱严肃地点着头。

"六个上来，就会有六个下去，"巴歇尔轻声说，他用指甲剔掉胡子上的一个泥点，"或者就像我的佃户们说的，你在秋千上得到的，你也会在旋转马上失掉。"光明在上，什么是旋转马？这些话现在有什么用！

这时，一支巴歇尔的巡逻队让情况变得更糟了。六名骑兵沿着山坡，用长枪驱赶着一名战俘，那是一名黑发的女性，穿着一件破烂肮脏的深蓝色长裙，在胸口和裙摆的位置绣着红色的枝状闪电，她的面孔也很脏，而且沾满了泪痕。她一路上踉踉跄跄，几次几乎摔倒。那些枪尖指引着她向兰德走了过来，她瞪着抓住她的那些骑兵，甚至要向他们吐痰，而后，她又用轻蔑的眼神看着兰德。

"你们伤害她了吗？"兰德问道。也许这是个奇怪的问题，毕竟这是一个刚刚在这片山谷中给他们带来巨大伤害的敌人。她显然是一名罪奴主，但这个问题不由自主地从兰德口里冒了出来。

"我们没有，真龙陛下，"相貌粗蛮的巡逻队长说道，"我们找到她的时候，她已经这样了。"他挠了挠下巴上黑色的长胡子，眼光转向巴歇尔，仿佛在寻求帮助。"她说我们杀死了她的吉勒，看样子也许是一条狗，或者一只猫，或者诸如此类的宠物。"那个女人转过身，用凶狠的目光瞪视着他。

兰德叹了口气。不是宠物狗，不是！这个名字还没有出现在那个名单上！但他已经听见那些名字在他的脑海中逐一被喊出。"罪奴吉勒"也被加了上去。路斯·瑟林在为他的伊琳娜呻吟，她的名字也在那个名单上。兰德觉得这是正确的。

"这是一位霄辰两仪师？"安奈伊莱突然问道。她从马鞍上俯下身，用力盯着妮瑞丝，妮瑞丝也正盯着她，睁大的眼睛里满是愤怒。兰德依照自己所知道的，稍微解释了一下罪奴主如何用一件由项圈、手环和银索组成的特法器来控制能够导引的女人，而她们自己并不能导引。让兰德惊讶的是，这位艳丽迷人的女大君冷冷地说："如果真龙陛下感到为难，我会替你吊死她。"妮瑞丝重新开始瞪着她，只是这一次，罪奴主的目光中充满了轻蔑。看来这个女人很有勇气。

"不！"兰德喝道。光明啊，这些人就不能做点好事吗！或者安奈伊莱真的和她的管马人有过于亲昵的关系？那个人个子不高、身材粗壮，头秃了，此外，他还是一名平民。贵族与平民的差别在提尔是很大的，但女人对男人的品味总是很奇怪，兰德非常清楚这一事实。

“只要我们一做好出发的准备，”兰德对巴歇尔说，“就放掉这些人。”他当然不可能带着俘虏去展开下一场攻击。如果让这一百名俘虏（*现在是一百名，以后还会更多*）跟随运货车，那样随之而来的风险同样是他无法承担的；而把这些战俘丢下的话，他们并不会造成什么麻烦，即使是那些骑马跑掉的家伙也不可能越过利用穿行前进的他们，向后方发出警告。

巴歇尔微微一耸肩，他大概同意兰德的想法，但总会有意外发生，即使没有时轴，现在也是多事之秋了。

维蓝芒和安奈伊莱几乎在同时张开嘴，脸上都带着反对的表情，但兰德只是继续说道：“我已经说过了，就这么办！但我们会带着这个女人，还有我们捉住的所有女人。”

“烧了我的灵魂吧，”维蓝芒喊道，“为什么？”他显出犹疑的表情，巴歇尔却猛地一抬头。安奈伊莱的嘴唇扭曲了一下，然后才向真龙陛下显露出她娇俏的笑容，很显然，她认为兰德太软弱，才无法像对待其他俘虏那样流放这个女人。那些战俘将不得不用双腿走过漫长又崎岖的道路，很难找到食物，而且现在这种恶劣的天气，也对女性非常不利。

“已经有够多的两仪师在反对我了，我不想让罪奴主有机会返回霄辰人的军队。”兰德对这些贵族说道。光明在上，这是他的真心话！他们都在点头，只是维蓝芒的动作有些迟缓。巴歇尔看上去仿佛松了一口气。安奈伊莱很失望。但该怎样处置这个女战俘，还有他以后将要俘虏的更多罪奴主？兰德并不想将黑塔变成一座监狱。艾伊尔人能够看押她们，但智者们也许会在兰德转过身去的时候就割断她们的喉咙。那些与伊兰同行、被麦特带往凯姆林的两仪师呢？“这场战争结束以后，我会将她交给我所选择的一些两仪师。”也许那些两仪师会将此看作一种善意的表示，让那些必须接受他保护的人尝一点甜头吧。

兰德的话刚一出口，妮瑞丝已经面色煞白，用最尖锐的声音发出一阵阵尖叫。她一边不停地尖叫着，一边向山坡下跑去，爬过一棵棵倒下的树干，不停地摔倒，再爬起来。

“该死的！抓住她！”兰德喊道。沙戴亚巡逻队立即向那个女人追了过去，他们的坐骑却只能小心地跨过凌乱的树干，以免跌断腿和脖子。但即使他们追上了妮瑞丝，那名罪奴主仍然在马匹中间踉跄着向前猛跑，完全不在意身边的追兵。

在山谷的最东端，一条银色的细线变成了通道，一名穿黑衣的士兵拉着他的马走了出来。通道消失的时候，他已经跃上马背，向葛德芬和罗查德所在的山丘顶端飞驰而去。兰德面无表情地看着这一幕，在他的脑海里，路斯·瑟林叫嚣着杀戮，在一切无法挽回之前杀死所有这些殉道使。

当葛德芬、罗查德和那名士兵向山坡上的兰德走过来的时候，四名沙戴亚人已经将妮瑞丝按在地上，正将她的手脚捆绑起来。必须四个人才能按住妮瑞丝，她仍然不停地挣扎着，甚至张口去咬那些人。巴歇尔提出要打个赌，看那个女人能不能从那四名沙戴亚人手中挣脱出来。安奈伊莱嘟囔着应该打碎那名罪奴主的脑袋。她那么急于杀人吗？兰德朝安奈伊莱皱了皱眉。

葛德芬和罗查德中间的那名士兵，在骑马经过妮瑞丝身边的时候，不安地瞥了她一眼。兰德依稀记得在白塔见过他，那是他第一次为献心士戴上银剑徽章，也为泰姆戴上第一枚龙徽的时候。这个年轻人的名字叫瓦锐尔·内森，他还在用透明面纱盖住浓密的胡子。不过他看见自己的沙戴亚同胞时，并没有显出任何犹豫的表情。他已经是黑塔的人了，他效忠的是黑塔和转生真龙——就像泰姆一直说的那样。不过在说出第二个效忠对象的时候，他们似乎总是要思考一下。

“现在你将得到亲口向转生真龙做出报告的荣誉，士兵内森。”葛德芬说道。他的声音中仍然带着嘲讽的意味。

内森在马鞍上立直身子。“真龙陛下！”他一边高喊着，一边将拳头拍在胸口上，“在西方三十里处发现了霄辰人，真龙陛下。”三十里是兰德命令这些士兵巡逻的最短距离，大部队的行进跨度至少也有这么长。“也许有这里人数的一半，”内森继续说道，“而且……”他的黑眼睛向着妮瑞丝，闪烁了一下，现在妮瑞丝已经被紧紧地捆了起来，那些沙戴亚人正努力将她放到马背上。“我没有看见女人，真龙陛下。”

巴歇尔斜睨了一眼天空，黑云覆盖了一个又一个山峰，不过太阳还高悬在天上。“应该在等待其他人返回的时候先让部队吃饭。”然后他满意地点了点头。妮瑞丝终于咬住了一名沙戴亚人的手腕，像一头獾一样挂在他的手臂上。

“快点准备餐点。”兰德焦躁地说。他抓住的所有罪奴主都会这样捣乱吗？很有可能。光明啊，如果他们抓住了罪奴，又该怎么办？“我不想整个冬天都在这片山里度过。”罪奴吉勒。名字被写上那个名单，他就再没有办法抹去了。

死人从不会安静，路斯·瑟林悄声说道，死人从不会睡眠。

兰德骑马向篝火走去。他一点食欲也没有。

站在一块高耸的岩石上，富里克·卡瑞德仔细审视着周围树木葱郁的山峰，尖利的峰顶如同黑色的獠牙。他胯下高大的斑点阉马立起了耳朵，仿佛在捕捉被主人忽略的声音，除此之外，这匹马只是静静地站着。卡瑞德不得不经常擦拭他的望远镜，细雨从灰色的清晨天空中连绵而下，他头盔上的两根黑色羽毛都已经弯垂下来，雨水不停地从他的背后流过。与昨天相比，这的确是细雨了，而明天的雨可能会更大；也许到下午雨就会变大，险恶的雷声正在南方响起。在他的下方，两千三百人队伍的最后部分正蛇行穿过盘曲的一连串隘口。这些是从四个前哨聚集来的士兵，他们的装备不错，指挥官当然也是有能力的，但其中只有两百名霄辰人，加上他，只有三个人穿戴红绿色的卫士铠甲，其余的大多是塔拉朋人。他知道塔拉朋人的勇气，但还有超过三分之一的人是阿玛迪西亚人和阿特拉人。这些人刚刚立下誓言，还无法确定他们忠诚度有多高。一些阿特拉人和阿玛迪西亚人早已经更换过两三个效忠的主子了，也许他们还在寻找更强大的主子，爱瑞斯洋这一边的人毫无羞耻可言。十二名罪奴主骑马靠近了队伍的前端，他其实希望这十二个人都能在马旁牵着罪奴，而不是仅仅有两个。

在五十步以外，十名充当先锋的士兵正在观察他们上方的山坡，不过他们观察得并不够仔细，有太多士兵在先锋的位置，却只依赖巡逻兵勘察前方的危险。卡瑞德认为必须和他们单独谈谈，在那以后，他们就会尽忠职守了，否则他就派他们去做苦役兵。

一头雷肯出现在队伍前面东方的天空中，它很快掠向低空，擦过一个个树梢，如同男人的手抚过女人的后背，流畅地划过弯曲的地形。真是奇特的景象。那些雷肯骑士，那些飞人，除非天空中布满了闪电，否则总是喜欢高高地飞入蓝天。卡瑞德放低了望远镜，只是盯着那头雷肯。

“也许我们终于能得到另一个巡逻报告了。”杰丹卡说道，他说话的对象是卡瑞德身后的那些军官们，而不是他。跟随在卡瑞德背后的十名军官里，有三名军官的位阶与卡瑞德相当。但除了皇之血脉以外，极少有人敢于冒犯穿血红色和黑绿色铠甲的视死卫士，即使是皇之血脉也不会经常这样做。

根据他还是孩子时听到的传说，他的一位祖先，一位贵族，曾经追随卢赛尔·潘恩崔，奉亚图·鹰翼的命令远征霄辰。两百年以后，他的一位驻守北方的祖先企图建立自己的王国，最终却被部下出卖。事实也许是这样，但有太多达科维宣称自己有贵族的祖先了，皇之血脉并不喜欢这种言论。不管怎样，当选择者将他遴选出来的时候，卡瑞德感到很幸运。那时他还只是一名强健的男孩，还没有年长到可以被分派任务，他为自己肩膀上的乌鸦纹身感到骄傲。许多视死卫士都会尽可能不穿外衣和衬衫，以显露出这些纹身。至少人类是这样，巨森灵园丁则不喜欢任何徽记。虽然他们的位阶比视死卫士更接近女皇。

卡瑞德是一名达科维，他为此感到骄傲，就像所有其他视死卫士一样，他们的肉体和灵魂全部属于水晶王座。他英勇地冲向女皇所指的每一个地方，女皇要他死的时候，他会从容赴死。视死卫士只会响应女皇一个人的要求，他们在任何地方都是女皇的手臂，是女皇权威的标志。这就难怪，一些皇之血脉在看到有视死卫士的时候会感到不安。这样的人生比在领主的马厩里烂掉或者为女士捧上卡芙要好多了，但他诅咒让他进入这片山地视察前哨站的运气。

那头雷肯向西方冲去，它背上的两个飞人都在鞍里伏得很低，没有给他的巡逻报告，没有任何讯息。富里克知道自己只是在胡思乱想，但那头雷肯伸长脖子的样子，看上去显得……很让人担忧。

如果换成别人，他可能确实会担忧了，自从三天前他接到命令指挥这支部队向东行进以来，他就很少收到讯息了，而现在他得到的每一点情报都只是让他面前的迷雾变得更为浓重。

看样子，本地的阿特拉人可能组成军队进入了这片群山，但他们是怎样做到的？沿着这片山脉北部边缘的道路一直都有人驻守巡逻，其中既有骑马的巡逻队，也有飞人和涛穆骑士。是什么让阿特拉人决定展开军事行动？让他们决定团结起来？一个人也许会因为一个眼神就挑起决斗，阿特拉人似乎尤其喜欢这样，但他们肯定已经看到了，向女皇的卫士们挑起决斗等于割断自己的喉咙。而且富里克看见了这个所谓的国家的贵族们如何相互倾轧，甚至出卖他们的女王——只要给他们一点暗示，让他们知道自己的土地能得到保全、能得到自己邻居的土地，他们就会毫不犹豫地这么做。

纳道克是一名身材魁梧的大汉，却又有着一张令人起疑的温和面孔。他在马鞍上转过身，看着那头雷肯。“我不喜欢瞎着眼行军，”他喃喃地说道，“这里已经聚集了四万阿特拉人，至少有四万人。”

杰丹卡重重地哼了一声，以至于他胯下的白色阉马都随之哆嗦了一下。杰丹卡是卡瑞德身后三名队长中最年长的一个，他在军队中服役的时间像卡瑞德一样长。他的身材矮小，却有一个大鼻子。看他的样子，你也许会以为他是一位皇之血脉。他的马在一里以外就能被看到。“无论是四万人还是一百人，纳道克，他们分散在整片山区里，无法彼此支持。在我看来，他们之中有一半可能已经死了。分布在各处的前哨一定在剿灭他们，所以我们没有得到什么求援的报告。我们大概只需要用扫帚扫去残余的敌人就行了。”

卡瑞德咽下一声叹息，他本来希望杰丹卡的愚蠢不会比他的傲慢更厉害。对于胜利者的赞扬总是传播得很快，不管他们是战胜了一支军队还是打跑了一群散兵游勇。而仅有的几次失败总是被掩盖，在沉默中被忘记，但现在这样的沉默很像是——凶险的兆头。

“最后的报告中所提到的敌人并不像是残余部队，”纳道克坚持着他的意见，他并不愚蠢，“就在前方不到五十里有五千人的队伍。我怀疑我们是否能用扫帚消灭他们。”

杰丹卡又哼了一声：“我们会消灭他们，无论是用剑还是用扫帚。光明烧了你的眼睛吧，我已经迫不及待要去杀敌了。我已经命令巡逻兵一直向前搜索，直到发现那支部队。我不会让他们从我们的指缝中溜走的。”

“你做了什么？”卡瑞德轻声问。

不管他的声音有多轻，所有人的视线都已经转向了他，而此时纳道克和另外几个人正目瞪口呆地看着杰丹卡。巡逻兵被命令向前搜索，全力寻找被告知的目标，这很有可能让巡逻兵忽略掉应该发现的危险。但还没有等这些军官再说话，通过隘口的部队发出了一阵喊声，人的尖叫和马的嘶鸣交杂在一起。

卡瑞德将望远镜的皮筒压在眼睛上。在他前方的隘口处，人和马在一阵阵箭雨中不断死去。他相信那是十字弩的短箭，钢制铠甲被那些弩箭轻易穿透，甚至有厚甲保护的胸膛也被那些弩箭洞穿。眨眼间已经有数百人丢了性命，还有几百人受伤瘫软在马鞍上，或者摔倒在地，正竭力挣脱栽倒的坐骑。有太多人在逃跑了。就在卡瑞德观察情况的时候，仍然有人在催逼马匹，要从隘口另一边逃回来。光明在上，那些罪奴主在哪里？卡瑞德找不到她们。他曾经面对过拥有罪奴主和罪奴的反叛军。在那些战斗里，尽快杀死罪奴主和罪奴是首要的行动，也许这里的人们也学会了这一点。

突然间，让他感到震撼的是，大地开始崩裂，泥土和石块的喷泉沿着绵延的队伍一个个炸起，人和马也随着土石被抛上半空。闪电从天空中落下，蓝白色的光矢击碎了地面和人体，还有一些人突然炸裂开来，变成了他看不见的碎屑。敌人也有罪奴吗？不，一定是那些两仪师。

“我们该怎么做？”纳道克问。他的声音有些动摇，卡瑞德并不比他好多少。

“难道你们想丢下部队吗？”杰丹卡喊道，“我们应该重整旗鼓，发动攻击，你们……”他的吼声变成了一阵“呵呵”的气喘，卡瑞德的剑尖干脆地刺穿了他的喉咙，有时候傻瓜可以被容忍，但有时候就不行。当杰丹卡从马鞍上跌落下去的时候，卡瑞德在那匹白色阉马的鬃毛上擦净了剑，随后，那匹马惊悸地逃走了。至少，现在还有一点时间能让他表现一下自己的威严。

“聚集起还能够聚集的部队，纳道克。”他命令道。杰丹卡仿佛从没有说过话，或者说，仿佛从没有存在过一样。“我们要挽救还能挽救的，然后撤退。”

他又命令安加向东疾驰，为后方送去关于这场战斗的报告，那是个眼神坚定的年轻人，他骑着一匹快马。随后，卡瑞德就冲向了仍然有闪电不停落下的隘口。也许能有一名飞人看见这里的情况，也许不会有。卡瑞德现在觉得自己已经知道，为什么他们刚才会飞得那么低。她怀疑苏罗丝女大君和艾博达的将军们已经知道这里发生了什么样的事情。今天会是他为女皇捐躯的日子吗？他的脚跟猛地扣在坐骑的肋骨上。

从零星分布着一些树木的平缓山脊上，兰德越过前面的森林向西方望去。他的体内奔腾着至上力——生命是那么甜美，污染是那么邪恶——他因而能够看清每一片树叶，但这还不够。泰戴沙踏了一下蹄子。山峰环绕在他周围，差不多都要比他所在的山脊高一里或者更多。这道山脊前面是一片起伏不断的森林谷地，有一里格长，几乎也有一里格宽。山谷中很平静，就像他处身于其中的虚空那样平静，至少现在那里还是平静的。到处都有几棵树木倒在一起，像火炬一样燃烧，只是因为到处都已经被雨水打湿，这里才没有发生火灾。他身边的殉道使只剩下弗林和达西瓦，其余的人都在山谷里。他们两个牵着马，站在树林边缘，和兰德有一点距离。像兰德一样，他们也在盯着下方的森林——至少弗林和兰德一样。达西瓦只是偶尔会向下面瞥一眼，他嘴唇翕动着，像是在对自己说话，这显然让弗林感到不安，以至于不停地在偷瞥他。两名殉道使的体内全都充满了至上力，几乎已经达到了他们的极限。但这一次，路斯·瑟林什么都没有说。在过去这几天里，路斯·瑟林似乎逐渐把自己重新藏了起来。

天空中出现了阳光，逐渐分散的云团都变成了灰色。自从兰德率领他的小军队进入阿特拉，从他第一次看到霄辰人的尸体到现在已经有五天时间了，他见到了不少死亡的霄辰人。思绪滑过虚空的表面，他能感觉到印在掌心中的苍鹭徽记透过他的手套压在真龙令牌上。寂静。天空中没有那种飞行的东西。已经有三头飞兽被闪电从天空劈落，现在它们都知道要远远躲开这支队伍。巴歇尔对这些怪兽很是着迷。寂静。

“也许已经结束了，真龙陛下。”艾里尔的声音冰冷平静，她的手一直不停地拍抚着坐骑的脖颈，虽然那匹母马并不需要安抚。她又瞥了一眼弗林和达西瓦，然后挺直身子，在这些殉道使面前，她不愿表露出任何不安。

兰德发现自己正在发出低微的哼声，便用力克制住自己。这是路斯·瑟林看到漂亮女人时的习惯，不是他的。不是他的！光明啊，如果他已经开始有了那个人的习惯，而那个人又没有出现在他脑海里，那么……

突然间，震耳欲聋的雷声在山谷中响起，火焰在两里以外的树林中喷发，一次又一次，接连不断。闪电落在火焰喷泉的旁边，如同蓝白色的锯齿长矛，闪电和火焰的风暴骤然而起，又骤然而止，一切归于寂静。这一次，没有任何树木燃起火焰。

有一些是阴极力造成的，其中一部分是。

喊声传来，模糊而遥远，兰德觉得那声音的源头在山谷的另一个位置。距离太远了，即使他被阳极力加强的听力也听不到金属撞击声。但兰德肯定，遭遇战斗的并不止是殉道使、献心士和士兵。

安奈伊莱长长地呼出一口气，从刚才至上力的战斗开始到现在，她一定还没有呼吸过，男人用钢铁进行的战斗并不会让她感到不安。她拍了拍坐骑的脖子，那匹阉马只是抖动了一下耳朵。兰德注意到了她的这个动作。当女人们不安的时候，她们经常会试图安抚身边的人，不管他们是否需要，一匹马也可以。路斯·瑟林在哪里？

兰德焦躁地向前倾过身子，再次审视着谷地里的森林。那里有许多常青树——橡树、松树和羽叶木，尽管刚刚经过干旱，但他被加强的双眼能看到，它们已经迅速返绿了。他似乎是无意地碰了一下左腿下面的那个长条包裹。他能够导引至上力，发出盲目的攻击；能够骑马冲进树林，然后至多只能看到十步以外。在那里，他能起到的作用不会比士兵更大。

一个通道在山脊上的树林中被打开了，细长的银色光柱展开成为一个大的孔洞，里面显露出不同的树木和冬季的褐色灌木。一名古铜色皮肤的士兵徒步走过信道，然后便让信道消失了。他的上唇留着稀疏的胡须，耳朵上嵌着一粒小珍珠，推搡着一名双手被捆在身后的罪奴主。那是个漂亮的女人，只是在额头侧面有一颗紫色的血疙瘩。她满面怒容，揉皱的衣裙上挂满了碎草枯叶。当那名士兵推着她向兰德走过来的时候，她不时会回过头去向那名士兵冷笑，然后她又开始向兰德冷笑。

那名士兵在兰德面前挺胸抬头，动作利落地敬了一个军礼。“士兵亚伦·纳拉姆，真龙陛下，”他高声说道，眼睛直视兰德的马鞍，“真龙陛下命令过将一切被捉住的女人带到他面前来。”

兰德点点头，至少他可以做些事，看看这些战俘生得什么样子，就像所有白痴都能做的那样。“把她带回到马车那里去，士兵纳拉姆，然后回去战斗。”说这些话的时候，他几乎咬紧了牙。回去战斗，当兰德·亚瑟，转生真龙和伊利安国王坐在他的马上，白痴一样盯着树梢的时候！

纳拉姆又敬了一礼，然后迅速推着那个女人走开了。那名罪奴主还在不停地回头看着，不过这次她看的不是士兵，而是兰德。她的眼睛大睁着，嘴巴张开，满脸都是困惑的样子。纳拉姆一直将她带到他们刚刚出现的地方才停下来。为了避免通道的开启伤害马匹，和兰德等人拉开一定距离是有必要的。

“你在干什么？”当阳极力充满了那名士兵的时候，兰德问道。纳拉姆对兰德半转过身，犹豫了一下。“在这里似乎要容易一些。可能因为我已经在这里打开过一个通道，真龙陛下，阳极力……阳极力……在这里给我的感觉很……奇怪。”他的战俘紧皱眉头盯着他。过了一会儿，兰德挥手示意他继续。弗林装作专心给自己的马拉紧肚带的样子，但这位秃头的老人嘴角露出一丝微弱的笑容，那是得意的笑容；达西瓦……只是在自言自语。弗林是第一个提出在这座山谷中感到阳极力怪异的人；当然，那瑞玛和霍普维也听到了他这样说；毛尔还提到了关于他在艾博达周围感到的“怪异”。所有人都说感觉到了某种东西，但没有人说得清楚那是什么，阳极力只是让他们觉得特别。光明啊，浸透了污染的阳极力还会让人有怎样的感觉？兰德希望他们不要这么快就出现他的新症状。

纳拉姆的道门打开了，随后便和战俘消失在里面。兰德让自己真切地去感觉阳极力，生命和腐朽混合在一起，严冬中的严冬，烈火中的烈火，死亡等待着他滑落进去，但没有什么特别的感觉。有吗？他皱起眉看着纳拉姆消失的地方。

纳拉姆和那个女人。

她是今天下午被捉住的第四名罪奴主，现在大车队里已经有二十三名罪奴主俘虏了。还有两名罪奴，都戴着挂银索的项圈，分别被安置在两辆大车上，在那种项圈里，她们走不出三步就会比兰德抓住真源的时候更难受。兰德并不确定和麦特同行的两仪师们是否会愿意接收她们。第一名罪奴是他们在三天以前捉到的，那时兰德并没有把她当作一名战俘。那名罪奴身材苗条，生着浅黄色的头发和一双蓝色的大眼睛，她是一名应该得到自由的霄辰奴隶，那时兰德正是这样想的。但是当他强迫一名罪奴主除去那个女人的项圈——就是霄辰人所说的罪铐以后，那名罪奴立刻尖叫着向罪奴主寻求援助，并且用至上力发动了攻击。她甚至还主动伸出脖子，让罪奴主给她戴上那个项圈！九名岩之守卫者和一名士兵在那个罪奴被屏障之前死掉了。如果不是兰德阻止，葛德芬会当场杀了那个女人。岩之守卫者们也想让她死，提尔人对于能够导引的人，无论男女，都极为排斥。在过去这些天里，他们死伤了不少人，但让他们的人死在战俘手里似乎是对他们的严重冒犯。

队伍的死亡人数比兰德预想的要多。岩之守卫者死了三十一人，同袍军死了四十六人，真龙军团和贵族的扈从们死亡人数超过了两百，七名里塔士兵和献心士死去了。在他们响应兰德召令来到伊利安之前，兰德从没有见过他们。死的人太多了，况且除非是受伤极重的人，只要时间来得及，一般伤员都能被抢救过来。但他确实在将霄辰人赶往西方，正在迅速地驱赶他们。更多喊声从远处的山谷中传来。火焰在西方三里以外腾起，闪电也在那里出现，树木和岩石在更远处的一片山坡上崩飞，奇异的喷泉在那里一个个爆起，轰鸣声吞噬了喊声。霄辰人撤退了。

“去那里，”兰德对弗林和达西瓦说，“你们两个都去。找到葛德芬，告诉他，我要求突进！突进！”

达西瓦扭曲面孔看着下方的森林，然后开始笨拙地拉着马匹沿山脊走下去。这个人和马匹在一起就显得很难看，无论是骑马还是牵马，他还差一点栽倒在自己的剑上！

弗林担忧地抬头看了一眼兰德：“你要一个人留在这里吗，真龙陛下？”

“我不会是一个人的。”兰德干巴巴地答道。他瞥了一眼艾里尔和安奈伊莱，她们已经策马返回到她们的扈从队伍里去了。差不多有两百名长枪手等在山脊东侧向下倾斜成山坡的地方。在队伍的最前面，登哈莱从头盔的面甲后面皱着眉望向这里，现在，两名女贵族的扈从都由他来指挥了，也许他想保护的只有艾里尔和安奈伊莱，但他的部队仍然可以防御大部分袭击。而且维蓝芒就在这道山脊的最北端，一只苍蝇也无法从他的防线飞过——至少他是这样宣称的。巴歇尔守住了山脊的南端，他只是让沙戴亚人竖起一道矛锋的墙壁，但并未就此做任何解说。而且霄辰人正在撤退。“不管怎样，我不会孤立无援的，弗林。”

弗林还是一副犹疑的神情，他又挠了挠头顶的白发，才行了一个军礼，牵着马向正在收缩的达西瓦的通道走去。一路上，他迈着瘸腿，摇着头，像达西瓦一样喃喃自语着。

兰德想要大声呼喊，他不能疯掉，他们也不能。弗林的通道消失了。兰德重新开始查看那些树梢。山谷中又恢复了平静，时间悄无声息地流淌着。夺取这片山地中的前哨站是一个糟糕的计划，兰德现在愿意承认这一点了。在这样的地形中，可能一支军队就在距离你半里的地方，而你却全无察觉。在这样茂密的丛林里，你就算是距离一支军队只有十步可能还是不知道它的存在！他需要在一个更合适的地方与霄辰人作战，他需要……

突然间，他开始和阳极力抗争，抗争骤然涌起，要撑裂他头骨的阳极力。虚空消失了，崩碎在剧烈的冲击中，狂乱，晕眩，他放开了真源，以免真源将他杀死。恶心的感觉绞拧着他的内脏，他在重影的视野中看见了两顶剑之王冠，它们就落在他面前厚实的枯叶上！他倒在了地上！他似乎不能正常呼吸了。他拼命想要吸进一点空气。王冠上的一片黄金月桂叶折断了，几个小黄金剑尖上染了血渍，肋侧灼热的剧痛让他知道，那些永远也无法治愈的伤口又裂开了。他想要站起来，却只是发出一声呼喊。他惊愕地盯着一簇黑色箭羽，那枝箭穿透了他的右臂。他呻吟一声，瘫倒了下去，有什么东西从他的脸上流下来，在他的眼前滴落，是血。

他模糊地听到一阵阵嚎叫声，骑兵出现在北方的树林里，正在沿着山脊冲过来。其中有一些放低了骑枪，有一些飞快地拉放着短弓，他们都披挂着蓝色和黄色的多重甲胄，头盔如同巨大的昆虫头颅。是霄辰人，看样子足有几百。是从北方杀过来的，应该就是维蓝芒所说的苍蝇了。

兰德竭力想要碰触真源，现在已经来不及担心会呕吐，或者会栽倒在地。如果换作别的时候，他也许会对这种场景感到好笑。他拼命地……那就像是在黑暗中用麻木的手指摸索一根针。

是死亡的时候了，路斯·瑟林悄声说道。兰德一直都知道，在最后的时刻，路斯·瑟林一定会出现。

在距离兰德不到五十步的地方，提尔人和凯瑞安人吼叫着冲进霄辰人的队伍里。

“杀啊，你们这帮狗崽子！”安奈伊莱尖叫着，从马鞍上跳下来，站到兰德身旁。“杀啊！”这位满身绫罗、相貌迷人的女士喊出了一连串让马车夫都会瞠目结舌的脏话。

安奈伊莱牵着马，瞪视着那群厮杀的男人，过了一段时间，才将视线转向兰德。而此时艾里尔已经跪到兰德身边，将他翻转过来，一双黑色的大眼睛看着他，流露出复杂难解的神情。兰德觉得自己仍然无法动作，他的力量仿佛已经流光了，他甚至不知道自己是不是还能眨一下眼，尖叫声和钢铁的撞击声不断传入他的耳朵里。“如果他死在我们手里，巴歇尔会把我们吊死的！”安奈伊莱现在肯定没有一点笑容了，“如果那些穿黑色外衣的怪物抓住我们……”她哆嗦了一下，向艾里尔俯过身去，紧握着匕首的手不停地挥舞着。兰德刚才并没有注意到她还带着匕首，匕首柄上嵌着一颗红宝石，如同闪烁的血红眼睛。“你的长枪队长可以分派出一些人将我们送走。在他发现之前，我们已经能走出几里路了，等到我们返回自己的庄园……”

“我想他能听见我们的对话，”艾里尔平静地打断了她，她戴着红手套的手移向了腰间。是在将一把匕首插回到鞘里吗？还是要抽出一把？“如果他死在这里……”她向安奈伊莱一样猛地闭上嘴，向身后转过了头。马蹄雷鸣般敲击着兰德身两侧的地面，大批骑兵向北冲去，直扑霄辰人。巴歇尔手握长剑，几乎没有拉紧缰绳就从马鞍上跳下来。瑞格林·帕那下马的速度要慢一些，他挥动长剑，向如同洪流般从他身旁驰过的骑兵喊道：“为了国王和伊利安，冲锋！冲锋！黎明君主！黎明君主！”钢铁撞击声变得更加激烈，随后又传来一阵阵尖声嚎叫。

“这大概是最后一招了，”巴歇尔皱起眉头，用怀疑的目光瞪着那两个女人，然后他又立刻提高声音，盖过战场的喧嚣，“毛尔！烧了你那一身殉道使皮吧！快过来！”感谢光明，他没有喊出真龙陛下已经不行了。

兰德努力地将头稍稍转动了一点，让自己能看到伊利安人和沙戴亚人正在向北驰骋。那些霄辰人一定已经退却了。

“毛尔！”吼声再一次从巴歇尔浓密的胡须中冲出来。毛尔从疾驰的马上摔落下来，几乎砸在安奈伊莱身上，安奈伊莱用不满的眼神看着毛尔，显然正在因为他没有道歉而感到气愤。但毛尔已经跪在兰德旁边，将黏在他脸上的头发拨开。当安奈伊莱意识到毛尔就要开始导引的时候，她立刻就向后退开了，实际上，她是向后跳走的。艾里尔站起身的时候动作要平稳得多，但她退开的速度并不比安奈伊莱慢，同时她将一把白银握柄的匕首插回到了腰带上的鞘里。治疗是一件简单的事，虽然并不算是舒服。箭杆后半部被撅断，其余的部分从前面猛地抽出，这让兰德吸了一口冷气。但这是最干净的办法，尘土和碎屑会被带出去，肌肉更容易弥合起来。只有弗林等少数几个人能用至上力移除伤口深处的异物。毛尔将两根手指按在兰德的胸口上，用牙齿咬住舌尖，表情专注地开始编织治疗能流。但毛尔习惯使用的治疗能流对现在的兰德没有用处，那不是弗林使用的复杂能流，很少有人能编织出那种能流，至今为止也没有人能比弗林编织得更好。毛尔的能流则更加简单、粗糙。能流的热量涌过兰德的身体，让兰德哼了一声，汗水从兰德的每一个毛孔中渗出来，他从头到脚都剧烈地颤抖着，一块烤箱里的肉大概也不过如此。

突然的热力洪流在缓慢地消退。兰德不停地喘息着。在他的脑海里，路斯·瑟林也在喘息。杀了他！杀了他！一遍又一遍。

兰德将那个声音压制成一阵模糊的“嗡嗡”声，然后感谢了毛尔，那名年轻人眨眨眼，仿佛对兰德的感谢很吃惊！兰德抓起地上的真龙令牌，强迫自己站起来，但还是微微晃了一下。巴歇尔想要伸手扶住他，但被他用手势制止了。他可以自己站稳，虽然有些勉强，现在他觉得导引就像挥动双臂飞起来一样困难。他碰了碰肋下，衬衫已经因为浸透血液而变得湿滑，但那个陈旧的圆形伤疤和横过它的新割伤摸上去只是变软了，它们永远都治不好，不过现在它们的状况已经算是最好的了。片刻间，兰德只是审视着那两个女人。安奈伊莱含混地嘟囔了几句庆贺的话，还给了兰德一个微笑，让兰德怀疑她是否还打算牵住他的手。艾里尔站得笔直，表情极为冷静，仿佛什么都没有发生过一样。她们是打算任他自己死掉，还是要杀死他？但如果是这样，为什么她们又会命令部下参与战斗，并跑过来看视他？当她们谈到他就要死了的时候，艾里尔为什么要抽出匕首？

大多数沙戴亚和伊利安人骑兵已经向北追去，或者冲下了山坡。这时维蓝芒在北边现身了，他骑着一匹皮毛光亮的高大黑马，不急不徐地跑动着。当兰德看见他的时候，他才加快了速度，他的骑兵在他身后排成了两列。

“真龙陛下。”这名提尔大君在下马之后拖着长腔说道，看上去，他仍然像在伊利安时那样干净。巴歇尔只是衣服变得褶皱了，有几个地方染上了尘土，瑞格林的华美衣装则彻底变脏了，袖子上还出现了很大的破口。维蓝芒又以王家宫廷中才会有的华丽姿势鞠了一躬：“请原谅，真龙陛下，我本以为自己看到了霄辰人在远处行军，就冲过去和他们交战，却没有想到这里还会有另外一队霄辰人。你不可能知道，如果你受伤了，我会有多么难过。”

“我想我知道。”兰德冷冷地说。维蓝芒眨了眨眼。霄辰人在行军？也许。维蓝芒总是在寻求机会进行光荣的冲锋。“你说的‘最后一招’是什么意思，巴歇尔？”

“他们要撤退了。”巴歇尔答道。在山谷里，火焰和闪电还在持续，仿佛要证明巴歇尔说了假话，但那几乎已经在山谷的最远端了。

“你的……巡逻兵说他们的确是在撤退。”瑞格林一边说，一边捋着胡子，同时不安地瞥了毛尔一眼。毛尔露出牙齿向他笑了笑。兰德曾见过这名伊利安人在激烈的战斗中冲杀在队伍的最前面，用吼声鼓舞士气，同时英勇地挥剑砍杀敌人，但他却会因为毛尔的笑容而畏缩。

这时葛德芬牵马走了过来，神情高傲而且漫不经心，他差不多是在向巴歇尔和瑞格林冷笑，又朝维蓝芒皱了皱眉，似乎他已经知道了维蓝芒的鲁莽。当他的目光转向艾里尔和安奈伊莱的时候，那样子又好像他要把她们捏死在指尖上。那两个女人急忙又向后退去。实际上，除了巴歇尔以外，差不多所有人都在向后退。就连毛尔也不例外。葛德芬站到兰德面前，将拳头随意地在胸前晃了晃。“这里的战斗快结束的时候，我就派出了巡逻兵。在十里范围内还有三支队伍。”

“全部在向西跑，”巴歇尔平静地插口道，但他看着葛德芬的目光锐利得几乎能割裂岩石，“你已经成功了，”他对兰德说，“他们全都在撤退，我怀疑他们会一直撤到艾博达。即使在那座城市举行一场庄严的入城仪式，也不代表战争就会结束，但这里的战斗确实结束了。”

令人惊讶地（也许并不应该为此惊讶），维蓝芒提出了进军的要求：“……为了黎明君主的光荣，应该尽快占领艾博达。”但听到葛德芬主动开口说，他不介意再给这些霄辰人几次重击，也不介意看看艾博达的时候，兰德确实感到惊讶。就连艾里尔和安奈伊莱也争着说：“要一劳永逸地结束霄辰人的祸患。”艾里尔又补充说，这样可以免于再回到这里，反复作战。她坚信真龙陛下如果返回这里，一定还会要求她的陪同，她的声音就像黑夜中的艾伊尔荒漠一样冰冷干燥。

只有巴歇尔和瑞格林提到了返回伊利安。看到兰德沉默不语地站着，他们逐渐提高了声音。兰德却仍然只是一言不发地望着西方，艾博达所在的方向。

“我们已经实现了我们的目的，”瑞格林坚持道，“光明怜悯，你想要攻下艾博达吗？”

攻下艾博达，兰德想，为什么不？没有人会想到这样的事。一个彻底的惊讶，无论是对于霄辰人还是其他任何人。

“有时候，你可以凭借优势向前猛冲，”巴歇尔皱起眉头，“但也有些时候，你应该收取胜利的果实回家去。我认为现在该是回家的时候了。”

我根本不会在乎你在我的脑子里，路斯·瑟林说。听起来他几乎是理智健全的。如果你不是疯得那么厉害。

兰德握紧了真龙令牌。路斯·瑟林发出一阵阵笑声。

第 24 章

钢铁的时刻

在艾博达以东十几里格的地方，雷肯在朝阳射透云层形成的道道金光中滑行，落在一片长形的草场上。这个被当作军事基地的地方立起了许多根挂着各色飘带的长杆，数日以前，褐色的草地就都被压平并画上了各种线路指示符号。当雷肯的爪子碰到地面的时候，它们在空中的一切优雅就立刻被笨拙的跑动取代了。雷肯的皮膜双翼展开至少有九十尺长，它们高举着翅膀，仿佛想要再回到天上去。那些准备起飞的雷肯也没有任何美感可言，它们拍打着皮翼，以同样笨拙的姿势奔跑着。飞人们蜷伏在鞍子里，仿佛想靠人力将这些巨兽拉起来。而雷肯必须奔跑很长路程，直到它们渐渐离开地面，翼尖擦着空地边缘的橄榄树梢飞上天空。只有当它们升到足够的高度，向太阳飞去，翱翔在云端的时候，它们才能重新恢复优雅与威严的身姿。着陆的飞人们并不会离开雷肯，当一名勤务人员举起装满水果的筐子，供雷肯大吃大嚼的时候，一名飞人就会将巡逻报告放下来，交给另一名更加资深的勤务。另外一名飞人会俯身到另一侧，接下新的命令。一般传达命令的都是很少会亲自飞行的年长飞人。短暂的交接结束以后，这头雷肯就会蹒跚地走到起飞点去，通常那里会有四五头雷肯等待着在笨拙的奔跑之后重新回到天空。

而接到巡逻报告的人会以最快的速度穿过数组骑兵和步兵，将报告送到一座高大的红条纹帐篷里，那是这座基地的指挥所。这里已经聚集了许多高傲的塔拉朋长矛手和冷漠的阿玛迪西亚枪兵，他们排列成秩序井然的方阵，胸甲上的水平条纹颜色标明了他们所属的军团。阿特拉轻骑兵则显得秩序混乱，他们的坐骑都在随意地踢跳嘶鸣。在他们的胸口上绘着红色的十字纹，这种与众不同的纹饰让他们感到得意，他们不知道，这种纹饰正是不受信任的标志。这里的霄辰兵团都傲慢地彰显着自己的荣耀，他们来自帝国的每一个角落，有浅色眼睛的奥堪姆人，皮肤是蜂蜜褐色的安崆人，黑得如同木炭的廓维尔人和达伦夏人。这里还有涛穆骑士，他们胯下青铜色鳞甲、蜿蜒而行的怪兽会让所有马匹恐惧地嘶鸣乱跳。这里甚至还有几名古姆蟾师，带着他们生着宽大尖嘴、蹲踞而立的恐怖宠物。霄辰军队中不可缺少的罪奴主和罪奴还在她们的帐篷里，肯纳 · 米拉杰将军非常看重罪奴主和罪奴。

坐在高台上的座位里，他能清楚地看见摆放地图的巨大桌案。没有戴头盔的尉官们正在检查报告，在地图上标记出军力分布，每个标记上都有一面小纸旗，每支部队的规模和组成用墨水标记出来。寻找关于这些地域的正确地图几乎是不可能的，不过桌子上的这些地图也足够了。而现在这些地图上的标记足以让他感到担忧。被消灭或者击溃的前哨站用黑色圆碟表示，整个温耐山脉东半部，这样的圆碟太多了；表明指挥所移动的红色楔形箭头密密麻麻地全都指向艾博达。在黑色的碟子中间，分布着十七个刺眼的白色圆碟。就在这时，一名身穿棕黑色涛穆骑士铠甲的年轻军官小心地将第十八个白色圆碟放在了地图上。那是敌人的军队，其中有几个可能是同一支部队，但里面的大多数队伍都相距太远，从时间上看不可能是同一支军队。

沿着帐篷壁，身穿朴素褐色外衣的文员只在宽领子上戴着表明衔级的徽章，他们等在各自的书桌旁，手中拿着钢笔，米拉杰发布的一切命令都会由他们誊写下来，迅速传达下去。

米拉杰已经下达了他能下达的一切命令。在这片山地里差不多有九万名敌人的士兵，而即使将他从本地征召的士兵算上，他顶多也只能集中起四万多人。敌人的数量太多了，令人难以置信，甚至让人怀疑巡逻兵是否在撒谎。当然，说谎者是会被割断喉咙的，但为什么会有这么多军队突然从地里冒出来？就好像森特结的陷坑虫。但至少，最西边的白色圆碟和艾博达之间还隔着一百里的山地，最东边的间隔山地足有两百里。即使出离了山区，他们还要穿过一百里的丘陵地形。敌人的将军不可能让自己过于分散的部队被逐一歼灭，那么，将他们聚集在一起一定需要一段时间。时间的优势在他这一边，至少现在是这样。

帐篷帘被掀了起来，苏罗丝女大君迈着优雅的步伐走进帐篷，她的黑发挽成一个华丽的发髻，剩下的披散在背后，带褶皱的雪白色长袍和刺绣华美花饰的外袍丝毫没有沾染帐外的尘泥。米拉杰本以为她还在艾博达——她一定是乘坐巨雷肯赶来的，这次随同她前来的奴仆已经算相当少的了。两名佩着黑穗长剑的视死卫士撑着帐篷帘，在帐篷外还有更多的视死卫士。这些披挂红绿色铠甲的武士永远都是一副岩石面孔，他们是女皇的化身。愿女皇永生。即使是皇之血脉也不能忽视他们。苏罗丝却只是高傲地从他们身边走过，仿佛他们只是一些真正的仆人——就像她身后的那名达科维一样——那个身材妖娆的女子只穿着一双软鞋和一袭几乎透明的白纱长袍，蜂蜜色的头发编成许多细小的辫子。她捧着女大君的镀金写字台，柔顺地跟在大君身后两步的地方。苏罗丝的血脉代言者亚纹紧跟在主人身后，她是一个目光凌厉的女人，左侧头发被剃光了，头顶右侧剩下的浅褐色头发编成一根紧密的辫子。米拉杰从高台上走下来的时候才注意到苏罗丝身后的第二名达科维，他震惊地意识到，这名身材娇小、穿着透明长袍的黑发女子竟然是一名罪奴！一名罪奴穿上了皇之血脉财产的服装，这是米拉杰前所未闻的。而更加奇怪的是，牵着罪铐的竟然是亚纹！

但米拉杰并没有流露出任何惊疑的神色，他只是单膝跪倒，喃喃地说道："光明照耀苏罗丝女大君，全部荣耀归于苏罗丝女大君。"帐篷里的所有人都已经跪倒在铺着帆布的地面上，双眼俯视。米拉杰也是皇之血脉，只是他的位阶太低，不能像苏罗丝那样剃去头顶两侧的头发，只能将小指的指甲涂漆。他也不能对于女大君的任何行为表示惊讶，比如为什么女大君的代言人晋升为侍圣者以后仍然在履行罪奴主的职责。这是一片奇怪的土地，正处在奇怪的时刻，转生真龙已然崛起，马拉斯达曼尼在这里四处横行，肆意杀戮和奴役。

苏罗丝只是瞥了米拉杰一眼，就走到那张大桌前，开始研究桌上的地图。如果说她的黑眼睛在看着地图的时候变得目光锐利起来，那自然是有原因的。在她的指挥下，海力奈已经取得了超越他们梦想的功绩，夺回了大片被偷窃的土地。他们被派遣时所接受的任务只是探察故土的情况，在法美镇之后，有些人甚至以为就连这也不可能了。她气恼地在桌面上敲着指头，食指和中指涂漆的长指甲发出轻微的撞击声。如果能持续取得胜利，她也许就能剃掉所有的头发，并在两只手的第三根指甲上涂漆了。在取得丰功伟绩之后被皇廷收养是确有先例的事情。不过，如果她走得太远了，超出了限度，她也可能被折断指甲，套上皇之血脉的侍女们才会穿的透明纱袍；或者被卖给一名农夫，在田地里度过余生；或者汗水淋漓地在货舱里工作。但最糟糕的是，也许米拉杰自己也要因此而被割开动脉。

在一片寂静中，米拉杰继续耐心地看着苏罗丝。在得以晋升成为皇之血脉以前，他曾经是一名情报尉官，一名雷肯骑士，他会不由自主地注意到周围的一切动静。一名侦察兵的生死往往取决于他看见了什么，或者没有看见什么；实际上，所有人都是如此。匍匐在帐篷里人之中有一些看上去几乎已经没有了呼吸，苏罗丝完全可以一脚将他踢开，让其他人继续他们的工作。一名信使被门口的卫兵们拦住了，她带来的信有多么紧急，让她甚至想要闯过视死卫士？

捧着写字台的达科维这时正在注视米拉杰的眼睛，愤怒的神情从那张漂亮的娃娃脸上一闪而过。皇之血脉的财产也会表露愤怒吗？不正常的事情并不止这一件。米拉杰的视线闪到罪奴那一边。罪奴低头站立着，但仍然在用好奇的目光扫视周围。褐色眼睛的达科维和浅色眼睛的罪奴看上去是截然不同的两种女人，但她们有某个共同的地方，就在她们的脸上。奇怪的地方。米拉杰说不出她们两个都是多大年纪。虽然米拉杰的目光游走得很快，但亚纹还是注意到了。她一拉罪铐的银索，那名罪奴立刻将面孔俯到了地面上，然后她打了一个响指，用没有戴罪铐的手向地面一指，看到蜂蜜色头发的达科维没有动作，她不禁皱起了眉头。

“伏低，莉亚熏！”她用压得很低的声音说道。那名达科维瞪了她一眼——确实是瞪了一眼！才跪下身去，即使这样，她的脸上还是堆积着阴霾。

这实在太奇怪了，不过应该不重要。米拉杰面无表情，将不耐烦的情绪压在心底，等待着。他不耐烦，而且很不舒服。他能够晋升为皇之血脉，是因为他在一天晚上带着三枝插在背上的箭飞驰一夜，带回了一支反叛军正在向霄达进军的讯息，那三处伤口至今还在他的背上隐隐作痛。

终于，苏罗丝从地图上抬起了头，但她没有让米拉杰起来，更没有给他皇之血脉之间的拥抱。米拉杰并没有期盼这些，他的地位比苏罗丝低太多了。

“你已经准备好进军了？”苏罗丝简洁地问道。至少她没有通过她的代言人对米拉杰说话，在这么多军官面前，那样的羞辱将让他在几个月甚至几年里抬不起头来。

“我会的，苏罗丝。”他望着苏罗丝的眼睛，镇定地答道，他是皇之血脉，无论地位多么低微。“他们至少还要十天时间才能整合队伍，然后又需要至少十天才能走出山地，在那以前，我……”

“明天他们就会到这里，”苏罗丝高声喝道，“今天就可以！米拉杰，他们已经掌握了古代的穿行技能，而且看情况，他们很有可能会来。”

片刻间，米拉杰听到匍匐的人们在耸动身体。苏罗丝失去了对情绪的控制，竟然开始谈论无稽的传说？“你确定吗？”当米拉杰清醒过来的时候，这句话已经从他的嘴里冒了出来。

米拉杰以前从没有见过苏罗丝失控的时候是什么样子，苏罗丝的眼睛射出精光，她紧攥着绣花长袍的边缘，指节泛起了白色，她的手在颤抖。“你在质疑我？”她发出令人难以置信的吼叫，“我有我自己的情报来源。”米拉杰意识到，苏罗丝的愤怒是对于他的，也是对于他们的敌人的。“他们的军队里可能有五十名所谓的殉道使，但士兵不会超过五六千人，不管飞人是怎样说的，从一开始他们就只有这么多人。”

米拉杰缓缓地点点头。五千人，借助至上力在迅速地进军，这可以解释很多问题，但苏罗丝的情报源头又是什么？能让她获得如此精确的数据。米拉杰并不蠢，他没有把这个问题说出口。苏罗丝肯定有自己的窥听者和觅真者，当然，那些人也在监视苏罗丝。五十名殉道使。能够导引的男人让米拉杰想要呕吐。谣言说转生真龙从所有国家将他们聚集在一起，那个兰德·亚瑟，但米拉杰从没有想到这里会有这么多殉道使。据说转生真龙能够导引，这也许是真的，但他毕竟是转生真龙。

在卢赛尔·潘恩崔开始大统一远征之前，真龙预言已经传播到了霄辰，但那时霄辰的真龙预言已经遭到了污染，和卢赛尔·潘恩崔带去的纯净预言完全不同。米拉杰曾经见到过几卷在这片土地上印行的卡里雅松轮回，现在这里的版本也都被污染了，其中竟然没有一行文字提到他侍奉的水晶王座！但这里的人们仍然衷心深信着这些伪预言，没有人希望回归早日到来，他们不知道，只有世界在塔拉蒙加顿之前重归统一，转生真龙才能为女皇赢得最后战争。愿女皇永生。女皇肯定会希望见见亚瑟，这样她才能知道是一个什么样的男人将向她效忠。亚瑟当然会跪倒在女皇面前，没有人能够不对女皇产生敬畏，跪倒在水晶王座前，口干舌燥，渴望着为女皇赴汤蹈火，所有人都会这样。不过看样子，应该首先将亚瑟绑起来，押到船上，运过爱瑞斯洋前往霄达，再清除这些殉道使才会比较轻松——他们当然要被清除掉。

这时米拉杰突然惊讶地意识到，他又回到了他一直在极力避免的问题上。他不是一个在困难面前退缩的人，更不会盲目地忽视任何困难，但这与他以前遭遇到的一切问题都不一样。他曾经参与过二十几场双方都有罪奴的战役，他知道她们的战斗方式，那并不仅仅是用至上力攻击敌人。有经验的罪奴主能够看出来罪奴和马拉斯达曼尼做了什么，罪奴也有这样的能力，所以她们可以进行防御。罪奴主也能看出男人的导引吗？更可怕的是……

“你会让我使用罪奴主和罪奴吗？”米拉杰问道。他深吸了一口气，才继续说道：“如果她们还在生病，那么我们承受的就是一场短暂而流血的战争。”

匍匐在地上的人们又产生了一阵骚动。现在营地里的人都在讨论罪奴主和罪奴得了什么病，以至于必须被拘禁在帐篷里。亚纹立刻对米拉杰的话产生了明显的反应，她对米拉杰怒目而视，这不是一名侍圣者应有的表现。那名罪奴俯身在地上，开始微微瑟缩，奇怪的是，那名蜂蜜色头发的达科维也显出畏缩的样子。

苏罗丝微笑着漫步走到那名跪倒的达科维面前，为什么她会对一名缺乏训练的年轻侍女微笑？她开始抚弄那名侍女的细小发辫，而那名达科维竟然愠怒地撅起了她玫瑰花蕾一样的嘴唇，她曾经是这片土地上的一名贵族吗？苏罗丝对着那名达科维开口说话了，但显然是说给米拉杰听的："小的失败带来小的损失，大失败带来痛苦的巨大损失，你会得到你所需要的罪奴，米拉杰。你要让那些殉道使明白，他们应该留在北边，你要将他们从大地表面上抹去，那些殉道使，那些士兵，所有那些人。而如何处置那个人，米拉杰，我已经说过了。"

"一切都会依照你所说的做，苏罗丝，"米拉杰答道，"他们会被毁灭，那个人也将得到处置。"现在，他没有什么话好说了，但他还是希望苏罗丝能够告诉他，那些罪奴主和罪奴是否还在生病。

兰德在一座赤裸的岩石山丘顶端勒住泰戴沙的缰绳，看着他的小型军队从数个通道中鱼贯而出。他紧紧地握着真源，以至于真源似乎已经在他的掌握中开始颤抖。有至上力在体内，剑之王冠的剑尖顶在他的额角上，感觉无比敏锐，而又极度遥远。上午的寒风冰冷而又无足轻重。肋侧无法愈合的伤口发出迟钝而渺茫的疼痛。路斯·瑟林似乎正在犹疑地喘息着，也许他在害怕，也许前一天如此靠近过死亡之后，他又变得不那么想死了。他并不是一直都想死的，对于他来说，唯一不变的就是杀戮的欲望，那经常也包括杀死他自己。

*很快，杀戮就足以满足任何人的胃口，*兰德想，*光明啊，过去六天死的人已经足够让任何一头秃鹫倒胃口了。*只是六天吗？但厌恶的情绪无法影响到他，他不会让自己受任何影响。路斯·瑟林没有回答。是的，现在是让心变成钢铁的时刻，也应该让肠胃变成钢铁。兰德弯下腰，碰了碰马镫后面那只长形的布包裹。还不是时候，也许根本不应该使用它。犹豫的情绪从虚空表面闪过，也许还有另外某些情绪，他希望这些情绪不会存在。犹豫，是的，但那并不是畏惧，不是！

周围的低缓山丘有半数覆盖着低矮虬结的橄榄树，太阳在那些树上洒下了斑驳的光亮，枪骑兵已经在这些树林间展开队伍，以确保其中没有敌人埋伏。这里看不到劳作的园丁，也没有农舍，放眼望去，视野中没有任何建筑物。西方几里以外，山丘的颜色更深了，那里的森林显然更加葱郁。真龙军团排成队列，小跑着从兰德下方通过，在他们身后跟随着勉强排成方阵的伊利安志愿军，兰德并没有将他们并入真龙军团。这些志愿军整好队列之后，就继续向前，为岩之守卫者和同袍军让出了位置。这里的地面大多是坚实的黏土，靴子和马蹄只能搅起很薄的一层泥浆。令人惊讶的是，天空中只飘浮着几团白云，太阳像是一个浅黄色的圆盘，天空中看不到任何比麻雀更大的黑影。

达西瓦、弗林、艾德利、霍普维、毛尔和那瑞玛都在下面开启通道，一些通道还在山丘后方，兰德的视野以外。兰德想让所有人尽快穿过通道，同时还要留下一些士兵监守天空，所以现在没有执行巡逻任务的黑衣男人都在握持着编织，就连葛德芬和罗查德也不例外，虽然他们两个都面露怒容，不时对看一眼，又向兰德这里瞥上一眼。兰德相信他们已经不习惯做这种开启通道供别人使用的常规工作了。

巴歇尔登上了山坡，神情悠闲，他的枣红矮马也和主人一样。这里比山区要暖和一些，但时逢隆冬，天气还是相当寒冷，巴歇尔却把斗篷甩到了身后。他随意地向安奈伊莱和艾里尔点点头，两个女人只是阴冷地朝他回视了一眼。巴歇尔在如同两支弯角的浓密胡须后面露出一个微笑，一个并没有许多喜悦的微笑。对于这两个女人，他像兰德一样有着许多怀疑，而这两个女人也知道巴歇尔的疑虑。安奈伊莱迅速地转过头，不再看那个沙戴亚人，而是开始拍抚坐骑的鬃毛。艾里尔只是紧紧地握着缰绳。

自从那次山脊上的事故之后，这两个女人就一直没有远离过兰德，甚至昨晚她们的帐篷就立在能够和兰德的帐篷音讯相闻的地方。在对面一片铺满褐色枯草的山坡上，登哈莱正在审视两名女贵族的扈兵，确认他们列队完毕之后，他立刻转回身看着兰德。他很可能也在看着艾里尔，或许还有安奈伊莱，但他的注意力肯定是集中在兰德身上。兰德不确定她们是否仍然在害怕因为昨天的事故而承担责任，或者只是想看到他被杀死。他唯一确定的是，如果她们真的想看到他死，那么他绝对不会给她们任何机会。

*有谁会知道女人的心？*路斯·瑟林发出嘲讽的笑声，现在他的声音听起来很有理智。*为了同样的理由，男人会杀死你，而女人却往往只是耸耸肩；但为了另一些理由，当男人耸肩的时候，女人却会杀了你。*

兰德没有理他。现在兰德视野中的最后一个通道已经关闭了，殉道使纷纷上了马，因为距离太远，兰德无法辨别他们之中哪些人还握持着阳极力，但只要他还没有放开阳极力，就没有关系。笨拙的达西瓦想要以迅捷的姿势上马，却几乎两次掉下来。兰德视野中的大多数黑衣人都策马向南或者向北奔驰。贵族们很快聚集到兰德下方的山坡上，围绕在巴歇尔的身边，位阶最高、最有权势的贵族位于最前列，他们的队伍中常常还是会有一些小的扰动，那是位序不明的人想要争取到更靠前的位置。提莱和马克林一直让坐骑立在大群贵族的另一边，谨慎地保持着毫无表情的面容，也许他们会被征询建议，但他们都明白，最终的决定权在其他人手里。

维蓝芒摆出一副庄严的姿势，张开了嘴，显然他又要开始一篇华丽的演讲，阐述追随转生真龙的光荣。桑那蒙和特伦已经习惯了他的长篇大论，而且他们也足够有权力，可以不在乎他讲些什么。他们将坐骑凑在一起，开始低声谈论，桑那蒙的面孔显出了与平日不同的严厉。特伦早就在手臂上系了一条红绸带，充作红臂队的样子，但他现在则仿佛正在为国境线的划分而吵得你死我活。方下巴的博图姆和其他一些凯瑞安人也不平静，他们在不停地讲笑话，不停地大笑着。所有人都已经听厌了维蓝芒的雄辩。

赛玛拉迪每次看见艾里尔和安奈伊莱的时候，眉毛都会皱得更紧，他不喜欢她们待在兰德身边——尤其是他的同乡，也许他的愠怒比维蓝芒的夸夸其谈更难以改变。

“在距离我们大约十里的地方，”兰德大声说道，“有五万人正在准备进军。”他们知道这件事，但兰德的话还是让他们立刻闭上嘴，将视线集中到了他身上。维蓝芒愤懑地陷入了沉默，这个家伙只喜欢听他自己说话。桂亚姆和马拉孔拈着涂油的尖胡子，期待地微笑着——这些傻瓜。赛玛拉迪看上去就像是刚刚吃掉了一整碗坏李子。瑞格林和另外三名九人议会成员的脸上充满了严肃的神情，他们不是傻瓜。“巡逻兵没有在其中看见罪奴主和罪奴的痕迹，”兰德继续说道，“但即使没有她们，即使我们有殉道使，如果任何人忘记了计划，我们之中也会有许多人被杀。当然，我相信不会有人忘记。”这一次，没有他的命令，任何人都不能冲锋，这个命令如同玻璃一样清楚，如同岩石一样强硬。不许因为自以为看到了什么东西，就像野兔一样跳出去。

维蓝芒在微笑，那个笑容就像桑那蒙曾经有过的那样油腻。

这是一个简单的计划。他们会以五路纵队向西前进，每一队都配备殉道使，要从不同方向同时向霄辰人发动攻击，或者至少尽量做到同时发动攻击。简单的计划是最好的，巴歇尔一直这样坚持。如果你不能满足于得到一窝小肥猪，他曾经对兰德说过，如果你一定要冲进树林里去把老母猪揪出来，那就不要有太多奇思妙想，否则它会把你一口吞掉。

任何战斗计划在第一次接战以后就不会存在了，路斯·瑟林在兰德的脑海里说。这段时间里，他似乎仍然是有理智的，但这只是很短的一段时间。*这里有问题*，他突然吼道。他的声音开始变得激烈动荡，随后，他又发出充满怀疑的狂野笑声。*这不可能有问题，但它的确是有，有怪异，有问题，紧张，跳跃，抽搐*。他的笑声渐渐变成了哭声。*这不可能！我一定是疯了！*还没有等兰德去压制他，他已经消失了。烧了他吧，这个计划没有任何问题，否则巴歇尔一定会像鸭子叼甲虫一

样把它叼出来。

路斯·瑟林疯了，这一点毫无疑问可言，但只要兰德·亚瑟还保持着理智……对于世界，这真是个苦涩的笑话，如果转生真龙在最后之战开始前疯掉。

“到自己的位置上去。”兰德一挥真龙令牌，发出命令，他必须克制住因为这个笑话而发笑的冲动。

那一大群贵族依照他的命令分散开了，他们一边散去，一边还在相互窃窃私语，没有人喜欢兰德给他们分队的方式。从山地中的第一场战斗开始，他们之间的藩篱已经逐渐被打破了，而现在，那些藩篱又神速地恢复成原样。维蓝芒因为没有完成的演讲而双眉紧锁，他以华丽的姿势向兰德鞠了一躬，那样子就好像把他的尖胡子像矛锋一样对准了兰德。随后，他便骑马向北方的山丘而去了，跟随他的有柯瑞·达潘尼、博图姆、多瑞森和另外几名凯瑞安低阶领主。看着这名被安排来指挥他们的提尔人，他们的面孔全都阴冷得仿佛岩石一样。葛德芬骑马走在维蓝芒身边，就好像他才是率领部队的人。看到维蓝芒装作完全没有看见他，他也阴沉着脸皱起了眉。其他队伍的成员也都一样混杂。瑞格林同样在向北方前进，跟随他的是面沉似水、装作只是恰巧和瑞格林同行的桑那蒙，道森尼斯率领着低阶凯瑞安领主跟在后面。杰奥德文·西玛瑞是九人议会的另一名成员，他与安蒙德、桂亚姆跟随巴歇尔向南，这三个人都很高兴地接受了这名沙戴亚人的指挥，只是因为巴歇尔不是提尔人、凯瑞安人或者伊利安人。罗查德也像葛德芬对待维蓝芒那样对待巴歇尔，巴歇尔对此则全不在意。在距离巴歇尔的队伍不远的地方，特伦和马拉孔并辔而行，他们将脑袋凑在一起，很可能是在发泄对于赛玛拉迪骑在他们头顶的怒火。因为同样的原因，同为伊利安九人议会成员的艾尔申·奈塔瑞一直在瞥着杰奥德文，并不时在马镫上站起身，回头向瑞格林和柯瑞望去。不过，当他们绕过山丘之后，他就看不见他们了。赛玛拉迪的腰杆挺得像铁一样硬，看上去就像巴歇尔一样镇定若素。

兰德一直在按照这种原则分派队伍。他相信巴歇尔，也认为能信任瑞格林。其他人在周围有这么多老敌人，却没有几个朋友的时候，也不会敢考虑反抗他。看着这些人从他脚下的山丘旁经过，兰德微微一笑，他们会为他战斗，会英勇作战，因为他们别无选择，只能服从。

疯了，路斯·瑟林嘶声说道。兰德恼怒地将那个声音推开。

当然，他不会是一个人，提莱和马克林率领大部分岩之守卫者和同袍军在兰德两侧的橄榄树林中列成阵势，其余的部队也全部展开，准备抵挡任何敌人的袭击。

穿蓝色外衣的真龙军团在马森德的率领下，耐心地等在下方的一座山谷中。

他们身后是数量相同的在伊利安降顺兰德的流寇，正努力模仿真龙军团的沉着镇定，仿佛他们是第二个真龙军团。不过他们的努力并不算很成功。

兰德瞥了艾里尔和安奈伊莱一眼，那名提尔女子又给了兰德一个媚笑，但笑容显得虚弱而且勉强；那名凯瑞安女子则冷若冰霜。兰德没有忘记她们，还有登哈莱和她们的部队。兰德的纵队居于正中，是所有纵队中规模最大的，也是力量最强的，那是相当强的力量。

弗林和其他兰德在杜麦的井之后选中的人策马向山丘上的兰德跑了过来，现在这些人中除了艾德利和那瑞玛以外，都已经同时戴上了龙徽和剑徽，而且第一个戴上龙徽的是达西瓦；但领头的一直都是秃头年长的弗林，原因可能是弗林曾经做过多年安多女王卫兵的旗手，他丰富的经验赢得了那些年轻人的敬服。但也可能是达西瓦并不在乎谁做首领。当达西瓦不和自己说话的时候，他还是很喜欢和其他人相处的，只是在大多数时间里，达西瓦即使对自己鼻子前面的东西也很可能察觉不到。所以，当兰德看到达西瓦笨拙地骑着他的平板肋骨的坐骑，走在众人最前面的时候，兰德不禁感到有些惊讶。他的那张平凡无奇的面孔平时总是充满了困惑和莫名其妙的思绪，而现在，他却担忧地皱紧了眉头。而最令兰德震惊的是，他刚一到兰德面前，就抓住阳极力，编织出一个防止偷听的结界。路斯·瑟林没有浪费时间来喘息——如果那个虚无的声音也需要喘息的话，他不停地念叨着要杀人，发出言辞不明的吼叫，试图扑向真源，将至上力从兰德体内抓走。而突然间，他又陷入沉寂，消失了。

“在这里，阳极力有一些歪斜。”达西瓦说道。他的声音中没有半点含混，实际上，他的表达相当……精确。而且他很焦躁，像是一名导师在教训一名特别愚钝的学生，他甚至用一根手指指着兰德。“我不知道那是什么，没有任何东西能够扭转阳极力，它不可能被扭转，但我们在山地中就有这样的感觉。昨天，这里也发生了一些事，只是非常微小……但我在这里能清晰地感觉到它。阳极力在……渴望，我知道，我知道，阳极力不是活的，但它在这里……脉动。它很难被控制。”

兰德强迫自己松开真龙令牌，他一直都相信达西瓦几乎像路斯·瑟林一样疯，只是达西瓦通常都能更好地控制住自己，虽然那种控制很不稳定。“我导引的时间比你更长，达西瓦，你只是感觉到了更多的污染。”兰德无法让自己的语气缓和下来。光明啊，他还不能疯，他们也不能！“回到你们的位置上，我们很快就要出发了。”巡逻兵很快就会回来，在这个地形相对平坦、视野开阔的地区，利用穿行很快就能完成十里范围内的探察。

达西瓦并没有要服从命令的样子，他再一次张开口，神情相当愤怒。但停了一会儿，他又将嘴合上，身体颤动着深吸一口气，才说道："我很清楚你已经导引过多久，"他的声音像冰一样寒冷，几乎流露出轻蔑的语气，"但即使是你肯定也能感觉到，感觉一下！我不喜欢阳极力出现'怪异'，我不想因为你的盲目而死掉……或者被毁断！看看我的结界！看看它！"

兰德愣了一下，达西瓦会主动提及一件事已经很特别了，而现在达西瓦竟然在生气？兰德转过眼去开始观察那个结界，认真地观察。这些能流应该像绷紧的帆布中的丝线一样稳定，但它们在摇动，结界像它应有的那样稳固，但有个别至上力的细丝正在发生微弱的闪动。毛尔曾经说过，阳极力在靠近艾博达百里之内的地方很古怪，现在他们和艾博达的距离已经不到一百里了。兰德让自己去感觉阳极力，他一直都能察觉到至上力——否则就意味着他死了，或者陷入了更可怕的状况。他已经开始习惯于这种抗争了，他为了生存下去而抗争，这种抗争已经变得像他的生命一样自然，这种抗争就是他的生命。他让自己感觉到这场战斗，他的生命。能够让岩石粉碎的寒冷，能够让岩石蒸发的酷热；污秽发出的腐烂恶臭让污水坑也像是开满鲜花的花园；还有……一种脉动，就像有什么东西在他的拳头里颤抖。这不是他在煞达罗苟斯感觉到的那种悸动，那是阳极力的污染和那个地方的邪恶产生了共鸣；而现在，阳极力在随之一同脉动，脉动的力量很强，也很稳定，似乎是阳极力本身在发出一阵阵强烈的潮涌。达西瓦称之为渴望，兰德现在明白他是什么意思了。

在山坡上，弗林身后，毛尔正挠着头发，不安地看着四周。弗林不时会在马鞍上挪动一下身体，或者按一下腰间的佩剑。那瑞玛望着天空，提防着霄辰的飞行怪物，他眨眼的次数显然太多了。艾德利面颊上有一条肌肉抽搐了一下。这些人都流露出或多或少的紧张，这并不奇怪。兰德的心中涌起一阵放松的心情，这毕竟还不是发疯。

达西瓦微笑着，那是一种扭曲的、自得的微笑。"我不能相信你以前没有注意过这件事，"他的声音里带着一种近似于冷笑的意味，"自从我们开始这场疯狂的远征之后，你实际上无论白天黑夜都在握持着阳极力。这是一个简单的结界，但它并不想成形，而且它一直都想要从我的手中挣脱出去。"

一道银蓝色的细线出现在西方半里以外一座赤裸的山丘顶端，它在旋转中张开成为通道，一名士兵牵着马从里面走出来，然后急匆匆地上了马。他刚刚完成巡逻任务，即使在这么远的距离，兰德还是能看见通道在消失之前微弱的闪动。那名士兵还没有跑到山丘下，另外一个通道又在那座山丘顶端张开了，然后是第三个信道，第四个信道，一个接着一个。几乎是前一个人刚让出位置，新的信道就会打开。

“但阳极力还是可以成形的，”兰德说道，那些士兵仍然可以打开通道，“阳极力难以控制，因为它一直都难以控制，它仍然会实现你想要的结果。”但为什么在这里会比别处更困难？这个问题可以等到以后再问。光明啊，他真希望荷瑞得·菲还活着，那位老哲人也许能有答案。“带着其他人回去，达西瓦。”他命令道，但达西瓦只是惊愕地盯着他，兰德又把这句话重复了一遍，达西瓦才消除掉结界，没有敬礼就猛地拉转马头，用双脚一磕马腹，向山下跑去。

“有问题了，真龙陛下？”安奈伊莱媚笑着问道。艾里尔只是用不流露任何表情的眼睛看着兰德。

看着第一名巡逻兵向兰德跑去，其他巡逻兵分散成扇形向南方和北方跑去了，他们会各加入一支队伍。他们发现，在这里骑马奔驰比起费力打开信道的速度要更快。纳拉姆在兰德面前勒住缰绳，将拳头按在胸口上，他的脸上是否有一些惊愕的神情？没关系，阳极力仍然在按照他的意志运转。在敬礼之后，纳拉姆向兰德做了报告，霄辰人并没有在十里以外扎营，他们距离这里已经不超过五到六里，而且还在继续向东进军。他们带着数十名罪奴主和罪奴。

兰德向纳拉姆下了命令，纳拉姆立刻策马跑开了。此时，兰德的纵队已经开始向西移动，岩之守卫者和同袍军分别走在两翼，真龙军团殿后，他们前面就是登哈莱的部队。这种安排算是对那两名女贵族的一个提醒，或者也是对她们的扈兵的提醒，如果他们需要提醒的话。安奈伊莱一直在不停地回头观望，艾里尔反感的神色溢于言表。兰德周围是这支队伍的主要攻击力量，兰德、弗林和其他殉道使。在其他纵队中也是一样，殉道使攻击，手持钢铁的军人防止他们被突袭。太阳距离天顶还有很远，没有任何事情需要让他改变计划。

*疯狂等待着某些人，*路斯·瑟林悄声说道，*而它会潜入另一些人。*

米拉杰骑马走在队伍中靠近前锋的地方，他的军队正在向东开进。泥泞的道路蜿蜒曲折穿过覆盖着橄榄树林的山丘和小片的森林。他的部队并不是最靠前的，还有另外一支编制完备的军团，大部分由霄辰人组成，行进在他和前沿巡哨之间。他知道一些喜好冲在最前面的将军，那些人大多已经败战身死了。泥泞让行军途中不会有尘土扬起，但军队出现在这里的讯息已经如同野火一般四处传开了。米拉杰不时会在橄榄树林中看到翻倒的独轮车，被丢弃的修枝剪，却看不见任何工作的人，幸运的话，那些人也能像躲避他一样躲避开他的敌人。他的敌人没有雷肯，也许他们还不知道他正在向他们进军，但肯纳·米拉杰不喜欢相信运气。

除了时刻准备拿出地图、誊写命令和传达命令的下级军官以外，陪同在他身边的只有艾巴达·育蓝和黎塞恩·贾拉斯。艾巴达·育蓝是一个性格暴躁的小个子男人，他胯下的那匹毫无特点的褐色阉马和他比起来，显得非常高大。他戴了一顶黑色的假发，以掩饰自己的秃头，他的小指指甲被漆成了绿色。黎塞恩·贾拉斯是一名来自霄达的灰发女人，她白皙丰满的面颊和一双蓝眼睛总是显得波澜不惊。育蓝从不知道平静，米拉杰的这名天空队长经常会因为规则限制他再握住雷肯的缰绳而紧锁双眉，但今天，他的眉头皱得不是一般的紧。天空中很干净，是让雷肯飞行的好天气，但根据苏罗丝的命令，今天任何飞人都不能在这里上鞍，海力奈的雷肯太少了，不能让它们进行无谓的冒险。黎塞恩的平静更让米拉杰感到困扰。黎塞恩对于米拉杰来说并不止是他统驭下的资深罪奴主，她是他的一位密友，他们曾经许多次共享过卡芙，在棋盘上对弈。黎塞恩是一名活泼的女子，热情奔放，趣味盎然，而现在，她像冰块一样冷，像任何米拉杰曾经打过交道的罪奴主一样沉默寡言。

在米拉杰的视线中，骑兵队两侧走着二十名罪奴，全都被骑马的罪奴主牵着，那些罪奴主都不停地从马鞍上俯下身，拍拍罪奴的头顶，抚弄一下她们的头发。在米拉杰的眼里，那些罪奴相当稳定，而罪奴主们却都显得非常紧张。往日热情洋溢的黎塞恩则像石块一样骑在马背上。

一头涛穆出现在前方，向这支部队飞驰过来，它并没有冲进队伍里，而是和队伍保持着一段距离，从侧旁橄榄树林的边缘飞跑过去。即使这样，在它身旁经过的马匹也都嘶鸣着，拼命要躲避这头青铜色鳞片的怪兽。一头受过训练的涛穆不会攻击马匹，除了它们在战场上因为浓烈的杀意而疯狂的时候，但现在受过训练能在涛穆面前保持平静的马匹就像涛穆一样短缺。

米拉杰派一名叫做瓦雷克的身材瘦削的尉官去接受涛穆骑士的巡逻报告，他让那名尉官徒步过去。光明在上，他可不管瓦雷克是否会损失他的尚尊，他不会浪费时间让瓦雷克去控制一匹害怕涛穆的本地马。瓦雷克回来的速度比跑过去时更快，他鞠了一躬，还没有等身子站直就开口说道：“敌人在东方不到五里处，将军，他们正在朝向我们行军。他们分成了五支纵队，每支纵队间隔大约一里。”

这实在是好运气，但米拉杰知道，用五千人和五十名罪奴击溃四万人不是不可能的，他自己就曾经做过类似的战术推演。很快，骑兵带着不同的命令飞奔出去，米拉杰的军团开始展开队形，进入周围的橄榄树林中，做好了伏击包围的准备。罪奴主们也带着罪奴和军队同步行动。

米拉杰在突然吹来的寒风中拢起斗篷，另外一些事情让他觉得比风更冷。黎塞恩也看着那些罪奴主消失在树林里，她已经开始出汗了。

博图姆轻松地骑在马上，任由风将他的斗篷吹到一旁，他的注意力全都集中在前方的森林草原上，丝毫没有掩饰警惕的表情。在他背后的四名凯瑞安同乡里，只有多瑞森真正懂得贵族游戏，那个愚蠢的提尔狗维蓝芒当然是个瞎子，博图姆向那个自负的小丑背后狠狠瞪了一眼。维蓝芒走在前面距离他们很远的地方，和葛德芬言谈正欢，博图姆不知道他怎么能忍受那个眼睛里喷火的年轻怪物，大概维蓝芒的脑子比山羊还要迟钝吧。博图姆注意到柯瑞瞥了他一眼，便拉了拉自己灰色坐骑的缰绳，离那个高个子远了一些。他对于伊利安人没有特别的敌意，但他痛恨有人压在他头顶上。他迫不及待地想要回到凯瑞安，在那里，他身边至少不会有这些丑陋的高个子来回晃荡。他派出了十二名巡逻兵去前方探察，维蓝芒只派了一个人。

“多瑞森，”博图姆轻声说道，他又将声音提高了一些，“多瑞森，你这个笨蛋！”

那个骨瘦如柴的家伙在马鞍上愣了一下，像博图姆和另外三名凯瑞安人一样，他剃光了前额，并在上面敷了粉，现在这种士兵的发式在凯瑞安贵族中非常流行。作为响应，多瑞森应该喊他一声癞蛤蟆，这是他们在童年时代就已经习惯的交谈方式，但他只是磕了一下胯下的阉马，走到博图姆身边，向博图姆倾过身子。他很担心，而且让这种情绪清楚地印在了脸上，他的额头上堆起了深深的皱纹。“你有没有意识到，真龙陛下是要让我们去送死？”他悄声说着，同时瞥了一眼他们身后的纵队。“该死的，那时我只是想听听克拉瓦尔要说些什么，但自从他把她杀死之后，我就知道我必死无疑了。”

博图姆回过头，打量着这支在丘陵间蜿蜒前行的队伍，这里的树木比前面还要稀疏一些，但已经足以掩蔽大规模的伏击部队了，上一片人工橄榄树已经被他们甩到了一里以外。当然，维蓝芒的部队走在最前面，那些提尔人的外衣有着镶嵌白色条纹的肥大袖子，愈看愈显得荒谬。随后是柯瑞的伊利安人，他们红红绿绿的外衣足以让提尔人的衣服黯然无光。博图姆的人在胸甲下面穿着整洁的深蓝色外衣，他们和其他凯瑞安士兵处在纵队后部，现在博图姆还看不见他们。处于纵队末尾的就是真龙军团了。维蓝芒似乎对于那些步兵能够跟上队伍感到很惊讶，虽然提尔人的行军速度实际上并不快。

但博图姆看的并不真的是那些士兵，在维蓝芒面前还有另外七个人，七个面如铁石、目光寒冷得能冻死人的家伙，他们都穿着黑色的外衣，其中一个在高衣领上别着一枚银色的剑形徽章。

“如果要达到那种目的，这样做未免太费周章，”他冷冷地对多瑞森说，“而且我怀疑亚瑟不会把这些人和我们一起往绞肉机里送。”多瑞森的前额仍然堆满了皱纹，他又张开了嘴，但博图姆抢先说道：“我需要和那个提尔人谈一谈。”

他不喜欢看见这个从孩提时代就是自己朋友的人变成这样，亚瑟已经让他精神错乱了。

维蓝芒和葛德芬只顾着聊天，都没有听见博图姆从后面赶上来。葛德芬懒洋洋地玩弄着手中的缰绳，冰冷的脸上充满了轻蔑，那名提尔人则满面通红。“我不在乎你是谁，”他正用低沉、严厉的声音对那名黑衣人说话，口沫乱溅，“我不会继续冒险了，除非有真龙陛下亲口……”

突然间，那两个人察觉到了博图姆，维蓝芒猛地闭上了嘴，他的眼神仿佛是要杀死博图姆，一直挂在那名殉道使脸上的微笑也消失了。乌云遮住了太阳，风凛冽刺骨，但这一切都没有葛德芬突然的瞪视那样寒冷。博图姆打了个寒战，他意识到这个黑衣人想置他于死地。葛德芬冰冷的眼光一直没有改变，但维蓝芒的面孔却在发生急遽的变化，刚才的红色褪去了，换上了一副笑脸，那种油腻的微笑里还带着一丝嘲讽的谦逊。“我一直在想你，博图姆，”他热心地说，“亚瑟绞死了你的亲戚，这太令人哀伤了，我听说亚瑟是亲手这样做的。坦率地讲，当你响应他的召令而来的时候，我感到非常惊讶。我看见过他看你的样子。恐怕他还在计划着某些……事情……那大概不只是将手指放在你的喉咙上，看你的两只脚来回踢蹬的样子。”博图姆压抑下一声叹息，他所慨叹的不只是这个傻瓜有多么愚蠢。有许多人想利用克拉瓦尔的死来控制他，克拉瓦尔是他最喜欢的堂姐，但她的野心实在太不理智了，赛甘家族确实有权力得到太阳王座，但如果没有白塔或者转生真龙公开的祝福，她将无法抵抗瑞亚丁或者达欧崔之中任何一个家族的力量，更不要说两家合力了，但她毕竟是博图姆最爱的亲人。维蓝芒想要什么？肯定不是他表面上所说的这些，即使是这个提尔呆子也不会那么简单。

还没有等博图姆做出反应，一名骑兵穿过前方的树林跑了过来，那是一名凯瑞安人，他在三个人面前猛地勒住缰绳，上半身拼命地坠向后方，才让坐骑停下来。博图姆认出来者是他的部下，这个豁牙的汉子在面颊两侧都有伤疤，博图姆记得他名叫杜易勒，来自博图姆在科采恩的采邑。

“博图姆领主，”杜易勒喘息着，匆匆鞠了一躬，“有两千名塔拉朋人紧追在我身后，他们还带着衣服上有闪电的女人！”

“紧追在他身后，”维蓝芒轻蔑地说道，“我们倒要看看我的人回来的时候会怎样说。我看不出……”

呼喊声在前方很近的距离内突然爆发，将维蓝芒的话在半途中打断。霹雳一样的马蹄声随之响起，枪骑兵正在向他们冲锋，一股洪流从树林中出现，径直扑向博图姆和其他人。

维蓝芒笑着说：“随意去杀吧，葛德芬，”他以华丽的姿势抽出佩剑，“我会使用我的手段，就是这样！”他回身向自己的部队驰去，一边将佩剑在头顶挥舞，一边喊道：“桑尼戈！桑尼戈与光荣！”他没有喊出他的国家，没有喊出提尔是他和他的家族的挚爱，这一点并不奇怪。

博图姆也在朝同一个防线疾驰，一边喊着：“赛甘和凯瑞安！”现在还不是挥剑的时候。“赛甘和凯瑞安！”那个家伙到底想要什么？

雷声隆隆，博图姆惊惶地抬头向天空望去，天上的云并没有增多。不，杜易勒——还是叫代林？他提到过他们有女人，这时博图姆已经忘记了那个提尔傻瓜想要什么。戴着钢制护面的塔拉朋人涌过被树林覆盖的丘陵，正向他冲来，地面喷出火焰，天空向他们落下了闪电。

“赛甘和凯瑞安！”他呼吼道。

风起。

骑兵在茂林的树林和灌木丛中相互撞击，昏暗中，咫尺难辨，天空中的云层正在变厚，但被树冠篷盖遮住的人们看不到这些，喧嚣的人喊和马嘶声淹没了大部分钢铁撞击的声音。有时候，地面会发生一阵颤抖；有时候，敌人会发出一阵阵吼声。

“登·鲁申诺！登·鲁申诺和蜜蜂！”

“安那林！安那林的力量！”

“海林！海林！为了桑那蒙大君！”

瓦雷克只能听懂“大君”这个词，但他怀疑这片土地上任何敢自命为大君的人，都不会有机会立下誓言。

他从敌人尸体的腋窝下抽出自己的剑，让那名矮小的白皮肤敌人栽倒下去。那是一名危险的敌人，幸好他犯了个错误，将手中的剑举得太高，那个人的枣红色坐骑冲进了一丛灌木。瓦雷克感到片刻的遗憾，那匹马看上去比他被迫骑的这匹白蹄子褐色马更好，但现在不是遗憾的时候。他从茂密的树林间望过去，这里的树枝上都垂挂着许多藤蔓，还攀附着一丛丛灰色的、羽毛一样的寄生植物。战斗的声音从所有方向传来，但在一段时间里，他没有看见任何活动的东西。随后，十几名阿特拉枪骑兵出现在五十步以外，他们一边催马前进，一边小心地观察着周围的动静，但他们同时又在大声地彼此交谈，这足以证明在他们的胸甲上涂绘红十字是正确的。瓦雷克拢起缰绳，打算叫他们过来，虽然这只是一群缺乏训练的乌合之众，但在他把急令送达旗将奇安麦之前，他需要护卫。细长的黑影从树林间闪过，阿特拉人纷纷从马鞍上栽倒，他们的坐骑四散逃开。眨眼间，瓦雷克面前只剩下十几具尸体摊在潮湿的枯叶上，每一具尸体上至少竖着一根十字弩箭。没有任何动静。瓦雷克禁不住哆嗦了一下。那些穿蓝色外衣的步兵乍看上去像是很好对付的敌人，根本没有一根长矛在掩护他们，但他们从不走进开阔地，只是分散成小队，藏在树丛中。他们还不是最可怕的敌人，瓦雷克在法美镇见到过常胜军向海船上的溃退，那些敌人才是最可怕的。但就在半个小时以前，瓦雷克见到了一百名塔拉朋人在与一个穿着黑色衣服的人作战，一百名长枪手对一个人，而塔拉朋人都被撕成了碎片，的的确确是被撕成了碎片，人和马一个接一个地爆炸。那名屠夫在塔拉朋人转身逃亡的时候仍然没有停止屠杀，直到他的视野中再没有任何塔拉朋人。也许这并不比地面在脚下爆炸更糟，但至少罪奴会给你留下一具可供埋葬的尸体。

在这片树林中，一名率领着一百名阿玛迪西亚枪兵的花白头发老兵是最后一个和瓦雷克说话的人，他向瓦雷克指明了奇安麦所在的方向。现在瓦雷克看见了没有骑手的马匹被拴在树上，而人们徒步站立着，也许他们能为他指路，而他也要斥责这些在激战正酣的时候却在此无所事事的士兵。

当瓦雷克策马跑进他们中间的时候，立刻忘记了斥责这些人。他找到了一直要找的人，但那根本不是他所希望的样子。十几具严重烧损的尸体被排成一排，其中一具尸体蜂棕色的面孔还是完整的，一眼就能认出，他是奇安麦。站在旁边的都是塔拉朋人、阿玛迪西亚人和阿特拉人，他们之中也有一些人受了伤，唯一的霄辰人是一名面孔紧绷的罪奴主，她正在安慰一名哭泣的罪奴。

“这里出了什么事？”瓦雷克问道。他不认为殉道使会留下活口，不过也许是罪奴主击退了殉道使。

“疯狂，将军！”一名粗壮的塔拉朋人甩脱了另一个正在给他烧伤的左臂上涂药膏的同伴，他的衣服袖子一直到胸甲边缘都被烧光了，尽管伤很重，但他的脸上没有任何痛苦的神色。他的钢制护面挂在插红色羽毛的圆锥形头盔旁边，露出一张强悍的面孔，一副浓密的灰色胡子几乎完全挡住了他的嘴，他的眼睛里闪动着激动凶猛的神色。“一队伊利安人突袭了我们。一开始，状况还算不错，他们没有穿黑衣服的男人。奇安麦将军率领我们勇猛作战，然后……那个女人……她导引了闪电。然后，当那些伊利安人被击溃的时候，闪电，它们也落在了我们的头上。”他闭住嘴，意味深长地看了那名罪奴主一眼。

罪奴主立刻站起身，将没有戴手环的手攥成拳头，用力摇晃着，并且向塔拉朋人走了过来，直到再差一步就要将银索拉直。她的罪奴只是低头哭泣着。

“我不会任由这个狗崽子侮蔑我的扎凯！她是一名好罪奴！好罪奴！”

瓦雷克向那个女人做了一个安抚的手势，她见过罪奴主如何惩罚做错事的罪奴，如果罪奴只是因此而嚎啕痛哭，那么她还算是幸运的，有一些罪奴就因为自己的过错而变成了残废。但如果是其他人，只要给罪奴一个指责的眼神，哪怕是皇之血脉，罪奴主也立刻就会发怒。这名塔拉朋人当然不是皇之血脉，而那名罪奴主全身颤抖，已经显出一副要杀人的样子。如果这个人明确地提出他那个荒谬的指控，瓦雷克相信那名罪奴主也许真的会当场杀了他。

“对逝去者的哀悼可以再等一等。”瓦雷克用不容置疑的语气说道。他随后要做的努力如果失败了，他肯定会断送在觅真者的手里，但这里除他之外，就只剩下那名罪奴主还是霄辰人了。“我接管这里的指挥权。我们将脱离战斗，向南方转进。”

“脱离战斗！”那名身材魁梧的塔拉朋人喊道，“我们要用好几天的时间才有可能脱离战斗。那些伊利安人打起仗来就像是被赶进角落里的獾；凯瑞安人像是被关进盒子里的白鼬。至于那些提尔人，他们倒不像我听说过的那么英勇。但这里还有差不多十几个殉道使。不是吗？我甚至不知道我们的人都在哪里，这里已经乱得像是个欢乐盒了！”在他大胆的发言之后，其他人也纷纷开始表达反对的意思。

瓦雷克没有理会他们，也没有兴趣去问什么是“欢乐盒”，他扫视了一眼混乱的丛林，倾听四处传来的战斗的杂音，还有爆炸与闪电的轰鸣。他很清楚那名塔拉朋人是什么意思。“聚集起你的人，开始撤退，”他打断塔拉朋人七嘴八舌的议论，大声说道，“速度不要太快，你们一定要步调一致。”米拉杰要传递给奇安麦的命令是“以尽可能快的速度”——他必须将命令牢记在脑海里，以免中途发生事故。“尽可能快的速度”，但如果这样做，半数人会被丢下，任由敌人屠杀。“现在，行动！你们在为女皇而战。愿女皇永生！”

最后这段话是用来督促霄辰新兵时说的，但不知为什么，这些塔拉朋人全都仿佛被鞭子抽了一下。他们双手放在膝头，飞快地深鞠一躬，然后就跑向了自己的马匹，这太奇怪了。不过现在瓦雷克要关心的是如何找到霄辰人的部队，找到一名位阶高于他的人，将这份责任递交出去。

那名罪奴主跪下身去，捋着仍然在哭泣的罪奴的头发，为她唱起了轻柔的歌曲。“快些让她恢复过来。”瓦雷克对罪奴主说。以尽可能快的速度。他觉得他那时看见了米拉杰眼神中的一点焦虑，有什么事会让肯纳·米拉杰焦虑？“我想我们将依靠你们罪奴主的力量安全撤往南方。”为什么罪奴主的脸上会突然没有了血色？

巴歇尔站在树林的边缘，紧皱双眉，透过面甲看着前方的情况，他的枣红马正在用鼻尖蹭着他的肩膀。他紧紧地拉着斗篷，以阻挡不断吹袭的寒风，更是为了避免引起不必要的注意。他觉得这里的风很冷，如果是在沙戴亚，这样的风只能算作春天的和风，但在南方的几个月里，他变得软弱了。太阳在飞快游动的云朵间洒下光亮，现在距离正午还差一点时间，太阳正在逐步向巴歇尔靠近——在一场战斗开始时面向西方并不代表在它结束的时候也要面向西方。在巴歇尔面前是一片宽阔的草场，一群群黑白两色的山羊散乱地分布在褐色的枯草地上，就好像它们周围根本没有发生什么战斗一样，当然，这并不代表这里就没有任何战争的迹象。此时此刻，一个人如果走过这片草地，随时有可能变成一具倒在地上的死尸。在树林里，不管是森林、橄榄树林、还是灌木丛，不管有没有巡哨，你都随时有可能发现敌人就在你的身边。

“如果我们要穿过去，”桂亚姆用宽大的手掌揉搓着自己的秃头，“我们应该现在就出发。光明啊，说实话，我们在浪费时间。”安蒙德猛地闭住嘴，似乎这名脸像月亮一样圆的凯瑞安人正打算说出同样的话，但即使马能爬上树，他也不会说出和提尔人相同的话。杰奥德文·西玛瑞哼了一声，这个家伙应该生出一点胡子来，藏住他的尖下巴，他的脑袋看上去就像是一个木楔子。“我说应该绕过去，”他嘟囔着，“我已经因为那个光明诅咒的罪奴失去了许多人，而且……”他不安地瞥了罗查德一眼，声音低了下去。

那名年轻的殉道使远离众人站立着，双唇紧闭，手指摩挲着衣领上的龙徽胸针。看他的表情，也许他在考虑自己是否配得上这枚徽章。现在不知道这个男孩到底在想什么，他只是一直担忧地皱着双眉。

巴歇尔牵着疾速走到那名殉道使身边，将他拉到更远的树林中。罗查德面露怒容，不情愿地跟他走了过去，他比巴歇尔高出很多，但在气势上，是巴歇尔更胜一筹。

“下一次我能依靠你们吗？”巴歇尔一边问，一边焦躁地拉着胡子，“能够不再耽搁吗？”罗查德和他的人在与罪奴作战时动作似乎愈来愈慢了。

“我知道我要做什么，巴歇尔，”罗查德吼道，“我们为你杀死的人还不够多吗？在我看来，我们干得不错！”

巴歇尔缓缓地点点头，但他并不同意罗查德的最后这句话。敌人确实死了很多，但周围还有大量的敌人，几乎放眼皆是。巴歇尔的行动计划是依照他对于兽魔人战争的研究制定的，在那场战争中，光明的力量要远远弱于他们的敌人。侧翼突击，然后逃跑；尾追突击，然后逃跑；突击，然后逃跑。当敌人追赶的时候，逃向预定的阵地，在那里，真龙军团会用弩箭对敌人造成出其不意的打击。巴歇尔便趁此时率领部队回头再次冲杀，直到逃跑的时机到来，或者直到击溃敌人。今天他已经击溃了塔拉朋人、阿玛迪西亚人、阿特拉人和那些穿怪异盔甲的霄辰人，自从雪中之血以来，他还没有在任何一场战争里见到过这么多死人。他有殉道使，而另一方也有罪奴。他的沙戴亚人已经有三分之一死在了他身后数里的路上，他指挥的纵队已经死伤过半。而霄辰人带领着那些该诅咒的女人们，却愈来愈多地出现在他面前，还有塔拉朋人、阿玛迪西亚人和阿特拉人。他们在一直不停地进击，每次的人数都更多，而那些殉道使却愈来愈……犹豫。

巴歇尔跨上疾速的马鞍，回到杰奥德文和其他人面前。“我们绕过去。”他下达了命令。杰奥德文在点头，桂亚姆和安蒙德皱起了眉，但巴歇尔对这些都视而不见。“派出三倍巡逻兵，绝不能漏过任何一名罪奴，我要全速前进。”没有人在笑。罗查德已经将另外五名殉道使聚集在身边，他们之中有一个人戴着白银剑徽，四个人的衣领上什么也没有。今天早晨出发的时候，他们还有另外两个没有戴徽章的人，如果殉道使知道该怎样杀人，罪奴也知道。罗查德愤怒地挥舞着手臂，像是在和他们争论什么，他满面通红，他们却只是顽固地板着脸。巴歇尔希望罗查德能够确保这些人不会逃跑，今天他们的损失已经很大了，而这些人之中的任何一个溜掉，都将是一种更大的损失。

一阵小雨落下，兰德皱起眉看着乌云密布的天空，苍白的太阳已经从天顶向远方的地平线坠落了一半距离。现在还是小雨，但迅速聚集的云团很快就会让雨大起来！他焦急地端详着前方的大地，剑之王冠刺痛了他的额角。虽然天气阴霾，但因为有至上力在体内，这片大地在他眼中就像地图一样清晰，不管怎样，已经够清楚了。山丘愈向西方愈变得矮小，有些山丘覆盖着密林、橄榄林或者草场，另一些山丘上只有赤裸的岩石和蒿草。他觉得他在一片灌木丛边缘看到了一点动静，然后又是一里以外一座山丘顶上的一排排橄榄树之间。想象并不够。数里范围内已经铺满了死尸，死掉的敌人，也有死掉的女人。他知道，他必须远离那些死掉的罪奴主和罪奴，不能去看她们的脸，人们都以为他这样做是因为憎恨那些杀死了他无数部下的人。泰戴沙在山丘顶端踏了几步，兰德用一只有力的手和膝盖让它稳定下来。也许会有一名罪奴主看见他，他周围的几棵树起不了多少掩蔽的作用，他依稀想到他还没有见过任何一名罪奴主。泰戴沙扬了杨头，兰德将真龙令牌收进鞍囊里，只有经过雕刻的枪柄末端露出来，这样他就可以用两只手控制马缰了。借助阳极力，他能感觉到这匹马的疲惫，但他不知道该如何用至上力让这匹马服从自己。

他不知道这匹马是如何保持体力的，阳极力充满着他，在他的体内沸腾，但他那具遥远的肉体却只想在疲倦中栽倒下去。他的疲倦，有一部分来自于今天一直以来握持的大量至上力，另一部分来自于他为了让至上力按照他的意志运行所消耗的力量。阳极力一直需要被压制，被强迫，但从没有像今天这种样子。他左侧肋下那两个永远无法愈合的伤口在一阵阵作痛，那个老的伤口活像钻头一样想要戳穿他的虚空；新的伤口如同一道火焰的刀刃。

“这只是意外，真龙陛下，”艾德利突然说，“我发誓这只是意外！”

“闭嘴，看着！”兰德严厉地训斥他。艾德利的目光落到了握住缰绳的双手上，然后他拨开脸上潮湿的头发，顺从地抬起了头。

今天，在这里，控制阳极力比以往任何时候都要困难。但无论在什么时候，什么地方，失去对阳极力的控制都可能会杀掉你自己。艾德利刚刚就对阳极力失控了，许多人死在喷发的火焰中，不止是他瞄准的阿玛迪西亚人，还有将近六十名艾里尔和安奈伊莱的士兵。

如果不是这次对阳极力的失控，艾德利本应该和毛尔一起，跟随同袍军深入到南方半里以外的树林中，那瑞玛和霍普维在北边岩之守卫者的队伍里。兰德将艾德利留在了身边。在他看不到的地方是否还会有“意外”发生？他不可能看着所有人。弗林的面孔难看得如同一个死人，达西瓦脸上没有了任何含混的表情，他专注的样子仿佛随时都会从额头上渗出汗来一样。他仍然在低声自言自语，即使有至上力的帮助，兰德也听不清他在说些什么。他不停地用一块缎带亚麻手绢抹去脸上的雨水，现在那块手绢已经脏得看不出原样了。

兰德不认为他们会让阳极力失控，但不管怎样，他们和艾德利现在都没有握持至上力。在兰德下令之前，他们都不会那样做。

“结束了？”安奈伊莱在兰德身后问。

兰德不再去注意会有什么人监视这里，他掉转过泰戴沙，向安奈伊莱看过去。那名提尔女人下意识地在马鞍上向后靠去，她的面颊抽搐了一下，双眼充满了恐惧，或者是憎恨。在她身边，艾里尔镇定地用戴着红皮手套的手指摩挲着缰绳。

“你还想要什么？”那名小个子女子用冷静的声音问，那种态度就像是一位女士对待仆人的那种礼貌。“如果一场胜利的规模应该用敌人的死亡数量来计算，我想今天已经足够让你的名字加载史册了。”

“我要把霄辰人赶到海里去！”兰德喝道。光明啊，他必须现在了结他们，趁现在他还有机会！他不能同时与霄辰人和弃光魔使作战，光明知道还有其他什么势力！“我以前做到过，这次我还会做到！”

*这一次你的口袋里藏着瓦力尔号角吗？*路斯·瑟林狡诈地问。兰德向他发出无声的咆哮。

“下面有人，”弗林突然开口了，“是从西边骑马过来的。”

兰德回转坐骑。这座山丘被真龙军团环绕着，他们隐蔽得很好，让兰德几乎看不到他们蓝色的身影。他们没有马，那是谁会骑马过来……

巴歇尔的枣红马如履平地一般跑上了山坡，他的头盔挂在马鞍上，看上去，他也显得很累了。没有任何寒暄，他直接用平白的声音说道：“我们在这里已经无事可作了，战争中一件重要的事是知道该什么时候离开，现在就是这个时候了。我丢掉了五百条性命，差不多够了，你的两名士兵也没了。我派了三名士兵分别去寻找赛玛拉迪、瑞格林和维蓝芒，告诉他们向你靠近。我怀疑他们的境况不会比我更好。你是怎么给你的屠夫们制定计划的？”

兰德没有理会巴歇尔的问题，他自己也有一大堆问题。“你没有权力向其他人发出命令，只要这里还剩下六个殉道使——只要还剩下我！我一个人就足够了！我要找到剩下的那些霄辰军队，摧毁他们，巴歇尔，我不会让他们将像收纳塔拉朋人和阿玛迪西亚人一样收纳阿特拉人。”

巴歇尔带着一丝冷笑用指节挠了挠他的大胡子。“你想要找到他们，那就看看吧，”他用戴着铁手套的手向西方一指，“我指不出他们确切的位置，但如果没有这些树的话，从这里大概能看见一万，也许一万五千敌人。我从他们之间一直溜到你这里，大概和与暗帝跳舞差不多，那里差不多有一百名罪奴，也许更多，肯定还有更多罪奴和霄辰人在进入战场。看样子，他们的将军已经决定要全力以赴干掉你，我想时轴能得到的应该并不仅是奶酪和啤酒。”

“如果他们就在那里……”兰德搜寻着那些山丘。雨更大了，他刚才在什么地方看到了动静？光明啊，他累了，阳极力如同大锤一样在击打他。他下意识地碰了一下马镫后面的包裹，随后立刻又抽开了自己的手。一万人，甚至一万五千人……只要赛玛拉迪回到他这里，还有瑞格林和维蓝芒……更重要的是，只要其余的殉道使回来……“如果他们就在那里，我就要在那里毁灭他们，巴歇尔，我会从所有方向打击他们，这才是我们应该首选的战术。”

巴歇尔皱皱眉，让坐骑向兰德靠近了一些，直到他的膝盖几乎碰到了兰德的膝盖。弗林将自己的坐骑移开，而艾德利只是忙着透过雨幕观察前方的状况，没有注意周围的任何动静。达西瓦仍然不停地抹着脸，明显地带着感兴趣的神情盯着巴歇尔和兰德。巴歇尔将声音压得很低：“你没有想清楚。一开始，这是一个优秀的计划，但他们的将军反应得很快，他抢在我们发动袭击之前展开了队伍，挫败了我们的攻击。不过，看情形我们还是让他蒙受了很大损失，现在他正在集中一切力量，你没办法让他措手不及。他想让我们主动进攻，而他则严阵以待。不管有没有殉道使，如果没有这些树林的掩护，我们正面对战，也许现在秃鹰已经遮蔽了天空，我们之中没有人能逃掉了。”

“没有人能和转生真龙正面对战，”兰德带着怒意说道，“弃光魔使能够告诉那个将军，无论他是什么人。对不对，弗林？达西瓦？”弗林不确定地点点头，达西瓦打了个哆嗦。“你认为我没办法突袭他，巴歇尔？看着吧！”他拉出那个长形包裹，除去布皮，兰德听见一阵惊呼声，他的手中握着一把仿佛水晶雕成的长剑，雨滴落在上面也变得如同璀璨的宝石。非剑之剑。“让我们看看拿着凯兰铎的转生真龙能不能让他吃上一惊，巴歇尔。”兰德将那把透明的长剑靠在臂弯里，催赶泰戴沙向前几步，其实他没有必要这样做，这并不能让他的视野更清晰一些，除了……有某种东西如同蜘蛛一般爬过虚空的表面，织出一片扭动的、黑色的网。他在害怕。他最后一次使用凯兰铎——真正地使用凯兰铎——是为了让一个死人活过来。那时他相信他无所不能。他像一个疯子一样，以为自己能飞起来。但他是转生真龙，他什么都能做，难道他不是一次又一次地证明了这一点吗？他向真源伸展过去，通过非剑之剑。

还没有等兰德通过凯兰铎碰到真源，阳极力似乎已经跳进了非剑之剑，从剑锋到剑柄，水晶剑闪耀起白色的光芒。兰德无数次感到过至上力在自己的体内充塞到极限，但现在，他掌握的至上力超过了十个男人、一百个男人能掌握的量，他不知道自己到底汲取了多少至上力。太阳的火焰灼烧着他的脑髓，所有纪元中所有的冬天的寒冷啃噬着他的心脏，在无限的洪流中，污染将全世界的污秽都倾入到他的灵魂里。阳极力在努力杀死他，要将他冲走，将他烧光，将他冻碎，不放过他的每一块残片。但他抗争着，他活过了一个瞬间，又一个瞬间。他想要笑。他无所不能！

他曾经握住凯兰铎，将遍布提尔之岩的暗影生物全部烧毁，用能够追踪的闪电击毙他们，无论他们逃向何处。他一定也能用类似的方法攻击这里的敌人。但当他呼唤路斯·瑟林的时候，响应他的只有痛苦的呜咽，那个无实体的声音像在害怕阳极力的痛苦。

凯兰铎在他的手中闪耀，他没有想起要将那把剑举过头顶，只是盯着敌人藏身的丘陵，现在那些丘陵在大雨中都变成了灰色。黑色的浓云遮蔽了太阳。他曾经对艾甘·帕多斯说过什么？

“我就是风暴。”他悄声说道——在他的耳中，那是一声吼叫，一声咆哮——他导引了。

在天空中，乌云开始翻滚，灰黑色的天空顿时变得如同午夜，午夜中最黑暗的时刻，他不知道自己在导引什么。尽管有过亚斯莫丁的指导，但在很多时候，他仍然不知道自己在导引什么，也许是路斯·瑟林在指引他，尽管那个人还在哭泣。阳极力的能流涌过天空，风、水和火，最后是火之力。天空落下了霹雳的豪雨，一百道、几百道闪电同时落下，蓝白色的树枝一直延伸到他目力的极限。他面前的山丘炸开了，有一些山丘流散开来，如同被踢倒的蚁丘，火焰在树林中腾起，将树干变成了大雨中的火炬，烈火如同野马群一般冲过一座座橄榄树园。

有什么东西重重地击中了他，他意识到自己正在把身体从地上撑起来，王冠从他的头顶跌落，但凯兰铎仍然在他的手中闪耀。他模糊地察觉到正在努力爬起来，那匹马全身都在颤抖。

他们终于想到对他进行反击了。

他高举起凯兰铎，向他们嚎叫着：“来杀我啊，如果你们敢！我是风暴！如果你敢，撒丹！我是转生真龙！”一千道轰隆作响的闪电从天空中落下。

又有某种力量击中了他，他想要再次站起来，凯兰铎依旧闪着光，落在距离他摊开的手臂一步远的地方，天空被闪电撕裂。突然间，他意识到自己身上的重量是巴歇尔，那个人正在拼命摇撼他，一定是巴歇尔把他推倒的！

“停下！”那名沙戴亚人喊道，血从他头皮上的一道伤口中流出，染红了他的脸。“你在杀死我们！住手！”

兰德转过头，他还在头晕，但他已经看见了。闪电在他的周围舞动，所有方向上都有闪电，一道闪电落在他背后的山坡上，那是登哈莱率领的部队所在的地方，人和马的尖叫声接连响起。

安奈伊莱和艾里尔全都站在地上，正徒劳地想要让自己的坐骑安静下来，而她们的马只是不停地踢蹬嘶鸣，眼珠乱转，拼命想要把缰绳从主人的手里挣脱出来。弗林正在弯腰看视某个人，在他身旁，一匹死去的马，四腿已经僵硬了。

兰德放开阳极力，但在一段时间里，阳极力仍然在他的体内流动，闪电仍然在天地间肆虐，但能流终于减弱、消退。晕眩的感觉仍然在一阵阵侵袭他，片刻间，有两把凯兰铎在他的眼前闪光。闪电还在落下。然后，除了渐渐出现的落雨声以外，世界陷入一片寂静。然后，哀嚎声从山后传来。巴歇尔缓慢地从他身上爬开，兰德双腿颤抖着站了起来，他又眨了眨眼，视力才恢复正常。那个沙戴亚人看着他，手握剑柄，当他是一头发狂的狮子。安奈伊莱看了一眼站起身的兰德，就晕倒在地上，她的马甩动着缰绳逃走了。艾里尔仍然在与她躁动的坐骑搏斗着，不时会瞥一眼兰德。片刻间，兰德只是让凯兰铎躺在地上，他不确定自己是否敢拣起那把剑，现在还不行。

弗林站起身，摇了摇头，一句话都没有说。兰德蹒跚地走到他面前，雨滴打在乔南·艾德利无神的眼睛里，那双眼睛从眼眶里凸出来，好像看见了什么极端恐怖的东西。乔南是第一批成为殉道使的人。山丘后面的尖叫声像被雨幕隔在很远的地方，还有多少人在哀嚎？兰德不知道，那些岩之守卫者呢？那些同袍军呢？那些……

雨水如同一层厚重的毯子，覆盖了霄辰军队所在的丘陵，他盲目的攻击是不是真的重创了他们？还是他们都等在攻击范围以外，带着他们的罪奴，看着他到底会杀死多少自己人？

“依照你的想法安排守卫吧，”兰德对巴歇尔说，他的声音如同铁一般坚硬。第一批成为殉道使的人。他的心已经变成了铁。“等瑞格林和其他人与我们会合，我们就尽快穿行到辎重队那里。”巴歇尔点点头，没有说话就转身走进雨里。

我失败了，兰德模糊地想着，*我是转生真龙，但这一次，我失败了*。

突然间，路斯·瑟林在他的脑海里爆发出怒火，仿佛他从没有发出过任何扭曲的哭声或笑声。*我从没有失败过*，他吼叫着，*我是黎明君主！没有人能击败我！*

兰德坐在雨中，在手里转动着剑之王冠，看着泥泞中的凯兰铎，任由路斯·瑟林去发火。

艾巴达·育蓝哭泣着，庆幸着滂沱大雨掩饰了他面颊上的泪水。必须有人发出命令，最终必须有人向女皇认罪。愿女皇永生。也许他先要向苏罗丝认罪。

但这并不是他哭泣的原因，即使是同伴的死也不会让他哭泣。他粗鲁地撕下一只袖子，盖住米拉杰圆瞪的眼睛，不让雨水再击打它们。

“传令撤退！”育蓝喝道。站在周围的人急忙开始了动作。第二次，在这片海岸上，常胜军承受了惨重的失败，育蓝不认为他是唯一哭泣的人。

第 25 章

不受欢迎的归来

坐在镀金书桌后面，爱莉达用手指抚弄着一个因为年代久远而变成了深黄色的象牙小雕刻，那是一只奇怪的鸟，鸟喙和身体一样长。爱莉达饶有兴致地听着六个站在书桌另一侧的女人说话，她们各是一个宗派的守护者。现在她们都紧皱眉头，彼此偷瞥着，在覆盖着赤黄色地板的亮色地毯上挪动着天鹅绒软鞋；不时拉一下刺绣藤蔓图案的披肩，使得上面的流苏随之摆动。她们看上去像是一群暴躁的酒吧女仆，只想着有胆量能够在女主人面前掐住彼此的喉咙。冰霜封住了窗户玻璃，所以从室内几乎看不到窗外飞旋的雪花，偶尔才有一阵寒风的咆哮从窗外传进来。爱莉达感到很暖和，不只是因为在白色大理石壁炉中燃烧的粗木柴。不管这些女人是否知道（是的，杜海拉肯定知道，也许其他人也知道），她是她们的女主人。那只精致的雕金钟盒正在嘀哒作响，那还是赛梅勒为这里添置的，赛梅勒逝去的梦想即将成为现实。白塔恢复了旧日的荣光，被牢牢掌握在爱莉达·德·艾佛林尼·亚洛伊汉的手中。

“至今为止，还没有发现过任何能够‘控制’女人导引的特法器。”维琳娜正在说话，她的声音冰冷而精确，但几乎就像小女孩一样高亢，这样的声音和她像鹰喙一样的鼻子、眼角上翘的锐利双眼配合在一起，显得非常奇怪。她是白宗的守护者，也是一名白宗两仪师的典范，全身上下唯一不能成为白宗表率的大概就是她那副强硬的面容了。她的白色衣裙毫无装饰，看上去刻板又冰冷。“而且，有不止几件特法器能够实现同样的功能，这种情况极少有，所以，从逻辑上来说，如果这样的特法器被找到，甚至不止一件，无论这多么不可能，它们至多也只能控制两三名女性。对于那些霄辰人的报告显然都是夸大的不实之词，如果有戴着‘锁链’的女人存在，她们一定也不能导引。我不否认那些人占领了艾博达、阿玛多，或许还有其他更多地方，但很显然，他们是兰德·亚瑟制造的假相。也许兰德·亚瑟想藉此恐吓人群，让人们聚集到他的麾下，就像他所布置的先知。这是简单的逻辑推理。”

“我很高兴你至少没有否认阿玛多和艾博达的陷落，维琳娜。”舍万冷冷地说道。她本身就是个很冷的人，这名褐宗姊妹像男人一样高，骨瘦如柴，有一张棱角分明的脸和一副长下巴，虽然戴着一顶卷曲的头巾，却没有增加任何柔和的感觉。她用蜘蛛脚一样的手指整理着披肩，抚平暗金色的丝绸裙摆，似乎感到维琳娜的话很好笑。“我不喜欢说什么可能或者不可能。举例来说，就在不久之前，所有人都只‘知道’一名姊妹编织的屏障能够阻止一个女人导引，但现在又出现了一种简单的草药——叉根，任何人都可以用它煎一杯茶，让你喝下去，你在随后的几个小时之内就会变得像一块石头一样无法导引。也许这对那些无法无天的野人会很有用，但对于那些自以为是的人难道不是同样有用吗？也许下一次，就会有人学会如何制造特法器了。”

爱莉达双唇紧闭，她不会去关心那些不可能的事情，如果在三千年的时间里都没有一名姊妹能够重新发现特法器的制造方法，那么现在也绝对不会有人发现这样的方法。让爱莉达不快的是，当她想要牢牢握住信息的时候，信息却从她的指缝间溜了出去。尽管她竭力隐瞒，但现在白塔中的每一个人都已经知道了叉根的存在。没有人能喜欢这种事，没有人会喜欢自己在任何一个懂得一点草药学又有一点热水的人面前变得脆弱不堪。就像这些宗派守护者们已经说明过的那样，这比毒药更令人厌恶。

一提到这种草药，杜海拉古铜色的脸上一双深色的大眼睛立刻闪烁出不安的神色，身子也变得比平时更加僵硬，两只手紧攥着接近于黑色的暗红色裙摆。赛多芮咽了一口唾沫，她的手指用力捏着爱莉达给她的雕花皮夹，这名圆脸的黄宗姊妹在平日里总是摆出一副冷若冰霜的庄严外表。安黛娅在发抖！她微微痉挛着，用灰色流苏的披肩裹紧了身体。

爱莉达很想知道，如果告诉她们那些殉道使已经重新发现了穿行，她们又会有什么反应。现在她们根本就不敢提起“殉道使”这个名词。爱莉达至少还掌握着一些秘密。

“我想我们最好应该关心一下真正的事实，对不对？”安黛娅坚定地说道，她已经恢复了对自己的控制。她亮棕色的头发被梳得光可鉴人，一直垂挂到背上；身上带银色条纹的蓝长裙是安多风格的，但她说话时塔拉朋口音仍然很重。虽然她的个子并不很矮，也不是很瘦，但爱莉达每次看见她都会想到一只在树杈上蹦跳的麻雀。安黛娅是一位著名的灰宗谈判人，如果看她的样子，大概只能用人不可貌相来解释了。她在向其他人微笑，那种表情不算很高兴，而且同样很像是一只麻雀，也许，是因为她那种转头的样子。“这些无聊的思考正在浪费我们宝贵的时间。现在世界危如累卵，我不想用几个小时去闲聊所谓的逻辑或者是连每一个蠢人和初阶生都知道的事情，难道就没有人能提出一些有意义的话题吗？”真是一只牙尖嘴利的麻雀，维琳娜的面孔变成了红色，舍万的脸却黑了。

茹班德向那名灰宗姊妹撇了一下嘴唇，也许她是要做出一个微笑的表情，但却更像是一副恶心欲呕的样子。这个梅茵人有一头鸦黑色的头发，两只眼睛如同蓝宝石一样她的表情总像是能撞穿一堵墙壁，而现在，她已经将拳头叉在了腰上，那副架势足以撞穿两堵墙。“我们已经做了现在所能做的一切，安黛娅，至少大部分问题已经解决了。叛逆被大雪困在了莫兰迪，我们要让她们度过一个足够火烈的冬天，等到春天的时候，她们就会颤抖着爬回来，乞求原谅和苦修。等我们找到失踪的达林大君，提尔的形势就会扭转；只要我们将卡莱琳 · 达欧崔和托朗姆 · 瑞亚丁从他们的藏身之处挖出来，凯瑞安的局势也就能得到控制。现在亚瑟戴上了伊利安王冠，但我们并没有放弃伊利安。所以，除非你已经有计划将那个男人牵进白塔，或者让那些所谓的‘殉道使’消失，否则就请原谅我还要去处理我的宗派的事务。”

安黛娅挺起胸，她的脸上明白地显示出怒意。杜海拉眯起了眼睛——提起能够导引的男人总是会在她的脑海中燃起火焰。舍万像小孩子发狠一样咬住了舌头（不过爱莉达很喜欢看到这种情形）。维琳娜皱起眉，不知为什么，她相信舍万针对的是她。这都很有趣，但现在的局势正逐渐脱离爱莉达的控制。

“宗派的事务是很重要，吾女。”爱莉达没有提高声音，但所有人都转向了她。她将象牙小雕刻放在收藏她所有象牙雕刻的镀金玫瑰纹大匣子里，然后仔细地校准了书写匣和文件匣的位置，让三只匣子精确地在桌上排成一线。一直到所有女人完全安静下来，她才继续说道：“但白塔的事务更重要。我相信你们会正确地执行我的法令，我在白塔里看到了太多的怠惰行为，如果一切事情不能尽快步入正轨，恐怕茜维纳一定要忙得不可开交了。”她没有再说任何威胁的话，只是露出一丝微笑。

“依从您的命令，吾母，”六个声音一起喃喃地说道，她们的语气显然不像她们所希望的那样稳定，行屈膝礼的时候，就连杜海拉的面孔也是一片惨白。已经有两名宗派守护者被剥夺了职位，六名宗派守护者被判处多日劳作的苦修，甚至被判处了灵魂苦行，这对于她们实在已经是莫大的羞辱了。舍万和赛多芮紧闭着嘴唇，她们大概还清楚地记得那些擦地板和洗衣服的日子，但她们至少还没有到茜维纳那里去接受肉体苦行，没有人想要那样。这位新的初阶生师尊每周都会接受两三名姊妹的拜访，她们之中有人是被宗派判处的责罚，甚至也有人是主动选择了这样的责罚——一顿鞭子，无论多么痛苦，总要比连续一个月打扫花园小径要快得多。但与处罚见习生和初阶生不同，茜维纳对于姊妹完全没有一点仁慈可言，不止一名姊妹在随后的几天时间里会思考是不是一个月的耙子更好一些。

六名宗派守护者迫不及待地向门口走去，不管是不是宗派守护者，如果没有爱莉达的直接召唤，不会有人会走到白塔这么高的地方。爱莉达抚弄着自己的六色圣巾，脸上的微笑中流露出愉悦的情绪，是的，她是白塔的主人，玉座的唯一拥有者。

还没有等这群步伐迅速的宗派守护者走到门口，大门左手侧的一扇被打开了，奥瓦琳走了进来，撰史者的白色窄圣巾几乎消失在她雪白的丝绸长裙中。与她相比，维琳娜的衣服简直可以算是脏污了。

爱莉达感觉到自己的微笑扭曲起来，从脸上溜走了。奥瓦琳纤细的手指间拈着一张羊皮纸，这个女人已经消失几乎两个星期了，没有留下一句话，一张字条，也没有任何人看见她离开。爱莉达本来已经在高兴地想象奥瓦琳躺在一片积雪下面，或者被冲进一条河里，漂在冰层下面了。

六名宗派守护者停住脚步，不确定地看着挡在她们面前的奥瓦琳，即使像奥瓦琳这样有影响力的撰史者也不应该挡住宗派守护者的路。维琳娜平时总是白塔中最镇定沉着的人，但现在她不知为什么退缩了一下。奥瓦琳冷冷地瞥了一眼爱莉达，又将宗派守护者们审视了一遍，明白了这里发生的一切。

“我想你应该把这样的事情交给我处理，”她对赛多芮说道，她的声音并不比外面的雪暖多少，“你知道，吾母喜欢认真考虑她的法令，她已经不止一次在签字之后又改变想法了。”她伸出她纤细的手。

赛多芮的傲慢在黄宗里是著名的，但她几乎没有犹豫，就把手中的皮夹交给了奥瓦琳。

爱莉达愤怒地咬着牙。赛多芮已经连续五天将双手泡在齐肘高的热水里，或者是刷地板，这一次，爱莉达要给她找一些更不舒服的事情做，也许还是应该把她送到茜维纳那里去，也许应该让她去清理粪池！

奥瓦琳一言不发地向侧旁一让，宗派守护者们向屋外走去。她们一边调整披肩，一边低声地喃喃自语，竭力恢复白塔评议会的威严。奥瓦琳迅速地在她们身后将屋门关闭，然后一边翻阅着皮夹中的文件，一边向爱莉达走了过来。当爱莉达签署这些文档的时候，她一直希望奥瓦琳已经死了，当然，爱莉达从没有相信过任何希望，所以她还没有和希安妮谈过，以免被别人看见，告诉回来的奥瓦琳。当然，希安妮仍然在按照她的指示办事，一步步证明奥瓦琳·福里衡与这场叛逆的关系，但爱莉达真的很希望奥瓦琳就这样死掉，她是多么希望这样啊。

奥瓦琳一边喃喃自语，一边翻看着皮夹。“我想，这个可以通过，但这个不行，这个也不行，这个肯定不行！”她拿起一份文件，那份文件上有玉座的签名和印章，却被她轻蔑地扔到了地板上。她停在爱莉达的镀金座椅旁边，月长石雕成的塔瓦隆之火就镶嵌在这把椅子高高的椅背上。她猛地将皮夹和原先她手中的那份档案摔在桌子上，然后狠狠地抽了爱莉达一个耳光，以至于爱莉达的眼前冒起了一片金星。

“我想，我们已经确定了这件事，爱莉达。”这个怪物一样的女人说话的时候，房间里仿佛比暴风雪肆虐的室外还要冷。“我知道该如何从你的莽撞中拯救白塔，我也不会让你在我的背后犯下新的错误。如果你坚持自行其事，那你可以相信，我会废黜你，将你静断，让你在桦树条下哀嚎。到时候，每一名初阶生，甚至每一名仆人都会看着你受到惩处！”

爱莉达努力地没有伸手捂住自己的面颊，她不需要镜子就知道，自己的脸上已经有了一块红印。她一定要小心，希安妮还没有找到任何有力的证据，否则她肯定会主动来找爱莉达。奥瓦琳可以在评议会面前揭露她绑架男孩亚瑟的灾难性下场，她也许真的能将自己废黜、静断、鞭笞。而且奥瓦琳现在还掌握了她的另一个痛脚，爱莉达本来确信托维恩·咖札率领的五十名姊妹和两百名白塔卫兵能够镇压黑塔，前提是那里可能只有两三个能够导引的男人，但现在那里竟然有数百名殉道使——数百人！奥瓦琳冷冷地盯着她。黑塔已经让爱莉达的肠胃凝结！但爱莉达仍然对托维恩抱有希望。黑塔将遭到火与血的洗涤，这是爱莉达的预言，姊妹们将要行走于其上，这肯定是即将实现的未来，托维恩一定会取得胜利。而且，爱莉达在那次预言中还确认了白塔将会在她的统帅下重新获得旧日的荣耀，亚瑟本人会因为她的愤怒而畏缩。奥瓦琳亲耳听到了这些预言从爱莉达的口中出来，难道奥瓦琳忘记了？还是她不明白，这样勒索玉座只能让她自己走向灭亡。爱莉达耐心地等待着，她会三倍报复这个女人！她需要做的只有耐心，至少现在是这样。

奥瓦琳却丝毫不掩饰自己的冷笑。她将那只皮夹推到一旁，把那张羊皮纸放在爱莉达面前，然后她挑开金绿色的书写匣，将爱莉达的钢笔在墨水池里蘸了蘸，递到爱莉达面前："签名吧。"

爱莉达接过钢笔，不知道自己要把名字签在怎样一份疯狂的东西上。又一份扩充白塔卫兵的命令吗？等到叛逆被肃清时，这些士兵大概还没有结束训练吧。再一次试图让各宗派供认自己真正的首脑是谁？这当然不可能！爱莉达飞快地将那张纸读了一遍，立刻感到一阵不可遏制的寒意从肚子里膨胀起来。给予每个宗派处置宗派内姊妹的最终权力，无论那个宗派可能做出怎样荒谬疯狂的决定——这难道不就是要拆散白塔吗？而下面这一段——

> 现在全世界都已知道兰德·亚瑟是转生真龙，全世界都已知道他是一名能碰触真源的男性。从远古时起，管理这样的男人就是白塔权威的一部分。转生真龙受到白塔的保护，但无论是谁，如果企图不通过白塔而与他联系，都是对光明的背叛。从现在直至永远，这样的人都将受到诅咒。全世界都要明白，白塔将安全地指引转生真龙投入最后战争，并取得注定的胜利。

爱莉达自然而然地，有些麻木地在"胜利"后面加上"属于光明的胜利"，随后，她的手僵住了。公开宣布亚瑟是转生真龙是可以接受的，因为所有人都已经这样认为了，而且这样可以让更多的人相信亚瑟已经跪倒在她的面前。这会非常有用。但至于其余的部分，爱莉达简直无法相信这样几句话竟然能带来这么大的伤害。

"光明怜悯，"她激动地喘息道，"如果发布这样的宣告，亚瑟就绝对不会相信对他进行的绑架并没有经过白塔的许可。"即使没有这份敕令，让男孩亚瑟改变心思已经很难了，但爱莉达见过人们被说服，衷心相信并非事实的所谓真相。"下一次，他的防卫至少会提高十倍，而这几句话至多只能吓跑几个他的追随者！"有太多人已经和他的关系太深，不敢回头了，即使他们真的相信有诅咒挂在他们的头顶上，他们也不敢了！"与其签署这样的东西，我还不如自己放火把白塔烧掉！"

奥瓦琳不耐烦地叹了口气："你还没有忘记背诵你的规则，对不对？如果你忘了，我可以教你。"

爱莉达的嘴唇拧成了一团。这个女人不在的一个好处——那也许不是最大的好处，但的确是令人非常高兴的——就是爱莉达不必再被迫每天重复那些连篇累牍的恶心词句了。"我会依照我被告知的去做。"她的声音苍白无力。她才是玉座！"我会说你让我说的话，除此以外，别无其他。"她的预言，她注定的胜利，但是，哦，光明啊，让她的胜利来得快一些吧！"我会签署你让我签署的档案，除此以外，别无其他，我……"说到最后这句话的时候，她打了个哆嗦。"我将服从你的意志。"

"听起来，你确实是需要被提醒一下了，"奥瓦琳又叹了口气，"我想，我把你丢下太久了。”她不容分辩地一指那份文件。“签名吧。”

爱莉达也叹了口气，将钢笔拖过那张纸，她没有其他选择。

笔尖刚一离开纸面，奥瓦琳就把那份敕令拉了过去。“我会给它盖章的，”她一边说，一边向门口走去，“我不应该把玉座印章留在你能找到的地方。随后我想和你谈一谈，我实在是丢下你太久了。留在这里，等我回来。”

“随后？”爱莉达说，“什么时候？奥瓦琳？奥瓦琳？”屋门在奥瓦琳身后关上了，只剩下爱莉达一个人愤怒不安。留在这里等奥瓦琳回来！在她自己的书房里，却好像一名被拘禁在囚室等待惩罚的初阶生！

爱莉达将手指按在信件匣上，她的指尖捋过匣子上在蓝天白云中搏斗的金鹰，但她没办法让自己打开它。奥瓦琳不在的时候，这只匣子再一次变成封装重要信件和报告的容器，而不仅是奥瓦琳允许她保留的一件装饰品。但随着这个女人的返回，它又要被清空了。爱莉达站起身，整理了一下白色花瓶中的玫瑰花，房间的每个角落里都有一座白色大理石柱基安放着这样的花瓶，玫瑰是蓝色的，最罕见的品种。

突然间，爱莉达意识到自己正盯着手中一株被揪断的玫瑰，还有几枝残破的玫瑰散落在地板上。爱莉达从喉咙里发出一阵气恼的吼声，她所想的是双手捏住奥瓦琳的喉咙，这不是她第一次想要杀死那个女人了。但奥瓦琳一定已经有所防备了，她一定已经安排好了盖章的档案，一旦发生变故，这些文件就会公开，带来难以抵挡的灾祸，而这些东西一定掌握在爱莉达最怀疑不到的姊妹手里，这一直是奥瓦琳失踪时爱莉达最担忧的事。也许还会有别人认为奥瓦琳已经死了，并因此而公开足以将圣巾从爱莉达肩头剥除的证据。不过，不管以什么样的方式，奥瓦琳迟早会完蛋。就像这些玫瑰花……

“我敲门了，但你没有响应，吾母，所以我就进来了。”一个粗哑的女人声音在她身后响起。

爱莉达转过身，刚想呵斥来人，但一看见那名身材矮壮、方脸膛、戴红色流苏披肩的人，她的脸上立刻没有了血色。

“撰史者说你要找我，”茜维纳急躁地说道，“要进行私人苦修。”即使是在玉座面前，茜维纳也丝毫不掩饰自己的厌恶，她相信所谓的私人苦修只是个荒谬的矫饰之词，苦修都是公开的，只有惩罚可以在私下里进行。“她还要我提醒你一些事，但她并没有告诉我任何事情，只是匆匆走掉了。”茜维纳哼了一声，她认为一切占用她时间，干扰她管教初阶生和见习生的事情都是不必要的。

“我想，我会记得那些事的。”爱莉达沉闷地说。

当茜维纳终于离开的时候（根据赛梅勒的钟报时，其间只经过了半个小时，但茜维纳却觉得好像是过了一段没有尽头的时间），爱莉达只想立刻召集评议会，让她能下令剥夺奥瓦琳的撰史者圣巾。而她之所以没有这样做，只是因为她必定会实现的预言和她确信，希安妮会沿着这场叛逆的蛛丝马迹一直追查到奥瓦琳身上。到时候，不必奥瓦琳有什么动作，她自然会主动出手干掉奥瓦琳。爱莉达·德·艾佛林尼·亚洛伊汉，封印的守护者，塔瓦隆之火，玉座猊下，必将成为这个世界上最有权势的人。爱莉达将脸埋在枕头里，哭泣着，她的伤口让她没办法穿上丢在地板上的衬裙，而奥瓦琳回来的时候一定会让她穿好全套服装坐在书桌后。爱莉达哭泣着，她在泪水中祈祷奥瓦琳的垮台赶快到来。

“我没有让你……鞭打爱莉达，”那个水晶敲击一般的声音说道，“你看不清自己的位置吗？”

跪在地上的奥瓦琳急忙匍匐在那个仿佛由黑影和银光组成的女人面前，她抓住麦煞那的裙边，不停地亲吻着。麦煞那的裙摆被她揪动了一下，她的幻像术编织（那一定是幻像术，虽然奥瓦琳看不到一根阴极力的丝线，也完全感觉不到对面这个女人的导引能力）也随之发生了一丝摇动。在奥瓦琳面前闪过一点青铜色的丝绸，上面绣着一道细细的黑色绵密螺旋纹花边。

“我全心全意地侍奉您，服从您，伟大的主人，”奥瓦琳在亲吻之余喘息着说道，“我知道，我是最卑微之中的最卑微，是您面前的一条蛆虫，我只希望能得到您的一丝微笑。”她曾经因为“看不清自己的位置”而受到过惩罚（感谢至尊暗主，惩罚的原因不是违抗命令！），她知道，无论爱莉达在这时正发出怎样的哭嚎，她发出过的嚎叫声至少会比那些声音响亮一倍。

麦煞那让奥瓦琳继续亲吻自己的裙摆，最后，她用穿着软鞋的脚尖踢了一下奥瓦琳的下颌，示意她停止。“敕令已经发出了。”麦煞那并不是在提问，但奥瓦琳立刻答道：

“是的，伟大的主人，在我让爱莉达签字以前，敕令的抄录本已经被送往北港和南港。第一批信使已经出发了，所有离开这座城市的商人都会被发给抄录本。”麦煞那当然也知道这些，她无所不知。奥瓦琳仰起的颈后感觉到一阵疲劳的痛楚，但她不敢有任何动作，麦煞那会告诉她什么时候可以动作。“伟大的主人，爱莉达只是个空壳而已，请允许我谦卑地问一句，去除掉这个障碍不是会让我们的行事更方便吗？”她屏住了呼吸，向使徒提问很可能是危险的。

一根带着黑影指甲的银色手指轻轻敲击着银色的嘴唇，而那两片嘴唇上露出一抹颇有兴致的微笑。“就是说，如果你披上玉座的圣巾会更好，孩子？一个很适合你的小野心，但要记住，有些事情欲速则不达。至于现在，我有一个小任务给你。尽管宗派之间已经立起了藩篱，但那些宗派首脑似乎接触异常频繁，这很令人惊讶。也许这只是偶然，而此时红宗却没办法参与这种接触。盖琳娜的死实在是可惜，否则她就会告诉你那些人在干什么了。很有可能那只是一些微不足道的事，但你要搞清楚，为什么她们在公开场合冷眼相对的同时，却又在暗中窃窃私语。”

“听到您的指令，我将全力执行，伟大的主人。”奥瓦琳立刻答道，她很庆幸麦煞那认为这件事并不重要，每一个宗派真正的首脑到底是谁，这个大“秘密”对她来说并不算秘密——每一名黑宗的姊妹都必须向无上庭报告关于表面上所属宗派的一切讯息，但在宗派首脑中，只有盖琳娜是黑宗的。而现在，奥瓦琳只能去找宗派守护者之中的黑宗姊妹去探听讯息，这意味着她要越过自己和那些姊妹之间的一切层级，这需要时间，而且并不一定能成功。宗派守护者之中只有菲兰恩 · 奈荷朗和苏安娜 · 达甘是所属宗派的首脑，而一般的宗派守护者在她们的首脑下达命令之前，都不会知道那些首脑到底在想些什么。“我一得到讯息就会告诉您，伟大的主人。”

但奥瓦琳确实隐瞒了一点小东西，不管是不是无足轻重，麦煞那在白塔中并非无所不知。奥瓦琳会睁大眼睛，寻找一名穿青铜色丝裙、下摆绣黑色花边的姊妹，麦煞那就藏身在白塔里。信息就是力量。

第 26 章

额外的一点

希安妮大步走过白塔的长廊，每走过一个转角，她都觉得更加糊涂。白塔确实非常大，但她在这里已经走了四个小时。她非常想缩在自己暖和的房间里。尽管这条走廊里的窗户全都关着，但不时还是会有冷风吹过这条用织锦壁挂装饰的宽阔走廊，使得立在墙边的油灯不断地摇曳闪烁。当冷风吹进裙底的时候，是很难被忽略掉的，而她的房间温暖、舒适又安全。

女仆们向她行屈膝礼，男仆向她鞠躬，但希安妮对这一切都视而不见。大多数姊妹都在她们本宗派的区域内，为数不多的几个离开本宗派区域的人，都会保持带着警惕的傲慢，而且经常是同宗姊妹结伴而行。她们在臂肘上将披肩展开，仿佛是招展的旗帜。她带着愉悦的微笑向塔琳妮点头，却只是换来那名雕像一般的金发宗派守护者严厉的瞪视，随后，这名冰雕的美人一扯她的绿色流苏披肩，头也不回地走开了。

即使得到佩维拉的同意，现在劝说塔琳妮参加也已经太晚了。佩维拉告诉她要小心，更加小心。说实话，在现在这种情况下，希安妮只想听，不想说。而她会想到塔琳妮，只是因为塔琳妮是她的朋友，曾经是她的朋友。

塔琳妮还不是最让她失望的，已经有几名普通姊妹在公开向她冷哼了。她们竟然敢对一位宗派守护者这样！当然，她们之中没有白宗，但这并不会让她的感觉好多少。无论白塔正在发生什么变故，礼节总是应该遵循。裘莱恩·麦东是一名颇具魅力的高挑女子，一头黑发剪得很短，她进入褐宗还不到一年。她在走路时撞到希安妮，却连一句道歉都没有说，只是迈着那种男性的步伐继续前行。赛尔琳·埃斯诺巴是另一名褐宗两仪师，她凶狠地向希安妮皱起眉头，还用手指捋过她一直带在腰间的弯曲匕首，直到她消失在一条向侧旁岔出的走廊里。赛尔琳是阿特拉人，她鬓角上的一点白色，和橄榄色面颊上一条经过漫长岁月后变成白色的细长伤疤相互映衬。当她皱眉时，显得比护法还要凶猛。也许这些事都应该在预料之中。最近白塔发生了几件不幸的意外，没有姊妹会忘记自己如何被从其他宗派区域的走廊里轰走，更不会忘记在那样的过程中发生的一些事。有谣言说，一位宗派守护者——宗派守护者！——被红宗剥夺了比尊严更重要的东西，虽然那个谣言并没有指明是谁。评议会没能阻止爱莉达那道疯狂的敕令。而现在，各宗派已经一个接一个地动用了这个新的特权，几乎没有宗派守护者想要放弃这样的权力。这样的结果，就是让白塔几乎分裂成若干座武装军营。希安妮曾经觉得，白塔中的空气就如同猜疑和诽谤凝成的滚热浓浆，而现在，这片浓浆中的成分变成了凶狠的螫刺，而且更加滚沸灼烫了。

泽莱看到希安妮尊敬地低下头，大量繁复细密的金丝花纹盘曲在她雪白长裙的袖子上，并在裙摆底边形成了一道宽阔的花纹镶边，这种华丽的穿着在白宗里并不常见。“守护者。”她低声说道。她的蓝眼睛里，是否也包含着一点忧虑？

“跟我来。”希安妮的声音比她感觉的更加平静，那就像是她正在将自己的感觉注入泽莱的大眼睛里。没有什么可害怕的，这是白塔的核心区域。希安妮让双手停在腰侧，手掌松开，不能握拳，她需要一个令对方吃惊的效果。

就像她所预料的（*或者是她所希望的*）那样，泽莱只是发出了一个低柔顺从的声音，随即跟在她身后，她以优雅的姿态走在希安妮身边。她们沿着宽阔的大理石阶梯和螺旋坡道拾级而下，一直到希安妮打开一扇门的时候，她才微微一蹙眉。这时她们已经到了白塔的第一层，门后是一道盘旋着通向下方的阶梯，两个人眼前只有一片黑暗。

“你先走，姊妹。”希安妮一边说，一边导引出一个小光球。按照一般的规矩，她应该走在前面，但她不敢那样做。

泽莱丝毫没有犹豫便走了下去，从逻辑上说，她不必害怕一位宗派守护者，一位白宗守护者。从逻辑上说，当时机成熟时，希安妮会将她想知道的告诉她。但不合逻辑的是，希安妮的胃却如同一只不停扑闪翅膀的大飞蛾。光明啊，她拥抱了阴极力，而对方并没有。不管怎样，泽莱比她弱，没有什么可害怕的，但这些都无助于停下她肚子里那一双扑动的翅膀。她们一直向下走去，经过一道道通向各个地下室的门，最后，她们到了白塔的最低层，这里甚至还在见习生接受试炼的区域以下。黑暗的走廊中，唯一的光源只有希安妮手中的小光球。两个人都提起了裙摆，但无论她们多么小心，她们的软鞋也难免会踢起小团的尘土，毫无装饰的木板门排列在平滑的岩石墙壁上，其中许多都挂着锈迹斑斑的铰链与铁锁。

“守护者，”泽莱终于流露出疑虑的神情，她问道，“我们到这里来做什么？这里肯定已经有许多年没人来过了。”希安妮也相信，几天前，她来这里之前，这个地方一定有几个世纪无人涉足了。

这也是她和佩维拉选择这里的原因之一。“就是这里。”她一边说，一边打开了一扇门。一阵轻微的铰链摩擦声随之响起，无论用多少油也不可能完全润滑这些锈蚀的铰链，使用至上力效果同样不明显。她在地之力上的造诣比佩维拉更深，但一样没有多大用处。

泽莱走进了房间，惊讶地眨眨眼。在一个空荡荡的房间里，佩维拉坐在一张结实但很破旧的桌子后面，围绕桌子的只有三张小凳，要在所有人看不见的情况下，将这几件家具移到这里也是很困难的——特别是，现在仆人都已经无法信任了。清理房间的灰尘就容易多了，虽然毫无乐趣可言；而在每次离开时抹去外面走廊上的灰尘痕迹也是简单但很劳累的工作。

“我刚刚厌烦了这个黑暗的地方。”佩维拉以极不高兴的语气说道，阴极力的光晕随即包裹了她。她从桌子下面拿出一盏油灯，导引至上力将它点亮，在这座被废弃的储藏室的粗糙墙壁上，洒下一片昏黄的光亮。佩维拉的身材稍显丰满，面孔还算漂亮，这名红宗姊妹的表情，就像是她的嘴里有两颗牙正剧烈地疼痛。“我们想要问你几个问题，泽莱。”希安妮关门的时候，她将泽莱屏障了。

泽莱被阴影罩住的面孔仍然保持着绝对的平静，但希安妮和佩维拉都听见她咽口水的声音。“关于什么事情，守护者？”这名年轻女人的声音里流露出一点微弱的颤栗，不过现在白塔早已是人人自危了。

“关于黑宗，”佩维拉干脆地说道，“我们想要知道你是不是暗黑之友。”

困惑和愤怒粉碎了泽莱的平静，一般人肯定会将这样的表情，当作她对自身所受诽谤的反感。她高声喊道：“我还没有质问你们呢！你们红宗多年来一直在扶植伪龙！如果你问我，那么你应该去红宗区域找黑宗两仪师！”

佩维拉的脸因为愤怒而阴沉，她对于自身宗派有很强的忠诚心，这点自不待言。而且，更严重的是，暗黑之友杀死了她所有的家人。希安妮决定在佩维拉诉诸暴力之前插手干涉，她们还没有证据，现在还没有。

“坐下，泽莱，”她在声音中聚集了能找到的一切暖意，“坐下，姊妹。”

泽莱转向门口，仿佛要违抗她的宗派守护者的命令，最终她还是坐到了一张凳子上，不过只是僵硬地坐在凳子边缘。

希安妮还没有在泽莱的另一边落坐，佩维拉已经将那根象牙白的誓言之杖放在破旧的桌面上。希安妮叹了口气，她们是宗派守护者，有权力使用她们想要使用的一切特法器，但正是她将誓言之杖偷了出来。那只能被称为偷窃，她并没有遵照任何正常程序。在希安妮的脑海深处，她总觉得去世已久的赛梅勒·巴甘德就站在她面前，准备揪着她的耳朵，将她牵到初阶生师尊的书房里。这种想象很不合逻辑，却又很真实。

“我们想要确认你所说的是事实，”佩维拉的口气仍然像是一头愤怒的熊，“所以你要为此发誓，然后我会再次问你。”

“我不应该受到这样的对待，”泽莱用指责的目光看着希安妮，“但我会重新立下所有的誓言，如果这能让你们满意。随后，我会要求你们向我道歉。”她的口气根本不像是一个被屏障并且被怀疑是黑宗两仪师的人，她带着几乎是轻蔑的神情向那根一尺长、表面光滑的手杖伸出手去，它在昏暗的灯光中微微发亮。

“你要发誓绝对服从我们两个人。”佩维拉对泽莱说道。泽莱的手立刻缩了回去，好像她面前是一条盘曲的毒蛇。佩维拉用两根手指，将誓言之杖向泽莱推过去。“只有这样，我们才能命令你进行毫无虚假的回答，并知道你会做到。如果你给出错误的答案，我们也立刻可以知道。你会向我们屈服，帮助我们猎捕你的黑宗姊妹。如果你的答案是正确的，誓言之杖可以将你从这个誓言中释放出来。”

“释放？”泽莱惊呼道，“我从未听说过任何人能够逃避誓言之杖的誓言。”

“所以我们才会如此秘密地进行此事，”希安妮对她说，“从逻辑上来说，一名黑宗两仪师必须能够说谎，这意味着她一定消去了至少一个誓言之杖的誓言。当然，很可能是三誓全部被取消了。佩维拉和我进行了测试，发现消去誓言的过程和立下誓言很相似。”但希安妮没有说这个过程是多么痛苦，当时她和佩维拉都痛苦不堪。她也没有说出，无论泽莱做出了怎样的回答，在搜寻黑宗的工作得出结论之前，她是不会被从这个誓言中释放出来的。至少不能让泽莱逃跑，或者向别人抱怨这次的审问。如果泽莱不是黑宗，如果她不是，她当然有权力这样做。光明啊，希安妮真希望她们是在其他宗派里找到有嫌疑的姊妹，如果是一名绿宗或者黄宗的姊妹就好了，那些人永远都是那么傲慢自大，而且最近……不，她不会被蔓延在白塔里的那种病态情绪感染。但她还是忍不住想到了一些名字——十几名绿宗、二十几名黄宗，那些向宗派守护者嗤之以鼻的人都应该被敲打几下。

“你们消除了一个对誓言之杖立下的誓言？”泽莱的语气流露出惊讶、厌恶和不安，她自然会有这样的反应。

“然后我们又重新立下了誓言。”佩维拉不耐烦地说着。她拿起那根细长的手杖，在维持着泽莱的屏障同时，向手杖的一段导引了一点魂之力。“在光明之下，我发誓绝不说虚妄之言。在光明之下，我发誓不为任何人制造武器，让他去伤害别人。在光明之下，除了对抗暗黑之友和暗影生物，或者是在危急关头保护自己、护法和其他两仪师的生命之外，不将至上力当作武器使用。”她说到护法的时候，脸色并没有任何改变。新加入红宗的姊妹经常会厌恶说出“我的护法”这样的辞句。“我不是暗黑之友。我希望这能让你满意。”她向泽莱露了一下牙齿，但这究竟是微笑还是嚎叫，却很难确定。

希安妮也再一次立下三誓，每一个誓言都让她从头到脚产生了一阵瞬间的压迫感。实际上，这种微弱的压迫感很难被分辨出来。即使是现在，她再一次说出不得欺骗的誓言时，皮肤仍然一阵阵发紧。那时她说出佩维拉有胡子，塔瓦隆的街道是用奶酪铺成的，立刻产生了一阵莫名其妙的兴奋感，就连佩维拉也咯咯地笑了起来。但与持续到现在的不适相比，那就显得很不值了。重新立下三誓以后，她其实并不需要测试的，从逻辑上说，誓言之杖一定会起作用。当希安妮向泽莱说自己不是黑宗两仪师的时候，她的舌头都僵硬了，竟然要让自己与这种邪恶的东西搭上关系，这本身就让希安妮无法接受。随后，她不容置疑地一点头，将誓言之杖递给泽莱。

“照我说的去做，”佩维拉再一次向誓言之杖中导引魂之力，“我们不会接受别的誓言。”

“我发誓绝对服从你们。”泽莱用紧绷的声音说道。当誓言生效的时候，她打了个哆嗦，誓言的约束在开始时总会更紧一些。“问我黑宗吧。”她握着誓言之杖的双手在颤抖，“问我黑宗吧！”她激动的神情已经让希安妮知道了答案。佩维拉放开魂之力能流，提出了问题，并要求绝对真实的答案。“不！”泽莱吼道，“不，我不是黑宗！现在，把这个誓言从我身上移开！释放我！”

希安妮感到一阵气馁，她将手肘撑在桌面上，身子软了下去。她当然不希望泽莱回答“是”，但她的确曾经相信，她们发现泽莱说过一个谎言。她们经过了几个星期的搜寻，才找到这个似乎确定无疑的谎言。还要再经过多少星期的搜寻，她们才能再找到一个谎言？无论清醒还是入睡都不能放松警惕的日子，还要再过多久？现在，入睡对她来说已经是一件困难的事了。

佩维拉带着控诉的神情用一根手指点向泽莱：“你对人们说你从北方过来。”

泽莱的眼睛再一次睁大了。“是的，”她缓缓地说，“我骑马沿着艾瑞尼河岸到达橘德村。现在，为我除去这个誓言！”她舔了舔嘴唇。

希安妮向她皱眉。“但从你的鞍褥上找到了金棘种子和红麦仙翁的刺球，泽莱，金棘和红麦仙翁甚至在塔瓦隆以南数百里之内都不可能找到。”泽莱跳了起来，佩维拉喝道：“坐下！”她几乎是摔落在凳子上，却好像没有任何疼痛的感觉。她在颤抖，不，颤栗，她的嘴紧紧地闭着。希安妮相信，如果不是这样，她的牙齿一定会发出一连串的撞击声。光明啊，从北方或者南方来到白塔的问题，比暗黑之友的指控更让她害怕。

“你是从什么地方出发的，”希安妮缓缓地问，“为什么……”她要问为什么泽莱必须绕这样一个圈子，以隐瞒她真正的行进方向——这是显而易见的，但答案已经从泽莱的口中蹦了出来。

“从沙力达。”她尖叫道，只是这样一句简短的话，她仍然紧抓着誓言之杖，在凳子上扭动身体，泪水从她的眼里涌出来，一双大眼睛紧盯着佩维拉，睁到不能再大。言辞继续从她的口中冒出来，这一次，她的牙齿真的开始撞击了：“我……来是……为了让这里的所有姊妹都知道红……红宗和洛根的事，让她们废……废黜爱莉达，这样白……白塔就能再次统一了。”她嚎叫一声，张大嘴，瘫软下去，只有眼睛仍然盯着那名红宗守护者。

“是了，”佩维拉说道，她的语气变得愈来愈严厉，“是了！”她的面容仍然保持着镇定，但在她黑眼睛里的闪光，完全不像希安妮记忆中初阶生和见习生时代那种淘气的样子。“那么，你就是那个……谣言的来源。你将站在评议会之前，承认这个谎言！承认你在说谎吧，女孩！”

如果泽莱的眼睛刚才是睁大的，那么现在她的眼球都要凸出来了。誓言之杖从她的手中掉落，在桌面上滚动。她猛地抓住自己的喉咙，一阵窒息的声音从她突然张开的嘴里发出，佩维拉震惊地瞪着她。突然间，希安妮明白了。

“光明怜悯，”希安妮喘息着说道，“你不必说谎，泽莱。”泽莱的双腿在桌子下面踢蹬着，仿佛想要站起身，却无法将双足放在地上。“快给她命令，佩维拉，她相信那是真的！你是在命令她说实话，却又命令她说谎话。别这样看着我！她相信那些事！”泽莱的嘴唇变成了蓝紫色，她的眼皮抖动着。希安妮按下双手，努力保持着镇定。“佩维拉，是你下的命令，必须由你撤除，否则她就会在我们面前活活憋死。”

“她是一名叛徒。”佩维拉这句话轻蔑至极，但随后又叹了口气，“不过她还没有接受审判。你不必……说谎……女孩。”泽莱向前倾身，下巴抵在桌面上，一边呜咽，一边大口喘息。

希安妮惊异地摇摇头。她们没有考虑过誓言冲突的可能性，如果黑宗不是仅仅除去了禁止说谎的誓言，而是用她们自己的一个誓言代替了呢？如果她们只是用自己的誓言代替了全部三誓呢？她和佩维拉如果找到一名黑宗两仪师，必须要非常谨慎，否则她们也许会因为誓言冲突而杀死她。也许她们首先要让她放弃所有誓言——在不知道黑宗要立下怎样的誓言时，这样做才是最谨慎的，然后再让她重新立下三誓？光明啊，同时要消除所有誓言的痛苦，大概和最严酷的刑罚差不多了。当然，暗黑之友不值得任何同情，如果她们能找到暗黑之友的话。

佩维拉瞪着那个气喘吁吁的人，脸上没有一丝半点的同情。“她接受审判的时候，我要坐在审判位上。”

“当她接受审判的时候，佩维拉，”希安妮若有所思地说，“那么我们就失去了一名我们可以确认并非暗黑之友的助手。既然她是一名叛徒，我们也可以不必考虑过度地使用她。”关于保持这个新誓言的第二个理由，她的确和佩维拉进行过若干次检讨，但最终也没有得出结论。一名姊妹立下这种服从的誓言肯定是受到强迫——希安妮一直在为此感到不安，这听起来太像是心灵压制那种邪恶的强迫异能了。这样的姊妹当然会帮助希安妮和佩维拉猎捕黑宗，只要不介意必须强迫她们承受各种危险，无论她们是否愿意。“我不相信她们只派过来一个人，”希安妮继续说道，“泽莱，你们一共有多少人在这里散播这个故事？”

“十个，”泽莱倒伏在桌面上，喃喃地说道，然后，她猛地直起身，用挑战的目光瞪着另外两个人，“我不会出卖我的姊妹！我不会！”她的声音又突然中断了，明白自己做过的事情之后，她只能痛苦地咬着嘴唇。

“名字！”佩维拉喝道，“给我她们的名字，否则我立刻剥了你的皮！”

名字不情愿地从泽莱的嘴唇里冒了出来，即使她不害怕佩维拉的威胁，也不得不服从她的命令。看着佩维拉的表情，希安妮相信不再需要什么刺激，佩维拉就会把泽莱像偷东西的初阶生一样狠狠鞭打一顿。奇怪的是，希安妮自己并不像她那样怒火炽盛，当然，她对叛徒也很反感，但她并不是那样痛恨她们。当然，作为两仪师，应该不惜一切代价保持白塔的完整，而那些叛徒却导致了白塔的分裂，但这种感觉……还是很奇怪。

“你同意了，佩维拉？”当泽莱的供词结束时，希安妮问道。那名顽固的女人只是猛地一点头，表示同意了。“很好，泽莱，今天下午你带博耐勒来我的房间。”除了蓝宗和红宗以外，每个宗派都有两名卧底的姊妹，但最好还是从另一名白宗姊妹开始。“你只能对她说，我有事情要和她私下谈，你不能用任何语言、行为或其他的方式警告她。然后你就安静地退到一旁，让佩维拉和我做完必要的事。现在你参与的，是一个比你那被误导的叛乱更有价值的行动，泽莱。”那当然是一场被误导的叛乱，无论爱莉达的政权已经变得多么疯狂。“你要帮助我们猎捕黑宗。”

随着希安妮的吩咐，泽莱一直在不情愿地点着头，她的脸上带着痛苦的神色。

但当希安妮提到猎捕黑宗的时候，她立刻抽了一口冷气。光明啊，她的神志大概已经因为瞬息剧变的状况而错乱了！

“而且你必须停止散播那些……故事，”佩维拉不容置疑地说，“从现在开始，你绝不能将红宗和伪龙一同提起。我的话你明白吗？”

泽莱的脸上挂着一副沉闷倔强的面具，但她的嘴说道：“我明白了，守护者。”她看来仿佛要因为挫败感而再次哭泣。

“那么现在就离开我的视野吧，”佩维拉对她说，接着同时放开了阴极力和对泽莱的屏障，“把自己打理一下！洗洗脸，把头发拉直一些！”当佩维拉说这句话的时候，泽莱已经站起身向门外跑出去，她不得不将双手从头发上用力移开，才打得开屋门。当屋门在她身后关上的时候，佩维拉哼了一声：“我可不会让她就这么一副邋遢样子去找博耐勒，那样也许会引起他的警觉。”

“这倒是不错，”希安妮承认，“但我们不能时刻都这样对她们威吓叱骂，否则反而会让其他人警觉，我们绝不能引起别人的注意。”

“问题在于，希安妮，我们即使踢着她们走过整座白塔，也不会引起任何人的注意。”听佩维拉的语气，她似乎很想这样试一试。“她们是叛徒，我要紧紧地捏住她们，只要她们之中有人敢动错误的念头，就会在我的手心里痛苦地尖叫！”

她们对现在的状况进行了一遍又一遍细致的研讨。希安妮坚持认为，只要谨慎斟酌她们向那些叛徒下达的命令，不留下任何纰漏就可以了。佩维拉仍然忿恨于她们竟然让十名叛逆（十名！）自由地在白塔里走动，却无需受到任何惩罚。希安妮说她们最终一定会受到惩罚，佩维拉立刻大声说，等到最终就太迟了。希安妮一直都很羡慕佩维拉坚强的意志力，但说实话，有时候那只能被称为顽固。一声微弱的铰链磨擦是她们听到的唯一警讯，希安妮立刻抓起誓言之杖放到两腿间，用裙摆将它遮起来。屋门大开，她和佩维拉几乎同时拥抱了真源。

赛尔琳悄无声息地走进房间，手中提着一盏油灯。她站到一旁，随后塔琳妮走进屋内。塔琳妮身后是提着第二盏油灯的尤缇芮，然后是身材如少年般细瘦的多欣，在凯瑞安人中，她算是高个子。多欣牢牢地关上屋门，又用后背顶住，像是要阻止任何人离开这里。四名宗派守护者，分别属于白塔剩余宗派中的另外四个宗派，她们似乎完全无视于希安妮和佩维拉握持着阴极力的状况。突然间，希安妮觉得这个房间变得非常拥挤，这只是她的想象，这不合逻辑，但……

“看到你们两个在一起实在让人诧异。”赛尔琳说道。她的表情依然平静，但她的手指滑过腰带上弯曲匕首的握柄。她进入评议会已经有四十年时间，比现在评议会里其他任何成员都更久，所有人都已经学会要小心她的脾气。

“我们大概也可以说同样的话吧，”佩维拉冷冷地答道，她从没有害怕过赛尔琳的脾气，“或者你们一起来到这里，是要为多欣讨些什么公道？”那名黄宗守护者的脸立刻红了一下，虽然她努力保持着宗派守护者的威严，但她看上去依旧更像是一名漂亮的男孩。希安妮似乎明白，是哪一名宗派守护者因为太过靠近红宗的区域，而遭到了不幸的待遇。“不过我不认为这样的事情会让你们团结在一起。现在绿宗和黄宗已经成了对头，褐宗和灰宗更是横眉冷对。或者你们到这里来只是为了进行一场安静的决斗，赛尔琳？”

希安妮迅速地将关于这四名宗派守护者的讯息，彻底筛选了一遍。她想知道是什么原因，让这四个人一同进入到这个塔瓦隆最深的地方，是什么将她们绑在一起？她们的宗派（严格来说，是所有宗派）正在相互为敌。这四个人也都被爱莉达判处过苦修，没有任何宗派守护者会喜欢辛苦的劳作，特别是当所有人都知道她为什么会擦地板、洗罐子时，但这不可能会让她们同心协力。那还有什么？她们都没有贵族血统，赛尔琳和尤缇芮都是旅店老板的女儿，塔琳妮来自一个农夫家庭，多欣的父亲是一名刀剪匠。赛尔琳在进入白塔之前曾经被“沉默之女”（注：一个独立于白塔之外，由两名逃亡见习生召集野人组成的导引者组织，在两百年前被白塔发现并取缔）训练过，她也是那个组织里唯一得到披肩的人，这些没有任何意义。突然间，某件事撞击了希安妮的神经，她的喉咙一下子干了。赛尔琳的脾气让她从来都难以受到任何约束；多欣身为初阶生的时候，曾经三次想要逃离白塔，最远却只是逃到了桥头；塔琳妮也许是白塔历史上遭受最多惩罚的初阶生；尤缇芮总是与灰宗里大多数人持相反意见，也正因为如此，她才是最后一个进入评议会的。这四个人都被认为心怀叛意，爱莉达也曾经羞辱过她们之中的每一个人，她们是否认为支持爱莉达废黜史汪是一个错误？她们是否已经和泽莱那些人建立了联系？如果是这样，现在她们打算干什么？

希安妮做好了编织阴极力的准备，但她对于逃脱没有抱太大希望。佩维拉的力量和赛尔琳、尤缇芮相当，但希安妮自己和多欣一样，在这些人之中是最弱的。她做好了准备，不过塔琳妮向前迈出一步，将她所有的逻辑推理都打破了。

“尤缇芮注意到你们两个一直在暗中共同行动，我们想要知道是为什么。”尽管她的脸上像是覆盖了一层寒冰，但她那令人惊讶的浑厚喉音里，蕴涵着灼热的火气。“你们的宗派首脑为你们设置了什么秘密任务吗？在公开场合，宗派首脑们彼此之间比普通人更显得剑拔弩张，但看样子，她们在暗中也会有一些共同话题要商量，无论她们在计划什么，评议会有权知道。”

“哦，你不是想这样就得到答案吧，塔琳妮。”尤缇芮的声音总是比塔琳妮的更令人惊讶。这个人看上去就像是一位个子矮小的女王，身穿镶缀象牙色缎带的黑色丝裙，但她的声音却像是个充满阳光的乡下妇人，她这种特质，让她在谈判时得到不少好处。她对希安妮和佩维拉微笑，就如同一位不知道该向臣下表露多少仁慈的君王。“我看到你们两个探头探脑的样子，就像是两只钻进鸡笼里的雪貂，但我没有急于跟别人商量我的怀疑。据我所知，你们曾经是同窗密友，也许干涉你们的私事是不合适的。我一直保持沉默，直到塔琳妮也开始注意到有人总是躲在角落里。我见到有人在暗中谈论与我有关的事情，我怀疑她们之中的一些人也许是宗派首脑。那么……六个和六个加在一起有可能是十二，有时也可能是一团糟。如果可以的话，现在告诉我们，你们为什么会藏在这里，评议会有权知道。”

“在你们说清楚之前，我们不会离开。”塔琳妮声音里的热度更高了。

佩维拉哼了一声，抱起手臂。“即使宗派首脑真的和我说过什么，我也没有理由告诉你们。而且，希安妮和我讨论的事情与红宗和白宗根本无关，到别的地方去探听消息吧。”佩维拉没有放开阴极力，希安妮也没有。

“该死的，我就知道这样是没有用的。”多欣站在门前嘟囔着，“为什么我该死的会跟着你们做这种事……就当没有别人知道吧，否则我们最终一定会像一堆羊粪一样，被摊在白塔所有人的面前。”有时候她说话也像个男孩子，一个需要把嘴洗干净的男孩子。

如果不是害怕膝盖会出卖自己，希安妮很想站起身夺门而出；佩维拉却已经站了起来，同时向挡在门前的那个人不耐烦地挑起一道眼眉。赛尔琳稳稳地站在原地，手指按在匕首柄上，用挖苦的眼神看着她们。“一个谜题。”她喃喃地说道。突然间，她向前迈出一步，一只手探进希安妮的双腿间，速度之快让希安妮不由得惊呼了一声。她想要继续藏住誓言之杖，但唯一的结果就是赛尔琳握住誓言之杖的一端，抓到齐腰高的地方，而希安妮则连着裙子，握住了誓言之杖的另一端。“我喜欢猜谜。”赛尔琳说。

希安妮放开誓言之杖，整理了一下自己的衣衫，她也没有别的事可以做了。

誓言之杖的出现让几乎所有人都同时开了口。

“鲜血和灰烬啊，”多欣喊道，“你们在这里是该死的要接纳新的姊妹吗？”

“哦，别管她们了，赛尔琳，”尤缇芮笑着说，“无论她们要干什么，那是她们自己的事。”

塔琳妮的声音将她们两个的声音完全压了过去：“她们在暗中密谋什么！这真的和宗派首脑们无关吗？”

赛尔琳一挥手，片刻之后，屋子里恢复了安静。这些人全都是宗派守护者，但赛尔琳在评议会中有首先发言的权力，她的四十年守护者资历还是有些分量的。

“我想，这是谜题的关键，”她一边说，一边用拇指摩擦着誓言之杖，“毕竟，为什么它会出现在这里？”阴极力的光晕突然包围了她，她向誓言之杖导引了魂之力。“在光明的照耀下，我不会说不实之言，我不是暗黑之友。”

随之而来的是一阵寂静，现在即使有一只老鼠从这里溜过，声音也会非常刺耳。“我说得对吗？”赛尔琳一边说，一边放开了至上力，并将誓言之杖指向希安妮。

希安妮重新立下不得欺骗的誓言，又重复她不属于黑宗。佩维拉带着冰冷的威严做了同样的事，她的眼睛像鹰一样犀利。

“这太荒谬了，”塔琳妮说，“黑宗并不存在。”尤缇芮说：“根本没有黑宗。”然后她从佩维拉的手中接过誓言之杖，“在光明的照耀下，我绝不会说不实之词，我不属于黑宗。”包裹她的阴极力光晕熄灭了，她将誓言之杖递给多欣。

塔琳妮厌恶地皱起眉：“站到一边去，多欣，我才不会接受这种肮脏的建议。”

“在光明的照耀下，我绝不会说不实之词，”多欣几乎是虔诚地说道，包裹她的光晕几乎把黑暗的房间都完全照亮了，“我不是黑宗。”在面对严肃的问题时，她的声音就会像任何一位初阶生师尊所希望的那样坚定清晰。她将誓言之杖向塔琳妮递过去。

那名金发女子向后退了一步，像是在躲避一条毒蛇。“向我提出这种要求，就是对我的严重诽谤，比诽谤更严重！”一丝凶狠从她的眼神里掠过——也许那只是一种不合逻辑的想象，但希安妮确实看见了那丝眼神。“让开路，”塔琳妮在声音里用尽一名宗派守护者的一切权威，“我要走了！”

“我可不这样想，”佩维拉平静地说道。尤缇芮缓慢地点点头，赛尔琳不再抚摸她的匕首，而是紧紧抓住匕首柄，直到指节泛白。

坐骑在安多深深的积雪中费力地跋涉着，托维恩诅咒着自己出生的日子。她个子不高，稍有些发胖，有着平滑的古铜色皮肤和光泽的黑色长发。对于像她这般年纪的人来说，她应该算是漂亮的，但没有人会认为她美丽，至少现在肯定不会有人这样认为。她的一双黑眼睛在不发怒时就很犀利了，而现在，它们更像是两把锥子。今天，她很愤怒，托维恩愤怒的时候，毒蛇也会溜走。

她的身后跟随着另外四名红宗两仪师，她们也一样步履维艰。她们后面是二十名穿深色外衣和斗篷的白塔卫兵，那些人并不喜欢把盔甲放到驮马队里去。他们不停地看着道路两旁的树林，仿佛随时都在防备有伏兵从里面突然杀出来，难道他们以为穿着那种闪闪发光的塔瓦隆之火外袍和斗篷，能够行进三百里而不被注意？托维恩完全无法想象。不过现在她们的旅途就要结束了，再过一天，或许在这种积雪中要再过两天，她就能和另外九支规模和她们一样的队伍会合了。不幸的是，她们并非全部都是红宗姊妹，不过这并没有给她带来太多困扰。托维恩·咖札，曾经是红宗守护者，现在她要因为镇压黑塔而名载史册了。

托维恩相信，爱莉达一定会认为自己对她心存感激，因为正是爱莉达让她从流放和屈辱中解脱出来，让她有赎罪的机会。她的嘴角露出一丝冷笑，如果现在有一头狼看见她藏在兜帽里的面孔，大概也会吓得发抖。在二十年前所做的那一切是必需的，他们那些在暗中议论黑宗与此有关的人，让光明烧毁他们吧，那是必要的，是正确的。但托维恩·咖札却因此被逐出评议会，并被迫在桦树条的鞭笞下哭嚎求饶，观看行刑的不仅有姊妹们，甚至还有初阶生和见习生，她们说这是依照法律行事，却不曾说出是哪一条法律。然后，她就被放逐到黑丘一座偏僻的农场里，在贾拉·多维太太的监督下开始苦修，那个女人甚至认为进行苦修的两仪师和在寒暑中劳作的普通人没有任何区别。就这样，她一直在那里待了二十年。托维恩握住马缰的双手揉搓了一下，她还能感觉到手心的茧。多维太太——直到现在，她想到那个女人的时候仍然会不由自主地使用敬语。多维太太相信勤勉的工作能够解决一切问题，而同样必须坚持的是如同管束初阶生一般的严格纪律！对于她所分配的艰苦劳役，任何敢于逃避的人都别想从她那里得到一点怜悯，而那些溜出去，想从美貌少年那里得到快乐的女人，只能遭到她更可怕的惩罚。这就是托维恩在过去二十年里的生活。而爱莉达却趁着这段时间巧取豪夺，抢走玉座的位子，那是托维恩曾经梦想属于自己的东西。不，她当然不会感激爱莉达，但她已经学会了要等待机会。

突然间，一名穿黑色外衣、留黑色披肩长发的高个子男人骑马从树林中冲出来，前方路面上的积雪被一片片踢飞起来。“这里不需要暴力，”他用坚定有力的声音说道，同时举起一只戴着手套的手，“和平地投降，没有人会受伤。”

托维恩立刻拉住缰绳，其他姊妹也聚集到她的身旁，她这样做不是因为那个男人的出现，也不是因为他的警告。“抓住他，”托维恩平静地说，“你们最好连结起来，他将我屏障了。”看样子，这个人正是殉道使，而且他早就盯上自己，这里毕竟是殉道使的地盘。

托维恩突然察觉到自己身边什么事情都没有发生，她的目光从那个男人身上转向简娜，简娜白皙的方脸上已经没有了一点血色。“托维恩，”她不安地说道，“我也被屏障了。”

“我也一样。”勒麦难以置信地喘息着，其他人也说着相同的话，只是语气更加慌乱。她们全都被屏障了。更多穿着黑色外衣的男人从树林中走出来，他们驱动坐骑，以缓慢的速度包围了托维恩的队伍。最后，托维恩一共看见了十五名黑衣男人。白塔卫兵们恼怒地嘟囔着，等待着两仪师的命令，他们仍然只是认为有一些匪徒挡住了他们的道路。托维恩恼怒地一啧舌。这些男人当然不可能都可以导引，很显然，所有能够导引的殉道使都参与了这场突袭。和跟随她的一些姊妹不一样，她并没有慌乱，在此之前，托维恩已经见识过不少能导引的男人。那名高个子男人开始向她靠近，他微笑着，显然以为这些两仪师已经服从他荒谬的命令。

“听到我的命令，”托维恩低声说道，“你们立刻从各个方向突围，只要脱出屏障范围。”男人们总是以为他们必须一直握持着自己的编织，却不知道能够将编织固定住。“立刻返回援助卫兵，做好准备。”然后她提高声音喊道：“战士们，作战！”

白塔卫兵们齐声吼叫，向前冲去，他们挥舞着长剑，准备环绕并保护两仪师。托维恩向右转过坐骑麻雀，双脚用力一叩，便伏倒在麻雀的脖子上，从两名目瞪口呆的白塔卫兵中间冲了过去，然后她又闯过了两名穿黑衣的少年，那两个人只是惊愕地看着她。她很快就进入树林，雪沫在马蹄下四散纷飞，但她仍然在催促麻雀加速，丝毫不顾忌麻雀是否会失足跌断一条腿。她很喜欢这匹马，但今天大概有不止一匹马会死。喊声不断从她身后传来，其中一个人的声音压过了其他所有人，是那个高个子男人。

“活捉她们，这是转生真龙的命令！如果有谁伤害两仪师，我饶不了他！”

转生真龙的命令。托维恩第一次感觉到恐惧，仿佛一根冰柱钻进了她的肠子。转生真龙。她用缰绳抽打着麻雀的脖子，屏障仍然在她身上！现在她已经跑进树林里很远，那个该被诅咒的男人肯定看不见她了！哦，光明啊，转生真龙！

她的肚子被狠狠地打了一下，让她禁不住哼了一声，她的身体好像被一根树枝挂住一样，离开了马鞍。她挂在那里，看着麻雀以雪地上能允许的最大速度跑走了。现在她悬浮在半空，两只手臂完全无法动弹，两只脚挂在离地一尺高的地方。她咽了一口唾沫，即使这个动作也显得很费力，一定是至上力男性的部分将她固定在这里，以前她从没有被阳极力碰触过。她能感觉到一种无形的力量勒住了她的肚子，她觉得她能感觉到暗帝的污染。她颤抖着，竭力压抑住尖叫的欲望。

那名高个子男人勒马停在她面前，她落下来，侧坐在那个男人的马鞍前，但高个子男人似乎对他抓住的这名两仪师并不感兴趣。“哈德林！”他喊道，“诺雷！咖基玛！你们这些傻瓜，快过来一个！”

他非常高，肩膀如同斧柄一样坚实——这是多维太太的形容词，看样子，他还不到中年，有着一种粗犷有力的英俊，根本不像托维恩所喜爱的那种容易控制的美貌少年。在他黑色羊毛外衣的高领子上，两边各钉着一枚徽章——银色的剑徽和一种用金红色珐琅塑成的怪异生物。他是一名能够导引的男人，正是他屏障并俘虏了托维恩。

从托维恩喉咙里迸发出的尖叫声让她自己也吃了一惊，如果可以，她一定会把这声音收回来，但第二声尖叫已经随之而出，比第一声更加高亢，然后又是更响亮的第三声、第四声……连续不断。托维恩拼命踢蹬着，让身体在马背上来回乱撞，这样对抗至上力是没有用的，她明白这一点，但她的理智已经缩进脑海中一个小小的角落里，而她剩余的部分都在撕心裂肺地尖叫着，用无声的尖叫求告着自己能从暗影中被解救出来。她尖叫着，如同一头疯狂的野兽。

她依稀感觉到那个男人的马在向前跳跃，因为她的脚跟在撞击着那匹马的肩膀。她模糊地听见那个男人在说："安静，你这个有耳朵的麻包！安静，两仪师，我可不打算……安静，你这头瘸骡子！光明啊！我向你道歉，两仪师，但我们只有这个办法。"然后，他亲吻了托维恩。

托维恩立刻就意识到，碰触她的是那个男人的嘴唇。她的视觉消失了，热流涌过了她的身体，不止是热流。她像蜂蜜一样融化了，冒泡的蜂蜜，正在迅速开始沸腾起来。她是一根竖琴弦，震动得愈来愈快，直到化成一片虚影，震动的速度却还在加快。她是一只薄薄的水晶花瓶，在碎裂的边缘颤抖着。琴弦断了，花瓶碎了。

"啊啊啊啊啊啊啊啊！"

一开始，她没有意识到这个声音是从她张大的口中出来的，片刻间，她完全无法进行任何连贯的思考。她喘息着，盯着双眼上方那张男性面孔，不知道那是属于谁的脸。那名高个子男人，那个能……

"我不应该多事的，"那个男人叹了口气，拍拍坐骑的脖子，马喷了一个响鼻，但已经不再乱跳了，"不过我想这是有必要的，你不可能知道有个男人是什么样子。安静，不要试图逃跑，不要攻击任何穿黑衣服的人。不要碰触真源，除非我给你许可。现在，你叫什么名字？"

除非他许可？这个无耻的男人！"托维恩·咖札。"她一边说，一边眨了眨眼，为什么要回答他？

"你在这啊。"另一名穿黑衣的男人一边喊，一边催赶坐骑在积雪中向他们跑了过来。这个男人更合托维恩的脾胃，当然，前提是他绝对不能导引。托维恩怀疑这名粉红色面颊的小伙子一个星期里至多只需要刮两次胡子。"光明啊，洛根！"那名漂亮的男孩喊道，"你又抓住了一个？米海峨不会喜欢这样的！我可不认为他喜欢我们捉住两仪师！不过这大概没什么关系，你们的力量是那么相近。"

"相近，文科瓦？"洛根带着讽刺的口吻说，"如果米海峨认真起来，我大概只能和那些新来的孩子们一起种种芜菁了，或者直接被埋在田里。"他说最后一句话的时候声音很低，托维恩相信他不打算让文科瓦听到这句话。

无论那个漂亮男孩听到了多少，他已经带着不相信的神情笑了起来。托维恩没有去听文科瓦在说什么，她只是盯着那张悬在她眼睛上方的脸。洛根，那个伪龙，他不是已经死了吗！而这个男人只是轻松地用一只手扶住坐在鞍前的她。为什么她不尖叫，或者是攻击他？在这么近的距离，她用腰间的小刀都能杀死他，但托维恩完全不想去碰腰间的象牙刀柄，虽然她知道她可以。刚才缠绕她身体的阳极力已经消失了，她至少能滑下马背，试着……她也没有这样做的欲望。

“你对我做了什么？”托维恩问道。她很平静，至少她还能控制住自己！

洛根调转马头，向大路上驰去，同时告诉了她自己刚刚做了什么。托维恩将头靠在那副宽阔的胸膛上，哭泣起来，丝毫不在乎洛根是多么高大。她发誓，她要让爱莉达为这一切付出代价——如果洛根给她机会，最后这个想法显得格外苦涩。

第 27 章

契约

盘腿坐在一把沉重的镀金高背椅上，明竭力让自己沉浸在摊开在膝头的荷瑞得·菲的著作——《理性和非理性》之中，但这并不容易。哦，这本书实在是很神奇，菲先生的作品总是会将明带入一些她在酒桌旁工作时完全梦想不到的世界里。那位亲切的老人去世时，她感到非常哀伤，她希望能在荷瑞得的书中找到一点线索，让她能知道为什么荷瑞得会被杀害。但她只能摇摇头，头上的黑色发卷也随着她的动作而微微摇曳。

这本书很迷人，但这个房间却压抑得令人难以忍受。太阳王宫中这座兰德的小王座厅里从宽阔的墙楣，以及曾经被兰德全部打碎，又更换一新的高大立镜；排列在两侧的座椅（明就坐在其中一把椅子里），缇及厅堂尽头的高台和高台上的真龙王座，所有地方都镀满了黄金。那个怪异的真龙王座纯粹是凯瑞安工匠们依照自己的想象做出来的提尔风格艺术品，椅背上横卧着两条龙，两侧扶手上各有一条龙，还有更多的龙攀附在椅背上。所有龙的眼睛都是大日长石，龙身上闪烁着镀金和红珐琅的光泽。抛光的石板地面上镶着一个巨大的、光芒四射的黄金朝阳，让这个房间的感觉更显沉重。不过，至少两座巨大到足以让明走进去的壁炉里腾起的火焰，不断地散发着令人愉悦的温暖，特别是在窗外正飘飞着雪花的这个时候。这里是兰德的房间，这一点带来的慰藉就足以赶走其他任何不快了，但这又令人不由得感到气愤。只有兰德肯回来的时候，这里才是他的房间，这个想法真令人气愤。爱上一个男人所带来的气恼，实在远远超过了你所能承认的程度！

明挪动了一下身子，徒劳地想要在这把坚硬的椅子里坐得更舒服一些。她想继续阅读，但眼睛一直在瞟着那两扇各雕刻着一串镀金朝阳的高大房门。她希望能看见兰德走进来；她害怕看见索瑞林，或者凯苏安。她不自觉地调整着身上浅蓝色的外衣，用手指摩挲绣在翻领上的小雪花，同样的花饰也绣在这件外衣的袖子和紧身裤的裤腿上。现在她穿的紧身裤都很窄小，她相信这样能让她的腿看上去更显细长；这和她以前的穿着没有太大区别，确实没有太大区别。她仍然不会穿裙子，无论她在衣服上加了多少绣花。她非常害怕索瑞林会把她套进裙子里，她相信，如果索瑞林想的话，会亲手把她做的这些衣服从她身上剥掉。

那位智者知道她和兰德的一切，一切的一切。明感觉到面颊发热。索瑞林似乎正在确定明·法萨维对于兰德·亚瑟是不是一名……合适的……爱人，这种身份让明感觉到愚蠢而又晕眩。她不是没有脑子的女孩！但她又很想回过头去，偷偷看一眼抚养她长大的姑妈们，是不是正在用指责的目光盯着她。不，她带着讽刺的心情想，*你不是没脑子的女孩，没脑子的女孩和你相比也还有一些智能！*

或者也许是索瑞林想要知道兰德是否适合明，有时候，她看上去的确是这样想的，智者们已经接受了明是她们的一员，或者至少已经非常接近于这种状况了。但在过去几个星期里，索瑞林一直用力压榨着明，就好像一名洗衣妇必须要彻底拧干衣服的水分。这位鹤发鸡皮的智者想要知道明脑子里的一切，她想要知道关于兰德的每一点东西，甚至连兰德口袋里的灰尘都不放过！有两次，明执拗地想要拒绝这种无休止的审问，两次索瑞林都拿出了鞭子！那个可怕的老妇人总是几下就把她绑在距离她们最近的桌子上，然后告诉她也许这样能让她想起一些被她忘记的事。其他智者也从不给她一点同情！光明啊，这就是你为了一个男人必须要忍受的事情！更别说，她还不能独自占有那个男人！

凯苏安完全是一种不同类型的人，这名威势凛然的灰发两仪师似乎完全不在意明或者兰德的状况。但她总是出现在太阳王宫里，想要完全躲开她是不可能的，她似乎随时可以出现在她想去的任何地方。当凯苏安看着明的时候，无论时间有多么短暂，明都忍不住觉得自己看见了一个能教公牛跳舞、教熊唱歌的人。她甚至一直都觉得凯苏安马上要用手指点住她，告诉她现在该是明·法萨维学习用鼻子在木球上平衡的时候了。兰德迟早会再次面对凯苏安，这个想法让明的肠子都纠结了起来。

明让自己重新埋首在书本里。这时，一扇房门打开了，兰德握着真龙令牌慢步走进王座厅，他戴着一顶黄金王冠——一只由月桂叶组成的宽阔金环，那一定就是所有人都在谈论的剑之王冠了。紧身马裤展露出他腿部健美的曲线，一件绣金绿丝绸外衣映衬着他丰美的身形，他真是美极了。

明将书签插在她读到的位置上，那张书签实际上是菲先生所写的说她“太漂亮”的那张纸条。然后，明将书小心地放在椅子旁边的地板上，抱起双臂等待着。如果她现在是站立的姿势，她一定会用一只脚尖敲打地面，但她不会让这个男人以为她从椅子里跳起来，只是因为他终于现身了。

片刻间，兰德只是站在那里，向她微笑，而且不知为什么一直拉着耳垂——他似乎正在轻声哼着什么！然后，突然之间，他转过身，怒气冲冲地盯着门口：“外面的枪姬众没有告诉我你在这里，她们什么都没说。光明啊，她们大概已经准备好要蒙住我的眼睛了。”

“也许她们感到不安，”明平静地说，“也许她们一直想知道你在哪里，就像我一样。也许她们很想知道你是不是受了伤，有没有生病，有没有着凉。”就像我一样，明苦涩地想。这个男人只会让人混乱！

“我写过信给你。”兰德缓缓地说。明只是“嗯”了一声。

“两封信！你让殉道使送来了两封信，兰德·亚瑟，如果你能把那个也叫做信的话！”

兰德踉跄了一步，仿佛明抽了他一巴掌——不，就好像明一脚踢在他的肚子上！然后他眨了眨眼。明只是严格地控制着自己，紧靠在椅背上。如果在错误的时刻给予男人同情，你就永远也无法收复失地了。明内心的一部分想要伸出双臂抱住他，安慰他，抚平他所有的痛苦，他有那么多痛苦，却拒绝承认其中任何一个。但她不打算跳起来向他扑过去，喋喋不休地问他都出了什么状况……光明啊，他一定要没事才可以。

有某种力量温柔地托住她的臂肘，将她从椅子里举起来，蓝色的靴子悬浮在半空，她向他飘了过去。真龙令牌飘向另外一边。他以为他可以微笑吗？他以为一个漂亮的微笑就能让她绕着他团团转？明张开口，要告诉兰德她的感受，一定要用非常严厉的口吻！兰德伸开双臂抱住她，吻了她的嘴唇。

当明再一次能够呼吸的时候，她透过睫毛望着兰德。“第一次……”她咽了一口唾沫，清清喉咙，“第一次，佳哈·那瑞玛走进来，眼神像要盯穿每一个人的头骨，然后他递给我一张纸条就消失了。那张纸条上只写着‘我已经得到了伊利安王冠。在我回来之前不要信任任何人。兰德’。那真是一封短得可以的情书哪。”他又亲吻了她。

这一次，明恢复呼吸的时间更长了一些。这和她预料中的状况完全不一样，不过，这样也不错。“第二次，乔南·艾德利递来一片纸，上面写着：‘我在这里的事情结束以后就会回来。不要信任任何人。兰德。’艾德利直接走进了我的浴室，他看见我，甚至一点也不感到羞愧。”兰德总是装作绝不会为她感到嫉妒，但这个世界上根本不存在不会嫉妒的男人。明就见过，有几次兰德因为某个男人注视她就对那个男人怒目而视，而且在那样的事情之后，他对明的热情总会更加炽盛。明还没有想好怎样响应这个吻，也许她应该建议他们去卧室？不，她才不会那么直接……

兰德将明放下，面色突然变得凄冷起来。“艾德利死了。”他说道。他的王冠离开头顶，一直飞向房间的另一端，似乎是被用力扔出去的，明甚至以为它会撞进真龙王座的椅背里。最后那个宽阔的金环落在王座上，转动了半天，才慢慢停下来。

明屏住呼吸，看着兰德，他的左耳上方渗出一道血迹。明从袖子里掏出丝绣镶边的手绢，向兰德的额角伸过手去，但兰德抓住了她的手腕。

“我杀死了他。”他低声说。

兰德的声音让明打了个哆嗦，那声音很低沉，就像坟墓一样低沉。也许她刚才应该提议去卧室，不管那样是多么直接。她让自己微笑起来（*她想到了那张大床，所以很自然就开始微笑了，但那又让她感到一阵羞怯*）。她抓住兰德的衬衫，准备现在就把他的衣服剥下来。

有人在敲门。

明的手立刻离开了兰德的衬衫，同时迅速向后退去。*是谁在外面？*她气恼地想着这个问题。兰德在的时候，枪姬众或许会在外面通报来访者的名字，或许访客会直接进来，而不是让某个人敲门。

“进来。”兰德高声说道，同时给了明一个抱歉的微笑。明的脸又红了。

多布兰探头向门里看了一眼，才走进来，关上了门。这名凯瑞安领主只比明高一点，他剃光了前额，其余的灰色头发一直垂到肩膀，蓝色和白色的横条纹从他的胸口一直延伸到腰部以下。在获得兰德的信任以前，他在这个国家里已经是一名强有力的贵族了，现在，他统治着这里，至少在伊兰登上太阳王座以前是这样。“真龙陛下，”他一边鞠躬，一边喃喃地说道，“时轴女士。”

“请不要开玩笑。”明低声说道，兰德却向她扬了扬眉毛。

“好吧，”多布兰微微一耸肩，“不过现在这座城市里的女贵族们已经有半数穿上效仿明女士的鲜艳服装。她们借助裤子展示腿部的线条，有许多人的外衣甚至遮不住她们的……”他小心地咳嗽了一下。现在明穿的短外衣就完全没有遮住臀部。

明想要告诉多布兰，他的腿就很健美，虽然因为长时间骑马而有点变形。不过她知道不能把这种话说出口，兰德的嫉妒在只有他们两个人的时候是一种美妙的火焰，但明不想让兰德把另一种火焰倾泻到多布兰的头上，她害怕兰德真的会这样做。而且，明相信这只是多布兰的无心之过，多布兰·塔波文领主从未说过哪怕是有一点点粗俗的笑话。

“看样子，你也正在改变世界，明。”兰德笑着用指尖弹了一下她的鼻子，他在弹她的鼻子！就像是逗弄一个小孩！更糟糕的是，明觉得自己正像傻瓜一样，也在对兰德笑着。“而且看样子比我做得要好得多。”他继续说道，然而那男孩般的笑容已经像薄雾一样消散了。

“提尔和伊利安的事情顺利吗，真龙陛下？”多布兰问道。

“提尔和伊利安都还不错，”兰德严肃地回答，“你找我有什么事，多布兰？坐下，坐下。”他向那两排椅子指了一下，然后自己坐进其中一把椅子里。

“我做了你信中吩咐的一切事情，”多布兰一边说，一边坐到兰德对面，“但恐怕没有什么好讯息可以报告。”

“我去拿些喝的来。”明一本正经地说道。信？穿着带跟的靴子走路并不容易，明已经逐渐习惯了它们，但它们总是在努力让明脚痛，穿着它们迈开大步走路就更不容易了，但愤怒可以让任何事都变得有可能做到。她大踏步向一面大立镜下的镀金小桌走去，那里放着一只银壶和几个高脚杯，明用力向杯中斟满香料酒，甚至将酒汁洒到桌上。仆人们总是会多准备一些高脚杯，以免有人来拜访她，但除了索瑞林和一群愚蠢的女贵族之外，很少会有人来找她。酒已经有些凉，但明认为用来招待这两个人足够了。明一共只收到两封信，她敢打赌，多布兰一定有十封信！二十封信！虽然酒壶和高脚杯在她手中不停地“乒乓”作响，但她还是仔细地听着，他们背着她写的那几十封信里到底有些什么？

“托朗姆·瑞亚丁失踪了，”多布兰说，“但不走运的是，至少有谣言说他还活着。还有谣言说结拉·魔德斯——也就是你说的那个帕登·范和戴维德·汉隆已经抛弃了他。顺道一提，我已经控制住托朗姆的姊妹，艾里尔女士。当然，我对她很恭敬，并派遣了……值得信任的仆人照顾她。”

听多布兰的口气，他所说的值得信任显然是对于他而言的，大概艾里尔女士现在每天穿什么衣服都在多布兰的掌握之中了。“我能理解要把她，还有博图姆领主等人带到这里，但为什么也要把维蓝芒大君和安奈伊莱女大君也带来？不过，他们的仆人也都是可以信任的吧。”

“当一个女人想要杀死你的时候，你怎么能知道？”兰德沉思着说。

“当她知道你名字的时候？”多布兰的口气不像是在开玩笑。兰德若有所思地侧过头，然后点点头。他在点头！明真希望能立刻问问他那个女人是谁。

兰德一挥手，像是要抹去所有那些想杀死他的女人。明觉得自己很想做一些危险的事情，她当然不想杀死他，但她绝不介意看见索瑞林带着鞭子出现在兰德面前！马裤可不会给他多少保护。

“维蓝芒是个犯了太多错误的傻瓜。”兰德对多布兰说。多布兰镇定地点头表示同意。“我的错误就是我以为我能使用他。不管怎样，他似乎很高兴能待在转生真龙身边，这样不是很好？”明递给他一只高脚杯，虽然酒洒在手腕上，兰德还是对明报以微笑，也许他以为那不是故意的。

“只要有一点意外就不好了。”多布兰说道，然后他急忙缩回椅子里，好躲开明塞给他酒杯时洒出的酒，明现在一点都不喜欢这种女侍的工作。“谢谢，明女士。”他优雅地低声说道，但他接住酒杯的时候，还是忍不住偷偷瞥了明一眼。明平静地走回去，拿起自己的酒杯，她很平静。

“恐怕卡莱琳女士和达林大君正住在这座城里，阿瑞琳女士的宫殿中，”那名凯瑞安领主继续说道，“他们处在两仪师凯苏安的保护之下，也许说保护不够贴切。我去拜访他们，但被拒之门外，我听说，他们曾经试图离开凯瑞安城，但像两个麻包一样被拖了回来。另一个谣言说，他们是被装在麻袋里拖回来的。我见过凯苏安，我大概可以相信那些谣言。”

“凯苏安。”兰德喃喃地说道。明感到一阵寒意。严格说来，兰德的声音里并没有畏惧，只是有一点不安。“你认为我应该拿卡莱琳和达林怎么办，明？”

明正坐在和兰德隔着两把椅子的椅子里，听到兰德提问，她猛地打了个哆嗦，随后就很后悔地看着紫红色的酒液，浸透了她最好的奶油色丝绸上衣和裤子。“卡莱琳会支持伊兰登上太阳王座。”她不高兴地说。这明明是一杯暖酒，但酒到身上的感觉却这么冷，她怀疑这身衣服大概永远也洗不干净了。“我没有在她身上看到那样的幻像，但我相信她。”她没有向多布兰看过一眼，但多布兰还是一本正经地点了一下头。现在所有人都已经知道了明预见幻像的能力，导致的结果就是不断有贵族女子想要知道她们的未来。当明说她无法告知的时候，她们都显得相当郁闷。明在她们身上大多只能看到一些平淡无奇的琐碎幻像，根本没有那种预言家们最善于描述的奇妙远景，这让大多数女贵族们都很不高兴。“至于达林，他会和卡莱琳结婚——在他被卡莱琳榨干，又挂起来风干之后。而我能看到的只有他终有一日会成为国王，我看见王冠戴在他的头顶，那是一顶前面有一把剑的王冠，但我不知道他将统治哪个王国。还有，哦，是的，他会死在床上，而卡莱琳在他死后还会继续活下去。”

多布兰被酒呛了一下，他匆忙地用一块朴素的手绢擦了擦嘴唇，大概谁也不会相信这样的事。而明只是满意地喝了一点杯中的残酒，但她立刻也被呛了一下，急忙从袖子里抽出手绢，捂住嘴。光明啊，她真不应该把壶里最后一点带渣的酒倒进自己的杯子里！

兰德只是点点头，向杯中望了一眼，喃喃地说："那么他们就会继续替我们制造麻烦了。"他的声音很轻，但说出的每个字都像石头一样，她的牧羊人现在变得如同钢刃一样坚硬。"而我所做的……"

他突然朝门口扭过头，一扇门打开了。他的耳朵非常敏锐，明就没有听见任何声音。走进来的两名两仪师之中并没有凯苏安，明收起手绢，感觉到自己的肩头一松。当蕾菲拉关上屋门的时候，梅兰娜向兰德深深地行了一个屈膝礼，但这位灰宗两仪师浅褐色的眼睛一直在看着明和多布兰，像是恨不得要用目光将他们扫走。然后，圆脸的蕾菲拉也展开了深蓝色的裙摆，直到兰德抬手示意，她们才站了起来。她们带着那种冰冷的平静向兰德走来，似乎那是她们的另一层衣服，不过，那名身材丰满的蓝宗两仪师用指尖擦了一下自己的披肩，好像在提醒自己它还在自己身上。明从其他向兰德宣誓效忠的两仪师身上见过这样的手势，这对她们来说绝不是简单的事，只有白塔能指挥两仪师，但兰德现在只要弯一下手指，她们就会跑过来；用指尖向远处一点，她们就会跑过去。两仪师一直在以平等的身份同国王们交谈，也许还会占一些优势，但那些智者只是称她们为学徒，而且要求她们的服从更是兰德的两倍。

所有这些都没有表现在梅兰娜光洁无瑕的脸上。"真龙陛下，"她充满敬意地说，"我们刚刚知道你回来了。我们认为，你也许想要知道与亚桑米亚尔的交涉进展状况。"她只是瞥了一眼多布兰，但多布兰立刻站起了身，凯瑞安人很尊重人们交谈的私隐权。

"多布兰可以留下。"兰德说。他这样说之前有犹豫吗？他没有站起来，他的眼睛如同蓝色的冰块，他已经完全变成了转生真龙。明告诉过兰德，这些两仪师确实是他的人，所有这五名陪同他前往海民船的两仪师都真正在忠于自己的誓言，也就是完全服从他的意志，但他似乎难以信任任何两仪师。明理解他，但他一定要学会信任。

"如你所愿，"梅兰娜微微一侧头，"蕾菲拉和我与海民达成了约定，她们称之为契约。"梅兰娜似乎在着意强调两种称谓的不同，她将双手固定在灰色条纹的绿裙摆上，深吸了一口气，显然她需要这样做。"哈琳妮·丁·托加拉·双风，梭玳茵部族的波涛主妇，她是耐丝塔·丁·瑞埃斯·双月，亚桑米亚尔大船主的代言人，所以，她也是全体亚桑米亚尔的代表。她已经承诺会提供转生真龙所需的船只，完全供转生真龙差遣，无论转生真龙要他们做什么。"

没有智者在场的时候，梅兰娜才会显示出一点庄严的仪态，智者们是不允许这样的。“蕾菲拉和我，你的代言人，承诺转生真龙不会改变任何亚桑米亚尔的律法以作为回报，不会像他对……”片刻之间，她的声音顿住了，“请原谅，我习惯于一字不差地转达条款，她们所用的称谓是‘束缚于岸上之人’，不过她们指的是你对提尔和凯瑞安所做的事。”疑问的神情出现在梅兰娜的眼睛里，转瞬又消失了，也许她正在怀疑兰德是否在伊利安做了同样的事。在得知兰德并没有对她的祖国安多做任何改变的时候，梅兰娜曾经大大地松了一口气。

“我想，我可以接受这样的条款。”兰德喃喃地说道。

“其次，”蕾菲拉将一双丰满的手臂按在腰间，“你必须给予亚桑米亚尔陆地，在每一座你控制的和你将要控制的港口城市中，给予她们长宽各一里的方形土地。”她的声音比她的同伴少了一些堂皇庄严，只是她对自己所陈述的内容并不是很高兴，毕竟，她是提尔人，而且很少有港口对自身贸易控制得比提尔更紧。“在这些领地内，只能遵从亚桑米亚尔的法律，这一条款必须得到港口所在地统治者的正式认同，以免……”这次，轮到她顿住了，黝黑的脸颊略略变成了灰色。

“以免在我死后这一条款就会作废？”兰德不动声色地问，然后他大笑了一声，“这我可以接受。”

“所有港口城市？”多布兰惊呼道，“也包括这里吗？”他跳起身，开始来回踱步，这次从他的杯子里洒出的酒比明那一次还要多，而他似乎根本没有注意。“一里？只遵从他们那些不知所谓的法律？我曾经搭乘海民船旅行过，那些法律太奇怪了！赤裸双腿还不算是其中最怪的！那么进口税又如何处置？还有停泊费，还有……”两仪师对他完全视而不见，他猛然转向兰德，虽然他还在对两仪师紧皱着眉头，但他是在对兰德说话，语气几乎可以用粗暴来形容：“他们会在一年之内毁掉凯瑞安，真龙陛下，他们会毁掉所有你允许他们拥有领地的港口。”

明同意多布兰的看法，但她没有说话。而兰德只是一挥手，又笑了笑：“海民有自己的想法，我大概了解一些，多布兰，但海民没有说由谁来选择领地的位置，他们只要求获得一块陆地。他们必须从你们手中购买食品，在离开他们的领地时，也必须遵从你们的法律，所以他们不可能太傲慢。至少，你们可以在货品离开他们的……避难所之后征收你们的关税。对于其余的问题……如果我能接受，你应该也能接受。”现在兰德的声音里没有任何笑意，多布兰低下头，明很想知道兰德是从哪里学到这些，兰德现在就像是一位国王，而且是知道自己在做什么的国王。也许是伊兰教他的。

“‘其次’这个词很有意思。”兰德对那两名两仪师说。梅兰娜和蕾菲拉交换了一个眼神，同时下意识地碰了碰裙摆和披肩。然后梅兰娜说话了，这次她的声音当中没有任何庄严或傲慢，实际上，这次她的说话声很轻：“再其次，转生真龙要同意有一名亚桑米亚尔的大使一直陪同在他身边。哈琳妮·丁·托加拉提名自己担任这一大使职务，她会率同她的寻风手、掌剑手和一干随员前来。”

“什么？”兰德吼了一声，猛地从椅子里跳起来。

蕾菲拉急忙开口说话，似乎害怕兰德会打断她：“第四，如果大船主对转生真龙发出召请，转生真龙应立即前往与她会面，不过这样的召请在每三年内不会超过两次。”她结束这段话的时候有一点喘息，声音也渐渐变低了。

真龙令牌从兰德身后的地板上向他飞过来，兰德头也不回，伸手握住它，他的双眼已经不再是两块寒冰，而是两团蓝色的火焰。“我的脚跟上要挂上一名海民大使？”他喊道，“服从召唤？”他向两仪师们挥舞那雕花短枪，枪头后面的绿白色枪缨随之不停摆动。“现在正有一股势力要征服这片大陆，也许他们真的能做到！弃光魔使四处横行！暗帝正在等待时机！为什么你们不同意让我去替他们补船壳！”

平时，明总是会尽力安抚发脾气的兰德，但这一次，明只是倾过身子，瞪着两仪师。她完全同意兰德，两仪师为了卖掉一匹马，把马厩也送掉了！

蕾菲拉在兰德的质问下显得有些动摇，但梅兰娜挺直了身子，她的眼睛如同闪动着金色耀斑的两团褐色火焰。“你要惩罚我们吗？”她的声音如寒霜一般冰冷，现在她就像是明从孩提时代就知道的那种两仪师——比女王更高贵，比国家的君主更有权威。“一开始，你出现在她们面前，你是时轴，你可以依照意志扭转她们的意志，你能让她们全都跪伏在你的脚下！但你走了！她们知道自己被一个时轴所操控，这让她们很不高兴。她们不知从何处学到编织屏障的技巧，还没有等你离开她们的船，蕾菲拉和我都已经被屏障了，她们说这是为了避免我们借助至上力玩弄手段。哈琳妮不止一次威胁要将我们拴住脚趾挂在帆索上，直到我们清醒过来。我个人相信她这样说是认真的！你得到了想要的船，为此而庆幸吧，兰德·亚瑟，哈琳妮本来只打算给你几条船而已！庆幸她没有取走你的新靴子和你那个虚张声势的王座吧！哦，顺便说一句，她已经正式承认你是克拉莫，愿你因此而胃痛！”

明惊讶地盯着梅兰娜，兰德和多布兰也盯着她，那名凯瑞安人的下巴几乎都要掉下来了。蕾菲拉目瞪口呆，一张嘴无声地张阖着。火焰从梅兰娜的眼睛里褪去，那双榛仁一般的眼睛愈睁愈大，仿佛她也才刚刚听到这一番斥责。

真龙令牌在兰德的拳头里抖动着，明见过兰德为了比这种冒犯轻得多的事情而大动肝火，她祈祷自己能有办法避免他的火气爆发出来，但她找不到任何办法。

“看样子，”兰德终于开口了，“时轴从别人口中得到的话并不一定都是他想听到的。”他听起来……很平静，这是明完全没有想到的，兰德的思路仍然保持完全清晰。“你们做得很好，梅兰娜，我给了你们一个烂摊子，但你和蕾菲拉做得很好。”那两名两仪师摇晃了一下，片刻间，明觉得她们仿佛立刻会瘫软在地板上。

“至少我们避免让凯苏安获得具体的细节，”蕾菲拉有些不稳定地整理着她的裙摆，“想要阻止所有人得知我们已经达成协议是不可能的，但我们尽量没有让她获知太多信息。”

“是的，”梅兰娜有些虚弱地说道，“凯苏安甚至在这里拦截我们，想要让她一无所知是不可能的，但我们没有让她知道契约的内容。我们相信你不希望她……”在兰德充满压迫感的瞪视下，她的声音渐渐消失了。

“又是凯苏安！”兰德冷冷地说道。他皱眉盯着手中的短枪，然后将它扔进一把椅子里，好像他不知道自己拿着那东西会做出什么来。“她就在太阳王宫，对不对？明，告诉外面的枪姬众，送信给凯苏安，命令她立刻来见转生真龙。”

“兰德，我认为这样不合适。”明不安地说道。兰德打断了她，他的声音不算严厉，但相当坚定。

“快去，求求你，明，那个女人就像是一头盯着羊圈的狼，我要知道她到底想干什么。”

明缓慢地从椅子里站起身，拖着脚步向门口走去，她并不是唯一认为这个主意很糟糕的人，或者至少其他人都希望在转生真龙与凯苏安·梅莱丁对峙的时候不在现场。多布兰越过明向门口走去，他在离开前只是匆匆地向兰德鞠了一躬，就连梅兰娜和蕾菲拉也抢在明之前离开了房间，只是她们故意装出一副从容不迫的样子，至少在王座厅里是这样。当明走进走廊的时候，那两名两仪师已经追上了多布兰，她们的步伐几乎已经是小跑步了。

奇怪的是，明在走进王座厅的时候只看见门外有六名枪姬众，如今，枪姬众则在走廊里向门左右排开，队伍一直延伸到明视野的尽头。面色坚毅的高大女人们穿着灰褐色的凯丁瑟，束发巾裹住她们的头顶，长长的黑色面罩垂挂在脖子上。有许多人拿着她们的短矛和牛皮盾，她们好像在等待一场战争的爆发。有些人在玩着一种叫做“匕首、纸、石头”的手语游戏，其他人则专注地看着进行游戏的人。

当然，无论多么专注于游戏，她们还是立刻就看见了走出来的明。兰德的命令立刻透过手语向队伍的两端传去，两名瘦高的枪姬众小跑着离开了，其他人回到了自己的游戏里。

明困惑地挠挠头，回到王座厅，枪姬众经常让她感到紧张，她们对于明有着像对智者那样的尊敬，却又有一种玩笑的意味。艾伊尔人的幽默感很奇怪——这大概算是最轻松的说法，但她们从没有像现在这样对明视而不见。

兰德已经在寝室里了，这让明的心脏剧烈地跳动起来。他脱掉了外衣，又将雪白的衬衫下摆从裤子里拉出来，松开领口和袖口的扣子。明坐在床的一角，靠在一根粗大的乌木床柱上，翘起双腿，将脚踝叠在一起。她还没有真正看过兰德脱衣服，她打算好好欣赏一下。

但兰德没有将衣服继续脱下去，他只是站在原地，看着明。“凯苏安能教我些什么？”他突然问道。

“你，和所有殉道使，”明答道，这是她预见到的幻像，“我不知道那会是什么，兰德，我只知道你必须学会它。你们全都必须学会。”看样子，他不打算进一步展露自己的肌肤了。明叹了口气，继续说道：“你需要她，兰德，你不能让她发怒，你不能赶走她。”实际上，明相信，即使是五十只魔达奥和一千个兽魔人也不可能赶走凯苏安，但她必须提醒兰德。

兰德似乎望向了很遥远的地方，片刻之后，他摇摇头。“为什么我应该听一个疯子的？”他的声音几乎微不可闻。光明啊，他真的相信路斯·瑟林·特拉蒙在他的脑子里说话？“明，如果让别人知道你需要他们，他们就会控制你，他们就能拥有一条锁链，随意将你拖到他们想让你去的地方。我不会让两仪师为我套上锁链，我不会让任何人为我套上锁链！”他缓慢地将紧握的拳头松开。“我需要你，明，”他说，“不是因为你看到的，我只是需要你。”

烧了她吧，这个男人只要说上一句话，就让她站不稳了！

他跟明一样渴望地微笑着，双手抓住衬衫下摆，要将衬衫从头顶脱掉。明将十指交叉在胸前，认真地看着。

三名走进房间的枪姬众已经不再像在外面那样用束发巾勒住她们的短发了，她们空着双手，腰间也没有那种长大的匕首。明在短暂的时间里只看到了这些。

兰德的头和手臂还在衬衫里。亚麻色头发的索麦莱即使在艾伊尔女人里也算是高个子，她一把抓住兰德的亚麻衬衫，将兰德紧紧勒在衬衫里，同时一脚踢在兰德的两腿之间。兰德发出一声窒息的呻吟，蹒跚着向前弯腰。

火色头发的耐赛尔是个美人，只是她被阳光晒黑的双颊都有白色的伤疤，她一拳重重地打在兰德右侧肋下，让兰德向侧旁倒去。

明惊呼一声，从床上跳起来，她不知道到底发生了什么疯狂的事情，她甚至不知道该如何去猜想。她迅速从两只袖子里各滑出一把匕首，高喊着向枪姬众扑去。“救命！哦，兰德！快来人哪！”至少，她想要喊出这些话来。

第三名枪姬众蒂拉像蛇一样钻了过来，明发现一只脚踏在自己的肚子上，自己体内的空气似乎全都被踏出去了，她的匕首从僵硬的手中飞了出去。她在灰发枪姬众的脚下翻了个筋斗，背朝下撞在地上，将肺里仅存的一点空气也挤了出去。她想要站起来，想要呼吸，想要明白这一切！而她能做的只有躺在地上，看着枪姬众为所欲为。

那三个女人对兰德的殴打非常彻底。耐赛尔和蒂拉狠狠地用拳头揍兰德，索麦莱压制住兰德，让他无法动弹，她们的拳头一次又一次精确地落在兰德的胃部和右侧肋下。明如果能够呼吸，一定会歇斯底里地笑起来，她们一定是要打死兰德。在殴打中，她们非常小心地一直让拳头远离兰德左侧肋下无法愈合的圆形和长形伤口。

明知道兰德的身体有多么结实、多么健壮，但没有人能承受这种打击。慢慢地，兰德的膝盖变软了。当他的双膝落在地上的时候，蒂拉和耐赛尔站起身，向后退去。她们两个点了一下头，索麦莱放开了兰德的衬衫，兰德向前趴倒在地上。明能够听见兰德喘息的声音，他在努力克制着不让自己呻吟出来，虽然他的努力并不很成功。索麦莱跪下身，几乎是用温柔的动作将他的衬衫抚平。他伏在地上，面颊贴着地板，眼球向外凸出，吃力地呼吸着。

耐赛尔弯腰抓住兰德的头发，抓起他的头。"我们赢得了这个权力，"她吼着说，"每一名枪姬众都想揍你。我为你离开了我的部族，兰德·亚瑟，我不会任由你把口水吐在我的脸上！"

索麦莱将兰德脸上的乱发拨开，也拉住了他的头发。"这是我们对待让我们蒙羞的首兄弟的方式，兰德·亚瑟，"她坚定地说，"这是第一次，下一次，我们就要用上皮鞭了。"

蒂拉站到兰德面前，双拳叉在腰间，面孔如同岩石般坚硬。"你身系法达瑞斯麦的荣誉，枪姬众之子，"她的声音也像岩石一样刚硬，"你承诺过要召唤我们为你跳枪矛之舞，然后你却自己投身于战场，将我们丢在后面。你不能再这样做了。"

她迈过兰德的身子，向门口走去，另外两个人跟在她身后。只有索麦莱回头瞥了一眼，她的眼光里似乎流露出一点同情，但声音仍然是冰冷的："不要让我们再一次不得不这样做，枪姬众之子。"

等到明爬到兰德身边的时候，他已经用双手和膝盖撑起了身体。"她们一定是疯了。"明嗓音沙哑地说道。光明啊，烧了她疼痛的肚子吧！"鲁拉克会……"明不知道鲁拉克能做些什么，但他能做的肯定还不够。"索瑞林……"索瑞林会把她们插在木桩上，放到太阳底下晒干！她能做的比这个还要多！"等我们告诉她……"

"我们不会对任何人说。"兰德说道。听起来，他已经恢复呼吸，只是他的眼睛还有些向外凸起，他怎么可能恢复得这么快？“她们有这个权力，那是她们自己赢得的。”

明很熟悉这种口气，当一个男人顽固起来的时候，他会光着身子坐在荨麻上，眼也不眨地否认他的屁股感到刺痛！当明扶兰德起来的时候，她几乎是高兴地听到兰德发出了呻吟声。好吧，至少他们还在一起，如果他打算做一个纯粹的羊毛脑袋白痴，那么让他的身上多几块瘀伤也是应该的！

兰德躺倒在床上，明将一个枕头塞在他的身下。这些不是她所希望的，但她相信这样的事情迟早会发生。

“这不是我希望使用这张床的方式。”兰德喃喃地说道。明不确定自己是不是真的听到了这句话。

她笑着说：“我喜欢你抱着我……我也喜欢我们一起做其他的事情。”奇怪的是，兰德在向她微笑，像知道她在说谎。她的梅伦姑妈总是说，这是男人一定会相信的三个谎言之一。

“如果我打扰了你们，”一个镇定自若的女性声音从门口传来，“我想我可以先告退，等更合适的时候再来。”明猛地从兰德身旁站起，似乎像被火烫伤，但兰德将她拉了回来，让她靠着自己坐在床上。明认识站在门口的那名两仪师，她是一名圆胖矮小的凯瑞安人，丰满的胸部有四条细长的彩色横纹，暗色的裙摆装饰着白色纹路。戴吉安·莫森内琳是一名跟随凯苏安的两仪师，在明看来，她也像凯苏安一样傲慢。

“你在家里的时候是什么样的身份？”兰德慵懒地问，“无论你有什么身份，难道没有人教过你要敲门吗？”明察觉到，抱住自己的手臂上每一根肌肉都像石头一样坚硬。

用一根细链挂在戴吉安前额的月长石，随着她摇头的动作而微微摆动，很显然，她不高兴了。“两仪师凯苏安收到了你的邀请，”她的声音甚至比刚才更加泰然，“她要我转达她的歉意。她非常想先完成手中那件刺绣，改天也许能来见你，如果她能找到时间的话。”

“这是她说的？”兰德的口气很危险。戴吉安轻蔑地哼了一声：“告辞了，你们可以继续……正在做的事情。”明很想知道自己能不能赏两仪师的巴掌。戴吉安冷冷地看了她一眼，好像知道她的心思，最后，她转身向门口走去。兰德低声骂了一句，坐起身，向那名两仪师的背影喊道：“你告诉凯苏安，她可以到末日深渊里去！告诉她，随便她怎样烂掉都可以！”

“这没有用的，兰德，”明叹了口气，这比她预料之中的更困难，“你需要凯苏安，她不需要你。”

“她不需要？”兰德轻声说道。明打了个哆嗦，她以为自己见过兰德许多可怕的时刻，但她从没有想过兰德会这样可怕。

兰德仔细地准备着，他又穿上了那件绿色的外衣。刚才，他要明带口讯给枪姬众，至少枪姬众还是他的。他右侧的肋骨痛得几乎就像是左侧的那些伤口，肚子仿佛刚刚被铁砧砸过。他答应过她们。当卧室里只有他一个人的时候，他抓住了阳极力，他甚至不想让明看见他生病的样子。至少，他能保护明的安全；但如果明看见他支撑不住的模样，又怎么会觉得安全？他必须是强壮的，为了明，为了这个世界。在他脑海深处那团属于埃拉娜的情绪，在提醒他疏忽大意的代价。现在埃拉娜正在生气，她一定是冒犯了智者，虽然现在她就连站起、坐下这样的动作都会小心翼翼。

“我仍然认为这样做是愚蠢的，兰德·亚瑟。”明一边说，一边将剑之王冠小心地放在兰德头顶，她不想让那些小剑刃再刺破兰德的肌肤了。“你在听我说话吗？好吧，如果你一定要这样做，我就要跟你一起去，你承认过自己需要我，而现在你比任何时候都更需要我！”她将双拳抵在腰间，脚尖一下一下地踏着地面，眼睛里闪着光，显得气势凌人。

“你留在这里。”兰德坚定地对她说。现在他还不确定自己打算做些什么，至少是不完全确定，他不想让明看见他踌躇的样子，他非常害怕自己会显得软弱。但他知道，自己即将面临的将是一场激烈的争辩。

明皱起眉看着他，脚尖也不再点着地面了，她眼睛里愤怒的光芒消退成忧虑，又渐渐消失，只剩下一点闪烁的微光。“好吧，我想你年纪已经够大，不必让别人牵着手也能走过马厩了，牧羊人。而且，我的看书计划已经耽误了。”

她坐进一把镀金的高大椅子里，盘起双腿，重新打开兰德走进来时她正在看的书。没过多久，她似乎已经完全沉陷在书里了。

兰德点点头，这才是他想要的。明在这里，安全无恙，但她也不必如此彻底地忽视他吧。

有六名枪姬众蹲在门外的走廊里，她们面无表情地看着兰德，蒂拉是她们当中最没有表情的。索麦莱和耐赛尔靠在一起，兰德记得耐赛尔属于沙度部族，他必须紧盯住这名枪姬众。

殉道使也在等兰德。路斯·瑟林在兰德的脑海里阴沉地嘟囔着要杀人。现在除了那瑞玛之外，这些人的领子上都戴上了龙徽和剑徽。兰德命令那瑞玛看守他的居室，那瑞玛用力地敬了军礼，那双有些过大的黑色眼睛里微微闪动着责备的情绪。兰德不认为枪姬众会向明发泄她们的不满，但他觉得还是以防万一比较好。光明啊，他确实已经详细地向那瑞玛解说过他在提尔之岩编织的陷阱，那瑞玛肯定在胡思乱想，烧了他吧，他到底进行了怎样疯狂的冒险？

只有疯子绝对不能信任。路斯·瑟林的口气显得很愉快，也非常疯狂。兰德肋下的伤口在一阵阵悸动，它们似乎在相互共鸣，在遥远的地方散发着痛苦。

“告诉我在哪里可以找到凯苏安。”兰德命令道。蒂拉迅捷地站起身，向远处走去，根本没有回头看一眼。兰德跟在后面，其他人跟在他身后——达西瓦、弗林、毛尔和霍普维。兰德一边走，一边向他们下达指示，弗林代表众人表示了反对，但兰德不容置疑地否决了他。现在没有时间争论了，兰德并没有想到这位头发花白的前安多女王卫兵会反对他；毛尔和霍普维也许会，他们也许已经不再是孩子，但还很年轻，不知道有时候拔剑并不是要杀人，弗林却不该这样。

蒂拉的软皮靴没有发出任何声音，其他人的脚步声回荡在高高的方形走廊里，吓跑了所有因为各种理由而害怕他们的人。兰德的伤口一直在悸动。

太阳宫里所有的人都认得转生真龙，他们也知道那些穿黑衣的男人是谁，穿黑色制服的仆人深深地向他们鞠躬或者行屈膝礼，然后就急匆匆地逃离了兰德的视野。大多数贵族都以最快的速度拉开他们和这五名能够导引的男人之间的距离，带着有事要忙的神情快步跑开。艾里尔看着他们从身边走过，脸上的表情无从解读。安奈伊莱还在媚笑着，但是当兰德走过去，回头看了一眼时，却发现她正盯着自己的后背，面色像蒂拉一样阴沉。博图姆向兰德行礼的时候，脸上带着微笑，没有丝毫欢愉的、阴沉的微笑。

直到抵达目的地，蒂拉都不发一语，只是用手中的短矛向一扇关闭的门指了一下，就转过身，大步沿原路走了回去。现在卡亚肯身边已经没有枪姬众了，难道她们认为四名殉道使已经足以保卫兰德？或者蒂拉的离开是枪姬众另一种不高兴的表示？

“照我说的去做。”兰德说。

达西瓦怔愣片刻，之后才像是刚刚回过神，他抓住了真源。这扇宽阔的大门雕刻着垂直的纹路，风之力猛地将门撞开。另外三名殉道使握持着阳极力，面色冷峻地跟随达西瓦走了进去。

“转生真龙，”达西瓦用至上力将他的声音更放大了一点，“伊利安之王，黎明君主，前来探视凯苏安·梅莱丁。”

兰德走了进去，俯视着房间里的一切。他没有辨识出达西瓦编织了其他东西，但空气中似乎充斥着危险的压迫感。

仿佛有某种冷酷无情的东西正在步步逼进。

“我向你发出过召唤，凯苏安。”兰德说道。他没有使用编织，不需要任何帮助，他的声音已经足够苛厉冰冷了。

兰德记忆中的那名绿宗两仪师正坐在一张小桌子旁边，手里拿着一只刺绣箍，一只打开的篮子放在抛光桌面上，里面的一些小格里放着许多色彩鲜亮的丝线。她和兰德记忆中一模一样，那张强有力的面孔、脑后象牙白色的发髻，以及挂在发髻周围的那些黄金小鱼、小鸟、星星和月亮，那双深褐色的眼睛在她白皙的面孔上好像是纯黑色的，一双冷静、思虑周详的眼睛。路斯·瑟林哀嚎一声，在她的注视中逃走了。

“好啊，”她将刺绣箍放在桌面上，“我必须说，我免费观赏过比这更精彩的表演。根据我听到的关于你的传闻，孩子，我确实没有想到你会搞出这一套电闪雷鸣的东西来。”她镇定地看着那五个岩石般面孔的、能导引的男人，这种阵势应该足以让任何两仪师发抖了，然而她只是从容不迫地看着转生真龙。“我希望你们之中至少有人可以变个戏法，”她说，“或者吞火？我一直都很喜欢看走唱人吞火。”

弗林笑了一声，又急忙控制住自己，他伸手理了一下头发，似是正在竭力压抑肚子里的笑意。毛尔和霍普维交换了一个眼神，他们显得很困惑，而且相当恼怒。达西瓦冷冷地微笑着，他所支撑的编织变得更强了，甚至让兰德很想回头，看一眼有什么正在冲向他。

“你知道我是谁，这就足够了，”兰德对她说，“达西瓦，你们全都在外面等着。”

达西瓦张开嘴，像要提出异议，这和兰德原先的命令并不一样。他们并不打算威慑这名两仪师，至少不是用这个方法，但达西瓦最后还是一边嘟囔着，一边向外走去。霍普维和毛尔却真的是有些迫不及待地离开，临出门时，他们还在不停地瞥着凯苏安。只有弗林在离开时仍然保持着足够的尊严，尽管他瘸了一条腿，而且似乎还对屋里的情形感到很有趣！

兰德开始导引。一把沉重的、雕刻着老虎花纹的椅子从墙边飘了过来，它在翻了若干个筋斗以后，才像一根羽毛一样落在凯苏安面前。与此同时，一只沉重的银壶从一张铺着桌布的长桌上飘过来，并因为突然被加热而发出一阵响亮的喷气声，吐出一股股白烟，然后它倾侧过来，开始以壶嘴为中心打转。一只银杯飞过去，准确地接住了深色的饮料。

“好像有些太热了。”兰德说。高窄的玻璃窗一下子敞开了，雪花被一阵冷风吹了进来。酒杯飞出窗口，又飞回来，稳稳地落在正坐下去的兰德手上。他倒要看看，凯苏安在一个疯子的面前会有多么镇定。杯中的饮料是茶，经过重新煮沸以后，味道变得非常浓重，苦涩的感觉让兰德不由得咬紧了牙，但暖热的茶水还是让人很舒服。冷风吹起墙上的挂毯，让他起了一身鸡皮疙瘩，但在虚空中，那只是遥远的、另一个人的皮肤。

“月桂王冠比另一些王冠更漂亮。”凯苏安带着一丝笑容说道，她的发饰随风摆动，发髻上有一缕发丝被风吹散，她伸手将刺绣箍按在桌子上，以免它被强风吹走。“我喜欢这个名字，但你不能期待王冠会对我产生什么影响。我曾经打过五个国王的屁股，两男三女，他们都至少有一天时间没法坐下去，不过这样能够引起他们足够的注意。总之，我对王冠没什么特别的看法。”

兰德松了松自己的下巴，咬紧了牙不会有用的，他睁大眼睛，希望自己看上去像是个疯子，而不只是发怒。“大多数两仪师都会避开太阳宫，”他对凯苏安说，“除了那些对我发誓效忠的，和那些被我囚禁的。”光明啊，他该拿那些人怎么办？当然，只要那些智者不让她们来烦他就足够了。

“艾伊尔人似乎认为我可以随意来去。”凯苏安不在意地说着，两只眼睛一直在端详手中的刺绣箍，像在思考应该再次拿起针来。“大概是因为我能够给某个男孩，或者其他人一点琐碎的帮助。当然，我并不认为照管好一个男孩，只是他母亲一个人的责任。”

兰德再一次努力控制住自己不要咬牙，这个女人曾经救过他的命——她和达莫·弗林共同努力做到，而且有太多人关系到他与这个女人将要定下的契约，明也在其中。但不管怎样，兰德自己也欠她的，烧了她吧。“我想让你担任我的资政。现在我是伊利安国王了，国王都会有两仪师资政。”

凯苏安不以为然地瞥了一眼兰德的王冠。“当然不行，资政总是会看到自己认真设计的方案变成一团糟，我不喜欢这样。资政还要听从命令，这一点我尤其不适应。别人做不了吗？也许埃拉娜可以？”

兰德终于不由自主地挺直了身子，凯苏安知道他被约缚了？梅兰娜曾经说过，想要向凯苏安隐瞒任何信息都是困难的。不，关于“忠诚”于他的两仪师到底告诉了凯苏安多少东西，可以等到随后再追究。光明啊，他真希望明能够犯一次错误，但他知道，那比他能够在水中呼吸更不可能。“我……”他不能告诉凯苏安自己需要她，他不能被戴上缰绳！“如果我说，你可以不立下任何誓言呢？”

“我想这样也许可以。”凯苏安一边审视着自己的女红，一边用满是怀疑的口气说道。然后，她抬起头来看着兰德，思考着。“你的语气听起来……很不安，我不喜欢告诉一个男人他在害怕，即使他这样是有理由的。你为什么不安？是因为你正在面对一个还没有被你驯服的两仪师？害怕她正在把你引入陷阱？让我看看，我能给你一点承诺，也许它们能让你安心一点。当然，我要你听着——如果你让我浪费口水沫，你大概会为此而惨叫的——我不会强迫你按照我的想法去做。当然，我肯定不能容忍别人对我说谎，这大概会让你很不舒服，但我也不会要求你告诉我全部的心思。哦，是的，无论我做什么，都是为了你好，而不是为了我自己，不是为了白塔，只是为了你。现在，这能减轻你的恐惧心吗？请原谅，让你不安了。”

兰德不知道自己是否应该笑两声，他盯着凯苏安。“是谁教你的？”他问道，“我是说，你怎么能让承诺听起来像是威胁？”

“哦，我明白了，你想要一些条规，男孩子们都想要这些，无论他们是怎样说的。很好，让我看看。我不能忍受粗蛮无礼，所以你应该对我保持适当的礼貌，对我的朋友跟客人也是一样。提醒你一下，这包括不能对他们导引，还有控制住你的脾气，你的脾气确实很令人难忘。还有，你的那些穿黑外衣的……同伴也要像你一样遵守，如果因为他们之中某个人所做的事情而让我必须打你的屁股，那就太不幸了。这够了吗？我还可以制定更多条规，如果你需要的话。”

兰德将银杯放在椅子旁边，那杯茶水已经变得又冷又苦，雪已经开始在窗子下面堆积起来。“我才是应该发疯的人，两仪师，但你已经发疯了。”他站起身，大步向门口走去。

“我希望你还没有使用凯兰铎，”凯苏安满意地在他身后说道，“我听说凯兰铎从提尔之岩消失了。你曾经逃过了一次，但你未必能有第二次好运。”

兰德停住脚步，回头看去，那个女人正在将她该死的针在刺绣箍上送进送出！寒风吹动雪花在她的身周旋转，她甚至没有抬一下头。“你是什么意思？逃过？”

“什么？”凯苏安仍然没有抬起头，“哦，即使在白塔里，在你抽出凯兰铎之前，也很少有人知道它到底是什么。但在白塔图书馆发霉的角落里还是藏着一些令人吃惊的东西，几年前，我在那里翻拣过。当我第一次产生怀疑的时候，你大概还在吃奶，随后我就决定继续过退隐的生活。婴儿都是很烦人的东西，我可不知道在你停止尿床之前该怎样找到你。”

“你是什么意思？”兰德粗声问道。

凯苏安又抬起头看了他一眼，她的那一缕头发仍然散乱着，衣服上已经落了许多雪花，但她看上去就像是一位高不可攀的女王。“我告诉过你，我不能容忍粗暴。如果你还想得到我的帮助，我就希望你在提问的时候能礼貌一些。我想，你会为今天的行为向我道歉的。”

“你刚才为什么要提到凯兰铎？”

“它是有瑕疵的，”凯苏安答道，“它缺乏其他超法器必要的、可以确保安全使用的缓冲，而且它显然会增强污染的效果，诱导意识趋于疯狂，这些是男性使用它的必然结果。唯一能够让你安全使用非剑之剑的方法；唯一不会让你冒险杀死自己，或者是做出只有光明才会知道的任何疯狂举动的方法，就是和两名女人连结，而且必须由其中一名女人控制能流。”

兰德大步向门口走去，同时竭力不让自己缩起肩膀。那就是说，杀死艾德利的并不仅仅是在艾博达周围阳极力的失控。当他派遣那瑞玛取来凯兰铎的时候，他就已经杀死了艾德利。

凯苏安的声音紧追着他："记住，孩子，你必须礼貌地向我提问，并向我道歉。如果你的道歉是真心的，我也许甚至能接受。"

兰德几乎没有听见她在说些什么，他本来希望再次使用凯兰铎，希望它能够给他足够强的力量。现在，他只剩下一个机会，而这让他感到害怕。他似乎听到了另一个女人的声音，一个死去的女人的声音。*你能挑战造物主。*

第 28 章

猩红棘

伊兰完全没有想到，她一直害怕的爆发会以这样的形式开始。哈隆桥是一个中等大小的村子，有三家旅店和足够的房屋，任何人都不必睡在干草棚里。当伊兰和柏姬泰在清晨走下楼梯来到大堂的时候，旅店老板——圆胖的蒂尔太太热情地微笑着，以她的腰身所能允许的程度向两个人行了屈膝礼。她这样热情并非只因为伊兰是两仪师，还因为在这样大雪堵路的时候，她的旅店竟然会住满了客人，现在她几乎会向每个人点头问好。艾玲达匆匆地在桌前吞掉最后一块面包和奶酪，将一点碎屑从绿色的裙子上掸掉，然后抓起她的深色斗篷向她们走过来。屋外，太阳刚刚从地平线升起，如同一座低矮的淡黄色拱顶，美丽的蓝色天空上只飘着几朵绒毛般的白色云彩，完全不像是还会下雪的样子，看起来是很适合旅游的一天。

艾迪莉丝却在这时候踏着街道上的积雪，向她们走了过来。那位白发的姊妹还拉着一名家人——嘉妮娅·罗森德。嘉妮娅是一名腰肢纤细的沙戴亚人，在过去二十年里一直在各处经商，但她看上去只比奈妮薇要大一两岁。一般来说，她高耸的鹰钩鼻给了她一种强悍有力的外貌，正符合一个在艰苦的商路上绝不回头的女人。而现在，她只是大睁着一双黑色的凤目，张着口，不停地发出无声的哭嚎。

一群家人跟在她们后面，她们一边提着裙子，以免裙摆会沾到雪泥，一边悄声地交头接耳。愈来愈多的家人从各个方向跑过来，加入到这群人里，黎恩和其他女红社的成员走在这群人的最前面，除了珂丝蒂安以外，全都面色严肃。珂丝蒂安的面色看上去比平常更加苍白了。亚莱丝也在其中，一张平板的脸上没有一点表情。

艾迪莉丝停在伊兰面前，将嘉妮娅猛地向前一推，嘉妮娅踉跄了一下，扑倒在地上，仍然在不停地哭泣。家人们聚集在她们身后，数量愈来愈多。

“我带她来见你，是因为奈妮薇正在忙着。”那名褐宗两仪师对她说。她的意思是奈妮薇正在和岚享受一点单独相处的时光。只是这一次，她的嘴角没有任何笑意。“安静，孩子！”她向嘉妮娅喝道，嘉妮娅立刻不再发出任何声音。艾迪莉丝满意地一点头。“她不是嘉妮娅·罗森德，我终于认出她了，泽娅·奥卡斯，一名逃离白塔的初阶生。那时，我和范迪恩刚刚打算退隐，撰写我们的世界历史。经过我的质问，她已经承认了，我很惊讶凯瑞妮竟然一直没有认出她来，她们在初阶生时期曾经同窗过两年。法律很清楚，伊兰，一名逃亡者必须尽快被穿上白衣，并且处在严格的监管之下，直到将她送回白塔接受处罚。在那以后，她就不会想再次逃跑了！”

伊兰缓慢地点头，同时拼命想着该说些什么。不管嘉妮娅——泽娅——是不是想要再次逃跑，她都不会再被允许有这样的机会了。她的力量非常强，白塔绝不会放她走，即使她的余生都要在争取披肩的努力中度过。但伊兰还记得她第一次见到嘉妮娅时听到她说的话，那时她还不太明白那些话的意思，但现在她明白了。在自由生活了七十年之后，泽娅又怎么能再接受初阶生的白袍？更糟糕的是，刚才家人群中的窃窃私语，现在已经变成了嘈杂的议论。

伊兰可以思考的时间并不长，突然间，珂丝蒂安跪下去，一只手抓住了艾迪莉丝的裙摆。“我自首，”她沉着地说道，脸上没有一点血色，声音却出奇地平静，“我大约在三百年以前被登入初阶生名册，一年以后就逃跑了。我自首，并且……并且乞求宽恕。”

这回轮到白发的艾迪莉丝瞪大眼睛了。依照珂丝蒂安自称的逃跑时间，那时她自己也不过只是个婴儿，甚至可能还没有出生！大多数姊妹仍然不十分相信这些家人自称的年岁。实际上，珂丝蒂安的外貌只是个刚刚进入中年的人。

不过艾迪莉丝很快就恢复了镇定，无论珂丝蒂安有多么老，艾迪莉丝才是存世最年长的两仪师之一，年纪为她戴上了一重光环，给了她特有的威严。“如果是这样，孩子，”但她的声音毕竟还是有些抖动，“恐怕我们必须也让你穿上白衣了。你必须接受惩罚，但既然你是自首的，应该可以得到减刑的待遇。”

“所以我才这样做。”珂丝蒂安费力地咽了一口唾沫，她平静的声音也因此而被破坏了，她几乎像泽娅一样强——女红社中没有弱者——如果要监管她，那必须是非常严密的监管。“我知道你迟早会把我查出来。”

艾迪莉丝点点头，似乎这是显而易见的，但伊兰完全猜不出这个女人该如何查出珂丝蒂安，珂丝蒂安·察温很可能不是她出生时就使用的名字。但大多数家人仍然相信两仪师的全知全能，至少她们以前是相信的。

“垃圾！”萨兰娅·维凡嘶哑的声音划破了家人们嘈杂的声音，她的力量并没有强到能成为两仪师，也没有年长到可以在家人中拥有很高的地位，但她仍然毫不犹豫地从人群中走了出来。“为什么我们应该把她们献给白塔？我们一直在帮助逃离白塔的人，我们就是这样做的！我们没有把她们交回去的规矩！”

“管好你自己！”黎恩厉声说道，“亚莱丝，请管住萨兰娅，看样子，她忘记了太多她自称很清楚的规矩。”

亚莱丝看着黎恩，脸上的表情阴晴不定，亚莱丝是家人规矩有力的执掌者。“我们确实没有要把家人交回去的规矩，黎恩。”她说道。

黎恩哆嗦了一下，好像遭到狠狠的一击。过了一会儿，她才问道：“那么你认为该如何留下她们？我们一直在帮助白塔的逃亡者，直到我们相信她们已经不再被追捕。如果她们在此之前被白塔发现，我们会让两仪师抓走她们，这就是规矩，亚莱丝。难道你会提出什么冒犯白塔的规矩？你认为我们真的要对抗两仪师？”她显然认为这是十足荒谬的一件事，但亚莱丝只是看着她，一言不发。

“是的！”一个喊声从家人群中传出来，“我们有很多，而她们只有几个！”艾迪莉丝难以置信地盯着这群人，伊兰拥抱了阴极力，但她知道，那个喊声是对的——家人太多了。她感觉到艾玲达也拥抱了至上力，柏姬泰做好了准备。

亚莱丝抖动了一下，似乎做出了某个决定，然后她采取了非常实际、非常有效的行动。“萨兰娅，”她高声说道，“今晚我们歇宿的时候，你要来向我报到，今天上午我们处罚之前，你要为自己备好鞭子。你也是，爱丝拉，我认得你的声音！”然后，她用同样响亮的声音对黎恩说：“今晚歇宿时，我也会向你报到，并接受你的处罚。现在，所有人去做出发的准备！”

家人们迅速散开了，分头去收拾她们的行李，但伊兰还是看到她们之中的一些人在低声交谈。很快，她们的队伍就踏上了村头的桥，桥下绕村而过的溪流已经被冰封住。奈妮薇难以相信自己竟然错过了那么重要的事，她瞪着眼睛，显然是在寻找发泄火气的对象。萨兰娅和爱丝拉像亚莱丝一样带着鞭子，泽娅和珂丝蒂安在她们的深色斗篷下面穿上了匆匆找到的白色衣裙。寻风手们对她们指指点点，肆无忌惮地嘲笑她们。有许多家人仍然聚在一起，悄声议论着，每当一名两仪师或者女红社成员看着她们的时候，她们立刻又变得鸦雀无声。当她们看着两仪师时，眼睛里都蒙着一层阴影。

她们又在晴朗的天气里行进了八天。每一天，伊兰只能在旅店里暗自咬牙。家人不知道在暗中议论着什么，她们盯着两仪师的眼光愈来愈阴冷。寻风手在家人和两仪师面前永远都是趾高气扬。在第九天的早晨，伊兰开始盼望这些人不会立刻拿出刀子攻向对方的喉咙，她不知道她们是否能在不发生任何一桩谋杀案的情形下，平安地走过到达凯姆林的最后这十里路。但就在这时，珂丝蒂安敲了两下门，没有等待允许就冲了进来，她身上朴素的羊毛衣裙并不怎么符合初阶生服装的标准，现在她已经几乎恢复了女红社的尊严，或许对未来的预知，反倒让现在的她安下心来。但她这时却匆忙地行了一个屈膝礼，差一点就踩到自己的斗篷而跌倒，她那双几乎是纯黑色的眼睛里也充满了焦虑。“两仪师奈妮薇、两仪师伊兰，岚大人说你们应该立刻去看看，”她几乎有些喘不过气来，“她让我不要对任何其他人说我来找你们，也请你们不要告诉其他人。”

伊兰、奈妮薇与艾玲达和柏姬泰交换了一个眼神，奈妮薇低声抱怨着男人根本不知道什么事情是私人的，什么事情是公开的。随后她的脸一红，她似乎确实相信她的男人不懂得这种事。伊兰感觉到柏姬泰精神的集中，仿佛拉开弓弦，箭尖对准了猎物。

珂丝蒂安不知道岚想要什么，她只知道该带伊兰和奈妮薇去什么地方。她们来到克伦岔路外面的一间小棚屋，这是艾迪莉丝昨晚看押伊丝潘的地方。岚就站在屋外，双眼如同现在的天气一样冰冷，他不让珂丝蒂安进去，当伊兰走进棚屋的时候，她明白是为什么。

艾迪莉丝侧躺在一张翻倒的凳子旁，在她伸出的手边，粗木地板上有一只杯子。她的眼睛圆瞪着，一滩已经凝结的血迹上方，是她被深深割开的喉咙。伊丝潘躺在一张小床上，双眼瞪着天花板，她张大了嘴，露出牙齿，一双凸出在眶外的眼珠里满是恐惧，一根手腕粗的木桩直立在她的胸膛正中央，那把用来敲木桩的锤子就扔在床边，床下也是一滩黑色的血迹。

伊兰努力让自己不要去想把胃里的东西全部吐出来。“光明啊，”她喘息着说，“光明啊！是谁会这样做？怎么能有人这样做？”艾玲达惊异地摇摇头。岚则没有一点反应，他只是同时在注意着所有地方，仿佛随时都会有与这起谋杀案有关的东西，从门窗，甚至是墙壁中扑出来。柏姬泰抽出腰间的匕首，看她的表情，她非常想带着自己的弓，在伊兰的脑海里，那根被拉开的弓弦比以往任何时候都绷得更紧。一开始，奈妮薇只是站立在门口，审视着棚屋中的一切，但除了这些显而易见的异常景象以外，房间里并没有什么值得看的。另外一张三条腿的凳子、一张粗木桌子上摆着一盏明灭不定的油灯、一只绿色的茶壶和另一只杯子，一座粗石壁炉，里面堆积着冷灰，这就是全部了。这个房间太小了，奈妮薇只走一步，就到了桌边。她将手指在茶壶里蘸了一下，用舌尖舔舔，然后用力啐了一口，将整壶茶都倒在桌上，弄得一桌子都是茶水和茶叶。伊兰惊奇地眨眨眼。

“出了什么事？”范迪恩冰冷的声音从门口传进来，岚走过来要将她挡住，但她只是稍稍一挥手，示意他躲开。伊兰要伸手扶住她，也被范迪恩抬手推开了。范迪恩的目光只是定在她的姊妹身上，面容保持着两仪师的冷静，床上那个死去的女人仿佛只是不存在一样。“我看见你们都在朝这里来，我以为……我们知道，我们在世的日子已经不多了，但……”她的声音也跟面容一样镇定，当然，这很可能只是一种掩饰。“你们有什么发现，奈妮薇？”

同情的表情出现在奈妮薇的脸上，显得很奇怪，她清了清喉咙，远远指着那些茶叶，在那些黑色的茶叶之中，夹杂着许多白色的碎屑。“这是猩红棘的根，”奈妮薇也想让自己的声音保持绝对的平静，但她失败了，“是甜味的，所以把它放在茶里，喝茶的人很难察觉到，特别是如果喝茶的人在茶里放了许多蜂蜜。”

范迪恩点点头，眼睛仍然看着她的姊妹。“在艾博达的时候，艾迪莉丝喜欢上甜茶。”

“只要一点猩红棘根就能置人于死地，而且是非常痛苦的死亡，”奈妮薇说，“这么大的量……这么大的量可以杀死许多人，只要啜上几口就够了，这样死法的速度很慢。”她深吸一口气，又说道：“她们也许还会保持几个小时的清醒，不能动，但理智仍然完整，这样做的人肯定是不想有人在她们死前发现她们、为她们解毒，我完全不知道如何才能解这么强的毒。或许，杀手故意要让某些人知道是他们干的。”这种野蛮的行径让伊兰不由得惊呼了一声，但范迪恩只是点了点头。

“伊丝潘，我想，杀手把大部分时间都花在她身上。”这位白发的绿宗姊妹露出若有所思的神情，割开喉咙比用木桩钉穿胸膛，显然要省时省力得多。她平静的神情让伊兰不由得起了鸡皮疙瘩。“艾迪莉丝绝对不会接受她不认识之人经手的饮食，尤其是当她身边还有伊丝潘的时候。所以我认为，这是暗黑之友干的，而且这名暗黑之友就在我们的队伍里，就是我们之中的某个人。”伊兰感觉到双倍的寒冷，她自己的，还有柏姬泰的。

“我们之中的一个人。”奈妮薇伤心地表示同意。艾玲达开始用拇指摩挲腰间的匕首，这一次，伊兰没有认为艾玲达做得有任何不对。

范迪恩要求单独和她的姊妹待一会，她坐在地板上，将艾迪莉丝抱在怀里。众人知趣地离开了，范迪恩满面皱纹的老护法杰姆等在屋外，不停地打着哆嗦的珂丝蒂安站在他旁边。

突然间，一声哭嚎从棚屋里传出来，那是一个女人在哀悼自己失去了一切时，所发出的痛彻心肺的哭声。奈妮薇转回过身，但岚伸手按住了她的肩膀。杰姆将身子挡在门前，眼光像岚一样冰冷。除了离开她们以外，已经没有别的事情可以做了。范迪恩哭嚎着她的哀痛，杰姆守卫着她，分担她的痛苦。伊兰很清楚这种感觉，她正在感受着柏姬泰的情绪，她打了个哆嗦，柏姬泰伸出手臂环抱住她的肩膀。艾玲达从另一侧搂住了伊兰，并示意奈妮薇也过来，片刻之后，奈妮薇照做了。伊兰当作玩笑去想的谋杀案真的来了，她们的一名同伴是暗黑之友，伊兰觉得天气突然冷得能冻裂骨头，幸好朋友的拥抱让她感到一点温暖。

到达凯姆林之前，充满哀悼的最后十里雪路用了两天时间，就连那些寻风手也平静了下来，但她们对茉瑞莉施加的压力并没有丝毫减弱。家人也没有停止窃窃私语，没有在两仪师和女红社成员面前三缄其口。范迪恩将自己姊妹的镶银马鞍放在自己的马背上，如同就站在艾迪莉丝坟墓边一样神情肃穆，但杰姆的眼睛里闪动着对于死亡的无声承诺，这种承诺一定也横亘在范迪恩的心里。当伊兰看到凯姆林的城墙和高塔时，心中非常高兴；但如果她能真正戴上玫瑰王冠，或者是艾迪莉丝能够复活，也许她才会真正高兴起来。

凯姆林是世界上最大的城市之一，不过即使是这里也没有出现过这样的队伍。走进五十尺高的灰石城墙，在新城满是泥泞的宽阔街道上，她们吸引了无数的目光。凯姆林的街道上仍然挤满了熙熙攘攘的行人车辆，队伍经过的时候，店铺主人都跑到店门口，惊讶地张大了嘴。马车夫勒住缰绳，呆愣地盯着她们。看样子，高大的艾伊尔男人和枪姬众正从所有角落里监视着这支队伍。其他人似乎并没有注意到那些艾伊尔人，但伊兰注意到了，她爱艾玲达就像爱她自己，甚至爱得更多，但她没办法喜爱一支在凯姆林街道上横行的军队。

环绕内城的塔楼和城墙，都是用带有银色条纹的白石块砌成，伊兰的心渐渐欢快起来，她终于有回家的感觉了。街道沿着山势蜿蜒向上，站在每一块高起的台地上，周围被白雪覆盖的花园和纪念碑都会呈现出不同的景致，覆盖着鲜艳瓷砖的高塔，在下午的太阳中闪耀着百种颜色。王宫出现在众人面前。那是一座有白色尖塔、黄金圆顶和错综复杂的石雕花饰的综合体，红底白狮子的安多旗帜几乎飘扬在每一个高耸的地方，也有一些地方挂着龙旗和光明之旗。

在高大的镀金宫门前，伊兰穿着风尘仆仆的灰色骑装，一个人骑马向前。在安多的传统和传说中，穿着华丽来到这座王宫的女人都会遭到失败。伊兰早就说清楚，她必须一个人做这件事，虽然她还是非常希望艾玲达和柏姬泰能够成功地否决她的要求。在宫门前的二十四个守卫里有半数是艾伊尔枪姬众，另外一半人戴着蓝色头盔，穿蓝色外衣，在他们的胸口上绣着一条金红色的游龙。

“我是伊兰·传坎。”她高声说道，并且为自己平静的声音感到吃惊。她的声音向远处传开，宫殿前大广场上的人们，都将目光从她的同伴移到了她身上。古老的誓语在她的口中响起：“以传坎家族之名，以传自爱莎拉的权威，我来取得安多狮子王座，愿这是光明的期望。”

宫门敞开了。

当然，事情并不会这样容易。即使占领了这座王宫，也不代表就得到了安多的王位。伊兰将她的同伴们交给困惑不已的莉恩耐·哈芙尔和一队穿着红白色制服的仆人，她很高兴这位犹如女王一样庄严、身材圆胖的灰发首席侍女仍然掌管着这座宫殿的一切。然后伊兰急忙向宏厅——安多的王座大厅赶去，仍然是独自一人，这并非是登位仪式的一部分，现在还不能举行这个仪式。在正式的仪式上，她应该穿上红色丝绸长裙、串珍珠的胸衣，袖子上要绣着白狮子，但伊兰急切地想去那里看看。这一次，甚至连奈妮薇也没有试图反对。

六十尺高的白色圆柱沿着宏厅两侧一直排列进去，王座大厅里空无一人，这种情况不会持续太久了。明亮的午后阳光，从墙上和天花板上的大玻璃窗中照进来，融入了天窗彩绘玻璃的色泽。那些彩绘玻璃上画着安多白狮子、安多的各场伟大胜利战役，和这个国家早期历代女王的面容。第一位女王就是爱莎拉，她的皮肤像亚桑米亚尔一样黝黑，像两仪师一样充满了威严。没有任何安多的统治者，能够忘记这些铸造安多的先王正在俯视着她们。

有一样东西是伊兰害怕看到的——一个巨大畸形的王座，上面爬满了镀金的龙，伊兰曾经在特·雅兰·瑞奥德中的大厅王座台上见到过这个王座。感谢光明，那个王座不在这里。狮子王座也不再像是战利品一样，被摆放在一个高高的方形底座上，而是被放在它应有的王座台上的位置。那是一个巨大的镀金雕花王座，但它的座位尺寸是为女人设计的，在王座的靠背上方，红宝石铺成的底色上，立着用月长石拼成的白狮子。它将站立在任何坐在这个王座里的女人头顶。任何男人坐在这个王座里都不可能感到轻松，因为根据传说，他在坐上这个王座的时候也就注定了自己的厄运。不过伊兰觉得这个座位让男人不舒服的原因，更有可能是制作它的工匠故意不让男人能舒服地坐在这把椅子里。她登上王座台的白色大理石台阶，伸出一只手按在王座的扶手上，现在她还没有权力坐在这上面，必须等到她正式成为女王的时候。但以狮子王座立誓是跟安多一样古老的传统。伊兰抵抗着跪下来伏在王座上哭泣的冲动，她也许已经接受了母亲的死亡，但每想到此，所有的痛苦都会一并涌来。但她现在不能垮下来。

“在光明的照耀下，我让人们因为回忆你而感到光荣，母亲，”她轻声说，“我会让摩格丝·传坎的名字成为光荣的象征，并竭尽全力只为传坎家族带来光荣。”

“我命令卫兵将那些好奇的人和打探讯息的人赶走，我怀疑你也许想要一个人在这里待一会儿。”

伊兰缓慢地转过头，看见戴玲·塔拉文正站在宏厅门口。这名金发女子缓步向她走了过来。戴玲是她母亲争夺王位时最早的支持者之一，现在她头上的灰发比伊兰记忆中多了不少，眼角也增添了许多鱼尾纹，但她仍然很漂亮。一名强而有力的女人，无论是作为朋友还是敌人。

戴玲停在王座台前，抬头看着伊兰。“两天以前，我听说你还活着，但直到现在我才真正相信了。那么，你是来从转生真龙的手中接收王位的？”

“我以我应有的权力取得王座，戴玲，以我自己的手。狮子王座不是一件能够从男人手中接受的小东西。”戴玲点点头。那样子就像是在说，这对任何安多人来说都是不言自明的事实。“你将如何选择，戴玲？支持传坎，还是反对我？我在路上听到不少人在谈论你。”

“你以自己应有的权力取得了这个王座。”很少有人的声音能像戴玲那样干巴巴的。伊兰坐在王座台最高的台阶上，示意那名年长的女子到她面前来。“但你还是会遇到一些障碍。”戴玲走上来，拢起自己的蓝色裙摆，坐下。“就像你知道的那样，已经有几个人宣布了对狮子王座的所有权，娜埃安和爱伦娜，我已经将她们拘禁，罪名是反叛。看样子，大多数人都接受这样的指控，但爱伦娜的丈夫一直在暗中为她活动。亚瑞米拉也宣称要取得王位，那头笨傻的鹅，她甚至还赢得了一些支持者。不过，你当然不必为这种人担心，你真正要担心的——除了遍布全城，等待转生真龙回来的艾伊尔人之外，是娅姆林、爱拉瑟勒和佩利瓦。现在鲁安和艾络琳会支持你，但他们也会转而支持那三个人。”

一份非常简洁的名单，戴玲的口气就像是在讨论一匹待售的马。伊兰知道娜埃安和爱伦娜，贾瑞德大概仍然以为他的妻子有机会登上王座，亚瑞米拉只是一个相信自己能成为女王的傻瓜，无论她有怎样的支持者。但名单的后五个人确实让伊兰担忧，他们都曾经是母亲的有力支持者，就像戴玲一样，他们全都统率着一支强大的家族。

“那么爱拉瑟勒和娅姆林是想要得到王座了，”伊兰喃喃地说道，“我不相信艾络琳会有这种欲望，至少她自己是不会的。”佩利瓦也许会为他的某一位女儿谋取王位，但鲁安只有年幼的孙女。“你的意思似乎是那五个家族会联合起来，那么谁会是他们的主导者？”如果真的出现那种情况，那将是很严重的威胁。

戴玲微笑着，用手撑住自己的下巴：“他们似乎认为我应该登上王座。你打算怎么对待转生真龙？他已经有一段时间没有回到这里了，但看样子他能从空气中突然冒出来。”

伊兰闭上眼睛，但是当她再次将眼睛睁开的时候，她仍然坐在宏厅的王座台上，戴玲仍然在对她微笑。她的哥哥在为爱莉达而战，另外一位兄长成为了白袍众，她的这座宫殿里塞满了随时会彼此厮杀起来的女人，更不要说还有一名暗黑之友；黑宗两仪师甚至就在她们当中。而她在取得王座时要面对的最大威胁——一个非常大的威胁，就站在一个自称会支持她的女人身后。这个世界真的很疯狂，她在让这个世界变得更加疯狂。

“我要约缚他成为我的护法。”伊兰说道。戴玲惊愕地眨了眨眼，伊兰已经继续说了下去：“我还想嫁给他。不管怎样，这与狮子王座无关，我要做的第一件事……”

伊兰还在说话的时候，戴玲笑了。伊兰希望自己知道，这个笑容是戴玲在为她的计划感到欣喜，还是因为戴玲已经看到自己通向狮子王座的道路被铺平了。但至少，伊兰现在知道她要面对一些怎样的人。

戴维德·汉隆策马进入凯姆林，不由得想到，这座城市遭到劫掠的时候会是怎样一番情景。在他身为军人的岁月里，他曾经见过许多村庄和城镇被劫掠、毁灭。二十年前，一座巨大的都市——凯瑞安，也曾经被劫掠过，奇怪的是那时劫掠凯瑞安的艾伊尔人，现在却对凯姆林秋毫无犯。不过，除了烧掉了凯瑞安的那些巨塔之外，那些艾伊尔人似乎也没有对其造成什么严重的破坏，他们并没有带走凯瑞安的大部分黄金和其他财富，虽然他们有足够的人手带走那些。在汉隆的想象中，这些宽阔的街道上将塞满骑马的人和难民，肥胖的商人不等匕首碰到身体，就会交出他们的黄金，希望以此换得一条性命，苗条的女孩和丰满的妇女颤抖着被拖进角落里，几乎连一声尖叫都发不出来。他见过这些事情，也亲手做过，而且他渴望着再次这样做，但不是在凯姆林。他叹息一声，无奈地承认了这一点，如果他可以违抗那些迫使他到这里来的命令，他一定会去一个也许没有这么富足，但一定更容易下手的地方。

但他的命令很清楚。将坐骑放在新城的红牛旅店，他步行一里，找到了街边一座高大的石头房屋。这座房屋属于一名富有的商人，为了掩饰自己的财富，这名谨慎的商人将这幢房子建得相当朴素，房子的前门上画着一个小小的徽章——一颗红色的心放在一只金色的手里。那个为他开门的粗笨家伙有着凹陷的指关节和一双阴沉的眼睛，他并不是商人的仆人。这名大汉一言不发地领着汉隆，向屋中的地下室走去。汉隆握住剑柄，在他丰富的阅历中，他曾经见过许多失败的人被引入他们的死刑场。他不认为自己失败了，当然，他也很难算是成功，但他执行了命令，虽然这往往是不够的。

一些镀金油灯照亮了粗糙的石砌地下室，他不知道这位夏安女士是什么人，但他接到的命令让他服从这个女人。他恭敬地行了礼，面带微笑，夏安只是看了他一眼，好像在等待他注意到这间地下室里有什么特殊的东西。

他又留意观察了一下，除了几个箱子以外，这个房间里只有一张样式非常奇特的大桌子。在桌面上有两个椭圆形的洞，从一个洞里伸出一个男人的头和肩膀，他的头向后仰着，贴在桌面上，几根钉在桌上的皮带勒住了他的头发，以及他牙齿之间的一块木塞。另一个洞中是一个女人，也同样被勒成装饰品的模样。在桌子下面，他们都是双膝跪地，手腕和脚踝被捆在一起，想要挣脱出这种绑缚肯定很难，而且这样被绑着肯定很不舒服。那个男人的头发里有一点灰色，看面孔，应该是一名领主，不过这一点并不令人惊讶。现在，他一双深陷的眼睛正在飞快地转动着；那名女人的深色头发披散在桌面上，光泽滑润，但她的脸对于汉隆来说有些过长了。

突然间，汉隆看清了那个女人的脸，他立刻按住了剑柄。随后，他费了一些力气，才让自己的手离开剑柄，并掩饰住自己的痛苦。那是一名两仪师的脸，但无论是谁，如果让自己被捆成这样，哪怕是两仪师，也不再是威胁了。

“看样子，你毕竟还有些脑子。”夏安说道。听那种颐指气使的腔调，她应该是一名贵族。她的目光扫过桌面，看向那名被捆住的男人：“我请求主人莫瑞笛为我派一个有脑子的人过来，这个可怜的贾西姆就没什么脑子。”

汉隆皱起眉，但他立刻又让自己的眉头舒展开来。他的命令来自于魔格丁本人。末日深渊在上，谁是莫瑞笛？当然，这没有关系。他的命令是魔格丁向他下达的，这就够了。

那名笨重的大汉递给夏安一只漏斗，安将漏斗插进贾西姆牙齿中间那个木塞上的一个洞里，贾西姆的眼珠好像要从眼眶里跳出来一样。“可怜的贾西姆大大地失败了，”夏安说道，她的微笑就像是一头狐狸看着一只鸡，“莫瑞笛希望他受到惩罚。可怜的贾西姆很喜欢他的白兰地。”她向后退了一小步，保持在能清楚地看见贾西姆的距离之内。汉隆打了个冷战，因为他看见那个粗汉从墙边的木桶中拿了一个，走到桌边。汉隆觉得自己一个人也能举起那个木桶，但那名大汉只是轻松地将它一举而起。那名被绑住的男人第一次发出了尖叫，但一股深色的液体已经从桶中流入了漏斗，将他的尖叫变成一阵汩汩声。劣质白兰地的刺激气味充满了房间。虽然贾西姆被紧紧地捆住，但他还是在拼命地挣扎，甚至让沉重的大桌都移动了。白兰地一直不停地被灌入，气泡不停地从漏斗中冒起，似乎是他想要呼喊或者尖叫些什么，但白兰地的灌入一直没有停止。贾西姆的挣扎逐渐缓慢下来，最终停止了，他的双眼大睁，瞪着屋顶，如同两颗玻璃珠。白兰地从他的鼻孔中流出来。那名大汉还没有停手，直到最后一滴白兰地从空桶里流出。

“我想，可怜的贾西姆终于喝够了白兰地。”夏安说着，轻声笑了起来。

汉隆点点头，他也认为贾西姆是喝够了，他有些想知道这个贾西姆以前是什么人。

夏安还没有结束，她打了个手势，那名大汉拔起一根勒住那名两仪师口塞的皮带。汉隆觉得那个木塞从那名两仪师的嘴里被拔出的时候，也连带松动了她的几颗牙齿，而那名两仪师却似乎完全没有注意到这些。还没有等那名大汉完全松开皮带，她已经忙不迭地说起了话。

“我会服从你！”她嚎叫着，“我会服从，就像服从伟大主人的命令！他在我的身上设下了屏障，只要我衷心服从，那个屏障就会消散！他是这样告诉我的！让我证明自己吧！我会在你的脚边爬行！我是一只蛆虫，你是太阳！哦，求求你！求求你！求求你！”

夏安伸手捂住那名两仪师的嘴，堵住了那些呜咽一般的喊声。“我怎么知道你不会再次失败？法里恩？你已经失败了。莫瑞笛将你丢给我，只是为了让我惩罚你。他已经给了我另一个人，难道我一定需要两个人吗？不过，也许我会给你第二次机会，但如果想让我这样做，你就必须先说服我，我只想得到真正的忠诚和热心。”

夏安的手一挪开，法里恩就再一次开始尖叫求饶，不停地许下各种承诺。但很快，那个木塞又被塞回到她的嘴里，让她只能继续尖叫和流泪。勒住木塞的皮带又被钉回到桌上，刚才放在贾西姆口中的漏斗被插进她的口塞里，那名大汉将另一只木桶立在法里恩的头边。那名两仪师像是发了疯，凸起的眼睛拼命地转动着，身体在桌子下面不停挣扎，直到桌子也开始抖动。

这一幕给汉隆留下了深刻的印象。一名两仪师肯定比肥胖的商人和圆脸的商人女儿更难以被打垮，看样子，夏安一定有使徒在为她撑腰。他发觉夏安正在看他，便停止了对法里恩的微笑，他生命中的第一规则，是绝对不要冒犯那些由使徒安排在他头上的人。

“告诉我，汉隆，”夏安说，“你喜不喜欢抚弄女王？”

汉隆不由自主地舔舔嘴唇。一位女王？这他可从没有干过。

第 29 章

一杯睡眠

“不要做一个彻底的羊毛脑袋，兰德。”明说道。她仍然让自己坐着，盘起双腿，一下一下地抖着脚尖，但她仍然无法让自己的声音中不带怒气。“去找她！和她说话！”

“为什么？”兰德喊道，“现在我知道该相信哪一封信。这样才比较好，现在她是安全的。她远离任何想要攻击我的人，安全地远离我！这样才更好！”他只穿着衬衫，在真龙王座前的两排椅子之间大步来回踱着。他紧握着拳头，指节泛白，双眼瞪着窗外黑云，那些云正在为凯瑞安覆盖一层新雪毯。

明和费德文·毛尔交换了一个眼神，那名殉道使站在雕刻太阳图案的厅门旁，现在枪姬众会让一切没有明显威胁的人不经通报就进来。但今天上午兰德不想见到的那些人，都会被这名高大的男孩拦住，他的衣领上戴着龙徽和剑徽，明知道他已经见识过更多、更可怕的战斗，那是大多数三倍于他年纪的男人都不会有的经历，而他还只是一名男孩。今天，他不安地瞥着兰德，显得很幼稚，他腰间的佩剑在明看来，仍然显得很不相称。

“转生真龙是个男人，费德文，”明说道，“像任何男人一样，他生气，因为他以为一个女人不想再见到他了。”

那个男孩睁大眼睛，挺直身子，好像以为明刚刚在取笑他。兰德停下来，沉下脸来盯着明，现在明能够不笑出来只是因为她知道，兰德正在压抑着肋侧伤口的痛楚，还有如果她只是由着自己的性子做，兰德一定会受伤害。她当然没有机会亲手去把兰德的那些旗子撕掉，虽然她觉得这样做也不错。当泰姆在黎明时带来关于凯姆林的讯息时，兰德曾经很震惊，但那个人一离开，兰德就不再像是一头被砍伤的公牛，而是变成了……现在这种样子！

明站起身，整了整浅绿色的外衣，将手臂抱在胸前，直视着兰德。“还能怎样？”她平静地问。是的，她要让自己平静下来，她几乎就要做到了。她爱这个男人，但在这样一个早晨之后，她只想抽他的耳光。“你提起麦特还没有两次，而你甚至不知道他是否还活着。”

“麦特还活着，”兰德大声说，“如果他死了，我会知道的。你为什么要说我……”他猛地咬住牙，似乎他没办法让自己说出那个词。

“生气，”明替他说了，“再过不久你就要撅起嘴来了。有些女人认为男人在撅嘴的时候更漂亮，但我不是那种人。”好吧，这已经足够了，他的脸变得更黑了，而且他也没有脸红。“难道你不是绞尽脑汁要让她得到安多王座？容我加一句，那个王座本就应该是属于她的。难道你没有说过，你希望她得到一个完整的安多，而不是让安多像凯瑞安和提尔那样四分五裂？”

“我是说过！”兰德吼道，“现在安多是她的了，她想让我离开安多！我说，这很好！不要再命令我停止喊叫了！我不是……”他意识到自己正在做什么，又猛地闭上了嘴，一阵低沉的吼声从他的喉咙里传出来。毛尔只是端详着自己衣服上的一颗钮扣，将它拧过来又拧过去，今天上午他一直在做这件事。

明保持着自己面容的平静，她不打算扇兰德的耳光，他已经不是可以打屁股的年纪了。“安多是她的，就像你希望的那样，”她说道，几乎还是平静的，“只要她扯掉了你的旗子，弃光魔使就不会对付她了。”一道危险的光芒闪动在那双蓝灰色的眼睛里，但明还在说话：“就像你想要的那样，你当然不会相信她可能变成你的敌人。安多会追随转生真龙，这你知道，所以你着急的唯一原因就是你以为她不想见你了。去找她，你这个傻瓜！”而下面的一段话才是最难说出口的。“不等你说出两个字，她就会吻你。”光明啊，她对伊兰的爱就像她对兰德的一样多——也许是一样多，只不过方式非常不同——但一个女人怎么能和一位掌握着强大国家的、美丽的金发女王相比？

“我没有……生气。”兰德用绷紧的声音说。他又开始踱步了，明很想踢一下他的屁股，用力地踢。

厅门打开了一扇。满面皱纹、白发如雪的索瑞林走了进来，毛尔还在观察兰德是否想让她进来，她却已经将毛尔拨到一旁。兰德张开嘴——不管他是否想见索瑞林，这当然会让他生气。而此时另外五名女子穿着被融雪打湿的厚重黑色长袍已经跟随智者走进了王座厅，她们交叠着双手，视线低垂，深兜帽并没有完全遮住她们的面孔，她们的脚都被包裹在破布里。

明感到头皮一阵发麻，在她的眼里，各种幻像和灵光在这六个女人身周时隐时现，就像在兰德周围一样。她曾经希望兰德已经忘记了这五个人还活着，以光明之名，这个可恶的老妇人要干什么？

索瑞林一挥手，带起一阵黄金和象牙手镯相互撞击的声音，那五个人急忙在镶嵌黄金日升花纹的石地板上站成一排。兰德从这一排人面前走过，逐一将兜帽掀开，冷冷地盯着那些露出来的脸。

所有穿黑袍的女人看上去都很久没有梳洗过了，她们的头发上沾满了尘土，被汗水凝成一绺绺的样子。绿宗两仪师爱尔札·潘冯用热切的眼神望着兰德，脸上带着一种奇怪的热情。耐苏恩·比哈莱是一名苗条的褐宗两仪师，她专注地审视着兰德，如同兰德审视着她。萨伦妮·耐姆达非常漂亮，虽然脸上脏污不堪，却对她无瑕的面容却几乎没有任何损害，她就好像是用指甲掐着自己白宗的冷静。柏黛恩·尼拉姆得到披肩的时间不长，面容还没有变得光洁无瑕，她试图做出一个犹疑的笑容，却在兰德的瞪视下立刻消散了。布莲安·波罗黎肤色白皙，生得几乎像萨伦妮一样可爱，她哆嗦了一下，又努力让自己迎向兰德冰冷的瞪视，只是她的努力太过明显了。最后这两名两仪师也是绿宗的。这五名两仪师都属于爱莉达派遣来绑架兰德的两仪师，她们之中有些人在押解他前往塔瓦隆的途中还拷打过他。有时候，兰德仍然会在深夜突然惊醒，气喘吁吁，浑身冷汗，嘟囔着自己被关在箱子里，被鞭打。明希望自己能够看不见他目光中的杀意。

“兰德·亚瑟，”索瑞林说道，“我相信这些歹藏对于自身羞耻的认知已经深入她们的骨髓。布莲安·波罗黎是第一个要求我们像她曾经鞭打你那样鞭打她的人，从日出直到日落。而现在，她们每个人都这样做了。我们满足了她们的这一要求。她们每一个人都要求竭尽全力侍奉你，虽然她们因背叛而辜负的义还无法补偿。”索瑞林在说这一句话的时候，声音严厉了许多，对于艾伊尔人，绑架和背叛是远比那些两仪师随后所做的事情更恶劣的罪行：“但她们已经知道了她们的羞耻，她们想要努力弥补损害的义，我们决定把选择权交给你。”

明皱起眉。把选择权交给他？智者们极少会让别人做出选择，索瑞林则绝对没有这样做过。这名强悍的智者随意地将深色披巾盖在肩膀上，看着兰德，仿佛这只是一件琐碎的小事。但她的蓝眼睛冷冷地一瞥明，明立刻就明白，如果她在这里说了错话，这位骨瘦如柴的老妇人一定会剥了她的皮。这不是明看见的幻像，她只是很清楚索瑞林是怎样的人，比她所希望的更清楚。

明开始专注地观察起那些女人身周的各种幻像。她们站得太靠近了，明甚至很难分辨出哪一个幻像是属于谁的，但至少那些灵光明不会看错。光明啊，至少让她能懂得她看到的是什么吧！

在表面上，兰德冷静地接受了索瑞林的提议。他缓缓地揉搓着双手，若有所思地查看着手心上的苍鹭徽记，然后他逐一检查了那些两仪师的面孔。最后，他将目光落在布莲安身上。

“是你吗？”他用温和的声音问布莲安，“我杀死了你的两名护法，对不对？”明哆嗦了一下。兰德有许多种表情，但很少有温和的表情，布莲安是极少的几个拷打过他许多次的两仪师。

这名面色苍白的伊利安两仪师站直了身子。幻像在她周围舞动，灵光明灭不定，但明完全看不懂那些代表什么意思。她的脸上都是污泥，黑色长发纠结在一起，但她还是聚集起两仪师的威仪，和兰德对视。而她的回答简单又直接：“我们绑架你是我们的错，对此我已经考虑了很久，你必须在最后战争中战斗，我们必须帮助你。如果你不接受我，我会理解，但我愿意服从你，帮助你，如果你允许的话。”

兰德看着她，脸上没有任何表情。

他将同样的问题一字不差地对每一个人问了一遍，每个人的答案却因人而异。

“绿宗是战斗宗派。”柏黛恩骄傲地对他说，尽管她的面颊上都是泥渍，眼睛周围带着黑圈，她看上去却像是一位战争中的女王，这名沙戴亚女子似乎天生就是这样。“当你投身于塔拉蒙加顿的时候，绿宗一定会随同在你身边。我会追随你，如果你接受我。”光明啊，她打算约缚一名殉道使作为护法！这是怎么……不，现在这并不重要。

“我们先前所做的是符合逻辑的，”萨伦妮用力控制着自己的冷静，压抑着显而易见的忧虑，她摇了摇头，“我说这些话只是为了解释，而不是为自己开脱。环境已经改变了，对于你，符合逻辑的做法应该是……”她不安地吸了一口气，这时围绕在她身边的幻像和灵光，竟然都是关于爱情的！这个女人就是一块冰，无论她多么美丽，即使知道她会因为某个男人而融化也没有意义！“……继续囚禁我们，”她继续说道，“或者处决我们。对于我，逻辑告诉我必须侍奉你。”

耐苏恩侧过头，她那双几乎是纯黑色的眼睛似乎正在将兰德身上的每一点细节都看清楚，她的身上映出一重红绿色的灵光，明知道那代表着光荣和名望。一座巨大的建筑物出现在她的头顶，又消失了，那是一座将由她建起的图书馆。“我想要研究你，”她说道，“但如果我只能搬石块和挖坑，那么我就没法研究你了。

她们给了我很多思考的时间，但侍奉你，同时研究你，这似乎是一项不错的交易。”她的直率让兰德不由得眨了眨眼，但除此之外，他的表情并没有任何改变。

最令人惊讶的回答还是来自于爱尔札，她的行为比她的言辞表达了更多信息。她跪倒在地，用充满热情的眼睛凝望着兰德，面庞仿佛都因为热情而发光了，无数灵光和幻像在她身周跃动，明却完全不知道那些是什么意思。“你是转生真龙，”她气喘吁吁地说，“你一定会投身于最后战争，我必须在那场战斗中帮助你！任何必要的事情，我都会做！”然后她俯下身去，亲吻了兰德脚前的抛光地面，就连索瑞林也感到吃惊。萨伦妮只是大张着嘴。毛尔惊呼了一声，又急忙低下头去继续玩弄他的钮扣，明觉得毛尔正在紧张地笑着，只是笑声非常小。

兰德转过身，走到一把椅子前，他的真龙令牌、伊利安王冠和绣金红色外衣都放在那里。他只是阴沉着面孔，让明非常想不顾周围这些人，跑到他的身边去安慰他。但她仍然在审视那些两仪师，还有索瑞林，明从没有见到过任何真正有用的幻像出现在那名白发老妇人身上。

突然间，兰德又转回来，大步向那一排两仪师走去。在他逼人的气势前，柏黛恩和萨伦妮甚至不由自主地向后退去，只是索瑞林一个凌厉的手势才让她们回到了原位。

“你们会接受被关在一只箱子里吗？”兰德的声音如同岩石在岩石上磨碎，“整日整夜锁在一只箱子里，离开箱子只是为了接受鞭打？”这正是她们对待他的方式。

“是的！”爱尔札附在地面上呻吟着，“无论我必须做什么，我都会去做！”

“如果你这样要求。”布莲安颤抖着说道，看她的表情，她已经彻底害怕了，其他人也都缓慢地点了点头。

明惊愕地看着这一幕，两只手在外衣口袋里紧紧地攥着拳头。兰德会有这样的报复心也是自然的，但明必须阻止他这样做。明比兰德更了解他自己，她知道兰德在什么地方坚硬得如同匕首刃；在什么地方却是软弱的，无论兰德自己怎样否认。兰德绝对不会原谅自己的软弱。但她该怎么做？怒火扭曲了兰德的面孔，他不停地摇着头，就像他在拒绝一切谏言的时候一样。但他大声说出了一个明能够明白的词。时轴。索瑞林平静地审视着兰德，就像耐苏恩一样，就连那个被关在箱子里的威胁也不曾动摇这名褐宗两仪师；而爱尔札仍然在亲吻着地面，不停地呻吟着；其他两仪师都瞪着空洞的眼睛，像是看见了自己被绑成一团塞在箱子里的样子。

在所有涌动在兰德和那些女人身上的幻像中，突然间，一片灵光闪过，包裹住其他所有幻像，那是蓝色和黄色的灵光，渗透着一点绿色。明知道那片灵光的意思，她抽了一口冷气，半是惊讶，半是安慰。

“她们会侍奉你，以她们各自的方式，兰德，”明急忙说道，“我看见了。”索瑞林会侍奉他？突然间，明开始怀疑“以各自的方式”是什么意思，明的话不会有错，但明自己经常不知道自己的话真实的含义。不管怎样，她们会侍奉兰德，这是明白无误的。

兰德静静地打量着那些两仪师，怒火渐渐从脸上褪去。她们之中有一些人瞥着明，挑起了眉弓，看到明的几句话竟然会有如此的分量，她们肯定很吃惊。不过她们的绝大部分注意力还是都集中在兰德身上，似乎她们都已经停止呼吸了，就连爱尔札也抬起头，望着兰德。索瑞林迅速地看了明一眼，微微一点头，明相信，那是满意地一点头。那就是说，那名老妇人虽然脸上不动声色，但实际上非常关注现兰德和两仪师的这场对峙？是这样吗？

兰德终于说话了：“你们可以像科鲁娜等人那样向我发誓，否则你们就继续接受智者的处置吧，我不会接受其他条件。”尽管他的声音中带着一点要求的意味，但他看上去也像索瑞林一样毫不在意，目光里满是不耐烦的神情。而两仪师们很快就立下了他所要求的誓言。

看到那片灵光之后，明不认为这些两仪师还会有任何逃避谬解之词。但是，看见爱尔札匍匐在兰德面前，其他两仪师也依样照做的时候，明还是感到吃惊。五名蓬头垢面的两仪师，以光明和自身救赎的希望向转生真龙立誓，要全心效忠于他，无论是最终战争之前还是最终战争之后。耐苏恩在说出这个誓词的时候似乎还在检查其中的每一个字，萨伦妮犹如是在陈述一个逻辑法则，爱尔札带着一种灿烂的、胜利的微笑；但她们全都毫不犹豫地立了誓。会有多少两仪师聚集在兰德身边？到这个誓言之后，兰德却像对她们完全失去了兴趣。“给她们找些衣服，让她们和其他的‘学徒’在一起。”他漫不经心地对索瑞林说，他仍然紧皱着眉头，但既不是对索瑞林，也不是对那些两仪师。“你觉得最后你会有多少两仪师？”明不由自主地说出了自己的想法，而这句话让她自己吓了一跳。

“无论多少都不多，”索瑞林冷冷地说，“我想，还会有更多的。”她一拍双手，又打了个手势，那五名两仪师站起身，只有耐苏恩看见其他人如此顺从，似乎感到有些吃惊。

索瑞林微微一笑，对于艾伊尔人来说，这已经是非常满意的表示了。明相信，索瑞林满意的并不是这些两仪师的顺从。兰德点点头，转过身，他已经再一次开始踱步，开始为伊兰而紧锁双眉。明再次坐进椅子里，希望自己能有一本菲先生的书读一读，或者是用来砸兰德的脑袋。好吧，最好有两本书，菲先生的用来阅读，其他人的用来砸兰德。

索瑞林看管着那些穿黑袍的两仪师离开了房间，当她的一只手按在门把手上的时候，她停住了脚步，回头看着正在向那个镀金王座走去的兰德，若有所思地拢起嘴唇。“那个叫凯苏安·梅莱丁的女人，今天她又来了。”她冲着兰德的背后说，“我认为她相信你害怕她，兰德·亚瑟，因为你总是尽力避开她。”说完这句话，索瑞林就离开了。

很长一段时间里，兰德站在原地，盯着那个王座，或者也许是盯着王座后面的某个地方。突然间，兰德猛地摇摇头，走过去拿起剑之王冠，但他刚刚要把王冠戴在头顶，又犹豫了，将王冠放回到椅子上。他只是穿上外衣，将王冠和真龙令牌留在了椅子上。

“我要查出凯苏安到底想要什么，”他高声说道，“她每天都会来这座宫殿，绝不是喜欢来踏雪。你会和我一起来吗，明？也许你能看到些什么。”

明比刚才那些两仪师更迅速地站了起来，去拜访凯苏安绝不会比去拜访索瑞林更让人高兴，但无论做什么事都比一个人坐在这里好，而且，也许她真的能看到些什么。费德文跟在明和兰德的身后，目光中充满了警觉。

门外高大拱廊里的六名枪姬众站起了身，但她们没有跟随兰德。索麦莱是她们之中明唯一认识的枪姬众，她给了明一个微笑，又对兰德板起了脸，用怨愤的眼神看着他。其他枪姬众则径直地瞪着兰德，枪姬众们已经接受了兰德为什么不带上她们就离开的解释，她们驻留在凯瑞安会让暗中的监视者以为兰德也在凯瑞安，但她们仍然要求兰德解释为什么随后没有给她们送信来，对此，兰德就无话可说了。现在兰德只是低声嘟囔了些什么，就大步向前走去，明只好加快脚步追了上去。

“仔细看着凯苏安，明，”兰德边走边说，“你也是，毛尔，她正在玩弄两仪师的诡计。烧了我吧，但愿我能知道那是什么诡计。我不知道，这里面……”

像是有一面石墙突然拍在明的背上，明觉得自己听见了轰然的崩裂声。兰德在翻转——她躺倒在了地板上？——兰德俯身望向她，那双天蓝色的眼睛里在明的记忆中第一次流露出畏惧的神色。直到明咳嗽着坐起身，畏惧才从兰德的脸上褪去。空气中充满了尘土，过了一会儿，明才看清走廊里的情形。

王座厅门前的枪姬众都不见了，那两扇大门和很大一片墙壁也不见了，对面的墙壁上同样出现了一个大小与之相当的大洞。虽然灰尘弥漫，但透过毁坏的墙壁，明仍然能看清兰德的寝室。到处都是大块的碎石，寝室正上方，透过天花板的大洞直接可以看见天空，雪花旋转着飘散在碎石间跃动的火焰上，一根粗大的乌木床柱如同火炬一样立在碎石中间。明意识到她可以看见一座被白雪覆盖的阶梯高塔，那座高塔就像一只巨槌砸进了太阳宫。如果他们不是走出来要去见凯苏安……明打了个哆嗦。

“什么……”明用不稳定的声音说道。然后她放弃了这个无用的问题，任何傻瓜都会看出发生了什么事。“谁？”她问道。

兰德和毛尔的头发上盖满了尘土，外衣破烂不堪，就好像他们刚刚从走廊上一路滚过来一样。也许他们真的是滚过来的，因为他们三个现在的位置比明记忆中更向前了足有十步。焦急的喊声从远方传来，回荡在走廊里。兰德和毛尔都没有回答她的问题。

“我能信任你吗，毛尔？”兰德问。

费德文直视着兰德的眼睛。“你可以把生命交在我的手上，真龙陛下。”

“这就是我将要对你信任的程度，”兰德说。他的手指抚过明的面颊，然后猛然站起身。“用你的生命守护她，毛尔。”他的声音如同钢铁般坚硬，如同死亡般严酷。“如果他们还在宫殿里，他们就会感觉到你制造信道的企图，并且在你完成之前杀死你。绝对不要导引，除非有必要，但时刻要做好准备。带她去仆人区，杀死任何对她图谋不轨的人或非人，不要放过一个！”

他最后看了一眼明。哦，光明啊，如果是在其他时候，明会因为这样的一个眼神而快乐地死去！随后，兰德就向远处跑走了，离她愈来愈远。想要杀死他的东西一定会继续猎捕他。

毛尔用一只脏手拍了拍明的手臂，给了她一个孩子般的微笑。“不要担心，明，我会照顾你。”

但谁会照顾兰德？*我能信任你吗？*他这样问这个属于黑塔第一批成员的男孩。光明啊，谁能让他平安？

兰德跑过一个拐角，伸手扶住墙壁，开始抓住真源。他仍然不想让明看到他导引时虚弱的样子，在这样的时候，这确实很愚蠢，但他还是这么做了。来的不是一般人，可能是狄芒德，或者是亚斯莫丁终于回来了，也许他们两个都在这里。兰德感到有些古怪，编织好像正在从不同的方向传来，刚才他感觉到导引的时候已经太晚了，来不及采取任何应对措施。如果还留在王座厅里，那他一定已经死了。他已经做好了死亡的准备，但明不可以，不，不能是明。伊兰要好得多，毕竟她已经在远离自己了。哦，光明啊，她竟然要远离自己！

兰德抓住真源，阳极力带着熔融的寒冷和冻结的灼热涌入他的身体，给他带来生命的甜美，死亡的污秽。他的肠子扭曲着，他面前的走廊出现了重影，片刻间，他觉得自己看见了一张脸，不是用眼睛看见，而是在他的脑海里。一个男人，微微发光。没有等他认出那是谁，那张脸已经消失了，他飘浮在虚空中，虚空中充满了至上力。

你不会赢的，他对路斯·瑟林说，如果我死了，我也会以我自己的身份而死！我应该送走伊琳娜，路斯·瑟林悄声响应，她应该能活下来。

兰德将那个声音推开，将自己从那堵墙上撑起来。他开始在太阳宫的走廊里蹑足潜踪地开始活动，以最轻的脚步贴着装饰织锦壁挂的墙壁前行，绕过雕金箱子和放置嵌金瓷器、象牙雕刻的镀金橱柜。他的眼睛不停地搜索着袭击者。如果不找到兰德的尸体，他们绝对不会满意的，但他们一定会谨慎地靠近兰德的寝室，以防兰德会因为时轴对命运的改变而活下来。他们会耐心等待，观察是否有他的动静。在虚空中，他可以忍受任何不适；在虚空中，他可以和周围的任何一件器具没有什么差别。

狂乱的呼喊和喧嚣从所有方向传来，一些人尖叫着询问到底出了什么事，另一些人喊嚷着转生真龙已经疯了。兰德脑海中那一小团属于埃拉娜的挫败感让他感到一点安慰，埃拉娜整个上午都不在太阳宫里，甚至不在凯瑞安城中，兰德希望明也能像她一样。

偶尔他会看见有人从走廊远处跑过，其中大部分是穿黑色制服的仆人。他们奔跑着，栽倒在地，爬起来再跑，他们都没有看见兰德。因为有至上力在体内，兰德能听见每一声耳语、每一阵软靴碰到地面的轻响。他在一张摆放瓷器的长桌旁停下，靠在墙壁上，迅速地在身周围编织出火之力和风之力，将它们固定成折光术。

枪姬众出现了，她们如同一股洪流，所有人都戴着面罩，从兰德身边跑过，却没有看见兰德，她们的目标是兰德的寝室。兰德不能让她们跟在他身边，他承诺过让她们战斗，但不是带领她们去送死。当他与狄芒德和亚斯莫丁作战的时候，所有枪姬众能做的只有被杀，他刚刚在他的名单里加上了五个名字，达茵部族、倾峰氏族的索麦莱已经在那个名单上了。他不得不向她们承诺，而他必须信守这个诺言，只为了这个诺言，他就应该去死！

鹰和女人只有被关在笼子里才是安全的，路斯·瑟林像是在引述某个名言。当最后一名枪姬众消失的时候，他又突然哭了起来。

兰德继续前行，走过宫中一道又一道宫门，慢慢地远离了他的寝室。

折光术使用的至上力非常少，其他能导引的男人只有贴近到它旁边才能感觉到这个编织，每当有人要看见他的时候，他就会导引出这个编织。袭击者肯定是确认了他在寝室内，才会发动那样的攻击，这座宫殿里有他们的耳目。也许真的是时轴的作用让他恰好离开了寝室。如果时轴能够在他身上起作用，即使只是巧合，它也很可能改变因缘，让袭击他的人以为他已经死了或者受伤的时候，却落在他的手里。路斯·瑟林在他的思维中发出一阵阵笑声，兰德几乎能感觉到那个人正在期待地揉搓着双手。

随后他又遇到了三批枪姬众，让他不得不用折光术隐藏住自己。还有一次，他看见了凯苏安快步在前面走着，不少于六名两仪师跟在她身后，但兰德并不认识她们，那些两仪师看上去更像是一群猎人。实际上，兰德并不害怕这名灰发的两仪师，不，他当然不害怕！但他还是等待着，直到凯苏安和她的朋友们离开他的视野，他才将隐身的编织解开。凯苏安现身的时候，路斯·瑟林的笑声停止了。他就这样一直保持着沉默，直到凯苏安消失。

兰德从墙边走开，他身旁的一道门被拉开了，艾里尔探出头来，兰德这才知道自己已经走到了艾里尔的房间附近。在艾里尔身后站着一名黑皮肤的女子，在她的耳朵上缀着粗大的金环，一根金链横过她的面颊，连在鼻环和一只耳环上，链子上挂满了黄金徽章。她的名字是纱罗，亚桑米亚尔大使哈琳妮·丁·托加拉的寻风手。当梅兰娜告知兰德与海民达成的协议时，海民大使就已经带着随员搬进了太阳宫。而现在，这名寻风手正在和一个也许很盼望兰德死亡的人会晤。当她们看见兰德的时候，她们的眼睛立刻凸了起来。

兰德想要尽量让自己的动作温柔一些，但他不能耽搁任何时间。片刻之后，他将被捆成一团的艾里尔和纱罗都塞进了艾里尔的床下。她们也许和今天这场袭击无关，也许，但谨防万一总是比较好。她们只能瞪着兰德，嘴里却已经被塞满了艾里尔的丝巾，手腕和脚踝被撕碎的床单紧紧捆住。兰德在纱罗身上固定的屏障能够坚持一两天的时间，到时候自然会有人找到她们，给她们松绑。

一边还在担心固定在纱罗身上的屏障，兰德已经将屋门打开一线，向外面的走廊里窥看了一番，确认没有人之后，就快步走了出去。他不能让那名寻风手导引，但屏障一名女子要使用大量至上力，如果一名袭击者就在附近……不过他在走廊里走出很长一段距离也没有看见其他人。在距离艾伊尔房间五十步远的地方，走廊尽头是一座蓝色大理石的方形栏杆露台，露台两端都有宽阔的阶梯，通向一个有高大拱顶的方形房间。房间对面有着相同形状的另一座露台，三十尺长的织锦挂毯悬挂在这里的墙壁上，挂毯上的图案是用平直纹路构成的鸟雀在空中飞翔。方形房间里，达西瓦正在四处观望，不确定地舔着嘴唇，葛德芬和罗查德也和他在一起！路斯·瑟林嚷叫着要杀死他们。

“……告诉你我什么都没有感觉到，”葛德芬正在说话，“他死了！”

达西瓦看见兰德正站在阶梯的最高处。

兰德得到的唯一警告就是达西瓦在吼叫时面孔的扭曲，达西瓦开始导引，兰德无暇多想，也立刻开始导引。像以前很多次一样，他不知道自己是怎样做的，那只是从路斯·瑟林的记忆中揪出的某西东西，他甚至不确定自己这些编织是不是由他一个人做出来的，还是路斯·瑟林在操控阳极力——风之力、火之力和地之力在他身周开始纠结。火焰从达西瓦身上爆发开来，击碎了大理石，将兰德扔回到走廊里，兰德带着他编织的茧滚出了很远。

这层茧可以挡住除了烈焚火之外的所有东西，甚至包括呼吸的空气，兰德将它解开，喘息着在地面上继续滑行。爆炸的轰鸣仍然在他的耳中回响，空气中烟尘弥漫，不断有大理石碎片掉落。兰德放开这个编织不仅是为了呼吸，还因为这个编织不仅能挡住至上力进来，也会挡住至上力出去。还没有等滑行停止，兰德已经开始导引火之力和风之力，但这次不是折光术那样的编织。许多红色的细线从他的左手飞出，铺成一片扇形切穿了他和那三名殉道使之间的石块。被编织进风之力的火之力变成一连串火球飞出，速度快得让兰德数不清火球的个数，它们烧穿了挡在前面的石块，然后在那个房间里爆炸。持续不断的轰鸣让整座太阳王宫随之颤抖，落下的灰尘再次腾起，石片四散崩飞，但兰德还是迅速地站起身，向远处跑去，再一次经过艾里尔的房间。在一个地方停留就是自寻死路，他已经准备好去死了，但现在还不行。他无声地吼叫着，跑过另一条走廊，跑下狭窄的仆人阶梯，来到下面一层。

他小心翼翼地返回到刚才看见达西瓦的地方，时刻准备着发出致命的编织。

我应该一开始就把他们全都杀死，路斯·瑟林喘息着。我应该早就杀死他们！

兰德任由他去吼叫。

那个高大的房间像被火焰洗涤了一遍，那些织锦只剩下烧焦的碎屑，地板和墙面上全都是三四尺宽的巨大凹陷。兰德本打算走下去的阶梯从中断开了十尺有余。而那三个人已经踪迹全无，他们不可能被完全烧光，一定还会留下些东西的。

一名穿黑色制服的仆人小心翼翼地从房间对面阶梯旁的一道小门里探出头来，他看见了兰德，一翻眼珠，便向前栽倒下去。另一名仆人从一条回廊偷望过来，立刻抓起裙摆逃走了，一边还用最大的力气尖叫着转生真龙要杀死宫里的所有人。

兰德面色阴沉地离开了那个房间，他非常善于吓坏不能伤害他的人，非常善于毁灭。

毁灭，或者被毁灭，路斯·瑟林笑着，这都是你的选择，这有区别吗？

在宫中的某个地方，正有一个人导引了足以打开一个通道的至上力。达西瓦他们要逃走？还是想让他这样以为？

兰德走过太阳宫的长廊，不再隐藏自己的身形。那些袭击者似乎也和他一样。一路上他遇到的几名仆人都尖叫着逃走了。一条走廊接一条走廊。他是一个猎人，充满了接近爆发的阳极力，充满了全力要毁灭他的火焰和寒冰。达西瓦肯定也和他一样，充满了要钻进灵魂的污染。他不需要路斯·瑟林沙哑的笑声和狂乱的嚎叫，他自己心中已经充满了杀意。

他见到一个穿黑色外衣的影子，他的手挥了出去，火焰喷涌、爆炸，撕碎了两条走廊交汇的路口。兰德让编织平静下来，但没有放开它。达西瓦被他杀死了吗？

“真龙陛下，”一个声音从碎石瓦砾后面喊道，“是我，那瑞玛！还有弗林！”

“我看不见你们，”兰德在说谎，“到这里来。”

“我想也许你的血太热了，”弗林喊道，“我想也许我们应该等到我们都冷静下来。”

“是的。”兰德缓缓地说。他真的想要杀死那瑞玛？这应该不是路斯·瑟林的主意。“是的，也许这才是最好的，再等一会儿。”他没有得到回答。他有没有听到逐渐远去的靴子敲击地面的声音？他强迫自己放下双手，朝另一个方向走过去。

他又在宫中搜寻了几个小时，却没有找到达西瓦和其他人，无论是走廊，大厅，甚至厨房，全都空无一人。他什么都没有找到，也什么都没有听到。不，他意识到他明白了一件事，信任是一把匕首，而这把匕首的鞘就像它的刃一样锋利。

然后，他找到了痛苦。

这个石砌墙壁的小房间位于太阳宫地下深处，虽然没有炉火，但这里还是很温暖，只是明觉得很冷。三盏镀金油灯放在木桌上，将这里照得很亮。兰德说过，只要留在这里，即使有人将太阳宫连根拔起，她也是安全的。他说这话的时候不像是在开玩笑。明将伊利安王冠放在膝盖上，看着兰德，兰德则看着费德文。她的双手在王冠上握紧，却被月桂叶之间的小剑刺痛，急忙又松开来。奇怪的是，这顶王冠和真龙令牌完整无损，而真龙王座衣襟变成一堆镀金的碎片，被埋在瓦砾之下。明的椅子旁边有一只大皮囊，里面放着兰德从废墟中拣拾出的东西，兰德的剑带和佩剑也靠在那只皮口袋上。兰德会抢救出来这些东西，在明看来显得很怪。

你这个没脑子的傻瓜，明想着，不要以为正在你面前的东西就不会消失。

兰德盘腿坐在石板地面上，仍然是满身尘土和擦伤，外衣破烂不堪。他看着费德文，眼睛仿佛完全不会眨动。那个男孩也坐在地板上，只是两条腿向前伸着，他将舌头咬在牙齿中间，正在专心致志地用积木搭起一座塔。明费力地咽了一口唾沫。

这名“守卫”他的男孩其实还只是一个孩子，而明则无法忘记刚才的恐怖，还有悲伤。光明啊，他还只是个孩子！不应该这样！但明还是希望兰德能继续屏障他。明费了很大力气才说服费德文专心玩这些积木，而不是用至上力从墙上抽出石块来，造出一座“保护明安全的巨塔”来。然后，明就一直守着他，直到兰德赶过来。哦，光明啊，她真想哭喊出来，为兰德而哭，更甚于为费德文而哭。

“原来你躲到这里了。”没有等兰德站起身，那个浑厚的声音已经从门口传来，站在门口的是马瑞姆·泰姆。像以前一样，那个鹰钩鼻子的家伙穿着黑色的外衣，在两条手臂上盘绕着金蓝色的游龙，和其他殉道使不同，他的高领子上没有剑徽和龙徽。他黝黑的面孔像兰德一样缺乏表情。兰德盯着泰姆，似乎已经咬紧了牙。明悄悄地松开袖子里的小刀。屋中的这些人身周都在不断闪现幻像和灵光，但让明警戒起来的并非这些。她以前见过两个男人思量是否要杀死对方的情形，现在她又看到了。

“你握持着阳极力，泰姆？”兰德说道，他的声音太轻了，泰姆摊开双手。兰德又说道：“这样就好多了。”但他并没有丝毫放松。

“我只是以防万一。”泰姆说，“我走过的走廊里挤满了枪姬众，说不定她们会给我一刀，她们看上去都很激动。”他的目光一直没有离开兰德，但明相信，他注意到了自己碰触匕首的动作。“我自然要小心一些。”他的话音里没有任何滞涩。“看到你还活着，真不知道我有多么高兴。我来报告逃亡者的情况，一般来说，我不会亲自来做这种事，但这次关系到的是葛德芬、罗查德、托瓦德和齐斯曼，看样子，他们对阿特拉发生的事很不满意，但我绝对没有想到他们会干出这种事，我至今还没有见到任何一个我派给你的人。”他的目光向费德文闪烁了一下，但那只是转瞬间的事情。“是否……还有其他的……伤亡？如果你愿意，我会带走这个人。”

“我命令他们远离我，”兰德用沙哑的声音说，“我会照顾费德文，泰姆，他是费德文·毛尔，不是‘这个人’。”他靠在那张小桌上，拿起了油灯中间的银杯，明屏住了呼吸。

“我的村庄的乡贤能够治好任何疾病。”兰德跪到费德文身边。他的视线没有离开泰姆，但他确实向那个男孩露出了微笑，费德文也高兴地向兰德微笑，并想要接过那只杯子，但兰德只是用双手捧着让他喝下杯中的液体。“她对于草药的了解超过我遇到过的任何一个人，我也从她那里学习到一些草药知识。有些是安全的，有些不是。”兰德将杯子拿开。费德文叹息了一声，被兰德抱在怀里。“睡吧，费德文。”兰德喃喃地说道。

看样子，这个男孩真的是要睡了，他闭上了眼睛，胸口的起伏愈来愈慢，直到最后再不动一下，而那一抹微笑一直没有离开他的嘴角。

“这酒里有一点东西。”兰德一边轻声说着，一边将费德文放在地上。明的眼睛燃烧着火焰，但她不会哭泣，她不会！

“你比我以为的更刚硬。”泰姆喃喃地说。

兰德向他笑笑，那是一头猛兽的微笑。“将柯郎·达西瓦加入到你的逃亡名单里，泰姆。下一次我去黑塔的时候，我要看到他的脑袋挂在你的叛徒树上。”

“达西瓦？”泰姆喊了一声，他的眼睛因为惊讶而睁大了。“好的，你说的会被办到，下次你去黑塔的时候。”他很快又恢复成平时那个马瑞姆·泰姆，如同一块抛光的山岩，光彩夺目，泰然自若。明真希望自己能明白跳跃在他周围的那些幻像。

“回黑塔去，不要再来这里了。”兰德站起身，隔着费德文的尸体看着达西瓦。“我也许会离开一阵子。”

泰姆草草地一鞠躬。“服从你的命令。”

当屋门在泰姆身后关闭的时候，明长出了一口气。

“继续浪费时间没有意义，也没有时间可以浪费了。”兰德低声说。他跪到明身边，拿过王冠，把它和其他的东西一同塞进那只皮口袋里。“明，我本以为我就是整群的猎犬，追猎一头又一头狼，但看样子，我正是那头狼。”

“烧了你吧。”明喘息着说。她用双手抓住兰德的头发，盯着他的眼睛，现在，那双眼睛是纯蓝色的，没有一点灰色，正如同清晨日出时的天空，那里面干涸得看不见一滴水。“你可以哭泣，兰德·亚瑟，你不会被眼泪融化的。”

“我也没有时间流泪，明，”他柔声说道，“有时候，猎犬追上了狼，却会希望它们没有。有时候，狼会转回身与猎犬厮杀，或者在前面设下伏击。但首先，狼必须要跑。”

“我们什么时候走？”明问道。她没有放开兰德的头发，她绝对不会再放开他了！绝不！

第 30 章

初始

佩林用一只手拉紧毛皮镶边的斗篷，任由毅力以自己的步伐前进。上午的太阳没有发出任何热量。通向阿比拉的路面上覆盖着遍布车辙的积雪，难于行走。现在这条路上除了佩林和他的十二名同伴以外，只有两辆笨重的牛车和屈指可数的几名穿着深色羊毛衣服的乡下人。他们全都只是低着头走路，如果有风吹过，他们会伸手按住头顶的帽子，但除此之外，他们的注意力只是集中在脚下的路面上。

在佩林身后，他听到尼尔德正在低声说一个下流的笑话，格莱迪咕哝着做出回应，巴尔沃谨慎地“嗯”了一声。越过阿玛迪西亚的边界已经有一个月了，而这三个人像是完全没有受到这个月里所见所闻的影响，也并不担心前面会有些什么。伊达拉正在严厉地指责玛苏芮没有用兜帽好好捂住头脸，伊达拉和凯丽勒都用披巾包住了头脸，将斗篷在肩头裹紧，虽然这些智者承认了骑马的必要性，但她们仍然拒绝换下长大的裙子，所以她们穿着深色长袜的双腿在膝盖以上的部分还是露出了许多。她们对于寒冷似乎完全无动于衷，只是对雪感到惊奇。凯丽勒开始低声告诉森妮德，如果她不把脸遮起来，让别人看见，会发生什么事。

当然，这肯定包括一顿鞭子，而鞭打可能还是最轻的惩罚，森妮德和智者们都清楚这一点。佩林不必回头就知道那位两仪师的三名护法穿着普通的斗篷走在队尾，他们是那种人——随时都可以拔剑在敌群中杀出一条血路，自从黎明时离开营地之后，他们就一直在这样行进着。佩林用戴着手套的拇指擦过腰间的斧柄，然后在一阵突如其来的凛冽寒风中拉紧了斗篷。护法们的看法也许是正确的，情况也许会相当严峻。

在前方不远处，道路连接到一座跨过冰冻溪流的木桥，溪水绕过一座城镇的边缘，现在那里能看见一座巨大的石砌台基，而台基上只剩下了一堆烧焦的木料。因为没有及时向转生真龙宣誓效忠，本地领主很幸运地只受到了鞭笞和被没收所有财产的惩罚。一群人站在桥头，看着这一队骑马的人逐渐靠近，佩林看到他们并没有装备头盔和护甲，却全都紧攥着长矛或者十字弩。看见佩林的队伍，他们也没有交头接耳，只是看着。白雾从他们的口中呼出，盘绕在他们的脸前。镇子周围的每个路口，建筑物之间的每个空隙都有人在守卫。这里是先知的地盘，但白袍众和埃尔隆王的军队还控制着这里的大部分地区。

"没有带她来是正确的，"佩林悄声说，"虽然我回去大概会很不好受。"

"等着为你的选择付出代价吧。"艾莱斯哼了一声。对于一个在过去十五年里几乎一直在步行的人，他仍然把自己的鼠灰色坐骑控制得很好，他披上了一件黑色狐皮镶边的斗篷，那是他和加仑恩玩骰子赢得的。亚蓝骑马走在佩林的另一边，目光阴沉地看着艾莱斯，但那个留大胡子的男人完全对亚蓝视而不见，他们之间相处得并不好。"男人迟早要为女人付出代价，不管他是否欠女人的。我说的没有错，对不对？"

佩林点点头，虽然很不情愿，毕竟从另一个男人那里接受关于自己妻子的建议是不应该的，即使那些建议很谨慎，有很多保留，而且似乎还很有效。当然，向菲儿大喊大叫就像要和贝丽兰好好说话一样困难，但佩林毕竟还是做到了能够一直和贝丽兰平心静气地说话，甚至也有几次向菲儿提高了声音。他依照艾莱斯的建议写了那封信——艾莱斯的大部分建议，他已经尽力了。每当菲儿看见贝丽兰的时候，那种刺鼻的嫉妒气味还是清晰可辨，不过，那种受伤害的气味已经逐渐消失在他们缓慢南行的旅程上。只是佩林仍然会感到不安，当他在今天早晨坚定地告诉菲儿不能与他同行的时候，菲儿竟然没有一句表示反对的话！她的气味甚至……天哪！佩林预想到了菲儿的许多种反应，却从未想到菲儿会如此令他吃惊。她怎么可能在同一时刻又高兴又愤怒？这些表情丝毫没有在她的脸上表现出来，但佩林的鼻子从不会说谎。有时候，佩林觉得自己对女人的了解愈多，他对女人所知道的就愈少！

桥上的卫兵紧皱眉头，不停地用手指抚弄着他们的武器。这时，毅力的马蹄已经敲击在木制桥板上，发出空洞的声音。先知的追随者们永远都是一群乌合之众的样子——面孔肮脏的人穿着过于肥大的丝绸外衣，脸上带着刀疤的街头混混，粉红面颊的学徒，曾经的商人和工匠，他们身上曾经是质量上乘的羊毛衣服都似有几个月没有被脱下过了。但看样子，他们都很精心照顾自己的武器。有一些人的眼睛里散发着高热，其余人只是摆着一副僵硬的、戒备森严的面孔。除了因为长久没有洗澡而散发的臊臭气味以外，他们的身上还聚集着渴望、焦虑、狂热、畏惧和各种各样的气味。

他们并没有拦住佩林，只是站在旁边观望着，眼睛眨也不眨。佩林听到的传闻说，各种各样的女人，从满身绫罗的女贵族到衣衫褴褛的女乞丐，从各个地方来见先知，希望能得到他的宠幸，以此得到额外的祝福——或者是额外的保护。所以佩林只带着这样一小队人马来到这里。如果有必要，他会威吓马希玛，虽然马希玛不一定会接受威吓，不管怎样，最好不要引起和这个人的战争。佩林能感觉到那些卫兵的眼睛盯在他的后背上，直到他率领的这支队伍全部通过小桥，踏上阿比拉的石砌街道。当那一重压力的消失的时候，佩林没道理地感觉到一阵放松。

阿比拉是一个相当有规模的城镇，有几座高耸的塔楼和许多四层高的建筑，屋顶都是石板铺成的，街边不时能看见一堆堆木梁瓦砾，那些都是被拖倒的酒馆或者商人住宅。先知和他的追随者们不赞成通过贸易积累财富和低俗淫靡的娱乐，先知不赞同许多事情，并且会以雷厉风行的手段表达他的观点。

街道上挤满了人，但只有佩林和他的同伴骑在马背上。积雪早已被踩踏成没过脚踝的半冻结的污泥，许多牛车缓慢穿插在人群里，但马车却很少，人乘坐的轿车一辆也没有。除了有一些人衣衫破烂，一些人穿着那种很像是偷来的衣服外，大多数人都穿着土褐色的羊毛衣服。大多数人都脚步匆匆，但就像佩林在路上看到的那些人一样，全都低着头，只有一群群拿着武器的人以不急不徐的步伐来回巡行。街道上的气味主要是肮脏和恐惧，这让佩林颈后的毛发都竖立起来，至少，逃离一座没有城墙的城镇应该不比进来更困难。

当他们又经过一堆瓦砾的时候，巴尔沃赶到佩林身边，低声说了一句“领主”，几乎没有等佩林点头，他已经转过自己的短鼻子坐骑，朝另一个方向走去。他缩在马鞍上，用褐色的斗篷紧紧裹住身体。佩林并不担心这个干瘪的小个子单独行动，即使是在这样的地方。虽然只是一名秘书，但巴尔沃对于曾经攻击过他的真龙信众有着非常详尽的了解，他似乎很清楚自己要做什么。

将巴尔沃排除在脑海之外，佩林开始思考自己要做的事。

佩林找了一个光彩焕发的瘦削年轻人，问出了先知的所在，然后他又先后问了三个在街边的人，找到了那名商人的住宅，那是一座四层的灰色石砌房屋，有着白色大理石的嵌线和窗框。马希玛不赞同肮脏的金钱，但他会接受那些掌握肮脏金钱的人提供的服务。不过，巴尔沃也说过，马希玛经常会住在简陋的房屋里，并不会有任何不满。他只喝清水。无论他去哪里，他都只是雇佣一名贫困的寡妇为他烹饪食物，无论是否难吃，他都会毫无怨言地把那些食物吃光，许多寡妇因此而得到了不少好处。这座高大的房屋附近不像其他地方那样行人拥塞，但这里几乎挤满了桥头上那样的卫兵，他们面色阴冷地看着佩林，或者脸上露出傲慢的冷笑。跟随佩林的两位两仪师都将脸深藏在兜帽里，低着头，只有她们呼出的白雾不停地从兜帽里飘出来。佩林从眼角看见艾莱斯正在用拇指抚摸着他的长匕首，而佩林自己则用力压抑着想要握住斧柄的冲动。

“我带来了转生真龙给先知的信，”他高声说道。看到那些卫兵没有任何动作，他又说道：“我的名字是佩林 · 艾巴亚，先知认识我。”

巴尔沃提醒过他，直呼马希玛的名字，或者不用转生真龙来称呼兰德都有可能导致危险。佩林到这里来并不想造成暴动。

佩林自称认识马希玛似乎在这群武装人员中投下了一点火星，有几名卫兵睁大眼睛，交换了一个眼神，其中一个人跑进了那幢建筑，其余人都将目光集中到佩林身上，仿佛觉得佩林是一名走唱人。没过多久，一名妇人从房子里走出来，她相貌还算漂亮，鬓角已经有了白色，她身上的高领蓝色羊毛裙虽然没有装饰，但工艺精良，也许她就是这幢房子的原主人。马希玛不会把那些招待他住宿的人扔到街上去，但那些人的仆人和雇农经常都会被送到那些“传播真龙陛下荣光”的队伍里去。

“请随我来，艾巴亚大人，”那名妇人镇定地说，“我会引领你和你的朋友们去见真龙陛下的先知。愿光明照耀他的名字。”她的声音很平静，但她的气味中充满了畏惧。

佩林让尼尔德和护法们看着他们的马匹，等待他回来，然后便带领其他人跟随这名妇人走进这座房子。房子里面很暗，只有几盏油灯发出些微光亮，而且并不比外面暖和多少。就连那些智者似乎也不再那样趾高气扬了，她们并没有散发出畏惧的气息，但也和两仪师们的气息差不多了。格莱迪和艾莱斯散发出警惕的气味，仿佛他们都已经竖起颈毛，抿紧了耳朵。奇怪的是，亚蓝却散发出迫不及待的气味，佩林希望他不会想要立刻拔出背上的剑。

那名妇人领着他们走进一个铺着地毯的大房间，房间两侧的壁炉里有火焰在跃动，这里就像是一位将军的书房，每张桌子和半数椅子上都覆盖着地图和文件。这里很暖和，所以佩林将斗篷拢到背后，并且很后悔在外衣里面穿了两件衬衫。

站在房间正中的马希玛立刻吸引了佩林的视线，就像磁石吸住了铁屑。这个肤色黝黑、面孔阴沉的人剃光了头发，面颊上有一片三角形的伤疤，他身上的灰色外衣满是褶皱，靴子也磨损得很厉害，一双深陷的眼睛里燃烧着黑色的火焰。他的气味……佩林只能说，那就像钢一样坚硬，像刀刃一样锋利，并且在剧烈地颤抖着——是疯狂。兰德认为他能给这样的人戴上套索？

“果然是你，”马希玛用凶狠的声音说道，“没想到你竟敢露脸。我知道你要干什么！哈利在一个星期以前就告诉我了，我获得信息的速度一直很快。”有一个人在房间的角落里动了一下，正是那个细眼睛、鼻子突出的家伙，佩林暗骂了自己一句竟然刚刚没有注意到那个人。哈利现在穿着一身绿色的丝绸外衣，这比他上次否认在收集耳朵的时候穿得要好多了。那个人揉搓着双手，邪恶地向佩林笑着，但他一直没有发出声音，只有马希玛在继续说话。先知的声音愈来愈显得灼热，他并没有发怒，但他好像是要将每一个音节烙在佩林的皮肤上。“我知道你杀害了追随真龙陛下的人，我知道你要建立你自己的帝国！是的，我知道曼埃瑟兰！还有你的野心！你对荣誉的贪婪！你已经背叛了……”

突然间，马希玛的眼珠凸了起来，愤怒的火焰第一次出现在他的气味里。哈利发出一声窒息的嚎叫，像要挤到墙后面去一样。森妮德和玛苏芮已经放下了她们的兜帽，将面孔显露无遗，平静而冰冷的面孔，如同任何人所知的两仪师一样。佩林怀疑她们是否在握持着至上力。他敢打赌，智者们一定已经握住了至上力。伊达拉和凯丽勒平静地警惕着所有方向，不管她们是不是有光洁无瑕的面孔，佩林知道，她们完全进入战斗状态。格莱迪同样做好了准备。也许他同样握持着至上力。艾莱斯靠在敞开的屋门旁，表情如同两名两仪师一样平静，但他的气味里充满着暴力。亚蓝则只是大张着嘴，盯着马希玛！光明啊！

“那么这也是真的了！”马希玛口沫横飞地吼叫着，“当肮脏的谣言四处传播，在污损真龙陛下的圣名时，你却竟敢和这些……这些……”

“她们已经发誓向真龙陛下效忠，马希玛，”佩林打断了他，“她们在为他服务！你呢？他派我来停止这里的杀戮，并带你去见他。”没有人给他椅子，所以他将一把椅子上的纸张推落，坐到了上面，他希望其他人也能坐下。当你坐下的时候发出吼声似乎才更有威势。

哈利瞪大了眼睛看着佩林。马希玛的身体在颤抖，他竟敢不经邀请就自行坐下？哦，是的。“我已经放弃了人类的名字，”马希玛冷冷地说，“我只是真龙陛下的先知。愿光明照耀他，愿世界跪倒在他面前。”听他的语气，如果光明和世界不按照他的话去做，那它们一定会后悔的。“但这里还有许多事要做，伟大的事业。所有人必须服从真龙陛下的召唤，但在冬天，行路的速度会很慢，如果再等几个星期，路就好走多了。”

“我今天就可以带你去凯瑞安，”佩林说，“只要真龙陛下和你说过话，你就能以相同的方式回来。整个过程不过一两天时间。”如果兰德让他回来的话。

这一次，马希玛真的退缩了，他露出牙齿，向两仪师瞪过去。“至上力的办法？我不会碰至上力！凡人接触它就是亵渎！”

佩林几乎真的要吼了起来：“转生真龙也在导引！马希玛！”

“受祝福的真龙陛下与其他人不同，艾巴亚！”马希玛也吼道，“他是光明的化身！我会服从他的召唤，但我不会被这些肮脏的女人碰到！”

佩林坐回到椅子里，叹了口气，如果这个家伙对两仪师如此反感，当他知道格莱迪和尼尔德也能导引的时候又会怎样？他想到了直接把马希玛打倒，然后……门外的走廊里一直有人来人往，只要那些人里有一个高喊一声，阿比拉就要变成一片屠场了。“那么我们就骑马走，先知。”他气恼地说。光明啊，兰德说过要隐瞒这个秘密，直到马希玛站到他的面前！他该如何在骑马前往凯瑞安的路上保守这个秘密？“但不能耽搁，真龙陛下非常急切地要见你。”

“我也非常急切地要见真龙陛下，愿他的名字受到光明的祝福。”他的目光向那两位两仪师闪动了一下，似要隐藏住刚才的眼光，他向佩林笑了笑，但他的气味……是严酷的。“我确实非常急切。”

“殿下也想要一只鹰吗？”麦玎问道。雅莲德的四名操鹰人都是像他们的鹰一样瘦削强健的男人，其中一个人让马鞍前木架上带着羽毛蒙头的鹰站在自己的厚皮手套上，然后将那只毛羽光滑的灰色猎鹰向雅莲德递过去。那只蓝色翅尖的猎鹰便又站到雅莲德绿色手套的手腕部分，不走运的是，这只猎鹰似乎对雅莲德很抗拒。雅莲德知道自己现在只是佩林的臣属，但菲儿也知道不能将手中的猎鹰随意放飞出去。

菲儿只是摇摇头，麦玎在马鞍上一鞠躬，便让她骑的杂花马远离了燕子身边。现在她和菲儿之间的距离让她不会打扰到菲儿，但菲儿不必抬高声音也立刻能召她过来。这名美貌的金发女子完全符合菲儿对一名贵族侍女的期望，她的见识和能力都很让菲儿满意。而这些人在原来的主人那里有着怎样的职位，菲儿并不很关心。莉妮现在是菲儿的首席侍女，她很乐于使用她的权威。令菲儿惊讶的是，竟然真的会有女仆敢于冒犯莉妮，以至于吃了一顿鞭子。不过菲儿只是装作不知道这些，只有彻底的傻瓜才会让自己的仆人感到难堪。当然，麦玎和塔兰沃终究还是一件事，菲儿相信麦玎已经和他同床共枕了，只是菲儿暂时还找不到证据。如果菲儿让莉妮给他们施加压力，他们大概就会结婚了。不过，这只是一件小事，不可能打扰她今天早晨的心情。

放鹰是雅莲德的主意，不过菲儿也不反对在稀疏的树林间骑马走一走。大雪犹如厚实的毯子，盖住了地面，并且在树枝上也堆积起了沉甸甸的银粉。树冠上残留的绿色显得更加鲜亮了，空气清冷，弥漫着一股清新的气息。

贝恩和齐亚得坚持要陪在她身边，她们正蹲坐在旁边，束发巾裹住了头颈，而她们看着菲儿的眼睛里全是不满。苏琳本想带领所有枪姬众跟着菲儿，但现在已经有上百个艾伊尔人劫掠乡间的故事在四处传播。阿玛迪西亚人只要看见枪姬众，立刻就会逃跑，或者是挥起武器。这些传闻中一定有一些是真实的，否则绝不会有这么多人知道艾伊尔人，但只有光明知道那些艾伊尔人是谁，是从什么地方来的。不管怎样，即使是苏琳也同意，无论他们是谁，他们正在向东方进军，也许要进入阿特拉。

不过在如此靠近阿比拉的地方，二十名雅莲德的士兵和相同数量的梅茵翼卫队应该足以能保护她们的安全了，这些士兵骑枪上的红绿色飘带一直在风中飞扬。而贝丽兰是这支队伍里唯一搞坏菲儿心情的人，但看着这个女人在她裘皮镶边的红色斗篷里不住地瑟瑟发抖，确实让菲儿感到一阵惬意。那件斗篷足有两条毯子的厚度。梅茵并没有真正意义上的冬天，而对于菲儿来说，这样的天气只能算是暮秋，在沙戴亚，最冷的冬天能够将裸露的肌肤冻得像木块一样硬。菲儿深吸了一口气，她很有些想笑的感觉。

不知道因为什么奇迹，她的丈夫，她深爱的狼，终于开始变成他应有的样子了。佩林没有向贝丽兰吼叫，也不再从贝丽兰身边逃开，现在他只是在容忍那个荡妇的勾引挑逗，就像容忍一个小孩子在他的膝旁玩耍。而最让菲儿高兴的是，现在她已经不必再拼命压抑自己的火气了，她想喊叫的时候，她就会喊叫。她知道佩林不是沙戴亚人，但以前佩林总是以为她很软弱，不会向他发火，那实在是让她感到难受。几天前的晚餐时，她几乎要直接告诉佩林，贝丽兰就差在佩林面前脱光衣服了。当然，她不会这样说贝丽兰，那个娼妓仍然以为能赢得佩林。而今天早晨，佩林在发号施令的时候，就如同一条平静却不容任何阻碍的大河，正是她想要的那种男人——那种让女人知道值得让自己变强，让自己与之并肩奋战的男人，当然，她还是要戳一戳他的专横。有威严的男人很精彩，只要他知道自己并不能命令一切。难道她不该笑吗？她简直应该唱一首歌！

“麦玎，我想，我毕竟应该……”麦玎立刻带着探询的笑容来到她身边，但菲儿的声音又低了下去，她看见前方出现了三名骑马的人。他们正在以雪地允许的最快速度催促自己的坐骑前行。

“至少这里有许多野兔，殿下，”雅莲德说着，催赶自己高大的白色阉马来到燕子身旁，“不过我本来希望……他们是谁？”她手中的猎鹰在她的厚手套上有些躁动不安，系在它爪子上的铃铛发出一阵声响。“看上去像是你的人，殿下。”

菲儿严肃地点点头，她也认出了他们，帕雷林、爱瑞拉和莱茜尔。但他们在这里做什么？

那三个人在菲儿面前拉住了缰绳，他们的坐骑鼻孔里喷出一股股白雾。帕雷林的眼睛睁得就像他胯下的花斑马的眼睛一样大，莱茜尔白皙的面孔几乎完全隐藏在她的斗篷兜帽里，但菲儿还是听到她焦虑地咽了一口唾沫，爱瑞拉黝黑的面孔似乎都变成灰色了。“殿下，”帕雷林急迫地说道，“很糟糕的讯息！先知马希玛已经和霄辰人会晤过了！”

“霄辰人！”雅莲德惊呼一声，“他肯定不会相信霄辰人正在与真龙陛下作战！”

“原因也许很简单。”贝丽兰一边说，一边让她漂亮得过分的白色母马走到雅莲德另一边。没有佩林在身边，她便穿上了一身样式保守、领子一直顶到下巴的深蓝色骑装，她还在打着哆嗦。“马希玛不喜欢两仪师，而霄辰人总是将能导引的女人作为囚徒处理。”

菲儿懊恼地一啧舌，如果这是真的，那确实是很糟糕的讯息。她只能希望帕雷林他们能够有足够的智慧，在这些人面前装作只是偶尔听到了这样的传闻，她必须立刻决定该如何行动。佩林也许已经见到了马希玛。“你有什么证据，帕雷林？”

“我们和三名农夫谈过，他们都看见了一只飞行的巨大怪物四天前的晚上在这里落地，殿下。从那头怪物背上下来了一个女人，她被带到马希玛那里，并在他那里逗留了三个小时。”

“我们得到的信息说明，她一直到了马希玛在阿比拉驻留的地方。”莱茜尔说。

“那三个人全都认为那头怪物是暗影生物，”爱瑞拉插口说，“但他们的话应该是可靠的。”如果这些人说某个不是刹菲儿的人说的话可靠，那他说的话一定就像时钟一样可靠。

“我想，我必须立刻赶到阿比拉，”菲儿说着拉起了马缰，“雅莲德，带上麦玎和贝丽兰。”如果是在其他时候，贝丽兰那种抿紧嘴唇的表情一定也很有趣。“帕雷林、爱瑞拉和莱茜尔跟着我……”一声尖叫响起，所有人都转过了头。五十步以外，一名雅莲德穿绿色外衣的士兵从马鞍上栽倒下去，片刻之后，一名翼卫队士兵咽喉中了一箭，也栽倒在马下。树林中出现了艾伊尔人，他们用面罩盖住了脸，一边飞跑，一边张弓搭箭。更多士兵栽倒在地。贝恩和齐亚得跳起身，用黑色面罩遮住脸，只露出眼睛，她们的短矛还插在固定弓匣的皮带上，她们也举起了角弓。但她们又向菲儿瞥了一眼。周围到处都是艾伊尔人，看样子数量足有好几百，一个巨大的套索正在被收紧。骑马的士兵压低长枪，将菲儿一干人围绕在中心，但艾伊尔人的利箭不停地在他们的保护圈中射出了缺口。

“必须有人把马希玛的这件事告诉佩林领主，”菲儿对帕雷林和另外两个女孩说，“你们之中必须有人找到他！用最快的速度跑出去！”她的目光扫过雅莲德和麦玎，还有贝丽兰。“你们全都跑出去，像火一样跑出去，否则就死在这里！”几乎没有等到她们点头，菲儿已经这样做了，她用脚跟猛地一踢燕子的肋侧，一跃便穿过了没有用的士兵保护圈。“快！”她喊道，必须有人把讯息送给佩林。“快！”

她在燕子的脖子上伏低身体，不停地催促这匹黑马加速，一团团白雪被马蹄踢开，这匹马跑得就像它的名字一样轻盈。等燕子跑出一百多步，菲儿觉得自己可能已经脱险了，而这时燕子却嘶鸣一声，在一阵腿骨断裂声中向前栽倒，菲儿重重地落在地上，脸被埋在雪里，肺中的空气几乎都被挤压了出去。她用力地吸着气，挣扎着站起身，从腰间抽出一把匕首。燕子在腿断栽倒之前就已经发出嘶鸣。一定是有人击伤了它。

一名戴着面罩的艾伊尔人出现在她面前，像从空气中冒出来一样，他用一只强有力的手抓住了菲儿的手腕。菲儿的匕首从突然麻木的手指间掉落下去，她还没有来得及用左手抽出另一把匕首，那个人已经压在她身上。菲儿抗争着，踢蹬、挥拳、甚至用牙齿咬，但那个人像佩林一样粗壮，比佩林还要高一头，他似乎也像佩林一样强壮有力。而他对菲儿的羞辱足以让菲儿痛哭流涕，他首先搜光了菲儿所有的匕首，将它们插在自己的腰后，然后用菲儿的一把匕首割开了菲儿的衣服，还没有等菲儿明白过来，自己已经在雪地上全身赤裸了。她的臂肘在背后被她的一只长袜捆在一起，另外一只长袜被系在她的脖子上，如同一根套索。

除了跟随那名艾伊尔人，菲儿别无选择。她颤抖着，在雪地上踉跄前行，皮肤上满是鸡皮疙瘩。光明啊，她怎么能想到今天会这么寒冷？光明啊，一定要有人带走马希玛的讯息！当然，还要让佩林知道她被捉住了，但她总是能想办法逃走的。还是另一件事情更重要。

菲儿看见的第一具尸体是帕雷林的，他躺倒在地上，一只伸出的手臂握着佩剑，袖子镶嵌缎带的外衣上全都是鲜血。菲儿又看见了许多具尸体，穿红色胸甲的翼卫队，戴深绿色头盔的雅莲德的士兵，还有一名操鹰人，一只戴头罩的猎鹰无力地在他身边扑腾着，它的脚带还被攥在那名死去操鹰人的手里。但菲儿还有希望。

贝恩和齐亚得是菲儿最先看到的其他俘虏，她们跪在一些摘下面罩的艾伊尔男人和枪姬众中间，全都是一丝不挂，没有被捆住的双手垂在膝盖旁。鲜血从贝恩的面庞留下，凝结在她的火色头发上，齐亚得的左侧面颊变成紫色，完全肿了起来，她的灰眼睛显得有些恍惚。她们跪在地上，挺直了身体，丝毫也不觉得羞辱。但是当那名高大的艾伊尔人将菲儿粗鲁地推倒在她们身旁的时候，她们立刻有了反应。

“这是不对的，沙度！”齐亚得气愤地嘟囔着。

“她并没有追随节义，”贝恩喊道，“你们不能当她是奉义徒。”

“那些奉义徒会安静下来的。”一名灰发枪姬众不在意地说。贝恩和齐亚得抱歉地看着菲儿，然后又恢复了平静。菲儿蜷缩起身体，竭力想要用膝盖掩饰自己的裸体，她不知道是该哭还是该笑，她本来以为贝恩和齐亚得能够帮助她逃走，但现在她们已经变成奉义徒，在节义的约束下，她们既不会使用暴力，也不会想要逃走。

“我再说一遍，艾法林，”那个抓住菲儿的人喃喃说道，“这太愚蠢了，我们现在只能在这片……雪里爬行。”他似乎还不习惯“雪”这个名词。“这里有太多武装的人，我们应该继续向东，而不能再搜罗奉义徒，减慢我们的速度了。”

“瑟瓦娜想要更多奉义徒，鲁蓝。”那名灰发枪姬众答道，但她也皱起了眉头，一双严厉的灰眼睛里仿佛闪过一抹不赞同的神色。

菲儿哆嗦着，眨眨眼，记住了这些名字。光明啊，但寒冷让她的脑子也不好使了。瑟瓦娜，沙度，他们本来在弑亲者山脉，在世界之脊的这一边，没有多少地方比那里距离这个地方更远了！但很显然，他们已经过来了，佩林也必须知道这件事，这是另一个她必须尽快逃走的原因。但逃走的机会太渺茫了。菲儿蜷伏在雪中，只想知道自己身体的那一部分会先冻结起来，一定是时光之轮在让她为捉弄贝丽兰而付出代价。她已经开始期盼奉义徒穿的厚羊毛袍子，但捉住她的人并没有要带她离开的样子，看来还有其他俘虏要被带过来。

首先被带过来的是麦玎，她也像菲儿一样被捆住，全身赤裸，吃力地迈着每一步，直到拉着她的枪姬众把她一脚踹翻。麦玎一下子坐在雪地里，她的眼睛大睁着，如果菲儿不是为这个女人感到伤心，她大概会因为麦玎滑稽的样子笑出来。下一个是雅莲德，为了遮住自己赤裸的身体，她的身子几乎对折了起来。然后是爱瑞拉，她似乎已经被自己的赤裸吓傻了，要让两名枪姬众拖着她往前走。最后，另一名高大的艾伊尔男人用一只手臂夹着拼命挣扎的莱茜尔，像夹着一只包裹一样走了过来。

“其他人都死了，或者跑了，”那个人一边说，一边将那名娇小的凯瑞安女子扔到菲儿身边，“瑟瓦娜必须要满意了，艾法林，她太喜欢捉捕穿丝绸的人了。”

当菲儿被第一个驱赶起来，走在囚犯队伍的领头位置时，菲儿没有做任何挣扎。她已经太过震惊，忘记了抗争。帕雷林死了，爱瑞拉和莱茜尔被捉住，还有雅莲德和麦玎。光明啊，必须有人警告佩林马希玛的事，确实还有一个人，但那真是对她沉重的打击。她在这里，颤抖着，紧咬牙关，不让它们发出撞击的声音，正在走向一个未知的囚徒命运。而她必须希望那只窈窕的小猫——那个风骚的娼妓！——贝丽兰，希望她能逃出去，找到佩林。但这似乎又是最糟糕的情形。

艾雯催赶戴夏走过即将出发的队伍，姊妹们骑在马上，立于马车中间，见习生和初阶生徒步站在雪地里。太阳在只有几片浮云的清澈天空中闪耀着光彩，一股股薄雾从戴夏的鼻孔中喷出。雪瑞安和史汪骑马跟在她身后，低声谈论着从史汪的眼线那里得到的情报。艾雯本以为这名火色头发的女人只是在得知自己无法成为玉座以后，才成为撰史者，但日复一日，雪瑞安似乎在这个职位上愈来愈勤勉了。琪纱也骑着她圆胖的母马跟在后边，时刻等待着玉座猊下有任何吩咐，她又在嘟囔茉丽和赛勒梅双双逃跑的事情了，那两个不知趣的坏蛋把三个人的工作丢给了她一个人。她们只是缓步前行，艾雯非常小心地不去看身旁的队伍。

经过一个月的招募，在初阶生名册向所有人开放一个月之后，前来应征的人数多得令人吃惊，渴望成为两仪师的人如同洪潮一般涌来，年岁各异的女人从数百里之外赶来。现在队伍中的初阶生数量又骤增了一倍，几乎有一千人！其中大多数人将不可能有机会戴上披肩，但这个数量本身就足以令人瞩目了。也许会有人造成一些小问题，这些问题指的并不是一对母女争吵，只为了女儿比母亲强大，而女儿却不想这样；或者是女贵族们开始认为接受测试是一个错误的选择。有一位名叫莎琳娜的老祖母，她的潜力甚至还要超过奈妮薇，而且她是一个非常令人吃惊的人。这位灰发妇人严格地遵守每一条规则，对所有人都保持着应有的尊敬，但她曾经以绝对的威严统治着一个大家族，被她的眼睛直视总会令人心神不安，甚至有一些两仪师在走过她身边的时候也小心翼翼。艾雯很不想看到那些在两天前刚刚加入她们的年轻女子。那两名带领她们的姊妹在得知艾雯就是玉座之后大吃了一惊，她们坚持不相信这样的事情，无法相信艾雯·艾威尔，伊蒙村长的女儿会成为玉座，她们因此受到了惩罚。艾雯不想因此连累其他人，但如果看到别人对她有轻侮的表现，她将不得不这样做。

加雷斯·布伦也已经组织好了他的队伍，骑兵和步兵队列一直伸展到视野以外的树林中，苍白的阳光让胸甲、头盔和枪锋熠熠生辉。马匹不耐烦地在雪地里踏着蹄子。

没有等到艾雯走到队伍领头处宗派守护者所在的大空地那里，布伦已经骑着他健壮的枣红马来到艾雯面前，他在面甲后面向艾雯微笑着，艾雯觉得那是一个令人安心的微笑。“天气很适合行军，吾母，”他说道，“至少在这里是这样。”

艾雯点点头，布伦让马匹放慢脚步，去到史汪身边。史汪并没有张嘴咬他。艾雯不知道史汪和这个男人之间已经发展成怎样的关系，不过史汪已经很少在艾雯的耳边抱怨这个男人了，而且只要布伦在场，她就绝对不再说他的坏话。现在艾雯很高兴布伦在身边。玉座猊下不能让她的将军知道自己会因为他而有安全感，但艾雯觉得今天早晨，自己需要这种安全感。

宗派守护者们的坐骑在树林边缘排成一线，还有另外十三名姊妹骑马等在稍远的地方，小心地看着宗派守护者。罗曼妲和蕾兰用马刺一踢她们的坐骑，几乎是并肩走上前来，根本不顾及斗篷被冷风吹到身后，蹄子溅起一片片雪沫。艾雯几乎禁不住要叹上一口气。评议会服从她，是因为她们别无选择，因为她们已经开始了对爱莉达的战争。但光明啊，她们又会用怎样的手段扭曲与这场战争有关或无关的所有事情。尤其是在与战争无关的事情上，想要从她们那里得到任何东西都会像从鸭子嘴里拔牙！如果不是因为莎琳娜，她们也许早已经找到办法阻止年纪大的女人成为初阶生了，就连罗曼妲也对莎琳娜有着很深刻的印象。

两位宗派守护者在艾雯面前拉住缰绳，但还没有等她们张开嘴，艾雯已经说道：“该是行动的时刻了，吾女，现在不是浪费时间闲聊的时候，开始吧。”罗曼妲哼了一声，虽然声音很轻，看蕾兰的样子，她也很想这样做。

她们动作一致地转过马头，又彼此瞪了一眼，过去一个月里发生的所有事件只是让她们更加不喜欢对方。蕾兰愤怒地一转头，避开了罗曼妲的目光，罗曼妲微微一笑，不过只是嘴角翘了一下。艾雯几乎也要微笑了，她们之间的相互厌恶仍然是艾雯对于评议会最强大的力量。

“玉座猊下命令你们开始行动。”罗曼妲庄严地抬起一只手，朗声说道。

阴极力的光晕出现在宗派守护者身边的十三名姊妹身上，将她们笼罩为一体。一根粗亮的银色光柱出现在大空旷地中心，它在飞速旋转中变成了一个三十尺高、三百尺宽的通道。雪花从通道的另一侧飘落过来，喊喝命令的声音从士兵队伍中传来，第一批重甲骑兵走进了通道。通道对面的风雪太大，以至于无法看到很远的地方，但艾雯还是觉得她依稀能看见塔瓦隆的闪亮之墙和白塔。“开始了，吾母。”雪瑞安说道，她的声音几乎显得有些惊讶。

“开始了。”艾雯表示同意。如光明所愿，爱莉达很快就会垮台。她应该一直等到布伦确认已经有足够的前卫部队走过通道，但她还是不由自主地一踢戴夏的肋侧，走进了那片大雪之中。在这片广袤的平原上，龙山高耸入云，向白色的天空中喷吐着黑色的烟尘。

第 31 章

随后

冬日的寒风和大雪迟滞了商旅行路的速度，被放飞的信鸽也有三分之二都被风雪吹落或落在鹰隼的爪里。大风雪要一直到春天才会停止，但在没有冰封的河道上，船只仍然在快捷地航行。谣言传播得比闪电还要快，千万条谣言，每一条都会洒落千万颗种子，这些种子在冰雪中萌芽生长，正如同在沃土中一样。

有一些故事说，在塔瓦隆，大规模的军队正在鏖战，街道上血流成河，叛逆两仪师已经将爱莉达·亚洛伊汉的脑袋插在了长矛尖上。不，爱莉达已经将白塔的叛逆攥在手心里，那些活下来的叛逆都匍匐在爱莉达脚边。不会再有叛逆，白塔绝不会分裂，破裂的是黑塔。他们敌不过两仪师的计谋和两仪师的力量，殉道使在诸国猎杀殉道使。白塔粉碎了凯瑞安的太阳王宫，转生真龙已经被捆绑在玉座猊下脚边，成为她的傀儡和工具。有些故事说两仪师被捆绑到转生真龙面前，被捆绑到殉道使面前，但没有什么人相信这种故事，而讲述这种故事的很少几个人也受尽了奚落嘲讽。

亚图·鹰翼的大军已经回来，要复兴那个早已逝去的帝国。霄辰人横扫所有敢于阻挡他们的敌人，甚至在阿特拉击败了转生真龙。霄辰人是来侍奉转生真龙的。不，转生真龙已经将霄辰人赶进了大海，彻底摧毁了他们的军队。他们已经劫走了转生真龙，让他跪在他们的女皇面前。转生真龙死了，庆贺的人和哀哭的人一样多，泪水和欢呼一样多。这些故事在诸国传播，如同一层又一层蛛网相互覆盖。男人和女人们在为未来而策划，相信他们才掌握着事实；他们在策划着，因缘吸收着他们的策划，做出向未来发展的编织。

（《匕首之路》完，敬请期待《时光之轮 9：寒冬之心》）

名词解释

殉道使（Asha’ man）：①古语中“卫士”或“守护者”之意，且其中带有强烈的捍卫真理和正义的含意。②一批转生真龙追随者的自称。这些男人前往现在被称作黑塔之地，学习导引。虽然导引对男性而言危机重重，但这些男人之中有许多仍然梦寐以求地想要操控至上力。也有一些人留在黑塔只是因为他们通过了掌握至上力的测试，所以必须在被至上力杀死之前学会控制至上力。他们接受的训练不止包括使用至上力，还包括剑术和徒手搏击。殉道使穿着黑色的制服，根据掌握至上力的程度被分为三个等级：最低一级是士兵；第二级是献心士，献心士的外衣领子上别着一个银制剑徽做为标记；最高一级才是殉道使，他们的衣领一侧别着剑徽，另一侧别着一个涂金红色珐琅釉的龙形徽章。两仪师为了避免过快掌握至上力而产生危险，往往会尽量延长训练期，但殉道使从一开始就全力加快训练速度，特别是在利用至上力作为武器方面，这导致了截然不同的结果。在白塔中，每一起初阶生因意外而亡或毁断的案例都会被胆颤心惊地谈论许多年；而相当数量的殉道使士兵会在训练中死亡或毁断。殉道使的出现，以及他们和转生真龙的关系让两仪师们开始重新评估驯御的必要性。不过许多两仪师完全没有改变她们的观点。虽然有许多女人，其中也包括许多妻子在得知她们的男人开始导引之后都逃走了，但黑塔仍然有许多有妇之夫。他们就像护法被约缚于两仪师那样和他们的妻子建立了一种连结。同样是这种约缚，最近已经被用于约缚被俘的两仪师，虽然这往往是强迫的。

沉默之女（Daughters of Silence）：在白塔超过三千年的历史中，因为各种原因被排除在白塔之外的女人，往往不甘于接受这样的命运，她们试图聚在一起，结成组织。至今为止，绝大多数这样的组织都被白塔驱散了。白塔一旦找到这样的组织，就会对组织成员进行公开的严厉惩罚，好让所有人都知道这种行为的后果。最后一个被驱散的这种组织自称为沉默之女，她们之中有两名被驱逐出白塔的见习生。这两名见习生聚集了二十三名女子，对她们进行训练。这些人都被带回白塔，接受了惩罚，而那二十三人被记入初阶生名册，但其中只有一个人最终得到了披肩。

真龙信众（Dragonsworn）：对于转生真龙支持者的称谓。一般使用这个称谓来称呼他们的，都是反对转生真龙或是想要保持中立的人。实际上，有许多被冠以这个称谓的人从不曾向转生真龙立下过效忠的誓言，那些人往往只是一些强盗，他们希望用这个名号恐吓人群，镇压反抗。有许多暴行都被归罪到被称为真龙信众的人身上。

天空之拳（Fists of Heaven）：霄辰步兵的一支，骑乘被称为巨雷肯的飞兽投入战场。因为巨雷肯承载力量的限制，所以他们无论男女，只装备轻型盔甲和武具，而且个子都很矮小，但他们被认为是霄辰军队中最强悍的战士。他们的作战方式基本上是奇袭，在敌人后方发动袭击。让士兵迅速投入战场上的关键点是他们最大的优势。

奉义徒（gai' shain）：在古代语中，这个词的意思是“在战斗中誓守和平”。一名在战斗中被其他艾伊尔俘虏的艾伊尔人依照节义的要求，要在一年零一天的时间里恭敬地侍奉俘虏他的人，在此期间，他不能碰触武器，不能做任何与暴力有关的事。智者、铁匠、十岁以下的孩子和有十岁以下孩子要抚养的女人不能被当作奉义徒。自从艾伊尔人知道自己的祖先曾经奉行叶之道以后，许多奉义徒在一年又一天之后仍然拒绝脱下白袍。另外，虽然律法一般严格的传统规定不奉行节义的人不能成为奉义徒，但沙度艾伊尔已经开始强迫凯瑞安人和其他战争中的俘虏穿上奉义徒的白袍。而且许多沙度艾伊尔相信，因为这些人不奉行节义，所以不需要让他们在一年又一天之后脱下白袍。

白塔评议会（Hall of the Tower）：两仪师的立法机构。传统上，评议会需要由七个宗派中每个宗派的三名守护者组成。现在，白塔中的评议会没有蓝宗守护者；反叛两仪师中的评议会没有红宗守护者。根据法律，玉座在白塔的权力是绝对的，但实际上，玉座的权力一直取决于她如何领导、操控以及压制评议会，因为评议会有许多方法可以抵制玉座的一切计划。评议会通过决议的方式有两种：少数一致和多数一致。多数一致需要所有出席的姐妹表示同意，举行一次评议会至少需要十一名姐妹，而且每个宗派都要有姐妹出席。唯一的例外就是当需要通过的决议是废黜玉座或撰史者时，玉座和撰史者原先所在的宗派将不会得到通知，直到评议会结束，决议得到执行。要通过少数一致决议时也必须至少有十一名姐妹出席，但不必每个宗派都有成员参加，而且只需要三分之二的姐妹同意，决议就能通过。如果讨论的决议是白塔对外宣战，也只需要少数一致即能通过，但必须是所有宗派都有成员出席。宣战决议是少数几个许多人认为需要多数一致才能通过，却仍然执行少数一致通过的决议种类之一。玉座能免除任何宗派守护者的职位，也就是说，玉座能同时免除所有守护者。玉座的这个权力当然一直被评议会警戒着。不过这种事极少发生，因为只是在传统上被免职的姐妹不应该再次成为守护者，但没有任何法律条文规定宗派不能重新选定被免职的姐妹回到守护者的位置上。这样的事件据信在白塔三千年的历史上只发生过四次，其中两次导致评议会完全或是几乎完全重组。另外两次则使当时的玉座遭到流放。

节义（ji’e’tob）：在古代语中，这个词的意思是“荣誉和义务”，或者是“荣誉和责任”。它是一种伴随着艾伊尔生活的复杂符号，大概要用整整一书架的卷册才能解释清楚。举例而言，在战斗中取得荣誉的方法有许多种：杀戮获得的荣誉最小，因为任何人都可以杀戮；能获得最多荣誉的办法是徒手碰触到一个武装的，而且是活着的敌人，同时又没有造成任何伤害；在这两种方法之间的方法是让敌人成为奉义徒。或者另举一个例子：羞耻在节义的概念中也有许多层次，其中许多层次比疼痛、受伤甚至是死亡更可怕。再举一例：义，或者可以被称之为义务同样有许多层次，但即使是最小的义也必须严格遵循。艾伊尔人即使蒙受羞耻，也不能违背义。对于外人而言，遵循义务就不像艾伊尔人那么重要了。

家人（Kin）：即使在两千年以前的兽魔人战争时期（约灭纪1000至1350年），白塔仍然在继续它的律法，驱逐无法通过试炼的女子。这些女子中有一部分在战乱中害怕回到家去，便逃到了巴莱斯塔（靠近今天的艾博达）躲避战火。她们自称为家人，一直隐藏在暗中，并为其他被白塔驱逐的女子提供荫庇。随着她们不断与离开白塔的女子取得联系，在她们的联系范围里也逐渐包括了从白塔逃亡的人。为了也许永远不再有人知道的原因，家人开始接纳白塔的逃亡者，但她们会竭尽全力不让这些女孩对家人有任何了解，直到她们确信两仪师不会再追缉她们。毕竟，所有人都知道，白塔的逃亡者迟早都会被白塔捉回去。家人知道，除非她们绝对秘密地保留这些逃亡者，否则家人本身也会遭到严厉地惩罚。家人不知道的是，白塔的两仪师几乎从一开始就知道她们的存在，但因为忙于应对兽魔人战争，她们无暇处理这个秘密组织。当兽魔人战争结束的时候，白塔意识到扼杀家人也许并不是最好的选择。在这以前，无论白塔如何宣传，实际上大批的逃亡者确实能逃避白塔的追捕。但当家人开始帮助逃亡者的时候，白塔便确切地知道了逃亡者会逃向何处，于是白塔就能捉住十分之九的逃亡者了。家人为了隐藏自己的存在和人数，便在巴莱斯塔（以及后来的艾博达）四处移居，从不在一个地方停留超过十年，以免有人注意到她们衰老的速度远远慢于常人。正因为家人如此低调，所以白塔相信家人的规模很小。为了利用家人作为诱捕逃亡者的陷阱，白塔决定继续保留家人，而不是像处置历史上其他类似的团体。维持家人存在的这个秘密，只有正式的两仪师才知道。家人没有律法，但她们会奉行一部分初阶生和见习生的纪律，并为了保护自己的秘密而建立了一些规矩。她们严格地对团体内所有成员实行这些纪律和规则，也许家人从一开始就是这样。最近，两仪师和家人开始建立起公开的联系，但只有屈指可数的一些两仪师知道这件事，而这些两仪师因此遭遇了不少震惊，比如家人的数量是两仪师的两倍，有一些家人比兽魔人战争以来最长寿的两仪师还要年长上百岁。家人组织的公开化，对于两仪师和家人自身而言会产生什么样的效果，现在仍然无法完全明了。

女红社（Knitting Circle）：家人组织的管理团体。因为家人们并不知道两仪师如何安排自身内部的管制阶层——只有见习生在通过接受披肩的试炼之后才能了解这些信息，所以家人并没有以导引至上力能力的强弱决定组织内成员的位阶，而是非常看重年纪的长幼，年长的人总是位于年幼者之上。女红社（就像选择“家人”作为自己的组织称谓一样，选择“女红社”这个词也是因为它听上去没有任何威胁感）因此包括了十三名居住在艾博达的最年长的家人，而其中的最年长者被称为“长姊”。根据家人的规矩，女红社成员只要离开艾博达，就自动离职；但只要她们居住在艾博达，她们就有凌驾于其他家人之上的权威，这种权威甚至可以让玉座感到羡慕。

真龙军团（Legion of the Dragon）：一个大规模的军事组织，全部由步兵组成，向转生真龙宣誓效忠，由达弗朗·巴歇尔训练。真龙军团的制度规格由巴歇尔和麦特·考索恩一同制定，与普通的雇佣步兵完全不同。有许多人志愿加入这支部队，同时，真龙军团中也有大量成员来自于投奔黑塔但被淘汰的人。黑塔首先会召集一个地区愿意追随转生真龙的人，借助通道将他们带到凯姆林附近，再挑选出能够学习导引的男人。其余绝大多数人都被送往了巴歇尔的训练营地。

连结（Linking）：能够导引的女人将她们各自的至上力能流融合在一起的能力。虽然这种能流的强度要弱于她们各自能流总量的简单加合，但它能够被引领连结的人完全操控，所以效能要精确和强大很多。没有女人的参与，男人没有办法融合彼此的至上力；而如果没有男人的参与，最多可以有十三名女人共同连结在一起。只要在这个连结的环中增加一名男人，连结的女人就可以增加到二十六人；两名男人的参与可以让连结的女人增加到三十四人；最多一共有六名男人和六十六名女人同时参与到一个连结里。参与一个连结的女人不一定必须有那么多，但除了一男一女进行的连结之外，其他连结中的女性人数至少要比男性多一个。在大多数连结中，男人或者女人都可以控制这个连结，但在最大的七十二人连结和少于十三人的两性混合连结中，占据主导地位的必须是一名男性。虽然男人的导引能力一般都比女性更为强大，但一个连结中男性和女性的数量愈接近，这个连结相对的力量也就愈大。

准姊妹、准兄弟（near-sister，near-brother）：艾伊尔人对于亲密朋友的称谓。这种友谊关系被认为几乎相当于首姊妹或首兄弟之间的关系。准姊妹经常会正式承认对方为自己的首姊妹，准兄弟几乎从不会这样做。

先知（Prophet）：即自称为“圣龙先知”的马希玛·达加。这名曾经的夏纳士兵在经历过一系列变故之后，相信自己受到了启示，他的使命就是四处传播转生真龙的讯息。他坚信，现在最重要的事情就是明白转生真龙是光明化身，要为响应转生真龙的号召做好准备。他和他的追随者们会使用一切手段强迫其他人歌颂转生真龙的荣光。他抛弃了自己的名字，只以“先知”自称。他在海丹和阿玛迪西亚的许多地区造成了严重的混乱，现在那些地区大多处在他的控制之下。

海民（Sea Folk）：更精确的说，应该是亚桑米亚尔，海之一族。他们居住在爱瑞斯洋和暴风海中的小岛上，不过，他们大部分的时间都远离家园，驾着船只在海上航行，而且他们不喜欢前往任何远离海洋的地方。陆地上居住的人们对于他们所知甚少，所以他们被披上了一层神秘的面纱，而且从他们身上产生出许多充满幻想的故事。大多数的海上贸易都是通过海民的船只来运输，大陆国家船只的航速和载货量都无法与海民船相比。海港城市的居民都知道，海民制定契约的手腕和对于契约的重视程度甚至要超过阿拉多曼人。亚桑米亚尔严格地遵循着他们的等级制度，但这其中又有一些令人惊讶的变动性，这一切都是因为海上严峻而且随时可能出现危险的生活环境。亚桑米亚尔被分为诸多部族，规模有大有小，每个部族由一名波涛长率领，波涛长的下一级是领航长，她们是部族所属每艘船上的船长。波涛长拥有巨大的权威，她由十二位部族中资历最深的领航长推选出来，这十二位领航长被称为部族的“十二首”，而亚桑米亚尔的诸船长也可以下令免除某个部族的波涛长。诸船长的权威是任何陆上的国王都无法比拟的，每名诸船长都是经由十二位资历最深的波涛长一致同意后被选出，并终身担任此职。这十二位波涛长被称为亚桑米亚尔的十二首。（“十二首”这个词也被用来称呼任何海民团体中资历最深的十二位波涛长或领航长。）锋刃长的职位由男人担任，他有可能是诸船长的丈夫，也有可能不是。他的责任是保卫海民，并进行贸易。在他之下是诸船长的掌剑手、领航长的管货员。他们的职责都是类似的。而在他们职责之外，他们只能代表他们所效忠的女人行使权威。船只航行的目标和时间只能由领航长决定。但既然贸易和财政权力完全掌握在这些男人手上，所以他们在一切行动上通常都会密切合作。所有海民船只，无论多么小，都会有一名寻风手，每名波涛长身边也会有一名寻风手。寻风手都是女人，她们几乎都能导引，而且擅于编织风之力，亚桑米亚尔称此为操控天气。诸船长的寻风手有着超越波涛长寻风手的权威，后者的权威自然也高过本部族领航长的寻风手。海民的一个特异之处是所有人必须从最低等阶做起，通过自己的努力逐渐升等。除了诸船长之外，任何人都有可能被他的上级贬斥到下一等阶，甚至一直贬斥到最低等阶。

霄辰（Seanchan）：①亚图·鹰翼多年前派遣大军横逾爱瑞斯洋，霄辰人就是那支大军的后代，他们已经征服了爱瑞斯洋对面的土地。他们相信任何能够导引的女人必须被严格掌控，任何能够导引的男人都必须被杀死，这样对于其他人才是安全的。②霄辰人所来自的大陆名称。

姊妹妻子（sister–wife）：一种艾伊尔亲属关系的称谓。有准姊妹或首姊妹关系的艾伊尔女子在发现她们爱着同一个男人，或者只是不想让一个男人干扰她们的关系时，她们会双双嫁给那个男人，由此成为姊妹妻子。爱着同一个男人的两名女子有时也会先探询能否成为姊妹，并被对方承认为首姊妹，由此踏上成为姊妹妻子的第一步。面对这种情况的艾伊尔男人可以选择与这两个女人结婚，或者不与她们之中的任何人结婚。如果他的妻子决定了接纳某人为姊妹妻子，他就必须有第二个妻子了。

侍圣者（so' jhin）：古代语，它最贴切的翻译是“低微者之中的高位者”，但它还有“天空和低谷”和其他几种可能的意思。侍圣者被霄辰人用来称谓世袭的高阶仆人。他们是达科维，是财产，但他们也拥有相当大的权威，甚至经常会掌握实际的权力。就连皇之血脉在女皇家族的侍圣者身边也会放轻脚步，以平等的身份和女皇侍圣者交谈。

同袍军（the Companions）：伊利安的精英军事组织，现在由大将迪墨特·马克林指挥。同袍军是伊利安国王的护卫，并且坚守着这个国家的各个边境要地。在伊利安的对外战争中，同袍军通常都会被用于攻击敌人最强的部位，突破敌人的弱点，以及在国王不得不撤退的时候作为后卫。和其他国家类似的精英战士不同的是，外国人（除了提尔人、阿特拉人和姆兰迪人）不仅会在同袍军中受到欢迎，他们甚至还有可能晋升到最高位阶；伊利安平民也有同样的晋升机会，这在其他国家同样是不常见的。同袍军的制服包括绿色外衣、有伊利安九蜜蜂花纹的胸甲和带有钢制护面甲的锥形头盔。同袍军大将在外衣袖口处有四道金丝编结的花边，头盔上有三根细长的黄金羽毛；副将在袖口上有两道黄色镶边，头盔上有两根细长的绿色羽毛；校官袖口有一道黄色镶边，头盔上有一根绿色羽毛；旗手在袖口上有两道缺口的黄色镶边，头盔上有一根黄色羽毛；班长袖口上有一道缺口的黄色镶边。

弃光魔使（the Forsake）：这是史上十三名最强的两仪师在舍弃光明、投身暗帝以换取永生不死后所获得的称号，他们对自己的称谓是“使徒”。根据传说和片段的史料显示，他们在暗帝再度被封印时也跟着一起遭到囚禁。至今他们的名号依旧会被拿来吓唬不乖的小孩。他们是：阿极罗、亚斯莫丁、巴萨摩、拜拉奥、狄芒德、古兰黛、伊煞梅尔、兰飞尔、麦煞那、魔格丁、雷威辛、沙马奥和色墨海格。虽然世人相信在暗影之战中只有他们背弃了光明，但实际上背弃光明的并不仅仅是他们，这十三名弃光魔使只是所有光明的叛徒中位阶最高的。自从他们在封印中醒来以后，他们的数量已经缩减了。一些最近与弃光魔使打过交道的人相信，男性弃光魔使中只有狄芒德和沙马奥还活着，女性中则只有古兰黛、麦煞那、魔格丁和色墨海格还活着。但最近发生的一些诡异事件表明或许暗帝已经遴选出新的弃光魔使，或者坟墓之王透过某种手段，唤回了已死的人物，而这两名重新被赋予肉体的弃光魔使被称为奥森加和亚兰加。最近，一个自称为莫瑞笛的男人出现了，他也许是另一个被暗帝从墓穴中唤醒的已死弃光魔使。还有一个自称为辛黛恩的女子可能也是这种人。但因为亚兰加本是一个男人，却作为一个女人被唤醒，所以莫瑞笛和辛黛恩这些名字可能只是一种身份的掩饰。这些还需要进一步的信息才能明了。

三誓（Three Oaths）：获得见习生晋升为两仪师时必须立下的誓言。她们要手持誓言之杖说出这三个誓言，誓言之杖是一件特法器，它可以确保誓言的实践。三誓的内容是：一、绝不说虚妄之言；二、不为男人制造武器，让他去攻杀别人；三、除了对抗暗黑之友和暗影生物，或者是在危急关头保护自己、护法和其他两仪师的生命之外，不将至上力当作武器使用。以前的两仪师并不需要立下这样的誓言，但自从世界崩毁以来，剧烈改变的世界让三誓成为两仪师必须遵从的条规。其中第二个誓言因为至上力战争而最先被立下。对于第一个誓言，两仪师们经常用有技巧的说辞迂回过去。人们一般认为后两个誓言是不会被违反的。

智者（Wise One）：智者们在艾伊尔人之中寻找女子进行训练，让她们掌握医疗、草药和其他知识，从而成为新的智者，这一点与乡贤很像。一般情况下，每个部族和氏族的聚居地会有一位智者，她们拥有巨大的权威和责任，如同部族和氏族首领一样能对艾伊尔人产生极大影响，虽然那些作首领的男人们总是认为她们在多管闲事。许多智者都有不同程度的导引能力，她们会找出每一个天生具有至上力火花的艾伊尔女子和大部分能够学习导引的艾伊尔女子。但依照习俗，智者们能够导引这一事实在艾伊尔人之中也不能随便提起，这使得许多艾伊尔人不知道哪位智者能够导引，哪位不能。同样是依照习俗，智者们要尽量避免与两仪师发生联系，这一点她们要比其他艾伊尔人更甚。依照传统，智者脱离于所有争斗与战争之外，但这个传统最近已经被打破，而且已经无法复原了。虽然节义禁止艾伊尔人以各种形式伤害和阻挡智者，但在智者远离暴力的传统被打破之后，这个传统将受到什么影响，现在还很难确定。现存的智者中有三名梦行者，她们可以进入特·雅兰·瑞奥德，并在其他人的梦中与他们对话。

智妇（Wise Woman）：对于艾博达一些女性的尊称。这些人拥有令人难以置信的医术，她们几乎能治好任何伤员，一名智妇传统上会系红腰带。有些人会注意到，许多智妇，实际上是大部分艾博达智妇甚至都不是阿特拉人，艾博达本地人成为智妇的就更少的多了。直到最近才有很少一些非智妇的人知道，所有智妇实际上都是家人，她们使用医疗异能救治伤员，使用草药和药膏只是她们的一种掩饰。霄辰人占领艾博达的时候，家人全部从艾博达逃出，于是那里也就不再有智妇了。

编后记

亲爱的“龙之人众”们，请允许我这么称呼你们。在《时光之轮》系列书稿的交流中，在活动的互动中，在微博和QQ群的对话中，我觉得仿佛和你们相识已久——也许是在第三个纪元，连神话也已经消失的年代？并且，经历了2011年上海书展的时光之轮Cosplay秀后，我更加感动于你们对时光之轮的喜爱、支持与付出。没有你们，就没有时光之轮光彩夺目的今天：没有第一张时轮全彩大地图，没有第一批精美卡贴，没有第一次笑声不断的书友会，没有第一套特别受读者欢迎的时光之轮徽章，也没有大大方方穿在身上、在书展进行“导购”的真龙衫，更没有令人难忘的时光之轮广播剧与令人惊喜的视频……

罗伯特·乔丹怎么会想到，他为之付出毕生心血的奇幻巨著，在遥远的东方大陆，演绎了这么多的精彩瞬间，留下了那么多的难忘回忆，联系了许多原本陌生的阅读者。因为因缘，也因为对奇幻，对充满想象力与激情世界的向往与热情，大家聚到了一起。从《时光之轮》到《冰与火之歌》，从《魔界》到《龙枪》，从《哈利·波特》到《刺客正传》的世界，再到智慧与想象交织的科幻世界，这里对人生的思考何曾逊于任何一部严肃的世界名著？这里优美的描述何曾失色与任何一本充满诗意的散文？这里对友情、责任、成长、牺牲、爱情、公正、和平、罪恶的考量，也不输给任何一位满怀对世界的热爱的哲学家。也许有的语言华丽一些，有的表达婉转一些，有的结构复杂一些，有的战斗直接一些，但只要你知道判断，只要你怀着一颗探索的心，只要你保持独立思考的精神和人格，它们就是上等的营养品，滋润心灵，抚慰人生，锻炼勇气，培养正义。它们的写作者，都怀着无比严肃的悲悯之心进行创作，期待出现史诗般流传的作品。当然，有的人做到了；有的人还在继续努力中。

此刻，2011年接近尾声的时候，我们还不能忘记今年奇幻影视剧的火热。7月，《哈利·波特》的最后“半集”在无数叹息声中划上了圆满的句号；而HBO美剧《权利的游戏》的热播，引发了奇幻影迷们对冰与火之歌第五部分的热切盼望；与此同时，2011年犹在准备中的时轮电影和时轮续写者布兰登·山德森的最后一本时光之轮大结局一样，牵动着遍布世界的四千万“龙之人众”们的心……

这不是一个缺乏物质的的世界，但是想象力与庄重感，责任感与使命感，道德感与牺牲感，在丰富的物质中越来越匮乏。因其如此，我更加珍惜时光之轮。从《世界之眼》到《匕首之路》，我的阅读体会随着乔丹对故事的铺展开来而一次次改变，必须承认，并不是所有的改变我都喜欢，但这就是乔丹构造的世界，它如此宏大，必须囊括更多的真实，美好与丑陋，忠诚与背叛，倔强与善变，享乐与责任，成才与冷酷，贪婪与野心，静悄悄的全力争夺与时时刻刻对自由的向往……在无数交织的对比和并列中，我看见光明在黑暗中凸显，我对生活的热情被燃烧而不是被浇灭。

一个故事，能让全球无数读者追逐二十年，那只有一个原因，就是源于作品本身。时光之轮，这是一部注定要流传久远的奇幻经典，饱含着极为丰富、深刻的生命体验和深邃、博大的解读空间。

最后，我想说的是，亲爱的龙之人众们，当一本书经过许多必须的环节而诞生时，也一定还有很多方面需要继续改进，因为出版是永远有遗憾的工作，但我们一直在尽力将内容的差错率减少到很低，将方便读者的工作做到很细，希望这套每卷都超过60万字的巨著，能成为中国畅销书出版中最不敷衍的奇幻作品之一，这也是在《时光之轮》研讨会上很多专家读过此书后的共同感受：你们“是用做学术著作的认真态度来做奇幻小说”。

感谢译者李镭出色的翻译和尽心负责的合作态度，在《时光之轮》研讨会上，他的翻译能力得到了翻译界前辈们的一致称赞；感谢为本书的编辑和宣传付出心血的吴旭倩、李霆、杨懿晶、付艺曼、李亚昕、刘皓滢、程令仪、宋莎莎、倪俊、谈心、李丽、张晨等人，他们所展现的卓越的个人能力让人叹服；感谢“龙骑士城堡”这一中国奇幻界的标志性网站，为《时光之轮》提供了良好的沟通平台；感谢《时光之轮》官方QQ书友群（86571871）上的众多朋友，他们是当之无愧的坚强后盾和智囊团。

时光之轮旋转不息，因缘之中有你有我。

让我们继续出发，去《时光之轮》的世界里体验另一种人生和历险吧！

附：《时光之轮》网络世界的森林版图

* 时光之轮官方博客：http://blog.sina.com.cn/wheeloftime
* 时光之轮百度贴吧：tieba.baidu.com/f?kw=%CA%B1%E2%D6%AE%C2%D6
* 时光之轮豆瓣小组：http://www.douban.com/group/wheeloftime/

★ 时光之轮人人小组：http://xiaozu.renren.com/xiaozu/200739?home

★ 时光之轮人人网主页：http://page.renren.com/600634826

★ 时光之轮官方 QQ 书友群：86571871

★ 时光之轮官方周边淘宝店：http://shop66172134.taobao.com/

★ 时光之轮龙骑士城堡据点：http://www.cndkc.net/bbs/forum-45-1.html

★ 时光之轮官方微博：http://weibo.com/wheeloftime（时光之轮）

★ 时光之轮译者微博：http://weibo.com/1683513523（时光李镭）

★ 时光之轮责编微博：http://weibo.com/shujianghu（东方刘琼）

欢迎来《时光之轮》的网络森林里旅行……